Dessin de couverture, les passagers du vent. Traite négrière
copyright François Bourgeon, le voyage sans retour.

ISBN   978-2-9546807-3-6

Du même auteur :
- Zarma, Tome I, *Yennendi*
- Les Chroniques de la plantation, ouvrage écrit en créole et Français
- Roucou, Kola & Sucre, ouvrage écrit en créole et français

À venir :

- Zarma, tome II, *la révolte des sans-nom*

Michel FALEME

Zarma

Yennendi

Roman

Tome I

Editions Falémé

À ma mère Éléonore, descendante de Gaya, à mes enfants Maureen et Kilian

À la descendance de Gaya. C'était dans le Zarmaganda au Niger, ce fut à l'habitation d'Estrée aux Saintes, Guadeloupe.

A tous les afrodescendants du nouveau monde. C'était en Afrique, ce fut dans les plantations des Antilles et d'Amériques

Ses pas l'amenèrent sur la plage où ses pieds s'enfoncèrent profondément dans le sable, comme pour laisser une empreinte définitive sur les lieux. Il s'agenouilla et recueillit la trace de ses pas entre ses mains. Il prononça des paroles rituelles dans sa langue maternelle, que seul le vent pouvait entendre. Le fils d'Éole s'empressa de rapporter sa voix aux ancêtres. Ses paroles, murmures légers, comme une plume furent emportées là-bas, vers l'est, vers l'Afrique.

Les morts ne sont pas morts.

C'est le souffle des ancêtres.

Ceux qui sont morts ne sont jamais partis

Ils sont dans l'ombre qui s'éclaire

Et dans l'ombre qui s'épaissit,

Les morts ne sont pas sous la terre

Ils sont dans l'arbre qui frémit,

Ils sont dans le bois qui gémit,

Ils sont dans l'eau qui coule,

Ils sont dans l'eau qui dort,

Ils sont dans la case, ils sont dans la foule.

Birago DIOP

Livre I

Le dernier jour

Yennendi regarda le soleil, qui ce jour-là brillait d'un éclat particulier. Il savait que c'était la dernière fois qu'il lui était permis de l'admirer. Il paraissait aussi chaud et aussi gros que celui de son pays natal. Il était d'un or particulièrement étincelant, comme s'il était venu saluer et chercher un homme qui méritait d'être accueilli en son astre. Yennendi tourna sa tête vers l'est et son regard se perdit au-delà du levant, loin, très loin, derrière l'horizon où se trouvait la terre qui l'avait vu naître. Sur un signe de tête du gouverneur, l'officier en charge de la mise à mort, cadet de bonnes familles, jeune et inexpérimenté, visiblement intimidé par le cérémonial de cruauté, donna un ordre aux deux exécuteurs d'une voix hésitante et tremblotante. Le bourreau, tout de rouge vêtu, saisit alors une lourde hache dont les bords tranchants étaient recourbés, tandis que son assistant, lui aussi vêtu dans la même couleur saisit une longue barre de fer qu'il maintint le long de sa jambe. Le brouhaha lancinant d'une foule en délire qui commentait et vociférait avec fureur la mise à mort du nègre fit place à un silence pesant et profond. L'assistant du bourreau, dont la tête était recouverte d'une cagoule, brandit d'un geste ample la grosse barre de fer au-dessus de sa tête. On sentait que le long apprentissage dans l'art de la mise à mort était arrivé à son terme et qu'aujourd'hui, cette exécution sonnait son entrée solennelle dans la lugubre confrérie. L'autre attendait, la hache dans les mains, prêt sur ordre, à exécuter sa tâche mortuaire. Les oiseaux avaient tu leurs chansonnettes sifflées. Les quelques nuages fins qui parsemaient le ciel comme les îlots épars d'un archipel suspendirent leur voyage de nomades éternels. L'alizé dont le souffle susurrant douceurs et poésies venues de la mer cessa de flatter de ses caresses les fleurs roses, jaunes et blanches des hibiscus ainsi que celles des balisiers aux couleurs chatoyantes multicolores à dominante rouge et or. Pourtant, quelque temps auparavant, elles ondulaient et gloussaient de plaisirs sous les murmures aguichants et éoliens du maître des airs. Les palmiers, les cocotiers et les manguiers, qui entouraient la place du marché, éteignirent les scintillements de leurs feuilles qui avaient été rendues brillantes d'argent et d'émeraude par les rayons du soleil. L'ombre de la mort planait sur la foule en étendant ses larges ailes de ptérodactyle sur la place. Un petit groupe d'hommes et de femmes à la peau sombre humaient, graves, l'odeur prédatrice de la mort, en regardant la scène, silencieusement ou sans émotion apparente. Leurs vêtements, redingotes usées, robes décolorées, évasées et découpées dans de grossiers tissus de bure déchirée, le sein parfois apparent, pieds nus, laissaient deviner cochers de sieurs, dames de compagnie, servantes de dames de grandes plantations. C'est dans ce silence absolu, où toute vie semblait figée par la suspension du temps, que solennelle, la voix enrouée mais puissante de Yennendi se fit entendre. Il entonnait un chant mortuaire, profond et martial dans sa langue maternelle. Son chant exprimait toute la fierté et l'orgueil de son peuple. C'était un chant d'adieu, à la fois beau et mélancolique, celui que les guerriers de son ethnie entonnaient au moment décisif de la bataille, rendant hommage à ceux qui allaient mourir, dans la victoire ou la défaite. Yennendi lançait un défi à ce peuple barbare, à la couleur si pâle, si rouge des morsures du soleil, avide du sang et de la souffrance des autres comme s'il s'en nourrissait. Il chantait la fierté, l'orgueil et le courage du guerrier, celui qu'il avait toujours été, celui d'un homme debout. Il leur disait que, lui, Seyni Djermakoye Sonni, dit Yennendi, n'avait pas peur de la mort et leur, montrerait comment savait mourir un vrai guerrier zarma[1]. L'assemblée sauvage, ivre de haine et d'horreur fut parcourue par le fluide glacial d'un frisson. Elle était ébahie, hypnotisée, presque admirative d'un homme qui osait encore défier la mort atroce qui allait se repaître de sa vie comme un vampire assoiffé de sang.

Une voix répondit en écho à son chant. C'était la voix d'une femme qui répondait à la sienne. Elle se trouvait dans la foule, parmi les badauds venus assister à son calvaire. Du fond de sa misère servile, cette femme trouvait le courage d'exprimer son soutien à celui qui avait encore la force de braver le gouverneur et la colonie. Yennendi reconnut la voix de la femme. C'était celle d'Assia. Celle qui auparavant avait pour nom, Lisette sur cette terre. C'était une femme de sa terre issue d'un clan connu de son pays. Son ventre bombé indiquait qu'elle était pleine. Elle chantait dans la langue de son peuple qui lui rappelait le cérémonial des processions dédiées à Dongo, Dieu de la pluie. Cette voix l'accompagnait et le rassurait avant d'entreprendre son long voyage vers l'au-delà. Dans son esprit, le visage de sa mère qu'il revoyait en l'entendant se superposa à celle de cette femme. Comme pour se redresser une dernière fois, il tendit sa tête entravée à la grande roue sur laquelle il était maintenu par de lourdes chaînes et tourna son visage vers elle en essayant de la distinguer parmi la foule. Il lui sourit sans pouvoir la discerner et lui adressa un remerciement muet d'un signe de tête. La voix venait d'être brutalement étouffée dans le gargouillis d'une mâchoire qui se brise. Sur ordre de l'officier d'exécution, le jeune assistant du bourreau, apprenti de la mort, assena un coup de barre de fer sur la poitrine de Yennendi, avec

---

[1] Un glossaire en fin d'ouvrage, éclairera le lecteur sur la signification des termes zarma et créoles. Le zarma est une des langues du Niger.

une violence inouïe pour le faire taire. Le corps de Yennendi se tordit dans une brusque ruée comme un cheval qui se cabre. La douleur, intense, ne put retenir des larmes de sortir en lui arrachant un hurlement de bête sauvage, mélange de rage et de souffrance si longtemps contenue. L'assistance de notables, de plantocrâtes et d'officiels que comptait la colonie, assise au premier rang fut saisie d'épouvante par le cri du nègre-marron soumis au supplice. Des femmes, saisies d'effroi, s'évanouirent. D'autres portaient leur mouchoir immaculé devant la bouche pour empêcher les nausées de monter tout en fermant leurs yeux pour de ne pas regarder en face l'indicible horreur de leur propre barbarie donnée en spectacle. Le peuple présent de blancs-pays, fonctionnaires, commerçants, artisans, contremaitres, petits manœuvriers, cabotiers, engagés trente-six mois, poussa une exclamation mêlée d'effroi et d'émotion, malgré l'excitation suscitée par la mise à mort du nègre. Yennendi, le thorax éclaté, cherchant dans le fond de sa poitrine brisée les derniers restes de souffle, serrait de ses poings entravés, les chaînes en fer pour ne pas se laisser envahir par une douleur innommable. Il reprit son chant dans une voix étouffée par le goût des lambeaux de chair et de sang qui affluait dans sa bouche. C'est à ce moment qu'un grondement, sourd comme un volcan qui se réveille, se fit entendre. Le peuple de badauds leva un instant son regard inquiet vers la montagne de la Soufrière, craignant une nouvelle colère du puissant volcan, aux fumerolles perpétuelles. Il avait tant de fois sonné le glas de nombre d'habitants, d'esclaves et de colons dans les décennies précédentes. La terre tremblait. Mais ce n'était pas les forces issues des forges incandescentes de Vulcain qui faisait trembler la terre, mais celles d'innombrables pas martelés avec force sur le sol. C'était comme si les sept cavaliers de l'Apocalypse, excités par l'odeur de mort, venaient prélever sa moisson d'âmes damnées. D'abord lointaine, puis de plus en plus forte, le grondement était accompagné d'une clameur dont on ne parvenait pas à saisir réellement la provenance. C'était sourd et profond à la fois, comme sorti des antres de la terre et des arrière-cours de la bourgade, poussés par les pieds et les voix d'une armée de miséreux à la peau sombre en marche. Des centaines de milliers d'hommes et de femmes sortaient des bas-fonds des quartiers insalubres dans lesquels ils survivaient, ou descendaient des mornes qui entouraient la ville, comme le magma en fusion du volcan de la Soufrière, en éruption. Ils chantaient en hélant dans un chœur harmonieux, une sorte de complainte chargée d'émotion, de force, de révolte et de rage. Les nuances de tons et de sons permettaient de distinguer l'origine des peuples qui composaient la masse servile de ces gens déportés de leur pays natal ou né ici, héritiers d'une servitude à perpétuité. C'était la masse des affranchis, ces nègres à louer, des fugitifs, ces nègres insoumis, bossales et noirs créoles mêlés, valides ou mutilés qui se dirigeaient vers la place centrale de la ville. On entendait la plainte empreinte de tristesse de la conque d'un lambi, brandie par un pêcheur qui avait appartenu jadis au peuple Bozo qui vivait sur les rives du Djoliba, dans l'ancien Empire mandika de Soundiata Keita. Des flûtes artisanales répondaient au chant de Yennendi et étaient accompagnées en chœur par toutes les femmes de la procession, horde sauvage apparemment sans contrôle. Le bruit de castagnettes en ferraille cliquée avec rythme donnait un air martial, presque militaire à la horde de nègres en marche. La peur s'installait. Un roulement de tam-tam, absolument interdit, le son du ka, escortait celui qui s'apprêtait à entamer son dernier voyage. C'était une foule immense de nègres de champs, qui, bravant le fouet des commandeurs et les consignes des maîtres, s'emparait un instant de leur vie pour sortir de leur charge servile héréditaire et redressait l'échine. Abandonnant houes ou dabas, machettes ou serpes, ils avaient abandonné les champs de canne à sucre, de café, de cacao, de tabac, de coton et d'indigo pour rendre hommage au grand nègre qui allait mourir. Les négresses de case avaient laissé tomber leurs ustensiles de cuisine, les cochers, leurs chevaux et leurs diligences. Les cabrouettiers sautaient au bas de leur charrette chargée de pieds de cannes et abandonnaient les moulins pour gagner les faubourgs de la ville qui leur était interdite. Les nègres à talents avaient déposé leurs outils dans les ateliers. Tous venaient saluer et dire adieu à celui qui avait su, pendant un instant de leur vie de misère, de bête de somme, de prostituée, d'humilié et de damné, leur rendre de son vivant, leur dignité. De morne en morne, d'habitation en habitation, de plantation en plantation, de quartier en quartier, le son du ka, appelait chaque nègre de la Basse-Terre et de la Grande-Terre à venir soutenir, et accompagner le Chamite qui allait regagner la terre de ses ancêtres et siéger au panthéon des dieux et des esprits de son pays. Frappé par des mains calleuses et usées, le son du ka s'élevait dans un rythme lent, au départ, fait de contretemps et de mesures qui tombaient dans les oreilles puis dans la gorge avant de se répandre dans tout le corps et le mettre en transe. Puis montant crescendo, il devenait de plus en plus endiablé, faisant basculer la raison, perdre le contrôle de son être, happé par la force et la puissance du rythme. On dit même que les nègres marrons indomptables et sauvages, survivant encore sur les hauteurs des montagnes ou surgis des profondeurs de la forêt vierge, vinrent assister jusque dans le centre de la ville de Basse-Terre au supplice de celui qui avait su les conduire à la liberté et qui avait promis de les ramener chez eux. Les Békés, les officiers et soldats, les miliciens et de blancs-pays, les chiens, les chevaux et tout ce que la colonie comptait d'êtres bipèdes ou quadrupèdes, furent pris d'une nervosité frileuse et d'une peur incontrôlée qui leur tordait les boyaux et l'estomac. La foule, paniquée, commençait à s'éparpiller en tous sens, renversant étals et banquettes, abandonnant chaussures et vêtements, piétinant sans égard et sans distinction fruits et enfants. Certains ne pouvaient pas retenir les renvois qu'occasionnait la peur devant la soudaine irruption d'autant de nègres, négresses, négrillons et négrites qui envahissaient la ville comme une colonie de fourmis magnans en déplacement. Les soldats et les miliciens se déployèrent instantanément et prirent place aux accès menant à la place centrale où se déroulait le supplice de ce mâle-nègre, bossale indompté, qui avait un temps perturbé le destin prometteur de la colonie.

Le gouverneur regardait affolé, la masse grouillante de nègres qui avait atteint à présent les abords de la grande place. Le son du ka, assourdissant, déferlait vers le centre-ville dans un bruit de tonnerre. Les mains expertes, qui n'avaient rien oublié de leur terre d'origine, frappaient avec cadence sur les peaux tannées et tendues des tam-tams. Le bruit rythmé et pénétrant saisissait les entrailles. Les femmes des colons étaient terrifiées. Certaines, prises de transes subites, jambes et bras animés de tremblements saccadés, s'affalaient sur le sol de tout leur poids, le corps tordu par de violentes secousses. D'autres, pétrifiés par la peur, dont les sphincters avaient lâché, faisaient sur eux sans s'en apercevoir. Les ecclésiastiques, à genoux, le regard levé vers le ciel, signaient leur front et leur poitrine devant l'apparition de la noirceur diabolique qui prenait pied dans la cité consacrée à la vierge et au fils du créateur aux yeux bleus et à la longue chevelure blonde. La panique commençait à gagner la troupe dont certains, les mains tremblantes, appuyaient de manière anarchique, sans ordres, sur la queue de détente de leur mousquet ou de leur pétoire sans toucher des cibles encore trop loin.

Des larmes coulèrent sur ce visage qui avait été si beau autrefois. Ce visage aux traits si gracieux n'était plus aujourd'hui, qu'une gueule cassée. Son corps avait été violenté par toutes sortes de supplices. Il avait enduré des heures et des jours de tortures infinies. Ce corps superbe, musclé malgré les privations, était marqué par l'affection carnivore que lui avaient témoignée des bourreaux sadiques, à la perversité avérée, experts dans l'art de la déformation des êtres humains. Il n'y avait plus de temps pour exécuter la sentence de la justice royale qui voulait que ce corps soit rompu à coups de barre de fer, les membres écartelés et la tête tranchée. Il n'y avait plus de temps pour disperser son corps haché en petits morceaux aux quatre points cardinaux de la colonie. Le gouverneur fit un nouveau signe de la main et l'officier essayant d'aboyer un ordre sec balbutia plutôt un commandement d'exécution en bégayant d'une voix apeurée. La hache s'abattit à la base du cou, avec une précision millimétrique, brisant et éclatant dans un sinistre craquement les os, broyant au passage les artères et les veines dans un bruit mat et étouffé de chairs molles. Les yeux du condamné se révulsèrent. Yennendi sentit la vie quitter son corps tout doucement. Elle était enfin arrivée, cette mort qu'il avait tant souhaitée et appelée de ses vœux. Il l'avait tant attendu depuis sa capture et la séparation brutale d'avec sa terre natale et sa famille. Il sentit son baiser de feu et de glace aspirer ce qui lui restait de force vitale. La mort, avant de le soulever de la roue des supplices et de l'emporter dans ses bras, lui montra une dernière fois les épisodes importants de son existence. Les images de sa vie défilèrent dans ses yeux, rapides, en flash répété, superposées les unes aux autres, en tous sens, avant de s'ordonner et de défiler dans un ordre irréprochable dans un espace où le temps ne comptait plus. Il revit la forêt dans laquelle il avait créé un Quilombo de nègres marrons, village où, il vécut libre un temps avec une poignée d'irréductibles bossales et de créoles insoumis. Il revit les combats pendant la résistance marronne, dans les profondeurs de la forêt vierge, ou sur les montagnes jumelles des hauts du Petit-Bourg que l'on nommait les deux mamelles, du fait de leur forme. Il se revoyait courir sur les pentes de ce volcan aux fumerolles blanches qui, on sentait appartenait encore aux dieux de ce peuple à la couleur cuivrée, les Caraïbes, qu'il avait pu côtoyer. Ce peuple fier, insoumis, qui avait préféré se laisser mourir plutôt que de se trouver réduit à l'état servile.

Avant que sa tête ne roulât sur le sol, et comme dans un rêve, il revoyait ce qu'avait été sa vie jusqu'à présent. Il savait que, dans très peu de temps, il se retrouverait parmi les siens, dans sa famille, où sa mère, la bouillante Kadidjatou, l'accueillerait à son retour. Zaago, son père un Bonkoyni de la principauté de Dosso, dans le royaume du Zarmaganda, serait lui aussi présent, souriant, les bras grands ouverts. Il revoyait distinctement le visage de son père, un Khoyze descendant des Sonni, une des familles nobles sonrhaïs la plus prestigieux du royaume. Son voyage le ramènerait auprès de son frère cadet bien aimé, Issa Adama, fils de la deuxième femme de son père, cette captive Fulfulde du nom de Penda. Il était devenu un Burkine, un homme libre, par la grâce de son père. Il était beau, possédait un teint cuivré, des traits fins et avait hérité de sa mère de grands yeux en amande ainsi que de la taille mince des Pulaars. Il ressemblait à un Wodaabe, ces pasteurs Fulfuldes restés rétifs à l'islam. Il reverrait aussi sa sœur, née du même ventre que lui, Fanti, dont le teint très noir et les traits fins faisaient d'elle une beauté, comme jamais vue dans tout le royaume et même au-delà. Elle était aussi rebelle que belle. Elle portait un tempérament de feu, volontaire et voulait devenir une amazone. Grande cavalière, mauvaise cuisinière, maniant l'épée ou le sabre avec dextérité, incapable de servir une bière de mil sans tout jeter à côté, libérée malgré les traditions séculières de soumission de la femme au mari, elle s'interdisait toutes relations avec les garçons pour ne pas s'affaiblir et poursuivre son but, celui de devenir une amazone. Combien de jeunes burkines avaient dû être ainsi éconduits. Tous voulaient mourir pour elle ou accomplir un exploit pour se valoriser à ses yeux et demander sa main. Ils seraient alors devenus alliés d'une des familles les plus réputées du royaume. Et puis surtout, il aurait enfin l'occasion de revoir celle qui l'attendait plus que tous. Celle qu'il aimait et dont il n'avait pas eu le temps de prendre pour épouse, la belle et ardente Maïmouna, fille de Saliou Bakary de Tillabéry. Les doux souvenirs de sa rencontre avec Maïmouna firent remonter à la surface les images qui avaient jalonné ses fiançailles avec elle. Tillabéry, les Tamasheqs, la caravane, sa notoriété. Elle était là, elle aussi, les bras ouverts, ses yeux reflétant tout l'amour pour celui qui en avait été tant privé. Il revoyait le moment où il avait pris conscience de son corps et de sa présence sur cette terre. Il se revoyait, lui, Seyni Djermakoye Sonni, dit Yennendi, devant ce vieil homme sans âge qui avait été autrefois un captif. Aussi loin qu'il remontait dans sa course vers son pays natal, depuis le moment où il avait appris à marcher, puis à courir, il avait toujours vu ce vieil homme qui appartenait à la famille de sa mère, Kadidjatou fille d'Adama Hamidou Maïga, Kwarakoyes de la petite ville de Sassalé. Ce vieil homme avait servi de précepteur à sa mère et à ses oncles. C'était le vieux Karamoko, homme sans âge, détenteur d'un savoir que même les plus éminents érudits Sonrhaï ne possédaient, parait-il. On racontait de lui qu'il avait été un ancien professeur dans les plus prestigieuses écoles du Mandé et qu'il avait exercé ses talents dans les universités des villes de Djenné, Gao et Tombouctou. Oui, le vieux Karamoko n'avait pas d'âge et sa mère ne manquait jamais de le corriger sévèrement s'il lui avait manqué de respect. On disait même qu'il avait vu les troupes de l'espagnol, le renégat, qui avec les Marocains avaient envahi l'empire, avant de prendre la fuite avec toute sa famille pour être ensuite capturé par les Fulfuldés, puis les Tamasheqs du clan des Kel-ilarghen, qui avaient poussé leur rezzou jusque dans le pays Anzourou. C'est là que les siens furent dispersés et où la famille de sa mère qui accompagnait les Askia, dernière famille royale régnante le racheta, avant de poursuivre plus au sud-est et d'arriver au Zarmaganda. C'est là que son peuple prit le nom de Zarma. Il paraît que le vieux Karamoko avait fait partie de l'aventure. C'est sur cette terre que la famille Sonni, descendante du grand Ali Ber Sonni, fondateur de l'empire et dont il porte le nom, a été accueilli par celle de sa mère. Il revoyait tout cela.

Une esquisse de sourire était figée sur sa tête tranchée. L'évocation de tous ces souvenirs sûrement. Son esprit et son âme se détachèrent de ce corps, meurtri, supplicié et déformé. Il ressentait presque une joie d'avoir à s'en débarrasser comme un vieil oripeau qu'il jetait aux épines d'acacias. Son esprit le ramenait à présent chez lui. Il n'avait plus mal, ne ressentait plus la douleur, et à vrai dire se moquait totalement de la foule des badauds venus assister à son supplice, en ce jour de fête, qu'était son exécution. D'ailleurs, le gouverneur avait décrété, au nom du roi, jour de fête, l'exécution de ce mâle-nègre. Il était fier de ce qu'il avait accompli durant sa courte vie. Il avait défié l'autorité d'un roi et mené la population servile de la colonie à la révolte pour l'honneur et la dignité.

Son âme flottait au-dessus du corps qui l'avait abrité durant moins de trente pluies. Il regardait, détaché, cette enveloppe qui avait servi de réceptacle à son esprit pendant tout ce temps. Moins de trente pluies durant lesquelles il avait connu joies auprès des siens et malheurs depuis sa capture. Il assista au déferlement des esclaves sur la place du marché qui saccageait tout sur leur passage, rattrapant dans leur fuite les blancs-pays qui se recommandaient à Dieu avant de passer de vie à trépas par des mains vengeresses d'hommes à la peau sombre gagnés par la haine. La troupe tirait de tout feu envoyant nombre d'esclaves vers leurs ancêtres. Yennendi contempla un instant la scène de la dernière révolte. Les cavaliers de l'Apocalypse, dans leur masque grimaçant de la mort, faisaient leur moisson d'âmes damnées, laissant derrière eux consternation et désolation.

Il prit son envol vers l'est, comme un grand aigle montant toujours plus haut dans le ciel. Son âme volait maintenant vers son pays natal. Il survola cette île de Karukéra, nom, que les natifs cuivrés donnaient à ce pays. Il atteint rapidement la mer, cette mer, couleur bleu acier qui l'avait tant effrayé, il y avait quelques années, au point qu'il n'avait pas eu le courage de se faire engloutir par elle, à l'instar de ces femmes, de ces hommes et de ces enfants qui avaient su entrevoir ce qu'il allait advenir d'eux. Ils avaient su entrevoir ce qui serait devenu de leur corps et de leur âme, préférant la mort à une vie de zombie, dévorée petit à petit par la misère, la souffrance et le désespoir. Il volait à présent, très rapidement, abandonnant tous ses malheurs et toutes ses douleurs à cette terre qui n'avait jamais été la sienne. Il laissait derrière lui ce peuple animé d'une cruauté sans failles, maniant le mensonge et la trahison à l'aide de leurs longs bâtons crachant le feu et maniant avec dextérité le fouet à neuf chats. Il laissait bien des peuples, déportés comme lui de leur village et de leurs terres ancestrales. Ces hommes et ces femmes qu'il avait déjà rencontrés lors de ses voyages dans les royaumes voisins du Zarmaganda ou côtoyés dans la misère de l'esclavage. Il laissait ses compagnons de servitude de toutes ethnies. Des Gursis, des Mamprusis et des Mossis. Des Hawsas, des Baribas et des Akans. Des Ewés, des Mandés, des Soninkés et des Sénoufos. Des Pulaars et leurs frères Woodabés, des Tékrurs et des Sossos. Des Minas, des Fons, des Igbos et des Yorubas et bien d'autres encore dont il avait découvert la présence sur terre, venus de contrées lointaines dont il ne soupçonnait même pas l'existence avant sa déportation. Il les avait connus soit comme compagnons de chaîne pendant la grande traversée ou comme compagnons de houes dans les plantations, tels les Moudongs, les Bamilékés, les Bamouns et les Bassas. Les Fangs, les Batékés et les Mwénés. Ceux qui venaient du Congo et d'Angola, les Bakongo, les Balubas, les Bengalas, les Kibundus et les Tchokwés voire de plus loin encore, d'autres venus de la côte des Sofalas et du pays des Zandj. Il laissait derrière lui cette femme dont la voix l'avait encouragé à affronter son destin et vaincre la mort. Il retournait chez lui, sur sa terre natale, parmi les siens et il reprendrait place dans la grande cour du windi de son père. Il siégerait à nouveau parmi les sages et les anciens de son peuple. Il pourrait enfin retrouver sa douce fiancée, se marier et engendrer une lignée comme cela devait être écrit et accompli.

Le Jasare

Le Jasare, griot dépositaire de l'histoire du peuple, saisit son kuntiji. C'était une guitare qui l'accompagnait chaque fois qu'il entreprenait de conter une histoire, entamant un moolo, chant relatant la saga des Sonrhaïs. Les enfants de l'école coranique, dont il avait la garde ce jour-là, se turent instantanément. Tous, une douzaine de gamins d'une classe d'âge de dix à douze pluies, interrompant la lecture brouhaha du Coran, vinrent s'asseoir en cercle autour du Jasare. C'était le moment préféré des enfants, avides d'entendre pour l'énième fois, la saga de leurs ancêtres. Ceux-ci avaient effectué le grand voyage depuis le lac Débo, dans l'ancien empire du Mali, dans le delta intérieur du fleuve Djoliba, que les zarmas appelaient, Issa Beri. Il prenait sa source, disait-on, dans une montagne sacrée dans l'obscur royaume du pays Sosso, peuple sorcier et animiste du Mandé. On disait que les habitants allaient, bardés de gris-gris puissants. Il paraissait même que leurs épaules portaient une tête d'animal et que leurs yeux pouvaient cracher le feu, désintégrant tout être humain qui voulait les dévisager ou les regarder de trop près. En imaginant cela, les enfants saisis d'effroi dès le début du conte, se serrant les uns contre les autres, n'osaient plus bouger d'un pouce et ouvraient grand leurs oreilles comme si leur vie en dépendait. On ne sait jamais. Et puis, le Jasare pouvait, lui aussi, les transformer en animal pour les punir d'être distraits. Aucun élève n'osait affronter le regard pénétrant du griot, s'ils étaient surpris en flagrant délit de bâillements ou de somnolence.

Yennendi était subjugué par le Jasare. Il avait tout juste neuf pluies, mais se trouvait être le plus doué de sa classe. Il semblait très mûr pour son âge, et son beau visage lisse et noir au nez fin et droit portait une certaine gravité. Son visage était marqué d'un air trop sérieux. Yennendi, de son vrai nom Seyni, se remémora mentalement la lignée dont il était issu avant que le Jasare ne commençât sa leçon d'histoire. Il sursauta lorsque le Jasare, le fixant d'un œil perçant, lui lança son bâton sur la tête en l'invectivant.

— Ce n'est pas parce que tu es fils de Khoyze, que tu peux prétendre ne pas devoir suivre mon enseignement ! Pour l'instant, tu n'es rien qu'un insignifiant misérable ver de terre, que je n'hésiterai pas à corriger sévèrement comme un chien. Tiens, tu passeras cultiver mon champ juste après la deuxième prière !

Yennendi se mit debout promptement comme pour défier l'autorité du Jasare. Mais il prit soin de ne pas le fixer du regard. Cela ne se faisait pas. Il aurait reçu alors une correction plus que sévère de sa chicotte en nerf de bœuf, et cela en tant qu'acompte. Et il faudrait compter sur le bonus que ses parents lui feraient administrer par un captif de la maison, humiliation suprême. Son regard se tourna vers ses camarades de classe dont les rires moqueurs le vexaient et l'agaçaient. En particulier celui de son meilleur ami, Madi Sanga Diori, dit Yala. Il lui fit un signe de défi en passant sa main sous sa gorge suivie d'un " tchiiip " puissant et d'un regard des plus méprisants. Yala se redressa d'un coup lui lançant au passage que sa lignée ne le protégerait pas de la correction qui l'attendrait après la classe. Le Jasare n'attendit pas que sa classe se mettre à vociférer des appels à la bagarre. Sur un signe discret, des adolescents d'une classe d'âge supérieure passant par là et ayant fini leur leçon d'étude du Coran, s'emparèrent des deux futurs belligérants, les plaquèrent au sol et chacun tenant un membre, les immobilisèrent. Le Jasare saisit alors son nerf de bœuf et assena à chacun une série d'une dizaine de coups qui les faisaient se tortiller comme des chenilles.

— Je veux vous voir tous les deux après la prière dans mon champ. Et vous avez intérêt à être à l'heure avec vos houes, mécréants, bande de gueux, dit-il en crachant un filet de salive qui faisait penser à un filet d'eau giclant sur le sol avec force.

Les rires moqueurs se turent instantanément lorsque le Jasare regarda le reste de la classe comme s'ils avaient été une meute d'hyènes malfaisantes. En reprenant son kuntiji, il entama un autre moolo, lui signifiant par là même, la reprise d'un deuxième chapitre de la saga des sonrhaïs.

— Toi, Issifou, raconte la suite, hurla-t-il d'une voix qui ne laissait aucun doute sur le sort immédiat qui tomberait sur lui si jamais, il ratait la moindre virgule.

Son invective était accompagnée d'un regard qui signifiait combien ce dernier n'était pas plus considéré qu'une hyène malfaisante.

Zaago et Kadidjatou

C'était peut-être aux environs du début de la saison des pluies, entre les années 1750-1760 que naquit Yennendi. Il était le premier né de Dramane Djermakoye Zaago Sonni, un Khoyze, et de Kadidjatou Maïga. L'origine de la famille de son père, les Sonni, remonte à l'origine des sonrhaïs, à Koukia dans l'empire du Mali, vers le VIIe siècle. Il paraîtrait, d'après les dires des anciens, que sa famille était d'ascendance berbère et que l'un de ses membres, Ali Ber, dit le grand, avait fondé un empire vers le XVe siècle. Celle de sa mère était également d'ascendance princière et était apparentée aux Dia et aux Askia. Mais pour l'instant Zaago Sonni n'était que le Bonkoyni du district de Dosso dans le Zarmaganda.

Quelques heures auparavant, Kadidjatou avait ressenti les douleurs annonçant la venue de son enfant. Mais depuis plus rien. Elle décida finalement de participer aux festivités célébrant la fin de la saison sèche et l'arrivée des premières pluies. Elle préféra donc ne pas prévenir sa mère, et les domestiques du windi de son père, la concession où elle était retournée pour mettre son petit au monde. Mais avant de partir pour les célébrations données en l'honneur du Dieu de la pluie, Dongo, qui apporterait la promesse de bonnes moissons de mil, de fonio à venir, elle ferma les yeux et passa en revue toute une partie de sa vie. Depuis le grand exode à la fin de l'empire, d'où ses arrières arrières grands-parents étaient venus jusqu'en pays Zarmaganda pour s'y installer, jusqu'à sa rencontre avec Zaago Sonni. Ses parents l'avaient promise dans le but de consolider les liens entre les Sonni et les Maïga. Elle était amoureuse de lui depuis le jour de ses quinze pluies. Elle se rappela conformément à la tradition, comment elle avait baissé les yeux sans oser le regarder et nommer son nom. On ne prononçait jamais le propre nom de quelqu'un dans la société des sonrhaïs Zarma ! On ne donne que des surnoms et encore à condition de ne pas le prononcer en face. En son cœur, elle avait ainsi surnommé son élu, le "sage ", car elle n'avait jamais observé un homme de son âge aussi réservé et au visage aussi sérieux, aussi solennel dans ses gestes et ses mouvements. Aujourd'hui, à l'âge de dix-sept pluies tout juste, elle, Kadidjatou Maïga, allait donner un fils à son bien-aimé Zaago. Un garçon, un fils qu'elle élèverait dans le respect de tous et qui saurait prendre soin d'elle dans ses vieux jours. Il serait grand, comme son père, lui ressemblerait peut-être et comme son père, il serait aussi un grand guerrier. Tout d'un coup, de cette douce rêverie jaillit un petit cri étouffé : et si c'était une fille ! Non, elle ne l'avait pas envisagé ainsi ! Elle savait depuis le jour où Zaago avait fait jaillir sa semence en elle qu'elle avait un conçu un garçon. Alors pourquoi ce doute subitement ? Elle balaya d'un revers de la main, suivie d'un tchiiip et d'une profonde inspiration cette idée qu'elle puisse mettre au monde une fille aujourd'hui. Il lui fallait son fils, un fils pour Zaago comme premier né. Il ne pouvait en être autrement ! Sa fille, elle l'aurait une autre fois si Dieu veut.

— Inch' Allah prononça-t-elle à haute voix !

Elle noua son foulard, aux ourlets constellés de pièces d'argent. Elle ajusta son taafé, pagne, rayé rouge et bleu autour de ses reins, mettant en valeur un ventre énorme, garantie de la promesse d'un enfant solide, bien portant car issu de la semence d'un noble époux et de l'alimentation en lait de ses troupeaux de chèvres qui lui appartenaient en propre, du lait et du sang des vaches des troupeaux de sa famille, sans oublier le miel sauvage recueilli dans les ruches naturelles de la savane, dans le creux de baobabs séculaires. Le soleil avait passé son zénith depuis au moins deux heures, lorsque fière, la tête haute, le regard presque hautain, consciente du rang et de sa lignée conférée dans la société, elle sortit de sa case. Une jeune fille, d'à peine une dizaine de pluies tout au plus, se leva en la voyant. Elle vint à sa rencontre en baissant son regard vers le sol, les mains jointes sur le devant de ses cuisses.

— Ni Foy baani, nya ! Bonjour, mère dit la jeune fille.

— Ni foy ga baan Alija, répondit Kadidjatou !

— Commande et j'obéirai dit Alija !

Kadidjatou regarda la jeune fille, le regard amusé de se sentir considérer de la sorte. Mais son rang exigeait que le rituel soit prononcé ainsi.

— Depuis combien de temps es-tu à mon service Alija ?

— Nya, je suis né dans le windi, de ta famille et ma mère était déjà au service de ta propre mère.

— Oui, Alija, je sais ! Elle l'a servi avec respect et humilité. Tu peux en être fière !

— Je serai toujours là pour toi Nya, et je servirai aussi tes enfants ! Aujourd'hui sera un grand jour pour toi ! Ton fils viendra au monde !

Kadidjatou regarda la jeune captive. Elle se souvint que sa mère, une fulfuldé avait été capturée jeune lors d'un raid de cavaliers zarmas dans le royaume des Pulaars de l'Ardo. Mais on dit que son père était un zarma qui avait été tué lors d'un affrontement armé avec des Hawsas.

— Qu'en sais-tu Alija ? Peut-être te trompes-tu ? Si ta mère possédait le don de double vue, cela ne veut pas dire que tu en as hérité, lui dit-elle un ton agacé.

— Nya, j'ai préparé tout le nécessaire pour la venue au monde de ton fils. Il sera là au moment où Dongo viendra clore les cérémonies du Yennendi. Je te le dis !

Kadidjatou regarda la jeune fille avec un sentiment mitigé d'admiration et de peur. Comment elle, une simple petite captive, même pas pubère, pouvait prétendre, lire et interpréter les desseins d'Allah ?

— Inch Allah répondit-elle à Alija, comme pour lui signifier que seules les voies de Dieu comptaient. Lui seul décidera de la naissance de mon enfant, au moment où il le décidera, wandiyo !

— Oui, nya ! Répondit la jeune fille, se gardant bien de contredire sa maîtresse.

Kadidjatou et Alija pressaient le pas pour aller rejoindre le groupe des femmes qui descendaient en procession vers l'Issa Beri. Le grand fleuve s'incurvait à nouveau vers le sud, dans le Zarmaganda pour traverser les terres des Zarmas du Zarmatarey. Plus au sud se trouvaient du côté de l'Est, les royaumes hawsas et les cités de Kano, de Zaria et de Sokoto, dont on disait qu'elles regorgeaient d'or. Et vers le sud-ouest, se trouvait l'état très redouté du roi d'Abomey qui, d'après les dires, échangeait avec un peuple venu du royaume des morts, des hommes, des femmes et des enfants pour les manger. Kadidjatou tressaillit à l'idée que son fils pourrait être mangé un jour. Elle poussa un tchiiip retentissant du coin des lèvres, provoquant un regard plein d'interrogation de la part de la jeune wandiyo qui l'accompagnait. La fête battait son plein, riche en couleurs. Les femmes étaient parées de leurs plus beaux taafés, pagnes richement brodés de jaune, de vert, de rouge et de bleu dans un savant tissage où toutes ces couleurs ressortaient d'un éclat particulièrement brillant sous le soleil du Zarmaganda. Elles portaient sur la tête un foulard tout aussi éclatant, constellé sur leur bord de pièces d'argent échangées avec les Hawsas contre du mil, du sorgho ou du fonio ou parfois même, contre des pièces de pagnes dont elles détenaient le secret du mariage des couleurs. Les jeunes filles pubères restaient torse nues. Leurs petits seins encore en formation laissaient augurer pour l'avenir, l'épanouissement de plantes aux fruits succulents.

Des hommes, venus des royaumes alentours comme celui du Mossi ou de l'Akanté aussi bien que de ceux encore plus lointains, comme celui du Tékrurs, viendraient demander leur main contre du sel, des étoffes, de l'or, des vaches ou encore ce qu'il y a de plus prisé chez les Zarma, des chevaux. Ces femmes chantaient en l'honneur de la venue de Dongo, Dieu de la pluie. Leurs mélodies chantaient combien serait prospère la moisson de cette année, la joie de voir les greniers de mil, de sorgho et de fonio bien plein. Elles rendaient grâce aux génies pour les naissances à venir chez les hommes mais aussi pour les naissances multiples qui allaient accroître le cheptel. Elles battaient des mains en cadence, accompagnées de tambours d'où elles arrachaient des sons dont elles seules avaient le secret. Toutes les femmes des différents clans étaient représentées. Il y avait là, celles du clan des Goole, celles du clan des Goubé, des Kalés, des Tchi, des Lafar, Sabir, Mawri et Suje. On entendait résonner également tous les dialectes sonrhaïs, ceux du Kurtey ciine venu de la région la plus occidentale du peuple sonrhaï entre Tillabéry et Say, ceux du Woogo ciine, dont le dialecte était parlé depuis Boura dans l'ancien empire du Mali jusqu'à Zaria au pays Hawsa. Il y avait les femmes du Songoyboro ciine, venues du Fada N'gurma près du royaume des fameux cavaliers mossis et enfin celles du Zarma ciine et celle du Zarmatarey, principauté voisine. Kadidjatou aspira une grande bouffée d'air chargé des essences apportées par toutes ces femmes et l'odeur particulière du grand fleuve. Sans aucun doute, ce jour serait une journée dont elle se souviendrait ; Car malgré ses doutes sur la venue de son futur enfant, elle avait la conviction que les jours, qui suivraient, verraient l'arrivée du fils de Zaago, son cher mari. Tout d'un coup, un grondement se fit entendre au loin. Un grondement qui un instant fit taire les tambours. La cadence marquée par les battements des mains des femmes se suspendit momentanément. Un tourbillon de poussière s'éleva comme, lorsque le vent du désert soufflait en charriant avec lui le sable jaune venu du Nord, à la période de l'harmattan. Les jeunes enfants se réfugièrent dans les pagnes des mères et les jeunes wandiyés se regroupèrent, en faisant barrière autour de leur mère comme un bouclier humain, afin de les protéger. Puis un puissant youyou lancé par une maîtresse mère jaillit. Le roulement des tambours reprit de plus belle. Leurs rythmes vinrent se mélanger au grondement venu de l'horizon et dans lequel on reconnaissait maintenant l'assaut furieux de sabots lancés au galop. Les battements des mains des femmes s'intensifièrent. Les cris des enfants mis- apeurés, mi-excités, les youyous des femmes et des jeunes filles, le galop de chevaux approchants, le tout mélangé, donnaient à la fête un aspect irréel, rehaussé par les couleurs du soleil et le scintillement argenté des eaux du fleuve.

Les cavaliers qui fonçaient vers la grande procession étaient des zarmas. C'était des Burkines, la classe des hommes libres de la société. Eux seuls pouvaient porter des armes et monter les chevaux. Juste derrière les cavaliers allaient au pas de course, les hommes qui n'appartenaient pas à la classe des Burkines, mais des libres, affranchis, anciens captifs qui avaient décidé de rester parmi les zarmas. Tous étaient parés de leurs plus beaux costumes de guerre. Les cavaliers, vêtus de leurs grands manteaux brodés de motifs floraux de couleur rouge, jaunes et bleus, coiffés de leurs casques en cuir rouge cerclé de bandes métalliques argentées, surmontés d'un plumet de plumes d'autruche blanc et noir, armés qui de lance torsadée de tresse rouge, blanc et noir, qui de leur sabre en fer, dont les poignées en forme de croix étaient décorées de motifs formant des sourates du Coran. Les chevaux étaient caparaçonnés de tissus matelassés en losange de couleur jaune, bleu et rouge. Les hommes qui allaient à pied étaient également impressionnants, de vitesse et d'agilité. Ils étaient évidemment plus légèrement vêtus, un pagne de même couleur que ceux des cavaliers autour des reins, constellé d'amulettes refermant soit des motifs du Coran, soit de gris-gris censés les protéger des coups et blessures de la bataille, armés de lances elles aussi torsadées de tresses, de longs sabres plus longs que ceux des cavaliers, crochées vers la pointe d'une encoche qui laissait augurer du type de blessures qu'elles pouvaient occasionner. Tous portaient également un bouclier en cuir épais coloré, rond pour les cavaliers et rectangulaire pour les fantassins. Des hommes plus décorés que d'autres étaient à la tête de tous ces guerriers : c'étaient les Khoyze, princes des royaumes sonrhaïs. Il y avait ceux du Kurtey, du Woogo, du Songoyboro et bien sûr les bonkoynis du Zarmaganda et du Zarmatarey. Il y avait également, tous les différents Kwarakoyes et Windikoyes des districts, des villages et concessions des différents clans, qui représentaient avec leur burkines et leurs fidèles, la fierté et la gloire passées en l'honneur du peuple sonrhaï, devenu Zarma, comme au temps du grand empire bâti par Ali Ber Sonni le grand. Et puis, bien que les zarmas soient musulmans, les pratiques ancestrales offertes aux dieux protecteurs du peuple avaient toujours été célébrées. Les émirs, imams et cheiks successifs aussi pieux ou fondamentalistes qu'ils soient n'avaient jamais pu, persuader le peuple d'abandonner leurs pratiques animistes.

Kadidjatou, protégée par Alija, savait que Zaago était présent parmi les cavaliers. Elle n'arrivait pas à l'apercevoir dans ce brouhaha de sons et de nuage épais de poussière soulevée par les chevaux et les pas solides des fantassins de cette armée. Elle était fière de son mari qui était parmi les meilleurs cavaliers zarmas. C'était également un maître d'armes reconnu et apprécié dont la réputation dépassait largement les frontières du royaume. Il avait d'ailleurs ouvert une école d'arme, réservée aux enfants de nobles, parmi lesquels se trouvaient également des enfants de peuples étrangers. Des mossis, des Hawsas, et même certains venus de contrées lointaines comme des goranes du royaume du Bornou près du lac Tchad ou des zagawas du Darfour. Il y avait même quelques Malinkés à la recherche de leur grandeur perdue depuis la bataille de Kirina qui vit les troupes du grand Soundiata vaincre celles du roi sorcier, le puissant Soumahoro Kanté. Oui, Zaago Dramane Djermakoye Sonni, son époux méritait bien le surnom de sage !

Tout à coup, un cheval noir, sans taches, fougueux vint s'arrêter net devant cette femme accompagnée de sa captive soulevant une énorme gerbe de poussière qui les enveloppa toutes les deux, comme un nuage magique. La jeune femme et sa fidèle servante ne bronchèrent pas d'un cil. Le cavalier ôta son casque de cuir bouilli rouge et du haut de sa monture les regarda, un sourire éclatant éclairant son beau visage noir. C'était Zaago !

Alija

Yennendi et son ami Yala piochaient depuis le milieu de l'après-midi dans le champ rempli de cailloux du Jasare. La chaleur cognait sur leur tête comme un marteau de forgeron sur une enclume. Le soleil n'avait pas encore quitté son zénith et la chaleur devenait de plus en plus insupportable. La sueur coulait à grosses gouttes sur leur visage où les perles de l'acné n'avaient pas encore transformé leur face en épi de sorgho. Chaque coup de houe donné à la terre se répercutait comme des ondes de résonances depuis leurs mains jusqu'à la tête puis à travers les bras, les épaules et le cou. À chaque raclage sur le sol caillouteux la douleur devenait de plus en plus forte. Leurs muscles des avant-bras, des épaules ainsi que leur nuque se raidissaient. Ils avaient mal. Ces maudits cailloux s'accrochaient à cette terre ingrate alors que le fleuve était tout proche. Il était certain que les courbatures qui s'ensuivront seront douloureuses. Yala et Yennendi savaient que le jasare n'en aurait cure et pire leur ordonnerait des travaux de force quelque part sur l'une de ses propriétés qui provoqueraient encore plus de courbatures et ainsi, se faire un petit plaisir personnel. Les deux compères travaillaient en silence et même s'ils pensaient ralentir, ne serait-ce qu'un instant la cadence, le soleil qui tapait comme une masse sur leur tête, leur rappelait qu'il était le meilleur surveillant de travaux qu'il soit donné de trouver à plus de mille lieues à la ronde. Ils n'avaient pas le choix. Le travail au pas cadencé, à l'allure soutenue, était le meilleur moyen de ne pas subir les assauts des rayons du soleil. La chaleur répandue sur leur misérable personne les piquait à des endroits précis du corps : la tête, le nez, le dos ou le pire, l'entrecuisse, comme si une nuée de bestioles s'amusait à fouiller leur intimité en creusant des galeries. Les pensées se bousculaient dans leur tête. Yala se demandait ce que ce cancrelat de jasare trouvait à ce champ plein de caillasses. Yennendi, tout, en piochant, se demandait ce qu'il était venu faire dans cette galère. Il avait une envie furieuse de massacrer son compagnon de misère. Il détestait depuis toujours les travaux des champs. Combien de fois n'avait-il traîné les pieds, prétextant mille excuses pour ne pas à avoir un de ces instruments avilissant entre ses mains ? Il avait en horreur la récolte des épis de sorgho ou de fonio dont les feuilles acérées coupaient ses mains. Il détestait arracher les racines d'igname ou de manioc dont la terre grasse et collante salissait ses doigts et ses habits. Pourtant, il aimait à s'en régaler. Les cuisinières du Zarma devaient être sûrement les seules au monde à devoir tirer, de tous ces légumes, fruits et racines, des délices dont son palais et son estomac aimaient cependant se remplir. Oui, c'est vrai ! Que faisait-il là, lui qui était destiné à devenir un guerrier et si possible un cavalier aussi habile que son père ? Que faisait-il là, lui qui, si Allah le permettait, deviendrait un Khoyze connu et reconnu, maître de la région du Zarmaganda et qui sait, peut-être devenir le maître du Zarmatarey ? Lui, dont les griots chanteraient les exploits et dont les enfants des enfants de ses enfants prononceront le nom avec un respect comme s'il était le fils d'Allah, pas moins. Aujourd'hui, par la faute de cette larve de Yala, il se retrouvait là, humilié, à devoir cultiver le champ d'un sujet qui lui serait redevable un jour, Inch'Allah ! Il se redressa, comme pour marquer une pause et regarda son ami. Depuis combien de temps se connaissaient-ils ? Pour sûr, aussi loin que ses souvenirs remontaient, Yala avait toujours été présent dans sa vie, comme s'ils étaient nés ensemble, au même moment, dans le même windi et de la même matrice. Il se mit à sourire intérieurement : il avait une drôle de tête, Yala ! Il jeta un regard de travers à son ami, suivi d'un tchiiip interminable, ce qui avait le don de faire bondir Yala. Celui-ci s'arrêta de gratter la terre et regarda son ami, avec un sourire qui, il le savait, avait le pouvoir d'annihiler toute volonté et toute velléité de son ami envers lui. Yala savait aussi deviner ce que pensait son ami. C'est ce qui en faisait les meilleurs amis au monde, malgré leurs nombreuses disputes. Ils n'hésitaient pas, ni l'un, ni l'autre, à en venir aux mains pour faire prévaloir leurs idées ou leur domination sur les autres membres de leur bande, constituée de gamins des multiples concessions voisines. C'était à qui serait le meilleur pour conduire cette bande ou qui irait s'ébrouer dans les eaux paisibles de l'Issa Beri ou encore, qui trouverait les meilleures idées pour refaire la grandeur passée du peuple des zarmas, du temps où ils étaient les hommes les plus puissants, les plus craints. Du temps où leur empire s'étendait depuis la jonction des fleuves Sénégaal et Falémé à l'Ouest, aux contreforts des falaises du Bandiagara, pays des dogons et du royaume Fulfuldé de l'Ardo, avec sur la même ligne au sud-est les cités hawsas de Zaria, de Kano, de Sokoto jusqu'aux frontières des royaumes du Kanem et du Bornou à l'Est.

Madi Sanga Diori, dit Yala, avait quelques lunes de plus que Yennendi. Bien qu'il se sente en droit de faire prévaloir son droit d'aînesse parmi la bande de copains proches, ses origines plus modestes devaient l'inciter à être moins vindicatif à l'égard de son ami. Mais ce n'était pas le cas. Bien qu'à la fin de leurs sevrages respectifs, ils aient partagé le même sein de la même nourrice, bu du lait de chèvre dans la même calebasse, reçurent les mêmes fessées Yala, qui du haut de ces dix pluies avait largement une tête de plus que Yennendi, n'avaient jamais compris pourquoi il devait respect à son ami et pourquoi lui n'était pas prince ou fils d'un dignitaire. Il ne comprenait pas pourquoi ses parents se prosternaient devant ceux de son ami chaque fois qu'ils croisaient le chemin du père ou de la mère de Yennendi. Et chaque fois qu'il avait l'occasion de poser la question à ses modestes parents, il recevait en guise de réponse un tchiiip désapprobateur un grognement ou un regard qui le dissuadait de continuer ses questions stupides. Quoiqu'il soit plus fort que Yennendi, il n'avait pas toujours eu le dessus sur ce dernier. Yennendi, du haut de ces neuf pluies et quelques lunes, avait pour lui une volonté et un charisme qui forçait le respect de ses camarades de la même classe d'âge que la sienne. Il possédait une forme d'autorité naturelle qu'aucun de ses camarades ne pensait ou ne s'avisait à remettre en question, sauf Yala. Était-ce dû à son regard ? On ne sait comment et pourquoi son visage marquait une telle maturité, un tel sérieux, surtout lorsqu'il était en plein effort de réflexion. C'était particulièrement visible, lorsque, par exemple, le maître d'école lui demandait d'élucider une question ou d'apporter une réponse à une réflexion sur une sourate ou un hadith du Coran. Et si Yala, excellait mieux que lui dans les jeux de sport, Yennendi n'était jamais loin derrière. Ce qui était loin d'être le cas pour Yala en matière d'éducation scolaire. En fait, chacun dans leur royaume de réflexion se projetait dans un avenir, où la renommée, la grandeur, le savoir et la gloire les porteraient à travers des terres à conquérir, des peuples à dominer, des mondes à découvrir. Quelle serait réellement leur destinée ? Tournant leur regard l'un vers l'autre, ils éclatèrent de rire, se moquant ostensiblement d'eux-mêmes, de leur bêtise et de leur fougue qui les avait plongés dans un champ dont la peau ressemblait aux écailles d'un lézard du désert, ceux dont le corps porte de grossières épines. D'ailleurs, Yennendi se jura qu'il irait voir dès que possible ce marabout, qui lui avait prédit une grande destinée. Il ressentait ce besoin impérieux de se voir raconter une fois de plus la vision que ce vieux bouc avait eue lors de la venue du dieu Dongo pour sa naissance. Et puis surtout il avait besoin de mieux comprendre les subtilités des mystères des cauris, dont la lecture à travers plusieurs combinaisons de positionnement le fascinait. Comment pouvait-on lire l'avenir dans de vulgaires coquillages ou dans les entrailles d'un poulet ou même mieux, dans simplement une flaque d'eau ? Comment ce vieux marabout pouvait interpréter le langage des dieux ou des esprits en dessinant des signes incompréhensibles sur le sable ? Et puis que voulait dire Alija, lorsqu'elle lui prédit qu'il effectuera un jour un grand voyage, loin, très loin, là où même Dongo n'est plus un dieu. Et quelle est la place d'Allah dans cet autre monde ? Oui, il lui faudrait éclaircir ce qui pour lui était un Mystère. Le grand mystère de sa vie, de sa destinée. Une grande tape dans le dos le tira de ses rêveries, accompagné d'un rire encore cristallin.

— Hé, Yennendi, cesse de penser un peu ! On dirait ton père et tu n'es pas encore un Bonkoyni. Laissons le champ de ce vieux bouc et allons-nous baigner dans le fleuve qui nous tend les bras.

Yennendi regarda l'étendue du champ qu'ils avaient travaillé. Un gros tas de cailloux étaient assemblés dans un coin près d'un manguier chargé de fruits, que Dongo avait garni selon la promesse qu'il avait fait suite aux festivités dernières, il y a maintenant bientôt une lune de cela. Yala et lui avaient bien travaillé. La terre était débarrassée de sa caillasse et retournée de manière que l'on voit sur près de cent pieds dans sa longueur et vingt-cinq pieds dans sa largeur, une nouvelle couche neuve, foncée, grasse et chargée d'humidité. Il avait mal au bras, aux épaules, au dos et aux reins. Il estima que Yala avait raison et que ce bain était bien mérité.

— Yala, le premier arrivé aura le droit d'aînesse sur l'autre pendant une lune, lui dit-il en démarrant d'un seul coup.

C'est en riant aux éclats que les deux garçons arrivèrent en même temps au bord du fleuve et plongèrent dans l'eau dans un même élan. S'éclaboussant, luttant, glissant, faisant un tel boucan dont même les marabouts sur l'autre rive, ces oiseaux disgracieux au sol, accompagnés des hérons, s'envolèrent vers des endroits plus paisibles. Des caïmans, qui somnolaient toujours sur la rive opposée, loin des hommes, furent, eux aussi, dérangés par le vacarme des deux gamins. Ils se précipitèrent dans l'eau. Un troupeau d'hippopotames, qui avait fui la chaleur écrasante du soleil, s'enfonça dans leur bauge glauque et sale, parsemée de leurs excréments flottants et disparut, manifestant ainsi leur désapprobation face aux cris et aux rires de ses petits d'homme qui avaient envahi leur espace et perturbé leur sieste tranquille. Ils ne s'aperçurent pas de la présence du Jasare, qui les observait depuis un bon moment. Lui dont personne n'avait pu apercevoir, serait-ce une esquisse de sourire sur ces lèvres, ne faillit pas à cette règle, du moins devant témoins. Malgré le tchiiip qu'il émit, il se mit à sourire. De plus il avait pu apprécier, malgré les mots dont il avait été affublé, le travail accompli par leurs petits bras. N'ayant eu personne pour les départager, ils décidèrent de ne pas décider du gagnant du jour. C'est toujours en parlant avec animation, force de rires, plaisanteries qu'ils enfilèrent leur boubou, chaussèrent leurs samaras, sandales en peau de chèvre et commencèrent à prendre le chemin du retour. Mais auparavant il fallait passer par le windi du Jasare pour y déposer les houes, qu'ils avaient empruntées avant de se diriger chacun vers les concessions de leurs mères respectives chez lesquelles ils vivaient. En ce temps-là, chez les Zarma, hommes et femmes ne vivaient pas dans les mêmes concessions. Mais il n'était pas rare de voir les hommes sortir au petit matin des cases de leurs femmes avant de se diriger après leurs ablutions vers la mosquée à l'appel de la première prière par le muezzin. C'est en arrivant chez sa mère que Yennendi croisa son père. Le père et le fils ne se voyaient pas aussi souvent, du moins comme l'aurait aimé Yennendi. Il le salua avec tout le respect dû à son rang, sans oser le regarder et attendit que son père lui adresse la parole.

— Ni foy baani, fils, comment vas-tu aujourd'hui ?

— Ni ga baan, ça va père, répondit Yennendi.

— Il m'a été rapporté que tu t'étais mal comporté à l'école ce matin, Sonni Seyni !

Yennendi se sentit mal à l'aise. Il n'était pas habitué à ce qu'on l'appelle par son véritable prénom. Et lorsqu'il entendait sa mère ou son père l'appelé Sonni Seyni, ce n'était généralement pas bon signe. Il savait alors que quelque chose lui serait reproché et là, alors, gare à ses fesses. Un domestique désigné par ses parents se ferait un plaisir de lui faire passer un sale moment.

— Inutile. Je sais. Tu iras voir ta mère. Elle a quelque chose à te dire !

— Oui, baaba, dit-il en scrutant sur le visage de son père, à la dérobée, un signe, un soupçon de trait qui l'aiderait à appréhender la confrontation avec sa mère.

Que pouvait-elle lui réserver ? Pourquoi son père était-il venu jusqu'au windi de sa mère ? Qu'avait-il fait de si grave ? Est-ce que le Jasare avait été offusqué de son comportement en classe et qu'il était venu se plaindre à son père ? En chemin, il croisa Alija à qui il adressa un regard presque désespéré sans obtenir une réponse. Les pensées se bousculaient dans sa tête. Que pouvait-on lui reprocher ? Tout d'un coup, cela lui vint à l'esprit. Oui, c'est cela ! Sa décision d'aller voir le vieux marabout pour percer les mystères de sa destinée avait été devinée. Il avait dû dire quelque chose sans s'en rendre compte qui trahissait ses intentions ou pires, peut-être le fait qu'il interrogeait souvent Alija, pour les mêmes raisons. Cela avait forcément déplu. Comment lui, un moins que rien, tout fils de noble famille qu'il soit avait pu, ainsi enfreindre les lois et les tabous de la société Zarma ? Qui était-il pour oser braver les règles ? Quel âge avait-il ? Même pas dix pluies, pour imaginer s'opposer à la décision de son baaba ! Il n'avait aucun bouton d'acné sur la figure, aucun soupçon de poil au menton et pire, il n'avait même pas fait son initiation. Et puis tout le monde savait qu'Alija avait le don de double vue. Beaucoup avaient pu ainsi tester la véracité de ses révélations. Certains ne s'en étaient jamais remis, suite à des révélations sur leur vie privée, sur leurs penchants, voire sur leur jalousie vis-à-vis d'un homme ou d'une femme du village. Comme Alija appartenait à sa mère, les raisons de la désavouer à travers des propos qu'il aurait pu tenir, étaient grandes. C'est donc en ralentissant au maximum sa marche qu'il arriva devant le windi de sa mère. Son cœur battait la chamade et il était au bord des larmes. Cependant, il se reprit et serra les dents. Non, lui le fils du Khoyze le plus réputé du royaume ne pouvait se laisser aller ainsi. C'est finalement d'un pas décidé, prêt à affronter les situations les pires qu'il pouvait imaginer, y compris celle d'être fouetté devant tout le personnel de la concession de sa mère qu'il entra dans le windi de Kadidjatou Maïga, sa mère. Il traversa la cour et se dirigea droit vers la case de sa mère dans laquelle il dormait. La case était grande et était digne du rang de la femme du Bonkoyni qu'était son mari. C'était une maison bien rangée, avec au milieu des tapis et des coussins que Kadidjatou avait achetés aux Dioulas, commerçants colporteurs qui effectuaient des milliers de kilomètres à travers les différentes régions du royaume Zarmaganda, du Zarmatarey et du Songoyboro. Bien d'autres contrées étaient visitées par ces commerçants infatigables, comme les plus lointains confins de l'ancien empire du Mali, du royaume Mossi ou Gourmantché du Yatenga. Même les royaumes forestiers et côtiers avaient vu leurs étals de tissus multicolores, là ou mise à part certains mercenaires Zarma, personne à Dosso n'avait mis le pied. De la vaisselle en fer composée de bassines de différentes tailles, qu'une armada de domestiques appartenant à la famille de sa mère avait fait briller à rendre aveugle, était rangée en hauteur sur une sorte de meuble ramené par Zaago. On dit qu'il l'avait saisi, lors d'une expédition auprès d'un peuple du Sud, qui disait-on, faisait commerce avec des hommes à la peau blanche comme du lait de chèvre et venu d'un pays que l'on disait situé au-delà d'un lac encore plus grand que le lac Débo, voire plus grand encore que celui situé dans le royaume du Kanem Bornou. Sur la droite se tenait également, bien plié et rangé par séries de dix, des taafés, pagnes dont les couleurs étaient comme des appels à la fête ou aux cérémonies prestigieuses auxquelles était invitée si souvent sa mère. La chambre de Yennendi, nettement plus sobre, se tenait à l'ouest de la pièce et celle de sa mère au côté opposé.

Kadidjatou faisait les cent pas au milieu de la pièce, visiblement de mauvaise humeur, pestant contre tous les habitants de la concession, en leur reprochant leur mauvaise volonté à satisfaire ou à exécuter ses consignes ou même ses ordres. Elle vit son fils qui était debout à l'entrée de la case et avant qu'il ne se plie aux us et coutumes des salutations rituelles, elle lui ordonna d'une voix rude de s'asseoir dans un coin et de ne rien dire. Qu'est-ce qui avait pu la mettre dans un tel état ? Yennendi remarquait que depuis quelque temps, sa mère était souvent de mauvaise humeur et que quelque chose avait changé. Il la trouvait un peu plus pâle qu'à l'accoutumée, comme malade. Parfois, le soir, où surtout après qu'elle eut bu du lait de chèvre mélangé au miel sauvage recueilli dans la savane, sa mère pouvait se lever d'un seul coup et courir à travers la concession jusqu'à un endroit isolé où il l'entendait vomir. Il avait aussi du mal à réveiller sa mère le matin et trouvait tous les prétextes possibles pour aller se reposer, alors qu'elle était une femme active. D'ailleurs, il trouvait également que depuis quelque temps son visage avait grossi. Et pas seulement son visage, mais aussi son corps. Elle avait plus de fesses qu'auparavant, ses seins étaient beaucoup plus gros et il y avait comme l'amorce d'une protubérance au niveau du ventre. Il baissa les yeux lorsque sa mère s'arrêta tout d'un coup de manifester sa mauvaise humeur et se mit à le fixer.

— Sonni Seyni, aimes-tu ta mère ? lui dit-elle brusquement.

Le ton employé par sa mère ne souffrait d'aucune réponse qui ne soit à la mesure de ce qu'elle attendait. Yennendi comprit que sa réponse devrait être mesurée, remplie de souplesse et de diplomatie, ou quelque chose comme cela, se dit-il.

— Mais nya, je ne comprends pas ta question, lui répondit-il, en baissant les yeux, car il n'osait la regarder en face, ce qui aurait été interprété comme un geste d'impolitesse caractérisée.
— N'es-tu pas bien chez ta mère ? Est-ce que tu n'as pas tout ce que tu désires dans mon windi ?

Yennendi n'arrivait pas à comprendre là où sa mère voulait en venir. Il ne put marmonner que des paroles qui se voulaient rassurantes.

— Yennendi, dit-elle avec une voix sèche et nerveuse. C'est moi qui te donne à manger et personne d'autre. C'est moi ta mère et pas n'importe quelle nourrice. Je t'ai nourri à mon sein et non à celui d'une captive quelconque de mon windi. Je t'ai porté pendant neuf lunes dans mon ventre, porté sur mon dos lorsque je te présentais à la famille, fais le marché avec toi et soigné lorsque tu étais malade. N'est-ce pas ?

Décidément Yennendi ne comprenait rien. Il ne voyait pas là où elle voulait en venir. Son cerveau travaillait à toute vitesse pour essayer de trouver une réponse pouvant la satisfaire ou du moins la calmer et ainsi gagner du temps. Kadidjatou se tut brusquement, se mit à fixer son fils et avec des soupçons de larmes dans les yeux. Emportée par une colère que Yennendi ne saisissait pas, elle lui adressa une gifle qui laissa la trace de ses cinq doigts sur la joue de son fils. Puis elle le prit immédiatement dans ses bras, lui demandant pardon, le rassurant sur son amour tout en lui caressant le visage. Elle le dévisageait avec émotions. Yennendi avait l'impression d'être un met de choix que l'on s'apprêtait à engloutir.

— Tu ressembles tellement à ton père que parfois s'en est presque insultant. Je voudrais tant que tu aies quelque chose de moi mis à part ma fierté ou mon orgueil.

Yennendi se dit qu'il avait dû faire quelque chose de grave pour faire ainsi pleurer sa mère. Mais vu qu'il n'arrivait pas à savoir, il prit le parti de rester calme, stoïque, jusqu'à ce que sa mère lui donne la raison de son désarroi. Kadidjatou ne cessait d'imaginer embrasser son fils, de lui caresser le visage, de le regarder comme si c'était la dernière fois qu'elle le voyait. Elle savait très bien que la pudeur profonde qui était de mise dans la société Zarma l'empêchait d'exprimer réellement ses sentiments. D'ailleurs, elle avait déjà franchi la limite.

— Nya que se passe-t-il, parvient-il à lui dire ?

Kadidjatou se redressa alors. Parvenant à peine à sécher ses larmes, reniflant, elle regarda son fils avec douceur, lui arrangeant les parties de son boubou qu'elle avait froissées.

— Yennendi, à partir de ce soir, tu devras vivre chez ton père. Tu sais que c'est la coutume. Tu savais que ce jour devait arriver, n'est-ce pas ? Voilà, ce jour est arrivé. Je veux que tu prépares les affaires que tu veux emmener et tu rejoindras le windi de ton père avant le coucher du soleil. Je veux que tu passes voir le vieux Karamoko, car lorsque tu le reverras, cela sera pour le pleurer. Allez va, maintenant !

En regardant son fils aller vers sa petite chambre pour aller faire son baluchon, Kadidjatou Maïga, mit sa main droite sur son ventre. Elle se dit que celui-ci, Zaago ne l'aura pas. Elle lui en voulait de venir lui prendre son fils. C'est comme si on lui arrachait une partie de son ventre. Elle se dit que quelques heures auparavant dans la discussion qu'elle avait eue avec son mari, elle aurait dû plus insister sur le jeune âge de son fils. Qu'il avait encore besoin de sa mère. Qu'il était encore trop petit pour être plongé dans un monde d'adolescents et de jeunes alboros, ces jeunes adultes, à peine, impatients de vouloir montrer leur valeur. L'heure de l'initiation n'était pas encore venue pour son jeune fils. Elle aurait dû lui dire qu'il n'avait pas encore de boutons sur la figure, ni même ne serait-ce l'amorce d'un duvet au bas-ventre. Malgré les arguments qu'elle avait pu développer pour garder son fils auprès d'elle, Zaago avait été, certes, compréhensif, mais était resté intransigeant sur le fait qu'il était temps pour Yennendi de venir vivre dans la concession paternelle et d'être introduit au monde des hommes. C'était la tradition. D'ailleurs, le Jasare lui avait dit que Yennendi était assez mature pour apprendre et qu'il serait étonné des facultés de son arwasu. Son garçon, d'après lui, dépassera rapidement même les plus grands et les plus âgés que lui. Et puis le conseil des anciens et des initiés avait donné son accord afin que Yennendi intègre une classe d'âge prêt à recevoir l'initiation et un plus grand savoir. Pour Zaago, Yennendi était en âge d'être initié. Il devrait pouvoir défendre sa famille, son clan, son village. Plus tard, lorsqu'il aura été proclamé « Alboro », c'est-à-dire homme, il pourra même participer aux convocations que lui demandera le roi du Zarmaganda. Fatiguée après cette confrontation avec son mari et la scène émouvante qui s'est ensuivie avec son fils, Kadidjatou, décida d'aller se reposer. Elle alla s'étendre dans sa chambre, sur la natte recouverte de tissus multicolores qu'elle avait achetée à des Dioulas venus du lointain royaume de Ségou. Fermant les yeux, elle se remémora les circonstances de la venue au monde de son fils Yennendi, le premier fils de Zaago Dramane Djermakoye Sonni. Elle se retrouva plongée dans une flopée de souvenirs. Les images arrivaient à ses yeux, merveilleuses de couleurs et de sons. C'était comme si c'était la veille.

Yennendi

Les fêtes célébrant la venue du dieu Dongo, pour la bénédiction des moissons, battaient leur plein. La nouvelle saison des pluies s'annonçait encore meilleure que celle de l'année dernière. Une fois de plus, les habitants du Zarmaganda, après avoir rangé dans les greniers, les réserves de mil, de fonio, de sorgho et bien d'autres denrées qui permettraient de traverser en toute quiétude la prochaine saison sèche. Ils s'apprêtaient à remercier leur dieu protecteur. Sans oublier quand même Allah. Car bien sûr pour eux, les deux choses allaient de pair. Les plus anciens des marabouts racontaient que Dongo était là bien avant Allah et que le fait de prier les deux pouvait augmenter les chances d'obtenir de bonnes récoltes, de gagner la main de la femme convoitée ou même de devenir plus riche. La religion musulmane avait été apportée avec les pasteurs Fulfuldé et les Dioulas itinérants traversant les royaumes, chefferies, villes et villages. Il y avait très longtemps de cela. C'était avant le début de la naissance de l'Empire sonrhaï, ancêtres des Zarmas d'aujourd'hui. C'était avant le temps, très lointain de Sonni Ali Ber le grand, fondateur de la dynastie des Sonni. Et aujourd'hui l'un de ses descendants viendrait au monde. Secrètement, Kadidjatou espérait que son mari Zaago donnerait à son fils le nom de son illustre ancêtre, et que, Inch' Allah, il reprendrait le flambeau afin de faire naître à nouveau la destinée du peuple Zarma. Quelle fierté ! Elle serait la reine-mère du plus grand des Zarmas, du plus illustre d'entre eux depuis Ali Ber Sonni dit le grand.

Les cavaliers approchaient de plus en plus, les sabots de leurs fougueux destriers martelant le sol dans un ensemble d'une cadence si parfaite que l'on aurait dit un roulement de tambour annonçant une charge extraordinaire qui balayait tout sur son passage. Les femmes s'étaient arrêtées de battre des mains et suspendirent un temps leurs youyous stridents. Les jeunes wandiyés, telles des amazones aguerries, s'étaient mises instantanément en cercle autour de leurs mères comme le font les troupeaux de buffles dans la savane lorsqu'ils devaient affronter le roi des animaux. Puis reconnaissant, qui leur mari, qui leur père ou qui leur frère, elles commencèrent à danser sur place en remuant avec grâce leur corps paré de leurs plus beaux atouts vestimentaires. Les jeunes wandiyés, c'est-à-dire les jeunes filles pubères sachant qu'elles seraient bientôt le centre des palabres entre familles, cherchaient à se mettre en valeur, dans l'espoir que les cavaliers représentant les familles nobles du Zarma, ou ceux représentants tous les districts invités des différents royaumes zarmas les remarqueraient. À défaut d'un noble cavalier, un Burkine de la classe des hommes libres, beaux, de préférence et ayant acquis des biens proposerait le mariage à l'une de ces wandiyés et ferait l'affaire. L'essentiel était pour toutes ces wandiyés, d'avoir su retenir l'attention d'un bel alboro. C'est là que Kadidjatou le reconnut parmi la horde des cavaliers et des fantassins soulevant un nuage de poussière dense, Zaago, son bien-aimé de mari. Son cœur se mit à battre à tout rompre. Elle n'avait que dix-sept pluies. Mais en ce jour de la fête du Yennendi, elle se sentait prête à assumer sa vie en tant que femme, épouse de Dramane Djermakoye Zaago Sonni, Khoyze de la maison des Sonni et Bonkoyni du district de Dosso. Oui, elle serait digne du rang qu'Allah lui avait permis d'obtenir par le mariage unissant ainsi les familles Maïga et Sonni. Et bientôt elle allait lui donner son premier né, un fils, qui sera aussi beau et grand que son père.

Zaago arrêta net son fier destrier à la robe noire de jais, levant devant sa femme et Alija, la jeune captive qui l'accompagnait, un nuage de poussière qui les entoura comme par magie sans les salir. En ôtant son casque de cuir bouilli de couleur rouge, il les regarda du haut de sa monture. Son visage très noir, un nez droit, des traits fins, se fendit d'abord d'un large sourire. Puis en mettant pied à terre, il se dirigea vers sa femme. Dans un grand éclat de rire laissant apparaître une belle rangée de dents bien blanches, oubliant toutes retenues que le protocole de pudeur des Zarmas imposait, il enlaça sa femme de ses grands bras, tendrement, en la regardant de ses yeux malicieux avec une douceur infinie tandis qu'Alija, retenait son cheval en saisissant les rênes. Il posa la main sur le ventre de Kadidjatou, en le caressant lui dit :

— C'est un fils que tu m'apportes, femme ! Il ne devrait plus trop tarder à venir à en juger sa façon de bouger.
— C'est ton fils que je porte ! Oui, il sera là dans quelques jours et tu pourras lui donner le nom que tu as choisi pour lui.

Zaago partit dans un grand éclat de rire, se laissant aller au bonheur qui allait être le sien d'honorer sa famille non pas une fille, mais par un premier né, un garçon, car il le savait, lui aussi, c'était un fils. Il aperçut Alija. Il lui adressa un salut d'un signe de tête, puis bousculant une fois de plus le protocole que lui confère son rang vis-à-vis d'une simple captive, il s'approcha d'elle et lui saisit les mains.

— Qu'Allah soit avec toi, Alija ! Je te remercie de ton dévouement pour ta maîtresse, sois bénie, jeune wandiyo !
— Khoyze, dit-elle, en baissant les yeux et en joignant ses mains sur le devant de son taafé en inclinant son buste légèrement. Khoyze, il faut faire vite, car ma maîtresse va mettre son petit au monde… Maintenant !

Avant que Zaago n'ait pu ouvrir la bouche, il entendit sa femme pousser un petit cri. Il se précipita vers Kadidjatou qui se tenait le ventre. Elle était en train de perdre les eaux. Il regardait alternativement sa femme et Alija, en se demandant ce qu'il pouvait faire.

— C'est le moment lui cria Alija ! Elle va donner jour à ton fils, Khoyze ! Plus le temps de la porter à son windi !

Elle défit alors son taafé et l'étendit sur le sol. Pudique, Zaago détourna son regard pour ne pas regarder la jeune wandiyo au corps magnifique prometteur qui venait de se dévoiler devant lui. Elle fit s'allonger sa maîtresse sur le taafé qui commençait à ressentir les affres de l'accouchement et qui avait du mal à ne pas laisser sortir des cris de douleur. Alija héla une jeune wandiyo qui se trouvait à proximité afin de l'aider. Deux wayboros, femmes captives d'un certain âge, voyant ce qui se passait se précipitèrent vers la jeune femme à terre en train de se plier de douleur. C'était de vieilles femmes, expertes dans l'art de l'accouchement et qui voyant Alija se démener, jugèrent avec approbation les initiatives de la jeune captive. L'une d'elles, touchant le ventre de celle qui allait devenir mère lui, adressa un sourire.

— Jeune princesse, dit-elle à Kadidjatou, la délivrance est pour bientôt ! J'ai touché ton ventre et tu vas donner un fils à ton mari.

— Oui, répondit l'autre wayboro, c'est un fils que tu vas mettre au monde. Je vois sa position, ce n'est pas celle d'une jeune wandiyo.

Kadidjatou, cependant tout à son travail se demanda néanmoins comment ces vieilles biques pouvaient deviner comme cela le sexe de l'enfant à naître, juste avant de pousser un hurlement à pétrifier une hyène de peur. Zaago s'était lui aussi figé par un tel hurlement, comme s'il s'était trouvé devant un génie malfaisant de la savane. L'autre femme présente fit un signe à Zaago de partir. Celui-ci, sans demander son reste, enfourcha son destrier et disparu comme s'il avait été poursuivi par une horde de démons de la brousse.

Alija et l'autre jeune wandiyo avaient apporté du bois et allumé un feu. Alija avait déjà préparé depuis la veille tout un ensemble d'ustensiles, bassines, cotons, morceaux d'étoffes, onguents et herbes, qu'elle avait pris soin de dissimuler dans un endroit propre et surélevé sous des épineux. Une bassine d'eau était en train de chauffer. Les cris de Kadidjatou qui était maintenant en plein travail couvraient à intervalles réguliers les sons des tam-tams, les gongs, les battements de mains et les chants qui s'élevaient un peu plus loin. Un écran de plusieurs taafés avait été dressé afin de cacher aux badauds en fête le travail de Kadidjatou qui poussait de plus en plus fort afin de mettre au monde un petit qui promettait d'être vigoureux. Couverte de sueur, le visage crispé par la douleur, soufflant comme un crocodile en danger, Kadidjatou se demandait comment elle allait survivre à ce supplice. Elle, qui depuis le premier jour avait conçu son fils dans le plaisir des étreintes, chaque fois que la fougue et la passion de sa jeunesse l'avaient portée vers son mari, jour après jour, nuit après nuit, jouissant sans fin de leurs corps l'un de l'autre. Elle n'avait pas imaginé que le plaisir de l'amour pouvait laisser place à autant de douleurs, aussi fortes et aussi intenses de l'accouchement. Elle ne pouvait imaginer que pouvoir tenir contre son sein le fruit issu de la semence de Zaago, son bien aimé et chair de sa chair, amenait à tant de souffrances afin de pouvoir mettre au monde un bébé et enfin le montrer avec fierté à toutes les femmes du Zarmaganda.

— Ça y est je le vois, maîtresse, s'exclama Alija ! J'aperçois sa tête ! Pousse, nya pousse encore nya !

Kadidjatou, encouragée par la voix d'Alija et des accoucheuses qui se pressaient autour d'elle, sentait enfin la délivrance toute proche. Elle ne savait plus depuis combien de temps, elle était là, à souffler comme un serpent apeuré et à crier comme un phacochère à l'agonie. Sûrement depuis des heures. Elle s'apprêtait, après avoir repris son souffle à insuffler un dernier effort à son calvaire lorsque le ciel se mit tout d'un coup à s'assombrir. Des nuages accouraient à toute vitesse vers l'endroit où Kadidjatou allait mettre au monde son premier né, comme un char lancé en pleine course, conduit par le dieu de la pluie en personne. Un énorme coup de tonnerre se fit entendre, suivit d'un éclair gigantesque qui déchira le ciel.

Alija leva alors la tête vers le ciel et s'écria :

— Dongo, voici Dongo qui arrive, comme je te l'avais dit, Nya !

Les accoucheuses, de leurs bouches édentées, s'écrièrent en même temps :

— Dongo, c'est Dongo ! C'est Dongo ! Le dieu Dongo est venu ! Le dieu Dongo est là !

Elles se regardèrent et se comprirent immédiatement. Il était sûr que cet enfant qui allait venir au monde était appelé à un destin exceptionnel. Mais lequel ? Il appartiendra aux marabouts et peut-être aux féticheurs, de le révéler. Ou alors, cela sera peut-être Alija la jeune captive, qui avait le don de double vue comme sa mère avant elle et sûrement comme les femmes de sa lignée, qui pourrait voir le destin qu'Allah, celui qui commandait au panthéon des dieux ancêtres des Zarmas depuis toujours, lui réservait.

Les tam-tams résonnèrent de plus belle, les mains des femmes à taper de plus en plus fort. Les cavaliers, qui avaient mis pied à terre mêlée aux burkines avaient formé un rang face aux wayboros et aux wandiyés. Tous allaient de leurs plus belles danses, pour répondre aux avances masquées des belles wayboros. Tout le monde avait alors compris que la pluie qui arrivait était un signe. Signe annonçant que les prochaines récoltes qui suivaient les semailles, seraient pleines de promesses. Mais pour certaines personnes présentes autour de Kadidjatou, ce jour serait le signe que le fils de Zaago Sonni et de Kadidjatou Maïga serait promis à un destin exceptionnel.

— Poussez maîtresse, il arrive, sa tête sort. Je le vois. Poussez !

Dans un effort alors surhumain, pour les dix-sept pluies de Kadidjatou, serrant l'un des bras d'Alija à le casser, elle poussa une dernière fois de toutes ses forces afin d'expulser de ses entrailles ce petit bonhomme qui allait annoncer de sa voix aux hommes du Zarmaganda qu'il était arrivé. C'est lorsque le fils de Zaago poussa son premier cri d'homme libre que la pluie se mit à tomber. Dongo, Dieu de la pluie, envoyé d'Allah au Zarmaganda, était présent. C'est en souriant que le dieu lui donna le surnom de Yennendi. Il laissera le soin à son père de lui choisir un véritable nom parmi la liste illustre de ses ancêtres.

Dramane Djermakoye Zaago Sonni faisait faire les cent pas à son destrier. Parfois il descendait à terre, adressait une prière muette à Allah, lui demandant d'intercéder auprès des dieux inférieurs et des bons génies de la savane, afin que tout se déroule dans les meilleures conditions. Puis il remontait sur son cheval à la robe noir de jais, prêt à foncer vers le lieu de travail de Kadidjatou si jamais cela s'annonçait mal. Dans sa tête, milles pensées se bousculaient. Que voulait-il ? Que préférait-il ? Que lui annonçaient les nuages sombres qui se formaient au loin et dont la trajectoire lui annonçait qu'ils tomberaient en plein sur le lieu où son premier né avait choisi de venir, en pleine nature, sans qu'il ait eu la décence d'attendre que sa mère ait atteint au moins, le premier windi du village ? Une pensée atroce lui vint à ce moment-là. Et si l'enfant n'arrivait pas à venir au monde. Lequel des deux serait-il prêt à sacrifier aux dieux qui venaient sur leur char de nuages noirs ? Qu'était-il prêt à perdre ? Son fils ou la mère de son fils ? Il se remémora une scène semblable lorsqu'il était enfant dans le Windi de sa mère où une jeune femme qui devait accoucher ne put mettre son enfant au monde. Allah avait préféré alors rappeler la mère et l'enfant auprès de lui. Aujourd'hui, cette scène se répétait pratiquement devant lui, à la seule différence près qu'il s'agissait en ce jour de fête du Yennendi, de sa femme et de son premier né. Il adressa une fois de plus une prière muette à Allah en lui promettant, il ne sait quoi, mais il promit, si Allah lui accorde la vie sauve pour sa femme et son fils de sacrifier une dizaine de moutons. Et si cela n'était pas assez, il sacrifiera les plus belles vaches d'un de ses troupeaux. Il se souvint avec une certaine émotion de sa rencontre avec Kadidjatou presque deux ans auparavant. Sa famille, les Sonni, avait arrangé depuis sa tendre enfance son Hiijay, avec la douce Kadidjatou, afin d'unifier et d'allier à sa famille celle des Maïga. Le plus de cet Hiijay, c'était que l'amour avait frappé le cœur de Zaago au premier regard de cette wandiyo. Il l'avait connue auparavant, mais il ne l'avait plus revue depuis son départ chez les mossis où il avait appris l'art raffiné de l'équitation, le maniement des armes auprès des guerriers Goranes du Kanem-Bornou. C'est à son retour que ses parents avaient alors activé la promesse d'union des familles Sonni et Maïga. Il se rappela également les battements de son cœur, l'émotion qu'il avait eue en soulevant timidement le voile de soie léger qui recouvrait le visage de Kadidjatou. L'un des plus beaux visages qu'il ait pu contempler dans tout le Zarmaganda, lui apparut. Même dans les autres royaumes où il avait voyagé, il ne vit femmes plus belles que Kadidjatou. Il se remémora, dans les délices de l'intimité de sa case, après les festivités grandioses de son hiijay, la beauté du corps de sa femme, enfin révélée à lui seul. La douceur de sa peau, si belle et si veloutée, le parfum de sa peau, qui a laissé dans son cerveau une marque indélébile, faisait d'elle l'unique femme qu'il pourrait retrouver parmi les mille femmes les plus belles du royaume, dos tourné, rien qu'à son odeur. Il revoyait les douces courbes de cette jeune femme, la chute de ses reins, ses fesses fermes, ses seins voluptueux à la forme parfaite comme il aimait les voir chez une femme. Ses cuisses galbées, abritant dans son intimité un fruit velouté, chaud, à la saveur délicieuse, faisait jaillir de son sexe, bâton de chair durci, gorgé de jus, sa semence. Semence qui avait fécondé une wandiyo aussi racée que Kadidjatou. Il n'avait jamais ressenti autant d'émotion à la vue d'une telle beauté alors qu'il s'amusait déjà à courir, après son initiation, les plaisirs que procuraient les maîtresses femmes expertes de l'amour des villes du royaume.

C'est son ami, Issa Souleye kountché qui le tira de sa rêverie en lui montrant un coureur en train d'approcher au pas de course. La pluie qui tombait depuis une demi-heure s'était arrêtée. C'était un tout jeune zanka d'à peine huit à dix pluies. Il était armé d'une petite sagaie au manche torsadé et d'un petit bouclier en cuir bouilli recouvert d'une première peau très dure, arrachée sûrement à un rhinocéros et d'une deuxième peau plus fine d'une gazelle.

— Khoyze, ça y est ! Ta wayboro, Kadidjatou Maïga t'annonce que tu es le père d'un vigoureux garçon ! Reçois toutes mes félicitations en ce jour du Yennendi !

Zaago, regarda ce petit bout d'alboro à la langue aussi vive et sans peur. Il le remercia et descendit de son cheval. Tout à la joie d'avoir donné un premier né, mâle à sa famille, oubliant toutes les règles du protocole que son rang lui confère, il vint donner l'accolade au jeune garçon pour cette excellente nouvelle. Puis tomba dans les bras de son ami d'enfance, Issa Kountché, noble comme lui et parent éloigné de la branche des Sonni. Il s'accroupit, le nez dans la poussière, tourné vers l'est pour adresser des remerciements à Allah qui avait exaucé son vœu. Une fois cela accompli et après avoir regardé à droite et à gauche pour voir si personne ne les observait, il s'élança à nouveau vers son ami qu'il se mit à serrer contre lui de toutes ses forces en éclatant de rire.

— Hé, Zaago, fais attention à ne pas m'écraser les os dits Issa Kountché en riant.

Puis se tournant vers le jeune messager :

— Toi, arwasu, dit Zaago, quel est ton nom ?

— Aliou Kanandja, fils de Mari Adamou Kanandja le pécheur, répondit-il. On me surnomme le guépard à cause de ma vitesse à la course, dit-il avec aplomb.

— Sais-tu monter à cheval demanda Zaago ?

— Oui, un peu, Khoyze ! Mais je maîtrise mieux l'art de monter les chameaux, Khoyze !

— Alors en ce jour du Yennendi et à partir d'aujourd'hui, tu deviens mon pâge. Présente-toi demain à mon windi pour recevoir tes nouvelles fonctions. Je te donnerai ton premier chameau !

— Qu'Allah te bénisse, Khoyze, dit Aliou en se prosternant ! Qu'Allah te bénisse !

Enfourchant chacun leur destrier, Zaago et Issa Souleye Kountché, galopèrent jusqu'à Dosso pour annoncer la nouvelle. Le surnom du nouveau-né était tout trouvé. Resterait à lui donner un vrai prénom. Mais pour l'instant Zaago n'en avait cure. Ensuite, il irait dans le windi de la mère de Kadidjatou pour aller voir son fils, le prendre dans ses bras et le présenter à Allah. Il attendrait sept jours avant de prononcer dans l'oreille de son premier né, son véritable nom. Lui seul et avant tout le monde devra entendre son prénom. En attendant, comme des milliers de pères partout à travers le royaume et peut-être dans le monde infini des peuples de cette terre, il fêterait la naissance de son premier né avec ses amis chez Saliatou, la meilleure faiseuse de bière de mil du pays.

C'est ainsi que naquit en ce premier jour de la saison des pluies des années 1750 ou 1760, celui que l'on nommerait toute sa vie Yennendi !

La mort de Karamoko

Yennendi rassemblait ses affaires, sans hâte, en vue de son départ chez son père. Il se sentait bizarre. Lui qui avait toujours attendu ce moment et qui s'était préparé à cet instant durant sa toute première partie de vie, ne se sentait, à présent pas pressé de quitter sa mère. Kadidjatou se lamentait tout doucement dans la pièce d'à côté, poussant des soupirs, contenant à grande peine ses sanglots tout en appelant le ciel à témoin contre l'égoïsme des hommes. Elle en appelait à Allah et aux génies de la savane. Elle fustigeait l'ingratitude des hommes et sa condition de mère à qui on arrachait sans se soucier de son avis son fils, la chair de sa chair. Elle avait mis neuf lunes pour le faire et souffert la douleur des affres de l'accouchement. Voilà ce qu'elle lançait à Allah. Comment son mari pouvait-il être tellement cruel ? Yennendi, de l'autre côté de la pièce, dans sa petite chambre, se sentait coupable d'abandonner sa mère, comme une vieille captive en fin de vie dans la savane ou dans le désert, comme le faisaient, d'après ce qu'il avait entendu, les hommes bleus du désert. Il regardait la case dans laquelle il avait toujours vécu jusqu'à présent et s'imprégnait de son atmosphère pour la dernière fois. Son odeur, ses couleurs, sa lumière et ses coins d'ombre lui manqueraient à coup sûr. Il avait le cœur lourd. Il se demanda un instant s'il avait la possibilité de vivre le jour avec son père et de venir dormir la nuit chez sa mère. Mais non ce n'était plus possible ! Les enfants vivaient avec leur mère jusqu'à leurs dix pluies et rejoignaient par la suite les windis de leur père pour préparer leur initiation et devenir des alboros. C'était comme cela ! Et cela dans toutes les provinces zarma. Tous les enfants de la classe d'âge de Yennendi, appartenant aux différents clans familiaux, Goole, Goubé, Tchi, Lafar, Sabirs, Mawri et Suje étaient en train de préparer leurs affaires afin de se rendre tous au même moment chez leur père. C'était comme un signal invisible à l'œil et inaudible à l'oreille de l'étranger. Les fils de nobles d'origine comme les fils des Burkines. Il se retrouverait ainsi pendant les quelques pluies qu'allait durer leur initiation, parmi des garçons de son âge ou un peu plus âgé. Fils de forgeron, d'éleveur, de cultivateur, d'artisan, de soldat, de tisserand, de commerçant ou de noble. Les enfants dont les parents étaient décédés étaient également concernés, car il y avait toujours quelque part un oncle ou un cousin pour les élever. Cependant, seuls les fils de nobles devront apprendre à maîtriser le cheval. Les autres se contenteront d'être de la piétaille ou monteront les chameaux que l'on trouvait également en grand nombre dans toutes les villes des royaumes zarmas, même si les maîtres en la matière restaient les hommes bleus du désert.

Ne tenant plus en place, Kadidjatou sortit de la pièce où elle s'était enfermée pour aller voir où en était son fils dans ses préparatifs. Avant d'entrer dans le réduit qui servait de chambre à Yennendi, elle essuya ses larmes, du revers de son pagne.

— Il est l'heure mon fils de rejoindre le windi de ton père ! dit-elle dans un sursaut de sanglot.

Yennendi regarda une dernière fois la case de sa mère comme s'il voulait emporter avec lui chaque détail des objets qui peuplaient cette pièce. Puis il posa son baluchon dans lequel il avait entassé pêle-mêle quelques habits sur sa tête, c'est-à-dire pas grand-chose. Juste ses sandales en peau de chèvre, son ardoise sur laquelle il avait appris à écrire et à lire les sourates, hadiths et autres versets du Coran et bien sûr les quelques gris-gris que lui avaient confectionnés les marabouts mandatés par ses parents depuis sa naissance. Puis s'avançant tout doucement vers le milieu de la pièce principale, essayant de retenir ses larmes, il vint étreindre sa mère de manière digne et quelque peu distante. Il se glissait déjà dans sa nouvelle peau d'homme, qui, comme un habit, était encore trop grande pour lui.

— Ne pleure pas Nya, lui dit-il tendrement. Tu sais que je serai là toujours pour toi ! Je reviendrai te voir chaque fois qu'il me sera possible de le faire.

Kadidjatou se baissa pour être à hauteur de son fils et se mit à lui caresser son visage une fois de plus.

— Ne sois pas si désolé, mon fils ! Va et rends-moi fière par tes exploits ! Écoutes, ce que les précepteurs et ton père te diront et t'apprendront. Un long chemin t'attend pour devenir l'alboro que toutes m'envieront, toutes les femmes du Zarmaganda, dit-elle avec un beau sourire.

Yennendi avait un visage sérieux, très grave, tellement mûr que Kadidjatou eut un sursaut. Elle recula pour mieux le contempler.

— Par Allah, qu'est-ce que tu ressembles à ton père ! Jamais je ne t'ai trouvé aussi beau qu'aujourd'hui mon fils. Laisse-moi graver ton visage dans ma mémoire, car la prochaine fois que je te reverrai, tu commenceras à avoir du poil au menton, ajoute-t-elle dans son sourire.

— Nya, prend soin de toi et surtout prend soin du bébé que tu portes en toi. Essaye de ne pas porter de charges lourdes et ménage-toi. Je te connais, pour calmer ta colère, tu vas faire n'importe quoi.

— Fils, lui dit-elle en souriant, rappelle-toi à qui tu parles ! Fière cependant de ce que son fils puisse lui dire de telles paroles, du haut de ses à peine dix pluies.

Elle lui fit un signe de tête pour lui signifier qu'elle avait bien compris ses paroles. Elle se redressa, contempla Yennendi une dernière fois et du doigt lui désigna la sortie, avec presque autorité. Yennendi remit son baluchon sur la tête et se dirigea vers la porte. Le soleil amorçait sa descente pour aller se coucher derrière la légère ligne de crête que formait une petite colline derrière l'Issa Beri. Il regarda les quatre coins du windi de sa mère, nord, sud, est et ouest. Il regarda les cases disposées en carré dans la concession de sa mère, à gauche et de droite. C'étaient les logements des domestiques dans lesquels il avait toujours vécu, au gré des bouillies, beignets et repas que lui faisaient les nourrices. Il regarda le coin cuisine, et le puits central qui trônait au milieu de la cour. Il regarda cette cour où il avait fait ses premiers pas et apprit à courir. Il se remémora le jour, où dans cette cour, près de la cuisine, il avait largué ses besoins dans un mortier prêt à servir pour piler la pâte de mil qui devait être servi au repas de midi. Il sourit à l'évocation de ce souvenir. Alija lui avait mis une correction comme si elle était sa mère.

Alija, songea-t-il tout à coup ! Posant alors son baluchon par terre, il courut comme un lièvre vers la case d'Alija. Il y entra, mais ne la trouva pas dans sa case. Comme un fou, il ressortit, et alla de case en case interrogeant presque en larmoyant les domestiques, les captifs, qui étaient au service de sa mère.

— Alija, où est Alija ? Dites-moi où est Alija ?

Puis, d'un seul coup, se rappelant qu'il devait désormais se conduire en homme, il se ravisa. Il arrêta sa recherche, ravala ses sanglots, remit son baluchon sur la tête et à grandes enjambées, sans un regard pour la horde des sujets de sa mère qui s'étaient pourtant rassemblés pour lui souhaiter au revoir, traversa la cour du windi, sans se retourner, la tête droite et le torse bombé comme un petit soldat qui défilait devant Osseini Mohamed, le grand Askia. Arrivé devant le portail de la concession, il se rappela qu'il n'était pas allé, rendre visite au vieux Karamoko, comme il avait promis à sa mère de le faire avant son départ. Saisi d'un pressentiment, il fit demi-tour, passa une fois de plus devant les domestiques qui se demandaient s'il ne perdait pas un peu la tête, et fonça droit sur la case du vieux précepteur. N'avait-il pas instruit et enseigné à sa mère ainsi qu'à ses oncles ? N'avait-il pas profité, lui aussi, après les cours du jasare à l'école coranique, du savoir de l'ancien enseignant qu'il fut ? Le vieux Karamoko était couché sur sa natte. Immobile, il faisait la sieste, sa poitrine se soulevant lentement, rythmant sa respiration. Yennendi le regarda pendant un bon moment. Il n'osait interrompre son sommeil. La peau du vieil homme était parcheminée de fines ridules infinies qui le faisaient ressembler à un vieux parchemin sortit tout droit de la bibliothèque des vieilles universités de Tombouctou, de Gao ou de Djenné.

— Je ne dors pas fils ! J'attendais ta venue, jeune zanka, avant ton départ pour la cité des alboros. Je n'allais pas partir au royaume des esprits sans t'avoir vu une dernière fois.

Yennendi se précipita, les bras tendus vers le vieil homme. Des larmes coulaient sur son visage d'enfant. Il lui demanda pardon pour toutes les bêtises et pour tous les tracas occasionnés, à maintes reprises. Il lui demanda pardon pour toutes les fois où il avait usé de caprices pour ne pas suivre l'enseignement du précepteur exceptionnel, qu'était Karamoko, l'homme sans âge, gardien de la mémoire de la famille de sa mère, les Maïga, et même à travers elle, gardien de la mémoire des Sonrhaïs jusqu'à leur arrivée dans le pays Zarma. Avait-il vécu réellement le grand exode vers l'est, se demanda-t-il ? En le serrant dans ses bras, Yennendi sut qu'il ne reverrait plus jamais le vieux Karamoko. Il en avait la certitude. Karamoko prit son petit visage dans ses mains, le fixa de ses yeux, mis-clos, aveugles, et de ses doigts perclus d'arthrites. Il parcourut son visage comme s'il lisait dans un livre. Yennendi vit des larmes dans les yeux du vieil homme. Un sourire, puis un rire, presque inaudible, qui finit par se faire entendre dans un rire joyeux.

— Je te souhaite une vraie vie, Yennendi, dit-il d'un air essoufflé ! Je te souhaite une longue vie mon garçon et je dis que l'on se reverra un jour mon fils. Voici venu le temps de m'en aller, et de laisser la place. Mon temps sur cette terre est terminé et depuis plusieurs jours, ma femme, la douce Sadi m'attend.

— Non, dit Yennendi, baaba, tu ne peux partir maintenant. Qui va s'occuper de ma mère pendant mon absence ?

Le vieux Karamoko, eu un rire amusé, entrecoupé de quintes de toux qui pompaient ses forces chaque fois un peu plus. Il continua de rire comme il pouvait.

— J'ai vécu des choses comme il n'a pas été permis à un autre homme de vivre. J'ai vu des hommes de toutes ethnies, de couleurs différentes, j'ai même vu des hommes à la peau délavée, avec des cheveux jaunes. Ceux-là, ne les approche jamais, ils sont d'une cruauté infinie. J'ai vu des pays et traversé bien des royaumes. Maintenant que tu es là, et que tu deviendras un Khoyze à ton tour, je peux partir tranquille. Je sais que Kadidjatou ta douce mère sera entre de bonnes mains. Promets-moi de devenir un homme droit, juste et respecté ! Respecté pour son savoir, son honnêteté et ses principes moraux. Sois un juste, mon fils !

En disant cela, la voix du vieux Karamoko devenait de plus en plus inaudible et il commençait lentement à glisser des bras de Yennendi.

— Je te le promets baaba ! Je te le promets baaba dit Yennendi en serrant le vieil homme contre lui, sentant que la vie était en train de quitter le corps du vieux Karamoko.

— Voici ma douce Sadi ! Comme elle est belle et radieuse ! Elle me tend les bras et m'appelle ! Je dois à présent partir, Yennendi !

Puis, il fixa une dernière fois le visage de Yennendi. Il n'avait déjà plus la force de lever le bras afin de caresser pour la dernière fois le visage du jeune zanka. Il nota cependant un sourire qui fendait la bouche de son précepteur jusqu'aux oreilles. À travers ses larmes, Yennendi trouva la force de lancer une petite plaisanterie comme il aimait le faire si souvent :

— Tu ris comme une banane, baaba ! Je t'en prie, restes encore un peu avec nous, parmi nous baaba ! Baaba ne pars pas, je te supplie, baaba, ne nous laisse pas. Baaba, ne me laisse pas. Je t'en supplie, baaba !

Yennendi secoua le vieil homme que la vie quittait comme si cela avait le pouvoir de faire reculer la mort. Il passa ses bras autour du cou du vieux Karamoko, soulevant sa tête, pour l'empêcher de retomber sur le côté, le corps secoué de sanglots interminables, criant sa peine à fendre le cœur d'un baobab, hurlant sa douleur, impuissant, face à l'ange de la mort qui venait prendre possession de l'âme et du corps de celui qui fut, certainement l'homme le plus juste du royaume.

C'est dans un rire joyeux que Karamoko partit pour aller rejoindre sa douce Sadi. Sa tête retomba tout doucement dans les bras de Yennendi. Il reçut le dernier souffle du vieil érudit. Son âme devait à présent survoler le Zarmaganda en direction de l'ouest où il arriverait, dans très peu de temps, accompagné de la douce Sadi, loin d'ici, vers son village natal dans l'ancien grand empire du Mali. Bientôt il serait auprès de ses ancêtres où son retour serait célébré, devant un bon plat de Plakali à la sauce d'aubergines et de gombos pimentés, accompagnés de vin de palme. Yennendi, la tête sur la poitrine du vieil homme, pleurait à chaudes larmes comme un bébé. Il ne se résignait pas à le lâcher et à le laisser partir.

— Laisse-le partir, Yennendi, lui dit la voix de Kadidjatou derrière lui.

Elle était entrée tout doucement dans la case du vieil homme sans qu'il l'entende, afin de ne pas briser cette communion qui s'était établie à ce moment, entre le vieil homme et l'enfant.

— Nous lui célébrerons de dignes funérailles dit-elle !

Elle attira son fils dans ses bras, qui s'abandonna pour la dernière fois comme le bébé qu'il a toujours été pour sa mère.

— Je te jure que je ne l'abandonnerai pas aux vautours, aux chacals et aux Hyènes !

Yennendi ne pleurait pas seulement le vieux Karamoko. Il pleurait la fin d'une époque joyeuse et insouciante. Il pleurait la fin de son enfance. Il avait conscience, malgré son jeune âge, de quitter un monde pour en gagner un autre qui, à vrai dire, lui faisait peur. Il avait beau afficher devant Yala et tous ses camarades de sa classe d'âge une certaine assurance, il savait au fond de lui qu'il redoutait le jour de son départ pour le windi de son père. Ce qui signifiait la fin de son innocence et de sa liberté. Il avait toujours été impressionné par la transformation physique et mentale des jeunes zankas. Partis enfants, ils revenaient alboros après leur initiation. Ils prendraient place auprès de l'assemblée des adultes, sous le gros baobab de Dosso, lors des conseils des anciens, où ils auraient droit de siéger désormais. Ils avaient grandi, leur corps s'était développé, des muscles avaient sailli là où ils n'y avaient que de la peau sur des os. Ils marchaient la tête haute et surtout s'étaient débarrassés des habits de l'enfance pour se vêtir d'amples boubous. Certains seraient dotés de paires de bottes et surtout d'une épée et d'un poignard à la ceinture. Et puis il y avait quelque chose qui faisait peur à tous. C'était cette mutilation d'une partie d'un bout de leur corps, quelque part entre leurs cuisses, indispensable selon les anciens, pour pouvoir un jour avoir droit eux aussi à une descendance. Personne dans sa classe d'âge n'avait jamais osé évoquer le sujet, de peur d'être surpris dans leur réflexion par un adulte qui n'hésiterait pas en parler un instant aux parents de l'indélicat sujet auxquels ils se seraient adonnés. Ces derniers seraient alors, immédiatement châtiés par quelconques domestiques ou autres captifs aux ordres. C'était un sujet absolument tabou dans la société, du moins, tant qu'on n'était pas encore initié. Pourtant, Yala, un jour, en secret lui avait parlé de la manière dont certains hommes faisaient avec les femmes. Ils mettaient, paraît-il, leur organe, devenu gonflé et énorme, sorti du dessous de leur boubou, pour le faire entrer entre les cuisses de ces femmes, avec des halètements qui ressemblaient à ceux de chiens faisant la sieste. Yala disait vrai ! Yennendi se souvint alors qu'un jour, il avait surpris dans une case du windi de sa mère, absente ce jour-là, deux domestiques, qui procédaient de la sorte. Apeuré par la scène qu'il venait de surprendre et apeuré par les cris de bête que poussait l'homme couché sur la femme, il avait pris la fuite. Toutes ces pensées s'agitaient dans la tête de Yennendi et soulignaient toute l'appréhension qu'il redoutait à devenir adulte. Et puis, il sentait vaguement que, quelque part, même s'il attendait ce jour de pouvoir vivre avec son père, il avait besoin de sa mère et que ces souhaits d'enfant ne comptaient absolument pas devant la décision des adultes. Il aurait tellement aimé que son père et sa mère vivent dans le même windi. Mais à présent le moment était venu. Yennendi n'avait qu'un seul devoir, celui de suivre la tradition et d'obtempérer à l'injonction de son père. Il allait être confronté à un nouveau monde qui semblait être fait dans un moule plus terrifiant que celui où il avait vécu jusqu'à présent. Il allait sortir d'un monde de femmes, rempli de rires, de bavardages sans fin, d'odeur parfumée de leurs corps ou de leur cuisine. Un monde, rempli de caresses, de câlins et de coup de trique parfois. Quitter un monde plein de douceurs pour un monde rude, froid, plein de brutalités voire de cruauté.

— Où est Alija, demanda-t-il à sa mère levant ses yeux pleins de larmes ? Je ne la verrai pas avant de m'en aller ? Ne veut-elle pas me dire au revoir ?

— Ce n'est pas qu'elle ne veuille pas te voir, mon fils. Mais tu sais Alija est une jeune femme maintenant et tu n'es pas son fils. Elle t'a servi de tatie, mais je crois qu'elle te considérait presque comme son petit frère. Elle est sortie recueillir du miel dans la savane. Tu auras d'autres occasions de la croiser.

Kadidjatou savait au fond d'elle-même qu'Alija avait vu la mort, sous les traits de Sadi venir chercher le vieux Karamoko. Elle avait sûrement préféré s'éloigner pour ne pas avoir à crier sa peine de perdre un être qui lui était tout aussi cher que Yennendi. Karamoko et elle étaient des captifs de la famille des Maïga. Mais ils faisaient partie de la famille. C'était le hasard et les tribulations de la vie qui avaient fait de Karamoko et Alija des captifs. Personne ne pouvait raconter à partir de quel moment, Karamoko était arrivé au service des Maïga. Était-ce après la chute de l'Empire sonrhaï ? Il y avait tellement longtemps que plus personne ne savait, sauf lui. Quant à Alija, la capture de sa mère lors d'une guerre ou d'un raid faisait d'elle une horso comme tant d'autres parmi les zarmas. Leur état dans la société les avait rapprochés. Aujourd'hui, Alija pleurait celui qui avait été le père qu'elle n'avait jamais connu. C'est lui qui s'était occupé d'elle lorsque sa mère est partie rejoindre ses ancêtres alors qu'elle était encore qu'une enfant. C'est lui aussi qui lui avait appris à lire et à écrire le Coran en secret. C'est lui encore, qui lui avait parlé de son vrai peuple, les Fulfuldes de l'Ardo, pays qui se trouvait vers l'ouest, situé à mille et mille lieux du Zarmaganda, bien après le royaume mossi. C'était le vieux Karamoko qui lui avait enseigné quelques rudiments de sa langue maternelle. Il lui avait raconté que son peuple était un grand peuple qui vivait sur un territoire étendu, suivant leurs troupeaux de zébus à travers plusieurs royaumes. Depuis la source de l'Issa Beri dans le Fouta-Djalon, que les Malinkés appelaient Djoliba, jusqu'aux frontières des royaumes du Cayor, du Diourbel, du Wolof, et du Fouta-Toro lorsque l'on allait vers le nord. On les trouvait dans toutes les parties des empires successifs du Mandé, jusqu'au Kanem. Son peuple était un grand peuple qui avait amené l'islam aux Sonrhaïs. Oui, Kadidjatou savait tout cela grâce aux enseignements du vieux Karamoko.

Kadidjatou connaissait ses secrets et redoutait l'instant à venir où Alija, aidée de son don de double vue comme sa mère, allait venir lui réclamer son dû, sa liberté ou pire s'enfuir, honte suprême pour une wayboro de son rang. Et puis, elle savait au fond d'elle-même, qu'Alija connaissait sûrement mieux que n'importe quel marabout le véritable devenir de son fils adoré. Elle savait comment un jour elle l'avait surprise en train de lire dans les entrailles d'un mouton qu'Alija avait égorgé elle-même pour la préparation des célébrations des fêtes de l'Aït El Fitr à la fin du ramadan. Elle avait eu une vision et avait poussé un cri. Kadidjatou eut la certitude ce jour-là qu'elle avait vu le véritable destin de son fils. Elle n'était pas intervenue, mais elle était sûre qu'Alija avait vu des choses que les marabouts n'avaient pas su entrevoir. C'était son sixième sens de mère qui le lui disait et cela s'était inscrit dans son esprit et dans sa chair au fer rouge. Elle comprenait également pourquoi Alija s'était juré de veiller sur Yennendi comme s'il s'agissait de son propre enfant, de veiller sur lui, jour et nuit lorsqu'il était malade. Elle lui donnait des concoctions d'herbes médicinales, de peur de ne pas le voir revenir des fièvres qui le rongeaient. Elle lui servait de garde de corps comme ce jour où, une fois, revenant des champs de sa mère, à quelques encablures de la ville, elle avait été attaquée par une hyène. Alija s'était jetée sur la bête avec une témérité et une rage telle, que l'animal, voyant la détermination de la jeune wandiyo, coupe-coupe à la main, avait préféré battre en retraite, gémissante et léchant les blessures occasionnées par Alija. C'est ce jour-là que Kadidjatou, tout en la remerciant de lui avoir sauvé la vie, comprit qu'il lui faudrait un jour affronter ou éloigner cette fille de sa vie et de celle de son fils. Comment et quand, elle ne le savait pas encore, mais ce jour était inéluctable ! Soit elle la ferait mettre à mort sous un prétexte quelconque, ou alors elle devra prendre la décision de la chasser de son windi en lui donnant sa liberté. Elle ne voulait sûrement pas qu'Alija puisse aussi un jour révéler à son fils, ce qu'elle avait vu de son avenir. Elle n'arrivait pas à déterminer si elle voulait savoir ce qu'Alija avait vu ou ignorer le destin de son fils. Mais elle savait qu'elle préférerait mourir ou échanger sa vie en la donnant aux génies malfaisants de la brousse pour sauver celle de son fils, chair de sa chair, sang de son sang, fruit de ses entrailles. Elle n'en avait jamais parlé à Zaago de peur que sa réaction face à de telles révélations soit d'une brutalité qui aurait été préjudiciable pour l'ensemble des hommes et des femmes qui étaient sous sa responsabilité, dans son windi.

Alija avait entendu au loin les cris des domestiques du windi de sa maîtresse annonçant que la mort avait frappé. Elle sut d'emblée que le vieil homme s'en était allé et que son âme allait prendre son envol pour entreprendre son voyage de retour parmi les siens. Il prendrait place dans la mémoire de son peuple qu'il avait quitté depuis si longtemps. Cela faisait des heures qu'elle s'était réfugiée quelque part dans les hautes herbes qui longeaient l'Issa Beri, invisible à tout humain qui se serait aventuré dans les environs pour pêcher ou venir faire des offrandes aux dieux du fleuve, après quelques sacrifices rituels, selon que l'on voulait souhaiter à un frère, une sœur, un voisin, un ami ou un ennemi personnel ou potentiel, du bien ou du mal. Alija n'avait plus assez de larmes pour finir de pleurer celui qui avait été un père pour elle. Mais elle n'avait plus assez de larmes à verser pour son protégé, celui qu'elle considérait comme son petit frère, voire comme un fils, si elle avait été âgée de quelques pluies de plus. Elle percevait les pensées de Kadidjatou et se sentait insultée. Elle considérait presque que le cadeau des dieux à Kadidjatou était une injustice à son égard. Yennendi, qu'elle aurait pu avoir à elle, sorti de ses entrailles. Son Yennendi, qu'elle élevait pratiquement. Elle savait lire dans le cœur et les pensées de Kadidjatou. Et Kadidjatou voulait la voir partir de sa concession. À vrai dire, elle savait que le temps était venu où le petit devrait partir faire son initiation selon la coutume. Mais pour elle, le conseil des anciens avait donné trop vite son accord, le jugeant suffisamment mûr pour recevoir un enseignement plus élaboré et transformer son petit corps pas encore formé en celui d'un être que l'on ferait grandir trop vite, sans lui laisser le temps de vivre une réelle enfance. Était-ce cela la véritable raison ? Alija avait peur. Elle avait peur de ce qu'elle avait observé dans les entrailles du mouton. Elle s'était juré de protéger Yennendi contre tout obstacle, tout ennemi qui se présenterait, à le suivre jusque dans l'antre des génies qui voudraient s'accaparer de la vie ou de l'âme de Yennendi. Ce n'était pas son frère. Yennendi était son fils ou alors plus. Elle connaissait mieux que Kadidjatou, le petit zanka. Non, elle ne partirait pas d'ici comme le souhaitait Kadidjatou. Elle ferait profil bas s'il le fallait pour lui faire oublier ce qu'elle avait vu dans les entrailles de ce mouton. Elle ferait profil bas, afin de ne pas regarder ce qu'elle avait vu du cœur de Kadidjatou, le jour où elle s'était jetée sur l'hyène qui voulait s'emparer du petit Yennendi. Vraiment, elle ne pourrait quitter le Zarmaganda et laisser

Yennendi dans les bras des démons qu'elle avait vus venir pour l'emporter loin, très loin, là où la mort était préférable à la vie mort-vivant. Un frisson parcourut tout son corps de la tête aux reins. Elle se mit debout et leva la tête vers le ciel. Des larmes se remirent à couler de ses beaux yeux noirs en forme d'amande. Elle s'efforça de sourire à celui qui venait lui faire ses adieux. Elle le visionnait dans un halo de lumière, subitement redevenu jeune et beau, dans un ample habit d'une blancheur éclatante. La silhouette se déplaça comme une plume légère portée par le vent et s'approcha d'elle en portant sa main à hauteur de sa joue comme pour recueillir une goutte des larmes d'Alija qui n'arrivait pas à calmer sa douleur. Il fit d'une de ses larmes une perle ambrée. Puis, comme le colibri le plus gracieux en ce monde, il commença à s'élever du sol et à flotter dans les airs. Une légère brise se leva et vint caresser une fois de plus les joues d'Alija. Les pêcheurs sur les bords de l'Issa Beri où dans leur pirogue arrêtèrent, leurs gestes amples du lancer de filet prirent, eux aussi d'un frisson qui leur parcouru l'échine. Ils tournèrent leur tête en direction de la brise qui venait de se lever, mû par un fort pressentiment. Les quelques personnes venues faire des offrandes aux dieux, se croyant seules sur les berges du fleuve, se levèrent comme un seul homme. Ils levèrent la tête en humant l'air, essayant de détecter dans cette brise une anomalie spatiale, irrationnelle et temporelle, comme des animaux sentant le danger venir. Ils abandonnèrent leurs affaires et se hâtèrent de rentrer, pris soudain d'un sentiment de peur et d'appréhension sur le devenir de leurs souhaits. Alija sentit et entendit dans sa tête les paroles de Karamoko.

— Ne pleure pas, ma fille ! Je viendrai auprès de toi chaque fois que tu me demanderas. Mais laisse Yennendi accomplir son destin. Il connaîtra, certes, les affres de la souffrance, mais il accomplira un exploit, réservé aux seuls êtres d'exception. C'est le vœu du tout-puissant.

— Baaba, je ne peux m'y résoudre ! Je sais ce qu'il adviendra de moi, mais je ne peux le laisser seul affronter ce serpent monstrueux, cette chose, s'entendit-elle répondre.

Alija regarda l'âme de Karamoko, redevenu le bel homme qu'il avait dû être dans sa prime jeunesse, s'élever et s'en aller vers l'ouest d'où il était issu. Loin là-bas, vers le royaume de Ségou dans l'ancien empire séculaire du Mali. Elle voyait aussi la personne qui l'accompagnait, celle qui devait être sa bien-aimée, il y avait très longtemps de cela, la douce Sadi. Elle leva le bras dans un geste d'adieu, le visage noyé de larmes. Elle était seule maintenant, face au destin.

Harben

Yennendi se tournait et retournait sur sa natte installée à même le sol. Cela faisait maintenant deux nuits qu'il n'arrivait pas à trouver le sommeil. Il pensait sans cesse à Karamoko. Il n'avait pas pu assister aux funérailles que ses parents avaient organisées pour la mort du vieux Karamoko et avait trouvé cela injuste. Le visage du vieil homme donnant son dernier soupir dans ses bras le hantait sans cesse. Il en voulait à son père. Zaago n'avait pas voulu qu'il assiste aux obsèques du vieux captif, car il voulait que son fils soit prêt pour affronter l'initiation. Yennendi essayait de se convaincre que sa mère avait respecté sa parole pour des funérailles dignes et qu'il n'ait pas été enterré comme un chien errant quelque part dans la brousse où son souvenir serait effacé de la mémoire des hommes qui le connurent à Dosso. Surtout les membres du clan des Maïga dont il avait été le précepteur. Celui-ci, qui avait fait d'eux des hommes et des femmes les plus instruits parmi les nobles familles du Zarmaganda. Le savoir enseigné par le vieil érudit avait suscité bien des jalousies parmi les grands marabouts, précepteurs, professeurs et voire parmi bien de docteurs de la foi. Ceux-ci étaient contraints d'admettre que les rumeurs qui couraient sur son compte étaient bien fondées. L'Askia lui-même, Osseini Mohamed, avait admis que le vieux Karamoko avait été sans aucun doute un professeur émérite qui avait sûrement exercé ses talents dans les plus prestigieuses écoles voire universités de Tombouctou, Djenné ou Gao. Ce fut sûrement les voix du tout-puissant, qui l'avait conduit au Zarmaganda pour le plus grand bien des familles Maïga et Sonni. Par conséquent, il avait ordonné à ces familles de faire en sorte que son souvenir soit célébré avec les plus grands égards, presque comme celle d'un saint dans la foi d'Allah.

Kadidjatou et Zaago avait fait élever à sa mémoire, un tata, petite maison mortuaire à la sortie de la ville, surmonté d'un dôme, où son corps a été déposé. Ce tata deviendrait un lieu où tous les captifs appartenant aux familles de Dosso, voire d'autres villes comme Sassalé, pourraient venir se recueillir. De mémoire de Zarma, personne n'avait jamais vu un captif être traité avec autant d'honneur. Yennendi parvint enfin à trouver la paix dans l'étreinte bienveillante et douce des femmes-génies, protectrices des âmes en peine.

Deux gardiens ou du moins deux mandrills affectés à l'encadrement de la classe d'âge dans laquelle il avait été incorporé, débarquèrent dans la case qui leur servait de dortoir. Ils étaient chargés de les accompagner durant les six premiers mois que durerait la première phase de leur initiation. Mettant fin aux rêves, ronflements, gémissements dus aux cauchemars, ils vociférèrent sur les zankas, enfants, en apprentissage sans aucun égard pour les petits bobos des uns et des autres. Ils s'adressaient à eux dans un langage ordurier à faire pâlir de honte la plus abjecte des hyènes de la savane. Yennendi, sous l'emprise des femmes-génies, eut beaucoup de mal à émerger de son sommeil. Néanmoins, il se leva de toute sa hauteur, malgré les coups distribués gracieusement et sans discernement par les deux cerbères. Indifférent, voire sourd aux torrents d'invectives ou aux ordres, comme un somnambule, il exécutait machinalement les premiers gestes à accomplir alors que le soleil n'était pas encore levé. Les jeunes zankas roulaient leurs nattes rapidement et les mettaient debout sur le mur face à l'emplacement qui leur était alloué. Ensuite, au pas de course, ils devaient sortir de la grande case-dortoir pour aller se laver dans la petite rivière affluente de l'Issa Beri. Bien évidemment sous le flot continuel de coups de triques portées aux jambes par les deux brutes épaisses, avec une joie non dissimulée. Une fois la toilette terminée, toujours sous les invectives des deux sbires, ils parcouraient en petites foulées le kilomètre qui devait les séparer du vaste windi qui leur servait de camp jusqu'au lieu réservé à la première prière du matin. À peu près une heure après, commençaient les travaux domestiques d'entretien du camp. Le balayage de la vaste cour et des cases des gardes-chiourmes pour certains, la préparation du premier repas de la matinée pour les uns, la relève des dernières gardes de la nuit pour les autres, la levée des premiers pièges posés dans la nuit pour certains groupes, sans oublier l'entretien du coin jardin. Si la levée des pièges avait été infructueuse, ils n'auraient, hélas rien à se mettre sous la dent, sauf s'ils avaient eu la présence d'esprit de cueillir des baies sauvages, des conques de baobab afin d'en extirper les graines velues, à la texture veloutée et au goût délicieux. Ils pouvaient déterrer des racines d'igname, de patates douces voire encore de maniocs sauvages qui poussaient ci et là dans la savane. Le nombre d'éducateurs chargés de leur instruction triplait la journée. Personne ne les connaissait et personne ne les avait jamais vus à Dosso. D'où sortaient-ils ? Ce n'était ni des frères, ni des oncles ni des cousins, n'avaient aucuns liens de parentés quelconques avec l'un ou l'autre des enfants présents dans le camp. Les Zarmas avaient pour coutumes de faire encadrer leurs jeunes, par d'autres hommes venus des districts alliés et voisins. Ceux de Dosso se rendant à Sassalé, ceux du Zarmaganda dans le Songoyboro, ceux du Kurtey dans le Zarmatarey. Ainsi, il ne pouvait y avoir aucune complaisance, aucune faveur accordée par liens de parenté ou connaissances relationnelles. Comme tous les gamins de son contingent, Yennendi qui était à peine âgé de dix pluies passait en revue les derniers évènements qui les avaient amenés dans ce camp, quelque part dans la brousse, loin de tout lieu habité ou du moins le croyaient-ils tous ou certains. Ils étaient arrivés de nuit, les yeux bandés, complètement désorientés.

Deux jours auparavant, Yennendi était arrivé au windi de son père alors que le soleil couchant dessinait un disque de couleur cuivré entrecoupé par des vagues de fins nuages gris qui faisaient croire selon leurs ondulations sinueuses, que le soleil dansait ou parlait aux hommes du Zarma en fonction de son imagination. Il était possible de croire que le soleil, lui aussi, manifestait sa peine suite à la disparition du vieux Karamoko et se joignait à la douleur de la famille maternelle de Yennendi. La mine défaite, triste, les yeux encore noyés de larmes, Yennendi s'était présenté à son père avec un regard plein de reproches. Il jeta son baluchon à ses pieds et sans mot dire, fit un léger signe de tête pour marquer le respect dû à son père.

— Je sais que la mort de ce bon vieux Karamoko te peine, mon fils, dit Zaago d'une voix profonde en fixant son rejeton de toute sa hauteur. Ta mère m'a fait prévenir et nous lui feront des funérailles dignes d'un saint homme.

— Baaba, dit Yennendi, permets-moi de...

Il n'eut pas le temps de terminer sa phrase que son père d'un geste tranchant de la main lui dit :

— Non Yennendi, j'ai décidé que tu ne participeras pas aux obsèques du vieux ! Même si je sais que tu devrais être le premier à jeter la première pelletée de terre sur sa dépouille, en raison des liens qui vous unissaient. Mais à partir de maintenant, je veux que tu te concentres sur ton initiation !

— Baaba, non, je...

— J'ai dit ! Jeta Zaago à son fils avec un regard désapprobateur. Tu vois cette case là-bas, à côté de la mienne ?

— Oui baaba !

— C'est la tienne désormais. Tu vas y aller et après ta prière. Tu devras te reposer. Tu as eu une rude journée aujourd'hui et je veux que tu sois suffisamment en forme pour affronter toutes les épreuves qui t'attendent. Et maintenant, bouges !

Yennendi savait qu'il était inutile de protester. Cela serait considéré comme une marque d'impolitesse caractérisée et les reproches seraient faits directement à sa mère. Il ne voulait pas faire rejaillir sur sa mère la honte d'un renvoi dès sa première journée de l'initiation. Sans oser manifester un tchiiip d'énervement, qu'il sentait correctement placer entre sa langue et son palais, attendant patiemment son expiration pour s'échapper. Pourtant ou cependant, et sans trop de hâte pour faire comprendre à son père son opposition à sa décision, il déglutit pour ravaler son tchiiip. Il ramassa son baluchon, d'un geste lent et se dirigea d'un pas nonchalant vers la case que lui avait indiquée son père. Il leva le rideau de joncs liés qui servait de porte et après un rapide coup d'œil, jeta d'un geste rageur ses affaires sur le sol en terre battue. Un domestique avait accroché sur le mur tamisé une torche qui dégageait une odeur d'encens, chargée d'éloigner les moustiques, nombreux en cette saison des pluies, mais qui n'empêchait pas les lucioles et les papillons de nuit de venir griller leurs ailes ou leur abdomen sur le feu. Au milieu de la pièce trônait un tapis de prière sans âge, usée sur le bord où se posait la tête et décolorée par la marque de pieds innombrables qui avaient foulé ce pauvre tapis. Yennendi soupçonna son père de l'avoir utilisé pendant son initiation et peut-être même le père de son père et avant lui le père de son grand-père. Il ressortit avec le seau qu'il avait trouvé également dans un des coins de la pièce jusqu'au puits qui se trouvait au milieu de la cour du windi de son père. Après avoir remonté de l'eau, il s'isola derrière sa case pour faire ses ablutions, préludes à la prière. Dans les vœux qu'il adressa à Allah ce soir-là, il lui demanda d'accueillir le vieux Karamoko dans son paradis, de protéger sa mère Kadidjatou et de prendre soin d'Alija, sa nourrice qu'il n'avait pas pu voir avant de quitter sa mère. Et puis il lui confia ses craintes sur le monde nouveau et les épreuves qui l'attendaient.

— Oh Allah, miséricordieux, permet que le fidèle serviteur que je suis puisse passer son initiation avec succès.

Puis passant ses mains jointes sur son visage, il termina de réciter ses dernières sourates et alla s'étendre sur la natte qui n'attendait que lui pour accomplir sa mission régénératrice. Yennendi se remémora tous les événements qui avaient jalonné sa longue journée. Il revoyait le visage de sa maman et celui d'Alija. Il revoyait ceux de ses copains Yala, Issifou et les autres qui se mêlaient à tous les objets, animaux, hommes, femmes qui se manifestaient à nouveau à lui comme pour lui signifier que la douce enfance était bien finie. Ses paupières commencèrent à être lourdes. Il n'arrivait pas à calmer les picotements de ses yeux qui lui indiquaient que les femmes-génies sœurs de la lune étaient entrées dans sa petite case pour le bercer et le plonger dans la ouate bienfaisante du sommeil. Dehors, une légère brise apportait un peu de fraîcheur aux restes de la chaleur lourde qui avait régné toute la journée. Il remonta le pagne qui lui servait de couverture jusqu'au cou et se lova dans la position apaisante du tout petit enfant dans le ventre de sa mère.

Zaago était entré lui aussi dans sa case après avoir mangé, bu et rit, en compagnie de son ami de toujours, Issa Souleye Kountché. La bière de mil avait coulé à flot dans l'après-midi pour la célébration des obsèques du vieux Karamoko. Le chant des griots, les cris de lamentations des pleureuses, le va et vient incessant de la horde de domestiques, les condoléances des uns et des autres, tout cela l'avait vidé. Et surtout, sa femme, la douce Kadidjatou ne lui avait pas montré son visage le plus avenant à son égard. Bien au contraire ! Les regards pleins de reproches, les gestes de mauvaises humeurs les tchiiips désapprobateurs et les airs d'agacement à son encontre avaient été son lot tout au long de la journée, alors qu'il voulait être prévenant avec sa femme. Ses tentatives d'approche et ses gestes d'attention avaient tous été repoussées. Malgré la peine qui frappait la famille de sa femme, famille à qui il avait apporté cauris et cadeaux en tous genres pour la circonstance. Il se demandait si la grossesse de sa femme n'avait pas bouleversé ses humeurs, d'autant plus que malgré le deuil, il se sentait d'humeur à lui manifester son désir de serrer son corps contre celui de sa femme et de lui faire sentir les brusques ruées du muscle de son entrejambe, comme elle aimait, il y a encore quelques temps. Il avait envie de sa femme, de son corps en cette soirée que la brise avait rafraîchie délicieusement appelant aux plaisirs intimes. Il était en train de ruminer sur son infortune lorsqu'il comprit brusquement la raison de la mauvaise humeur de Kadidjatou. Cette raison s'appelait Penda Sow. Il n'eut cependant pas le temps de s'épancher sur les circonstances de la mauvaise humeur de sa femme et de la venue de Penda Sow. Un léger grattement sur le mur de l'entrée de sa case lui fit lever les yeux et sortir de ses pensées. Deux hommes se tenaient dans l'embrasure de la porte de sa case. Ils étaient grands, très grands, de larges épaules munis de bras démesurés qui les faisaient ressembler à deux grands singes à la force redoutable qui disait-on vivaient très loin vers le sud dans des forêts, capable de projeter un homme comme lui-même à plusieurs pas de distance. Des forêts où paraît-il, les hommes qui peuplaient ce royaume étaient de petites tailles et excellaient dans l'art du poison et de la sorcellerie. On racontait même que c'étaient les génies de la forêt. Les têtes de ces deux grands singes se balançaient au bout d'un cou de la largeur d'une cuisse de buffle. Leurs tuniques, de couleurs bleues et noires, laissaient apparaître des muscles noueux, longs et puissants. Elles étaient resserrées à la taille par une large bande de tissu multicolore qui leur servait de ceinture et arrivaient à mi-cuisse recouvrant un pantalon noir, bouffant, arrivant juste au bas des mollets. On devinait aisément que c'étaient des hommes habitués aux luttes traditionnelles et des guerriers redoutables auxquels on préférerait ne pas avoir à faire vu le sabre qu'ils portaient à la ceinture. Le casque de couleur rouge en cuir bouilli qu'ils portaient sous leur bras, indiquait que c'était des soldats de la garde du grand Askia détachés auprès de Zaago.

— Entrez ! dit Zaago d'une voix ferme.

Les deux gorilles entrèrent dans la pièce principale de la case du Bonkoyni. Elle était agréablement aménagée, spacieuse. Des tapis, richement décorés, achetés sûrement en pays hawsa, lors des voyages de Zaago, ou offerts par des commerçants dioulas, étaient disposés en apparence de manière anarchique. Mais en réalité, ils étaient ordonnés de façon presque cosmique, dessinant sur le sol en terre battue peinte en rouge, des motifs et des figures géométriques dessinés par des artisans Zarma. Des lampes-torches éclairaient la pièce distillant une odeur agréable et parfumée, plus destinée à chasser les moustiques qui pullulaient les soirs dès la tombée de la nuit, qu'à étendre l'onde odorante de leurs fumées. Il y avait sur le mur, immobile, presque translucide, un margouillat, qui avait l'air de faire partir du décor et qui semblait avoir élu domicile dans la case de Zaago. Mais la raison en était plutôt l'abondance de nourriture en insectes qui abondaient en cette saison des pluies et qui tourbillonnaient en masse compact, attiré par la lumière des torches. Ceux, qui ne finissaient pas brûler pour s'être trop approchés des flammes, étaient gobés par le margouillat, qui d'un trait vif de sa langue, aussi rapide qu'un éclair ou une flèche décochée par un archer habile, happait les imprudents ou les téméraires venus observer de trop près par curiosité, ce reptile albinos blanc-rosé. L'un des deux gorilles, entrés dans la demeure de Zaago, remarqua la présence du reptile transparent dans la pièce. Il poussa un léger raclement qui ressemblait plus à un grognement, comme pour s'excuser de sa présence auprès du margouillat. Dans les croyances des Zarmas, il ne pouvait s'agir que d'un ancêtre bienveillant, venu rendre visite à son descendant et lui prodiguer des conseils. À moins que ce ne fût, Dongo, maître des dieux de la mythologie zarma, qui, sous la forme d'un petit animal insignifiant, soit venu apporter à Zaago puissance et pouvoir voire lui faire une révélation. L'autre qui avait également remarqué la présence du margouillat adressa d'un signe de tête imperceptible, ses respects à cet ancêtre incarné. On ne sait jamais. Ils pourraient être associés au dessein de Dongo venu donner à Zaago, pouvoir, richesse et renommée dont au moins l'un de ces trois triptyques rejaillirait sur eux. Idrissa Djibo et Mamane Oumarou vinrent s'asseoir à l'invitation de Zaago sur des tâgars outaris, nattes tressées faites en feuilles de palmier " doum " par les femmes woogo, peuple frère des zarmas qui partageait avec eux le même espace régional sur les bords de l'Issa Beri. Les motifs de ces nattes aux couleurs chatoyantes mêlaient des losanges bleus, jaunes et rouges donnant un confort que rehaussaient coussins et tapis achetés, échangés avec les commerçants dioulas ou hawsas, ou faisant partis de butins arrachés à une ethnie ennemie. Sur un signe discret de Zaago, un serviteur apparut dans l'embrasure de la porte, avec à la main, une grande calebasse remplie de bière de mil qu'il posa au milieu des trois hommes, sur une petite table basse située entre les convives. Zaago, prit une coupelle posée là préalablement quelque temps auparavant et offrit successivement à chacun des hommes une gorgée de la boisson en signe de bienvenue. Les grognements que poussèrent les deux brutes semblaient attester de leur satisfaction, du moins tel que Zaago le comprit, au vu du balancement de leur tête. Zaago leur resservit une nouvelle tournée, puis il les invita à s'asseoir sur les tâgars, qui entre-temps avaient été renforcés de coussins aux motifs multicolores. Une horso, apparut comme par magie. Elle déposa au milieu des convives, une grande calebasse de pâte de mil, accompagnée d'une sauce de légumes, composée d'aubergines, de gombos et de feuilles comestibles cueillies dans la savane. Le tout était relevé par un savant mélange de piments et d'herbes aromatiques. Un autre plat suivit presque aussitôt. Posé à côté des deux calebasses, il était composé d'un assortiment de différents poissons, pêchés le matin même dans les eaux riches de l'Issa Beri. Ils avaient trempé dans une marinade de citron, de condiments, de piments et de sels provenant de la région lointaine des mines de Taoudénit, dans le royaume almoravide. Les vapeurs odorantes dégagées par tous ces mets vinrent enivrer leurs sens olfactifs. Les deux soudards, les narines dilatées, grognaient de satisfaction. Un autre plat, posé à côté des deux calebasses, était composé d'un assortiment de différents poissons, pêchés le matin même dans les eaux riches de l'Issa Beri. Ils avaient trempé dans une marinade de citron, d'herbes de piments et de sels. Zaago trempa légèrement une écuelle dans la marinade. Son sourire lui rappela combien ce sel était précieux, non pas seulement par son goût particulier mais aussi par la valeur donnée en matière d'échange. Celui-ci provenait de la région très lointaine des mines de Taoudénit, dans le royaume almoravide. Il servait de monnaie d'échange avec les Tamasheqs de la tribu des Kel Aïr. Ces derniers, originaires des montagnes de l'Aïr dans le nord désertique venaient le troquer contre des pièces de métal, de tissus ou de poudre d'or venue du royaume des Akantés.

Les deux invités de Zaago étaient enchantés d'une telle manifestation à leur égard. Zaago observait et souriait aux grognements de satisfactions des deux soudards. Il imaginait sans peine, les imaginer, la bave à la commissure des lèvres et appréciait la scène d'un air contenté. Il décida de les laisser manger et grogner de plaisirs avant d'engager la conversation. Un signe discret de sa part et apparaissait la belle captive ou un serviteur venu rassasier les deux hommes, visiblement satisfaits à chaque apparition d'un plat ou d'une autre calebasse de mil. Le serviteur, qui se tenait dans un coin sombre de la pièce, discret, presque invisible, ne bougeant qu'aux signes imperceptibles de Zaago avait l'impression que ces deux hommes ne partiraient pas tant que le grenier à mil, qui siégeait dans la cour du windi de son maître serait vide. Quant à la captive qui s'affairait en cuisine à laver, nettoyer et ranger les ustensiles au fur et à mesure de leur arrivée, elle se demandait comment son maître allait faire pour les faire partir, lorsqu'elle voyait avec quel estomac, les plats de pâtes de mil, de sauce et de poisson étaient engloutis. Mamane Oumarou, peut-être un peu plus attentif que son ami Idrissa à leur comportement, s'arrêta de piocher un instant dans les plats offerts. Il leva la tête et chercha le margouillat qu'il avait aperçu en entrant et se demanda s'il n'avait pas, par son comportement, effrayé l'ancêtre de Zaago. Son regard croisa alors celui du serviteur qui se tenait debout du côté sombre de l'embrasure de la porte. Il ne l'avait jamais vu dans la région auparavant. Il se demanda s'il n'était pas un captif que Zaago avait ramené lors d'un raid de cavaliers zarmas dans un royaume voisin. En ce qui concerne la captive, certainement, la jeune wandiyo devait faire partir du même butin attribué alors par le Khoyze. Ses pensées "drivailleuses", sous l'effet de la bière de mil, lui suggérèrent que ces captifs devaient être issus d'une tribu fort lointaine et que peut-être étaient déjà en servitude lors du raid des zarmas. Leurs traits et leur comportement en faisaient des gens venues de régions qui lui étaient inconnues. L'homme avait des traits assez fins et la jeune wandiyo des cheveux nettement moins crépus, presque bouclés ou même mieux ondulés voire plus lisses que les ethnies de la région. Visiblement, l'homme, par sa discrétion et la manière de se vêtir, devait être musulman et était habitué à voir des étrangers. Quant à la jeune wandiyo, elle devait être captive déjà avant sa venue chez Zaago. Mamane Oumarou pensa qu'ils devaient être issus d'un peuple de l'est, probablement des zaghawas ou des goranes, originaire du lointain royaume du Kanem ou de l'Ennendi et même plus loin encore comme le Kordofan ou le Darfour. Il sentit le poids du regard du serviteur et détourna alors son regard pour fixer son attention vers le margouillat qu'il venait de repérer à nouveau. Cela lui évitait de fixer un regard qu'il avait du mal à soutenir. Zaago, percevant son trouble, en profita pour lui adresser la parole et ainsi fixer le début de la conversation.

— Que t'arrive-t-il, Mamane Oumarou ? Je te sens quelque peu troublé par la présence du margouillat sur le mur !

Le fait que le Khoyze, lui posât la question en des termes diplomatiques et en accord avec les usages de la pudeur qui avait cours dans les conversations entre zarmas, du moins, adultes permit à Mamane Oumarou de sauver les apparences. Il tourna sa tête vers Zaago, le regard empli de reconnaissance.

— Je me posais juste la question du motif de notre convocation, Khoyze, et je te remercie sincèrement de ton hospitalité, dit Mamane en se levant.

Zaago nota au passage que le burkine qui se tenait de toute sa hauteur devant lui, ne devait pas être aussi lourd et dénué d'intelligence qui n'y paraissait.

— Oui, Khoyze, le repas était vraiment bon et qu'Allah te bénisse mille fois pour ta générosité à notre égard, ajouta Idrissa Djibo qui se leva à son tour. Mais est-ce vraiment nécessaire de nous entretenir en présence de ton serviteur ?

Zaago d'un geste tout à fait imperceptible fit signe à son serviteur de sortir. Ce dernier bougea d'une manière si furtive qu'une fois encore, les deux soldats qu'on avait tendance à prendre pour deux lourds soudards sans cervelle, sursautèrent et se regardèrent. Visiblement, ils avaient compris que cet homme-là, ce serviteur était plus qu'il ne voulait paraître.

— Khoyze ! dit Idrissa. D'où vient ce captif ? De quel peuple vient-il ? Il m'est avis que cet homme cache quelque chose.

— Pour être franc, ajouta Mamane, cet homme n'a rien d'un serviteur ou alors qu'on me crève les yeux ! Cet homme devait être un guerrier ou un noble, mais sûrement pas un captif.

— Il faudra qu'on le surveille de plus près, dit Idrissa. Je ne pense pas que le grand Askia puisse apprécier pareille présence sur notre sol, car en ce moment des signes d'insécurité se manifestent un peu partout dans les royaumes voisins et même jusque chez nous.

— Nous revenons du nord, Khoyze où nous étions en observation. Nous avons pu constater combien les hommes étaient sur leur garde, les villageois tendus, car des bruits courent sur la présence de tamasheqs aux frontières. Nous savons lorsqu'ils approchent, que les enfants et les femmes sont enlevés et emmenés comme captifs au-delà du grand désert.

— D'ailleurs, nous avons été entretenus par des dires de commençants dioulas ou dendis, en nous faisant passer pour des voyageurs au-delà de nos frontières, de la présence d'hommes venus du nord, blancs comme les tamasheqs, mais qui n'en n'étaient pas. Ils parlaient une autre langue. J'ai entendu dire qu'ils venaient d'une tribu appelée Arabes. Ils viennent d'au-delà du grand désert.

— Khoyze, on a dit aussi que c'étaient des frères de l'islam comme nous et qu'ils priaient Allah ! pourtant cela ne les empêcherait pas de détruire, de tuer et de voler d'autres enfants de l'islam, intervint Mamane.

— En effet répondit Zaago, resté jusque-là silencieux. Et c'est la raison de votre venue dans mon windi. J'ai reçu un envoyé du grand Khoyze, l'Askia Osseini Mohamed lui-même, qu'Allah le bénisse ! Un porteur munit d'une missive signée de son cachet. Il nous demande de prendre toutes les mesures nécessaires à la protection bien sûr des villes et villages du royaume, mais d'assurer la protection particulière des zones d'initiation de nos jeunes zankas. Vous savez comme moi, que ces zankas, sont la cible prioritaire de ces chasseurs d'homme. Tous les Bonkoynis des différentes provinces ont reçu la même circulaire de l'Askia.

Les deux hommes poussèrent des grognements en signe d'approbation. Il était possible de sentir leur instinct de soldat faire surface et visiblement de constater qu'ils étaient incapables de rester ou vivre dans l'inaction. Les propos de Zaago les confortaient dans l'idée qu'ils avaient de la situation et des mesures à prendre pour protéger les jeunes, avenir de leur peuple.

— Mais ce n'est pas tout, continua Zaago ! Un étrange rapport m'a été rapporté de la part de commerçants hawsas qui traversaient notre pays. Ils m'ont signalé que d'étranges hommes à la peau plus pâle encore que nos ennemis tamasheqs, qui ne seraient pas des Arabes, vêtus d'étranges habits comme jamais observés auparavant, et venus par le grand lac infini du grand sud sur des pirogues géantes, ont été aperçu dans les royaumes yorubas. D'autres auraient été aperçus dans les royaumes akantés et les villages qui bordent les côtes du grand lac infini. Bref, un peu partout, dans les royaumes côtiers, sont signalés la présence de ces hommes à la peau pâle.

Idrissa et Mamane se regardèrent, puis dirigèrent leur regard vers Zaago. Les trois hommes restaient silencieux, soucieux.

Déjà que la mission de surveillance des lieux d'initiation ne serait pas une sinécure, bien qu'ils connaissent leurs ennemis de toujours, les tamasheqs, avec lesquels ils commerçaient parfois en temps de paix. Mais ces étrangers à la peau pâle, qui étaient-ils ? D'où venaient-ils ? Zaago avait parlé de pirogues géantes avec lesquelles ils étaient venus ! Que venaient-ils chercher dans les royaumes de la côte ou dans les état-cités yorubas ? Mis à part ces quelques rapports en la possession de Zaago, dont d'ailleurs les narrateurs n'avaient au fond sûrement jamais vu, les motifs de leur présence sous ces cieux leur paraissaient bien curieux. Que voulaient-ils ? Les zarmas avaient déjà assez à faire pour se protéger des rezzous tamasheqs qui venaient ponctionner occasionnellement des membres de leur peuple. Et puis il y avait aussi quelques autres tribus assujetties qui commençaient à manifester quelques velléités de révolte, surtout lors de la collecte des impôts. Certains fonctionnaires du grand Askia avaient même été tués, décapités et renvoyés auprès des gouverneurs, sans avoir pu prélever les impôts. Alors qui était ce peuple étrange ? Que venait-il chercher ?

— Sûrement du commerce, émit Zaago ! Ils veulent peut-être échanger des marchandises avec nous.

— Je n'ai jamais entendu parler d'un tel peuple, dit Idrissa, d'une voix ferme qui semblait vouloir se rassurer de l'émotion que cette nouvelle secouait un peu. Ils n'appartiennent pas à ceux venus au-delà du désert comme ceux qui avaient jadis détruit leur empire jadis bâti par Sonni Ali Ber le grand.

— Oui, affirma Mamane ! Si je comprends bien, ce ne sont pas des peuples venus des pays du prophète. C'est autre chose, ajouta-t-il !

— J'ai entendu dire des commerçants itinérants, que ces hommes faisaient commerce principalement d'hommes, de femmes et d'enfants, eux aussi. Ils en demandent beaucoup, plus que les tamasheqs en capturent, émit Zaago. Sûrement pour les réduire à l'esclavage, ajouta-t-il.

Idrissa Djibo soumit l'idée d'expédier un groupe de cavaliers puissamment armés et de lancer un raid au-delà du pays des Baribas, des Tambermas, des Sombas et des Konkombas dans le sud, vers le royaume d'Abomey.

— Là on pourrait alors capturer un de ces hommes à la couleur pâle et le ramener de force ici, afin qu'il dévoile leur secret.

Si l'idée semblait plaire à Mamane qui ne pouvait approuver qu'une solution toute militaire à la question qui se posait, Zaago ne tranchât pas en leur faveur. En ces moments d'insécurité pour les populations, il était nécessaire de conserver toutes les forces afin de faire face aux raids des tamasheqs et de tous leurs ennemis désireux de voir tomber une fois pour toute la domination des zarmas dans la région. Et puis il n'était pas question d'ajouter une nouvelle liste de peuples à leurs ennemis, surtout que les zarmas n'avaient jamais été en guerre avec les royaumes d'Abomey ou les cités yorubas. Et puis les peuples, qui jouxtaient la frontière de leur royaume, constituaient une barrière naturelle aux incursions des soldats du roi d'Abomey vers le nord. Il n'approuva pas l'idée d'une telle expédition. Il leur rappela que leur mission serait de protéger les zankas dans leur initiation.

— Mais j'ai une autre, idée dit-il ! Je vais effectivement envoyer quelqu'un pour aller observer ces gens. Et si possible connaître leur intention. Si ce sont des hommes que l'on pourrait combattre un jour, il vaut mieux apprendre à les connaître.

Zaago émit alors un sifflement entre ses dents. Le serviteur, qui pourtant sorti ne devait pas se trouver loin de la porte, apparut. Idrissa et Mamane, surpris, portèrent par réflexe et surtout par manque de confiance en cet étranger, leurs mains à leur fourreau afin de saisir leur grand cimeterre. Zaago fit un geste d'apaisement envers les deux hommes.

— Je vous présente Harben ! Harben est un Habashy du royaume lointain de L'Érythrée ; Lui et sa jeune sœur avait été capturés par des marchands d'esclaves venus du pays du nord. Aujourd'hui, ils sont à mon service. C'est lui que je vais envoyer vers le sud. Il sera accompagné de mon pâge, le jeune Aliou Kanandja. Ils se feront passer pour des voyageurs qui pratiquent le commerce. Ainsi, ils pourront mieux circuler parmi les terres qu'ils devront traverser.

Une espèce de grognement marqua l'approbation des deux hommes au plan de Zaago. Mais auparavant Mamane demanda à Harben de raconter ses aventures qui les ont amenées sa sœur et lui au Zarmaganda. Ce dernier s'exécuta et raconta avec force détails sa vie dans le royaume Habashy où il était un jeune pâge du chef et sa sœur, une demoiselle de compagnie de la fille du roi. Tous deux étaient fils et fille de notables. Il raconta comment la guerre avec des cavaliers venus du nord, munis de bâtons qui crachaient le feu dans un bruit de tonnerre avait décimé les villages, les familles et que le roi et sa cour vaincus avait été décapités et les autres réduits à l'esclavage pour être vendu. Il raconta, comment alors, encore enfant, il avait été castré comme tous les jeunes garçons de son âge et qu'il était le seul de son groupe à avoir survécu à l'opération. Il raconta le calvaire de sa jeune sœur, Ikrame, forcée de devenir la concubine d'un de leurs bourreaux. Il raconta ensuite leur vente à un peuple dont la caravane traversait le pays, le Kordofan, alors qu'ils étaient en route vers la chefferie du Fezzan, traversant le puissant royaume du Kanem. De là ils étaient arrivés jusque dans un pays dont le roi se faisait appeler "commandeur des croyants" et où il avait servi pendant plusieurs années.

C'est le pays des Almoravides. Celui qui a détruit l'empire de Sonni Ali Ber, dit Zaago.

— Comment es-tu parvenu jusqu'au Zarmaganda, demanda Mamane ?

Ce faisant, il observait chaque trait de son visage et détecter le moindre signe de mensonge.

Harben continua son récit en narrant un conflit pour le contrôle des mines d'or du Bourré dans le sud au pays des Soninkés. Puis sa désertion et sa fuite avec sa sœur qui était la servante d'une concubine du chef de l'expédition.

Une nouvelle capture par des guerriers Fulfuldes alors qu'ils traversaient clandestinement le royaume de l'Ardo. Et enfin sa rencontre avec Zaago, qui au cours d'une tractation, les avait échangés aux Fulfuldes contre d'autres marchandises à Tillabéry. Harben ajouta que sa sœur et lui étaient bien traités et attachés à leur nouveau maître.

Idrissa avait écouté le récit et était horrifié par l'évocation de la castration de cet homme. Il était jeune, pas plus de vingt-cinq ou trente pluies. Mais il avait déjà le visage d'un homme prématurément vieilli. Des fines ridules marquaient la commissure de ses yeux et ses tempes étaient déjà grisonnantes. Sûrement les épreuves, songea-t-il ! Pourtant, quelque chose lui indiquait que cet homme disposait de quelque chose en plus ! Il marchait, bougeait et observait comme seul un guerrier entraîné savait faire. Dans sa franchise, mélange de spontanéité et brutalité à la fois, il lui demanda s'il savait manier l'épée ou la lance. La réponse d'Harben ne le surpris pas.

— Oui, répondit ce dernier. On m'a castré pour faire de moi un soldat eunuque complètement soumis. J'ai appris à manier l'épée, la lance et je faisais partie de la cavalerie du sultan, à Meknès.

Mamane, quant à lui voulut s'assurer à travers ses questions de la fidélité de cet homme au khoyze. Après tout, qu'est-ce qui lui prouvait que cet étranger ne planterait pas un couteau dans la gorge de Zaago à la première occasion ? Après tout ce n'était qu'un captif et un type de captif particulier, puisqu'il savait et avait pratiqué l'art de la guerre. Et un captif de son acabit ne pouvait avoir qu'une seule idée en tête, la liberté. D'ailleurs, sa fuite, sa volonté de survivre aux épreuves, sa responsabilité vis-à-vis de sa sœur, tout cela ne pouvait avoir qu'un but : celui de regagner son pays natal.

— Alors, qui me dit que tu ne vas pas trahir ton maître à la première occasion ? Tu as toutes les raisons de haïr tous ceux qui t'ont asservi et abusé de ta sœur, dit Mamane avec de la méfiance dans sa voix.

Zaago appela Mamane au calme.

— J'ai toute confiance en Harben, qui n'a plus de raison de devoir retourner chez les siens. Lui et sa sœur n'ont plus de raison d'y vivre. Toute sa famille, tout son village et toute sa province est vide d'habitants. Tous morts ou éclatés à travers le désert ou dans les royaumes esclavagistes. Lorsque je les ai échangés, je leur ai donné le libre choix de partir.

Harben fixa alors Idrissa et Mamane de son regard de braise à la fois sombre et intense, comme brûlant de fièvre. Les deux hommes furent convaincus de la sincérité de son récit. Quelque chose leur disait d'instinct que cet homme non seulement disait vrai, mais aussi devait être redoutable dans l'art du maniement de l'épée et du combat. Un soldat comme lui qui avait fait serment d'allégeance était un homme de parole. Harben leur révéla que grâce à Zaago, à sa justice, et à sa tolérance, qu'il avait décidé de rester parmi eux, ainsi que sa sœur. Elle demandait à être adoptée par le peuple zarma, de faire siennes leurs coutumes et leur langue et qui sait de trouver un mari parmi eux. Mamane qui l'avait aperçu, se dit qu'elle n'aurait pas de mal à en trouver, vu sa beauté. D'ailleurs, il se voyait bien en postulant. Resterait à convaincre sûrement sa favorite qui n'apprécierait pas du tout pareille beauté dans son windi, pensa-t-il.

Harben avait également décidé de se convertir à l'islam et voulait être initié par Zaago. Idrissa et Mamane se regardèrent puis comme un seul homme s'inclinèrent devant la décision de cet homme, qui il y a un instant encore n'était qu'un étranger passible de trahison. Comment un homme, qui avait subi autant d'épreuves et qui se convertissait à l'islam pouvait-il être mauvais ?

— Hamdulillah prononcèrent les deux soudards d'une même voix ! Fasse Allah que tu deviennes un Burkine parmi nous.

— Hamdulillah répondit Harben !

— Très bien dit Zaago ! Demain, j'ai rendez-vous avec l'Askia. Je lui soumettrai notre plan. Je suis sûr qu'il l'approuvera. Remercions Allah pour son soutien et la sagesse qu'il nous inspire !

— Que Dongo et ses génies accompagnent Harben et Aliou. Ils auront bien besoin de leur aide, dit Idrissa, sourire aux lèvres.

— Oui, ajouta Mamane, parfois plusieurs dieux, ça aide plus qu'un seul, avec un rire gras !

Ils se regardèrent tous les trois, craignant n'avoir offensé leur Khoyze par ses mots blasphématoires. Puis ils furent pris d'un grand éclat de rire. Zaago, oubliant son rang, leva la calebasse remplie de bière de mil et chacun, à tour de rôle portant leurs lèvres à la calebasse, burent la bière. Un drôle de sentiment s'empara de chacun d'entre eux. Tous sentirent quelque part dans leur cœur que quelque chose venait d'arriver. Plus qu'une sympathie, une alliance et une amitié, naissaient spontanément. Une alliance dans laquelle Harben trouva alors sa place comme un homme libre ! Oui, comme un homme libre ! C'est aussi ce que venait de penser Zaago, qui dans ses pensées ferait le nécessaire pour l'affranchir et de le faire admettre parmi les burkines. Cette entrevue avec ces hommes et ce captif avait permis d'oublier un temps les soucis qui l'accablaient. C'est à ce moment qu'apparut dans l'encadrement de la porte, une femme, comme, mémoire de zarmas, on n'en avait plus rencontré depuis des lunes, voire des pluies dans tout le royaume. Racée, grande, belle, très belle, une peau cuivrée plus rouge que noire, une chevelure magnifique, finement tressée et dont le sommet était en forme de cimier. Zaago sentit ses yeux se dilater comme s'ils voulaient s'échapper de leurs orbites, tandis qu'Idrissa et Mamane laissèrent leurs lèvres devenir molles. Quant à Harben, ayant encore des réflexes d'homme que l'asservissement et la captivité avaient façonnés et bien que la castration en ait fait de lui un eunuque, il ne ressentait pas moins les douceurs des sensations de l'érection et l'envie de posséder lui aussi une femme. Il s'éclipsa discrètement en évitant le regard de cette femme qui pourrait faire battre son cœur, et faire de lui un prisonnier dont le cœur saignerait pendant toute une éternité. Cette belle femme qui venait d'entrer dans la pièce, était Penda Sow, la captive de Zaago.

Penda Sow

Après le départ de Yennendi et toutes les cérémonies qui ont marqué les obsèques du vieux Karamoko, Kadidjatou, était rentrée dans son windi. Elle était extrêmement lasse, d'autant que sa grossesse commençait à gonfler considérablement son ventre et alourdissait de plus en plus sa silhouette. Ses jambes étaient lourdes et le défilé continu des captives, serveurs, cuisinières qui vivaient dans son windi, les allées et venues de cavaliers, des coureurs, missi dominici des notables, de chefs, de marabouts, de commerçants et bien d'autres familles illustres, donnaient au windi, une impression d'effervescence, de bruits, de cris, de couleurs et d'odeurs de toute sorte. Le scintillement des bijoux d'argent et de cuivres, sur les coiffures et les taafés des femmes, les mouvements et les gestes des uns et des autres avaient fini par lui donner le vertige. Elle devait malgré tout, diligenter, régir, commander, et s'assurer que tous les aspects des protocoles seraient respectés. Car le grand Khoyze, l'Askia Mohamed, roi du Zarmaganda, accompagné de son homologue du Zarmatarey avaient manifesté l'honneur de relever par leur présence les fêtes qui marquaient les obsèques du vieux Karamoko. Les tambours royaux, les gardes personnels des deux monarques, ainsi que les notables, qui constituaient la cour de chacun des rois, étaient également présents. De mémoire de zarmas, on n'avait jamais célébré une telle fièvre dans Dosso et même dans tout le Zarmaganda depuis l'enterrement du dernier Askia, Birame Dramane Mohamed, père de l'actuel Askia, Osseini Mohamed.

Le soleil avait témoigné par sa présence, les rituels de condoléances et les manifestations de sympathie aux membres des clans Maïga et Sonni, ainsi qu'à tous les grands noms des familles apparentées, alliées, et communauté d'intérêts. Il avait fait place aux larmes du dieu Dongo, maître absolu du temple des dieux et des génies Zarmas, qui eux aussi pleuraient le vieil érudit. Il fit tomber une pluie très fine, très calme, apportant ainsi aux moolos chantés par les voix cristallines des femmes griots et sur les lamentations mercantiles des pleureuses de métier, les Kuntiji des marabouts et des troubadours, une émotion intense, chargée d'images fortes. C'était comme une magie, qui mélangées aux fureurs rageuses des tam-tams racontait l'histoire de cet homme venu de loin. Captif des plus méritants parmi les captifs, burkine grâce au dévouement et à l'abnégation, devenu noble par le savoir et la sagesse. Chaque membre zarma présent ce jour-là garderait dans sa mémoire pour toujours, le souvenir de ces obsèques. Chacun transmettra, génération après génération la grandeur du savant de Dosso. Dongo lui, apportait ce que tout homme sur cette terre voulait et convoitait par-dessus tout, l'immortalité. Immortalité qui rejaillirait sur les noms des Maïga et des Sonni et qui ferait de ces familles les témoins à jamais de la grandeur de Dongo au côté d'Allah et des hommes. Mais à présent, seule, après la dure journée qu'elle venait de traverser, Kadidjatou, pouvait méditer sur les événements qui avaient jalonné sa vie, jusque-là, ô combien heureuse. Elle se remémorait encore et encore sa rencontre avec Zaago devenu son mari, le père du plus beau et du plus intelligent garçon du Zarmaganda, zanka que toute mère lui enviait. Aujourd'hui, elle devrait se sentir heureuse, car Zaago lui avait fait don de sa semence qui fertilisait à nouveau son ventre, et sûr qu'à nouveau, ce fruit conçut dans le plaisir intense des étreintes de son amour, plaisirs dont elle aimait jouir sans fin dans la nuit et dans leur intimité. Elle manifestait sa jouissance, sans fin, par des petits cris pudiques et des soupirs langoureux, lorsque le membre vigoureux gorgé de jus de Zaago allait et venait en elle, avec douceur et force à la fois, déclenchant à chaque va et vient des râles parfois rauques, parfois aigus et qui la laissait à chaque fois tremblante d'émotions, de larmes et de bonheur. Le fruit parfumé de son entrecuisse laissait échapper une ondée douce, coulant comme une fontaine de désir entre ses cuisses. Le jus ensemencé de Zaago comblait une fois de plus son honneur et celle de sa famille par la conception et la naissance d'un deuxième fils. Pourtant, cette fois-ci, quelque part au fond d'elle, Kadidjatou n'avait pas la certitude comme la première fois d'un fils. Elle hésitait aussi à faire appel aux dons de double-vue d'Alija, sa captive qu'elle craignait de voir lui prendre à nouveau son enfant, comme elle essayait de faire pour Yennendi. Elle chassa rapidement cette idée de sa tête et décida d'asseoir sa confiance en Allah, secondé des génies bienfaisants qui l'accompagnaient chaque fois. Car malgré toute la foi qu'elle avait en Allah, il lui semblait parfois qu'il ne faisait pas le travail seul et l'aide des génies du Panthéon zarma, lui avait été nombre de fois nécessaire. Alors pourquoi cette colère ? Elle ne devrait ressentir aucune colère, aucune animosité face à cette femme que Zaago avait ramenée lors de son voyage vers Tillabéry. D'ailleurs, il en avait ramené deux, en plus de cet autre captif, dont la rumeur dans Dosso affirmait qu'il n'était pas doté des attributs virils dont un homme a besoin pour exister. Certains attestaient que c'était une femme dans le corps d'un homme. D'autres avaient entendu parler de ses malheurs et racontaient qu'il avait été privé de ses attributs par des monstres envoyés par les génies malfaisants des savanes. Peu importe ce que l'on pouvait raconter sur cet homme, la préoccupation de Kadidjatou pour l'heure et sûrement à jamais, étaient l'arrivée de ces deux femmes jusque-là bien réglée dans sa vie à Zaago et elle. Elle les pressentait déjà, comme de redoutables rivales qui seraient installé auprès d'elle, jusque dans son windi où elle régnait en maîtresse absolue sur le petit monde de sujets domestiques qu'elle régissait avec autorité et savoir-faire. À présent, cette femme partagerait bientôt la couche de Zaago. Elle redoutait la présence de cette captive Fulfulde, dont tout le monde disait qu'elle partageait la beauté. La rumeur racontait que c'était sûrement une princesse, et que Zaago l'avait reçu en mariage lors de négociations secrètes, ordonnées au plus haut niveau par l'Askia lui-même afin de faire alliance avec les Fulfuldes contre les Tamasheqs, sombres nuages, qui se rassemblaient aux frontières du royaume et qui allaient s'abattre au premier coup de tonnerre sur tout le pays. Ses manières hautaines, sa façon de se mouvoir, de marcher, d'onduler sa croupe de jument bien dessinée et racée, déplaisaient au plus haut point à Kadidjatou. Elle poussa un tchiiip d'une longueur interminable, qui trahissait son agacement à la seule évocation de la présence de cette femme. Une captive, certes, mais sûrement pas une princesse. Et même si c'était une princesse, de la famille Fulfuldé des Sow, elle ne la considérerait autrement que comme une captive, qu'elle ferait travailler à son service jusqu'à épuisement. Kadidjatou était anxieuse. Elle l'était d'autant plus, qu'elle ne se voyait plus que comme un sac de maïs. Sa grossesse la rendait indésirable et disgracieuse, voire laide aux yeux de son mari. Pourtant, elle portait son enfant, fruit de leur amour, témoignage des étreintes ardentes de Zaago, son mari ! Elle se sentait grosse comme une vache wodaabe. Elle se sentait déformée. Ses hanches avaient doublé de volume. Sa poitrine s'était démesurément alourdie. D'ailleurs, ses seins devaient ressembler à de grosses papayes. Elle enviait cette femme aux formes d'amphore, belle comme une déesse, avec une poitrine ferme, dont les seins ressemblaient à de beaux pamplemousses. Leurs bouts dressés faisaient penser à des noix de cajou auréolées d'un cercle sombre à la géométrie parfaite. Elle jalousait cette femme à la paire de fesses rondes et fermes qui tournait la tête des hommes. Ils roulaient leurs yeux comme des billes en bois de teck chaque fois qu'ils croisaient son passage. Elle en voulait à cette femme dont les yeux en forme d'amende, au regard profond, damnaient l'âme des hommes de Dosso, même Zaago. Combien d'hommes, au moment précis où ils croisaient son chemin, souhaitaient répudier leur femme pour pouvoir en jouir sans fin et se perdre dans pareil corps, dans une matrice dont on pouvait mesurer la volupté de son duvet et la douceur de son fruit. Combien d'hommes donneraient tout ce qu'ils pouvaient posséder et mourir après avoir goûté un tel fruit, comme le mâle d'une mante religieuse. Et puis elle avait observé avec quels yeux, Zaago avait regardé cette femme en la lui présentant. Il lui avait offert cette jeune captive sœur de cet homme sans attributs, mais avait gardé cette femme pour lui. Et il avait osé ! Son Zaago, celui qu'elle avait placé tout en haut, au-dessus du commun des mortels, elle qui pensait que son mari n'avait d'yeux que pour elle. Zaago, son bien-aimé lui avait annoncé qu'il l'installait comme concubine. Il n'était pas différent des autres goujats de la ville. Cependant, Kadidjatou, savait très bien que Zaago avait le pouvoir et les moyens d'en faire sa deuxième femme, comme pouvait le recommander le coran. Elle maudit Muhammad d'avoir pu seulement penser en homme simple sous la seule influence de son sexe. Plutôt qu'en dépositaire de la révélation de l'archange Djibril. D'ailleurs, pendant toute la cérémonie des obsèques du vieux Karamoko, elle n'avait même pas pu l'approcher ou lui parler. Sa fonction auprès du grand Askia l'avait accaparé complètement la laissant seule face à l'immense tâche de l'organisation que lui incombaient son rang et sa place en tant que femme de Khoyze et aussi par le simple fait que le vieux savant appartenait à sa famille. Elle contenait à grand-peine son ire. Une femme noble de son rang devant garder son calme en toutes circonstances. Surtout chez les zarmas. Seule, dans sa case, elle laissa éclater sa rage. Elle saisit le premier objet qui se trouvait à portée de sa main et le balança contre le mur avec autant de force que son état le lui permettait. Puis, lasse, épuisée par cette journée intense et riche en émotions, elle s'affala sur les tâgars outaris disposés en couches épaisses, sur le sol de sa case. Là, abandonnée à elle-même, redevenue une petite wandiyo, se sentant malheureuse, trahie elle s'entendit prononcer des paroles qui résonnaient dans sa tête

— Laabo de ma case, laabo de mon windi, prends-moi et enferme-moi dans ton corps ! Mon mari ne m'aime plus et je ne suis plus rien ! Ô, vous les génies, qui résidez dans le grand Beena, venez me prendre moi et mon enfant que je ne revois plus cet homme qui a jeté ma figure parterre en ramenant cette captive pour en faire ma rivale.

Une forte pensée la fit sursauter. Elle se dressa comme un cheval cabré par la frayeur. Elle scruta de ses beaux yeux noirs la pièce autour d'elle. Elle avait l'impression que quelqu'un se trouvait dans sa case. Elle sentit un frisson lui parcourir la colonne vertébrale et le duvet de ses cheveux à la base de sa nuque se redresser. Elle posa ses mains sur ces épaules et se mit à les frotter comme pour se réchauffer. Elle tremblait. Elle ne sut si sa vue devenait brouillée ou si les génies du Beena qu'elle avait invoqué l'avaient fait déjà monter au ciel. Elle eut l'impression que sa case s'était emplie d'un nuage, d'une sorte de brouillard comme celui qu'on ne peut voir qu'à la saison de l'harmattan sur les bords de l'Issa Beri. Comme dans un rêve, elle aperçut alors deux vieux hommes, aux cheveux d'un blanc immaculé, des traits jeunes et ridés à la fois mais beaux comme des dieux, auréolés d'un linceul de lumière.

— Ne pleure pas, belle wandiyo, lui dit une voix, qui semblait lui parler directement dans la tête. Baaba dit-elle, Baaba ! Je suis si triste, si lasse.
— Oui c'est moi ton père et regarde qui est là aussi.

Kadidjatou reconnut alors le vieux Karamoko qui était là, lui aussi, avec son père, comme deux amis qui ne s'étaient jamais quittés. Elle se demanda si elle ne rêvait pas, si elle n'avait pas rejoint, elle aussi les ancêtres.

— Est-ce qu'Allah aurait entendu ma prière et m'aurait ramené auprès de vous, demanda-t-elle avec la voix d'une petite fille redevenue ?

Elle sentit que des bras l'enserraient mais sans parvenir à deviner si c'était bien du réel ou du rêve. La voix de son père retentit à nouveau dans sa tête.

— Ton heure n'est pas encore venue, ma fille. Tu vas vivre et tu mettras ta fille au monde. Elle sera belle notre petite fille, aussi belle que tu l'es, ma petite wandiyo. Moi et tous les ancêtres te veilleront et prendrons soin de toi.

— Tu pourras aussi toujours compter sur Zaago, ma petite, lui dit la voix de Karamoko. Mais Allah a des desseins qu'on ne peut parfois comprendre. Aies seulement confiance en lui !

Tout d'un coup, les brumes de son esprit se dissipèrent. L'impression de brouillard qui avait envahi la case de Kadidjatou disparu. Elle se demanda si elle avait dormi et avait fait un rêve ou si elle avait eu une vision. Il lui semblait qu'elle était restée debout. Pourtant, elle se trouvait allongée sur les tâgars. La sensation d'avoir revu son père accompagné de Karamoko ne la quittait pas un instant. Et puis il y avait ses encore des larmes qui témoignaient de la peine immense qu'elle ressentait encore. Des larmes qui avaient arrosé son beau visage à la peau satinée et qui la rendait encore plus belle que d'habitude. En fait, Kadidjatou n'avait pas remarqué qu'elle avait s'était endormie. Mais une chose était sûre : Son père, le vénérable Adama Hamidou Maïga et le vieux Karamoko étaient bien venus lui rendre visite. Elle chercha au pied des tâgars, sur un petit tabouret en bois sculpté de motifs des artisans woogos, une calebasse remplie d'eau fraîche déposée là sûrement discrètement par une servante attentionnée. C'est à ce moment qu'elle aperçut Alija, debout en train de la regarder. Kadidjatou se demanda si elle rêvait à nouveau.

— Comment as-tu pu entrer dans ma chambre sans y avoir été invité, demanda-t-elle, dans une voix ou sa colère était à peine contenue. Qui t'a permis ?

— Personne, Nya, prononça Alija. Mais j'ai vu le vénérable Adama, ton père et mon père Karamoko venir dans le windi.

Kadidjatou regarda Alija. Décidément cette fille restera quand même toujours un mystère pour elle. Elle connaissait le don double-vue de sa captive, mais était-elle là réellement pour la protéger ou essayer de jeter un sort à son deuxième enfant ?

— Non Nya, je suis là parce que Karamoko m'a demandé de le suivre. Ton père veut que je te protège et protège ta fille à naître.

— Je n'ai pas besoin de ta protection, cria Kadidjatou. Mon mari a suffisamment d'hommes à son service qui peuvent le faire pour moi

— Oui Nya, répondit Alija, mais les dangers qui guettent le pays en ce moment, sont grands. Et ton mari et ses soldats devront parcourir le royaume afin d'en assurer la sécurité. Ma place est auprès de toi, maîtresse. C'est pourquoi je veillais sur toi.

La colère de Kadidjatou retomba. Elle aussi avait vu son père accompagné du vieux Karamoko. Ils avaient entendu sa détresse et donc, sûre, elle n'avait pas rêvé, puisque cette sorcière d'Alija les avait vus. Elles avaient donc eu la même vision. Cependant, elle était bien obligée de s'avouer que la présence d'Alija était rassurante. Elle la regarda alors avec de ses beaux yeux noirs qui laissèrent paraître toute sa vulnérabilité et toute la peine qu'elle avait contenue jusque-là. Elle demanda à Alija d'approcher. Alija comprenait ce que sa maîtresse attendait d'elle. Elles n'avaient plus besoin de parler. Alija s'approcha et entoura Kadidjatou dans ses bras. Alors, Kadidjatou se réfugia dans les bras de sa servante et laissa son corps exprimé tout ce qu'elle avait retenu jusqu'à présent. Elle pleura Karamoko, son précepteur, son deuxième père, mais aussi le départ de Yennendi, son fils, arraché trop tôt à son amour et qu'elle ne pourra plus chérir comme une mère devrait faire, chaque fois qu'elle en aurait envie. Elle pleura la perte de son statut de femme préférée de Zaago. Elle pleurait tout simplement, parce qu'elle devait évacuer tous les événements de ces dernières pluies. Alija, comme une mère qui berce sa fille, chanta une douce berceuse, dans sa langue maternelle. Ça lui était venu spontanément, comme si elle avait toujours parlé sa langue maternelle, le Fulfuldé. C'était une douce chanson, mélancolique, qui devait sûrement raconter quelque chose de beau. Mais surtout Kadidjatou se sentit protéger et se laissa aller dans les bras de sa servante, au sommeil que les femmes-génies bienfaisantes de Dongo lui apportaient.

L'initiation

Depuis deux semaines, Yennendi se trouvait dans un camp au milieu de nulle part. C'était sûrement un point isolé insignifiant quelque part dans la brousse dans un monde qu'il connaissait. Mais, d'ailleurs de quel monde s'agissait-il ? Du sien ? Certainement pas ! Il ne l'aurait pas créé ainsi. Dans quel monde était-il ? Ici ne pleuvaient que vociférations, cris et brutalités la journée ; Cauchemars, agitations et gémissements la nuit. Bientôt quatre jours, sans qu'il ait pu ingurgiter quoi que ce soit dans la bouche et calmer la faim qui le tiraillait en permanence. Son corps lui faisait mal, ses muscles étaient endoloris par les courbatures et ses yeux se fermaient à la première occasion où il pensait trouver le sommeil. Mais les gardes-chiourmes attachés à leur formation ne les laissaient pas souffler un seul instant. Réveils aux aurores, corvées d'eau, entretiens des locaux communs, gardes, préparations des repas pour ceux préposés aux cuisines, exercices physiques, privations à chaque erreur commise se succédaient depuis le premier jour où il avait mis ses pieds dans ce camp. Son rang ne l'empêchait pas d'être traité comme n'importe quel captif ou burkine du Zarmaganda. Il avait au contraire l'impression que les instructeurs lui demandaient plus que n'importe quel zanka. À cela, chaque soir, s'ajoutaient les cours de Coran dispensés par des marabouts intransigeants sur l'apprentissage des versets et des hadiths que chaque zanka devait connaître par cœur. Mais ce n'était pas tout : des espèces de jeux, du moins d'après les gorilles qui leur servaient d'instructeur, s'apparentant à des jeux de piste, leur étaient imposés presque chaque soir après le coucher du soleil ou à l'aube. Yennendi, s'il aimait bien ces jeux de piste qui consistaient à reconnaître les signatures laissées au sol par les animaux, détestait le moment où ils leur étaient imposés, car son corps, ses jambes et ses yeux en particulier ne demandaient qu'à ce qu'on le laisse en paix afin de dormir. Mais le spectacle, à l'aube de tous les animaux que la savane du Zarmaganda comptait, phacochères, gazelles, buffles, zèbres, lions, léopards, éléphants majestueux, et même les stupides gnous, venant boire dans les mares et les lacs disséminés à travers le royaume, donnait l'illusion d'une magie grandiose. Le soleil levant arrosait la savane de ses rayons et donnait à la rosée tombée durant la nuit, des reflets d'argent aux herbes et aux arbres. Le sol de latérite, qui s'étendait jusque sur les bords de l'Issa Beri, prenait des teintes cuivrées qui venaient se marier aux scintillements bleutés et argentés des eaux du fleuve. Allah, aidé de Dongo, le maître de la pluie et chefs des génies zarmas, avaient effectué du bon travail. C'étaient les seuls moments dans ce début d'initiation que Yennendi appréciait, après les journées ou les nuits de brimades. Il aimait alors rester là, à admirer les créatures du Zarmaganda. Tous ces animaux, tous ces oiseaux, qui chacun dans leur langage rassemblaient leur tribu ou leur clan, leur famille ou leurs petits, comme des hommes et des femmes, poussant des rugissements ou des barrissements, des beuglements ou des hennissements, des sifflements ou des caquètements faisaient penser aux mêmes scènes que l'on pouvait observer dans chaque concession ou sur le grand marché de Dosso. Tout le spectacle de ces animaux en mouvement vers le seul lieu qu'était l'Issa Beri montrait à Yennendi et aux zankas de sa classe d'âge en formation d'Alboro, la grandeur de l'œuvre créatrice d'Allah et de ses accompagnateurs locaux, Dongo et ses génies. Mais la contemplation était généralement de courte durée. Les instructeurs, qui ne les lâchaient pas d'une seule semelle, savaient les rappeler à la dure réalité, par leurs beuglements, seul langage dans lequel ils savaient s'exprimer. Ils accompagnaient leurs vociférations de coups de trique qu'ils distribuaient généreusement avec largesse, sans égard de l'origine sociale des jeunes zankas. Ces derniers, devenant de plus en plus prompts à éviter les coups, couraient immédiatement, non sans déranger les animaux encore en chemin vers les berges du fleuve.

Les jours défilaient. Les cours théoriques étaient donnés par différents marabouts de passage pour ce qui était de l'apprentissage du Coran, dont certains appelés, "docteurs de la foi ", venaient de contrées lointaines où ils enseignaient dans des universités comme Djenné, Gao ou Tombouctou. Ils étaient invités à la demande de l'Askia en personne afin de dispenser une partie de leur savoir aux alboros en herbes. D'autres étaient des spécialistes de la langue arabe, qui permettraient à chaque sujet du royaume de lire, écrire et comprendre n'importe quel document en arabe qui serait présenté sous leurs yeux. Il y avait également des cours dispensés dans différentes langues parlées dans le royaume, tels les variantes du zarma, comme les Woogo ou le dendi et des langues comme l'hawsa ou le dioula, qui permettaient d'établir des bases d'échange dans le commerce. Et puis il y avait les jasares, dépositaires des traditions et des mythologies zarmas, qui venaient chanter et enseigner aux jeunes zankas, les grands faits d'armes, les chansons de geste, raconter les sagas et les hauts faits des héros de leur lignée. C'était, il y a très longtemps, légendes où l'apparition des sonrhaïs dans le monde, date de l'époque où le Sahara était un monde verdoyant de savane, rempli d'animaux sauvages et où leurs ancêtres chassaient sur des chars tirés par des chevaux et dont les rois s'appelaient, Pharaons. Yennendi et ses camarades adoraient ses moments passés en leur compagnie, où les jasares, accompagnés de leurs apprentis et de leurs fidèles, tenaient le Kuntiji, cet instrument à cordes, aux sons purs comme du cristal temps, appelant à la nostalgie et la rêverie, parlaient pendant des heures de la grandeur de l'empire, au temps où ils étaient les puissants sonrhaïs, craints et redoutés dans tout le vaste monde, qu'il leur était donné de connaître. Et surtout, du plus grand d'entre eux, le héros sans nulle contestation possible, son ancêtre, le grand Sonni Ali Ber, dont il portait fièrement le nom. Mais les jasares chantaient aussi les épopées de Zabar Khane, le premier héro et l'ancêtre des zarmas. Ils parlaient aussi de Mali Béro, héros légendaire qui guida l'exode du peuple zarma après la défaite à la bataille de Tondibi qui avait vu la victoire des troupes du sultan Ahmed Al Mansur Saadi conduites par le général eunuque espagnol, Jawdar. Il y a bien longtemps maintenant. Yennendi et ses camarades d'initiation buvaient les paroles des jasares comme s'il s'agissait de boire dans une calebasse le lait des juments, des brebis ou des chamelles, dont ils raffolaient tous lorsque dans leur tendre enfance, leurs mères les leur servaient avec du miel sauvage. Tous rêvaient alors, à l'image des illustres ancêtres de leur lignée ou ceux qui de descendance plus modeste, d'être le prochain Khoyze ou le héros qui permettrait aux zarmas de retrouver leur gloire passée. D'ailleurs, les marabouts ne lui avaient-ils pas prescrit un grand destin ? Yennendi se voyait déjà mener tous les zankas de sa classe d'âge, qui seraient ces fidèles compagnons d'armes à la conquête de territoires lointains, et ramener le butin pris dans les murs de Dosso et déposer aux pieds du grand Askia les richesses conquises sur les ennemis du royaume. Quant à Yala, son fidèle ami, depuis toujours, il se rêvait déjà en général, bras vengeurs des armées de l'Askia, qui vengerait et retrouverait l'honneur perdu à la bataille de Tondibi. Issifou, lui aussi présent se voyait vaincre les tamasheqs et les ramener à Dosso par tribus entières comme captif. Mais en attendant, les instructeurs, fidèles à la réputation de brutes soudards qu'ils étaient, mirent un point d'honneur à les arracher à leurs rêveries, en vociférant et distribuant avec toujours autant d'équité, les coups de chicotte. Les zankas se levaient promptement, s'alignaient à l'aide de baguettes de manière parfaite, presque géométrique, et sous la houlette de leurs formateurs, cavalaient à la vitesse de gazelle dans la savane. Yennendi, en tant que fils de Khoyze mettait un point d'honneur à exceller dans tout ce qui lui était demandé d'exécuter. Il était conscient de son rang, de sa position dans le groupe, mais il était surtout conscient du rôle qu'il aurait à jouer une fois devenu un alboro, qui aura droit de siège dans les assemblées de notables et de chevalier. Son meilleur ami, Madi Sanga Diori, dit Yala, rivalisait d'endurance, de forces, d'initiatives avec lui. Parfois, lorsqu'il avait le temps de souffler et de rêver, il se demandait pourquoi Yala, se donnait autant de mal pour être reconnu. Tout le monde savait qu'il était le fils du plus célèbre tchakay du Dallol Bosso et que les habits qu'il confectionnait, étaient d'une qualité remarquable, ce qui avait fait de son père l'habilleur principal de son père, le prince Zaago. Quant à Issifou, de son vrai nom Issifou Mahamadou Khane, son père était un Gaw, chasseur appartenant à l'une des confréries les plus redoutables du royaume. Issifou, à priori avait hérité sûrement de son père. Il excellait, dans l'art de reconnaître les traces laissées par les animaux de la savane. Il était, parmi tous les zankas de sa classe d'âge, le seul à pouvoir répondre aux questions des instructeurs sur l'identification de tel ou tel animal. Mais tous attendaient avec impatience, les moments où ils pourraient chacun leur tour démontrer leurs forces lors de l'apprentissage des luttes traditionnelles, leur habileté dans l'exercice du lancer de la sagaie et du maniement de l'arc, mais surtout dans la plus attendue de toute, l'art du sabre. Zaago, le père de Yennendi excellait dans l'art de l'épée et du sabre. Il était devenu un expert après avoir été en apprentissage dans des écoles d'armes les plus prestigieuses des royaumes alliés aux zarmas, comme chez les Goranes du Kanem-Bornou. Yennendi savait qu'après son initiation, il devra développer sa maîtrise des armes dans l'école que son père avait ouverte à Dosso ou participer aux cours particuliers que celui-ci dispensait dans les familles nobles dans les différentes principautés du royaume. Cours d'ailleurs forts chers, qui contribuaient à la richesse de sa famille et surtout à la réputation des Sonni. Yala et Issifou, étaient eux aussi décidés à parvenir à la maîtrise absolue de l'art du maniement des armes et de l'épée en particulier. Yala préférant le large et long sabre des soldats de l'Askia à l'épée droite empruntée aux tamasheqs. Les deux amis de Yennendi espéraient que leur amitié de longue date avec le Yennendi leur permettrait de bénéficier un jour de suivre les cours de perfectionnement de son école d'arme. Ils vivaient également dans l'attente du dressage des chevaux et les cours d'équitation. Yennendi, de par sa lignée avait toutes les chances de devenir un jour un cavalier émérite. Malheureusement, seuls les nobles avaient le droit de monter à cheval, les autres, les Burkines, se contentaient de faire partie de l'infanterie ou au mieux, lorsqu'ils en avaient la possibilité, de monter les quelques chameaux que possédaient quelques familles à Dosso ou toutes autres villes du royaume. D'ailleurs, une fange de la cavalerie de l'Askia Osseini Mohamed, était composé d'un corps de chamelier, très réputé pour leur endurance, leur cohésion et apte à la poursuite dans les contrées sableuse du pays des tamasheqs. Mais en attendant tous les moments prometteurs de leur future grandeur et du rang acquis de naissance ou à venir par la gloire, il leur restait encore beaucoup de chemin à parcourir en perspective, avec autant de nuits sans sommeil, de coups de triques à recevoir, de corvées à effectuer. Et puis il y avait aussi cette interrogation qui revenait sans cesse dans leurs pensées. Une interrogation qui grandissait jour après jour, au fur et à mesure du temps qu'ils passaient dans le camp, une interrogation qui se manifestait non pas seulement comme une réflexion ou une pensée obsessionnelle, mais aussi de manière physique. Pourquoi cet organe qui ne leur servait jusqu'à présent que de tuyau à évacuer leur trop-plein de déchets liquide, se mettait souvent à gonfler la nuit ? Quelle était cette sensation, ce chatouillement qu'ils éprouvaient au bas du ventre jusque dans cet organe ? En tout cas, Yennendi, Yala, Issifou, ainsi que les autres alboros en devenir, appartenant à la classe d'âge des dix à douze pluies, ne pouvaient réellement ressentir les sensations dont ceux, qui avaient quinze pluies et plus, parlaient et qu'ils entendaient. Et lorsque le soir après les exercices de la journée et au moment du coucher, lorsque les instructeurs leur laissaient l'illusion d'un moment de liberté, ils se mettaient à en parler et à imaginer en riant à pleine dent, ce qu'ils feraient avec leur membre durci. Mais ils sentaient vaguement que leur corps, allait comme les autres rapidement changer et que d'ici quelques lunes, eux aussi ressentiraient les émois de la transformation. Ils en rigolaient parfois à gorge déployée, lorsque Yala, dans son imagination et son art de raconter des histoires tel un vieux marabout, comparaient les jeunes wandiyés qui ressentaient elles aussi les émois de leur corps à des juments en chaleur, dont l'orifice vaginal se mettait à gonfler pour rendre fou tous les étalons des écuries de Dosso. Yala, racontait comment des cavaliers avaient été désarçonné par des étalons rendus fous par l'excitation de l'appel à l'accouplement et dont un organe surdimensionné surgissait d'entre ses cuisses pour venir frapper avec force le sol, soulevant un petit nuage de poussière ou taper son abdomen comme le marteau d'un forgeron. Tous parlaient, après s'être étonné du pouvoir de ce serpent de chair qui battait entre leurs cuisses, du jour où ils pourraient eux aussi plonger avec délice dans le fruit juteux et savoureux qui se trouvait chez les wandiyés, leur membre gonflé et pétri de désir, qui, parait-il, n'attendaient que ce moment, elles aussi.

Pulaar

Pour Alija, les jours, les nuits et les semaines s'écoulaient lentement, depuis que Karamoko était parti. Elle se sentait vraiment seule. Et malgré les nouveaux yeux que posait sur elle Kadidjatou, elle n'arrivait pas à se remettre de la disparition du vieux père qui l'avait toujours couvert d'un regard bienveillant. Lorsqu'elle avait un moment, elle retournait près de l'Issa Beri, à l'endroit où il était venu lui dire adieu en s'envolant, accompagné de la femme qu'il aima jadis, vers le royaume des esprits, dans l'espoir qu'il lui apparaîtrait encore et encore. Elle l'imaginait qu'il l'attendait, comme au bon vieux temps où il lui apprenait sa langue maternelle, lui enseignait à lire les sourates et les hadiths du Coran et à compter à l'aide de petits bâtonnets. Elle aimait entendre parler du temps où les Fulfuldes, venus d'un pays lointain vers le nord, appelé Kemmou étaient descendus, suivant leurs troupeaux de zébus dans une transhumance sans fin vers le sud. C'est ainsi qu'elle avait appris que c'était aussi son peuple qui avait amené l'islam dans les empires et royaumes depuis Kankan Moussa et Sonni Ali Ber. Ils avaient aussi porté le Djihad dans pleins d'autres royaumes qu'elle ne saurait situer sur un taafé. Elle avait appris aussi qu'ils avaient également créé de puissantes nations comme le Fouladougou et l'Ardo, le plus puissant d'entre eux. Mais elle avait également vu à travers ses songes, la création d'un autre puissant royaume Fulfuldé, par un sultan fort et déterminé, appartenant à la puissante confrérie des marabouts dont le nom de famille était Dan Fodio. Ça serait vers les rives d'un grand lac à la limite d'un état dont elle entendait parlée sous le nom de Kanem ou Bornou. Elle était cependant incapable pour l'instant de savoir si c'était maintenant ou dans l'avenir. Et pour l'instant, elle n'était pas dans cette préoccupation immédiate. Elle aimait imaginer le vieux Karamoko, vêtu d'un boubou blanc immaculé, assis les jambes croisées, dans la posture d'un marabout en étude, avec au milieu, un livre gainé de cuir et de fils d'or, en train d'élever le niveau de connaissance des esprits qui peuplaient le paradis d'Allah où ceux qui comme Dongo le dieu de la pluie aidait Allah dans ses desseins et ses œuvres afin de les rendre plus proches des hommes. Alija pensait que certains parmi eux étaient plus des brutes sans auréoles que des esprits. Le dieu de la guerre ou le dieu des maladies en faisaient partie. Peut-être qu'Allah n'avait pas la main sur tous les dieux et esprits et certains devaient échapper sûrement à son contrôle. Et puis, certains parmi eux étaient là parmi les peuples de la région bien avant l'arrivée d'Allah, ce roi des dieux que ses ancêtres avaient révélé à leur monde. Oui, Allah faisait bien les choses et avait eu raison de rappeler le vieil homme auprès de lui plutôt que de le laisser aux humains, incapables de comprendre les raisons de ses révélations. Il lui semblait que seuls, le prophète Muhammad et le vieux Karamoko par son savoir et sa sagesse étaient dignes de la parole d'Allah. D'ailleurs, elle en était venue à la conclusion que Karamoko avait été envoyé aux zarmas par Allah afin de les éduquer et les sortir de l'obscurantisme dans lequel ils se fourvoyaient par les guerres et des razzias incessantes contre les tribus qui peuplaient cette terre. Ces razzias qui avaient fait d'elle une captive parmi les zarmas. Et puis l'attitude de sa maîtresse, Kadidjatou, la perturbait un peu. Elle était devenue presque aimable avec elle, malgré les sautes-humeurs occasionnées par sa grossesse, où elle s'en prenait parfois à elle, de temps en temps, chaque fois qu'elle croisait la silhouette ou le regard de la concubine de son mari quelque part dans Dosso. En particulier lorsqu'elle faisait elle-même son marché ou qu'elle allait rendre visite à ses amies où elle ne manquait pas de lui afficher son rang et son mépris. Mais Alija avait reconnu en Penda Sow, la concubine de Zaago, un Fulfuldé comme elle. Penda Sow avait également reconnu en Alija une captive Fulfuldé. Un jour, à l'occasion d'une promenade avec sa maîtresse et les amies de celle-ci, accompagnées chacune de leur wandiyo de compagnie, elle avait pu approcher sans pouvoir lui parler cette belle femme, aux grands yeux en amande, élégante, à la démarche d'une reine. C'est ainsi qu'elle remarqua ses yeux marrons et son teint clair. Elle était aussi grande que Kadidjatou. En fait, ce qui l'avait interpellé, c'est qu'elles étaient concurrentes dans la beauté, mais représentaient le contraire l'une de l'autre, comme les deux faces d'une même médaille. Kadidjatou était aussi foncée de peau que Penda était claire. Kadidjatou possédait des yeux aussi noirs que Penda les avait marron. Et surtout, à son passage, Alija avait frôlé Penda, qui révéla par ce léger effleurement sur sa main, sa grossesse. Comme une vision, qui se manifestait doucement à ses yeux, contrairement aux fois où ses visions se révélaient à elle de manière plus brutale, Alija avait vu toutes les nuits où Zaago étreignait avec passion Penda dans la couche du windi qu'il lui avait donné et où elle résidait désormais. Elle avait vu la conception de l'enfant qu'elle attendait, elle aussi. Elle ne savait pas encore si elle attendait une fille ou un garçon, mais elle se dit que, de toute façon elle le saurait bientôt. Mais elle avait vu aussi le désarroi de Penda, loin, très loin de son pays et des siens, et qui se trouvait à présent dans un royaume dont elle ne maîtrisait ni la langue, ni les us et coutumes de ce qui serait désormais sa nouvelle patrie. Elle sentit également le désarroi de sa condition, car ici, même si elle était la concubine d'un des Khoyze le plus renommé et l'un des plus riches du royaume du Zarmaganda et de la province du Dallol Bosso, elle n'était qu'une captive. Elle, qui avait appartenu jadis à une des familles Fulfuldé les plus nobles de son royaume, n'était ni plus ni moins une exilée, presque une prisonnière. En attendant, Penda ne savait pas encore qu'elle attendait un enfant. Alija sourit à la pensée du jour où sa maîtresse, Kadidjatou, allait s'apercevoir de la rondeur du ventre de sa rivale dans les mois à venir. Sûr que la scène faite à Zaago ce jour-là sera mémorable et aura même de quoi alimenté pendant des lunes et des lunes, dans les atmosphères feutrées des windis des femmes de Dosso, les ragots de toutes celles jalouses ou agacées des airs et des caprices de Kadidjatou ou qui nourrissaient pour une raison quelconque une dent contre la femme de Zaago ou sa famille. Elle ressentit quand même de la peine pour Kadidjatou, car elle savait combien cette dernière aimait son mari, l'admirait et combien elle était fière de lui, du nom et du renom de son mari. Mais du haut de la fougue de sa jeunesse, elle n'avait pas imaginé, jusqu'à présent que Zaago aurait pu prendre une autre femme. Alija comprenait Kadidjatou qui souffrait de la trahison de son mari et ressentait de la compassion. Mais elle ressentait également l'immense solitude de Penda qui devra affronter toutes les femmes de Dosso, les railleries des familles nobles zarmas, du moins derrière son dos, car elle savait aussi que Zaago ne permettrait et ne pardonnerait aucun affront qui lui sera fait. Elle se promit, dès que possible, de la rencontrer, de lui parler et de lui apporter son aide. Après tout, n'étaient-elles pas du même peuple, voire même peut-être du même sang ?

La panthère

Yennendi, Yala et Issifou courraient depuis l'aube à travers les hautes herbes de la savane du Zarmaganda, à la poursuite d'une jeune gazelle qui commençaient visiblement à donner des signes de fatigue. Pourtant, la nature l'avait dotée de tous les attributs pour échapper à ses poursuivants. Des pattes fines, une détente qui donnait l'impression que l'animal était monté sur ressorts, une accélération ahurissante qui pouvait dérouter à l'occasion le plus rapide des guépards, lévriers de la brousse, et une aptitude déconcertante à changer brusquement de direction, ce qui décourageait n'importe lequel de ces prédateurs. Mais cette gazelle n'avait pas prévu que les jeunes prédateurs, qui la coursaient depuis les premières lueurs de l'aube, possédaient la patience de chasseurs expérimentés, une endurance et une régularité constante dans leur course, qui pouvait donner l'impression qu'ils étaient infatigables. Comme tous les animaux de la savane, elle devait se rendre au moment du lever du soleil au bord de l'une des nombreuses mares qui jalonnaient le parcours de l'Issa Beri et permettaient ainsi à chaque animal de la brousse de se désaltérer par famille, clans ou groupes de même espèce. Mais la gazelle ne reverra plus jamais le soleil qui viendrait la délivrer de ses peurs nocturnes. Deux sagaies vinrent se planter dans son abdomen alors qu'elle s'était arrêtée pour reprendre son souffle avant d'atteindre le grand fleuve, à l'heure où le soleil levant diffusait sur la savane ses rayons chauffants, comme des messagers, porteurs de nouvelles célestes. Certains groupes d'animaux n'hésitaient pas à afficher une forme d'entente voire d'alliance, comme les zèbres et les gazelles ou les gnous et les buffles. Une fois de plus était renouvelé l'un des plus beaux spectacles qu'Allah et les esprits de la brousse offraient à la vue des jeunes zankas, le miracle de la création du monde, comme au tout premier jour. Le chant des oiseaux et le rugissement des lions. Le beuglement des buffles, le hennissement des zèbres et le grognement des phacochères. Le feulement des félins qui signalait la présence cachée et furtive des panthères, le barrissement des éléphants, les cris stridents des singes saluaient et célébraient, ces messagers célestes qu'étaient les rayons du soleil qui, chaque matin, venaient les libérer des turpitudes de la nuit où les plus féroces prédateurs s'étaient emparés qui de leurs petits, qui de leurs vieux parents ou ceux qui trop malades, sont offerts à leurs crocs comme un sacrifice nécessaire à la vie. Dans les eaux vives de l'Issa Beri, les hippopotames, en apparence placides, baillaient à fendre leur gueules, et s'enfonçaient dans les eaux argentées du fleuve, reflet du scintillement des rayons du soleil, pour aller dormir après une course nocturne. Ils avaient passé le plus clair de leur temps à brouter, et se battre à la conquête d'un harem uniquement dévoyé à leurs besoins de plaisirs insatiables. Saillir autant de femelles que possible, sans en laisser une seule à un rival éventuel venu les défier semblait être leur seul passe-temps. Perpétuer l'espèce. Voici l'idéal de leur existence. Quant aux crocodiles, après s'être repus de chair faisandée, en piégeant de pauvres gazelles imprudentes venues boire dans les eaux noires et boueuses des bords du fleuve, ils montaient sur la berge afin de profiter eux aussi des rayons chauffants du soleil et redonner vie à leur carapace refroidie par l'eau. Ainsi, la nature reprenait ce qu'elle donnait aux plus petits comme aux plus grands, au plus faible comme au plus fort, aux plus chétifs comme au plus gros. Yennendi, et ses deux amis, Yala et Issifou, regardaient le panel des échantillons de la nature avec fascination, hypnotisés par le spectacle que les génies de la brousse offraient à leurs yeux. Quelques heures plus tôt, alors que le soleil était encore loin de se lever, bénéficiant, lui aussi des bienfaits apaisants des bras des muses du sommeil, comme tout homme méritant sur la terre, les trois inséparables amis avaient reçu la mission de ramener de la viande pour nourrir le groupe de zankas en initiation auquel ils appartenaient. Cinq bonnes lunes s'étaient écoulées depuis leur installation en pleine brousse, sans avoir vu une seule fois leurs familles. Mais comme tous les zankas, initiés au même moment dans toutes les provinces zarmas du Dendis ou du Woogo, du Zarmatarey, du Songoyboro et du Zarma ciine, ils devaient restituer les apprentissages reçus à travers une grande épreuve. Certains recevaient la mission de pénétrer de nuit dans les windis de villages situés, simples points non-indiqués quelque part dans la savane du Dallol Bosso et éloignés au moins à une journée de marche du camp d'initiation des jeunes zankas. Cette épreuve avait pour objet de mettre en pratique les enseignements des maîtres en matière de progression, en terre inconnue et de revenir avec des ingrédients nécessaires à l'amélioration de l'ordinaire, comme le sel ou du piment, qu'ils auraient dérobé, de nuit, sans se faire repérer. D'autres avaient pour mission de se faufiler à travers la brousse sans se faire repérer jusqu'à un autre camp d'initiation, en territoire voisin, pour d'accomplir une mission d'observation et rapporter tout fait se déroulant dans le camp, afin d'aiguiser leur sens de l'observation, de les exercer aux rapports précis et développer ainsi la culture du renseignement et de l'information, nécessaire à toutes armées si elle veut sortir victorieuse. Ce qui permettait aussi aux armées de l'Askia de bénéficier d'un corps d'éclaireurs compétent dans l'art de la reconnaissance et de l'espionnage. Yennendi et ses amis avaient reçu l'épreuve la plus difficile. Celle de pister et de ramener un gibier, pour nourrir le groupe, voire le camp. C'était une mission sérieuse, dont le but était plus de pouvoir juger des qualités de pisteur, de chasseur, de décision et d'aptitude au commandement des jeunes zankas. Épreuve pour laquelle des talents particuliers comme l'aptitude à la réflexion, l'observation de la nature, la connaissance du terrain et de la nature, la ruse et la solidarité du groupe étaient requises. Les trois lascars en avaient hautement conscience et savaient que cette épreuve était de confirmer aux yeux de leurs maîtres les talents qu'ils avaient su déceler chez ces jeunes zankas. Mais Yennendi et Yala savaient qu'ils allaient devoir se fier pour cela aux dons de chasseur d'Issifou, lui-même fils de chasseur, à qui son père avait enseigné dès qu'il avait été en âge de pouvoir suivre longuement les hommes à la chasse, les signes et les pistes de n'importe quel animal. Il faisait encore nuit dans le camp, lorsque les hommes chargés de leurs instructions et de leurs initiations, avaient rassemblé les jeunes dans la vaste cour du camp, et avaient remis à chaque groupe de jeunes, une pochette de cuir en peau de gazelle, roulée autour d'une feuille de papier de riz, fermée par une petite cordelette en raphia. Dans chaque pochette, se trouvait un ordre de mission précis contenant les détails des instructions qu'ils devraient suivre à la lettre. Chaque groupe de jeunes se trouverait ainsi dans une situation où tous les savoir-faire acquis à la fin de cette cinquième lune devaient être restitués. Yala et Yennendi avaient quelque peu fait la moue en découvrant leurs instructions. Ils préféraient visiblement une épreuve d'observation ou de chapardage à celle-ci. Issifou par contre s'était trouvé enchanté d'une telle mission qui lui permettait d'avancer ses dons, ses capacités et son expérience acquise auprès de son père. C'est tout naturellement que les deux autres compères lui laissèrent prendre la direction des opérations et d'exercer pour une fois ses qualités de chef de groupe. Perspective que finalement, Yennendi laissait de bon cœur à son ami, mais que Yala goûtait fort mal, habitué généralement à avoir la tête du groupe, droit d'aînesse obligeant. Issifou et ses deux amis, étaient partis préparer tout ce dont ils auraient besoin pour accomplir leur mission. Yennendi était parti chercher quelques vives comme de petits morceaux de viande séchés, quelques fruits secs comme des bananes cuites quelques jours auparavant et séchées au soleil et remplir des gourdes en peau de chameau, une pour chacun des jeunes chasseurs. Il comptait s'arrêter en brousse, pour cueillir dans des arbres quelques cires d'abeille. Le miel leur apporterait l'énergie nécessaire dont ils auraient besoin pour faire face à la dépense physique qu'ils ne manqueraient pas de déployer pour cette mission. Quant à Yala et Issifou, ils s'assuraient que leurs arcs ont les cordages en nerfs de zébu bien tendu, avoir un nombre suffisant de flèches dans les carquois et d'aiguiser les sabres et les couteaux dont ils auraient besoin également. Issifou prit également trois sagaies dans le magasin d'armes du camp qu'il déposa devant ses deux camarades, une fois prêt. Chacun revêtit une tunique sans manche, serré à la taille par une mince bande de tissu de taafé bleu et blanc dans laquelle ils glissèrent les sabres et les poignards ainsi que des cordes roulées qui leur serviraient de lasso. Ils portaient également un pantalon bouffant, ample de couleur noir, resserré à la taille et au mollet par un tissage tressé, de manière à donner une forme d'élasticité, pour qu'ils puissent se sentir à l'aise dans la course. Ils chaussèrent des sandales fines toujours en peau de gazelle renforcée d'une double épaisseur au niveau de la semelle et du talon, avec au bout, un rajout qui servait à être recourbé puis refermé sur les orteils et ainsi protéger leurs pieds des souches, des cailloux et des épines agressives des acacias. Ces sandales étaient munies de lacets qui remontaient jusqu'aux chevilles. Dès qu'ils furent prêts, les instructeurs vinrent à leur rencontre pour vérifier leur matériel, et s'assurer qu'ils avaient assimilé les différents détails de leur mission. Yennendi, Yala et Issifou, fiers comme des coqs de basse-cour et impatients comme de jeunes chevaux sauvages, attendaient leur tour pour s'élancer dans la savane. Ils regardaient les autres groupes de zankas partir les uns après les autres et prendre des directions différentes en fonction de leur mission. C'est au pas de course que les trois jeunes s'élancèrent vers la savane toute proche. Leurs hautes herbes cachaient les secrets dont seuls les génies de la brousse, jaloux étaient les détenteurs. Le soleil avait décidé de prolonger encore quelques instants de plus ses rêves dans un sommeil encore lourd. Ils parcoururent ainsi une bonne lieue à vive allure et se dirigèrent vers un gros baobab qu'Issifou avait repéré quelques jours auparavant lors de leurs courses matinales. Arrivés devant le baobab majestueux, les trois adolescents, impressionnés par la taille gigantesque de l'arbre aux ancêtres, se débarrassèrent de leurs armes et enlevèrent leurs tuniques. C'est torse-nu, et tournés vers l'est, que les trois amis s'agenouillèrent et adressèrent d'abord une prière à Allah, et renouveler le premier commandement du Coran. Il n'y avait de dieu que Dieu et Muhammad était son prophète ! Puis ils adressèrent également des suppliques aux génies de la brousse, pour que la chasse leur soit favorable et les remercier de leur permission à prélever une partie sur la nature. Issifou, tira de sa tunique posée à côté de lui, un talisman qu'il dissimulait dans un recoin de l'ourlet de sa tunique. C'était une petite pochette en cuir de zébu rouge dans lequel étaient glissés de petits parchemins de papiers qui contenaient des sourates du Coran, des petites plumes blanches et fines d'une grue couronnée et un peu de sang séché sur des feuilles d'un arbre à fétiches. Les yeux mi-clos, Issifou balbutiait des paroles dans une langue inconnue. Ses deux amis écartaient leurs yeux comme des œufs d'autruche en essayant de comprendre ce langage inconnu. C'était en fait un langage que seuls des initiés de la confrérie des Gaw pouvaient connaître et inaccessible aux profanes tels Yennendi et Yala.

— Sûrement son père ! Dit tout bas Yala en regardant Yennendi.

Celui-ci acquiesça d'un signe de la tête pour ne pas troubler Issifou dans ses supplications aux génies de la brousse et de la chasse. Puis, il se leva brusquement. Il remit sa tunique et les deux autres en firent autant. Chacun plaça son arc et ses flèches dans le grand carquois en peau de buffle attaché dans le dos au niveau des épaules et reprit sa sagaie à la main.

— Voilà ce que l'on va faire, dit Issifou de sa voix qui était en train de muer depuis quelques jours.

Il y avait quelque chose de risible pensa Yennendi, qui regardait son ami de toujours comme s'il le voyait pour la première fois, tant était sérieux le regard d'Issifou.

— Bon, parle, dit Yala, un peu agacé par l'importance que Yennendi donnait à leur chef du jour et dont la voix déjà plus grave que les deux autres s'était accentuée.
— Nous devons trouver d'abord un troupeau de gazelles. J'avais relevé des traces lorsque l'on pratiquait les exercices de défoulement matinaux. Si je ne me trompe pas, il devrait en avoir à quelques lieues d'ici, vers le sud.
— Combien ? demanda Yala, qui visiblement était de plus en plus courroucé par le ton de commandement de son ami.
— Trois ou quatre lieues de l'endroit où nous nous trouvons.
— Une fois le troupeau trouvé, comment procéderons-nous pour choisir laquelle et comment ferons-nous pour réussir ? demanda Yennendi.

Issifou leur expliqua, comment ils allaient s'approcher du troupeau, en prenant soin de bien se placer contre le vent, à plat ventre et en rampant doucement afin de les approcher le plus possible.

— Nous ne devrons pas nous servir de nos armes, selon les consignes des professeurs, mais courser une gazelle afin de la fatiguer et exercer notre endurance rappela Issifou. Les armes ne devront servir que pour la mise à mort ! Pour avoir la meilleure chance de la contrer, nous courrons en décrivant de large cercle, afin que la gazelle puisse rester à l'intérieur de notre périmètre. Puis nous l'obligerons à se rabattre vers le fleuve où elle aura besoin de boire.

— Oui répondit Yennendi, c'est un excellent plan. Comme ça, elle n'aura plus d'échappatoire et sera à porter de nos sagaies au moment de boire.

Yala émit un grognement d'approbation. Yennendi regardait ses amis avec un grand sourire et Yala se fendit lui aussi d'un sourire qui ne put empêcher de laisser paraître une dentition blanche et parfaite. Les trois amis saluèrent une fois de plus le majestueux baobab qui logeait dans une harmonie parfaite, les âmes des anciens et les génies de la brousse. Ça devait être ainsi que les génies devaient initier les morts afin de faire d'eux des esprits, pensa Yennendi. Et il s'élança à son tour, au pas de course derrière ses amis qui avaient déjà commencé à courir. Leurs pas, leurs enjambées, étaient longues, du moins aussi longues que leur permettait leur taille. La course était fluide, marquée par la légèreté de leur corps à la fois mince et musclé et dont on voyait déjà les dessins d'une ceinture abdominale en forme de losange et un pectoral plat et large qui présageaient la magnificence du corps d'adulte qu'ils étaient destinés à avoir. Les bras, pour l'instant encore minces, mais avec l'amorce d'une musculature racée et fine laissaient apparaître des fils gracieux que constituaient le dessin des veines et des nerfs comme un tatouage dessiné à même la peau. Les trois amis couraient de manière cadencée, du même pas, à la même allure, à grandes enjambées, leurs pieds se posant au sol en même temps, comme si un tam-tam leur imprégnait dans la tête le rythme à suivre. Ils avaient l'allure de félins. Trois guépards, ensemble, unis comme des frères doigts de la main. Yala, par sa taille, plus élevée que les autres étant le majeur. De temps en temps, ils s'arrêtaient sur un geste à peine perceptible d'Issifou et prenaient instantanément la position de guerriers en attente, genoux à terre, les narines dilatées, les oreilles en alerte et le regard perçant. Comme s'ils étaient en territoire ennemi, leur sagaie était pointée vers l'avant, dans la direction du regard. Issifou, tel une panthère, observait les éléments qui se trouvaient immédiatement sous ses yeux. Tâtonnant le sol de ses mains, observant traces et dessins de pattes ou de sabots, étudiant leur disposition, humant crottins séchés ou frais, il pouvait déterminer l'heure et le temps de passage des animaux. Il observait également la moindre brindille d'herbe ou d'arbuste cassé pour savoir quel animal était passé par là. Puis, comme un chien de chasse ou comme un félin, il levait la tête au ciel et humait l'air pour détecter et capter l'odeur de la proie à chasser. Les deux autres le regardaient, ébahis du savoir-faire animal de leur ami. Jamais ils n'avaient deviné un tel talent chez leur ami alors qu'ils le voyaient essayer de restituer laborieusement les sourates ou les hadiths du Coran à l'école du jasare. Comment pouvait-il déterminer l'heure de passage d'un animal, alors qu'il avait toutes les peines du monde à faire des additions ou des soustractions de bûchettes. Comment faisait-il, lui dont le savoir ne rentrait dans sa tête qu'à grands coups de chicotte ou de coup de livres sur la tête, par ailleurs vite oublié dès la sortie de l'école.

— Il faudra que je pense un jour à le nommer chef de mes éclaireurs, songea Yennendi, lorsque j'aurai hérité du territoire de mon père.
— Le troupeau que nous cherchons doit se trouver à peu près à trois lieues de là, s'écria Issifou. Les gazelles sont pleines et les mâles sont beaucoup plus loin. C'est pourquoi le troupeau ne va pas vite, dit-il d'un air expert. Il se dirige vers le sud pour se rapprocher du fleuve au moment du grand rassemblement du soir.

Yala et Yennendi étaient abasourdies par une telle expertise. Ils humaient l'air à leur tour vainement pour essayer de comprendre comment Issifou faisait. Mais ils étaient incapables de tirer une conclusion de ce qu'ils sentaient, si ce n'est l'odeur indéfinie, parmi les milliers d'odeurs de la brousse, de quelque chose qui leur indiquait qu'il y avait présence d'eau quelque part vers le sud.

— Pas mal dit Issifou en riant à la remarque de Yala sur la présence d'eau quelque part.

Reprenant sa sagaie dans sa main droite, il reprit sa course, rapide et souple comme un félin, surprenant ses amis qui étaient encore en position de garde. Le paysage de la savane se déroulait sous la rapidité de la foulée des trois amis, comme la page illustrée du livre d'un marabout. Ils enjambaient d'un seul bond les petites ravines, parcourues par de petits ruisseaux de plus en plus nombreux au fur et à mesure que l'on se rapprochait du grand fleuve. Ils accéléraient, sans fatigue apparente dans la partie plate de la savane, malgré les hautes herbes, qui parfois du tranchant de leurs hautes feuilles aiguisées tailladaient et striaient les chairs de leurs bras nus en de fines coupures invisibles. Au fur et à mesure qu'ils approchaient de l'Issa Beri, l'odeur âcre des mares aux eaux croupies ou celles parfois fortes de certains animaux, comme celle des phacochères, passés quelques instants plus tôt leur montait de manière prenante au nez. D'autres ayant laissé leur empreinte olfactive contre des souches de tronc d'arbres morts ou encore debout, leur prenait les narines, dilatées par l'effort physique de leur course et provoquait chez Yennendi en particulier des débuts de renvoi. D'ailleurs, Yennendi, qui avait couru jusque-là sans ouvrir la bouche, commençait à tirer la langue. Sa respiration devenait de plus en plus bruyante. C'est soulagé, qu'il se laissa tomber au sol comme une vieille souche, lorsque Issifou leva sa main gauche en signe d'arrêt. Une dune en latérite, rouge, recouverte sur la dernière partie haute de fines herbes, faisait penser au léger duvet qui recouvrait la protubérance intime des jeunes wandiyés pubères. C'est à plat ventre, qu'ils progressèrent, tout doucement, comme des serpents, prenant soin de ne pas entrechoquer leurs armes. Yennendi qui avait rapidement récupéré entre-temps, était excité, tout comme Yala, au spectacle qu'ils découvraient du haut du merlon en latérite. Issifou qui s'était arrêté avant le sommet, concentré, vérifiait juste s'ils étaient bien placés par rapport au vent en exposant une petite feuille qui s'envola vers le bas de la petite colline, portée par une douce et légère brise. Le soleil s'était levé tout doucement et tranquille, arrosait de ses rayons bleutés et or, toute la plaine, qui s'étendait devant eux jusqu'au fleuve. Des centaines de zèbres, gnous, gazelles, buffles et toutes autres créations vivantes des dieux de la savane paissaient en paix après les frayeurs nocturnes. Derrière leur dos, la nuit s'éclaircissait pour laisser place à de plus en plus de lumière, qui délivrait toutes les âmes errantes des hommes et des animaux, morts dans la nuit. Portées par une myriade de génies, leurs âmes pouvaient enfin s'élever vers le ciel où Allah, bienveillant veillait à approvisionner son paradis. Leur tête effleurait à peine le sommet de la colline. Ils laissaient passer juste le dessus de leur crâne jusqu'aux yeux. Yennendi, Yala et Issifou contemplèrent l'œuvre d'Allah.

Le troupeau de gazelles qu'Issifou avait choisi finissait de se désaltérer. Au signal d'une grande gazelle, sûrement la matriarche, le troupeau se s'ébranla vers la plaine en commençant tout doucement, les unes après les autres à grimper la colline, suivis bientôt des gnous et de leurs inséparables amis des savanes, les zèbres. Les trois jeunes zankas, en silence, étaient redescendus entre-temps et avaient gagné un autre endroit situé plus à l'ouest de leur première position. Ils y avaient trouvé un abri naturel, constitué par un rocher, complètement recouvert d'arbustes couverts de jeunes feuilles rendues bien vertes par les pluies des dernières semaines, tombées en abondance. Ils ôtèrent leur tunique et

Issifou ouvrit un sac dans lequel il avait fait provision de déjections séchées prélevées sur les pistes. Puis, après avoir versé un peu d'eau de sa gourde sur les excréments, il commença à s'en badigeonner le corps. Yennendi et Yala le regardèrent avec horreur. Yala, le premier dit qu'il ne s'abaissera pas à mettre des excréments sur lui. Yennendi pensait tout simplement que la dignité que lui conférait l'appartenance à la classe des nobles lui interdisait tout simplement de devenir un bouseux.

— Le buffle ne vous demandera pas à quelle caste ou à quelle famille vous appartenez avant de vous piétiner comme des insectes insignifiants. Soit vous vous en badigeonnez, soit vous serez morts ce soir ! Et vos familles pleureront vos dépouilles écrabouillées et méconnaissables demain soir !

Cet argument finit par les convaincre d'imiter Issifou. C'est avec dégoût, le cœur au bout des lèvres, qu'ils consentirent à enlever leurs tuniques à leur tour et à se recouvrir d'excréments. Yennendi avait de tels hauts de cœur, qu'il manquait à chaque passage d'excrément sur sa poitrine de vomir sur ces camarades. Une fois effectué, ils reprirent leurs lances et mirent leur carquois de flèches autour de la taille, et l'arc en transversal sur leur corps. Puis ils se remirent à observer les animaux. C'est en chuchotant qu'Issifou désigna la gazelle à abattre. Elle se trouvait à peu près à une cinquantaine de coudées de leur position, occupée à brouter une herbe bien verte, grasse, et bonne pour le lait qu'elle était en train de fabriquer pour le petit à naître, vu la protubérance qui commençait à arrondir son abdomen. Yennendi émit l'idée qu'il serait judicieux d'épargner la vie de la mère en devenir, et ainsi, de ne pas offenser les génies de la savane, mais de la capturer au lasso, afin de la ramener au camp, vivante où elle pourrait être élevée, elle et ses petits à venir, afin de constituer un troupeau pour le camp. Issifou, devenu sérieux et grave comme un Gaw, approuva.

— C'est plus facile à dire qu'à faire ! S'exprima Yala, toujours grognon.

— De toute façon, ce n'est plus possible, répondit Issifou. Au moindre signe pour changer de position, elle nous détectera et le troupeau s'enfuira. N'oublions pas que nous en avons une en attente. Il faudra se dépêcher avant qu'une hyène passant par-là, ne nous la vole.

Yennendi, acquiesça au raisonnement de son ami. La gazelle, grosse, s'était rapprochée de leur cachette. L'odeur des excréments, dont ils s'étaient enduits, l'empêchait de les repérer. Lorsqu'elle ne fut qu'à peine deux ou trois coudées de leur position, pratiquement juste en dessous d'eux, Yala et Yennendi lancèrent leur lasso en même temps dont les boucles largement ouvertes vinrent s'enfiler autour du cou gracile de la gazelle. Ils enroulèrent alors l'autre bout du lasso, promptement autour de l'un des arbustes, solidement enracinés dans les rochers, tandis qu'Issifou, sautant à terre, vint enrouler sa corde autour des quatre pattes de la gazelle pour la déséquilibrer. Yala et Yennendi sautèrent à leur tour du promontoire et vinrent prêter mains fortes à leur ami. Malgré les violentes secousses qui secouaient les trois zankas dans tous les sens, elle finit par être complètement immobilisée. Issifou remercia rapidement le dieu de la chasse d'avoir favorisé leur succès. Les trois jeunes garçons allaient se congratuler lorsqu'ils virent une autre gazelle qui se rapprochait, ignorante du drame qui venait de se jouer à quelques mètres d'elle. Elles devaient être fâchées, pensa Yala ! Ou alors indifférente au sort de sa sœur, tout occupée qu'elle était à brouter. À l'imitation d'Issifou, les deux autres amis se débarrassèrent de leur arc et de leur carquois de flèches et s'emparèrent de leur sagaie pour donner un caractère plus noble à leur chasse. Ils lancèrent leur sagaie pratiquement en même temps. La gazelle bascula sur le côté comme foudroyé par un éclair de feu jailli de la main de Dongo. Yennendi et Yala se précipitèrent sur la gazelle transpercée de part en part, tandis qu'Issifou sortait son poignard de son fourreau. Il le plongea dans la gorge de l'animal entravé tout en adressant une prière à peine audible dans le jargon des Gaw aux génies de la brousse, les suppliant de lui pardonner. Puis il prit une toute petite calebasse qui suspendait, tenu par une petite ficelle à la ceinture au niveau de sa hanche gauche, laissa l'écuelle se remplir de sang qu'il versa dans le sable afin d'étancher la soif des ancêtres et des génies de la brousse avant de porter le reste à sa bouche. C'est dans cette position, celle d'un homme dressé sur ses genoux, le buste bien droit et la tête à l'arrière, que Yennendi et Yala, virent, comme dans un rêve qui se déroulait au ralenti, la bête à la robe tachetée aux couleurs des herbes séchées de la savane, or et soleil, parsemée d'îlots noirs qui fonçaient avec la puissance du char du dieu de la pluie, sur leur ami. Issifou ne sentait pas le danger qui fonçait à la vitesse de l'éclair dans son dos. Ses pattes, grosses comme les avant-bras de certains soldats de l'Askia, étaient munies de dix poignards, longs, effilés et tranchants. Ils ne feraient qu'une bouillie du dos d'Issifou. Quatre autres poignards sortaient de sa gueule ouverte, prêts à transpercer et à briser la nuque de sa proie agenouillée. Yala, tout d'abord figé et pétrifié d'horreur, parvint dans un effort inouï à articuler un cri étranglé. Yennendi essayait d'arracher désespérément du corps de la gazelle aux yeux révulsés et à la langue pendante, sa sagaie profondément enfoncée. Issifou, qui à ce moment avait fini son rituel de remerciement aux esprits, les regardait, le sourire aux lèvres, étonné des grimaces de ses deux amis en face de lui. C'est alors à ce moment que lui aussi plongea dans le rêve du temps suspendu. Il vit la lance de Yennendi, qui entre-temps l'avait arraché du corps de la gazelle, venir vers lui, avec une vitesse et une force prodigieuse. Dans le même temps, il perçut le grognement de la panthère bondissante dont l'ombre fantomatique s'étalait comme une couverture au-dessus de sa tête. C'est avec la souplesse et l'agilité du guerrier ou alors du chasseur expérimenté qu'il se laissa tomber au sol, tout en saisissant sa lance posée à côté de lui. Puis en se retournant sur lui-même, la sagaie levée par un acte réflexe instinctif, il projeta ses deux bras vers la bête qui était juste au-dessus de lui. Il entendit le bruit mat d'un projectile qui venait de percuter puis pénétrer la chair de la panthère. Il eut le temps de voir, comme dans un espace où ses yeux ne percevaient plus la réalité, sa lance transpercer et s'enfoncer dans la poitrine du félin. Mais il eut aussi le temps de sentir la douleur vive qui saisit sa poitrine lorsque l'animal foudroyé en plein élan balaya, le ciel de ses pattes d'un geste rageur avant de tomber de tout son poids sur lui. Yala, incapable de bouger, ne s'était pas aperçu qu'il avait fait sur lui. Yennendi, qui tremblait de tous ses membres, n'arrivait pas à remettre en place la somme d'émotions considérables qui foisonnaient de mille pulsations dans sa poitrine et dans sa tête. Il avait l'impression que celle-ci allait exploser. La panthère était allongée sur Issifou, qui immobile lui aussi sous la puissante bête, gisait les bras étendus de part et d'autre de l'animal. Il ne bougeait pas. Yennendi et Yala se tenaient là, debout, impuissants, immobiles, vides et terrifiés par ce qu'ils venaient de vivre. Les yeux de la bête étaient rivés sur ceux de Yala, qui n'arrivait pas à contrôler les tremblements de ses membres. Les mains de Yennendi étaient moites et une bouffée de chaleur lui montait au front laissant perler de petites gouttelettes de sueur juste sur les sourcils. Les deux zankas ne s'apercevaient même pas que deux sagaies avaient percé de part en part le corps du prédateur. Elles étaient verticales, plantées dans le corps de la bête comme des étendards portant les armoiries de l'Askia, flanelles au vent. Les deux amis avaient la bouche ouverte, hébétés, sonnés par l'ampleur de la tragédie. Comment allaient-ils rentrer au camp à présent ? Qui annoncerait la mort d'Issifou à son père et à sa mère ? On les accuserait sûrement d'imprudence et d'immaturité. Eux dont les maîtres du camp avaient confié la mission la plus importante au regard de leur adresse, de leur habileté, de leur sagesse. Eux, en qui on avait détecté des âmes de chef. Tout cela était fini à présent. Il leur faudrait rentrer, non seulement sans gibier, mais avec en plus la dépouille de leur ami. Comment son père allait réagir, pensa Yennendi qui voyait ternir la réputation des Sonni ? Ils seraient la honte de leur famille. Yala et Yennendi seraient bannis du Dallol Bosso. Que se passerait-il ? Qu'allaient-ils devenir ? Les hommes et les femmes de Dosso et du Zarmaganda pointeraient leur doigt vers eux en disant :

— Voyez-les, ces lâches, ces chacals qui ont abandonné leur ami !

Les enfants leur lanceraient des cailloux et les chasseraient de leurs villages. Les anciens cracheraient au sol en leur présence et les femmes les insulteraient et leur interdiraient l'accès à leur couche. Alors qu'ils étaient tout à leur désarroi, ils entendirent comme un gémissement, qui s'élevait de la dépouille de la panthère. Yala et Yennendi, qui commençaient à reprendre leur esprit virent la carcasse de la panthère bougée et s'animer à nouveau. Les deux amis, dans un élan identique, à mains nues, se précipitèrent sur la dépouille de la panthère et commencèrent à lui asséner des coups de poings, des coups de pieds, et même à la mordre, avec des cris déchirants, la colère à limite de la rage décuplée par la fureur et par la haine. Yala, sortit lui aussi son poignard et comme pour conjurer la frayeur qui avait paralysé son corps. Il exorcisait ainsi ses peurs présentes et à venir en frappant comme un dément sur l'animal inanimé. À vrai dire, il ne pouvait se pardonner de ne pas avoir eu, comme Yennendi le courage d'agir. Il ne comprenait pas, comment il avait pu être à ce point pétrifié par la peur. Quant à Yennendi, il se vengeait de toutes ses forces sur la bête cruelle qui avait volé la vie de son ami. Des larmes coulaient sur son visage lorsqu'il entendit une voix, comme sortie des ténèbres.

— M'est avis que si tu continues comme cela à cogner sur cette pauvre panthère, tu finiras par me tuer, moi aussi !

Les deux amis restèrent comme interdits, leurs armes levées en l'air. Ils se regardèrent comme s'ils devaient se convaincre que c'était bien la voix d'Issifou qu'ils entendaient. Ou bien, est-ce l'esprit de la panthère qui aurait pris possession de son cadavre ? À moins que le chagrin et la douleur ne les aient basculés dans le monde de la folie. La carcasse de la panthère remua et fut repoussée avec un souffle sonore qui traduisait un effort presque surhumain. Ils se demandèrent si ce cri de force avait jailli de leur poitrine à leur insu. Le cadavre de la bête morte tomba à leurs pieds. Yennendi et Yala se redressèrent en même temps et avec un cri d'effroi reculèrent prestement, prêts à prendre la fuite, lorsqu'ils virent Issifou essayant péniblement de se mettre debout. Stupéfaits de le voir vivant, ils le fixèrent comme s'il s'était s'agit d'un esprit de la savane. Ils n'en croyaient pas leurs yeux, eux, qui, quelques instants auparavant se voyaient les chantres malheureux de la mort de leur ami. Yennendi, avec un petit rire jaune nerveux et saccadé, rythmée par les soulèvements de sa poitrine due à la peur, se mit à rire de plus en plus fort. Yala, remis de ses peurs et de ses émotions vint alors saisir son ami au niveau des hanches et le souleva d'un coup comme s'il était une brindille de paille. Mais le cri de douleur que poussa Issifou fit retomber la joie naissante aussi vite qu'elle était venue. Tant était grande la joie de retrouver leur ami vivant, ils n'avaient pas remarqué les blessures d'Issifou. Cinq sillons, profonds, rouges marquaient la poitrine d'Issifou du haut de l'épaule gauche jusqu'en bas vers la hanche droite. Mais les marques les plus impressionnantes étaient celles se situant sur le ventre.

Yennendi remarqua que la chair avait été tailladée dans une telle profondeur, qu'il s'en fallut à peine d'un cheveu pour se faire éventrer. Yala, observant la blessure était saisi de nausée. Il déposa Issifou avec douceur pour ne pas le faire gémir. Mais Issifou, avait sorti de sa petite besace qu'il portait autour du cou comme un gri-gri, parmi tous les petits parchemins comportant des écrits du Coran mélangés à divers petits objets, sensés le protéger, une espèce de pâte marron. Yala ayant compris, entrepris de verser l'eau de sa gourde sur les plaies à vif de son ami pour les nettoyer. Il déchira une partie de sa tunique et entreprit d'essuyer les résidus de déjections dont était encore enduit Issifou sur sa poitrine et son ventre. Une fois le torse et le ventre nettoyés et lavés proprement, Yennendi, prit des mains de son ami, le baume brun-marron qu'il avait au bout des doigts et entreprit, doucement et méthodiquement de lui appliquer et d'étendre la pâte sur les sillons sanguinolents qu'avait labouré la panthère en mourant. Issifou poussa un cri terrible lorsqu'il sentit le produit pénétrer ses chairs déchirées. Il manqua presque de casser le bras de Yennendi en se cabrant comme un cheval. Puis, il reprit sa sagaie et alla s'adosser sur un rocher, afin de reprendre son souffle et dominer les douloureux picotements agressifs qui pénétraient dans sa chair à vif comme du piment sauvage. Puis, pétri de douleur, soufflant comme un crocodile, les dents serrés, Issifou s'endormit tout doucement, gémissant faiblement, toujours adossé au rocher. Yennendi mit à profit ce temps de repos forcé mais bienvenu pour aller chercher du bois et des feuilles, tandis que Yala, comme une sentinelle se mit à veiller sur son ami, la sagaie debout et pointée, en priant qu'une autre horrible bestiole ne surgisse brusquement des fourrés et ne profite de leur faiblesse d'homme non-abouti pour leur ôter la vie. Au bout d'une demi-heure à peu près, Yennendi revint avec du bois et de larges feuilles de papayers sauvages, des baguettes longues et fines qu'il avait préalablement taillées et dénudées.

C'est en regardant son ami dormir, qu'il commença à tresser les fines baguettes entre elles, puis les feuilles. Quant à Yala, il entreprit de découper les deux gazelles mais décida finalement d'abandonner aux vautours et sûrement aux chacals et aux hyènes la carcasse de la première qu'ils avaient tuée quelques heures plus tôt. D'ailleurs, au loin, un vol tournoyant de charognards au cou déplumé signalait la danse macabre du festin qu'ils venaient de trouver. Issifou, qui s'était réveillé entre-temps regarda lui aussi le ballet mortuaire des vautours qui s'abattaient les uns après les autres sur l'heureuse trouvaille dont ils ne laisseraient nulles miettes. Il se leva, grimaçant sous les piqûres pimentées du baume qui faisait son œuvre de guérison sur ses blessures. Le souffle court, se tenant le ventre d'un bras, il avança vers Yala. Il sortit son poignard de sa gaine et méthodiquement entreprit d'ôter la peau de la panthère. Deux jours et deux nuits lui furent nécessaires pour sortir des fièvres qui n'avaient pas manqué de s'emparer de son corps après le dépeçage de la panthère. Yennendi et Yala restèrent deux jours et deux nuits auprès de leur ami, se relayant alternativement chacun afin de le veiller, de le nourrir, de le faire boire et de le soigner. Deux nuits pour se protéger et se défendre des prédateurs qui rodaient dans les parages sentant la chair fraîche.

À plusieurs lieues de là, dans le village de Dosso, au windi de Kadidjatou, des femmes s'affairaient parmi milles choses à faire dans l'effervescence de l'évènement qui ne manquerait pas de survenir comme l'avait prévu Alija. Quelques heures auparavant et un peu avant l'aube, Elle avait envoyé une jeune wandiyo, prévenir les différentes accoucheuses de la ville, afin de les inviter à venir chez sa maîtresse. Elles avaient commencé à arriver les unes après les autres, accompagnées de jeunes apprenties, qui hériteront au fur et à mesure des années de l'expérience inestimable de ces femmes, détentrices du savoir et du mystère tabou de la création de la vie jaillie des reins des hommes et de la matrice des femmes. Kadidjatou avait ressenti les premières contractions et perdu ses eaux à l'heure même où Alija le lui avait révélé. La veille au soir, avant le coucher de sa maîtresse, elle avait fait nettoyer les ustensiles nécessaires à l'accouchement. Elle avait fait astiquer, briquer et briller par les jeunes wandiyés libres ou captives au service de Kadidjatou, bassines, casseroles, tissus blanc immaculé, étoffes de pagne. Tout était prêt. Sa chambre avait été nettoyée de fond en comble par toute une troupe de servantes afin que l'enfant qui viendrait au monde soit accueillie dans le plus bel endroit possible. Son don de double-vue lui avait permis de prendre les devants en prévision de l'événement dont on ne cesserait de parler dans Dosso avant longtemps, car Kadidjatou Maïga allait donner la vie pour la deuxième fois. Alija, qui avait depuis plusieurs mois, gagnée la confiance de sa maîtresse avait vu son statut s'élever et devenir jour après jour la femme d'ordonnance de Kadidjatou. Elle avait acquis une certaine autorité auprès de tous les habitants qui peuplaient la grande concession de sa maîtresse, y compris les windis voisins, qu'elle savait mobiliser pour les intérêts de sa maîtresse. Quelques jours auparavant, Kadidjatou avait voulu lui demander si elle donnerait un second fils à son époux bien aimé. Mais avant qu'Alija n'ouvre la bouche pour lui annoncer le sexe de l'enfant, elle fit demi-tour. Elle avait finalement renoncé à l'entendre. Elle savait au fond d'elle-même ce qu'elle attendait et ce qu'Alija lui aurait annoncé.

Kadidjatou écoutait de sa chambre, sur son lit, les accoucheuses préparer leurs remèdes et psalmodier des prières. Les oiseaux, matinaux, venus nombreux, comme par hasard, s'étaient rassemblés sur le grand badamier, arbre le plus haut du windi. Perchés sur presque, chaque branche du vieil arbre séculier, ils avaient entonné des chants et des sifflets harmonieux comme un concert d'instruments les plus élaborés et les plus fins du

Dallol Bosso. On aurait dit que les génies et les dieux du panthéon zarma étaient descendus sous formes d'oiseaux en attente de la merveille qui allait naître des entrailles de l'une des plus belles femmes du royaume. Le muezzin, au loin du minaret de la mosquée, appelait déjà les fidèles à la première prière de la journée. Le son de sa voix modulait les sourates du Coran, ajoutant à la scène qui se mettait en place un aspect irréel. Scène rehaussée par les couleurs alternées de jaune, d'orange et d'or des rayons du soleil. Ils annonçaient l'arrivée d'un jeune alboro ou plutôt d'une belle wayboro. Trois femmes-accoucheuses, sans âges, pénétrèrent dans la chambre de Kadidjatou. Leur regard était plein de prévenance, de douceurs et de compassions. Suivaient derrières elles, trois wandiyés, apprenties de la mise en vie. C'est avec bonheur, dans le calme et la confiance, que Kadidjatou entreprit de faire venir sa fille au monde. Elle poussa alors de toutes ses forces, sans un cri, en suivant les recommandations des accoucheuses.

C'est au même moment que Yennendi, Yala et Issifou entrèrent sous les acclamations de leurs camarades déjà arrivés pour les derniers, quelques heures auparavant. La veille, les instructeurs inquiets d'être sans nouvelles des jeunes zankas depuis deux jours avaient dépêché une équipe, rentrée dans la matinée à leur recherche. Cette dernière avait trouvé au soleil couchant, les trois amis qui se reposaient tout en veillant sur Issifou, afin que celui-ci se remette de ses blessures. L'un des zankas de l'équipe était reparti aussitôt annoncer le retour des trois amis pour le lendemain matin et raconter les péripéties de Yennendi, Yala et Issifou. Ils avaient fabriqué avec les branches et les feuilles tressées par Yennendi, un travois, sur lequel ils avaient disposé les deux gazelles. Issifou, marchait en tête. Il brandissait sa sagaie bien haute en chantant l'hymne des chasseurs de la confrérie des Gaw du Dallol Bosso. Il portait sur ses épaules la peau de la panthère qu'il avait découpée sur la dépouille de la bête, que Yennendi et lui avait tuée. La tête de la bête, dont la gueule avait été soulagée de sa mâchoire inférieure, couvrait son crâne rasé. Il avait l'allure d'un guerrier terrifiant. Ils avaient lavé le côté interne de la peau après l'avoir râpé à l'aide de leur poignard puis poncé avec des pierres. Il avait recouvert la face interne de la peau de feuilles odorantes cueillies à proximité et l'avait fumé sur un feu de bois, autant pour se réchauffer des températures en baisse de la nuit que pour éloigner les prédateurs de la nuit dont ils entendaient les rugissements furieux parmi les cris d'agonie des bêtes plus faibles qui avaient eu le malheur de tomber dans leurs traquenards assassins. C'était la nécessité absolue des lois de la nature et du sacrifice dûs aux dieux de la savane, qui s'abreuvaient du sang des malheureuses victimes choisies par les génies du hasard. Issifou avait ôté sa tunique, afin de montrer à tous, les marques encore rouges de la bête, dont une espèce de croûte en formation sur sa poitrine, ferait par la suite de belles cicatrices. Cicatrices, signes de puissance et de virilité, avec lesquelles il avait l'intention plus tard de faire tomber dans ses filets nombre de wandiyés ou de wayboros. Il s'imaginait déjà les attirer à lui, comme une nuée d'abeilles qui viendraient butiner sur sa poitrine offerte, les fleurs sauvages de la savane après les premières pluies. Sous les acclamations de ses camarades, Issifou prit conscience de la légende qui commençait à naître, ce jour, dans le camp. Il serait celui qui avait terrassé l'un des plus puissants prédateurs de la savane, la panthère. Il savait qu'après pareil exploit, il serait admis d'office dans la confrérie des Gaw de Dosso et ferait la fierté de son père et la renommée de sa famille, lui Issa Mahamadou Khane, dit Issifou. Yennendi, lui aussi acclamé, partageait la joie de son ami et semblait tout aussi heureux pour lui-même que pour Issifou. Ne l'avait-il pas aidé dans le danger ? Même si sa sagaie avait également frappé la bête, il savait qu'au fond, Issifou avait été seul face à l'animal féroce et que seule son agilité, son instinct et sa maîtrise face à la peur, lui avait permis de sortir vainqueur du corps-à-corps que lui avait imposé l'animal. Et encore, ce dernier avait essayé de le prendre par traîtrise. Quant à Yala, il ne gouttait guère au triomphe de ses amis. Le bruit courait déjà qu'il était resté paralysé de peur et n'avait pu que constater impuissant que ses sphincters l'avaient lâchement abandonné en manifestant de manière odorante leur désapprobation face au danger. La scène tournait sans cesse dans sa tête. Il rejouait à chaque fois le théâtre de l'événement afin de trouver une place tout aussi héroïque que ses deux amis. Mais rien n'y faisait. La réalité des images qu'il gardait malgré lui le ramenait à son impuissance constatée. Il ne parvenait pas à comprendre, comment il avait pu rester paralysé à ce point, alors qu'il sentait monter en lui, une graine de guerrier promis à une vie glorieuse de combats triomphants. Ce qu'il retenait surtout, et qui le laissait ô combien amer, était la réaction de tous ses compagnons d'initiation qui étaient mourant de rire, si ce n'est à en pleurer, lorsque Yennendi leur racontait toute l'histoire. Le summum de la vexation et de la honte fut lorsque l'un des camarades constata qu'il avait réellement fait sur lui en évoquant une odeur tenace et nauséabonde sur lui. Ils se roulèrent parterre en se tenant le ventre en notant la mine renfrognée de Yala, qui visiblement n'appréciait pas du tout la plaisanterie. Il devenait la risée de tous. Sa réputation était faite et un surnom n'allait pas tarder à naître dans la communauté. Surnom qui peu à peu gagnera le quartier, puis la ville et qui remonterait à travers toutes les concessions jusqu'à l'Askia. Il imaginait déjà les griots qui tout en chantant les exploits d'Issifou et de Yennendi traîneraient et saliraient son nom. Les femmes se détourneraient de lui, non sans moqueries. Yala, pressentait son avenir se décider à côté de la renommée de ses amis où il aurait une place de bouffon. Il n'appréciait vraiment pas du tout les moqueries dont il était l'objet. Durant le trajet de retour au camp, il avait dû déjà donner de la voix pour les faire taire. Et si Yennendi et Issifou n'étaient pas intervenus, un début de bagarre avec l'un des jeunes de sa classe d'âge se serait mal terminé pour ce dernier. L'affaire aurait été autrement plus grave, vu sa taille et sa force pour leur âge. À partir de ce jour, le regard de Yala devint sombre. Une énorme rancune monta du fond de ses entrailles jusqu'au visage. Son front se plissa vers le bas et ses yeux s'enfoncèrent dans leurs orbites. Deux rides amères apparurent à chaque commissure de ses lèvres, tirant sa bouche vers le bas. Le rictus de la haine s'installa pour longtemps sur sa figure.

Deux jeunes zankas sortirent hors de l'enceinte du camp et vinrent les aider à tirer le travois sur lequel étaient étalées les deux bêtes. Des Burkines, qui devaient être des cuistots arrivés la veille s'emparèrent des gibiers. Les maîtres des différentes disciplines d'apprentissage regardaient avec un léger sourire approbateur les manifestations de joie des jeunes zankas qui accueillaient leurs amis, soulagés de les voir revenir sains et saufs. Comment aurait-on pu expliquer au Bonkoyni du Dallol Bosso, aux kwarakoyes des villages ou les windikoyes des quartiers voire à l'Askia lui-même, la mort de jeunes zankas en initiation ? Celui qui semblait être le responsable du camp, grand marabout de Dosso, s'approcha des zankas, qui sur un ordre furtif des instructeurs s'étaient, comme par magie, alignés comme des soldats. Le silence s'imposa automatiquement dans les rangs. Puis, comme le faisaient les Bonkoynis ou l'Askia lui-même, lorsqu'il passait ses troupes en revue, il se déplaça au milieu d'eux en les regardant tous droit dans les yeux. Les jeunes zankas, qui étaient devant lui, contrairement aux usages en vigueur dans la société, soutinrent son regard sans baisser les yeux. Bientôt six lunes qu'ils étaient là ! Pourtant, malgré son expérience, il ne sut dire si c'était la nourriture ou si c'était l'alternance des exercices physiques, mais beaucoup d'entre eux avaient grandi. Même Yennendi, qui était le plus jeune et l'un des plus petits au début avait pris de la taille. Il dépassait maintenant certains de quelques lunes de plus que lui. Yala et quelques autres zankas le dépassaient encore d'une bonne tête, mais au fur et à mesure des saisons qu'ils leur restaient encore à passer avec eux, ils ne manqueraient pas de les rattraper un jour, Inch'Allah ! Ils n'avaient pas seulement pris des centimètres, mais il se dégageait d'eux une certaine allure et avaient gagné en maturité. Les corps s'étaient étirés et affinés. Leur visage avait pris une forme plus carrée, les yeux, un regard plus profond et les voix, en mue, devenaient plus graves pour certains. Les ventres encore un peu ronds pour certains avaient entamé une métamorphose où tout excès de gras avait fondu et fait place à des abdomens plats. On pouvait s'apercevoir de l'amorce de plusieurs boursouflures abdominales, tout comme leur bras, qui s'offrait d'un dessin de veines apparentes qui ressemblaient à des racines de plantes, surtout au niveau des avants bras. Ils avaient pris des formes allongées et solides avec des muscles longilignes naissants. Ce contingent de jeunes était une fournée exceptionnelle, nota le vieux marabout. Il nota les regards clairs, fiers et droits comme ceux de Yennendi et d'Issifou dont la tête était encore dans les nuages, tout auréolé de sa gloire naissante et qui désormais aurait sa place lors des cérémonies célébrant l'initiation des jeunes zankas. Il aura le droit de porter la tunique en peau de panthère sur ses épaules pour montrer son exploit. Mais il nota, avec inquiétude le regard noir et glacé de Yala. Un regard qui lui fit froid dans le dos. Un regard inquiétant qui le pénétra jusqu'au cœur comme une épée de guerrier qui transperce un corps de son métal froid, qui fige le sang et absorbe la vie pour les remplacer par un corps vidé de toutes substances vitales. Il sut en le regardant que ce futur alboro ne se contentera pas de subir la loi immuable de la société qui veut que l'on suive la condition de la place qui vous était assignée générations après générations. Il ne contentera pas de suivre la même voie que son père afin de reprendre l'atelier bouillonnant de désordre organisé des apprentis, bruyant du clic-clac des métiers à tisser afin de devenir lui aussi un tchakay comme son père, renommé, dévoué aux notables et aux habitants du pays. Son regard déterminé et puissant avait fait entrer dans ses veines, son cœur et son corps, l'âme d'un guerrier, destiné à devenir puissant. Un guerrier qui ne laisserait aucune chance à ceux qui auront le malheur de croiser le fer avec lui. Le vieux marabout ne laissa rien paraître du trouble qui s'empara de lui en regardant Yala. Mais il se jura de réunir dès que possible ses confrères afin de parler de l'avenir des élèves dont ils avaient la charge. À titre privé, il consulterait aussi les ancêtres et les esprits en allant voir la servante de Kadidjatou Maïga dont il connaissait, lui aussi la force des visions. En attendant, il décida de célébrer le retour des jeunes zankas des épreuves qu'ils venaient de traverser et dont certains avaient frôlé également des situations dangereuses, voire la mort, tel Issifou. Malgré cela, il était fier du comportement de ses élèves qui ont mis en pratique les savoir-faire techniques et comportementaux qu'on leur avait enseignés. Ils avaient mérité le festin que leur avaient préparé les cuisiniers du camp avec les différents gibiers ramenés des missions reçues quelques jours plutôt et ordonna que des boissons vivifiantes à l'aide de miel sauvage et de plantes légèrement fermentées leur soient attribuées. Les instructeurs et les professeurs s'approchèrent alors de leur groupe de zankas respectifs et pour la première fois depuis au moins six lunes, se mélangèrent à eux et entreprirent de leur raconter mille et une histoires sur tout ce qu'ils leur demanderaient y compris d'accéder à leurs propres légendes. Allah, les génies et les ancêtres des zarmas pouvaient ce soir-là dormir tranquilles. La sécurité, la paix et la prospérité, étaient assurées par la cuvée exceptionnelle de cette génération de jeunes zankas en formation.

— Allah 'hou Akhbar, songea le vieux marabout !

Avant lui aussi d'aller se mêler aux jeunes et de se nourrir de leurs énergies, de leurs forces et de leur jeunesse. Il se rapprocha de Yennendi qui était avec son ami Issifou et tous les zankas, en train de raconter pour la énième fois le récit de leur exploit, devant une assemblée ébahie aux oreilles dressées comme des fennecs ou des chacals en train de guetter une proie sous terre. Il lui fit signe de s'approcher et lui dit :

— Ce matin, à l'heure où le soleil se lève, ta mère a mise au monde ta petite sœur. Elle a reçu le nom de Fatoumata Aïcha Sonni. Tout le monde se porte bien. Qu'Allah en soit remercié !

— Hamdulillah, prononça Yennendi !

— Amin répondit le vieil homme !

Yennendi réalisa que sa sœur était venue au monde, au moment même où ses amis et lui pénétraient dans le camp. Il se retourna vers ses amis, et avec un sourire fendu jusqu'aux oreilles, leur annonça l'arrivée de sa petite sœur en poussant un rugissement de joie.

Aliou Kanandja

Trois nouvelles lunes étaient passées depuis le fameux jour où Issifou avait tué sa première bête. Ce matin-là, sous une pluie battante, deux cavaliers, tirant derrière eux un chameau chargé de marchandises, pénétrèrent dans une grande concession, composée de plusieurs cases, dont celle du milieu devait constituée la demeure principale du maître des lieux. Les chevaux étaient fourbus, éreintés sûrement par la longue distance qu'ils venaient d'effectuer. Les deux cavaliers, qui les montaient, à la manière dont les épaules étaient voûtées, portaient les marques d'une grande fatigue, preuve qu'ils devaient venir de loin. Malgré les chapeaux de raphia tissé et serré en forme de cônes typiques des sonrhaïs, leur visage ruisselait des gouttes de pluie qui s'infiltraient quand même au travers des chapeaux. Quant au chameau, tenu en laisse par le cavalier qui était juste devant lui, sa langue tirée trahissait la longue distance qu'ils avaient parcourue. Visiblement il n'attendait que le moment où des calebasses géantes lui permettraient d'aspirer des litres d'eau considérables qu'on lui amènerait. Ils pénétrèrent dans une vaste cour où une horde de domestiques, sortis des cases adjacentes à la grande, se précipita vers eux pleins de déférences, en leur souhaitant la bienvenue. Ils descendirent promptement de leur monture tandis que certains s'emparaient déjà des rennes des chevaux pour les amener vers un enclos situé à quelques encablures de la cour principale de la concession. D'autres avaient déjà commencé à décharger le chameau, qui quoique de bonne grâce et presser de se sentir soulager de son lourd fardeau ne pût s'empêcher de pousser un râle long, lugubre et désagréable, qui donnait plutôt envie de le frapper. Ce que fit d'ailleurs un des domestiques chargés de le débarrasser de son fardeau, qui n'appréciait sûrement pas d'être obligé de s'activer sous une telle pluie. Les deux cavaliers se précipitèrent vers l'abri que leur offrait une terrasse couverte de paille. Ils tordirent le taafé qui leur servait de cape afin d'en chasser l'eau qui avait alourdie considérablement le pagne en double épaisseur. Puis ils enlevèrent leurs bottes de cuir bouilli couleur ocre et les remplacèrent par des samaras que venait d'apporter avec empressement l'un des domestiques. Une fois leur pantalon bouffant débarrassé de milliers de petites feuilles mortes agglutinées par le vent durant leur voyage et des infimes insectes collés au tissu de leurs tuniques, ils entrèrent dans la case principale. C'est dans une grande pièce richement décorée de trophées sur les murs, têtes de buffles et d'antilopes qu'ils furent introduit. Le sol était recouvert de riches peaux d'animaux, zèbres, léopards, girafes, lions sûrement tués lors de parties de chasse. Leurs couleurs renvoyaient aux yeux des hommes, toute la diversité de la nature et toute la beauté de la savane de ce royaume qui semblait être béni des dieux. Des torches réparties judicieusement à travers la pièce diffusaient un parfum agréable, mélanges des fleurs cueillies dans la brousse et d'encens fabriqués par des femmes, savantes dans l'art et les techniques du mariage des essences naturelles. Les terminaisons olfactives des narines des cavaliers étaient sollicitées et leur permettaient de se détendre et d'apprécier, le confort de cette case où tout invitait à la sérénité et à la paix. Une captive vint leur apporter une calebasse d'eau et de lait, puis disparut comme elle était venue, sans bruit, très discrète, dans un mouvement léger à peine audible du pagne qui entourait sa taille mince, et couvrait ses formes agréables. Les deux hommes eurent à peine le temps de la contempler et de voir son visage. Elle devait être vraiment belle, songèrent-ils en même temps. Il aurait été bienvenu que l'hôte de ces lieux puisse leur offrir une compagne d'un moment afin d'assouvir leurs envies, masser leurs corps et leurs membres endoloris avant de s'endormir enfin contre une poitrine généreuse.

— Soyez les bienvenus, tonna une voix derrière eux !

L'homme, qui les accueillait, était grand, le visage noir, les traits fins. Il était vêtu d'un grand boubou blanc qui donnait l'impression d'avoir à faire à un génie, tellement qu'il avait l'air irréel dans ce décor où le jeu de la pénombre et de la lumière s'entremêlait au parfum des torches et aux peaux sur le sol, délicieusement relevées de matières épicées. Tout invitait à se fondre dans la pièce avec paix et sérénité dans une atmosphère bienfaisante. Le bruit de la pluie au-dehors dont on entendait le bruit sourd sur la terre inspirait à la détente et à la poésie.

— Ne me regardez pas comme cela, mes amis, leur lança Zaago ! Vous n'êtes pas au royaume des morts et je suis bien réel, leur lança-t-il en souriant.

— Ni foy baani Khoyze, répondirent les deux hommes en même temps, la main sur le cœur buste légèrement penché en avant.

— Harben, je remarque agréablement que tu manies notre langue de mieux en mieux. Et toi, Aliou Kanandja, fils de Camara Adamou Kanandja, mon fidèle pâge, j'espère que ce voyage t'a été bénéfique et formateur, dit Zaago toujours souriant.

Zaago, les invita à venir prendre place face à lui, sur les tâgars outaris, épais et moelleux et leur tendit la calebasse d'eau, puis de lait mélangé de miel, dans lesquelles, Harben et Aliou trempèrent leurs lèvres. Puis trois jeunes wandiyés dont la belle captive que les deux hommes avaient eue à peine le temps de voir quelques instants plutôt vinrent déposer sur une petite table basse placée aux pieds des convives de grandes calebasses de riz, de bananes frites et de poissons. La belle captive se trouvait juste à côté du jeune écuyer. Ce dernier leva les yeux et son regard croisa celui de la jeune wandiyo. Celle-ci les rebaissa aussitôt, mais Aliou eut le temps de ressentir les battements de son cœur s'accélérer. Elle se releva après avoir placé la dernière calebasse où trempait une sauce à la couleur orange, traversée par des ruisselets de couleur vert et rouge, trahissant la présence d'aubergines et de gombos. Le tout mâtiné de légers filets d'huile de palme. Les odeurs enivrantes du riz, des bananes frites, de sauce d'arachide, de poissons qui avaient préalablement mariné dans des marmites d'épices montaient aux narines des deux hommes, certainement affamés. Aliou, subjugué par la beauté de la jeune captive, suivait des yeux la démarche gracieuse de la jeune fille, bouche bée, les yeux exorbités, ébahie par tant de beauté réunie en un seul corps sous les sourires amusés de Zaago et d'Harben. C'est la manifestation chargée d'indignation de son abdomen, qui le rappela à d'autres préoccupations plus primaires, tel manger, qui réussit à arracher Aliou de la wandiyo. Zaago, tout sourire, donna le signal de la sustentation. Le jeune pâge, gêné et craignant d'avoir offensé le Khoyze, rougit quelque peu et baissa les yeux sur les plats qui n'attendaient que lui afin de se faire déguster sans modération. Zaago, tout en retenue, laissait Harben et Aliou manger à leur faim. Il attendait poliment, que les deux hommes aient fini de se repaître avant de les interroger sur la mission qu'il leur avait confié trois lunes auparavant. C'est en appréciant avec bonheur la bière de mil qu'Harben, avant d'ouvrir la bouche, laissa échapper un rôt de satisfaction, ponctué d'un " Hamdulillah " émis par chacun des convives autour de la table suivit d'un grand éclat de rire. Après s'être longuement lavé les mains dans une petite bassine remplie d'une eau parfumée qu'avait apportée l'une des servantes, il entreprit de raconter les périples de la mission qu'Aliou et lui avaient accomplie.

Quelques lunes plutôt, Harben et Aliou, quittaient Dosso et le Dallol Bosso pour effectuer une mission de la plus haute importance, confiée par Zaago aux deux hommes à la demande de l'Askia. En effet, l'Askia avait convoqué dans son palais les principaux khoyzes, notables, et généraux des différentes provinces de son royaume. De sombres nuages s'amoncelaient dans le ciel du Zarmaganda. Des rezzous Tamasheqs étaient signalés depuis quelque temps dans la partie nord de l'ensemble des régions bordant l'Issa Beri, afin de piller et raser des villages et de capturer les habitants pour les vendre dans les royaumes situés de l'autre côté du grand désert. Mais ce, qui les inquiétait encore plus, étaient les récits de commerçants venant du sud, qui parlaient d'hommes à la peau blanche pour certains, rose, comme celle de porcs pour d'autres ou tout simplement d'hommes à la peau transparente. La rumeur racontait qu'ils étaient puissants, armés de bâtons qui crachent le feu à distance. Ils s'adonnaient au commerce d'hommes, eux aussi. Des Hawsas qui revenaient du sud où ils avaient vendu leurs marchandises dans les royaumes de la côte disaient que c'étaient des infidèles qui mangeaient du porc, buvaient beaucoup et étaient grands amateurs de femmes noires. Surtout les petites filles avec lesquelles ils copulaient sans égard et sans respect de leur jeune âge ou des coutumes du pays qui les accueillaient. D'autres commerçants, des Dioulas, racontaient que les villages, les chefferies et même de petits royaumes étaient soumis au désordre et au chaos après leur passage. Dans certaines régions, il ne restait plus aucun homme, aucun enfant, aucune femme après leur arrivée. Les marabouts disaient qu'on se sentait nerveux en leur présence. Enfin, des voyageurs, partis dans le sud jusqu'à cet endroit où se trouve un grand lac dont on ne voit pas la fin, avaient vu leurs pirogues géantes avec lesquelles ils étaient venus. Un colporteur malinké, venu vendre du tissu dans le Zarmaganda, avait même dit que ces pirogues avalaient des centaines d'hommes, de femmes ou de jeunes enfants. Et lorsque le vent soufflait, ces pirogues se mettaient à bouger et à naviguer toutes seules jusqu'à ce qu'elles disparaissent à l'horizon. C'est, munis d'informations éparses et aléatoires, qu'Harben et Aliou, partirent un matin, très tôt, pleins d'appréhensions et de craintes vers le sud, en se faisant passer pour des commerçants itinérants. Harben était le maître et Aliou son captif. Ce dernier avait bien essayé de faire revenir son maître sur cette décision, la perspective d'être le captif et le serviteur ne lui plaisant guère, alors qu'il était un burkine. Mais ainsi en avait décidé Zaago, car trouvait-il, le teint d'Harben proche des Tamasheqs ou des marabouts arabes qu'on voyait de temps en temps dans le royaume prêcher la parole d'Allah. En passant près du windi que Zaago avait fait construire pour sa nouvelle concubine, les deux cavaliers aperçurent deux jeunes femmes qui visiblement s'étaient levées tôt ce jour-là afin d'être tranquilles pour la première prière du matin. Les deux femmes étaient en train de discuter suspendirent un instant leur discussion, lorsque les deux hommes passèrent près d'elles. Le regard d'Harben croisa alors celui de Penda. Mais l'homme baissa aussitôt les yeux lorsqu'il reconnut la femme de son maître. Et si son cœur se serra, il ne se laissa rien paraître des pensées coupables qui l'habitaient depuis qu'il avait croisé le regard de cette femme pour la première fois. D'ailleurs comment pourrait-il séduire et avoir une femme, lui à qui on n'avait pas laissé le temps de pouvoir connaître les plaisirs de l'amour ? Son visage se figea et se ferma comme la porte en pierre des grottes des hautes montagnes de l'Abyssinie. L'évocation de sa capture et surtout celle de sa castration alors qu'il n'était qu'un enfant, lui était trop douloureuse. Comment des êtres humains pouvaient être aussi cruels pour pratiquer pareille horreur ? Le voilà aujourd'hui, à avoir envie d'une femme qu'il ne pourrait jamais posséder. Et pas n'importe laquelle, celle de son maître. Harben souffrait, car il lui était pénible de ressentir toutes les sensations d'un membre qui se dresse d'envie et d'orgueil. Il éperonna d'un coup de talon rageur son cheval, qui se redressa sur ses pattes arrières donnant à la scène qui se déroulait sous les yeux des deux jeunes femmes l'image d'un cavalier figé dans le temps et dans l'éternité par les rayons du soleil qui l'entouraient sur le fond encore sombre de l'horizon. Aliou, lui avait reconnu la belle captive que Zaago avait ramenée de son dernier voyage. Il avait permis qu'elle reste la dame de compagnie de sa concubine. Elle venait aussi servir de temps en temps dans la case de Zaago, lorsque sa maîtresse passait la nuit. Il n'eut pas le temps d'ouvrir la bouche pour se présenter. Il fut surpris par le démarrage brusque du cheval d'Harben. Il s'élança à son tout en faisant avancer son cheval au trot pour le rejoindre. Le chameau, portant bagages et marchandises sur son dos, ralentissait sa marche. Arrivé à la hauteur d'Harben, qui finalement avait arrêté son cheval pour l'attendre, il lui demanda de tenir un instant la laisse du camélidé. Puis il fit demi-tour et partit au galop vers les deux femmes. Stoppant son cheval net devant elles, en soulevant un petit nuage de poussière rouge à l'arrière du cheval, il s'adressa à la fille qui accompagnait Penda Sow, la concubine de Zaago, tout en la saluant respectueusement.

— Je suis Aliou Kanandja, pâge et écuyer du prince Zaago ! Je ne sais pas qui tu es, mais, dès que je reviendrai, je demanderai à mon maître de me laisser te fréquenter et te parler de temps en temps, si toutefois ton cœur n'est pris, lança-t-il à la jeune fille alors que son cheval ne tenait en place un seul instant, impatient d'être relancé au galop.

— Je suis la servante de ma sœur Penda et j'appartiens au prince Zaago, répondit-elle d'une voix fine et assurée. Pourrais-tu faire de moi une femme libre Aliou Kanandja ?

— Oui lança Aliou, si Allah me prête vie, je te le jure, avant de repartir aussi vite qu'il était venu pour rejoindre Harben qui avait déjà pris de la distance.

— Je m'appelle Dewel, dit-elle tout doucement. Dewel Djennéba Sy.

Aliou rattrapa Harben et saisit sans un mot, la laisse du chameau que celui-ci lui tendait en souriant, ce qui fit rougir Aliou. Comment lui, un burkine du Zarmaganda se retrouvait être le serviteur de cet étranger ? À vrai dire, Aliou était impressionné par Harben, qui avait un regard qui vous pénétrait jusqu'aux os, surtout les siens en ce moment. Et puis qui était vraiment cet homme ? D'où venait-il réellement ? Il avait entendu dire que cet homme ne pouvait ni prendre femme, ni avoir d'enfant. Pourquoi ? Est-ce vrai qu'en plus d'être un excellent cavalier, il était un puissant guerrier, qui maniait le sabre et la sagaie comme le Khoyze ? Il avait l'air bizarre avec son teint plus brun marron foncé que noir et ses yeux marron clair qui transperce le regard comme une flèche ! C'est d'un tchiiip qu'il balaya les pensées qu'ils avaient envers Harben. Il se concentra sur le visage vraiment agréable de cette belle captive, qui ne cessait de hanter ses pensées et tourmenter son âme depuis qu'il l'avait vue la première fois à son arrivée à Dosso. Ils se dirigèrent vers le sud-est, en direction des cités hawsas où leur qualité de musulman leur octroierait hospitalité et repos. C'est en s'arrêtant à la cité-état de Biram qu'il leur fut conseillé d'éviter de passer par le royaume du roi d'Abomey. Tégblessou, roi féroce de cette contrée régnait sur ce royaume qui s'étendait jusqu'à la côte où il commerçait avec ces étrangers à la peau pâle, venus du lointain. Ils apprirent ainsi que ce roi, cruel, asservissait tous ses voisins pour vendre leurs habitants à ces hommes à la couleur délavée. Tout étranger qui était pris à traverser son royaume pouvait être immédiatement asservi et vendu, comme du coton.

Mais qu'en font-ils donc, demanda Aliou à l'hôte qui leur avait offert l'hospitalité

— Nous n'en savons trop rien, répondit ce dernier. Mais des bruits courent sur le fait qu'ils les emmènent dans leur pays pour les offrir à leurs dieux avant de les manger.

Harben se contentait d'écouter les récits de cet hawsa, visiblement pas du tout impressionné par ces dires. Ce qui n'était pas le cas d'Aliou, qui semblait horrifié à l'idée d'être mangé par d'autres hommes.

— Je te remercie de tes conseils, frère hawsa, dit Harben ! Nous continuerons notre route vers le sud, comme prévu et nous tiendrons compte de tes conseils.

— Mon frère, répondit ce dernier, qu'Allah t'accompagne et te protège. Je ne saurai trop vous conseiller d'éviter le royaume du roi Tégblessou. Mais si vous voulez vendre votre marchandise, j'ai assez de cauris pour vous en achetez quelques lots.

— Ce sera avec plaisir que je te vendrai quelques affaires. Pourrions-nous traiter de cela demain ? J'ai grande fatigue, nous venons de loin et nous aimerions nous reposer un peu avant de reprendre notre route.

— Soit répondit, le commerçant hawsa !

Frappant dans ses mains, un servant apparut et les accompagna jusque dans la case qui leur était attribuée. Il se retira, en saluant une dernière fois les voyageurs et en leur souhaitant la protection des génies sur leur sommeil.

— Pourquoi continuer plus en avant, demanda Aliou, peu rassuré par ce qu'il venait d'entendre ! Nous avons recueilli toutes les informations qu'il nous faut pour le maître.

Harben ne répondit pas. Mais à son regard, Aliou sut que le voyage de demain continuerait vers le sud. Harben, sortit d'une de ses sacoches en cuir en peau d'antilope un petit tapis, Après s'être lavé le visage, les mains jusqu'au coude, il remonta le pantalon bouffant jusqu'à mi-cuisse et se lava les pieds. Puis il se tourna vers l'est et sous le regard interloqué d'Aliou se mit à réciter l'" Al Adzan ", l'un des versets principaux du Coran, le tout premier du livre révélé à Muhammad

— Al lahou akhbar Al lahou akbar 'Acha hadou an lâ ilaha illal lahou. Ach' hadou ana Muhammad' rasûlu-llah. J'atteste qu'il n'y a d'autres divinités qui méritent l'adoration d'Allah et que Muhammad est son prophète.

Au bout d'une demi-heure de prière, il se releva après avoir demandé à Allah de les protéger dans leur voyage et de ne pas les faire tomber dans les mains de ces étrangers à la peau blanche. Mais si Allah avait un tout autre dessein dans la capture, alors qu'il fasse qu'ils ne servent de repas dans leur festin. Puis, toujours sous le regard d'Aliou, qui n'en croyait pas ces yeux, il s'étendit sur les nattes mises à leur disposition.

— Tu devrais en faire autant, dit-il à Aliou, qui, bouche bée, avait oublié de l'accompagner dans ses ablutions et ses prières.

Zaago, découvrit ainsi, que sans qu'il en soit directement informé, qu'Harben avait fait sa Shahâda. Il accueillit ainsi la profession de foi de son fidèle serviteur avec plaisir et le gratifia de quelques compliments au passage. Il s'était imaginé qu'il aurait servi personnellement de professeur à Harben ou lui aurait trouvé les meilleurs docteurs de la foi pour l'instruire ainsi dans la religion de Muhammad. Mais il constatait avec plaisir que ce dernier s'en était occupé lui-même. Aliou, quoique plus jeune, fut autorisé à poursuivre la narration de leur périple. Il raconta comment chevauchant vers le sud avec les marchandises échangées contre des vivres, ils avaient traversé des terres inconnues où les tribus rencontrées ne faisaient pas foi de la religion du livre. Comme leur avait conseillé leur hôte, ils évitèrent le royaume d'Abomey, mais à proximité des cités yorubas en guerre contre le fameux tyran d'Abomey, le roi Tégblessou, ils avaient vu pour la première fois de leur vie, des femmes-soldats.

— Elles étaient très habiles et féroces et savaient aussi bien se battre que les meilleurs soldats de l'Askia, dit-il.

Il décrivit leur habillement, les armes qu'elles portaient, mais aussi la discipline, l'obéissance et la dévotion absolue envers leur souverain. Le sacrifice ultime dont elles étaient capables à la demande du roi sans aucune hésitation, mais aussi leur cruauté. Harben, acquiesçait d'un mouvement de tête. Harben précisa qu'ils avaient rencontré également des mercenaires zarmas. Aliou continua le récit des rencontres faites avec les habitants des régions traversées dont beaucoup fuyaient les villages dévastés par les soldats de rois ou de chefs en guerre. Ils avaient vu de longues colonnes de captifs transportés sur des pirogues qui descendaient un grand fleuve, se dirigeant vers la côte. C'est ainsi qu'ils apprirent que le grand fleuve était le même qui traversait leur pays, le Zarmaganda, celui qu'ils appelaient, eux, Issa Beri. Les habitants du pays qu'ils traversaient leur racontèrent que ces pirogues descendaient jusqu'à la côte où les attendaient les navires de ces hommes blancs. Zaago, écoutait attentivement le récit détaillé des deux hommes. Ils racontèrent ainsi qu'ils arrivèrent dans une grande ville, sur la côte où ils contemplèrent pour la première fois, ce grand lac sans fin, animé par des vagues, parfois hautes comme deux greniers à mil. Cette ville s'appelait Kalaba et que les habitants de ce pays étaient des Igbos.

— Et ces hommes, vous les avez rencontrés ? Les avez-vous vus ? Demanda-t-il avec de l'impatience dans sa voix.

— Oui, maîtres, répondirent-ils, tous deux en même temps !
Nous les avons même approchés de près, Khoyze ajouta
Aliou.

— Il y en a même un qui est venu toucher Aliou, dit Harben,
avec un sourire sur le visage.

— Toucher ? Comment ça ? Que t'a-t-il fait demanda Zaago,
avec une voix à la fois surprise et inquiète ?

Aliou raconta alors comment un de ces hommes sans couleur
ou au visage plutôt rougi par la chaleur du soleil, des cheveux
jaunes comme l'herbe séchée de la savane pendant la saison
sèche, l'avait approché. Puis il lui avait tâté les bras comme s'il
jaugeait un animal avant de l'acheter. Ensuite, il s'adressa à un
homme de stature moyenne, vêtu d'uniquement d'un pagne aux
couleurs orange, jaune et rouge mélangées, dont l'attache allait
de l'épaule gauche jusqu'à la taille, dégageant une partie de sa
poitrine. Son visage était noir, les traits assez réguliers, des
lèvres moyennement épaisses. Une cicatrice marquait la
pommette de sa joue droite, ce qui indiquait que cet homme
appartenait à un autre peuple que les habitants de cette ville. Il
s'adressait souvent avec déférence à l'homme pâle, en
commençant ses paroles par le mot, " Yovo "Visiblement, cet
homme avait l'habitude du contact avec ces hommes, puisqu'il
avait l'air d'en parler la langue et semblait être à l'aise en
présence de cet homme.

Aliou avait fait un brusque bond en arrière, avec une sorte de
cri d'effroi, lorsque celui-ci lui avait touché le bras. Harben
avait instinctivement porté sa main sur son poignard caché
derrière son dos, prêt à tuer, au cas où il se serait emparé tout
entier de son compagnon. Mais en homme aguerri, il garda son
sang-froid, même si la présence de cet étranger sans couleur le
rendait nerveux. Il n'aimait pas son regard froid, et méprisant.
Il nota la couleur de ses yeux, qui étaient d'un bleu
indéfinissable, presque gris. Harben se rappela qu'il avait déjà

vu des hommes de cette sorte lorsqu'il était un esclave dans le royaume chérifien qui avait fait de lui un eunuque. On disait qu'ils venaient d'une contrée dont le pays se trouvait sur un territoire situé plus loin encore qu'Al Andalous. Certains de ses amis qui se trouvaient depuis plus longtemps que lui dans les armées du sultan, et qui avaient eu l'occasion de combattre contre des barbares à la peau blanche, lui en avaient déjà parlé. Mais c'était réellement pour la première fois qu'il avait l'occasion d'approcher de tels hommes. Quant à Aliou, choqué, il était épouvanté par l'effroyable odeur de cet homme à la couleur sans nom qui l'avait touché et dont les cheveux jaunes et sales évoquaient les herbes séchées de la savane. Il portait une barbe dont les reflets rouges lui rappelaient les nuances des feux que les paysans allumaient parfois afin de gagner du terrain sur la savane ou pour obliger les animaux à fuir vers les pièges tendus, pendant la saison de la chasse. Harben s'adressa à l'interprète, dans un jargon mélangeant l'Arabe et le zarma. Ce dernier qui avait l'air de parler plusieurs dialectes de la région semblait comprendre la question d'Harben.

— Le Yovo, dit comme ça, qu'il veut acheter le captif qui est avec toi, dit-il avec forces gestes dans un langage qu'Harben devina plus qu'il ne comprenait.

— Dis-lui que mon serviteur n'est pas à vendre, répondit Harben spontanément.

L'interprète traduisit la réponse d'Harben à l'étranger. Ce dernier regarda droit dans les yeux l'envoyé de Zaago, comme pour essayer de jauger de quoi était capable l'Habashy. D'un geste brusque, il tendit son bras vers Aliou pour s'en emparer, tout en jetant au sol, au pied d'Harben, un gros sac, qui contenait divers objets qu'il semblait offrir en échange d'Aliou. Mais avant que l'étranger ait pu toucher Aliou, Harben d'un geste vif retourna le bras de l'homme qui poussa un cri de douleur et plaça juste sous sa gorge le poignard caché derrière son dos, tout en forçant l'homme à ployer ses genoux. L'interprète n'avait pas eu le temps de faire un geste et c'est avec un regard effaré, où étaient mêlés peur et stupeur, étonnement et admiration qu'il regardait alternativement celui qu'il appelait Yovo et Harben. Il avait l'air complètement décontenancé par le geste improbable d'Harben. Ça ne s'était jamais vu auparavant, en tout cas dans son pays.

— Dis à cet homme que s'il touche une fois de plus mon serviteur, je l'égorge comme un porc.

Aliou avait le cœur au bout des lèvres, mais essayait de contenir ses émotions. Il porta sa main à sa tunique, sortit un poignard caché à l'intérieur et s'avança comme un fauve vers l'étranger à la couleur pâle dont le visage était devenu rougeaud par la prise d'étranglement d'Harben. D'un geste tout aussi rapide, celui-ci lui intima l'ordre de stopper son élan.

— Dis-lui, hurla Harben !

L'interprète sursauta à l'injonction de l'homme venu du pays des zarmas. C'est avec une voix tremblante qu'il traduisit dans la langue du Yovo les propos du guerrier. Car il avait deviné que ces deux hommes qui se tenaient devant lui n'étaient pas un commerçant et son serviteur, mais il avait en face de lui, deux hommes de guerre, des mercenaires, sans doute, venus dans la région pour observer et jauger les hommes blancs qui venaient prendre par milliers des hommes, des femmes et des enfants afin de les emmener, lui-même ne sachant où. L'homme que tenait Harben en respect du tranchant de son arme tomba lourdement au sol, en toussant et en essayant de reprendre sa respiration. Son visage déjà rouge par la chaleur moite du pays prenait une couleur plutôt cramoisie. De la bave sortait de sa bouche, dont les dents tirant entre le jaune foncé et le noir étaient plutôt des chicots s'entrechoquant. La bave coulait sur sa barbe rousse et sale. Il l'essuya du revers des manches bouffantes de sa chemise qui avait perdu sa couleur blanche d'origine et que la sueur et la poussière rouge de la terre avaient rendue presque marron. Il se releva, avec un regard rempli de haine vers les deux hommes qui l'avaient humilié. Tout en bousculant l'interprète, il sortit en maugréant dans une langue laide et gutturale, ce qui devait être sûrement des injures et en abandonnant son sac de bibelots, de verroteries, de pièces diverses en métal, en cuivre et en étain. L'interprète, avant de sortir lui aussi, les regarda avec un regard méprisant, suivi d'un tchiiip, long et sifflant.

— Je sais que vous n'êtes pas des commerçants, leur lança-t-il ! Vous êtes qui ? Que venez-vous faire ici ? Que voulez-vous ? demanda-t-il dans une langue où se mélangeaient des sonorités arabes, hawsas et dioulas ?

Pour toute réponse Aliou lui rendit son regard hautain et cracha à terre, aux pieds de l'interprète un filet de salive jailli d'entre ses dents. Ce dernier sauta pour éviter le jet de crachat et fila rejoindre l'homme pâle, suite au geste que fit Aliou lui signifiant qu'il allait subir le sort des égorgés s'il restait devant lui. Zaago, Harben et Aliou avaient éclaté de rire au récit de ce passage Puis Aliou reprenant son sérieux face au Khoyze se rappela qu'il avait ramené le sac que l'homme blanc avait laissé en partant. Harben tenait à montrer à Zaago, le contenu d'une petite sacoche en forme de calebasse allongée sur sa partie haute.

— Qu'est-ce que c'est, demanda Zaago ?

Harben déroula la cordelette qui servait de fermeture au récipient en peau de zébu. Il versa le contenu sur un taafé qui était posé sur le sol.

— C'est de la poudre répondit Harben. J'en ai déjà vu lorsque j'étais soldat pour le sultan. Ça sert aux longs bâtons qui crachent le feu et qui tuent de loin.

Zaago en avait vu quelquefois dans les mains de soldat lors de ses voyages dans les royaumes voisins. Mais trouvait que c'était un déshonneur de devoir se battre avec de telles armes. Lui, qui était un maître d'armes, considérait lâche d'avoir à utiliser ces armes qui tuent à distance. Pour lui rien n'était plus noble qu'un combat singulier au sabre, face à son ennemi, dans l'honneur et le courage. Cette puissance que l'on pouvait ressentir lorsque l'on tenait au bout de son sabre la vie de son ennemi et à qui on pouvait laisser la vie sauve si celui-ci s'était bien battu ou lui donner la mort. Il leur raconta comment les Sonrhaïs avaient été battus par les troupes de Sultan du royaume chérifien à la bataille de Tondibi et comment leur chef, Jawdar, avait massacré une bonne partie de ses ancêtres, le peuple Sonrhaï avec de telles armes.

Fanti et Adama

Alija avait couché le bébé de Kadidjatou, après l'avoir bercée une bonne partie de la soirée. Elle regardait la petite fille que Kadidjatou avait mise au monde quelques semaines plus tôt. La petite Fatoumata Aïcha souriait dans son sommeil. Dikko Harrakoye, déesse du fleuve et les petites femmes-génies protectrices veillaient sur elle. Alija, se surprit à penser qu'elle aussi, un jour, aura sa petite fille, qui serait aussi belle que l'est la petite Fatoumata. C'est elle qui lui avait trouvé son surnom, Fanti, afin que les esprits malfaisants ne puissent connaître son vrai nom et l'emporter avec eux si l'envie leur en prenait, pour en faire leur compagne de jeux, dans leur royaume froid et dénué de vie. Ce surnom avait été approuvé par Kadidjatou et faisait l'unanimité, même chez Zaago. Oui, Alija apprendrait à sa fille, si Allah lui permettait d'en avoir une à elle un jour, les secrets de la savane et celui des plantes. Elle hériterait d'elle, son don de double-vue, comme elle-même avait hérité de sa mère. Elle lui apprendrait à être une femme puissante, forte, crainte et respectée. Mais par-dessus tout, Alija se disait qu'elle lui donnerait le bien le plus précieux au monde, la liberté. Cette liberté, qui elle, née d'une mère Horso et d'un père inconnu, n'avait jamais eu. Oui, elle Alija aurait un jour sa fille et elle sera libre. Inch'Allah !

Kadidjatou, dormait déjà, épuisée par les tétées incessantes que sa fille réclamait à toute heure de la journée et les charges obligatoires que lui commandait son rang, notamment, celles de visiter toutes les corporations de femmes vannières, potières et surtout celles des femmes-griots. Elles étaient issues de la vieille caste d'Horso, d'origine Soninké, remontant à la nuit des temps et qui exerçaient leur talent encore dans cette langue auprès des Askia, princes et nobles du royaume depuis toujours. Et c'est lorsque Kadidjatou était endormie, soit lors de la sieste ou le soir après ces tâches de compagnie, qu'Alija pouvait alors sortir du windi pour aller rendre visite à Penda, la concubine de Zaago et à Dewel qui était à peine plus âgée qu'elle. Elle passait du temps à leur apprendre la langue et les usages en vigueur dans la société zarma, surtout pour Penda, concubine de Zaago, qui malgré son statut inférieur aurait néanmoins certaines obligations. En retour, elles la familiarisaient avec sa langue maternelle, le Fulfuldé. Kadidjatou était au courant des visites de sa domestique auprès de ses " sœurs " et s'étonnait elle-même l'accepter, ce qui encore quelques temps auparavant l'aurait agacé, irrité et même provoqué sa colère. Mais à vrai dire, Kadidjatou s'était résignée à ce que son mari ait une concubine, du moment où, elle, Kadidjatou Maïga reste et demeure la première, l'unique et la seule femme de Zaago. D'ailleurs, n'était-elle pas la favorite de Zaago, lui, qui venait plusieurs fois dans la semaine partager sa couche ? N'était-elle pas la favorite de son mari, qu'elle reconnaissait dans la force et à la douceur mêlée de ses étreintes, dans la puissance de sa semence qui jaillissait en elle soir après soir ? Tant que Zaago lui donnait l'amour, le respect et le rang qui était les siens, pensa, Kadidjatou, la concubine de son mari n'avait rien à craindre d'elle.

Penda Sow avait du mal à se lever les matins elle qui depuis toujours se réveillait à l'aube pour faire ses ablutions. Elle avait du mal à avaler le bol de lait que lui avait préparé, comme d'habitude, sa servante de compagnie, Dewel Sy. Les nausées, qui s'ensuivaient, amenaient Penda à aller se recoucher, vidée par les hauts de cœur et les renvois de ce qu'elle avait mangé depuis la veille. Elle refusait par la suite tous les plats que pouvait lui proposer Dewel ou tout autre domestique que Zaago avait placé à son service. Dewel avait envoyé ce matin un Horso cherché Alija, lui priant de venir prestement voir sa maîtresse malade. Alija savait qu'elle avait l'approbation de Kadidjatou. Elle passa dans sa chambre, prendre une sacoche en peau de chèvre et accompagné du domestique que Dewel avait envoyé, arriva dans la concession de Penda. Cette dernière avait le teint quelque peu cireux et se tenait le ventre. Alija ouvrit sa sacoche et en sortit un petit sac en tissu contenant un petit paquet de feuilles séchées, qu'elle trempa dans de l'eau chaude que Dewel avait posée près d'elle. Puis elle fit un empâte, qu'elle appliqua sur le front de Penda. Ensuite, d'un autre morceau de tissu, elle sortit une pincée de poudre, faite d'herbes pilées, qu'elle mélangea là aussi dans une petite calebasse d'eau. Puis, redressant la tête de Penda, lui administra la décoction. Les traits de Penda se décrispèrent et son beau visage reprit de la couleur. Son teint redevint d'un beau noir clair cuivré. Alija posa ses deux mains sur le ventre de cette dernière et un sourire illumina son visage

— Jaajiraawoo, grande sœur, tu vas être Jiido, tu vas devenir mère, dit Alija avec un grand sourire

Le visage de Penda s'illumina comme si elle regardait le soleil pour la première fois de sa vie.

— Es-tu sûre de ce que tu m'annonces, Alija ?

Oui ma sœur, tu vas être mère. Tu auras un beau et fort garçon, lui répondit Alija

— Moi, qui ne suis qu'une concubine, je vais donner un garçon à Zaago ? Peut-être deviendrai-je la Jaariyaajo du Khoyze de Dosso ?

— Qu'Allah en soit remercié intervint Dewel, tu pourras être toi aussi l'épouse du Khoyze de Dosso. Tu lui donnes un fils, qu'Allah te garde, grande sœur !

Penda oublia à partir de ce moment les indispositions que sa grossesse lui occasionnait. Elle voyait déjà son honneur rétabli auprès de sa famille en épousant un véritable notable. Elle pourrait elle aussi devenir la deuxième épouse de Zaago et non plus être une simple concubine d'origine captive. Kadidjatou ne pourrait plus la regarder seulement comme le passe-temps de son mari. Elle aussi, elle aurait désormais sa place dans la vie de Zaago et elle aussi pourrait régner sur le cœur du Khoyze. Car elle aussi consciente du charme qu'elle possédait sur lui. Tout comme Kadidjatou, elle se remémora, avec un sourire, les moments où Zaago lui témoignait parfois plusieurs fois dans la journée ses étreintes passionnées, puissantes comme celle d'un étalon et qui lui arrachait des cris de plaisir qu'elle n'arrivait pas à dissimuler, malgré la culture de la pudeur chez les Pulaars. Et tout comme Kadidjatou, elle s'était mise à aimer cet homme qui savait lui accorder amour et considération. Kadidjatou n'avait plus qu'à bien se tenir désormais. Dans toute cette joie et les cris de bonheur qui se manifestaient dans le windi de Penda, seule Alija, perdit un instant le sourire en se retournant afin de ne pas montrer son visage qui aurait pu gâcher ce moment de joie. Car lorsque Kadidjatou l'apprendra, et ce qui ne serait manqué, elle n'hésitera pas à remettre Penda à sa place. À vrai dire, Alija savait et avait vu, que Penda ne resterait que la concubine de Zaago. Jamais Zaago n'ira à l'encontre de sa femme en imposant Penda comme seconde épouse. Quant à Dewel, Alija savait que Zaago allait accéder à la requête d'Aliou Kanandja et la lui donner en mariage. C'était également ce qui pouvait lui arriver de mieux afin de sortir de la situation de captive d'Haal Pulaar, car elle n'était pas un fulfuldé d'origine. Ses parents, et même ses grands-parents devaient être déjà depuis fort longtemps captifs de fulfuldé.

Le Djanbanguyan

Six lunes supplémentaires s'étaient écoulées depuis l'arrivée de Fanti, dans la famille des Sonni, et le retour de mission d'Harben et Aliou. Les mêmes lunes s'étaient écoulées depuis que Penda avait appris qu'elle allait donner naissance au second fils de Zaago. Dans le camp d'initiation des jeunes zankas, les mêmes six lunes s'étaient écoulées depuis les exploits de Yennendi, d'Issifou et de Yala. Les moqueries sur Yala et ses peurs allaient bon train parmi les jeunes alboros en herbe. Yala ne goûtait guère aux mauvaises plaisanteries de ses camarades et devenait de plus en plus ombrageux. Il s'enfermait à présent dans un silence qui commençait à peser et ressentir vaguement à Yennendi et Issifou que quelque chose n'allait pas bien chez leur ami. Il avait un regard des plus ténébreux et s'isolait de plus en plus. Il ne partageait presque plus les plaisanteries de ses camarades de camp et parlait souvent tout seul dans son coin, sans que l'on puisse comprendre ce qu'il pouvait marmonner distinctement. Yennendi et Issifou s'interrogeaient sur le changement d'attitude de leur ami et intervenaient souvent pour faire taire les moqueries incessantes des zankas. Seuls, les entraînements physiques et les exercices de luttes traditionnelles donnaient l'occasion à Yala d'affirmer sa force et son adresse. Il ne se contentait plus d'éviter de faire du mal à ses camarades du camp, comme avant. Au contraire. Chaque exercice de force était l'occasion saisie pour se venger brutalement des quolibets dont il était l'objet. Et les jeunes zankas qui avaient eu le malheur de l'affronter allaient souvent chez les guérisseurs, afin de faire soigner leurs bleus, leurs bosses récoltés ou une cheville, une main foulée voire un coude déboîté. Les remontrances des instructeurs n'y faisaient rien, au contraire.

Yala, ne baissait plus la tête comme les principes de l'éducation zarma lui commandaient. Il soutenait non seulement le regard de ses maîtres, mais leur répondait de toute la hauteur que lui permettait sa grande taille, pour un zanka de douze ou treize pluies. Yennendi, observait son ami et se trouvait affliger par le changement de Yala. Lui aussi avait pris de la taille, et comme tous les autres, son esprit se développait au contact des leçons de la vie en brousse, au contact des matières en réflexions et en solution des problèmes qui leur étaient présentés ou encore également au contact des mises en situation par des exercices pratiques qui leur étaient imposés. Il devinait avec justesse que les moqueries sur son ami le rendaient aigri et s'était déjà plusieurs fois interposé pour protéger son ami ou le défendre, ce qui lui avait valu, lui aussi les remontrances de ses maîtres. Mais Yennendi et Issifou s'étaient vus aussi rejetés par leur ami, alors qu'ils lui prêtaient main-forte lors d'altercations avec leurs autres camarades, sous prétexte qu'il n'avait pas besoin d'être protégé comme un petit enfant dans les taafés de leurs mères.

— Laisse-moi me défendre tout seul, fils du Khoyze. Ce n'est pas parce que mon père appartient à une classe presque servile que je suis incapable de me défendre.

Cette remarque était nouvelle dans le langage de Yala, et le blessait profondément.

— Yala, je ne comprends pas pourquoi tu t'en prends à moi de la sorte. Je suis ton ami et je ne fais pas différence entre nous. Laisse cela aux adultes.
— Un jour, répondit Yala, tu nous rappelleras notre rang, à Issifou et moi. C'est comme ça que vous faites, vous autres les nobles. Mais moi Yala, je ne laisserai personne me faire sentir que je suis un fils de Tchakay. Moi aussi un jour je serai quelqu'un, j'aurai un titre, et j'aurai ma place parmi

les plus grands du royaume. Et les hommes et les femmes de pays me devront le respect.

Yennendi ne comprenait plus son ami. C'est avec un tchiiip agacé, qu'Issifou, prit Yennendi par les épaules et l'entraîna de l'autre côté de la cour du camp, afin d'éviter que cela ne dégénère en bagarre.

— Laisse-le, Yennendi. Il me semble que Yala est irrité de toutes les remarques faites par les autres. Puis il se retourna vers son autre ami.

— Ce n'est pas méchant, Yala, ce n'est que des plaisanteries. Ne te laisse pas gagner par la rancœur. Allez, viens maintenant avec nous et allons palabrer sous l'arbre de la cour.

Les instructeurs et les professeurs avaient remarqué le changement d'esprit de Yala. Mais, unanimement, ils pensaient que cela était à mettre sur le compte de l'éloignement et du manque.

— Leur famille leur manque, dit celui qui semblait être le maître du camp, un vieil homme tout aussi parcheminé qu'avait pu être Karamoko. Le moment où nous devons leur donner deux ou trois jours pour aller voir leur famille est arrivé. Ainsi, les pères et les mères pourront voir comment leur fils ont grandi et évolué durant tout ce temps. Mais nous ne pourrons les laisser partir, avant de les avoir consacrés à la tradition.

Un murmure d'assentiment parcourut l'assemblée des hommes en réunion. La décision fut prise de les laisser partir au troisième jour, après la cérémonie la plus importante qui advenait dans la vie d'un jeune zanka. La cérémonie qui les ferait rentrer dans l'une des parties de leur vie la plus importante, la fête du Djanbanguyan

Les jeunes zankas avaient remarqué depuis quelques jours, les allées et venues de plusieurs marabouts dans le camp. Ils devaient venir des villages et villes du royaume. Quelques zankas avaient reconnu des marabouts qui exerçaient leur art à Dosso, Sassalé ou Kaaro voire de plus loin encore comme Say ou Tillabéry. Certains arrivaient accompagnés de leurs apprentis, avec dans leur bagage des herbes médicinales et à l'écart, dans un coin, interdit aux zankas, ils préparaient des potions secrètes, des boissons magiques ou s'entretenaient entre eux dans une langue que seuls des initiés pouvaient comprendre. Les zankas, d'une classe d'âge plus avancée et présente dans le camp depuis au moins trois lunes de plus que les plus jeunes, ne tardèrent à comprendre que les camarades de la classe d'âge de Yennendi allaient affronter la cérémonie de la circoncision, le Djanbanguyan.

Le soleil s'était levé et s'était couché trois fois, depuis la décision du chef de camp. Le jour du Djanbanguyan était arrivé. Les batteurs de tam-tams tapaient de toutes leurs forces sur des tambours de toutes tailles qui reproduisaient des rythmes variés et entraînants qui mettaient les jeunes zankas en transe. Les chants des griots aussi haut perchés les uns que les autres ne suffisaient pas à empêcher les jeunes de trembler. Étaient-ce les membres ou les corps, qui sollicités par les rythmes assourdissants et assommants des tam-tams tombaient en transes ? Ou alors, quelque chose de plus insidieux, qui s'infiltrait petit à petit d'abord dans les têtes, puis se communiquait aux membres en passant par le tronc et l'abdomen. Cette sensation qui faisait que les bras et les jambes se mettent à trembler, cette chose sournoise qui empêchait les jeunes zankas, ces jeunes alboros qu'ils devaient devenir dans quelque temps, de contrôler et de dominer leur peur. Était-ce vraiment ce sentiment sournois appelé, la peur ? Depuis la vielle, la rumeur avait grandi que les jeunes de la classe de

Yennendi allaient subir cette chose, lors de la cérémonie. Cette chose était l'ablation d'une partie de leur Alborotaray, de leur Bande, de leur Hanji. Cela avait quelque chose d'effrayant pour les jeunes garçons. Non seulement cela devait faire atrocement mal, mais ils prenaient conscience d'un sentiment diffus dans leur esprit, celle de sortir de la petite enfance. Les épreuves physiques et mentales qu'ils avaient subies depuis quelques lunes n'étaient finalement que la préparation de ce grand moment qui les verrait devenir d'abord de jeunes alboros, puis des alboros. Ils auraient alors le droit de pouvoir s'initier aux délices des plaisirs raffinés avec parfois avec des wayboros expérimentées, souvent des femmes appartenant à la caste des horso, veuves ou divorcées et qui manquaient d'hommes sur leurs nattes, le soir. En tout cas pour les plus beaux ou les plus chanceux d'entre eux. Certains, dont la nature généreuse les avait pourvus d'un organe hors du commun pour leur âge, se verrait gratifier de la curiosité avantageuse et bienfaisante de wayboros d'âge mûr de toute caste, sans maris qui feraient leur initiation amoureuse. Yennendi, Issifou, Yala, quand ce dernier daignait oublier ses rancœurs et leurs camarades en parlaient avec force plaisanteries et rires, plus pour oublier la peur qui commençait à s'insinuer en eux que les questions qui s'imposaient quant à leur avenir d'hommes virils. Ils savaient également que leurs pères seraient aussi de la cérémonie et que chacun d'entre eux serait épié et jugé sur son courage lors de la circoncision. Malheur alors à celui qui aura manqué de maîtrise devant la lame ou qui sortira des mains du guérisseur en pleurant. L'Haawi rejaillira sur sa tête et sur sa famille. Il serait pointé du doigt, les wandiyés se moqueront de celui qui avait pleuré pendant la circoncision et il ne pourrait jamais prendre femme, à moins de s'exiler dans une autre région ou un autre pays. Pour Yennendi, Issifou et leurs camarades, mais surtout pour Yala, il n'était pas question de flancher. Il ne supporterait plus une humiliation supplémentaire. Certains le regardaient déjà en riant et en ressassant une fois de plus la peur de celui qui avait fait sur lui en présence de la panthère.

La veille au soir, chaque zanka de la classe d'âge de Yennendi s'était présenté, nu devant le guérisseur, qui leur avait appliqué sur leur Hanji, une onction d'empâte épaisse et brune, tirée sûrement des plantes de la savane et dont il détenait seul le secret de sa fabrication. Il leur était interdit de toucher la pâte qui entourait leur sexe et d'aller uriner jusqu'à l'heure de la cérémonie, faute de quoi, il verrait leur sexe tomber au sol. Perspective effrayante qu'aucun d'entre eux ne prendrait le risque de se voir ainsi, privé de l'organe principal qui assurerait la perpétuation du nom et du renom de sa famille. Aucun ne souhaitait être le dernier de sa lignée. Après avoir ressenti une sorte de brûlure à son extrémité, ils avaient l'impression que leur membre était devenu engourdi et endormi. Et s'il ne devait jamais retrouver sa vigueur et sa puissance ? S'il devait rester pour toujours inerte, un membre mou, incapable de durcir afin de pouvoir donner une descendance à sa lignée ? C'est avec une confiance limitée que les jeunes zankas laissèrent faire le guérisseur.

Le rythme des tam-tams et des tambourins tenus sous les bras par des batteurs avec leur archet au bout recourbé, le son lancinant des cors de chasse en corne de buffles et d'antilopes, dans lesquels les musiciens soufflaient, les voix aiguës des griots, les chœurs et les battements des mains des hommes qui répondaient aux joutes solistes des griots par un refrain répétitif et monotone. Les bruits, les sons, les danses gesticulantes des hommes présents, les boubous, les tuniques en cuir, les masques, la chaleur du soleil, tout cela donnait l'impression aux jeunes zankas d'être plongés dans un océan de couleurs vives où se mêlaient le bleu, le vert, le blanc, le noir des boubous et des tuniques. Les couleurs de métal des pendentifs en cuivre ou en argent, les bracelets en bronze ou en fer, les boucliers en peau fauve des antilopes, les tenues d'apparat en peau de panthère ou de guépard, les plumes d'autruches blanches, celles en couleur marrons mouchetées de blanc des pintades sauvages et celle en couleur jaune des tisserins donnaient une impression de vertige. Les zankas étaient plongés dans un monde irréel. Le corps en transe, ils étaient complètement désarçonnés par toute l'agitation magique autour d'eux. Yennendi crut reconnaître dans ce brouhaha de sons et de visages, celui de son père, Zaago. Tout comme Issifou qui sembla reconnaître lui aussi son père avec une peau de panthère posée sur ses épaules. Mais aucuns n'étaient sûrs de ce qu'il voyait, abrutis qu'ils étaient par la boisson fermentée donnée quelques instants avant la cérémonie, censées faire disparaître toutes douleurs et donner du courage. Yala, s'engagea le premier, complètement nu dans le corridor construit de branches d'arbuste entrelacées, taillées à hauteur d'homme où tout d'un coup, les bruits des hommes et les sons des percussions ne lui parvenaient que de manière lointaine et sourde. C'est avec appréhension qu'il avança le long de la haie où il parvint dans une hutte sombre, faiblement éclairée par une torche qui dégageait une fumée odorante qui lui donnait le tournis. Sur le sol, un parterre de feuilles épaisses donnait l'impression que le sol était mouvant et rebondissait à chacun de ses pas. Yala, qui avait avancé jusque-là les yeux mis-clos et la bouche serrée, tout en priant Allah et les dieux de la savane de l'aider pour ne pas laisser aller à la panique. Il se retrouva devant un vieil homme, sans âge, habillé d'un boubou d'un blanc immaculé, avec un turban enroulé autour de sa tête. Il reconnut à peine celui qui était le maître du camp assis à côté du guérisseur, qui la veille les avait oints de sa décoction pâteuse. Le marabout le regardait sévèrement. Yala, fit rapidement une prière où les mots se superposaient aux images de la fameuse scène de chasse lorsqu'il avait manqué de courage face au danger. Le vieux guérisseur l'obligea à se coucher sur une natte en raphia séché posée sur le tapis de feuilles vertes tressées. C'est tout en demandant pardon dans sa tête à Allah, à Yennendi, et à Issifou, qu'il se coucha sur le dos, tendu comme la corde d'un arc, raide comme un buffle mort et maintenu par deux autres apprentis dont il se demanda d'où ils étaient sortis, alors qu'il n'avait compté que le vieux marabout et le guérisseur. Ce dernier saisit un instrument en métal brillant dans une calebasse remplie d'une solution de couleur rouge, tandis que les apprentis lui écartaient les cuisses. Le guérisseur saisit le pénis de Yala, le soupesa comme s'il s'agissait d'une banane et le retourna sur lui-même pour évaluer le degré d'engourdissement du membre. Yala ferma les yeux et pinça à nouveau ses lèvres. C'est avec un geste vif et rapide comme l'éclair, flèche du dieu Dongo, que le marabout coupa le morceau de chair molle qui formait jusqu'à présent la protection de son Hanji. La douleur vive lui avait fait rouvert les yeux avec un regard d'halluciné et il eut juste le temps de voir un filet de sang rouge et vigoureux jaillir de son entre-cuisse. Il manqua de s'évanouir, mais les deux apprentis d'un geste vif le remirent debout. Le vieil homme appliqua un autre enduit autour du bout dégagé de son membre et l'enroula avec la feuille d'un arbre inconnu. Puis les deux apprentis le poussèrent hors de la hutte. C'est en titubant, les genoux tremblants que Yala parcourut à nouveau le couloir qui le menait vers la cour. Il entendait de manière sourde, les sons et les voix qui se rapprochaient au fur et à mesure de sa marche titubante vers l'extérieur. L'effet engourdissant du baume anesthésiant n'arrivait pas à calmer les flèches vives lancinantes de la douleur qui lui montaient jusqu'aux tempes. La fête du Djanbanguyan battait son plein. Il se redressa, essayant au mieux de dominer la douleur qui lui saisissait tout le bas-ventre jusqu'aux yeux. C'est avec un geste de défi, le poing levé, en poussant un cri de bête qu'il apparût à ses camarades. Ceux-ci regardaient alternativement son visage et son pénis. Quelques traces de sang perlaient encore du bout de son organe et continuaient à couler sur ses cuisses. À son cri poussé par défi et vengeance à la face de tous les zankas qui l'avaient humilié, le son des tam-tams redoubla de force. Les hommes venaient le féliciter. Yala lança un regard noir envers tous ceux qui se moquaient de lui auparavant. La bouche marquée par le rictus du mépris, il se tenait droit comme une tige de bambou, le torse bombé, jambes et bras écartés, prêt à combattre quiconque se sentirait en mesure de le défier. Il secouait la tête comme un vieux lézard, satisfait de ses performances. Sans se soucier des derniers relents qui brûlaient encore son Hanji, il alla s'installer sur une grande natte de feuille de bananiers, le buste droit, les cuisses ouvertes, les bras sur les genoux.

— Te voilà devenu un jeune Aru, maintenant !

Puis, les uns après les autres, les zankas pénétrèrent pleins d'appréhensions dans le couloir du " membre perdu " comme ils l'avaient surnommé. Certains ressortaient avec des larmes aux yeux qu'ils ne pouvaient contenir, mais jamais en gémissant, d'autres venaient s'évanouir à la sortie de la haie et étaient tirés jusque dans une case, mise à disposition afin qu'ils se remettent de leurs émotions et de leur douleur. Yennendi, partit à son tour. Conscient qu'il devait montrer à tous qu'il était un digne descendant des Sonni, il s'engagea dans le couloir, quoique peu rassuré. Il ressortit quelques minutes plus tard, la tête haute, montrant fièrement sa maîtrise de la douleur. Quant à Issifou, il avait une réputation à soutenir. Lui le tueur de panthères, devait montrer son calme et son courage devant l'assemblée. Il réapparut un peu plus tard, le bras levé et le poing serré en geste de défi, malgré le fait qu'il avait envie de crier sa douleur. Il fit l'admiration et la fierté de son père qui portait une peau de lion de la confrérie des Gaw et était caché sous un masque.

— Aru, Aru, Aru ! Criait la bande de zankas, devenus des alboros, des mâles.

C'est en criant, en sautant et en chantant que les jeunes zankas de la classe d'âge de Yennendi passèrent leur Djanbanguyan. Il ne leur restait plus qu'une longue saison à effectuer avant leur retour définitif dans leur famille. Ils étaient devenus des alboros. Ce qui allait exiger d'eux des responsabilités, des engagements auprès des communautés de leur village. Ils prendraient les armes à l'appel de l'Askia pour défendre le royaume. Mais ils auraient à rendre de leurs actes auprès des anciens, des Bonkoynis, des Kwarakoyes, des Khoyze et surtout, auprès de leurs femmes.

LIVRE II

Torture

Une grande giclée d'une eau sale et nauséabonde tira Yennendi du rêve dans lequel il s'était réfugié. Il pouvait ainsi oublier un instant les attentions particulièrement féroces qu'un bourreau lui prodiguait. Celui-ci était doté d'une tête ronde et rasée comme le boulet d'une bombarde. Il avait le corps gras dont l'abdomen démesuré constituait le point central. Sa figure ruisselante de grosses gouttes de sueur reflétait toute l'atmosphère humide et la moiteur d'une pièce sombre plongée dans une semi-pénombre, à peine éclairée par une torche se consumant sur un mur dégoulinant d'une eau moisie. Yennendi pouvait apercevoir à travers son visage tuméfié, la bouche partiellement édentée du bourreau. Le reste de dents qu'il lui restait n'était que chicots dont le mélange de couleurs noirs et jaunes aurait rebouté la plus basse des femmes-coloquintes qui exerçaient leur métier séculaire dans les caves crasseuses situées dans les ruelles sombres près du port de la ville. Aucunes n'auraient pu accueillir un tel monstre entre ses cuisses. Malgré la douleur qui montait depuis ses membres enchaînés jusqu'à la tête, Yennendi ne put s'empêcher de se demander quelle femme pouvait enfanter d'un pareil monstre. Ce dernier se redressa après avoir léché ses propres gouttes de sueur tombées sur le visage de Yennendi avec l'organe hideux et préhensile qui lui servait de langue. L'odeur fétide qui sortait de sa bouche manqua de faire vomir Yennendi. L'individu se redressa avec une mimique sur les lèvres dont on ne sait si c'était un sourire ou un rictus. Il s'approcha d'un foyer où brûlaient divers instruments en fer ou en fonte. Il y avait des tenailles de toutes tailles et de grands poinçons servant à exercer l'art de la torture. Visiblement il devait être un expert en la matière. Avec un morceau de chiffon enroulé autour des mains, il soupesa plusieurs de ces objets en fer plongés dans la braise incandescente dont les reflets rouges éclairaient la sombre pièce humide, dessinant des ombres déformées et gesticulantes, tantôt allongées, tantôt raccourcies, faisant danser comme des ombres chinoises les corps des deux hommes présents dans cette cellule. Il se décida finalement pour un objet en fer, qui devait être une sorte de poinçon, dont le bout rougeoyant sous l'action du feu brillait comme un phare pour vaisseaux en détresse dans le noir. Il s'avança vers Yennendi avec un rire rauque, gras et cruel, ponctué de hoquets. Sa bouche, toujours tordue par son rictus, laissait apparaître les rangées dispersées de ses chicots dans sa mâchoire. Yennendi se crispait et bandait ses muscles de toutes ses forces pour essayer de contenir la douleur qui ne manquerait pas de monter de plus en plus forte jusqu'à lui arracher un cri inhumain. Il détourna la tête afin de ne pas voir la figure cireuse et hideuse qui s'avançait vers lui. Le bourreau, tout doucement rapprocha le tison de fer vers le visage de sa victime, d'abord doucement, sans le toucher, en parcourant la figure de Yennendi comme s'il cherchait un lieu précis où appliquer son objet de torture. Puis avec le ricanement d'une hyène, appuya le poinçon rougit à blanc sur une des oreilles de Yennendi. Le grésillement de la chair saisit Yennendi qui résistait à la douleur autant qu'il le pouvait. Sa résistance déclencha l'ire du bourreau qui attendait sûrement une supplication. Il décocha à Yennendi une gifle monumentale qui raviva la douleur sur ses chairs déjà meurtries comme la morsure d'un babouin sur son visage. Il laissa échapper, malgré lui, un petit cri, qu'il essayait vainement de retenir. Le bourreau reprit son œuvre de destruction lente du corps et de l'esprit, en lui déchirant, avec un couteau finement aiguisé, les tissus de peau depuis la base du coup jusqu'à la poitrine. Puis il alla chercher dans un tonneau une poignée d'un mélange de sel et de piment qu'il s'appliqua méthodiquement à frotter sur le corps de Yennendi qui finit par s'évanouir. La torture était suffisamment dosée pour maintenir le nègre en vie, selon les ordres donnés par le capitaine général de la colonie. Il ne fallait pas que ce nèg'-marrons puisse mourir avant l'exécution publique qu'entendait donner le gouverneur. L'esprit de Yennendi s'échappa à nouveau de son corps meurtri pour s'envoler vers le grand continent Kamite. Son rêve le ramenait vers son pays, sa famille, et ses amis. Il se laissa alors guider par les génies bienfaisants du sommeil qui lui permettaient d'oublier sa douleur, sa misère et son injuste destin. L'un des génies de la savane le prit en croupe sur son cheval fougueux à la robe blanche pour le plonger chaque fois que c'était nécessaire dans les songes et éviter les supplications que pouvaient demander son corps afin que cessent les assauts incessants de la cruauté d'hommes dont la couleur évoquait les morts, et les cheveux la couleur des herbes séchées de la savane ou la terre des rives de l'Issa Beri. Oui, Allah et Dongo ne pouvaient supporter de voir leur protégé ainsi supplicié. Dans leur grande mansuétude, ils envoyaient alors les génies le soulager à travers les rêves. Yennendi prenait alors le temps de se ressourcer dans les songes et les souvenirs de ses faits et gestes qui avaient tant fait sa réputation. Réputation qu'attendait de lui son père de lui, digne descendant de la lignée des Sonni, fierté de sa mère, Kadidjatou Maïga, de ses amis et bien d'autres gens de son peuple. Et puis il y avait Yala. Que lui était-il passé par la tête ? Qu'avait-il bien pu arriver pour qu'il change autant ? C'est en pensant à son ami d'enfance, que son esprit le ramena au Zarmaganda.

Saliou Bakary

Yennendi était étendu sur les tâgars outaris qui constituaient un support doux et confortable à la double épaisseur de natte qu'était sa couche. Il appréciait la case que lui avait construite son père depuis son retour du camp d'initiation. C'était une case assez grande, située dans une partie du vaste windi de son père, dans un ancien champ de mil, en contrebas de la case principale de la concession. Elle était constituée d'une seule vaste pièce qui lui servait à la fois de lieu de repos et de salon dans laquelle il pouvait recevoir ses amis. Il y avait là, disposé pêle-mêle dans un coin ses habits qu'il n'avait pas eu le temps de ranger dans un gros coffre constitué de joncs tressés, trois petits tabourets, un grand tapis au milieu de la pièce, sur lequel étaient disposées les calebasses d'aliments que lui apportaient les servantes lorsqu'il n'était pas en visite chez un ami, un parent ou un cousin. De l'autre côté, à la gauche de la porte d'entrée, étaient également posés sur le sol, les différentes armes reçues des mains de son père. Il ne les avait pas encore accrochés aux murs de sa case. Son père lui avait fait faire par un des plus grands forgerons du royaume, une épée droite, comme celle des Tamasheqs, à la poignée garnie de fibres de cuirs tressées et serrées très finement et dont la garde ciselée et décorée de motifs coraniques, épaisse protégeait la main porteuse. La lame, longue et tranchante, était également parcourue de sourates et de dessins de l'art woogo, destinés sûrement à attirer sur lui la bénédiction et la protection d'Allah, ainsi que celles des esprits. Il y avait aussi une sagaie, dont la lame fine et longue était destinée à pénétrer les chairs profondément, une fois enfoncée dans le corps d'un animal ou d'un ennemi. La poignée de maintien était ajustée à sa main et équilibrée de sorte que, quelle que soit la position dans laquelle

elle était lancée, elle retombait toujours sur la lame. Il en était de même pour les deux poignards, qu'il avait reçus de son père, dont un au manche en ivoire. Oui Zaago, devait être riche, pour pouvoir ainsi offrir de tels objets à son fils. Il n'en était pas de même pour tous les zankas de sa classe d'âge qui avaient maintenant fini leur initiation et étaient devenus comme lui des jeunes alboros. Une saison des pluies était passée depuis son retour parmi les siens après avoir passé avec succès cet examen de passage qu'est le Djanbanguyan, la circoncision qui consacre chaque zanka, ayant passé le rite sans peur, sans cris et sans larmes. Ils étaient devenus des alboros. À ce titre, il pouvait commencer à assister comme observateur au conseil des anciens sous l'arbre à palabres du quartier, du village ou même de la ville. Mais il leur faudrait encore du temps et de l'expérience pour être invité à donner leur avis. Leur apprentissage d'alboro confirmé se réalisait au sein de l'assemblée des anciens. Ils apprendraient au fur et à mesure du temps à comprendre les décisions prises pour la communauté, commencer à assumer des responsabilités comme la participation à la garde du village ou avoir l'autorisation d'entreprendre un voyage à travers les différents royaumes zarma ou voire plus loin encore selon leurs moyens. D'ailleurs, Yennendi et ses amis, Yala et Issifou, avaient décidé d'entreprendre justement un voyage à travers les différentes communautés zarmas. Ils projetaient d'aller chez leurs cousins les Dendis et les Woogo et peut-être de poursuivre soit vers l'ouest en visitant les royaumes mossis du Yatenga ou faire un voyage initiatique dans l'ancien pays de leurs ancêtres, le Sonrhaï, qui avait englobé l'ancien empire Mandika de Soundiata Keita, de Kankan Moussa et du mythique Aboubakary, celui qui entreprit un grand voyage en traversant le grand fleuve avec des pirogues géantes et qui n'était jamais revenu. Ils découvriraient les villes mythiques de Tombouctou, Djenné et surtout Gao, l'ancienne capitale de l'empire Sonrhaï.

Mais pour l'instant, étendu là, sur ses nattes, Yennendi repassait en revue tous les événements qui avaient traversé sa vie jusqu'à présent depuis son retour du camp d'initiation. Sa joie de découvrir enfin sa petite sœur Fanti, l'émotion de sa rencontre avec sa mère qu'il ne pouvait exprimer qu'intérieurement, tellement était forte la crainte de se voir juger comme quelqu'un de faible s'il laissait transparaître ses émotions. Son grand étonnement de voir la concubine de son père, et l'enfant qu'elle avait donné à Zaago. Et si intimidation et admiration y étaient devant la grande beauté de cette femme, la colère et l'amertume de voir sa mère ne plus être le seul amour de son père se mêlaient à la joie qu'il éprouvait lorsqu'il voyait le sourire et le visage expressif de son petit frère, qui avait reçu le nom de Mokthari Adama. Il était emporté par les rires cristallins de sa petite sœur Fanti, qu'il s'amusait à envoyer en l'air avant de la rattraper au niveau du sol. Ainsi, Zaago avait maintenant deux fils. Yennendi se demanda un instant si lui aussi aurait des fils, d'autant plus que depuis son Djanbanguyan, il éprouvait des sensations aussi douces que violentes au niveau de son bas-ventre. La moindre vue d'une wandiyo aux seins bien galbés et fermes ou le déhanchement d'une wayboro revenant d'une des nombreuses rivières qui alimentaient l'Issa Beri, le taafé mouillé, devenu transparent et moulant leur corps, leurs seins lourds, déclenchaient en lui les à-coups violents de son sexe dans son boubou ou dans son sarouel. Heureusement qu'ils étaient larges et bouffants, ce qui lui évitait ainsi la honte d'une remarque désobligeante qui pourrait ternir son image. Il lui arrivait certaines nuits de se réveiller brusquement après avoir fait un rêve qu'il jugeait honteux. Les pagnes de sa natte qui lui servait de couverture étaient souillés par un liquide blanchâtre et visqueux qui sortait de son hanji. Plusieurs fois, lorsqu'ils se rencontraient, Yala, Issifou et lui comparaient leurs expériences, en se moquant les uns des autres. La soirée qui commençait était propice aux visites et lui donnait l'occasion de se faire admirer par son allure et sa prestance. Yennendi avait considérablement grandi durant cette année d'initiation et il était, à presque quinze pluies, aussi grand que son père. Il lui ressemblait de plus en plus et il arrivait parfois que Kadidjatou, sa mère le confonde avec son mari. Ils avaient la démarche similaire et partageaient le même style d'élocution et de gestuelle. Il décida qu'il irait saluer son père et peut-être manger avec lui. Ensuite, il irait voir sa mère et sa petite sœur pour le reste de la soirée. Et puis peut-être, au passage, il apercevrait la concubine de son père, Penda, qu'il observait parfois à la dérobée, subjugué par sa beauté. L'évocation de cette pensée provoquait en lui des sentiments confus. C'était la femme de son père ! Mais les émois de l'adolescence, le bouleversement des sens, le tourbillon des sentiments, les questions qui se bousculaient dans sa tête et dans son corps étaient plus forts que le devoir de réserve que la société des hommes lui imposait, à lui ainsi qu'à tous ses camarades de son âge, et qui, comme lui, subissaient et traversaient, les mêmes tourments en se posant les mêmes questions au même moment. Il se leva et alluma des torches dont l'encens servait aussi bien à parfumer les cases qu'à chasser les moustiques, nombreux et agressifs en cette saison des pluies. Puis, détacha son tapis de prière, de couleur rouge, décoré sur les bords par des motifs religieux inspirés par les sourates principales du Coran. Il était orné en son milieu par des dessins brodés mains représentant une scène ordinaire de la vie d'un homme noble offrant l'aumône à un autre homme. Après s'être lavé le visage, les mains et les avant-bras, puis ses pieds jusqu'au genou, il se tourna vers l'est, et adressa ses prières à Allah, en lui demandant de protéger sa famille, ses amis, son village, de préserver la paix dans le royaume et d'éloigner les ennemis de l'Askia.

C'est vêtu d'un beau boubou blanc, que Yennendi se présenta chez son père. Celui-ci, qui était en train de converser avec une de ses connaissances, le gratifia d'un large sourire, lorsqu'il vit son fils s'approcher. Même si le droit de réserve que lui imposaient les usages en vigueur chez les zarmas l'empêcha de se précipiter vers son père pour l'embrasser, Yennendi, ressentit dans son cœur tout l'amour et la fierté que son père lui renvoyait par son sourire. Et c'est avec la retenue et le respect le plus absolu qu'il présenta ses salutations à son père et son hôte.

— Sois le bienvenu mon fils. Je te présente un de nos parents venu de Tillabéry, l'honorable Saliou Bakary
— Sois le bienvenu dans le Windi de mon père, oncle ! Mais, Baaba, je ne voudrais pas vous interrompre. Je peux repasser tout à l'heure ! Je vais aller saluer mère pendant ce temps dans son windi, si tu le permets.
— Merci mon fils, répondit Zaago ! Faisons comme cela et passe plus tard, si ta mère ne te retient pas trop longtemps par l'un de ses plats magiques qui te feront oublier que j'existe, ajouta Zaago en riant.

Après avoir salué à nouveau l'hôte de son père, Yennendi sortit de la concession de son père et prit la direction de celle de sa mère. Il était un peu perplexe. Il réalisa que c'était la première fois que son père s'adressait à lui comme son égal, comme à un homme. Il remarqua également que c'était la première fois que son père riait de bon cœur avec lui. Tout heureux, à ses pensées, il déambula tout doucement à travers les ruelles du village, s'arrêtant. Il s'arrêtait au cours de ses pérégrinations chez les amis de ses parents, demandant des nouvelles d'un de ses camarades partis en voyage dans le but de parfaire son initiation. Il s'inquiétait de la santé des vieilles personnes en leur donnant parfois quelques cauris. Il ne manquait pas de se présenter à quelques alliés de sa famille, pour entretenir les liens ou de créer un réseau de relations, dont il aurait besoin un jour comme soutien. Tel que lui apprenait son père depuis son retour du camp d'initiation. Il lui fallait dès maintenant apprendre à écouter, servir, savoir apprécier et peser une doléance ou une réclamation. Il fallait savoir jauger et apprécier une situation, rendre un jugement ou trancher une question, proposer des solutions. Son père lui apprenait à aller vers les gens de son peuple à tout moment et en tout lieu, chaque fois que l'occasion se présentait. Car il était destiné à lui succéder un jour, comme Bonkoyni du village de Dosso et de sa région. Zaago lui montrait comment négocier avec les commerçants hawsas ou Dioulas qui ne manquaient pas de venir lui présenter leurs marchandises. Et Yennendi, écoutait, apprenait avec sérieux et gravité, tel qu'il avait toujours été depuis sa tendre enfance. Zaago était fier de son fils et il espérait très prochainement le lier aux affaires de son domaine et en faire son bras droit dès que possible. C'est avec toutes ces pensées qu'il arriva au windi de sa mère. Cette dernière était assise sur un grand tapis richement décoré, la petite Fanti entre ses genoux en train de jouer. Alija, assise elle sur un tabouret était en train de la coiffer. Il n'avait pas remarqué que la chevelure de sa mère était si fournie, si dense, si longue, habitué qu'il était, à la voir en permanence avec un foulard lui couvrir les cheveux. Mais ce qu'il nota, qu'au moment où il pénétrait dans la cour de la concession, c'est Alija. Elle était devenue une merveilleuse jeune femme, qui avait abandonné en deux pluies et six lunes le corps pubère de la wandiyo qu'elle était lorsqu'il avait quitté Dosso pour le camp de la brousse. Elle avait quitté un visage un peu rond pour des traits fins. Sa chevelure noire de jais comme la robe de l'étalon de son père était ondulée, entrecoupée par des tresses larges et épaisses, parcourues par de fines lamelles de fils dorés, ce qui donnait une allonge émouvante à son visage. Ses yeux étaient noirs, comme sa chevelure, leurs formes en amande. Son regard était profond et pénétrant. Ses doigts, d'une agilité incroyable, séparaient, tressaient, rassemblaient, entremêlaient à toute vitesse les cheveux de sa mère. Ses camarades qui avaient rencontré Alija lui avaient parlé de sa beauté. Mais lui, à qui Alija avait servi de tatie, celle qui l'avait mouché lorsque son nez coulait, qui lui donnait à manger, ou qu'elle berçait lorsqu'il était gamin, ne s'attendait pas à être troublé par celle qu'il considérait comme sa grande sœur. Ce trouble ne passa pas inaperçu aux yeux des deux femmes. Il salua sa mère, fit un signe de tête à Alija sans oser la regarder de peur de laisser transparaître son trouble. Et puis il devait garder son rang comme l'exigeait désormais sa nouvelle condition. Dans un grand sourire, il souleva sa petite sœur qui lui tendait ses bras en essayant de prononcer son nom :

— N'di, N'di, N'di, répétait-elle pour appeler son frère, ce qui déclencha le rire franc et généreux des deux femmes ainsi que celui de Yennendi.

— J'espère que tu vas rester pour manger, dit Kadidjatou à son fils !

— Si tu veux bien, Nya répondit Yennendi. J'ai grand faim et je n'ai rien mangé depuis ma bouillie du matin.

Alija, qui s'était éclipsée discrètement, revint avec une écuelle en bois, remplie d'une eau claire et fraîche. Yennendi but un peu d'eau, puis aspira une gorgée supplémentaire pour se nettoyer la bouche et se débarrasser ainsi des impuretés accumulées par le curetage permanent d'un bois parfumé que l'on voyait dans la bouche des hommes du royaume. Puis détournant la tête, il recracha un long jet d'eau entre ses dents.

— Sois le bienvenu dans la maison, dit Alija avec un sourire ravissant.

— Merci répondit Yennendi. Qu'Allah te bénisse pour tout le bien que tu donnes à ma mère et ma petite sœur, ajouta-t-il, tout en essayant d'éviter son regard.

Alija sourit à nouveau sous la remarque de Yennendi.

— Nous sommes toutes fières de toi ajouta Kadidjatou. J'aurai du mal à trouver une femme digne de toi à Dosso, dit-elle en riant.

Yennendi, ne dit pas un seul mot. Il reposa sa petite sœur sur le tapis en raphia tressé et s'assit, les pieds croisés, en attendant les plats qu'une des nombreuses servantes de sa mère allait bientôt déposer à ses pieds. Il souriait en regardant sa petite sœur. Il contemplait sa mère qui semblait plus épanouie que jamais. Alija mit un point d'honneur à lui apporter elle-même les plats que les cuisinières aguerries dans l'art culinaire du pays cuisaient en houspillant à grands cris indignés leurs apprenties effarouchées. Yennendi goûtait au bonheur d'être parmi les siens. Il était heureux de vivre tout simplement. Un petit moustique vint se fixer sur sa joue sans qu'il s'en rende compte. La piqûre qu'il ressentit lorsque l'insecte enfonça sa trompe pour lui pomper son sang le fit réagir promptement. Il s'administra une belle gifle en écrasant l'infâme vampire.

Dans les mains du bourreau

Une série de gifles, administrée avec force par son bourreau, tira Yennendi du rêve dans lequel il était plongé. Sortant de sa torpeur, il réalisa qu'il n'était pas chez sa mère, mais bel et bien dans un cachot infâme, avec les mêmes murs suintant d'une humidité à l'odeur fétide qui lui rappelait celle qui l'avait accompagné durant son voyage à fond de cale dans l'antre de la grande pirogue qui l'avait déraciné. L'évocation de se souvenir lui arracha un long râle, sortit des tréfonds de son âme, suivit d'un cri de rage qui fit sursauter et reculer un instant l'immonde et monstrueuse bête cruelle qu'était le bourreau. Il cracha sur l'homme un jet de salive, mêlé de sang en l'insultant dans sa langue natale. Le bourreau le regarda avec un sourire sadique, essuya avec sa main son visage puis happa de sa langue le reste de crachat resté au creux de sa main en le regardant. Il éclata de rire, un rire méchant, cruel, sadique. Yennendi, dégoûté, poussa un tchiiip entre ses dents et détourna la tête vers la petite lucarne située juste sous le plafond du cachot, qui laissait parvenir, on ne sait comment un filet de lumière venu du ciel. Il se dit que le soleil lui demandait de garder courage et force. Il essayait de se remémorer les enseignements des instructeurs lorsque ses camarades et lui apprenaient comment survivre en territoire ennemi. Un gros coup de poing, placé du côté de l'oreille par le garde-chiourme, lui arracha un cri de douleur. Il se crispa sur les liens qui entravaient ses membres tout en invectivant dans sa langue natale son bourreau de tous les noms qu'il retenait de moins en moins. Malgré la réserve que lui imposait son éducation, il estimait qu'elle n'était plus de mise depuis son arrivée sur cette île caraïbe et les misères auxquelles il avait été exposé. Mais à cet instant précis, les deux seules envies, qui le retenaient encore sur cette terre, étaient le désir sauvage qu'il avait de tuer et de mourir. Si seulement il pouvait se défaire de ses liens qui le retenaient sur cet établi à l'aspérité rugueuse, poisseuse de sueur et de sang, il arracherait la tête à cet être monstrueux et infâme et lui dévorerait le cœur. Par dépit et à travers ses yeux tuméfiés, il se mit à rire. Un rire d'abord quelque peu souffreteux, qui lui arrachait des quintes de toux, puis, celles-ci s'espaçant, un rire de plus en plus fort à l'adresse de la bête à tête d'homme comme pour le défier. Il entama un chant de guerre en langue zarma destiné à se donner autant de courage qu'à se moquer de son ennemi. Il lui sembla voir le bourreau devenir rouge cramoisi et se gonfler de colère comme s'il comprenait le sens des paroles du chant de Yennendi. Le coup de massue qui s'abattit en plein visage de Yennendi le plongea dans les limbes d'un abîme sans fin, accompagné dans sa chute par une douleur si intense, qu'il lui sembla sentir sa face paralysée. Puis, de sa chute dans ce trou sans fin, un rêve surgit des nimbes de l'abîme, doux, apporté pas êtres qui semblaient être ses ancêtres ou des génies. Une sensation de lumière, une chaleur bienfaisante, des sons familiers, puis des visages connus lui apparurent. Il avait échappé de nouveau à son bourreau pour se retrouver parmi les siens. Il retrouvait sa famille là où il les avait trouvés quelques heures auparavant. Il regardait sa petite sœur jouer. Puis il se lava les mains pour faire honneur aux bons plats que les domestiques de sa mère avaient préparé comme s'il avaient cuits exprès pour lui, dans l'attente de sa venue. Alija n'avait jamais été aussi heureuse depuis la disparition de vieux Karamoko. Elle se surprit à sourire. Son cœur débordait de joie à revoir Yennendi. Elle regardait Yennendi, parler avec sa mère comme un homme adulte qui s'adresse à une femme, tendre des morceaux de poisson braisé à sa sœur qui s'empressait de venir saisir chaque part comme s'il s'était s'agit d'une offrande sacrée. Elle piaffait d'impatience chaque fois qu'il tardait à lui représenter une nouvelle becquetée, si bien qu'il n'arrivait pas à goûter aux délicieux plats offerts devant lui. Quant à Kadidjatou elle était en admiration devant son fils, grandi trop vite. Alija regardait cette scène de bonheur avec un étrange sentiment qui lui soulevait la poitrine à chaque battement de cœur. Une étrange sensation étreignait son cœur. Elle se refusa de répondre à la pensée qui traversait son esprit. Celui qu'elle regardait n'était que le fils de sa maîtresse, celui qui n'était pour elle qu'un petit frère. Elle le voyait grandir tout simplement avec tendresse, avec amour certes, mais un amour fraternel. Yennendi leva la tête un instant pour contempler le vol gracieux d'un tisserin à la robe jaune étincelant comme l'or de l'Akanté, qui traversait la cour du windi de sa mère pour aller se nicher dans une superbe œuvre d'architecture cousue et tressée de feuilles de palmiers. Son regard croisa celui d'Alija. Un trouble saisit son être tout entier à la vue de la belle captive fulfulde devenue depuis son retour du camp d'initiation une belle plante aux seins épanouis et aux cuisses galbées qui provoquait les émois d'adolescents aux hormones en effervescence. Yennendi n'échappa pas à l'appel de la nature que lui envoyèrent les génies du désir. Ce qu'il ressentit dans les dessous de son boubou le fit rougir. Il baissa rapidement les yeux, en priant le ciel que sa mère n'ait rien remarqué de son émotion. Il se leva brutalement en décrétant qu'il avait assez mangé et qu'il était temps de prendre congé. Il prétexta une visite qui se rappelait à son bon souvenir. Faisant semblant d'épousseter des miettes éparses sur son boubou, il essayait de masquer, de manière discrète, les manifestations indisciplinées d'un membre gonflé d'orgueil et indigné par sa décision de l'emmener avec lui. Il se lava les mains dans une calebasse d'eau réservée à cet effet, puis salua respectueusement sa mère en reculant. Puis dans un demi-tour tout militaire, il s'éloigna vers la sortie à grandes enjambées sans accorder un seul regard à Alija et sans se retourner pour les saluer comme il l'avait fait tant de fois. Sa mère se demanda, quelle mouche l'avait piqué, tandis qu'Alija, sans rien dire, avec un joli sourire intérieur, frappa dans ses mains pour appeler les domestiques au service du débarrassage et du nettoyage. Puis, elle prit la petite Fanti dans ses bras afin de calmer ses pleurs suite au départ précipité de son grand frère, vexée de voir brusquement se tarir la corne d'abondance. Elle prit une grande étoffe de pagne richement brodée de motifs dessinés par d'habiles tchakay, aux couleurs chatoyantes et glissa la petite fille sur son dos qu'elle amarra solidement avec le pagne. Bercée par les balancements des pas d'Alija, et le son d'une chanson à peine murmurée, la petite Fanti ferma les yeux et plongea, sous le regard attendri de sa mère, dans un sommeil profond. Sa respiration était douce et paisible.

La gifle

Zaago servit lui-même son fils du délicieux breuvage à base de lait fermenté et de miel qu'avait apporté l'une des servantes du windi. La veille, après son retour de chez sa mère, Harben avait rendu visite à Yennendi lui priant, au nom de son père, de venir partager le lendemain, après la première prière du matin, la bouillie de mil. Yennendi aurait sauté de joie sur Harben, mais il se retint de se laisser aller. Empruntant un ton quelque peu distant, plus par maladresse que par impolitesse, avec une voix en pleine mue, il congédia ce dernier avec confirmation de sa présence chez son père à l'heure dite. Harben le salua avec le respect dû à son rang et sortit de sa case, un étrange sourire aux lèvres. Il regarda Harben sortir de sa case en direction de la case de son père. Il aimait bien Harben, mais le connaissait peu. Comme beaucoup, il avait entendu les histoires qui courraient sur lui, mais il n'avait jamais osé lui parler ou demander à son père de lui parler d'Harben, de son histoire et de sa venue au Zarmaganda. Et puis comme beaucoup de jeunes alboros de la ville de Dosso, il avait quelquefois vu la jeune sœur de celui-ci parmi les servantes qui officiaient dans le windi de son père. Il savait par les dires des hommes de son père qu'elle s'appelait Ikrame et qu'elle s'était convertie à l'islam sous le nom Mariama. Il avait noté la beauté de cette jeune wayboro, qui ne devait pas être plus âgée que lui ou à peine. Son sang de jeune adolescent n'avait fait qu'un tour, subjuguée par la beauté de la jeune fille. D'ailleurs, Yennendi se rendait compte que toutes les belles filles de la ville lui procuraient certaines sensations. Il éprouvait un besoin impérieux de séduire. Mais celle-là, avait un charme particulier, que peu de wayboro possédaient. Ses cheveux, son teint clair, sa taille mince, sa démarche souple et gracile, sa discrétion et sa timidité et surtout la pratique sérieuse de sa nouvelle foi en l'islam, faisaient d'elle une prétendante sérieuse pour nombre de jeunes alboros. Mais c'est Issifou, l'ami de longue date de Yennendi qui arrivait à lui arracher ses plus beaux sourires lorsqu'en visite chez son ami, il ne manquait pas de lui adresser un ou deux mots prononcés à son intention à voix basse. Quant aux autres de ses amis, tout comme Yennendi, ils se contentaient de soupirer en silence chaque fois qu'ils voyaient cette dernière laisser ses mains graciles dans les grosses pattes d'Issifou ou en la voyant passer devant eux lorsqu'elle revenait des champs, un panier de légumes sur la tête accompagnée encore par... Issifou. Mais, en ce moment, le petit déjeuner qu'il partagerait avec son père retenait toute son attention. Yennendi fit un geste de la main pour signifier à son père la quantité du breuvage à base de lait et de miel qu'il entendait boire. Zaago redéposa la jarre à côté de son fils, sur un tout petit tabouret afin que celui-ci puisse se resservir en cas d'envie. Mis à part, les salutations d'usage, Yennendi, n'avait pas osé adresser la parole à son père, malgré l'envie qui le démangeait de savoir les raisons de sa convocation. Les jambes croisées et le geste délicat, il attendait que son père engage la conversation selon les us et coutumes qui voulaient que le premier à s'exprimer soit le plus âgé. Zaago, regardait son fils aîné, avec un sourire en coin, amusé par l'énergie que Yennendi déployait pour essayer de dissimuler son impatience grandissante. D'ailleurs, le changement de positions successives de ses longues jambes et la nervosité de ses doigts qui tapotaient sur les coins de son boubou reflétaient son état d'esprit. C'était finalement encore un adolescent, travaillé par les changements externes et internes de son anatomie, avec les doutes qui accompagnent généralement leurs questions sur les choses de la vie et le monde des adultes en particulier. Même s'il était plus mûr que la moyenne de ses camarades, il restait encore un jeune homme qui devait apprendre à maîtriser un corps qui avait grandi trop vite. Les pensées de Zaago furent illustrées par le geste maladroit de son fils qui renversa le reste du breuvage parfumé du tabouret alors qu'il essayait une fois de plus de détendre ses jambes. Tout confus et honteux à l'interprétation que pourrait penser son père, il essaya de rattraper sa maladresse, mais ne fit qu'aggraver la situation en renversant tour à tour la grande calebasse de bouillie de mil et le plat de son père. C'est avec un large sourire et un geste rassurant envers son fils que Zaago calma la nervosité de son fils.

— Ce n'est rien, mon fils dit Zaago. Les domestiques régleront cela. Viens, faisons quelques pas dans la fraîcheur matinale. Je dois t'entretenir de décisions que j'ai prises et auxquelles je veux t'associer.

Zaago et son fils Seyni sortirent du windi et s'avancèrent dans la rue du quartier. Ils étaient suivis à quelques encablures par Harben et de deux autres guerriers devenus ses amis et complices, Idrissa Djibo et Mamane Oumarou, avec qui il avait fait connaissance lors de son arrivée à Dosso. Les boubous blancs que portaient le père et le fils étaient légèrement balayés par le vent frais du matin. Quelques hommes, qui revenaient de la première prière du matin en devisant probablement sur les affaires du royaume ou personnels, s'arrêtaient devant eux en présentant leurs respects. Zaago et Yennendi répondaient spontanément, presque en même temps, comme si tous avait été de vieux amis de toujours, simplement, en oubliant les usages protocolaires dus à leur rang. Ce qui enchantait les passants et donnait l'occasion à certains d'approcher leur khoyze en toute quiétude. Zaago s'enquérait des uns, de la santé des autres, du bien-être ou de la situation des uns et des autres. Parfois, il sortait des poches de son boubou quelques cauris ou alors demandait à Harben de noter les doléances d'un autre pour y apporter une réponse ultérieure. Yennendi regardait discrètement son père faire et notait dans sa conscience ou son subconscient la bonne attitude à avoir lorsque lui-même serait confronté aux approches ou soucis de ses futurs administrés. En attendant, Yennendi, se tenait légèrement derrière son père tel que le recommandaient les règles de politesse et d'éducation Zarma. Zaago se retourna et d'un geste affectueux invita son fils à se joindre à ses côtés

— Mon fils, dit-il, j'ai trois propositions à te faire. Bien sûr, je t'invite à y réfléchir, mais j'aimerai que tu me donnes ta réponse rapidement.

Yennendi savait au ton de son père que ces propositions présentées en des termes très diplomatiques étaient plutôt une forme polie des ordres qu'il émettait à son égard.

— Baaba, je suis à ta disposition et rien ne saurait me faire plus plaisir que d'être associé à tes décisions ou pouvoir t'aider en toutes circonstances.

Zaago s'arrêta et regarda son fils avec un sourire de satisfaction. Il n'était pas loin le temps où son fils n'était encore qu'un jeune zanka qui batifolait dans les pagnes de sa mère ou courrait nu en criant avec ses camarades vers l'Issa Beri ou dans les rues du quartier. Aujourd'hui, ils avaient pratiquement la même taille et Yennendi n'avait pas fini de grandir avec ses seize pluies à peine. Bientôt, il sera obligé de lever la tête pour regarder son fils.

— Il est temps mon fils que tu commences ton initiation aux maniements des armes nobles. J'ai mandaté Harben ainsi qu'Idrissa Djibo et Mamane Oumarou pour être tes maîtres d'armes. Je me réserve le droit de faire de toi un cavalier émérite. Tu commenceras dès demain.

À ses mots, le cœur de Yennendi se gonfla d'orgueil et de fierté. Bientôt, il pourra accompagner les guerriers de l'Askia à la guerre se dit-il. Mais Zaago tempéra vite ses ardeurs et ses rêves en lui rappelant que le chemin sera long et douloureux avant de devenir un guerrier sachant manier l'épée, le sabre ou la sagaie. Et encore plus long avant d'atteindre les niveaux des experts émérites du royaume. Yennendi se rendit compte à ce moment que l'initiation dans le camp de la savane n'était que le prélude à d'autres apprentissages qu'il perçut longs, très longs avant d'arriver au niveau de maturité que lui demanderait son père.

— D'autre part, je t'enverrai à la lune prochaine à Tillabéry chez l'honorable Saliou Bakary où tu assisteras Harben que j'envoie négocier un marché en mon nom. C'est un de nos parents. Tu t'en souviens ?

— Oui Baaba, répondit Yennendi. Je me souviens de l'oncle Saliou Bakary. Mais de quelle affaire s'agit-il Baaba, demanda Yennendi ?

— Tu le sauras en temps et en heure, jeune Alboro, répondit Zaago avec un sourire énigmatique. Nous aurons tout loisir d'en parler d'ici tes premières leçons du maniement des armes. Tu auras le droit de te faire accompagner par des amis si tu le veux.

Yennendi pensa instantanément à Yala et Issifou. Il irait leur rendre visite dans la journée s'ils n'étaient pas trop pris par leurs occupations respectives.

— Quelle est la troisième proposition, Baaba ?

— La troisième proposition, tu la découvriras dans la lettre que je te donnerai pour Saliou Bakary. Tu la découvriras au moment où je te la remettrai avant votre départ. Je n'ai pas encore tout à fait formulé le contenu, mais elle sera prête d'ici là. Tu pourras y réfléchir en chemin au moment venu, mais saches qu'il n'y a aucune obligation à la satisfaire.

Les paroles de son père laissèrent Yennendi perplexe. Que voulait-il dire ? Qu'était-ce cette lettre adressée à Saliou

Bakary et que contenait-elle ? Et en fait de quelle affaire s'agissait-il si ce n'est des échanges commerciaux ? Zaago, devint énigmatiquement taciturne à partir de ce moment comme s'il réfléchissait lui aussi aux mots et aux conséquences de ses propos sur son fils. Mais il avait déjà dû en peser le pour et le contre avant de convoquer son fils. Ils continuèrent leur chemin en devisant tranquillement. Malgré toutes les attentions de son père et les questions les plus banales auxquelles il répondait poliment, Yennendi restait préoccupé par les questions qui tournaient à présent sans cesse dans sa tête. Ils arrivèrent devant la mosquée. Tous les cinq s'aperçurent d'un seul regard qu'aucuns n'avaient fait leur première prière depuis l'appel du muezzin à l'aube. Ils enlevèrent leurs chaussures, les placèrent à côté d'une dizaine de paires restantes et entrèrent dans le lieu du culte. C'est en même temps, le regard et le corps tournés vers l'est qu'ils prononcèrent les paroles rituelles.

— Al lahou akbar' Al lahou akbar'Acha hadou an lâ ilaha illallahou. Ach' hadou ana Muhammad. J'atteste que Dieu est le plus grand ; J'atteste qu'il n'y a d'autres divinités qui méritent l'adoration qu'Allah et que Muhammad est son prophète.

Issifou était dans la cour de la concession de ses parents, lorsqu'il aperçut Yennendi y pénétrer à l'intérieur. Il l'accueillit avec rudesse, c'est-à-dire à la manière de la confrérie de Gaw, les chasseurs, dont il était devenu un membre à part entière depuis son exploit au camp d'initiation. Tout comme ses amis, Issifou, avait lui aussi grandi, mais restait nettement plus petit que ses deux amis. En revanche, ses bras, ses avant-bras, son torse et ses jambes, avaient presque doublé de volume. Pour sûr, qu'Issifou serait une bête de la nature lorsqu'il aura fini sa croissance.

— Comment va la belle Mariama, demanda-t-il dans un large sourire ?

— Il n'est pas sûr qu'elle accepte le grand singe que tu es, répondit Yennendi en se frottant les épaules, à l'endroit où Issifou l'avait frappé en l'accueillant.

— Viens dans la petite case qui me sert de chambre et de salon, dit Issifou à son ami. Partageons le lait de chèvre et les galettes de miel sauvage. Et, ajouta-t-il avec un air malicieux, tout bas, j'ai également une carafe de bière de mil.

Yennendi le regarda avec un air faussement outré. Où diable ce fichu Issifou avait-il pu trouver de la bière à son âge ? Il soupçonna la confrérie de Gaw d'avoir sûrement des rituels que sa morale réprouvait à nommer.

— Ça tombe bien ajouta Yennendi. J'ai faim ! N'as-tu pas une de ces galettes de chasseurs que vous confectionnez, vous les Gaw et qui donne des forces ?

— Issifou éclata de rire ! Pourquoi ? Tu penses passer à l'acte bientôt, dit-il entre deux éclats de rire ?

Yennendi le regarda avec un air de désapprobation et eut un sourire presque mystérieux.

— Ah ! M'est avis que mon ami a trouvé une maîtresse femme prête à lui faire son initiation complémentaire, dans le rire encore un peu cristallin de l'adolescence. Dis-moi, lui dit-il tout bas, presque d'une voix imperceptiblement afin que personne n'entende ses propos, est-elle…

— Quoi répondit Yennendi, sans se départir de son sourire, cependant gêné par les propos d'Issifou ?

Issifou répéta sa question en portant ses larges mains de chimpanzé au niveau de son torse. Yennendi fit comme s'il n'avait pas compris la question.

— Je viens te voir pour autre chose répondit-il à la place.

Issifou eut l'air un peu déçu, mais la proposition de son ami attisa sa curiosité. Yennendi lui expliqua les raisons de sa visite tout en buvant à petites gorgées dans la calebasse de lait qu'un apprenti de son père avait ramené. Il délaissa la bière de mil et regardait avec horreur son ami boire au goulot le breuvage interdit, pour le moment. Le visage d'Issifou s'illuminait au fur et à mesure de la narration des événements de ce matin. Cependant, Yennendi omis sciemment de parler de la partie de la proposition de son père, dont de toute façon il ne connaissait pas les détails. Issifou accepta avec plaisir la proposition de son ami. Il n'aurait même pas à convaincre son père qui lui accorderait son autorisation de voyager. Et puis ça serait l'occasion pour lui de sortir de Dosso, et du Dallol Bosso, lui qui n'en connaissait que la savane aux alentours et qui n'avait jamais dépassé en réalité les limites de la région.

— On part dans une lune dit Yennendi. Mais d'ici là, je t'invite également à venir t'exercer physiquement dès demain après la première prière, à l'apprentissage du sabre.

L'invitation de son ami à venir profiter de l'enseignement des hommes de son père enchanta Issifou, qui lui promit d'être là même avant les premières lueurs de l'aube.

— Maintenant, allons voir Yala ! J'espère qu'il viendra lui aussi.

Moussa Sana Diori n'était pas content du travail de son fils. Les boubous que son fils Madi Sanga, dit Yala, avait reçu en provenance de la lointaine ville de Djenné, dans l'ancien empire du Mali étaient mal ajustés, des fils pendaient encore au niveau des points de jointures, les ourlets n'étaient pas alignés et pour couronner le tout, les broderies autour des manches et des cols ressemblaient plus à un alignement de broussailles séchées qu'à un travail bien ordonné, méticuleux et appliqué.

— Comment veux-tu que j'aille livrer pareil travail, grondait Moussa Sana Diori ? Qui paiera les torchis que tu viens de confectionner ? Tu es mon désespoir, même la vache d'un Fulfuldé ne ferait une bouse aussi moche ! Tu es un fils de tchakay et tu ne peux être que tchakay toi-même ! C'est comme ça !

D'un geste brusque, le père de Yala jeta les habits confectionnés par son fils au sol. Ce dernier regarda le tas de tissus froissés par terre du haut de sa haute taille. Yala, avait beau n'avoir que seize pluies, il dépassait son père d'au moins une bonne tête et sans y ajouter le jeté d'épaule. Son regard déjà devenu dur depuis son retour du camp d'initiation se renforça encore plus lorsqu'il croisa celui de son père. Moussa Sana Diori crut apercevoir dans les yeux de son fils le regard du meurtre. Il recula, plus par effroi que par le désir de mieux regarder le visage de son fils à distance. Les poings de Yala étaient serrés et sa mâchoire crispée. Il y avait des mots, qu'il n'était pas préférable de prononcer en sa présence depuis le jour où il avait fait sur lui lors de la fameuse scène de chasse où Yennendi, Issifou et lui avaient affronté une panthère. Bien de jeunes alboros de sa classe d'âge avaient fait l'expérience de sa colère et goûter ses poings lorsqu'ils se mettaient à en rire ou à se moquer de lui, même une pluie après leur retour du camp de brousse. Cependant, malgré les tremblements nerveux qui agitaient l'extrémité de sa main, il réussit à se maîtriser face à son père et à reprendre un visage impassible.

— Baaba, prononça-t-il, le plus calmement possible. Je ne suis pas fait pour être un tchakay ! Je ne suis pas comme toi. Je ne veux pas faire ce métier. Je déteste ce métier.

Moussa Sana regardait son fils, incrédule, ne croyant pas ce qu'il venait d'entendre. Comment, lui, Yala, fils et petit-fils de tchakay, comment lui, Moussa Sana, descendant d'une lignée de tchakay dont le nom, Diori, était réputé dans tout le royaume et au-delà, comment son fils pouvait refuser l'héritage que lui avaient légué ses ancêtres et qu'il lui léguerait à son tour ? Comment osait-il fouler du pied, ce qui faisait la réputation de la famille Diori ? Qui reprendrait, alors le célèbre atelier de Dosso qu'il dirigeait lui-même depuis la mort de son propre père ? Un de ces apprentis miséreux ? Un de ces garçons sans père ou sans nom qui même s'ils étaient remplis de bonne volonté et de dévouement, ne seraient jamais digne de porter le fameux nom des Diori, Tchakay du Dallol Bosso, réputé jusqu'aux confins des terres du Zarmaganda et Zarmatarey réunis ? Serait-ce à eux qu'il devra laisser le plus grands et le plus beau des ateliers du royaume ? Non, ce n'était pas possible

— Et que va faire l'honorable Madi Sanga Diori, lui dit-il dans un ricanement au ton moqueur ? Un paysan ? Un bouseux ? Ou alors un de ces êtres méprisables qui trompent les gens avec leurs marchandises volées, un Dioula ? Un tamasheq ? Tu es trop foncé pour faire partie des leurs.

Le regard de Yala reprit une expression de dureté, au point que son père ne put s'empêcher de détourner son regard, impressionné par la froideur et la dureté du visage de son fils. Il fit comme s'il cherchait des témoins afin de se sentir soutenu face à ce fils ingrat.

— Je veux devenir soldat de l'Askia, dit Yala, gardant son calme une fois de plus devant son père. Ou même mercenaire comme l'un de tes frères. Je veux faire le métier des armes. Un jour je serai un grand capitaine de la garde de l'Askia et je commanderai à d'autres hommes. Je te montrerai que le nom des Diori, ne sera pas seulement attaché à des paquets de linges sales, mais sera respecté aussi pour sa force et sa puissance !

Une magistrale gifle vint mettre un point à la phrase de Yala, dont la tête ne bougea pas d'un millimètre malgré la force avec laquelle elle avait été assénée.

— Ne me parle jamais de ton oncle Djeri ! Ne prononce pas son nom dans ce windi. Il a le meurtre dans le sang ! Mon fils ne peut être qu'un tchakay.

En disant cela, Moussa Sana Diori se rendait compte que son fils avait les mêmes attitudes que son frère. Il se remémora les événements qui avaient conduit son frère Djéri à quitter la concession familiale pour devenir soldat puis mercenaire. Aujourd'hui, sous ses yeux, le même événement se produisait à nouveau. Le neveu et l'oncle, non seulement content de se ressembler physiquement, avaient en commun le même goût immodéré pour la violence et l'amour des armes. Yennendi et Issifou, qui, venant, voir leur ami, avaient de loin observé la scène. Ils se précipitèrent pour séparer le père du fils avant que ce dernier ne commette l'irréparable sacrilège de lever la main sur son père. Tandis qu'Issifou essayait de calmer la colère de son ami, en le poussant vers le mur d'une des nombreuses cases qui constituaient le windi de son père, Yennendi, respectueusement et avec des mots doux, ramenait le calme et la raison dans la tête du père de Yala. Celui-ci, les mains derrière le dos et secouant sa tête comme un cheval, allait de long en large dans la cour de la concession, sonné lui-même à la place de son fils par la réponse qu'il venait d'entendre. Yennendi le suivait comme son ombre, légèrement en recul, s'efforçant de trouver les mots justes.

— Baaba, dit Yennendi respectueusement, laisse-moi te soumettre une proposition ! Laisse Yala, venir s'installer chez moi pendant quelque temps. Comme cela, il pourra réfléchir à l'affront qu'il t'a fait et à la manière dont il entend réparer son outrage. Je suis sûr que mon père lui trouvera une fonction quelconque afin de calmer sa fougue et son impétuosité. Je te prie, Baaba, d'accepter ma proposition. Il s'agit de ramener le calme dans ta maison, de retrouver ton autorité et restaurer l'ordre et la discipline dans ton atelier. Ceci aux yeux de tes apprentis, des domestiques et de tes femmes.

Moussa Sana Diori fixa d'un regard perçant ce jeune alboro, qu'il avait vu presque naître il n'y a pas si longtemps et dont le père était son ami d'enfance. Il avait à peine l'âge de son fils et parlait déjà comme un homme mûr. Lui aussi était déjà plus grand que lui et il se demanda un court instant, comment et avec quoi étaient nourris les alboros de cette génération pour être aussi grands. Il le détailla des pieds à la tête et nota qu'il ressemblait et avait les mêmes gestes que son père. Le boubou blanc dont il était vêtu lui donnait autant d'allure que Zaago lui-même. Yennendi, lui, malgré sa taille qui dépassait celle du père de Yala, se sentait tout petit dans le regard de Moussa Sana Diori. Il se sentait comme un bousier insignifiant de la savane face à lui et à son regard que la colère avait rendu furieux. Et puis, Yennendi avait transgressé un interdit, une loi non écrite, une règle fondamentale de l'éducation Zarma : il avait osé s'interposer entre un adulte et son fils et surtout il avait adressé la parole et parlé à un adulte comme s'il était son égal. Zaago n'admettrait jamais que son fils ait pu manquer autant à son éducation et ternit quelque peu l'image de sa famille.

— Deux crabes ne peuvent vivre dans le même trou, lança le père de Yala à Yennendi. Tu sais ce que cela veut dire ?
— Oui Baaba ! répondit Yennendi.

Puis, après un long moment de silence, il regarda Yennendi comme s'il le voyait pour la première fois.

— J'apprécie ton amitié pour mon fils et tu parles comme un vrai homme. Tu fais honneur à ta famille et je te suis gré des paroles que tu viens de prononcer. Ta bouche est emplie de sagesse et tes mots sont justes. J'accepte ta proposition. Dis à ton père que je passerai le voir pour connaître son prix.

Yennendi plia le buste vers l'avant, la main sur sa poitrine, en signe de respect et en acquiesçant de la tête et prit note des propos du père de Yala. Ce dernier, qui avait fini par se calmer sous les rudes appels d'Issifou, comprit les paroles de son père même s'il ne les avait pas entendus. Il s'était prononcé les mêmes paroles au même moment et il préférait partir avant que son père ne le chasse de la concession. Il rentra dans la petite case qui lui servait chambre, suivit d'Issifou qui semblait être encore plus désolé que lui de la situation. Qu'allait-il faire maintenant que son père le chassait de chez lui ? Où allait-il aller ? Qu'allait-il devenir ? Qui voudrait bien le fréquenter désormais, alors qu'il avait manqué de respect à son père et que sa réputation était ternie pour longtemps à Dosso ? Issifou aida son ami à faire son baluchon, qui était constitué à vrai dire de peu de chose. Une tunique, un pantalon bouffant, une grosse ceinture. Un boubou, bleu et blanc, rehaussé par des fils or et vert que son père lui avait confectionné et brodé pour marquer la fin de son initiation. Il regarda cet habit un instant en caressant doucement les fils brodés. Issifou perçut un sanglot dans le silence de la case faiblement éclairée par une petite torche odorante. Il lui tendit le poignard recourbé dont la garde était en ivoire et la gaine faite de tissus en cuir finement tressés, inscrits de motifs coraniques, que lui avait offert un de ses nombreux oncles pour son initiation. Yala adorait cette arme par-dessus tout. Il se redressa, fixa Issifou dans les yeux de son regard sombre et sévère. Il posa sa main sur son épaule et secoua sa tête en remerciement son ami avant de sortir de sa case. Il semblait avoir récupéré ses sanglots. Issifou ne savait que dire. Mais il sentait la peine de son ami, qui semblait ne pas arriver à lutter contre ses sentiments et ses désirs. Tout ce qu'il désirait, c'était être soldat. Ne pouvait-on pas comprendre cela demanda-t-il rageusement à Issifou ? Les bras branlants, Issifou le regardait sans pouvoir trouver des mots. Yala, jeta un regard néanmoins attendri sur le monde qui l'avait vu naître. Il regardait tous ces gens qui faisaient partie depuis toujours de la concession où il vivait. Sa mère, ses frères et sœurs, domestiques, apprentis étaient sortis de leur cuisine, de leur case ou atelier. Tous restaient silencieux, sans manifestations bruyantes de cris ou de désespoirs, comme les pleureuses lors d'un décès. Mais beaucoup avaient des larmes, silencieuses qui coulaient le long de leur joue. Yala se présenta devant sa mère, en retenant ses sanglots avec un regard plein de tendresse envers elle. Il implora son pardon. Elle tendit sa main, déjà ridée prématurément par les durs labeurs qu'elle avait dû enchaîner toute sa vie. Avec un geste tendre, elle lui caressa le visage. Elle était visiblement émue et Yala redevint le doux enfant qu'il était au fond de lui. Sa tête dans le cou de sa mère, il se mit à pleurer comme un bébé, avec des soupirs qui soulevaient son poitrail.

— Nya, dit-il entre deux sanglots. Si tu savais comme je regrette. Je te demande pardon, mère.

— Tu aurais dû réfléchir avant de tordre ta bouche et distiller ton venin. Tu n'as pas conscience du poids des mots et de la tendresse qu'il te porte. Mais tu as choisi ton destin. Va maintenant et fais ta route. Fais-toi un nom et rends-moi fière de toi, car je dois à présent porter le poids de l'haawi, ta honte.

Yala réalisa tout d'un coup, aux paroles de sa mère la gravité de son acte. Il se tourna, cherchant visiblement son père quelque part dans la concession. Il le vit juste entrer dans sa case personnelle, dont le dos sembla être devenu voûté sous une lourde charge. La glotte de Yala faisait des allers-retours incessants le long de sa gorge. Il reniflait afin de retenir les sanglots qui pesaient à présent sur sa poitrine comme si deux gros rochers étaient tombés dans ses poumons. Yennendi s'approcha doucement de son ami et Issifou saisit son baluchon sur ses larges épaules. Yala redressa la tête, essuya les larmes qui inondaient son visage noir, aux traits carrés et dont les grosses pommettes et le nez étaient comme taillés à coups de serpette par un des génies-forgerons, maîtres du façonnement des corps à la conception des êtres.

— Où vais-je aller à présent se demanda Yala en regardant ces deux amis ?

— Qu'est-ce qui t'a pris lui demanda Yennendi ? Tu imagines les conséquences ? Il va falloir que je convaincs mon père, si jamais il daigne m'écouter ajouta Yennendi.

Yala et Issifou regardèrent Yennendi comme s'il était fou. De quoi parlait-il ? Que venait faire son père là-dedans ? Yala avait bien vu Yennendi discuter avec son père. Mais de quoi ? Qu'avait-il dit à son père ? Les trois amis avaient pris le chemin qui menait hors du windi de Moussa Sana Diori sous le regard des habitants de la concession. Yala s'arrêta une fois de plus à la sortie du windi, comme pour mesurer une fois de plus les conséquences de son acte en se retournant et regarder peut-être pour une dernière fois, les lieux qui l'avaient vu grandir. Il fit un signe de main à sa mère et à ses frères et sœurs et se jura de revenir un jour en homme craint. Tout le monde saura un jour qui il est. On entendra parler de ses exploits. On tremblera à l'évocation de son nom. Il voulait être soldat. Seul cela importait à ses yeux et rien d'autre. Et si ça ne devait être dans les troupes de l'Askia, alors il sera soldat pour un autre roi ou un autre sultan, comme ces cavaliers ou fantassins zarmas qu'il avait vu si souvent se mettre au service de souverains d'autres royaumes. D'ailleurs, la cavalerie des mercenaires zarmas était réputée partout où elle était utilisée et il n'y avait pas meilleure infanterie de combat que celle des zarmas dans toute la région s'étendant depuis les royaumes lointains du Fouta-Toro aux contreforts de l'Adamaoua et du Kanem-Bornou. Et puis l'un de ses oncles, celui qui lui avait offert son poignard courbe, disait que, parfois il y avait des zarmas qui combattaient pour deux souverains rivaux. Lui-même avait été un mercenaire à la solde des Morgho-Naba du Yatenga et des rois d'Abomey où il disait avoir vu lui aussi les célèbres femmes-soldats du roi d'Abomey, les amazones. Yala comme tant d'autres, y compris Yennendi et même Issifou connaissaient nombre de jeunes alboros qui avaient quitté Dosso pour se mettre au service de divers souverains des royaumes de la savane. Yennendi connaissait certaines personnes âgées à Dosso qui avaient participé à plusieurs batailles qu'ils ressassaient éternellement sous l'arbre à palabre. Yala reprit des mains d'Issifou son maigre baluchon et retint Yennendi par le bras en s'arrêtant à nouveau après quelques pas dans la rue.

— Mes amis, je ne peux rester à Dosso, sans salir la réputation de mon père. Comment pourrais-je apparaître aux yeux des anciens sans subir leur désapprobation ? Qui pourra m'adresser la parole sans dire "Voici le fils de Moussa Sana Diori, Madi l'impoli !" Non, mes amis, je dois partir et quitter la ville. Yennendi, quelles que soient tes intentions envers moi et quel que soit ce que tu aies pu dire à mon père, je te suis reconnaissant.

Yennendi se rendait compte que Yala avait raison. Il ne pouvait sauvegarder sa réputation et laver l'honneur du nom des Diori, qu'en s'exilant et qu'en se reforgeant une nouvelle identité ou alors en revenant charger de gloire. Issifou qui avait compris, lui aussi regardait ses deux amis les larmes aux yeux. Il approuvait Yala dans sa décision de s'exiler, mais ne pouvait s'empêcher de lui demander d'écouter ce que Yennendi avait à dire. Mais ce dernier lui fit un signe de tête négatif et lui fit comprendre ainsi qu'il respecterait la décision de leur ami. Quelle qu'elle soit. Les trois amis, qui se connaissaient depuis toujours et qui avaient fait les quatre cents coups ensemble et qui, bien sûr, en avaient reçu autant, restèrent là, debout, au milieu de la rue à se regarder sans mot dire, trop secoués pour ajouter des paroles inutiles. La scène était chargée d'émotion et chacun au fond se rendait compte que le temps de l'enfance était révolu. Il était temps de se choisir un destin. Tous les trois prenaient conscience qu'ils venaient, chacun à leur manière, pénétrer le monde des adultes. Peut-être commençaient-ils au fond à regretter les bons moments où ils n'étaient que de petits bouts d'homme, turbulents, innocents, vierges de tous soucis. Les larmes, si elles avaient pu sortir auparavant ne sortaient plus. Mais la charge émotionnelle était là, étreignait leur gorge, intense et les empêchait de s'exprimer comme ils auraient voulu. Yala les regardait du haut de sa grande taille. Il balaya par un tchiiip la pudeur des zarmas qui exige de ne laisser transparaître aucune émotion. De ses grands bras, il attira ses amis contre lui, les serrant fort contre sa poitrine. Sans s'épancher. Puis il ramassa à nouveau son baluchon, et sans regarder en arrière, commença à marcher, seul au milieu de la grande rue, en cette heure matinale. Le soleil accentuait de ses rayons dorés la taille de Yala, qui paraissait presque comme un géant sorti des antres de la terre. Yennendi et Issifou regardaient leur ami quitter le village à grandes enjambées. Le vent se leva doucement et agita le boubou blanc de Yennendi comme les ailes d'un grand marabout qui prend son envol majestueux. C'était comme un salut qu'un boubou frère de Yennendi adressait à son ami, la tunique couleur sable de Yala, dont le bas s'agitait en réponse aux envolées du boubou de Yennendi. Yala ne se retourna pas. Yennendi regardait, accablé son ami, devenir qu'un tout petit point sombre à l'horizon. Quant à Issifou, il avait levé son bras en signe d'adieu. Il vociféra une sorte de cri sauvage de la confrérie des Gaw. Le rugissement du lion.

Tous les habitants de la concession de Moussa Sana Diori étaient retournés vaqués à leur occupation, le cœur lourd. Moussa Sana Diori était ressorti pour voir son fils. Il pensait qu'il serait bien chez Zaago, et que celui-ci lui permettrait d'avoir une meilleure éducation qu'il n'avait reçu lui-même. Mais lorsqu'il vit son fils étreindre ses amis et se séparer, il comprit. Personne ne remarqua la grimace de douleur qui saisit sa poitrine et pétrifia son visage. Il porta la main sur son torse, l'autre bras cherchant désespérément un appui. Il s'écroula sur le sol comme une masse, le regard déjà fixe dans l'au-delà, sans un cri. Bien plus tard, c'est un horso qui trouva le corps refroidi de Moussa Sana Diori. Zaago prit en charge entièrement les obsèques du père de Yala. L'Askia avait même envoyé une délégation afin d'honorer le tchakay qui lui avait confectionné ses plus belles tuniques, boubous et robes royales.

L'école d'armes de Zaago

Issifou et Yennendi, tapaient comme des forcenés depuis au moins deux jours sur un pilori mobile, censé représenter un ennemi imaginaire. Il tournait chaque fois qu'un coup était porté sur une espèce d'écuelle en bois, large comme un bouclier. Le mat était également muni de trois bras en bois dur, échelonnés sur différents étages du mat et gros comme des avant-bras d'un lutteur. Ces bras assenaient un coup direct à la tête, aux hanches ou aux jambes chaque fois que l'un des deux garçons n'esquivait que trop lentement l'un ou l'autre de ces bras. Le jeu consistait à tester la souplesse et la capacité de réaction des jeunes alboros soit en sautant pour éviter le coup aux jambes ou à se baisser pour éviter de prendre un direct par le côté ou l'arrière. L'un et l'autre ne calculaient plus le nombre de fois où ils mordaient la poussière. L'énervement et la colère commençaient à se faire sentir sous le soleil implacable qui tapait de toutes ses forces sur le crâne des deux apprentis guerriers. Tout cela sous la supervision de Zaago, maître d'arme confirmé et de l'œil impassible d'Harben, d'Idrissa Djibo et de Mamane Oumarou. Aliou Kanandja, le pâge, avait eu droit à sa dose plusieurs lunes auparavant. Pourtant, il lui restait encore du chemin à parcourir dans l'art de l'esquive et du maniement du sabre. Yennendi essayait sans cesse de repartir à l'assaut du mannequin mobile, aidé d'Issifou qui commençait à donner des signes visibles d'épuisement. Chaque coup porté avec des " han " de bûcheron était suivi du halètement d'un souffreteux poitrinaire. Les pauses de récupération étaient de plus en plus longues entre deux envois au tapis. Mais à vrai dire l'énervement était plutôt dû au sentiment de culpabilité qui habitait les deux jeunes alboros. Yennendi et Issifou se sentaient responsables du départ de

Yala. S'ils avaient su tenir leur langue lors du fameux affrontement avec la panthère, aujourd'hui, Yala serait avec eux, tout auréolé de la même réputation de courage et d'adresse qu'eux. Tout à ses pensées, Issifou oublia que le coup de l'ennemi peut venir de l'arrière. Il ressentit comme une faiblesse qui se communiqua à ses bras. Ses jambes se ramollirent et une envie subite de se laisser aller dans les bras d'une des fées bienfaitrices de la savane lui fermait les paupières, subitement devenues lourdes. La luminosité du soleil était tel au moment du coup porté à l'arrière de sa tête qu'il n'arrivait, ne pouvait, ni ne voulait garder les yeux ouverts. Yennendi était en train de se précipiter vers son ami, qui tombait lourdement au sol, lorsque le même ennemi de bois, sournois lui asséna traîtreusement un coup lui aussi à l'arrière de la tête puis un second sur le torse qui lui coupa le souffle. Il tomba à genoux, cherchant son souffle. Un troisième coup porté dans le dos lui ravit l'envie de rester debout. Son corps s'affaissa de tout son poids sur celui de son ami, sous l'œil désabusé d'Harben, qui partit dépité par la scène misérable qu'il venait de voir. Ses deux amis, Idrissa et Mamane, poussèrent un tchiiip de désapprobation avant de tourner leurs talons et de suivre Harben. Aliou, après avoir craché un filet de salive au sol, fit signe à deux domestiques qui se pressèrent de porter les corps inertes des deux jeunes alboros, vers un abri tout près de la cour d'entraînement. Quant à Zaago, dépité, l'air dégoûté, il levait les bras au ciel. Les jeunes d'aujourd'hui n'avaient ni la force ni la volonté de leurs pères. Il se désola, sous le regard désapprobateur d'Harben et de ses acolytes, de constater que tout ce, qui leur tenait le plus à cœur, était d'aller palabrer de longues heures sous le baobab, se balader et courir les wandiyés ou les wayboros des quartiers chauds de Dosso pour parfaire leur éducation sexuelle. Comme si seul cela était important. Dans un grand éclat de rire, il invita ses amis à aller boire une bonne bière de mil chez lui. Idrissa lança à Aliou

Kanandja un regard incendiaire. Celui-ci comprit instantanément que cette invitation ne le concernait pas. Déçu, il fit demi-tour, non sans décocher au passage un coup de pied à un chien, paresseusement couché depuis des heures à l'ombre d'un grand manguier. Il avait regardé les exercices des jeunes arus d'un œil plutôt atone, doutant de leurs capacités. La bête fit un bond vif en poussant un cri plaintif. Le soleil était alors presque à son zénith et son disque couleur jaune chauffé à blanc, tout comme l'or pur du Bouré, brillait de l'éclat le plus vif qu'on ait jamais vu sur le Dallol Bosso. Il faisait chaud, très chaud. La saison sèche, qui cette année s'était invitée avant l'heure, était particulièrement dure. De mémoire de zarma, on ne se rappelait pas d'une telle chaleur. Les habitants se trainaient, exténués au moindre effort. Les herbes et les brindilles étaient brûlées jusqu'à la racine. Les épis de maïs et de sorgho étaient figés sur pied avant d'avoir mûri, sans donner une seule graine. Le sol était fendu et des crevasses apparaissaient un peu partout, dans tous les sens. Près de Dosso, l'Issa Beri était réduit à certains endroits à des parcelles de mares reliées les unes aux autres par un mince ruisseau. Les poissons crevaient la bouche ouverte, cherchant désespérément de l'oxygène dans la moindre goutte d'eau et les crapauds s'étaient enfoncés profondément dans les dernières trouées de boue. Les hippopotames erraient, malheureux à la recherche de la moindre flaque d'eau. Les crocodiles ne résistaient plus et se laissaient mourir par dizaines. Les troupeaux de zèbres, de buffles et d'antilopes avaient entrepris une vaste transhumance vers des lieux plus verts à des milliers de lieues au sud du Dallol Bosso. Les hommes humaient l'air et observaient les épis de maïs qui s'effritaient comme du sable dans leurs mains en secouant la tête, désolés. Les pasteurs wodaabes, ces fulfuldes commençaient à quitter la région avec leurs troupeaux faméliques encore en vie, chassés par la famine. Ils s'installaient petit à petit dans chaque village. Bientôt, la mort viendrait prélever sa dîme parmi les jeunes zankas les plus faibles et emporter ceux qui étaient encore au sein de leur mère. Elle viendrait également récolter sa moisson de personnes âgées jugeant qu'elles avaient par de là trop vécu. Les marabouts constataient, impuissants la vacance de Dongo, maître de la pluie, parti sans laisser d'adresse. On n'avait plus vu de nuages depuis plusieurs lunes au-dessus de Dosso. Les génies n'avaient plus eu depuis longtemps les sacrifices rituels. Maintenant, ils se vengeaient en jetant sur le Zarmaganda, la pire famine jamais constatée. Mais en attendant les moments pénibles à venir où les cris des femmes s'élèveront dans les windis lorsqu'elles s'apercevront que la figure glaçante de la mort avait pétrifié les corps de leurs petits. Yennendi et Issifou avaient soif. Aliou ramassa au passage une jarre en terre cuite et alla tirer de l'eau dans un puits en train de s'assécher.

La mutinerie des esclaves du bourg

Le seau d'eau envoyé en pleine figure réveilla Yennendi en sursaut. Il chercha à secouer Issifou qui s'était endormi, repu de fatigue à côté de lui. Mais tout ce que ses mains touchèrent en remuant le peu d'espace qui lui était permis d'explorer était une masse de bois sur laquelle il était attaché. Il ne comprenait pas comment et pourquoi il était attaché, alors qu'il y avait un instant, il se tenait debout, sous une chaleur écrasante, dans une cour à apprendre à se battre contre un tronc mobile. Il réalisa soudainement après un deuxième seau d'eau jetée sur son visage qu'il ne se trouvait pas dans la cour de l'école d'armes de son père, mais bel et bien toujours aux mains du tortionnaire qui s'acharnait sur son corps avec un plaisir sadique qu'il ne savait dissimuler. Ce dernier, pendant le rêve de Yennendi où il se croyait chez lui, l'avait détaché et posé sur le sol dans le but de le déplacer vers une nouvelle position de torture. Son intention était de le suspendre à bout de bras sur un pilori ou un crochet de boucher. C'est à travers l'un de ses yeux tuméfiés par les coups que Yennendi s'aperçut de la situation. Comme le guerrier qu'il était, il se souvint des règles selon lesquelles tout homme, qui se trouve dans une situation de prisonnier, devait tout mettre en œuvre pour pouvoir s'échapper. Pendant que son bourreau vaquait à la recherche d'instrument, tout à l'excitation de son office, Yennendi observait les lieux. Il parvint rapidement à l'évidence qu'il aurait du mal à s'échapper de la cellule humide dans laquelle il se trouvait. Il imaginait sans peine que les lieux n'étaient pas à son avantage. Probablement il devait se trouver au secret, dans un lieu inconnu de tous et cerner assurément par un nombre de soldats qui n'attendaient qu'un ordre pour l'abattre comme un chien. Il savait que dès qu'ils trouveraient l'occasion, ils n'hésiteraient pas à l'assassiner. Ils tireraient sur lui sans sommations, prétextant une quelconque tentative de fuite. Il avait vu nombre d'entre eux s'acharner sur le corps inerte de ses compagnons de marronnage et les réduire en charpie. Ils laissaient leurs immondes dogues, nourris à la chair de nègres, s'acharner et manger les fugitifs qui avaient le malheur d'être rattrapés dans leur fuite éperdue à travers les hauts et les ravines. Ils dévoraient les fugitifs qui n'avaient pas le courage ou le temps de se donner la mort. Il connaissait le goût prononcé et l'appétit féroce de ses hommes pour la torture. Ils étaient experts dans la plus monstrueuse des cruautés pour les avoir vus se déchaîner sur les femmes noires qui avaient eu le malheur de leur résister. Il fallait s'arracher de cette vie de mort-vivant qu'ils offraient aux hommes, femmes et enfants noirs arrachés à leur terre, leur village, leur famille. Il avait vu nombre de gens de son peuple se faire anéantir sur le simple claquement de doigt d'un Béké ou sur les caprices d'une de leurs femmes. Yennendi savait que les chances d'échapper à son bourreau étaient minces et quelle que soit l'action entreprise, la mort était derrière la porte ou au mieux au bout de la piste, quelque part dans la savane ou la forêt peut-être toute proche. Mais ne valait-il pas mieux mourir comme un brave, debout, les armes à la main, même affaibli et malade que de rester et se regarder mourir à petit feu, dans la souffrance, la peur et la honte ? Était-ce cela que son père voulait ? Était-ce cela que son maître d'arme attitré, Harben lui avait enseigné ? Et que diraient Idrissa Djibo et Mamane Oumarou de la honte qui rejaillissait sur eux par son renoncement à combattre l'ennemi ? Quelle lâcheté l'habitait pour renoncer à se révolter encore et encore ? Il pensa à Aliou Kanandja qui n'avait pas hésité un seul instant à donner sa vie pour le sauver. Il y pensait souvent.

Quel avait été le parcours dans la vie de cet homme, gras, laid, transpirant à grosses gouttes et visiblement pas bâti pour supporter le climat chaud et humide de ce pays ? Quelle malédiction portait cet homme pour être ce hideux personnage aujourd'hui ? Comment une mère pouvait mettre au monde pareil individu, dénudé de tout humanisme, de savoir, incapable de lire ou afficher deux phrases sans jurer des insanités que même Allah aurait honte de prononcer et que les dieux ne pourraient supporter d'entendre ? Était-ce vraiment une créature de Dieu ou alors son père était un démon sorti de ce que ces hommes sans couleur appelaient l'enfer dans leur petit livre qui pourtant parlait d'amour, de tolérance et de foi ? Peut-être que ces mots n'étaient pas destinés aux hommes déportés depuis leur pays natal sur cette terre. Peut-être qu'ici, il n'existait ni Dieu, ni Allah, cette terre où même Dongo n'était plus rien. Il n'y avait ni espoir, ni amour, ni foi pour des gens comme lui, se disait Yennendi. Le seul dieu que semblaient vénérer ces hommes avides de sang, de meurtres et de la douleur des autres était le dieu de l'argent et de l'or, celui de la richesse accumulée sur la souffrance et la misère des hommes noirs. Un dieu qui se nourrissait de la douleur de ces bossales arrachés brutalement à leur pays ou de ces nègres créoles en servitude, ceux nés ici, dans ces " ante-îles " qui ne connaissaient pas la langue ainsi que les coutumes de leurs pères et de leurs mères. Ces hommes et ces femmes qui ne connaissaient pas leurs pays et leurs parents. Ces hommes et femmes, sacrifiés comme des moutons sur l'autel de la cupidité et de la rapacité à ce dieu qui aime le sang et la souffrance. En tout cas, c'est ce qui était écrit par ce dieu dans leur petit livre rouge. Ce livre qu'ils disaient écrit par la main de leur dieu et qui avait décidé que leur sort d'homme réduit à un impitoyable esclavage était d'essence divine et qu'ils devaient supporter jusqu'à leur mort. Ils devaient souffrir pour mériter de devenir de bons chrétiens, comme les blancs. C'est bien ce qu'affirmaient leurs marabouts dans leur longue robe noire.

— Nèg fett pou vwouè misè ! Nèg fett pou r'wété malé'wè !
Le nègre est fait pour voir la misère. Le nègre est fait pour
rester malheureux. Voici ce que disaient ces créoles nègres
d'ici.

Yennendi repoussa toutes ces questions qui l'assaillaient
depuis son arrivée sur cette île belle et généreuse mais dont le
corps était pourri, nourrit par la mort. Il évita à nouveau de se
reposer la même question, lorsque son bourreau s'approcha
pour défaire ses mains liées et le hisser vers le pilori. Ce tronc
en bois dur était habitué à voir défiler et à se voir accoupler à
des êtres torturés et brisés dans tous les sens. L'être abominable
se pencha pour s'assurer que sa victime était encore évanouie.
Il tâtait les chairs meurtries et couvertes d'ecchymoses de
Yennendi et comme un animal sauvage ou plutôt un chien, il
lécha de manière vicieuse le visage de Yennendi. Yennendi ne
bougeait pas, supportant à peine l'abominable être à l'odeur
immonde qui s'était penché sur son visage. Le bourreau
observait sa victime, comme un ver de terre sous une loupe, la
pensée néante. Il ausculta le corps inerte de Yennendi. Les yeux
mis-clos, malgré les bleus qui gonflaient son œil, Yennendi vit
son bourreau défaire les ficelles de son pantalon en toile de jute
qui lui arrivait à mi mollets, puis le baisser. Dans un
grognement sadique et morbide de satisfaction, il laissa
entrevoir un appendice qui devait lui servir d'organe
reproducteur ou alors quelque chose de ressemblant. Ça devait
lui procurer quelques pauvres sensations chaque fois qu'il allait
voir les filles de joie, dans les quartiers lugubres situés dans les
bas-fonds sordides de la ville. Lorsqu'il le pouvait. Il
s'approcha de Yennendi avec un rire glauque. De la bave sortait
de sa bouche aux chicots noirs comme les rochers de la cascade
de la rivière aux écrevisses. Il tendit ses bras gras et laiteux pour
le retourner sur le ventre. Un coup de pied ajusté, projeté avec
force, le figea dans le temps. Son visage blafard constellé de

boutons dus à la petite vérole prit une couleur cramoisie lorsque la douleur commença à monter de ses testicules vers le cerveau. Un gémissement mêlé à un cri étranglé essayait de sortir de sa gorge dans un son qui se cherchait entre la voix d'un homme et celle d'une femme. Un deuxième coup de pied au même endroit le plia en avant, sur les genoux, les mains tenant l'ensemble de son appendice, les yeux exorbités, injectés de sang et le visage déformé par la douleur qui essayait de sortir par ses yeux et sa bouche, ouverte dans un "o" parfait. Les joues gonflées, rejetant l'air dans un sifflement qui semblait venir de ses organes internes, il essayait de retrouver un souffle de vie. Yennendi eut juste le temps de rouler sur lui-même afin d'éviter le corps gras, lourd et massif qui retombait sur lui et qui l'aurait assurément éclaté. Il se releva promptement, malgré les courbatures. Malgré la douleur de ses chairs meurtries et de ses os peut-être fêlés en certains endroits, Yennendi trouva la force de lui briser les vertèbres du dos du plat du pied, libérant toute sa haine accumulée depuis des lunes. Il passa ses mains liées sous la tête de son bourreau et dans un mouvement de rotation, avec un claquement sinistre, lui tordit le cou. Les mains toujours liées, il saisit une masse de forgeron posée sur l'établi à outils et s'acharna de toutes ses forces sur le corps de son bourreau, tel un bûcheron. Chaque coup lui arrachait un cri bestial. Le dernier coup qu'il porta sur le corps réduit en bouillie percuta le sol violemment. L'onde de choc le projeta tout aussi violemment parterre. Les yeux hagards, haletant comme un chien, le souffle court, Il sentit des larmes le submerger tel un raz-de-marée. Comme un enfant, il éclata en sanglots. Voulant essuyer ses lames, Yennendi prit conscience des liens qui entravaient encore ses poignées. Mais l'âme du guerrier reprit le dessus. Il évalua la situation. Il peinait à voir dans cette pénombre. Ses yeux emplis du sel des larmes, lui faisaient mal et le piquaient dans les efforts qu'il faisait pour distinguer la pièce. Il repéra le foyer d'où des charbons ardents faisaient briller dans des reflets rouges et blancs des morceaux de ferrailles qui avaient dû servir à le tourmenter. Il se remit debout et en titubant se dirigea vers le grand bol, munis de longs pieds en fer qui servait de foyer. Il leva ses mains devant son visage, les regarda. Elles étaient déformées et ses phalanges étaient déboîtées. Il prit une grande inspiration, avant de placer ses mains encordées au-dessus du foyer. Le visage crispé à se casser les dents, la chaleur du foyer intense brûlaient ses mains. Les chairs de ses mains blessées commençaient à grésiller et à former des cloques. Dans le silence de la cellule, on pouvait entendre la complainte de sa peau en train de cuire. Les liens brûlés cédèrent dans un dernier effort de contraction musculaire et Yennendi retomba sur le sol avec le cri d'une bête touchée à mort par la lance d'un chasseur. Il resta allongé ainsi durant plusieurs minutes. Puis une fois son souffle reprit, il entreprit de remettre les phalanges d'un de ses doigts déboîtés dans chacune de ses mains, par la torture. Il se leva, les chairs de ses mains tiraillant la peau distendue de ses mains et en titubant il se dirigea vers un étau qui servait probablement au redressement des outils de torture. Il cala le doigt de sa main gauche dans la pièce de forgeron et entreprit de redresser la phalange à l'aide de la pièce de fer. Il aspira une grande bouffée d'air malgré le fait qu'il soit vicié par l'humidité, l'odeur de transpiration, la chaleur et le corps du mort qui déjà commençait à entrer en putréfaction. Avec un geste brusque et sec, il replaça sa phalange à leur juste place. La douleur était si intense qu'il retomba sur le sol avec un cri de bête blessée. Pendant un moment, il resta étendu sur le sol, haletant, gémissant, les larmes lui coulant sur les joues, attendant que les élancements de sa main gauche finissent par se calmer. Cela dura un long moment. Puis, une fois la douleur passée, il fit de même avec sa main droite. Cette fois-ci, le cri qu'il poussa le propulsa violemment contre la paroi de la cellule et sa tête heurta l'une des pierres grossières du mur. Il glissa lentement vers le sol, presque évanoui et abruti par la douleur, mordant ses lèvres pour ne pas crier. Il se remit à pleurer, plus par la tragédie de sa vie que par la douleur et les supplices qu'il subissait depuis des jours. Il était étendu sur ce sol dont il essayait de puiser la force afin de se régénérer lorsqu'il perçut des mouvements de pas qui descendaient des escaliers. Il réussit à se traîner jusqu'au coin le plus sombre de la pièce. Malgré ses mains qui le faisaient souffrir, mais dont il pouvait à présent articuler les doigts, il s'empara de la masse de forgeron ensanglantée où étaient encore collées des morceaux de chair et d'os du bourreau qu'il venait de tuer. Il attendit en silence, la poitrine soulevée par la peur que les pas se rapprochent. Le jeune garde, qui descendait les escaliers vers la cellule sombre où croupissait le prisonnier appliquait les consignes de son chef. Il avait la tâche de vérifier par la lucarne de la porte d'accès que les deux hommes enfermés dans la cellule étaient bien présents. Il était habitué à entendre les cris des prisonniers, mais avait du mal à se faire aux soins particuliers que le bourreau prodiguait au nègre de la cellule qu'il était chargé d'inspecter. Bien sûr, comme beaucoup de monde et à l'instar des habitants du pays et surtout en tant que " petit blanc ", il détestait les nègres. Pourquoi ? Au fond, il ne le savait pas lui-même et ne voulait apporter aucune réponse au peu de questions qu'il pouvait se poser. Ce qu'il savait, c'est qu'il était normal de détester les nègres. Surtout celui-là, qui avait apporté dans le pays la révolte, l'insécurité et la peur. Il avait osé se lever contre l'ordre établi et fait couler le sang d'hommes, de femmes et des bonnes gens de la colonie. Il poussa le verrou de la lucarne et la fit coulisser vers la gauche. Elle était assez large pour laisser passer la tête. Il laissa ses yeux roulés de gauche à droite puis de haut en bas. Il ne vit personne. Pas un bruit ne montait de la cellule. Ce n'était pas normal, comme il était tout aussi anormal que le bourreau ne répondit pas à son appel. Il referma la lucarne et chercha dans le trousseau de clefs en sa possession, celle qui ouvrait la lourde porte. Il l'ouvrit en tournant plusieurs fois la clef dans la serrure sans âge déjà en proie à la rouille. Sa hallebarde à la main droite et la main gauche enserrant la poignée de son épée, il entra avec prudence dans la cellule sombre suintante et puante. Une odeur nauséabonde saisit immédiatement ses narines. L'odeur âcre et acide de la mort lui monta brutalement à la tête. C'était douloureux et pétrifiant. Il ne comprit même pas qu'il s'agissait de sa propre mort qui déjà engourdissait tous ses membres. Il se retourna. La dernière sensation qu'il ressentit était une douleur vive et intense jamais éprouvée dans sa vie de petit blanc venu dans les ante-îsle. Ce n'était pas ce qui était prévu se dit-il dans son ultime pensée. La dernière image qu'il perçut de ses yeux devenus subitement vitreux était la masse que ce grand nègre écrasait sur son visage. Il voulut pousser un cri d'épouvante mais il ne put émettre aucun son, si ce n'est le gargouillis de son propre sang dans sa gorge et dans lequel il se noyait. Yennendi retint le jeune soldat qu'il venait d'envoyer devant son dieu pour étouffer le bruit de ferraille dû à sa cuirasse et à son armement. Il se saisit du trousseau de clefs, puis tout doucement avec énormément de précautions, il referma la lourde porte de la cellule dans laquelle il enferma les deux corps qu'il venait d'aider à quitter cette terre. Dominant la douleur, tout doucement, tel un félin, il s'engagea dans l'escalier tournant qui le conduisait du sous-sol dans lequel il était depuis trop longtemps vers la lumière du soleil et de la liberté. Ses yeux s'étaient complètement ouverts par l'excitation et ses narines dilatées par l'ivresse que lui procurait l'appel d'air frais dans ses poumons. Sa poitrine se soulevait comme s'il devait faire bouger une lourde dalle posée sur son thorax. Son cœur battait à tout rompre. Il pouvait sentir dans ses veines, dans ses tempes, dans ses bras et dans ses jambes l'afflux de sang que son cœur envoyait dans tout son corps à gros coup de pompe. Il avait l'impression que son cœur était devenu trop gros pour sa poitrine après tant de souffrance et de privations. La hallebarde du soldat dans sa main gauche était prête à être projetée dans le ventre de n'importe quel homme qui se présenterait et l'épée qu'il avait saisie était prête à pourfendre le premier crâne venu. Yennendi se dirigeait vers ce qui semblait être une salle intermédiaire dans laquelle résonnaient des voix d'hommes en train de discuter. Il ralentit sa course. Arrivé à quelques marches d'escalier donnant accès à la salle, il s'arrêta. Sans bruit, presque à plat ventre, épousant la forme des escaliers comme un serpent, qui menaient à l'espace de vie, prenant soin d'éviter que les armes qu'il portait ne fassent du bruit, il s'approcha. Dans la lumière des torches qui éclairaient la pièce et en se fondant sur le jeu des ombres projetées sur les murs, il estima qu'ils étaient au moins quatre. Alors, tout doucement, faisant attention à ne pas s'appuyer sur une dalle branlante et s'assurant que l'épée qu'il enserrait dans sa main n'était pas trop près du sol, il se hissa sur ses jambes et se mit en position accroupie, les jarrets prêts à la détente comme un cobra qui crache son venin dans les yeux d'une proie déjà hypnotisée par la peur. Il entendait l'écoulement de son sang dans ses veines qui bruissait comme des tissus de pagne fins qu'on froissait. Yennendi réalisa qu'il avait peur et que ses mains, moites, avaient du mal à serrer ses armes. Il avait aussi l'impression que sa volonté faiblissait. Il ferma les yeux un instant, apaisant les soulèvements de son torse, dus à sa respiration et essayant de calmer les battements de son cœur qui cognaient comme un tambour dans sa poitrine. Il adressa une prière à Allah, invoqua les esprits pour lui venir en aide et demanda à ses ancêtres de l'inspirer de l'art et de la force son père, pour passer cette épreuve. Les yeux fermés, il visionnait la scène que lui envoyaient les esprits et retraçait dans sa tête les mouvements et la position de son corps. Comme dans un ralenti, comme si le temps s'était suspendu un instant, Il visionnait les images détaillées des gestes qui lui permettraient de se débarrasser de chacun de ses adversaires. Puis ses paupières s'ouvrirent d'un seul coup, sur un regard fixe, profond, concentré et déterminé. Ses mains serrèrent fermement les poignées de son épée et de sa hallebarde. Il n'avait plus le choix. Il ne pouvait plus reculer. Il savait qu'il n'accorderait aucune pitié aux quatre hommes qui allaient passer de vie à trépas sans s'en apercevoir. Aucune pensée. Aucune émotion. Seul comptait le fait de devoir tuer pour vivre.

— Inch'Allah, se dit-il.

Un tam-tam imprégnait un rythme soutenu et saccadé dans sa tête. La grosse caisse était la basse qui donnait le tempo. Le tempo de la course, le tempo de la furtivité, le tempo de l'animalité, celui qui distribue la mort et approvisionne le sanctuaire des esprits vengeurs en sang frais et en chair fraîche. Le tempo de la mort ! Ce soir Dongo, demandera des comptes aux quatre hommes qui se présenteront à lui. Il se leva et d'un pas décidé, pénétra dans la salle de garde. La peur l'avait quitté.

Les quatre soldats s'apprêtaient à passer à table. Ils avaient tous déposé leurs armes pour ne pas être gênés durant leur repas. Trois étaient déjà assis, le quatrième arrivait avec une grande marmite de soupe aux choux dans laquelle flottaient quelques morceaux de lard gras de cochon. Ce dernier pensa que c'était le petit jeune qu'ils avaient envoyé en ronde quelques instants plutôt vers la cellule du grand nègre, qui revenait. Ce grand nègre faisait l'objet de toute leur attention et alimentait toutes les conversations des foyers et des casernes depuis son arrivée dans la prison de la petite garnison. Il n'eut pas le temps de comprendre ce qu'il lui arrivait lorsqu'il sentit sa tête se détacher de son corps. La dernière image qu'il garda de la vie était le bras de ce nègre qui lui parut immense, interminable, au bout duquel se tenait une lame. Sa tête peut-être animée encore d'une étincelle de vie volait à travers la pièce, en regardant brièvement son corps qui tombait au sol, les genoux pliés. Le deuxième soldat eut juste le temps de voir une tête tombée sur la table, faisant valser son écuelle en l'air, avant de subir un impact sur son crâne qui lui occasionna un mal de tête comme jamais ressenti auparavant. L'épée de Yennendi lui avait fendu le crâne jusqu'au nez. L'un de ses yeux encore animé, par une étincelle d'énergie nerveuse, aperçut des morceaux de cervelle accrochés à la lame qui venait de mettre un terme à sa vie. Incrédule, il s'affala sur la table sans pouvoir pousser un cri. Rapide comme l'éclair et vif comme une panthère, Yennendi cloua contre la porte d'une armoire d'ustensiles de cuisine le troisième homme avec la pointe de sa hallebarde. Celui-ci put regarder de gros bouillons de sang qui sortaient de sa poitrine au rythme des derniers battements de son cœur lorsque Yennendi retira l'arme de son thorax. Puis toujours aussi rapide, son épée passa sur la gorge de ce dernier, qui sentit une atroce brûlure et vit partir sa vie dans les jets de sang qui giclait de son cou. Il s'écroula, effaré, ses mains essayant de retenir vainement sa vie qui s'échappait à travers des giclées de sang qui jaillissaient à plusieurs mètres. Quant au dernier, il essayait de s'échapper. Il reçut dans le dos la percussion d'une lame qui traversa son omoplate et se ficha dans ses poumons. Il tomba au sol, face contre terre, le corps animé de soubresauts comme s'il était atteint de la danse de saint Guy. Yennendi s'approcha et le retourna. Son âme se refusait à quitter son corps. Il regardait Yennendi de ses yeux larmoyants, et le suppliait en silence de l'épargner. Yennendi regarda un instant l'homme étendu devant lui. Il semblait jeune. Pas plus d'une vingtaine de pluies. Aucune émotion, aucune pitié se dit Yennendi. Pourtant, ses yeux semblaient demander pardon au jeune soldat. Il s'empara alors de la dague du soldat qui était fixé à sa ceinture et d'un geste rapide passa la lame sur sa gorge. Le soldat consentit finalement à rejoindre ses camarades qui l'avaient précédé chez Dongo. Yennendi se tenait debout, essayant de reprendre son souffle. Combien de temps avait duré la scène ? Il sentait à nouveau la vie renaître en lui, comme si son âme s'était repue de la mort atroce de ces hommes. Il prenait possession de la force de ces hommes, étalés devant lui et sentait leur énergie prendre force dans ses bras, dans ses jambes et dans son corps. Combien de temps avait duré la scène ? Il renonça à compter. Seul comptait le sentiment qu'il ressentait d'avoir repris possession de son destin. La suite était une autre affaire. Il remercia Allah et ses ancêtres dans une prière muette. Ses pensées étaient tournées vers les raisons qui l'avaient amené sur cette île et il repassa durant un bref instant toutes les images qui avaient jalonné les événements de sa vie, depuis le jour de sa capture jusqu'à cette heure où il venait de se débarrasser de ces hommes. Non, il ne pleurerait pas sur la mort de ces hommes. Il n'avait que trop pleuré depuis des lunes. Yennendi secoua sa tête comme pour se débarrasser des pensées qui l'assaillaient. Il lui fallait reprendre ses esprits s'il voulait s'échapper de cette bâtisse et gagner la forêt, là-bas dans les montagnes où il espérait retrouver des survivants depuis le désastre qui avait vu le Quilombo dans lequel il avait vécu libre pendant quelques pluies. Il espérait pouvoir reprendre la vie de nègre-marron et résister aux chasseurs d'esclaves, et aux soldats du gouverneur et qui sait, entreprendre une nouvelle conquête. Cette fois-ci, il n'échouerait plus. Il tuerait tous ces hommes à la couleur blanche de la mort. Il alla rechercher le coin le plus sombre de la pièce. Les torches ne renvoyaient plus les ombres des soldats. Ils étaient étendus à ses pieds et les âmes étaient maintenant en présence de Dongo prêtes à être soupesées. Ce dernier déciderait alors s'ils seraient admis ou pas dans le paradis d'Allah.

— J'en doute, dit Yennendi sans s'apercevoir qu'il venait d'émettre tout haut sa pensée en s'accroupissant.

Puis il scruta le silence qui pesait dans la salle. Il essayait de distinguer les faibles sons extérieurs qui lui parvenaient. Il se concentra surtout sur l'autre porte qui se trouvait du côté opposé de celle par laquelle il avait surgi. Aucun bruit n'arrivait par cette porte qui donnait une fois de plus sur un escalier qui montait en califourchon. Il prit une grande inspiration et d'une seule détente arriva comme un éclair devant la porte. Il serra encore plus fermement les armes qu'il avait en sa possession, une épée et avait délaissé la lourde hallebarde pour le pique d'un des morts derrière lui. Il écouta à nouveau, puis avec un geste rapide de la tête vers l'avant ausculta l'escalier qui montait devant lui. Ne détectant aucuns nouveaux bruits, il s'élança souplement et en silence dans la pénombre vers des marches qu'il avala quatre à quatre. Une faible lumière apparaissait devant lui. Ce n'était pas celle d'une torche, mais celle d'une lucarne par laquelle la lumière du jour passait. Ainsi, il faisait jour. Yennendi se dit qu'il avait bien perdu la notion du temps depuis qu'il se trouvait enfermé dans la cellule où il avait passé tant de jours sous la torture. Il était persuadé que la tentative d'évasion qu'il entreprenait se déroulait dans la nuit. Il avait été trompé non seulement par les torches qui illuminaient la pénombre de la prison, mais aussi par sa tête qui avait mal estimé la notion du temps et la localisation de l'endroit où il se trouvait. Il n'avait jamais réellement deviné que sa cellule se trouvait en sous-sol. Il s'arrêta devant la lucarne qui se trouvait au niveau de la dernière marche qui donnait sur une autre salle de repos. Aucune voix ne venait alerter ses sens. Il jeta un coup d'œil à la dérobée et s'aperçut qu'il se trouvait dans un casernement où au-dehors grouillaient des gens de toutes sortes et de toutes qualités. Des soldats, des femmes et des hommes du petit peuple, des artisans qui s'affairaient devant des chevaux et des étals et des esclaves qui ployaient sous les lourdes charges qu'ils transportaient. Un homme barbu, au visage rouge comme une écrevisse, abattait en permanence sur leur dos un fouet dont la lanière longue comme une liane se terminait par un bout arrondi qui était en fait une petite boule hérissée de pointes en fer. Tout se foisonnement ressemblait à un essaim d'abeilles qui allaient et venaient en tous sens.

— Plutôt des mouches sur une bouse de vache, pensa Yennendi !

L'impact violent des coups de fouet arrachait à chaque fois des morceaux de tissus et de chairs. Les cris déchirants des hommes et des femmes soumis à la servitude bestiale soulevaient la fureur de Yennendi. Il émit un tchiiip de dégoût et afficha tout le mépris qu'il vouait à ce peuple de la colonie qui maintenait tant d'hommes, de femmes et d'enfants dans les chaînes de l'esclavage. Il se dit qu'il lui faudra renvoyer encore bien d'autres hommes pâles rejoindre leurs ancêtres avant de pouvoir regagner un jour le Zarmaganda. Mais en attendant il ne pouvait entreprendre grand-chose tant qu'il ferait jour. Il ne pouvait rester plus longtemps dans cet endroit exposé. Il décida de redescendre dans la salle en bas où il avait laissé les corps des soldats dont la décomposition avait commencé, à en juger l'odeur aigre qui commençait à monter. Il avait repéré l'armoire contre laquelle il avait embroché un de ces hommes morts. Il pourrait éventuellement se cacher à l'intérieur en attendant la nuit. D'après sa position dans le ciel, il avait estimé que le soleil se coucherait dans un peu moins de deux heures. Il était tout à ses pensées lorsqu'il perçut comme un animal l'arrivée d'un homme dans la petite salle juxtaposée à son point d'observation. La bouche de ce dernier laissa sortir un cri d'épouvante devant la présence de ce grand nègre avant de voir Yennendi bondir comme un fauve vers lui et lui enfoncer la pique dans son abdomen. Les yeux du soldat laissèrent les fluides de la mort envahir ses pupilles avant de s'écrouler comme une masse. Mais le cri de ce dernier avait alerté autre groupe d'hommes qui déboula, à son tour dans la pièce. Yennendi fit face à trois autres hommes qu'il envoya rapidement dans un autre monde. Mais les râles et les appels à l'aide avaient fini par mettre le casernement en émoi et les soldats de la garnison commençaient à arriver en nombre. Les plans de Yennendi tombaient à l'eau. À l'instinct, il gravit les quelques marches d'escaliers qui débouchaient sur une large et lourde porte en bois qui commandait l'accès à la cour dans laquelle il observait, il y a un instant, les va-et-vient des hommes. Quelques-uns, des soldats qui surveillaient les esclaves pointèrent leurs mousquets vers Yennendi. Avant qu'ils n'aient pu appuyer sur la queue de détente de leurs armes, Yennendi dans un roulé-boulé parfait était déjà sur eux. Un homme constata, étonné, sa jambe raccourcir brutalement au niveau du genou, tandis qu'un autre regardait son bras qui s'envolait vers le ciel au bout de laquelle il tenait encore son arme à feu. Ils s'écroulèrent l'un et l'autre avec des cris d'effroi, leur sang giclant par saccades à plusieurs mètres dans la cour. Le troisième réussit à contrer un coup avec son épée, mais ne vit pas arriver la dague qui s'enfonça sur le côté gauche de son corps vers les reins. Une panique générale s'était emparée de la place. Les hommes et les femmes couraient dans tous les sens avec des cris d'épouvante. Un des esclaves, tenu en joue par un soldat affolé lança de toutes ses forces le tonneau qu'il portait lourdement sur ses épaules. Ce dernier reçut le tonneau en pleine face et bascula vers le sol. Une fourche posée au sol négligemment et dont les pointes n'attendaient qu'une victime, scella son destin en s'enfonçant dans son dos. Avec un cri terrible, Yennendi se dirigea vers la grande herse qui condamnait l'entrée du fort. La horde des esclaves d'abord incrédule se regardait indécise. Mais très vite ils prirent une décision sans retour. Ils se libérèrent du garde-chiourme qui les fouettait avec plaisir quelques minutes auparavant et finirent par l'étrangler avec son propre fouet. Puis tous s'élancèrent avec des cris de bête sauvage derrière le grand nègre qui semblait leur donner la liberté à portée de main. Ils n'étaient pas nombreux. Une douzaine tout au plus. Mais leur détermination subite, avec les armes qu'ils récupéraient sur les soldats morts, avait fini par affoler la populace du casernement dans un état de panique total. Les esclaves fonçaient sur tout homme blanc avec ce qu'ils avaient pu trouver. Qui une masse, qui un gourdin ou même armé de pavés, tous s'avancèrent en hurlant vers la sortie pour se répandre dans la ville. Yennendi se disait que, peut-être, qui sait, ils pourraient rallier d'autres nègres en servitude un peu partout dans la ville à leur cause, grossir la troupe en révolte et semer la panique. Et, Inch'Allah, mettre le pays à feu et à sang. La petite masse de nègres en révolte tomba sur une section de soldats en uniforme bleu et blanc, tricorne noir sur la tête, positionnée sur deux rangs, une accroupie et l'autre derrière, debout, tous le fusil pointé en direction des insurgés qui s'échappaient du fort. Visiblement, cela devait être une patrouille qui rentrait lorsqu'elle avait entendu les cris d'effroi d'hommes, de femmes, de soldats apeurés, mis en déroute par un grand fantôme noir, et qui s'éparpillait en se répandant en tous sens vers la ville. Celui semblait être leur chef avait une assez fière allure et semblait calme et sans peur. Il brandissait un sabre courbe au-dessus de sa tête. Yennendi et la troupe qui s'était formée autour de lui stoppèrent un instant leur élan. Mais très vite, la stupeur de la rencontre passée, en guerrier, il s'élança avec une fureur décuplée vers les soldats avec un cri terrible à figer un zombie. À nouveau, le temps se suspendait à nouveau. Il vit le bras du soldat qui tenait le sabre se baisser, comme ralenti par ce temps en suspension. Ce qu'il aperçut était d'abord une boule de fumée blanche qui sortait des armes à feu pointées sur eux. Puis il perçut le bruit de tonnerre de la déflagration qui accompagnait cette fumée. Il entendit comme une clameur, les cris des hommes et des femmes autour de lui, dont les corps étaient comme désarticulés sous les impacts des projectiles qui suivaient immédiatement la déflagration. Comme dans un rêve, Yennendi voyait les corps de ses camarades d'infortune tombés les uns après les autres. Certains couraient encore, alors que leur buste, leurs bras, leurs jambes, étaient secoués par plusieurs impacts à la fois avant de finir par s'écrouler eux aussi, aux pieds de la ligne formée par les soldats. Soudain, une violente douleur figea son bras droit et il lâcha son arme. Aussitôt, la même douleur lui fit plier le genou. Il regardait stupéfait son bras saigné au niveau de l'épaule et sa jambe dont les muscles ne le portaient plus. Il essaya de se relever, mais il ne pouvait plus. En secouant sa tête comme pour se sortir de ce cauchemar, la réalité de la vue et de l'ouïe lui revint brutalement et de manière crue. Le temps avait repris sa course inéluctable. Il ramassa avec sa main gauche le pique et dans un effort inouï se remit debout à l'aide de son arme. Il s'avança à nouveau en boitant, vers la horde de soldats tout en grimaçant de douleur. Ces derniers le regardaient, complètement médusés. Comment cet homme pouvait-il tenir encore debout avec de telles charges dans le corps ? Yennendi entendit à nouveau une nouvelle déflagration avant de sentir vivement une douleur intense au niveau de la hanche et cette fois, de tomber au sol, juste à un pas du chef qui commandait la troupe. Celui-ci s'approcha de Yennendi et leva son sabre pour lui donner vraisemblablement le coup de grâce, lorsqu'il sentit quelque chose qui s'enfonçait depuis son entrejambe en déchirant ses chairs et tout ce qui y avait autour et dedans. Une douleur indicible montait vers son ventre. Il regarda Yennendi, puis la lance qui le transperçait avec un regard de surprise. Cette douleur lui arracha un cri d'abord grave, puis ce cri devint comme celui d'une femme ou d'un enfant avec des trémolos de chanteur d'opérette. Ses yeux se fixèrent dans ceux de Yennendi avant de devenir vitreux. Dans un hurlement qui figea la troupe, Yennendi bascula l'officier d'une seule main sur le côté, ses yeux fixés dans ceux de ce dernier qui visiblement commençait à rendre des comptes à Dongo. Il ne sentit pas un autre soldat arrivé derrière lui, qui s'était précipité pour prêter main-forte à son chef, tandis que le reste de la troupe restait figé par l'horreur. Un gros coup de cross à l'arrière de la tête plongea Yennendi dans un puits sans fond. Il eut l'impression que toute la clameur qu'il entendait autour de lui s'éloignait de plus en plus. Il essayait de garder sa conscience claire, mais ses yeux, ses membres, son corps ne semblaient ne plus, vouloir répondre à sa volonté. Même sa voix, elle aussi semblait ne plus vouloir lui obéir. Il essaya une dernière fois d'ouvrir sa bouche pour laisser sortir le cri qui restait coincé au fond de sa gorge et de s'appuyer sur ses mains posées au sol afin de se relever. Le soldat qui lui avait asséné le coup de cross, n'en croyait pas ses yeux de voir encore bouger ce diable de nègre. Il lui donna un coup de pied violent qui retourna Yennendi sur le côté. Yennendi ressentit une forte douleur sur le côté droit au niveau des côtes. Sa dernière réflexion était pour ces côtes qui venaient sans doute d'être brisées par la botte du soldat. Ce dernier lui assena un deuxième coup de cross en pleine figure. Avant de s'enfoncer dans les abîmes profonds qui s'ouvraient devant lui, Yennendi jeta un dernier regard à ses compagnons d'infortune, dont les corps gisaient tout autour de lui. Sa volonté refusait pourtant de s'engager dans ce puits. Il eut la sensation que son corps devenait léger comme une plume et qu'il virevoltait au gré de l'air froid qui envahissait ses membres et son corps. L'impression aussi que la plume devenait enclume et que son poids l'entraînait à toute vitesse vers le fond du puits. Il aperçut ce qui paraissait être la fin d'un tunnel, au bout duquel une lumière d'un blanc sidéral brillait comme un diamant brut. Il se sentit apaiser tout entier, comme un bébé qui tétait le sein de sa mère en étant bercé avec amour. Il sentit le calme et la sérénité prendre le dessus sur le moment de frayeur qu'il vivait. Son esprit semblait pouvoir fonctionner à nouveau. Il retrouvait l'usage de son corps et surtout, il ne ressentait plus aucune douleur. Les battements de son cœur ralentirent. Il avait la sensation de flotter agréablement, tout doucement, au-dessus d'un pays qu'il reconnaissait. Les lieux lui paraissaient familiers. Il revoyait et reconnaissait les visages de dizaines de personnes qui habitaient son pays, sa région, son village. Le sourire lui revint et des sentiments de joies refaisaient surface. Cela faisait longtemps, des lunes et des pluies qu'il n'avait ressenti pareille émotion. Yennendi était revenu chez lui. Il avait donc réussi à échapper à ses poursuivants. Son heure n'était pas encore arrivée et il s'en réjouissait. Il était de nouveau au Zarmaganda, il était chez lui. Plus rien ne pouvait lui arriver et il se réjouit de se retrouver dans la cour de l'école d'arme de son père où l'attendait Issifou, souriant, et Harben, les bras croisés, le visage grave, flanqué de ses aides instructeurs d'armes, Idrissa Djibo et Mamane Oumarou et du pâge de son père Aliou Kanandja. Yennendi se jura également, dès qu'il posséderait un instant de libre qu'il ne manquerait pas de rendre visite à sa mère, à Alija et à sa petite sœur Fanti. Puis il faudrait qu'il rende visite à la concubine de son père, la belle Penda et voir ainsi son petit frère, Mokthari Adama Sonni. Mais en attendant il se devait de répondre aux sollicitations d'Harben pour reprendre l'entraînement au combat. Il se sentait si fatigué.

La caravane pour Tillabéry

Une grande calebasse d'eau atterrit sur le visage des deux jeunes alboros qui s'étaient un instant assoupis. Repus, pétris de courbatures, affalés sur le sol en terre battue d'une cour couverte, comme de vieux tapis usés par le vent venu du désert, Yennendi se réveilla en sursaut et donna un grand coup dans les côtes d'Issifou qui se mit prestement debout jetant sur Yennendi un œil noir tout en se frottant les côtes. Yennendi lui formula un signe d'excuse et regardait d'un œil tout aussi mauvais Aliou qui tenait une grande calebasse vide. Il les fixait avec un sourire fendu jusqu'aux oreilles. Il perdit rapidement son sourire lorsqu'il entendit Harben lui ordonner de se joindre aux apprentis afin de parfaire lui aussi son art du combat. La morsure sur son derrière de la petite chicotte en cuir de bœuf tressé d'Idrissa Djibo le fit bondir rapidement vers les deux jeunes qui se fendirent d'un sourire tout aussi moqueur. Yennendi, Issifou et Aliou tapaient avec leur sabre en bois sur des mannequins de chiffons depuis des semaines. Ces mannequins amovibles munis d'un bâton attaché sur leur tronc rendaient coup pour coup lorsque les trois jeunes alboros n'étaient pas assez rapides pour esquiver le retour de bâton. Bien sûr, les premières semaines, leur corps leur faisait mal à force de courbatures. Mais lentement, sûrement, sous les conseils patients d'Harben et ses assistants, les trois jeunes alboros gagnaient en habilité, force, souplesse et rapidité. De temps en temps, Zaago venait assister à l'entraînement et repartait à ses affaires après avoir discuté avec Harben, Idrissa et Mamane, sans adresser un seul mot aux jeunes apprentis qui s'échinaient à être à la hauteur des espérances et de la confiance de leurs maîtres d'armes. Parfois Zaago pouvait rester des heures à les observer et s'en allait en hochant la tête. Yennendi et ses camarades d'armes avaient alors l'impression de ressentir la déception du Bonkoyni et se donnaient de plus belle, surtout lorsque Harben et ses assistants leur demandaient de s'affronter entre eux. À ce jeu-là, chacun comptait sur les atouts qu'ils se découvraient au fur et à mesure de leur progression. Yennendi avait l'intelligence et la justesse de l'analyse. Il savait évaluer son adversaire et exploiter toutes ses failles, utiliser toutes les tactiques possibles, y compris parfois les plus basses pour parvenir à ses fins. Issifou comptait sur sa force physique, qui lui permettait d'assener des coups qui faisaient mal ou qui déchiraient et cassaient les boucliers de cuir bouilli dont ils étaient dotés. D'ailleurs, les semaines passées dans l'école d'arme de Zaago, lui avaient permis de développer une musculature impressionnante pour son âge. Quant à Aliou, sa rapidité, son endurance et son art de l'esquive lui permettaient de venir à bout de ses adversaires en les usant petit à petit. Sa tactique était à ce moment-là redoutable, car il revenait, rapide tel un félin donner le coup de grâce qui faisait plier ses camarades. Harben, Idrissa et Mamane appréciaient les efforts, et la progression de leurs élèves. Quant aux divers domestiques ou captifs qui servaient dans l'école d'arme, s'ils n'étaient pas attelés à une tâche précise, assistaient aux combats et commentaient avec passion des forces et des tactiques de chacun. Les paris allaient bon train parmi les spectateurs. Des " wouinya " ponctuaient chaque coup porté par l'un ou l'autre des adversaires que chaque badaud avait choisi comme champion. Des cris de joie saluaient la victoire de leur favori que ces derniers s'étaient choisis. Ou alors, des mimiques interprétaient la chute au sol ou la défaite de leur champion. Parfois quelques cauris changeaient de main discrètement. Ou alors des ententes tacites leur permettaient suite à des paris d'obtenir objets et même certaines fois de petits meubles pour améliorer leur situation matérielle. D'autres fois celui qui avait perdu filait son bol de bouillie de mil ou de riz. Zaago, en bon musulman, lorsqu'il en était témoin désapprouvait les paris. Mais il se gardait bien d'intervenir et souriait discrètement des usages en cours dans son école d'arme.

Les couchers et les levers de soleil se succédaient. Les semaines aussi. Lunes après lunes, les élèves avaient progressé dans leur apprentissage et devenaient de plus en plus forts. Mais Yennendi et ses camarades d'armes savaient qu'il leur restait beaucoup à apprendre et que bien de saisons leur seraient encore nécessaires pour atteindre un niveau presque comparable à leurs maîtres. Quant à devoir combattre un jour, cela leur semblait encore dans le domaine du lointain. Même si secrètement il arrivait à Yennendi et Issifou de rêver de combat et de gloire où ils mettraient leur savoir-faire à l'épreuve, ils redoutaient à vrai dire, le jour où il faudra réellement combattre. Le soir, dans la case qui leur servait de dortoir, les deux compères parlaient longuement du jour où ils seraient amenés à devoir soustraire une vie ou se partager du butin et même des captives qu'ils emmèneraient dans leur windi. Parfois, Zaago lui-même enseignait aux élèves des leçons de maniements et de maîtrise des armes et des cours de tactique ou de stratégie du combat. Yennendi regardait son père avec une admiration, teintée quelque peu de jalousie. Il observait son père exécuter des mouvements de pas qui ressemblaient à la chorégraphie des danses sacrées de la caste des danseurs de la cour du grand Askia. Il avait l'impression que le sabre que tenait son père en bout de bras était greffé à son bras et qu'il l'utilisait comme s'il s'était un sixième doigt, une plume ou une lanière de fouet. Issifou, les yeux exorbités, était subjugué par les prouesses du père de son ami. Quant à Aliou, il avait déjà compris que cela était trop fort pour lui et priait déjà intérieurement afin de ne jamais rencontrer pareil guerrier. Le clou du spectacle était lorsque Harben affrontait Zaago dans une démonstration singulière de combat à la sagaie et au sabre.

Chacun redoublait de force et d'adresse. Chacun possédait une résistance et une endurance hors du commun. Leurs joutes étaient longues, et se terminaient souvent sans qu'on puisque départager le vainqueur. Mais parfois, habilement, Harben laissait Zaago avoir le dessus. Zaago n'était pas dupe de la feinte de son ami. Car au fil du temps, ils étaient devenus proches presque inséparables et se vouaient un respect et une fidélité indéfectible. Idrissa Djibo et Mamane Oumarou s'affrontaient plus rarement. Mais leurs défis étaient tout aussi intenses que ceux de Zaago et Harben. Leur manière de combattre n'avait pas la finesse des premiers, mais leur force physique impressionnante les rendait plus que redoutables. Et, nombreux, sont ceux, qui à l'instar d'Aliou pensaient la même chose que lui en se disant qu'ils ne survivraient jamais à une confrontation avec de tels guerriers. C'est en rêvant d'exploits à la hauteur du niveau des maîtres d'armes dont ils bénéficiaient des enseignements et des démonstrations que, Yennendi, Issifou et Aliou rêvaient, chacun à leur manière de hauts faits d'armes et de gloire. Cette semaine serait consacré à la préparation de la mission que Zaago avait confiée à Yennendi. Quelle était cette mission ? Pourquoi devait-il aller à Tillabéry ? Qu'allait-il faire chez l'honorable Saliou Bakary ? Yennendi soupçonnait bien quelque chose mais n'osait en parler directement à son père. Les quelques questions qu'il avait posées à Harben ne lui avaient apporté aucune réponse. Ce dernier restait imperméable aux questions de Yennendi et ne lui aurait rien appris s'il ne savait ne serait-ce qu'une once d'information, sans l'autorisation de Zaago. Il s'en était alors, ouvert à son ami de toujours qui était parti dans un fou rire avant de lui dire ce qu'il pensait vraiment.

— Parle, Issifou, quel est le fond de ta pensée, demanda Yennendi

— M'est avis que ton père a décidé de faire alliance avec la famille de Saliou Bakary ou alors le contraire, répondit Issifou. Ils font affaire ensemble, non ?

— Certes, mais je ne vois pas de quoi, tu veux parler réellement

Issifou éclata d'un rire gras et sonore et fut lui-même étonné de la puissance de sa voix, comme s'il découvrait qu'il était devenu un homme. Il dégrafa son sarouel de couleur noir, délaça ses sandales et ôta son boubou. C'est nu, devant un haut bouclier de cuivre rouge qu'il alla admirer sa plastique. Il affichait un sourire de satisfaction devant chaque membre et chaque partie de son corps. Ses bras étaient devenus plus musclés. Ses cuisses semblaient renvoyer une impression de force et de puissance. Son torse était gonflé de chaque côté de pectoraux qu'il faisait bouger comme deux sauterelles en train de danser. Mais ce qu'il admirait le plus, c'était son pénis, qui selon lui, depuis le Djanbanguyan, la cérémonie de la circoncision, était devenu nettement plus gros, plein de force et de puissance et à présent prêt à l'emploi.

— Regarde, mon frère, lança-t-il à Yennendi ! Demain avant de partir, je connaîtrais les joies de la " chose ". Demain, je jouirai de ce gros bâton noir gorgé de nectar en le plongeant entre les cuisses d'une maîtresse femme qui va faire mon initiation. Demain, je serai un véritable alboro.

Yennendi poussa un tchiiip de désapprobation

— Réponds à ma question, lui assena-t-il sèchement, dans une voix mêlée d'impatience et de jalousie.

— Soit, répondit Issifou. Demain soir, après la mosquée, je vais au quartier des commerçants de la ville où une femme d'expérience fera de moi un homme.

— Je sais répondit Yennendi agacé. Et alors ?

— Oui, mais moi, je suis un homme du peuple, de la confrérie des Gaw. Toi, tu es un noble. Il y a des choses que tu ne peux faire. Tu n'auras pas le droit de me suivre dans le quartier du commerce, alors que j'aimerais que cette femme aux seins lourds et au corps enivrant de désir puisse faire, à toi aussi cette initiation.

— D'accord avec toi, mécréant ! Mais comme tu le dis si bien, je suis un noble. Donc ?

— Ce que je veux dire, mon frère, c'est que je pense que Saliou Bakary veut que tu épouses sa fille. C'est bon pour les affaires et les Bakary qui détiennent de la richesse deviendraient par ton mariage avec sa fille l'une des familles les plus influentes du Dallol Bosso voire du Zarmaganda.

Yennendi poussa un sifflement d'admiration devant l'exposé de son ami. Il réalisait que les arguments d'Issifou étaient justes et bien posés.

— Tu oublies une chose, dit-il à Issifou. Je ne connais pas la fille de l'honorable Saliou Bakary, je ne l'ai jamais vu. Moi ce que je veux, c'est découvrir le monde et faire la guerre.

— Pourtant, d'après ce que j'ai déjà entendu par-ci, et par là, elle aurait noble allure et serait très belle. C'est la raison de ton voyage, Yennendi. Je suis prêt à parier avec toi.

Yennendi, resta songeur devant le dernier argument avancé par Issifou. Il voyait juste. Mais cela ne lui plaisait guère. Il se dit qu'il lui faudrait demander audience à son père pour lui en parler. Mais avant tout, il avait besoin des conseils de sa mère et surtout secrètement, il se promit d'en parler à Alija. Il se leva et prit congé de son ami. Sur le chemin qui le menait chez lui, dans la case que lui avait construite son père, il resta songeur des propos de son ami. Cela devrait être réellement la raison de son voyage à Tillabéry. Renforcer la famille par une alliance en proposant le mariage. Yennendi pensa aux propos d'Issifou. L'idée ne lui plaisait guère. Il ne se sentait pas prêt. Mais c'était le désir de son père. Il n'avait qu'un choix : celui d'obéir.

— J'imagine que mon père a sûrement vu juste, se dit-il ! Sinon….

Il se posait la question tout de même de savoir où était son intérêt dans tout ça. Il avait la conscience des devoirs de sa charge. Comment concilier esprit de liberté et soif de découverte avec les devoirs dus au clan et à la famille ? Pourrait-il dire non à son père et risquer le courroux de celui-ci ? Aurait-il le courage comme Yala de s'opposer à son père et prendre le risque de se voir bannir de Dosso et du Zarmaganda pour toujours lui aussi ? Pourquoi ne pas lui laisser cependant un peu de temps ? Pourrait-il refuser cette alliance ? Juste ce qu'il lui faudrait pour étancher sa soif de voyages et d'aventures. Le temps d'acquérir de l'expérience dans tous les domaines, y compris ceux de la guerre et…de l'amour. L'amour, il savait aussi que c'était une affaire qu'il ne fallait pas négliger. Satisfaire une femme était primordiale. Yennendi se rendit compte qu'il allait peut-être avoir une femme, mais qu'il ne connaissait rien à la chose. S'il tombait sur une femme insatiable, comment s'y prendrait-il ? S'il ne savait pas utiliser son hanji. Des cadis de la mosquée avaient dû prononcer des divorces à Dosso, sur plaintes de femmes qui n'étaient pas satisfaites de la qualité du devoir conjugal de leur mari. Quelle honte si cela devait lui arriver. Une pensée se fit jour dans son esprit. Ce bon génie malfaisant d'Issifou avait raison. Il valait mieux posséder une bonne expérience avant de se retrouver bête devant une femme, ne sachant que faire du membre incontrôlé qui battrait entre ses cuisses. Il décida qu'il accompagnerait Issifou dans les quartiers chauds de la ville. Mais il irait incognito. Il ne pourrait pas supporter l'affront de se voir pointer du doigt par quelqu'un qui l'aurait reconnu.

Le grand jour était enfin arrivé. Une effervescence particulière régnait dans la grande cour du windi de Zaago. Les allées et venues d'une myriade de domestiques, les appels et les rires gras des hommes, les voix stridentes des femmes, les cris des jeunes zankas et les pleurs des bébés réclamant le sein se mêlaient aux râles protestataires et gutturaux des dromadaires, aux hennissements des chevaux, aux bêlements des chèvres et aux aboiements des chiens. Les hommes et les femmes s'étaient levés bien avant les premières lueurs frémissantes du soleil et tous, après les premières ablutions du matin se dirigèrent vers la grande mosquée de la ville de Dosso, à l'appel du muezzin. Les femmes, quant à elles, après s'être rendues pour certaines à la mosquée, lorsqu'elles le pouvaient, s'empressaient pour la plupart devant les premiers feux et préparer la bouillie de mil ou des calebasses de riz mélangées avec des sauces dont elles avaient le secret, qu'elles agrémentaient de morceaux de viande ou de poisson. Le tout était rehaussé de piments ou d'épices odorantes qui donnaient au repas des saveurs esquisses qui venaient déjà chatouiller les narines des hommes de retour de la prière et déclenchaient déjà, les premiers gargouillements de leur panse. Elles avaient recueilli les premiers laits des mamelles des brebis ou des chèvres ou encore celles des chamelles. Elles y ajoutaient du miel pour apporter force et énergie aux hommes qui faisaient partie de la caravane. Les jeunes zankas qui ressentaient à leur tour les premières manifestations physiques délicieuses du bas de leur anatomie essayaient de cacher tant bien que mal les protubérances qui gonflaient anormalement, le devant de leur cache-sexe à la vue des wayboros aux seins nus. D'autres, sûrement plus audacieux, de jeunes alboros qui avaient fini leurs initiations quelques jours auparavant, essayaient leur charme matinal sur les jeunes wayboros qui gloussaient comme des pintades aux odes délivrées à leur beauté, sous les regards désapprobateurs des cuisinières. Elles n'hésitaient pas à chasser ces jeunes en les traitant de vauriens ou de bandits et houspillaient les jeunes filles en les renvoyant avec des injures à leurs responsabilités. Comme la plupart des hommes, Yennendi et Issifou, s'étaient levés très tôt. Comme tout bon musulman, ils avaient été à la mosquée, toute proche pour demander à Allah de veiller et de protéger la caravane chargée de ballots de coton, de taafés de toutes couleurs confectionnées par les mains expertes des femmes ou des apprentis des différentes confréries de Tchakay de la ville. Comme il se l'était promis, Yennendi était passé voir la veille au soir sa mère. Après avoir joué un peu avec sa petite sœur et l'avoir couvert de baisers sous l'œil attendri de sa mère, Yennendi s'était ouvert à cette dernière de ses inquiétudes à propos de son voyage. Alija assurait le service, avec délicatesse et efficacité. Yennendi en la regardant servir se trouvait troublé par la grâce et la beauté de la jeune femme qu'elle était devenue. Il ne put s'empêcher de ressentir comme un pincement au cœur lorsqu'il croisa le regard d'Alija. Il baissa les yeux en soupirant intérieurement. Comme elle est devenue belle se dit-il !

— Je connais la raison de ta venue, mon fils, commença Kadidjatou. Alija m'avait averti de ton arrivée et de son motif. Ton père m'avait parlé de son projet pour toi, il y a bientôt trois lunes, dit Kadidjatou à son fils. Saches que j'ai approuvé son choix, ajouta-t-elle à son fils.

Yennendi regarda sa mère avec un air de désapprobation. Celle-ci d'un seul regard noir n'eut pas besoin de parler pour le remettre à sa place, et lui éviter d'apporter une réplique qui aurait été perçue comme insolente.

— Alija et moi avions effectué le voyage jusqu'à Tillabéry, la semaine dernière afin de voir la fille de l'honorable Saliou Bakary. Elle s'appelle Maïmouna et elle est très belle. Elle est d'une famille tout à fait honorable, respectable et ils sont riches.

Kadidjatou lui rapporta également qu'elle était très bien élevée, qu'elle était réservée et soumise. Mais surtout, et ce qui était le plus important, elle était vierge. Devant les yeux ronds de Yennendi, elle lui dit :

— Que crois-tu, mon fils ? Comme le veut la coutume, il appartient à la belle-mère de vérifier la marchandise. Non seulement elle est bien dotée mais tu auras le privilège d'avoir une femme chaude comme une jument en chaleur. À mon avis, elle aimera ça à chaque fois que tu la chevaucheras, lui dit-elle dans un grand éclat de rire.

Yennendi n'en croyait pas ses oreilles. Ses yeux s'écartèrent encore plus, comme pour les laisser rouler au sol. Elle ajouta avec un sourire malicieux dans ses yeux qu'elle était bien bâtie, avec une belle poitrine et des rondeurs là où il faut.

— Elle te donnera plein de garçons vigoureux et forts.

Yennendi était outré par les propos qu'il venait d'entendre de la part de sa mère. Oubliant alors la réserve que son rang lui conférait, elle partit à nouveau dans un grand éclat de rire à la vue de son fils complètement horrifié. Elle retrouvait au fond d'elle ses souvenirs lointains du temps où elle était une belle et jeune wayboro en discussion avec ses petites camarades de même classe d'âge. Yennendi restait interdit. Il ne connaissait pas sa mère sous cet angle. Ses grands yeux roulaient comme des billes de bois dans leurs orbites. Alija qui affichait désormais une certaine complicité avec Kadidjatou ne pouvait retenir des larmes, tellement qu'elle riait des airs effarés de Yennendi et de ses mimiques indignées.

— Yennendi, je ne saurais que trop te conseiller d'aller vadrouiller ce soir avec ton ami Issifou pour te faire initier, réussit-elle à dire entre deux fous rires. C'est le meilleur conseil que je puisse te donner pour honorer la pouliche qui t'es promise, car d'après ce que j'ai pu constater, elle a une sacrée sensualité et elle te pompera tout ton jus lorsqu'elle y aura goûté.

Yennendi feignait d'être indigné par le comportement des deux femmes. Mais il ne put retenir un sourire qui illumina son beau visage devant la bonne humeur affichée de sa mère et d'Alija. Puis d'un coup Kadidjatou cessa de rire. Son regard se perdit dans le vide et des larmes vinrent affleurer à la surface de ses yeux.

— Voilà ! Mon fils aîné bien-aimé est devenu un homme. Demain, une femme de plus rentrera dans ma maison. Après cette captive que m'impose ton père et dont la vue m'insupporte, c'est maintenant une autre femme qui arrive pour me ravir mon fils.

Yennendi était complètement dérouté et comme tout jeune homme dans pareille situation, il ne savait que dire et que faire. Alija lui fit signe de partir, avec un doux sourire, radieux, mettant en valeur de belles dents bien blanches et ses yeux ambrés couleur marron foncé. Ce sourire finit de troubler totalement Yennendi qui se laissa pousser hors de la case de sa mère. La petite sœur de Yennendi, Fanti, vint se blottir dans les bras de son grand frère. Celui-ci, d'un geste affectueux, lui caressa le visage. Fanti regardait son grand frère avec admiration.

— Ce n'est pas de ta faute, lui dit-elle d'une voix douce et cristalline, sur un ton étonnement mûr pour son âge.

Yennendi regarda sa petite sœur comme s'il la voyait pour la première fois. Alija souriait et son regard allait de la petite fille au jeune alboro qui était comme un petit frère pour elle. Mais maintenant il était devenu presque un homme, aussi grand que son père et beau comme le génie des cœurs. Celui qui décochait ses flèches invisibles dans le cœur de toutes les wayboros qu'il rencontrait au bord de l'Issa Beri avant de prendre l'apparence d'un bel alboro pour les séduire.

— Je passerai ce soir avant ta sortie avec Issifou. Nous consulterons les cauris pour ton voyage. Tu as grandi, Yennendi. Te voilà devenu un beau parti et surtout un bel homme. Et c'est ce que ta mère pleure. Tu n'es plus son petit arwasu. Une autre femme prendra place avant elle dans ton cœur. C'est cela qu'elle pleure.

Yennendi s'en alla sans se retourner. Alija le suivit du regard jusqu'à ce qu'il disparaisse dans la noirceur de la nuit calme qui venait de tomber. Les grillons venaient de se lever. Leurs cris célébraient la beauté de la lune par frottement de leurs élytres. Une atmosphère de paix chargée de sensualité monta à travers ses narines. Elle aspira une grande bouffée d'air frais et soupira sur l'image du beau jeune homme qui s'évanouissait dans la nuit, avant de fermer la porte de la concession. Elle se dirigea vers les cuisines pour donner ses instructions aux domestiques au service de Kadidjatou, avec un étrange sourire qui illuminait son beau visage.

Les deux compères avaient quitté la case, située dans l'école d'arme du père de Yennendi à la tombée de la nuit. Ils avaient traversé presque incognito toute la petite ville de Dosso, pour se retrouver dans le quartier marchand où s'adonnaient nuit et jour toutes sortes de commerçants locaux ou de passage à tous les trafics possibles. La place du marché était encore grouillante de monde qui hélait le passant dans le but de lui faire acheter tout et n'importe quoi. Des infirmes et des mendiants en quête de nourriture entrechoquaient des cauris dans des écuelles en calebasse sans âge. Des groupes de jeunes hommes se tenaient parfois à l'affût prêt à commettre des larcins ou à détrousser l'étranger venu s'aventurer seul et par hasard dans le quartier. Quelques soldats de l'Askia buvaient des litres de bière de mil auprès des échoppes des commerçantes en riant au lieu d'assurer la sécurité des lieux. L'emplacement gardait encore les odeurs des mélanges des épices colorées rouge, jaune et ocre, les odeurs de piments, de légumes variés. L'odeur des plats cuisinés des viandes et des poissons cuits dans la journée s'accrochait aux étals et aux murs et pénétrait les narines pour arriver jusqu'à l'estomac, qui se manifestait bruyamment alors qu'on venait de prendre pourtant un repas l'heure précédente. Les différents modes de cuisson de l'art culinaire zarma mettaient à rude épreuve les sens olfactifs des hommes. L'odeur forte et salée des poissons fumés ou séchés, les viandes marinées dans des solutions d'huile de palme, de sel, de citron, d'ail et d'oignons prenaient les deux alboros aux narines. Issifou adorait et humait l'air comme un animal en chasse. Yennendi, moins habitué à fréquenter ces lieux se cachait de temps en temps derrière son chèche qui lui servait de foulard. Les odeurs des tissus, des taafés, des solutions d'indigo, de colorants orange, verts ou bleus piquaient ses narines et commençaient à l'indisposer. Vêtus comme des gens du cru, en pantalon bouffant, une tunique sans manche par-dessus avec un chèche autour du cou et de la tête, Yennendi savait qu'il ne pouvait être reconnu. Et même ! Qu'avait-il à craindre réellement ? La présence d'Issifou le rassurait. Ils s'engouffrèrent dans une ruelle sombre, d'où les seules lumières qu'ils distinguaient étaient celles qui leur parvenaient à travers des rideaux de pagnes qui couvraient les entrées et les fenêtres des cases. De nombreuses femmes se tenaient debout, devant les portes de leur case, les seins nus, vêtues d'un simple taafé court autour des reins ou pour certaines de cache-sexe avec des pièces argentées et scintillantes que les reflets de la lune faisaient briller. Elles se voyaient de loin. Yennendi remarqua que nombre d'entre elles n'étaient pas zarma, rien qu'à leur accent ou n'étaient pas originaires de Dosso. Elles parlaient des langues qu'il reconnaissait plus ou moins. Mais certaines langues parlées lui étaient complètement étrangères. Il ne put en déterminer davantage l'origine. Il réalisa que c'était la première fois qu'il quittait réellement son quartier, seul depuis son initiation. Ils s'arrêtèrent devant la case d'une de ces femmes. Elle était grande, belle, très belle. Son visage était assez clair, le nez bien fait, une bouche pulpeuse garnie de dents bien blanches. Elle leur adressa un sourire qui leur fit perdre la belle assurance qu'ils affichaient jusque-là. Leur timidité remonta à la surface, en même temps qu'une chose qui gonflait instantanément dans leur sarouel, aspiré par une enveloppe de sensualité qui se dégageait du corps de cette femme. Issifou ne savait plus quoi dire et Yennendi n'osait pas la regarder dans les yeux. Elle devait avoir entre trente-cinq et quarante pluies. Ses seins étaient lourds, bien dessinés, remplis, en forme de papaye. Sûrement avait-elle dû connaître les affres de l'enfantement. Son corps était ferme, la taille également bien dessinée, sans gras. Les hanches larges et les rondeurs qu'elle affichait à l'arrière laissaient deviner une chute de reins qui donnait envie de coller autre chose que le seul regard. D'une voix calme et mûre, elle les invita à entrer dans sa demeure qui était grande, bien aérée et dont la pièce principale baignait dans un halo de lumière rouge qui paraissait sorti de nulle part. Le sol était jonché d'épais tapis et de coussins et un foyer central distillait une chaleur et des odeurs qui invitaient le voyageur de passage à la détente, la paix et la félicité. Les deux amis avaient l'impression de se trouver au paradis des génies bienfaisants où tous les ancêtres méritants, ceux qui avaient accompli des exploits ou marqué leur temps par leur bonté ou leurs arts, se trouvaient réunis. Elle s'approcha d'eux, vêtue seulement d'un cache-sexe, en fin tissu blanc transparent, avec un verre de bière de mil dans chaque main, qu'elle tendit à chacun. Issifou et Yennendi, assis sur d'épais coussins rembourrés, avaient les yeux qui leur sortirent de la tête lorsqu'elle s'approcha d'eux. La protubérance de son sexe se laissait discerner à travers le morceau d'étoffe finement cousu. Elle leur sourit. Elle leur glissa à chacun un léger et doux baiser parfumé sur la joue puis se leva et dégrafa avec un geste à peine perceptible le morceau de tissu qui couvrait son fruit intime. Issifou lâcha son écuelle de bière de mil et se mit debout instantanément, comme un ressort, tremblant, avec quelque chose d'énorme tendu à se rompre, qui donnait une déformation abominable à son sarouel au niveau de bassin. Quant à Yennendi, tétanisé par une forme de paralysie des membres, seul son Hanji faisait des bonds d'acrobate dans son sarouel. Elle se lova langoureusement entre les deux jeunes alboros puis se laissa glisser doucement vers les coussins disposés en nombre sur les tapis au sol, entraînant avec elle Yennendi et Issifou, fous de désir. Les deux jeunes avaient perdu pratiquement tout contrôle et s'appropriaient le corps de cette maîtresse-femme, maladroitement, avec leur bouche en s'attardant sur ses seins dont ils gobaient chacun, goulûment les tétons, malaxant ses hanches pleines, fourrant leurs mains dans l'entre cuisse chaude et humide de son intimité gonflée de désir pour les deux amis. Se laissant guider habilement par l'expérience de leur hôtesse, Yennendi et Issifou la possédèrent l'un et l'autre ou en même temps avec toute la fougue de leur jeunesse au grand ravissement de celle-ci qui les encourageait par des gémissements et des râles de plaisir qu'ils lui procuraient. C'est épuisé et repus par des ébats intensifs et puissants qu'ils se laissèrent aller à une pause bien méritée, le souffle court, haletant, leur corps couvert de sueur, terrassés par la force de leur jouissance. Ils se désaltérèrent à nouveau avec des écuelles remplies d'eau fraîche, qu'une autre femme, à priori plus jeune et tout aussi belle avait apportée discrètement. Issifou sentit le désir le reprendre aussitôt à la vue de cette belle femme, nue elle aussi, les reins ceints par une fine ceinture de fils d'or et cuivre tressé. Mais la belle inconnue, avec un sourire autant avenant que la précédente, lui fit comprendre qu'il devait se reposer encore un peu avant de pouvoir chevaucher à nouveau.

Perdu dans les embruns des effets de la bière de mil et les odeurs des parfums de la pièce, Yennendi était pensif. Il repassait sans cesse dans sa tête les propos que lui avait tenus sa mère. Pourquoi son père a tant fait mystère de ses desseins ? Et puis il ne se sentait pas vraiment prêt à prendre femme. Il pensait qu'il aurait le temps de vivre quelques aventures et visiter ainsi des royaumes dont les noms étaient sans cesse répétés depuis sa plus tendre enfance : les cités-États hawsas, le royaume du Morgho-Naba dans le pays mossi ou celui du Yatenga en pays Gourmantché. Le redoutable royaume d'Abomey et leurs redoutables prêtresses vaudou ou les amazones, ces femmes guerrières dont la renommée remontait jusqu'au Zarmaganda, et bien d'autres territoires, si possible. Ce que Yennendi voulait, c'était tout simplement d'acquérir de l'expérience et de pouvoir succéder à son père avec le plus d'atouts possible. Bien qu'il fût au courant des us et coutumes de la société, et qu'il était normal de consolider les acquis par des alliances et des mariages entre grandes familles, Il ne se sentait pas prêt à assumer cette charge. Une femme, des enfants, donner l'apparence, oui, Yennendi ne se sentait vraiment pas prêt à une telle éventualité, du moins pas maintenant. Il pensa à son ami Yala qui avait eu le courage de partir, après avoir tenu tête à son père de faire de lui un tchakay comme lui. D'ailleurs, il l'admirait. Où était-il en ce moment, se demanda Yennendi ? Que faisait-il ? Aurais-je eu le courage d'agir comme lui, pensa-t-il ? Qu'aurait dit mon père, le prince Zaago ? Et sa mère, aurait-elle la force de survivre à son départ, lui son petit garçon ? Et puis, quelques heures avant leur virée nocturne Alija était venue le voir. Il ressassait dans sa tête les paroles, qu'elle aussi lui avait prédit après avoir jeté les cauris au sol.

— Tu iras et tu verras cette fille, Maïmouna qu'elle s'appelle. Elle te plaira tout comme ton père a plu à ta mère lors de son premier regard. Je l'ai vu. Elle a l'air d'avoir du caractère comme ta mère. Je crois que c'est ce qui lui a plu en elle. Elle se revoit au même âge, lorsqu'elle a vu ton père pour la première fois.

Elle s'arrêta un instant en auscultant les cauris avec plus d'attention. Elle prit un peu d'eau dans une calebasse posée à côté d'elle et en versa sur les cauris. Yennendi essayait de comprendre ce qu'elle pouvait bien observer dans ses cauris. Mais il ne distinguait rien. Il fixa le visage d'Alija et perçut dans son regard une note d'inquiétude. Il n'osait pas l'interrompre, mais il se mordait les lèvres, s'empêchant de la presser de questions. Quelque chose n'allait pas. Alija poussa enfin un grand soupir comme rassurée par ce qu'elle venait de voir. Ensuite, après un long silence, elle reprit la parole.

— Il y aura aussi du danger. Il va arriver quelque chose de grave à Tillabéry. Je vois des étrangers venus du nord. Je vois des choses très dures. Mais toi, tu reviendras grandi et couvert d'une belle renommée de guerrier intrépide, lui dit Alija dans un sourire qui troubla une fois de plus Yennendi. Mais les dieux prendront en retour la vie d'un être qui t'es cher.

— Qui demanda Yennendi se relevant brusquement, visiblement secoué par cette révélation ?

Alija ne répondit pas à la question. Elle se contenta de fermer les yeux et elle entama un chant, tout bas, presque murmuré avec une voix douce, mélodieuse mêlée de tristesse. Yennendi mit genou à terre devant elle, la prit tendrement par les épaules et la fixa droit dans les yeux.

— Qui demanda-t-il, avec une voix sortie presque brusquement de l'adolescence ? Alija, je t'en supplie, dis-moi qui ? Issifou ? Harben ?

Alija fit non de la tête. Une nouvelle fois, d'une voix encore plus grave, il lui demanda qui perdrait la vie dans cette expédition.

— C'est Aliou répondit Alija. C'est Aliou. C'est son destin. Les dieux réclament, le prix de son sang pour te laisser la vie sauve. Tu ne peux aller à l'encontre de son destin. Tu ne dois pas l'empêcher de partir, car j'entrevois ce que tu veux faire, Yennendi. Il va falloir que je puisse voir Dewel, elle aura besoin de beaucoup d'aide.

Devant le regard interrogateur de Yennendi, elle lui confia qu'Aliou avait demandé à Zaago la main de la captive, dame de compagnie de la deuxième femme de ton père, en appuyant quelque peu sur " la femme ". Aliou ne le sait pas encore, mais Dewel attend un enfant de lui. Yennendi ne savait que dire. Il baissa ses yeux lorsque Alija leva son regard vers lui avec des yeux pleins de larmes. "Tu reviendras grandi ". Les mots d'Alija résonnaient en lui comme l'enclume d'un forgeron sous les assauts répétés d'une masse. Qu'allait-il advenir ? De quel danger parlait-elle ? Il n'eut pas le temps d'y réfléchir plus longtemps. Issifou l'arracha à ses pensées moroses en lui donnant une tape amicale sur les épaules en l'invitant à jouir des plaisirs qu'ils venaient de découvrir tous les deux, des mains et de la bouche experte de la maîtresse-femme qui s'occupait d'eux depuis plusieurs heures maintenant. Ils avaient joui l'un et l'autre en même temps, puis l'un après l'autre du corps parfumé, enivré et envoûtant de cette femme aux seins beaux, lourds et aux rondeurs bien faites. Ils ne s'étaient pas rassasiés avant d'avoir usé et abusé de corps de leur hôtesse plusieurs fois de suite, de leurs allées et venues entre ses cuisses glabres et offertes. Ils avaient goûté l'un et l'autre au nectar du fruit voluptueux de la femme, jouit l'un après l'autre de la deuxième beauté qui était venue quelques heures plus tôt et qui les avait rejoints pour s'adonner avec eux à l'extase du plaisir. Dans la case, l'éclairage feutré émanant de plusieurs torches sous cloche rouge, percées sur le dessus, laissait échapper des fumées odorantes d'encens et d'essences fruitées et fleuries. Yennendi se retourna vers son ami, avec un sourire de reconnaissance. Il attira une nouvelle fois la beauté qui s'était jointe quelques instants plutôt à leurs ébats. Il lui caressa le visage avec délicatesse malgré les gestes encore peu assurés et timides. Celle-ci lui prit les mains, puis les porta sur sa poitrine aux tétons dressés et durcis, entourés par de larges auréoles plus noires que le reste de son corps. Elle enfouit son visage entre les cuisses de Yennendi. Il se laissa aller en arrière en retombant sur les épais coussins et tapis qui recouvraient tout le sol de la case en poussant de petits grognements de satisfaction, les yeux mi-clos, la tête en arrière. À côté de lui, Issifou, possédait pour l'énième fois, la maîtresse-femme qui faisait de lui un homme. Yennendi se redressa, le membre une nouvelle revigoré, dressé bien au-delà du droit absolu puis se laissa tout doucement guider vers le fruit juteux de la beauté qui s'offrait à lui. Il la pénétra, presque sauvagement, se libérant des carcans et des conformismes de son rang. Il se laissa aller complètement sans retenue et prit possession du corps de son hôtesse encore et encore avec au bout des lèvres le nom d'Alija prononcé plusieurs fois de suite. La jeune, femme, elle aussi aux seins gonflés comme des outres, à la chute de reins vertigineuse et à la peau douce comme de la soie, se laissa prendre autant de fois qu'il le désirait.

— Tu peux m'appeler comme il te plait, mon Khoyze, répétait-elle à chaque fois que le nom d'Alija était prononcé.

Comme une forme d'auto-émulation, les deux jeunes hommes mirent un point d'honneur ce soir-là dans le quartier chaud de Dosso, à devenir des hommes. Des hommes qui sauraient de quoi parler lorsque leurs camarades envieux les interrogeraient sur l'intimité des wayboros. C'est, enivrés des plaisirs encore frais dans leur tête et leurs corps, qu'au petit matin, juste avant que le soleil ne se lève et que le muezzin appelle à la première prière, qu'ils se dirigèrent à grands pas vers l'école d'armes de Zaago, pour se préparer au voyage dans quelques heures. Ils entrèrent presque en trombe dans la chambrée qu'ils occupaient. C'est presque nu qu'ils se mirent à courir vers l'enclos où se trouvaient les bacs pour faire disparaître toutes traces visibles ou odorantes de leurs exploits, trop conscient du fait que les matrones des lieux avaient l'œil expert, le nez fin, la parole acerbe et aiguisée pour détecter ce qu'elles n'auraient pas manqué de qualifier de comportement des bas-fonds. De plus, elles ne manqueraient pas de colporter à qui veulent entendre les ragots sur des alboros de la bonne société vue dans les quartiers chauds de Dosso. Puis toujours au pas de course ils allèrent se vêtir de leurs plus beaux habits afin de se rendre à la mosquée au moment-même où le muezzin appelait à la première prière. Tout auréolés de leurs exploits nocturnes, les deux compères arrivèrent à la mosquée. C'est avec un sourire complice et entendu qu'ils enlevèrent leurs samaras comme tous pieux musulman et qu'ils s'inclinèrent devant Allah en prononçant les premières sourates :

— Al lahou akbar' Al lahou akbar 'Acha hadou an lâ ilaha illal—lahou. Ach' hadou ana Muhammad rasûlu llâhi J'atteste qu'il n'y a d'autres divinités qui méritent l'adoration d'Allah et que Muhammad est son prophète.

Pourtant, Yennendi ne pouvait s'empêcher de penser aux révélations d'Alija. Aliou, celui qui avait été l'annonceur de sa naissance, il y a maintenant plus de seize pluies, son camarade d'école d'arme, page de son père, Aliou, fraîchement fiancé à la dame de compagnie de Penda, deuxième femme de son père, Aliou bientôt père à presque vingt-quatre pluies, Aliou son ami allait mourir. Issifou avait perçu le trouble qui perturbait son ami. Il ne manqua pas de penser qu'il demanderait à son ami les raisons de ses inquiétudes à la sortie de la mosquée.

— O Allah, Dieu tout puissant, commandeur aux hommes et aux esprits de ce monde. O Allah, protège Aliou et Dewel, faites que les prédictions d'Alija ne soient que mauvaises interprétations. Portez un regard bienveillant à la caravane de mon père, je vous en supplie, ô grand Dieu ! demanda Yennendi en se prosternant.

Il se remit debout, passa ses mains sur son visage et remercia Allah de sa bienveillance sur sa personne. Il regarda vers le plafond couleur de latérite, illuminé tout d'un coup par les rayons du soleil qui achevait son lever. Le plafond et les murs pénétrés d'une lumière et prenaient une teinte cuivre-or. Une certitude se fit jour dans son cœur. Allah avait entendu ses paroles. Aliou ne mourra pas. Il reviendrait, comme lui, couvert de gloire et vainqueur des épreuves qui les attendaient pour faire d'eux de vrais guerriers. Alija s'était trompé.

Un cor de gazelle dans lequel souffla un homme retentit dans tout le quartier où habitait Zaago. Harben, superbe, habillé lui aussi de ses plus beaux habits leva le bras pour donner le signal du départ. Aliou et Issifou, qui maîtrisaient mal l'art de l'équitation et qui avaient préféré monter des dromadaires de combat agitèrent leur cravache en peau de bœuf tressé devant les yeux de leur monture, qui se levèrent en râlant. Des guerriers zarmas, eux aussi montés sur des dromadaires de combat, imitèrent Aliou et Issifou sous la direction des maîtres d'armes de Zaago, les inséparables Idrissa Djibo et Mamane Oumarou. Yennendi tira sur les rênes de son cheval à la belle robe noire de jais qui se cabra en poussant un long hennissement vers le ciel. Le soleil s'était déjà levé depuis quelques heures, en affichant le beau disque d'or qu'il avait dans sa collection de scintillants et décocha ses plus beaux rayons eux aussi en or sur la caravane qui commençait tout doucement à s'ébranler, chameaux après chameaux, chargés de tonnes de marchandises de toutes sortes, taafés, peaux de panthère, de gazelle, divers objets en cuivre, en argent et en or, de barres de sel et bien d'autres choses. Chevaux après chevaux, montés par des cavaliers zarmas, redoutablement armés et harnachés, détachés des troupes de l'Askia pour protéger l'expédition. Un troupeau de chèvres, de moutons et de zébus mêlés accompagnés par une dizaine de zankas munis de longs bâtons et de leurs chiens, mettaient un point d'honneur à maintenir les bovins et les ovins dans un périmètre précis et fermaient la marche de la caravane. Zaago avait le sourire aux lèvres. Il était fier de son fils. Celui-ci avait accueilli sans surprise la missive entourée d'une protection en peau de gazelle tannée de couleur jaune et brune qui se trouvait dans un étui en cuir bouilli rouge, dessiné de motifs du Coran, hermétiquement fermé. Yennendi avait devancé ses propos en lui disant qu'il savait ce qu'était cette lettre. Zaago avait hoché la tête et posa ses mains sur la tête de son fils afin de le bénir et lui souhaiter succès et bonne chance. Kadidjatou accompagnée de sa fille Fanti et d'Alija étaient là elles aussi. Yennendi avait posé quelques instants sa sœur sur sa monture et avait effectué avec elle quelques petits trots autour d'un groupe de badauds venus assister au départ. Fanti était aux anges sur la monture de son frère, protégée dans ses bras. Puis il aperçut Penda Sow, restée à l'arrière de Kadidjatou avec son fils Adama sur les hanches. Il s'approcha avec sa monture vers elle, la salua respectueusement et demanda à porter son frère sur son cheval. Le beau visage de Penda s'éclaira d'un sourire lumineux. Elle lui tendit son fils, qu'il fit asseoir devant lui sur la selle. Qu'est-ce qu'il ressemblait à sa mère nota Yennendi. Adama, aussi fier que sa sœur Fanti mais nettement moins courageux lorsque le cheval commença à marcher. C'est avec un grand rire que Yennendi rendit son petit frère à sa mère, non sans lui avoir donné un petit souvenir, une petite tête en bois qu'il avait sculpté soir après soir, après ses dures journées d'apprentissage de guerrier. Adama se réfugia dans les jambes de sa mère en brandissant le cadeau offert. Penda lui gratifia du plus beau sourire jamais vu au Zarmaganda depuis très longtemps. Puis, après l'avoir remercié de sa générosité et de son respect, mis ses mains sur sa tête et bénit Yennendi.

— Que les génies de la savane ainsi qu'Allah puissent te ramener sain et sauf. Je préparerai une belle cérémonie en ton honneur à ton retour, si bien sûr, ta mère et mon Khoyze approuvent, ma requête dit-elle en le regardant avec douceur et révérence.

Kadidjatou et Zaago répondirent en même temps du même hochement de tête. Surtout Zaago qui sentit battre son cœur en la regardant avec intensité. Kadidjatou semblait moins enthousiaste, mais consentit à la demande de la concubine de son mari. Puis Yennendi se tourna vers la belle Alija. Ils se regardèrent un instant fixement. Le regard de Yennendi était teinté de douceur et d'intensité. Alija baissa cette fois-ci les yeux par respect aux usages dus au rang de Yennendi, mais surtout pour ne pas afficher la gêne qui vint à ce moment troubler son regard et serrer sa gorge. Yennendi entendit la voix d'Alija comme si elle lui parlait directement dans sa tête. Cette voix lui disait l'admiration qu'elle éprouvait à le voir ainsi, maintenant qu'il était devenu un homme et connut la femme. Mais cette voix dans sa tête lui disait aussi qu'elle ne serait jamais autre chose qu'une grande sœur qui serait toujours là pour lui, dévoyée à son service absolu. Cette voix lui disait qu'elle l'accompagnait dans son voyage et serait là pour le protéger des puissances qui essaieront de s'en prendre à lui. Yennendi regarda une nouvelle fois Alija comme pour lui dire merci des mots qu'elle venait de lui confier. Elle lui rendit son merci en clignant des yeux, fière d'avoir pu communiquer par la pensée. Yennendi ressentit un soulagement immense, se sentant comme libéré de la femme dont il avait eu à prononcer le prénom lors de ses ébats amoureux de la veille. Il était libre d'aimer maintenant qui il voulait. Il ajouta en pensée vers la belle plante qu'était devenue Alija, qu'il lui trouvera un mari à ramener dans ses bagages en lui rendant une fois de plus son sourire. Il s'entendit répondre que rien ne lui serait plus agréable que d'être à son service et non pas au service d'un autre homme. Yennendi secoua sa tête dans une approbation silencieuse. Les quelques secondes d'échange de paroles non prononcées entre Yennendi et Alija n'échappèrent pas à Kadidjatou. Elle devina qu'un lien particulier unissait ces deux êtres et une légère pique d'envie et peut-être de jalousie vint serrer son cœur. Elle se souvint qu'un jour, elle s'était dit qu'il lui faudrait rendre sa liberté à Alija. Peut-être que le moment était venu de la faire partir vers d'autres cieux, vers son destin. Elle craignait sans doute malgré tout ce qui les oppose, qu'Alija devienne, la femme de cœur secrète de son fils. Kadidjatou observa Alija à la dérobée. Mais Alija sentit le poids du regard de sa maîtresse. Elle pivota pour venir se placer face à elle. Les deux femmes s'affrontèrent un instant, Alija ayant dû baisser les yeux comme l'usage le demandait. Mais elle ne s'exécuta pas. Ce jour-là, seul Allah sait ce qu'elles se sont échangées à ce moment.

C'est dans un hennissement qui montait vers le ciel, le cheval cabré presque à la verticale, Yennendi brandissant l'étui au bout de son bras levé, que Zaago secoua sa main levée vers son fils pour le libérer. Yennendi, éperonnant son étalon noir, richement habillé par une selle magnifique, le lança au galop pour rejoindre Harben, Aliou et Issifou en tête du convoi. Arrivé à la hauteur d'Harben, il se retourna, fier, avec un large sourire aux lèvres pour admirer la caravane qui s'étendait à perte de vue. Harben, pour une fois souriant lui aussi dit que la caravane se composait d'au moins d'une centaine de dromadaires dont vingt de combat. Il y avait cinquante cavaliers armés et montés sur chevaux en plus d'Idrissa, Mamane et Aliou. Le reste était des commerçants qui se joignaient à la caravane de Zaago. Yennendi le regarda avec un sifflement sorti droit des poumons.

— Te voilà général d'une armée dit-il à Harben dans un grand éclat de rire, oubliant toute réserve.

Harben le regarda froidement, son sourire venant de disparaître d'un seul coup, comme s'il n'en avait jamais eu. Puis d'un air plus que grave, il s'adressa à Yennendi avec une voix presque froide.

— Certes Yennendi ! Mais que vois-tu ?

Yennendi regarda Harben, interloqué par la question, ce dernier le regardant comme s'il regardait un cafard. Ce que lut Yennendi dans ses yeux. Il n'apprécia guère.

— Ce que je vois, demandant Yennendi ? Mais une grande caravane qui va faire commerce jusqu'à Tillabéry et peut-être au-delà !

Harben stoppa son cheval. Puis approchant son visage du jeune alboro, il lui demanda ce qu'il avait retenu de tout ce qu'il lui apprenait. Faisant fi des conventions qui régissaient les rapports entre un noble et un esclave, il le traita à voix basse d'hyène stupide. Yennendi ouvrit la bouche dans un rond parfait, tandis que ses yeux s'ouvrirent comme pour mieux avaler la lumière du soleil. Comment lui, un horso, pouvait-il lui parler sur ce ton ? Harben ne se laissa pas démonter par les airs offusqués de Yennendi. Idrissa Djibo et Mamane Oumarou, juchés sur la bosse de leurs dromadaires qui avançaient d'un pas nonchalant mais tout de même alerte, passèrent devant eux avec un regard à la fois interrogateur et inexpressif. Leur tête se tournait en même temps et au même moment au fur et mesure de l'avancée de leurs montures jusqu'à se tordre les vertèbres pour comprendre ce qui se disait entre les deux hommes. Les faubourgs de la petite ville avaient été dépassés depuis plusieurs minutes par la tête de la caravane alors que le reste se trouvait encore au centre-ville. Harben s'approcha à nouveau de Yennendi et répéta sa question, cette fois-ci plus doucement.

— Que vois-tu, Khoyze ?

Yennendi nota cette fois-ci le ton respectueux qu'il avait pris, mais surtout Harben l'appelait pour la première fois par un titre qu'il n'avait pas encore. Ravalant sa vexation, bien qu'il se soit senti humilié des propos d'Harben, il resta très calme et demanda modestement à Harben de lui faire comprendre là où il voulait en venir. Harben nota avec satisfaction le calme que Yennendi abhorra.

— Khoyze, regardes ! Tu as une caravane de près de 200 montures dromadaires et chevaux. Tu as plus de cinquante soldats et près de huit cents personnes, femmes et enfants compris. Ce n'est pas moi le général, mais toi, tu es le capitaine ! Voici la tâche que ton père te confie. Voilà ce que je veux dont tu prennes conscience, car cela fait partie de ton apprentissage. Voilà aujourd'hui ta première grande responsabilité. Ton mariage, Khoyze, ce n'est rien comparé au fait que tu seras personnellement responsable devant ton père et la ville si un désastre advenait.

Yennendi stoppa net son cheval et regarda Harben sans mot dire. Son regard devint brusquement sérieux et toute envie de sourire, de plaisanter ou de donner libre court à ses envies sortis instantanément de sa tête. Il regarda à l'arrière. Il mesura et pesa la tâche énorme qui pesait sur ses épaules. Les cavaliers, les soldats de l'Askia, ses amis, Issifou et Aliou, passèrent devant lui en le regardant. Et il vit, là, tous ces hommes dont son père lui avait confié la responsabilité. Il avait la lourde tâche de les mener et les ramener à bon port. Il éperonna son étalon et lui commanda de faire demi-tour. Il remonta la colonne au petit trot, croisant tout ce monde constitué par la masse d'hommes, de femmes et d'enfants à sa charge. Chaque homme le gratifiait d'un salut de la main et lui, leur répondait d'un signe de tête majestueux. Chaque femme le saluait d'un youyou strident auquel il répondait par un sourire. Chaque enfant scandait son nom. Il leur répondait par un salut de la main. Il remonta ainsi toute la colonne jusqu'aux derniers bergers, qui poussaient devant eux leur cheptel, avec l'aide de chiens, s'efforçant de garder l'allure imposée par les dromadaires et les chevaux. Harben, d'un signe, avait confié momentanément le commandement de la caravane à ses lieutenants, Idrissa et Mamane. Il alla retrouver son protégé, tranquillement, avec le sourire d'un précepteur satisfait par les résultats de son élève. Les deux cavaliers réunis, c'est ensemble qu'ils s'élancèrent au galop, comme dans une course pour aller happer en bout de piste le trophée de la victoire. On avait parfois l'impression de voir filer deux flèches, une noire et l'autre blanche, couleur de la robe de leurs chevaux, comme tirées par Dongo, le maître tout-puissant de la nature. Les herbes jaunes de la savane, séchées par le soleil implacable qui tapait en cette saison sèche, ondulaient sur leur passage. C'était comme une révérence offerte en leur honneur. Puis elles se redressaient après leur passage éclair. La piste qui sortait de Dosso vers la ville de Tillabéry était large et on pouvait voir parfois se croiser deux caravanes sans pour cela que l'une ou l'autre soit gênée par des incidents d'accrochage, malgré le sentiment de désordre qui pouvait s'ensuivre. La caravane incurva légèrement vers la gauche en se dirigeant vers le nord du royaume, là où se trouvait la ville de Tillabéry. À l'allure à laquelle il allait, il faudra bien pour au moins trois jours de marche. Yennendi, retenant les tactiques de combat maintes fois répétées lors de son initiation, des cours d'Harben et des maîtres d'armes de son père, suggéra à Harben de confier à Issifou, une petite unité de soldats montés sur dromadaires, afin d'éclairer et reconnaître l'itinéraire et les flancs de la caravane. L'autre mission de ces hommes serait également de reconnaître les points d'eau et leur accessibilité pour les animaux de la caravane. Harben, en expert, d'un signe de tête, approuva ravi, la proposition et la sage décision de son élève. Il connaissait les dons d'Issifou pour la chasse et son habileté à relever la piste de n'importe quel animal dangereux ou d'hommes aux intentions hostiles. Il avait le don de déterminer la direction, le temps, le nombre et les intentions d'hommes qu'on pourrait qualifier d'alliés ou d'ennemis. Harben fit un signe discret à Idrissa qui éperonna sa monture afin d'apporter son aide et son expertise à la troupe de jeunes soldats qui accompagnaient Issifou. Les trois maîtres d'armes avaient bien noté avant le départ, rien qu'en les passant en revue, qu'ils n'avaient aucune expérience du combat. Il en était de même pour les cavaliers à cheval. Même s'ils étaient bons cavaliers, l'expérience du combat leur faisait défaut à eux aussi. Yennendi avait deviné les pensées de son mentor. Il regarda partir la petite troupe aux ordres d'Issifou, trop ravie de pouvoir mettre en pratique ses apprentissages et son expérience de la confrérie des Gaw à laquelle il appartenait depuis son exploit lors de son initiation. N'avait-il pas, à son âge, le droit de porter à présent la peau de panthère pour toutes les cérémonies ? Ainsi, Issifou se trouvait propulser à un peu plus de dix-sept pluies, lieutenant de son ami d'enfance et sûrement futur général des hommes que Yennendi aurait peut-être à mener un jour en guerre plus tard, si Allah leur prêtait vie.

— Qu'Allah les aide à devenir rapidement de vrais soldats. Ils en auront besoin très bientôt, murmura Yennendi tout bas, les yeux brillants d'excitation, sous le regard quelque peu interrogateur d'Harben, qui avait entendu ses propos.

Le cachot

Yennendi sursauta à l'évocation de cette pensée. Cela le fit sortir de la torpeur qui lui permettait d'échapper à ses bourreaux. Mais il n'y avait plus rien. Les images, qui un instant plutôt défilaient devant ses yeux, n'étaient plus. Plus d'Harben, plus d'Issifou, plus de caravane, comme si tout s'était évaporé comme un mirage dans le désert. Yennendi avait l'impression de devenir fou. Il tâtonnait de ses mains le vide à la recherche des hommes et des femmes qui étaient là, il y a un instant à peine. Mais, seuls quatre murs suintants et puants d'humidité répondaient à son regard désespéré. Il secoua sa tête comme un cheval pour reprendre ses esprits. Il était persuadé qu'il avait parlé à Harben. Les dieux avaient pris l'habitude de lui envoyer des images et des souvenirs de son pays, afin de soulager son cœur, son corps et son âme des tortures permanentes dont il était l'objet depuis bientôt plusieurs lunes. Malgré la saleté et la puanteur de la cellule pourrie dans laquelle il végétait depuis des semaines, son rêve lui laissait dans les narines le doux souvenir du parfum odorant des fleurs de la savane et du fleuve qui traversait son pays. Ses oreilles retentissaient encore des tintements des cloches, des bêlements des chèvres et des moutons qui buvaient dans l'Issa Beri avant de continuer leur route vers Tillabéry. Ses yeux gardaient la vision des chameaux chargés des marchandises et des cadeaux destinés à Saliou Bakary. Il revoyait le galop des chevaux sur la piste en latérite, soulevant des nuages de poussière rouge sous les éperons des cavaliers. Mais à présent, toutes ces odeurs, tous ces bruits et toutes ces visions étaient peu à peu remplacés par la réalité. Cette réalité qui lui prenait aux narines était celle de l'odeur de l'humidité des murs rongés par le ruissellement continu de filets d'eau qui pénétrait les murs et pourrissait les pierres qui s'effritaient au fil du temps grain par grain. C'était celle des flaques d'eau stagnantes et saumâtres, éparses sur le sol de son cachot. S'ajoutaient à cela, inscrits dans le sol pavé de sa cellule, les souvenirs des émanations des locataires précédents qui avaient imprégné de leur transpiration, de leur sang, de leur urine et de leur défécation le cachot nauséabond et misérable dont il était le nouveau locataire. Les derniers flashs de son rêve lui permettaient de ressentir encore, les moments heureux de sa vie. Ses blessures reçues la veille lui faisaient mal. Des bandes de tissu plus ou moins mal ajustées étaient posées sur les plaies, que les fusils des soldats lui avaient occasionnées. Ainsi, donc, il avait été soigné ! Du fond de son puits de rêves, il n'avait rien senti. Yennendi sentit des larmes amères lui monter aux yeux. Il se laissa glisser, tout doucement vers le sol en balayant de ses mains entravées l'espace sur lequel il se trouvait, comme un chiot tournant sur lui-même avant de se coucher ou agiter des spasmes d'un rêve malheureux. Comme un enfant qui cherche le sein de sa mère, lentement, il replia ses jambes dans la position d'un bébé qui se blottit dans les bras protecteurs de sa maman. Des larmes mouillèrent ses yeux au début puis, rapidement, comme les flots de l'Issa Beri grossis par les pluies diluviennes de l'hivernage, elles vinrent inondées son visage tuméfié par les coups continus qu'il recevait nuit et jour. Une douleur sortie des profondeurs de son ventre monta de plus en plus forte vers sa gorge. Les sanglots qu'accompagnait cette douleur secouaient son corps comme un être animé de tremblements incontrôlables. Il ne pouvait plus retenir le cri qui sortit de sa poitrine. Un cri puissant, un cri gonflé d'amertume, de souffrance et de peur. Un cri chargé de révolte et de haine qui secouait les murs et le sol de son cachot. Son cri se propagea à travers les murs, passa par la lourde porte fermée par un nombre incalculable de tours de clef, et comme porté par un fantôme, gravit un à un les escaliers qui menaient à la salle des gardes armés, réservée pour le repos et les repas. Les soudards, qui s'y trouvaient, perçurent un frisson le long du dos qui leur dressa le duvet à la base de la nuque. Les gestes se figèrent, comme arrêté par l'imminence d'une catastrophe annoncée. Certains, parmi les plus anciens, avaient souvenir des mêmes signes qui annonçaient la colère subite de la montagne qui dominait la ville et dont les fumeroles présageaient de la catastrophe imminente et dévastatrice, manifestée par des secousses répétées avant de laisser éclater toute sa fureur. Ils levèrent la tête et se regardèrent en silence. Ils étaient glacés par un cri aussi puissant, aussi désespéré, aussi bestial. Un cri qui marquait à jamais leur âme d'une empreinte indélébile, témoin de leur cruauté et de leur inhumanité. Un cri qui portait témoignage des comptes qu'ils devraient rendre d'une manière ou d'une autre devant les dieux de ce nègre indomptable. Les gardes qui avaient reçu une vague instruction religieuse dans leur prime jeunesse se signèrent en se rappelant les paroles de celui que des hommes avaient cloué sur une croix, et qui avait lancé au ciel :

— O Père, pourquoi m'as-tu abandonné ? Dans un déclenchement de tonnerres et de nuages sombres comme la mort.

Leur impression fut la même en entendant ce cri. Mais du fond de sa cellule, Yennendi, tout comme celui cloué sur la croix par la cruauté des hommes s'adressa à Allah avec la même voix, terrible :

— Pourquoi Allah, pourquoi ? Qu'ai-je fait pour mériter une telle punition ? Qu'ai-je fait pour de telles souffrances ? Pourquoi si loin des miens ? Allah répond, t'ai-je offensé à ce point pour mériter pareil sort ?

Ses questions restaient sans réponses. Le silence d'Allah face à ses interrogations renforçait depuis plusieurs lunes la révolte qu'il ressentait en lui. La colère faisait place aux larmes. Une rancœur, forte, puissante, issue du plus profond de ses tripes, remontait, chargée de rage et de haine vers sa gorge. Il avait envie de lui crier sa peine, sa douleur, et, sans doute, sa rage. Une colère de plus en plus forte qu'il éprouvait de plus en plus envers Dieu et ces hommes à la peau translucide comme les margouillats accrochés aux murs des cases de son pays, les soirs de la saison des pluies. Il secoua ses chaînes d'un geste rageur en envoyant brusquement ses jambes vers l'avant. Mais le mouvement accentua une douleur vive aux poignées entravées de ses mains et de ses pieds irrités par les frottements directs du fer sur ses chairs à vif. Il ne pouvait bouger sans déclencher une douleur vive et brûlante à ses membres enchaînés. Depuis combien de temps était-il là ? Il ne savait dire. Les souvenirs des hommes qu'il avait tués quelque temps auparavant lui revinrent. Combien en avait-il renvoyé auprès de leur dieu ou du diable, selon qu'on se plaçait d'un côté ou l'autre de leur livre saint ? Combien d'hommes blancs avait-il envoyé rejoindre leurs ancêtres alors que leur heure n'était peut-être pas venue ? Il ne saurait le dire. Des dizaines, sûrement. Cependant, un sourire dans l'océan de larmes qui inondait ses yeux vint illuminer un petit instant son visage supplicié. Il revoyait leurs marabouts dans leurs longues robes noires ou pourpres, justifier si souvent leurs actes barbares. Il les entendait raconter si souvent aux bossales déportés et réduits à l'esclavage que c'était leur sort ici-bas et qu'il fallait accepter leur condition servile afin de mériter le royaume de bonté et de félicité de leur dieu qui se trouvait tout là-haut dans le ciel. C'était, paraît-il à cause d'un ancêtre que les hommes noirs auraient en commun, un certain Cham. C'était la volonté de Dieu tout-puissant.

— Et vous clouez votre dieu sur une planche en bois, cria-t-il de toutes ses forces dans sa langue avant de s'étaler avec un rire sarcastique, mêlé de larmes de dépit, d'impuissance et de découragement.

Yennendi ne comprenait pas les desseins d'Allah. Pourquoi était-il dans ce pays ? Qu'attendait-il de lui ? Pouvait-il croire à un quelconque destin ou une mission sacrée ? Il se traîna péniblement vers le coin le plus sombre de sa cellule, comme pour échapper à la vue de ses bourreaux. Des bruits de bottes retentissaient dans les escaliers qui menaient à son cachot. Une lourde clef tournait dans la grosse serrure en fer de la porte. Celle-ci s'ouvrit sur plusieurs gardes, armés chacun d'un sabre et d'une hallebarde. Leur tête était coiffée d'un casque rond en acier, avec une crête lui donnant un aspect quelque peu pointu au sommet. Les bords étaient en forme de nef. Une cuirasse en cuir marron recouvrait une chemise blanche aux larges manches. Un pantalon bouffant, rayé de couleur noire et blanches, en tissu de drap épais, leur arrivait jusqu' aux mollets. Une paire de bottes noires dont le haut était évasé pour protéger leurs jambes de morsures éventuelles de bêtes venimeuses ou les piqûres d'épineux de la savane. Ils entouraient un homme, de petite stature, au visage pâle, cireux, émacié et sec. Le reste de son corps était à l'image de ce que son visage maigre reflétait. Ses vêtements, ajustés, recouvraient un corps décharné et osseux. Il avait l'air d'un squelette habillé. Il était vêtu d'une veste noire sur une chemise blanche au large col dentelé qui n'arrivait pas à enserrer un cou aussi large que celui d'un vautour. La large ceinture noire qui fermait sa veste au niveau de l'abdomen avait dû être réduite de plusieurs tailles, au regard des hanches de serpent dont la nature l'avait doté. Un pantalon également noir trop large à l'origine pour le bassin étroit avait dû sûrement être retouché afin qu'il puisse l'enfiler. Ce pantalon arrivait à mi-mollet, enserrant des bas blancs qui semblaient également flotter sur les baguettes qui lui servaient de jambes. Ses chaussures noires, à talon, avec une boucle dorée étaient trop grandes pour ses pieds. Elles devaient sûrement être rembourrées au bout par des morceaux d'étoffe ou de papier, pour qu'elles ne puissent pas s'échapper lorsqu'il marchait. Il ressemblait à un petit garçon qui devrait être encore dans les jupes de sa maman, pensa Yennendi. Mais l'expression de son regard, noir, froid, sans émotion, inquisiteur, le teint blafard de sa figure ramena rapidement les pensées de Yennendi à la réalité de sa situation. Celle d'un homme détenu, torturé, et en attente d'un jugement dont l'issue était prononcée à l'avance. Ça, il le savait. Le chapeau de cet homme était également de couleur noire, à larges bords, empêchait Yennendi de bien distinguer l'expression de ses yeux. Sûrement le regard de la mort songea Yennendi. Il ressemble à un corbeau, continua-t-il à penser. Il leva son visage à son tour vers la figure de l'homme. Ce qu'il aperçut ne fut que deux petits yeux noirs, qui paraissaient fiévreux, enfoncés profondément dans des orbites sous des sourcils broussailleux. Celui-ci, après avoir longuement observé le prisonnier d'une manière méprisante, entra sa main dans la poche de sa veste et sortit un papier enroulé par un ruban rouge. Il déroula méticuleusement le grand morceau de papier, qui dépliée semblait être aussi grand et aussi large que lui. Du moins c'est ce que pensa Yennendi en voyant la lettre. L'homme en noir se racla plusieurs fois la gorge, comme s'il était intimidé par le grand nègre assis en face de lui sur le sol humide. Il sortit de l'autre poche de sa veste un morceau de tissu blanc qu'il porta devant son nez, indisposé par l'odeur de la pièce et sûrement par celle du nègre accroupi à ses pieds. Essayant de prendre sa respiration dans une atmosphère viciée, il se mit à lire. Yennendi ne captait mots de ce que disait l'homme en noir. Mais d'après le ton employé par le fonctionnaire qu'il paraissait être, Yennendi comprit néanmoins que ce dernier lisait la litanie de ses crimes commis envers les bonnes gens de la colonie, des représentants royaux et les troubles publics provoqués en appelant les esclaves à la révolte. Il accueillit sa fin de lecture avec un gros éclat de rire. Les gardes qui accompagnaient le fonctionnaire se regardèrent, choqués de constater avec quelle désinvolture, le nègre puisse accueillir le représentant de la justice du gouverneur. Entre deux quintes de toux, déclenchées par son rire, il cracha sur les bottines du petit homme en noir, un jet de salive d'entre ses dents dans lequel on distinguait quelques filets de sang. La réaction des gardes ne se tarda pas. Immédiatement, une volée de coups de pieds atterrit sur les côtes, le ventre et le dos de Yennendi, tandis qu'un autre lui maintenait le visage levé sur lequel vint s'abattre une série de coups de poing. Malgré les coups, Yennendi gardait sa tête droite comme si la brutalité et la douleur infligée à son visage ne lui faisaient plus mal. Son regard, dur et fier, était un défi lancé à la face des gardes qui s'acharnaient sur lui. L'homme en noir, outrée par la réaction du nègre recula comme s'il se trouvait devant un pestiféré ou un lépreux. Son visage qui portait déjà les stigmates d'une maladie rien qu'à la couleur de son teint jauni vira presque au verdâtre. Il porta son mouchoir devant son nez et sa bouche en toussant. Du sang maculait son mouchoir. Yennendi éclaté de rire de plus belle. Il le trouvait ridicule dans ses vêtements austères. Il ressemblait vraiment à un corbeau. Les coups avaient cessé. Il se leva alors, secouant ses chaînes, malgré la douleur qu'elles lui occasionnaient et le toisa de sa haute taille. L'homme avait l'air d'un macaque à côté de lui. Yennendi cessa de rire. Il se baissa jusqu'à être complètement à la hauteur de son visage et le fixa comme un serpent qui hypnotise sa proie. Fasciné par le regard de Yennendi, incapable de s'en détacher, le fonctionnaire vit dans les yeux de Yennendi que le mal dont il était atteint et qu'il essayait de cacher, ne mettrait pas fin à ses jours. Ce nègre, au visage tuméfié, le corps couvert autant de sueur que d'ecchymoses lui inspirait horreur et répulsion. Il n'eut pas le temps de porter son mouchoir devant son nez avant de reculer. Personne n'eut le temps de voir le geste furtif et rapide comme l'éclair du prisonnier. Malgré ses lourdes chaînes, Yennendi réussit à les enrouler autour du cou du fonctionnaire ténébreux et commença à l'étrangler. Puis il le souleva comme s'il s'était agi d'un enfant chétif. L'homme, terrifié, battait des pieds dans le vide. Ses mains essayaient de desserrer l'étreinte mortelle en train de l'étouffer. Ses yeux commençaient à sortir de leur orbite et lui renvoyait l'image d'un être hideux en train d'aspirer sa vie à toute vitesse comme un vampire suçant son sang. Il essayait de crier mais en vain. Aucun son ne sortait de sa gorge. Ses secousses désespérées pour échapper à la mort qui venait des mains de Yennendi finirent quand même par désarçonner ce dernier, terriblement affaibli par les privations, les coups et les tortures subis depuis des semaines. Le regard puissant et haineux du nègre pénétrait les gardes qui accompagnaient le fonctionnaire. Ils semblaient comme paralysés. Cependant, reprenant leurs esprits, ils commencèrent à réagir. Les coups de pied, de poing et manche de hallebarde, redoublèrent sur la tête, le visage et le corps de Yennendi afin de lui faire lâcher prise. L'homme en noir ressemblait à une proie retenue dans les serres puissantes d'un rapace. Dans l'ardeur avec laquelle les gardes s'acharnaient à faire lâcher prise au prisonnier, celui-ci recevait presque autant de coups que Yennendi. Finalement, un grand coup de cross de mousquet, dont était doté un des gardes, placé sur sa tête, lui fit lâcher sa proie. Ce dernier tomba lourdement sur le sol, le visage blanc comme la mort. Un gargouillis de sons commençait à sortir de sa gorge. Il roula sur lui-même dans les flaques d'eau salubres du sol humide de la cellule, en hurlant de peur, d'une voix enrouée. Ses mains jaunies par la maladie tenaient sa gorge endolorie, dont la trachée avait été presque écrasée par l'étreinte de Yennendi. La douleur aiguë du coup porté à la tête de Yennendi se propagea dans ses bras et ses jambes. Il sentit ses forces l'abandonner. Ses mains enchaînées brassaient encore l'air à la recherche d'un cou à étrangler avant de retomber sans forces le long de son corps. Il avait l'impression d'être comme les poupées de chiffon que les jeunes filles de son pays fabriquaient pour s'amuser avec. Il n'arrivait pas à garder ses yeux ouverts. L'engourdissement progressif qui gagnait son corps paralysait jusqu'à ses capacités à penser et affectait son appréciation de la situation. Il avait sommeil, il était las et il sentait les muscles de son visage, de son cou, de ses bras, de son corps et de ses jambes se ramollirent. Yennendi replongea dans les abysses du rêve. Il venait d'obtenir ce qu'il recherchait. Échapper à la mort programmée qui se nourrissait petit à petit de sa force vitale. Cette mort, cruelle, au visage hideux d'une araignée, qui patiemment le vidait de son sang, suçait sa chair, liquéfiait ses muscles, rongeait ses os et aspirait jusqu'à sa moelle épinière, lui ôtant toute envie de vivre. Terre de malédiction, souffrance, misère, peur, violence et mort allaient et venaient en pensées confuses dans sa tête. Il revoyait le lot quotidien payé à ces hommes avides, et à leur dieu, celui dont ils avaient enfermé les paroles dans un livre. Un dieu qu'il ne voulait pas connaître. Un dieu qui exigeait chaque jour les forces vitales et la vie de milliers d'hommes, de femmes et d'enfants déportés jour après jour, semaine après semaine, mois après mois, année après année. Hommes, femmes et enfants, arrachés à leur terre natale, leur village, leurs tribus, leur clan, leur famille, brutalisés, violés et parfois assassinés avant d'être jetés dans l'antre de vaisseaux lugubres, dévoreuse de vie. Il ne voulait plus revivre jour après jour les cauchemars qui remontaient indéfiniment les souvenirs de sa capture. Comment Allah pouvait-il lui donner pareil destin en le projetant sur une terre inconnue, pire que le royaume des morts ? Les dieux du panthéon zarma ne s'amusaient-il pas avec lui et avec des milliers d'autres hommes comme lui en les liant dans un destin commun fait d'horreur dans une vie misérable ? Tous ces dieux semblaient s'être donnés rendez-vous autour de la table d'un banquet gigantesque, sous la houlette d'un dieu supérieur, tous convoqués pour un festin géant dans des rires moqueurs et gras qu'on ne pouvait ni entendre, ni saisir, ni percevoir. Payait-il l'arrogance de sa famille, de leur statut, de son propre orgueil ? Ou encore celle de son ethnie, celle de son clan, les Sonni, fiers, conquérants d'un empire à la splendeur passée et qui n'avait pas fini d'expier ses fautes ? Peut-être qu'Allah accédait à la demande de dieux vengeurs de la savane, du fleuve, ou encore demandé par les Djinns du désert. Il avait même sûrement accepté de le livrer aux fétiches des clans ennemis qui avaient vu arriver par sa faute, tant de membres de leur famille, tués lors des combats où il était sorti chaque fois victorieux. Allah le livrait en sacrifice. Même Dongo, le dieu de sa naissance, celui qui était arrivé sur son char de combat aux couleurs du soleil et qui de son arc décochait des flèches d'éclairs, celui qui avait béni sa naissance sur les bords de l'Issa Beri, ne pouvait plus rien faire pour lui. Il se sentait seul, abandonné, incapable de lutter contre la bête hideuse, envoyée par tous ces dieux retors pour lui pomper sa vie. Il demanda à son âme de l'aider à nouveau franchir la barrière de cette étendue d'eau immense, à la couleur bleue-acier, presque grise, presque noire, abyssale et de le ramener parmi les siens qu'il affectionnait tant. Transporté dans les rêves, Yennendi sentit ses bras se lever dans un effort presque surhumain pour agripper les lanières qui pendaient du char de Dongo qui, une fois de plus, était venu le chercher pour lui permettre d'échapper à ses poursuivants. Il s'agrippa de toutes ses forces au char de Dongo. Il s'agrippa de toutes ses forces au rêve qui le ramenait au royaume de son père, de sa mère et de ses ancêtres. Il se hissa aux côtés de Dongo. Il n'arrivait pas ouvrir ses yeux pour pouvoir contempler toute la gloire de Dongo, auréolé par la lumière divine qui émanait de son corps immatériel. Mais de loin, il apercevait déjà son père Zaago, qui, s'il ne souriait pas, n'était pas moins fier de l'exploit qu'il avait accompli lors de sa mission auprès de Saliou Bakary à Tillabéry. Il apercevait Kadidjatou, sa mère bien-aimée, dont le temps n'avait aucune emprise sur sa beauté. Elle souriait et elle était en tête de toutes les femmes de Dosso, qui poussaient des youyous stridents en frappant des mains. Il apercevait sa sœur Fanti qui avait lâché la main d'Alija et qui courait vers lui en criant son nom. Il revoyait Alija, dont son cœur ne savait lui avouer quels sentiments il éprouvait pour elle. Et puis il y avait là Penda, l'autre femme de son père et le petit Adama qui semblait prendre une taille de plus après chaque voyage. Il entendait les tam-tams, les appels des cornes de gazelle et de zébus, les chants des jeunes wayboros qui chantaient des hymnes à sa gloire. Il tourna sa tête à nouveau vers Dongo, afin de pouvoir le voir et lui témoigner toute sa gratitude. Mais c'est le sourire d'Issifou et celui d'Harben qui avait remplacé le visage de Dongo. Il n'était plus sur le char du dieu, mais sur son cheval à la robe noire de jais, le cheval qui était le rejeton de celui de son père lors de sa naissance. C'était lors de la fête du Yennendi. Il se retourna pour regarder à l'arrière et ce qu'il regarda le remplit de fierté et de joie. La caravane. Celle qu'il avait menée à Tillabéry s'étalait derrière lui avec encore plus de dromadaires qu'à aller. Ils portaient encore plus de marchandises. Des barres de sel par centaines, pris chez les Tamasheqs, de l'or échangé avec des commerçants venus du lointain pays du Bourré à l'ouest, des tissus de pagnes de toutes sortes, des ustensiles en fer et en cuivre, travaillés par des forgerons réputés des royaumes Mandé, des manuscrits écrits en langue arabes offert par le grand Askia en échange de prisonniers et qui avait détaché une escouade supplémentaire de cavaliers pour protéger la caravane. Il ramenait des armes parmi lesquelles quelques mousquets dont le bruit de tonnerre terrifiait les chevaux qui n'étaient pas habitués à entendre pareille détonation. Mais ce que Yennendi ramenait n'avait de secret pour personne. En particulier pour sa mère. Sur un dromadaire dont le dos avait été aménagé pour recevoir un siège confortable, richement décoré par la volonté de l'Askia. Il convoyait une des plus belles perles qui n'aient été admirée à Dosso depuis le mariage de Kadidjatou Maïga avec Dramane Djermakoye Sonni, son père. La garde en était assurée par Harben en personne secondé de ses fidèles lieutenants Idrissa Djibo et Mamane Oumarou. Malgré la joie affichée par tous, malgré le sentiment d'allégresse qui emplissait son cœur à la joie de revoir tous les siens, un énorme poids pesait sur la conscience de Yennendi. Il voyait aussi une jeune wayboro, belle, fine, au teint tout aussi cuivré que celui de Penda Sow. Son visage était resplendissant, son sourire radieux. Elle était vêtue de ses plus beaux atouts pour recevoir celui qui lui avait promis en l'épousant de devenir une femme libre. Elle avait appris à l'aimer au fur et à mesure du temps passé en sa compagnie. Le soir, chaque fois qu'il pouvait sortir de l'école d'arme de Zaago, où il achevait sa formation de guerrier, Aliou allait voir sa bien-aimée. Il lui avait fait la promesse d'être sienne et devait demander à Zaago sa main. Pour Aliou, ça ne serait qu'une formalité. Il s'en était ouvert à Harben qui avait Promis d'appuyer sa demande auprès de Zaago. Yennendi vit Dewel poser sa main sur son ventre. Il vit aussi Alija se rapprocher de la belle captive fulfulde, dame de compagnie de Penda et lui prendre la main avec un regard tendre et plein de compassion. Elle lui souffla des mots à l'oreille. Son cœur se serra un peu plus. Malgré la joie de revoir tous les siens, il ne pouvait contenir la peine qui étreignait son cœur. Le beau visage de Dewel s'était inondé de larmes. Mais aucun cri ne sortait de sa gorge. Yennendi éperonna son étalon qui se lança dans un léger galop. Il voulait avant toute chose, rendre hommage à Dewel et lui remettre le corps de son fiancé. Les jambes de Dewel se dérobèrent sous elle en voyant Yennendi s'approcher. Alija et Penda se rapprochèrent pour la soutenir.

Le visage de Yennendi était grave. Comment son visage avait-il mûri si vite songea Kadidjatou lorsque leurs regards se croisèrent. Les youyous des femmes et les cris des enfants surexcités se turent. Même les animaux cessèrent leurs manifestations sonores. Le silence était impressionnant. Pas une feuille, pas une fleur, pas un seul brin d'herbe ne bougeait. Le vent avait suspendu son souffle rafraîchissant dans la chaleur du jour. Dewel essayait de se tenir digne alors que le cheval de Yennendi avançait au pas. Sa tête semblait vouloir dire qu'elle ne croyait pas que l'homme à qui elle avait donné son cœur n'était plus. Ses mains s'agitaient dans un refus de recevoir Yennendi. Celui-ci mit pied à terre. Puis il se dirigea vers la jeune fille qui laissait sortir tout doucement de petits gémissements. Il s'approcha d'elle et la regarda droit dans les yeux. Oubliant toutes réserves, oubliant les usages de pudeur imposés dans la société des zarmas, il la prit dans ses bras. Des larmes commencèrent à couler le long des joues de celui qui n'était pourtant encore qu'un adolescent.

— C'était mon frère, lui dit-il doucement à l'oreille ! C'était mon frère !

Ces mots firent chavirer le cœur meurtri de Dewel. Elle laissa éclater sa douleur. Un long gémissement d'abord. Puis un cri déchirant, long et plaintif. Et enfin des sanglots, ininterrompus, secouant son corps comme une branche ballotée par les vagues de l'Issa Beri. Ses forces l'abandonnaient. Soutenue par Alija, elle se laissa aller dans les bras de sa maîtresse, avant de perdre connaissance. Son beau visage au teint cuivré était devenu pâle. Une large tache rouge maculait le devant de son beau taafé blanc. Alija posa sa main gauche sur le ventre de la jeune fille, avant de secouer la tête négativement en regardant Penda Sow. Kadidjatou, touchée par la détresse de la jeune fille, vint elle-même aidée des servantes qui avaient entrepris de porter le corps inerte de Dewel en sécurité, à l'abri du soleil.

Zaago s'approcha à son tour et prit son fils par les épaules. Il ne disait rien, mais on sentait que la scène l'avait ému. Yennendi, restait debout, la tête baissée et les bras le long du corps. Un immense sentiment de culpabilité l'habitait.

— Baaba, dit-il. Il m'a sauvé la vie. Et moi, je n'ai pas su préserver la sienne. Je n'ai pas pu le protéger. Au lieu de cela, je ramène à sa fiancée son cadavre. Pardonne-moi, père. J'ai failli. J'ai perdu un homme et un frère de valeur. Un frère d'armes et un ami très cher.

Zaago regarda son fils avec tendresse. À nouveau il le prit par les épaules. La joie du retour avait fait place à la tristesse et à l'amertume.

— Baaba, je vais m'occuper de la fiancée d'Aliou. Je lui dois bien cela. Permets-moi de te demander de l'affranchir afin qu'elle puisse vivre en femme libre parmi nous. Je ne suis pas sûr qu'elle puisse repartir dans son pays.

— Voici une sage décision, mon fils, répondit Zaago. Lorsqu'elle sera rétablie, je lui ferai porter la nouvelle de son affranchissement. Je te laisse le soin de faire le reste pour elle. Ensuite, nous célébrerons des funérailles dès demain, digne d'Aliou. Mais en attendant, viens avec moi. Nous devons aussi fêter ton retour.

C'est sous les acclamations et les félicitations que Yennendi et ses hommes entrèrent dans Dosso. Une longue caravane de chameaux portant diverses marchandises, de chevaux montés par les cavaliers de l'Askia et suivie d'une multitude d'hommes, femmes et enfants l'accompagnaient. Zaago, qui entre-temps s'était fait mener une monture, chevauchait fièrement au côté de son fils. Il distribuait des cauris, en aumône aux plus pauvres, qui s'étaient massés le long de l'itinéraire du convoi. La foule des badauds rassemblés scandait les noms de Yennendi et de Zaago, parsemé de temps en temps et au-delà d'un détour par un quartier des noms d'Harben et d'Issifou.

La mort d'Aliou

La fête donnée en l'honneur du retour de Yennendi battait le plein dans la grande cour du windi de Zaago. La concession, grande, contenait outre les conteurs et les musiciens, toutes les grandes familles de la ville, ainsi que les grands nobles du royaume qui avaient été invités par Dramane Djermakoye Sonni dit Zaago. Les femmes étaient assises sur des nattes épaisses posées à même le sol. Elles avaient revêtu leurs plus beaux habits et toutes rivalisaient de coiffes en tissus de soie savamment nouées autour de la tête. Les bijoux s'affichaient sans ostentation et brillaient autant qu'ils tintaient autour de leur cou. Une nuée de serviteurs défilait parmi les convives portant des calebasses de riz, de mil, de sorgho, de poissons braisés ou de morceaux de viande de moutons ou de poulets, dont les corps rôtissaient sur des broches qui surmontaient des braises ardentes. D'autres portaient des amphores en argile remplies soit de bière de mil ou de boissons diverses à base de fruits de la savane ou de bouillies fermentées fabriquées à partir du lait de chèvre. Les femmes s'interpellaient les unes les autres à grands éclats de rire. Certaines femmes plus en retrait poussaient des séries de tchiiip entre leurs dents en jetant l'anathème sur d'autres, se comparant par la beauté, l'habillage ou l'appartenance de caste. Les hommes, par groupes ou affinités avaient des discussions passionnées sur les affaires du royaume ou refaisaient les exploits de Yennendi et ses hommes. Kadidjatou, habillée richement d'un grand boubou blanc cousu de fils d'or paraissait encore plus belle et tranchait entre toutes par sa grâce et sa classe. Elle était assise parmi un groupe de femmes qui relevaient de la noblesse zarma remontant à plusieurs générations et gratifiait aux unes et aux autres venues lui rendre hommage d'un sourire ou d'une main bienveillante sur la joue. Toutes se confondaient en louanges et la félicitaient des exploits de son fils. Certaines n'hésitaient pas à lui proposer qui une fille ou une cousine de noble de sang voire sa propre fille comme deuxième coépouse pour Yennendi. Car, nulle n'ignorait la présence de la fiancée de Yennendi et le bruit de sa beauté avait couru dans Dosso et les villages alentour. Mais pour l'instant, et selon la coutume, cette dernière restait recluse dans la concession de Kadidjatou en vue de son mariage avec Yennendi. Bien sûr, tout le monde avait essayé de distinguer dans la caravane la selle couverte de la promise. Mais seule Kadidjatou, Penda et Alija avaient eu la primeur de soulever la grande voile qui recouvrait comme une tente le siège sur lequel était assise la belle femme. Elles seules avaient eu le privilège de l'accompagner jusqu'à la demeure de Kadidjatou. Oui, la fille de l'honorable Saliou Bakary était vraiment belle, pensait Kadidjatou. Elle avait bien eu raison de pousser son mari à accepter sa proposition de s'allier à Saliou Bakary. Ainsi, par le mariage de sa fille, lui gagnerait une notoriété et donnerait un titre de noblesse à son nom et Zaago trouverait grand intérêt à constater ses affaires prospérées grâce à la richesse de son désormais parent.

Penda Sow était pensive. Elle songeait à Dewel qui s'était murée dans le silence depuis l'annonce officielle par la voix même de Yennendi, de la mort de son fiancé. Cette dernière n'avait pas souhaité participer aux réjouissances du succès de Yennendi. Penda se demandait néanmoins jusqu'à quel point elle ait pu aimer Aliou. Était-ce le désir de se voir affranchir doublement de sa situation de captive et de servante ? Ou était-ce le désir de se voir gratifier du titre d'épouse légitime du page et chantre du Khoyze de Dosso ? Elle connaissait sa volonté farouche de conquérir sa liberté. Alors, aimait-elle vraiment Aliou où utilisait-elle la possibilité qui lui était offerte de devenir une burkine ? Toute à ses pensées, Penda ne remarqua pas Zaago et Yennendi qui étaient venus jusqu'à elle. C'est la voix de Yennendi qui la tira presque en sursaut de ses pensées en lui présentant ses respects. Zaago se tenait légèrement à l'arrière de son fils en souriant. Penda leva les yeux vers les deux hommes qui se tenaient devant elle. Yennendi posa un genou à terre avant de lui demander des nouvelles de sa santé et de son frère Adama.

— Je ne manquerais pas d'aller le voir dès que je pourrai, Nya dit-il à Penda. Si tu permets, je te l'enlèverai une journée afin que je puisse commencer à l'initier.

— N'est-il pas ton frère, répondit Penda ? Je suis fier de toi Yennendi et tu es comme un fils pour moi. Je te donne mon accord, Yennendi.

Penda regardait Yennendi, et un trouble passa devant ses yeux.

— Par Allah, comme il ressemble à son père, songea-t-elle ! Il est vraiment beau comme lui tout en souriant à Zaago.

Ce dernier reçut le sourire de sa concubine comme étant une invitation. Il se pencha vers elle, le gratifiant lui aussi de son plus beau sourire et murmura quelque chose à son oreille. La proposition dut plaire à Penda, qui se leva à son tour et salua son mari en disant tout bas avec le même sourire qu'elle serait heureuse de l'accueillir ce soir dans sa concession. Zaago lui prit la main et la caressa doucement avant de repartir. Ces manifestations de délicatesse contenue n'échappèrent pas à l'œil averti de Kadidjatou, qui avait tout vu de l'endroit où, elle se tenait. Ses yeux s'assombrirent et une pointe de jalousie vint serrer son cœur. Elle fit un signe discret à Alija qui se porta à sa hauteur. Kadidjatou dans un sourire poli s'excusa auprès de ses invitées et se mit debout. Les deux femmes firent quelques pas ensemble avant de s'arrêter dans un endroit où elles ne pourraient être entendues. Alija prit la parole la première.

— Je sais ce que tu veux me demander, Nya ! Oui, il ira lui rendre visite ce soir. Allah lui a permis de donner un autre enfant à Penda.

Le sang de Kadidjatou ne fit qu'un tour. Elle donna un violent coup de pied dans une calebasse qui se trouvait à sa portée, l'envoyant valser sur un amas de marmites en fonte qui s'étalèrent au sol dans un vacarme assourdissant.

— Mon corps, mon fruit, mon nectar, mon désir ne lui suffisent plus ? Mes baisers passionnés ne lui font plus aucun effet ? Mon ventre reste à nouveau stérile malgré toute la semence qu'il répand en moi.

Kadidjatou se mit à pleurer brusquement comme une petite fille devant un refus de ses parents.

— Il ne m'aime plus, Alija, se lamenta-t-elle ! Je le sens. Il ne me regarde plus comme avant. Il ne vient plus partager ma couche. Je sais qu'il partage plus la couche de cette captive qu'avec moi. Parfois, sur ma natte, je devine les gémissements de plaisir de cette hyène ! Zaago ne m'aime plus !

— Si Nya, il t'aime toujours autant que le premier jour. Tu es sa favorite. Et ton ventre n'est pas stérile, Nya ! Il est juste en repos. Mais moi, je te prédis que tu auras la joie de connaître les joies de l'enfantement à nouveau. Mais ça sera plus tard, ajouta Alija.

Un immense sourire avait remplacé la moue boudeuse qui s'était un instant plutôt dessiné sur son beau visage. Elle détacha ses mains de son visage et regarda Alija pleine de soleil dans son regard.

— Tu es sûre Alija ? Tu es vraiment sûre ? Je donnerai réellement un enfant à Zaago ?

Alija lui fit un signe affirmatif de sa tête, avant de se tenir le ventre et de tomber au sol avec des larmes noyant ses beaux yeux en amande. Elle pleurait à chaudes larmes. Kadidjatou se précipita les bras tendus vers sa dame de compagnie. Elle ne comprenait pas ce qu'il venait de se passer pour la mettre dans un tel état. Kadidjatou pressait Alija de questions. Que lui arrivait-il ? Pourquoi ces pleurs ? Alija leva les yeux vers sa maîtresse. Ses larmes étaient lourdes et emplies de douleur.

— Tu auras un enfant, Nya ! Il viendra pour t'aider à supporter. Il viendra pour... Alija ne termina pas sa phrase. Elle s'évanouit dans les bras de Kadidjatou.

Malgré les sourires convenus, les salutations respectueuses, les félicitations et les sollicitations dont il était l'objet, Yennendi n'arrivait pas à fêter dignement comme il se doit, son succès. Il n'arrivait pas à oublier le désarroi de Dewel. Il se leva de la natte richement décorée de motifs de vie courante, cousues par les mains expertes des tchakay de Dosso et prit congé de ses hôtes en prétextant quelques lassitudes. Son père lui adressa un signe d'acquiescement. Il fit un signe à sa mère qui était entre-temps revenue retrouver sa place parmi les femmes de la bonne société zarma. Elles accueillirent son retour avec déférence. Yennendi qui avait vu sa mère partir avec Alija, s'étonna de son retour sans sa dame de compagnie. Le signe de tête que lui rendit sa mère le rassura sans vraiment donner une réponse à sa question muette. Se frayant un chemin parmi la masse des convives, il parvint jusqu'à sa mère. Elle le saisit délicatement par le bras, fière devant toutes les femmes qui se pressaient afin de mieux admirer un tel fils, elle lui répéta haut et fort combien elle était admirative de son fils. Les femmes commencèrent à taper un rythme des mains accompagnées de quelques youyous stridents. Un tambour expédia au vent un son lourd, en basse auquel répondit un soliste tenant sous ses aisselles un petit tambourin entamant un dialogue de percussions. Puis la plus grande des femmes-griots de la ville lança avec une voix haute perchée une ode à la gloire des Sonni. Son improvisation lyrique parlait de la rencontre de Zaago et Kadidjatou, louant Allah et Dongo de leur avoir donné un tel fils. Le nom de Yennendi revenait à chaque refrain. La fête partit à nouveau après un long temps calme où ce n'étaient que conversations des hommes et des femmes dans la cour de la concession. Yennendi, à nouveau sollicité avait du mal à se dégager des étreintes des unes et des autres et des tapes dans le dos des hommes qui recommençaient à répéter louanges et félicitations. Kadidjatou, rayonnante, réconfortée par la vision d'Alija dansait au milieu d'un cercle de femmes déchaînées et distribuait des cauris à chaque passage devant la femme-griot. Petit à petit, Yennendi parvint à se dégager de la masse des gens pour se diriger vers la porte de la concession. Gratifiant toujours les uns et les autres d'un sourire aimable et timide, usant des charmes de la diplomatie, il avait besoin de prendre de l'air afin de se rafraîchir et de réfléchir aussi. C'est avec difficultés qu'il réussit à échapper aux femmes qui tiraient sur ses habits et aux hommes qui sollicitaient un moment d'attention pour se sentir proche de la famille des Sonni à travers lui et, peut-être, créer une alliance dont ils pourraient tirer parti. Enfin, arrivé seul devant la porte, loin des voix stridentes des femmes qui lui arrachaient les tympans et loin de la fureur des rythmes endiablés des tam-tams, il aspira une grande bouffée d'air. Le son lancinant des petites trompettes soufflées par les joues distendues des musiciens faisait place à un silence apaisant. Il leva la tête vers le ciel et regarda la multitude d'étoiles qui scintillaient à tour de rôle d'éclats toutes plus brillantes les unes que les autres, dans un ciel noir et dégagé. Hypnotisé par l'une d'entre elles plus brillante que les autres, il lui sembla voir le visage d'Aliou qui se dessinait dans la voûte céleste et qui lui souriait avec bienveillance. Il lui répondit à travers un salut en levant sa main vers le ciel. Le cœur de Yennendi se gonfla d'un sentiment étrange de bien-être et de satisfaction. Il murmura à voix basse une prière à Allah, le remerciant d'avoir accueilli en son paradis son ami. Il devait aller parler à Dewel. Surtout pour l'enfant qu'elle attendait. Elle devait savoir comment est mort celui qui devait devenir son mari, son grand ami, Aliou Kanandja. Mais surtout, il devait lui raconter comment avait vécu celui qui avait été le pâge de son père, l'annonciateur de sa naissance alors qu'il n'avait qu'une dizaine de pluie tout au plus. Il avait besoin de lui raconter qui était celui qui n'avait pas hésité un seul instant à sacrifier sa vie pour lui. Il s'éloigna de la concession familiale d'un pas décidé. Une légère brise s'était soudainement levée. Le vent souleva les pans de son boubou couleur émeraude, et caressa délicatement son visage. Une nouvelle fois il leva les yeux au ciel en humant cet air frais à plein nez. Le visage d'Aliou, à nouveau dessiné dans le ciel, était coiffé d'une couronne d'astres lumineux. Son visage sembla se détacher du ciel et s'approcha de celui de Yennendi. Une vague de chaleur monta à la tête de ce dernier et des perles de sueurs vinrent humidifier son front. Ses bras et ses jambes se commencèrent à trembloter et son corps était comme paralysé. Était-il en train de rêver ? Une force invisible s'était emparée de tout son être. Ses yeux étaient mi-clos et Yennendi luttait de toutes ses forces pour les maintenir ouverts, en vain. La voix d'Aliou résonna dans la tête de Yennendi. La voix était profonde et grave mais claire et belle à la fois. Il entendit distinctement chaque mot des paroles d'Aliou.

— Mon ami, Yennendi, mon frère d'armes, ne sois pas triste. Je vais bien et je t'assure de là-bas, je veille sur elle. Elle est tellement belle, n'est-ce pas ?

Yennendi essayait de répondre. Mais seul un borborygme de sons sortait de sa gorge comme une plainte composée de mots indiscernables et inintelligibles. Il était conscient des mots qui se formulaient dans sa tête mais n'avait pas la force de les prononcer, comme hébété par la dimension du phénomène qui le paralysait tout entier.

— Yennendi, ne pleure pas. Je ne suis pas mort. Je vis en toi. Je vis en Dewel. Je serai en l'enfant qu'elle attend. Vas la voir. Parle-lui, Dis-lui avec des mots très doux. Dis-lui tout doucement combien elle est précieuse à mes yeux. Mais dis-lui aussi qu'elle vivra. Elle doit vivre et sourire à nouveau. Je veux qu'elle se marie un jour et qu'elle ait d'autres enfants. Je sais qu'elle ne m'oubliera jamais. Et je serai près d'elle tout le temps qu'elle vivra. Je l'attendrai. Je viendrai la chercher lorsque son temps sera venu.

Après ces paroles, Yennendi regarda le visage de son ami qui s'éloignait et reprendre possession de sa place dans le ciel, avant de s'évanouir dans l'immensité stellaire. Il se retrouvait assis dans la poussière. Il essaya de reprendre ses esprits, les mains posées sur sa tête, se demandant s'il n'avait pas rêvé. Il se disait qu'avant de passer voir Dewel, qu'il pousserait sa course jusqu'au windi de sa mère pour voir Alija. Il devait la voir à tout prix afin de se faire expliquer ce qu'il venait de se produire. Il n'eut pas le temps de mettre en pratique sa décision. Les génies de la savane, sous la forme d'une nouvelle brise, se manifestèrent. À nouveau, il sentait qu'il perdait la maîtrise de son corps et de ses gestes. Les esprits prirent possession de lui. Il ne savait plus s'il marchait ou s'il était porté par la force de la magie des génies. Il lui sembla qu'il avait changé de dimension. La rue, les maisons, les arbres le ciel défilaient autour, au-dessus et en lui en même temps. La perception et l'appréhension des éléments du décor dans lequel il se trouvait étaient complètement perturbées. Comme dans un rêve et sans savoir comment, il se retrouva, debout devant la case de Dewel. Il secoua sa tête comme un chien qui venait de sortir d'un bon bain dans l'Issa Beri. Il clignait des yeux, comme pour essayer de se persuader qu'il n'avait pas perdu la vue. Il se frotta les yeux afin de se rendre compte de ce qui se trouvait devant lui était bien réel. Il se toucha la tête puis se tâta les bras, le corps et les jambes pour s'assurer de l'intégralité de sa personne physique. Il avait l'impression d'avoir abusé de la bière de mil. Puis, remua des deux mains la poussière qui s'était posée sur son beau boubou couleur émeraude. Il était là, à se secouer comme un pantin désarticulé lorsqu'il aperçut Dewel qui l'observait d'un air légèrement amusé. Elle s'approcha de lui et sans respecter les usages dus au rang de celui qui se trouvait devant elle, la regarda droit dans les yeux et l'attira dans sa case, par le bras avec une certaine autorité.

— Bienvenue dans mon humble demeure, Khoyze ! Je t'attendais pour que tu me parles d'Aliou.

Yennendi sursauta. Les mots de Dewel ravivèrent la douleur que la fête donnée en son honneur lui avait fait oublier un instant et qu'il pensait avoir enfoui. Il n'arrivait pas à trouver les mots doux pour pouvoir parler à Dewel. Sa bouche restait ouverte comme un enfant qu'on surprenait en flagrant délit de vol. Les mots, les paroles qu'il voulait faire sortir de sa gorge restaient bloqués retenus par une barrière invisible devant ses cordes vocales. Des larmes montèrent à la place et commencèrent à inonder puis déborder de ses yeux noirs comme la nuit. Les douces et amères ondées descendaient le long de ses joues et vinrent baigner d'un goût salé la commissure de ses lèvres. Sa bouche s'ouvrait et se refermait comme un poisson qui cherchait sa respiration après avoir été tiré hors de son habitat aquatique. Seul le prénom de la belle wayboro sortait de sa bouche. Dewel était touchée par le désarroi de Yennendi. Elle s'approcha de lui, prit sa main et l'entraîna à l'intérieur de sa case, parfumée d'herbes aromatisées et éclairée de torches sur lesquelles était posées un cache transparent et coloré qui donnait à la pièce principale une lumière tamisée. Elle prit le visage de Yennendi entre ses mains puis dans une légère étreinte, elle le réconforta avec une douce chanson pour apaiser aussi bien son cœur que le sien de toutes les peines qu'ils portaient l'un et l'autre depuis la mort d'Aliou. Elle chantait d'une voix douce et claire, dans sa langue maternelle. Les sanglots de Yennendi, qui au début étaient sortis avec force, semblaient aspirés par le calme et la douceur de Dewel. Le corps de Dewel, collé contre le sien, apaisait son angoisse et sa peine. Ses petits seins nus étaient marqués par les auréoles brunes de la grossesse, son ventre était à peine bombé. La veille, Alija, secondée par Penda et Kadidjatou, avait pu à l'aide de concoctions et d'incantations arrêter l'hémorragie qui lui aurait fait perdre l'enfant qu'elle portait. L'odeur enivrante de son parfum et le velouté de sa peau, mélange de couleurs d'ambre et de cuivre, produisaient sur lui une sensation qui éveilla son désir. Sentant son membre prendre vigueur, il ressentit la honte de se trouver dans une telle situation. Cependant, il trouva la force de se ressaisir. Comment pouvait-il agir ainsi, lui qui se voulait droit, honnête et intègre ? Dewel qui avait senti la demande physique de Yennendi et son trouble, le regarda à nouveau avec douceur, tout en se tenant éloigné cette fois-ci de son invité. Dans un langage direct et franc, elle s'adressa à lui :

— Ne t'en fais pas, Khoyze. Je connais ta droiture et ton honnêteté. Ce n'est que la peine qui t'a rapproché de moi. Tu es un homme maintenant, ô grand Khoyze ! Je sais ce qui peut arriver lorsqu'un homme et une femme se rapprochent l'un de l'autre.

Yennendi était désarçonné par la franchise de Dewel. Il n'avait jamais réellement vu une femme dans le Zarmaganda s'adresser de la sorte à un homme. Sauf peut-être parfois sa mère, lorsqu'elle était en colère contre son mari. Et encore seulement entendu. Il admirait son courage, sa spontanéité et sa fraîcheur. Pendant un instant, il envia son défunt ami et imagina les moments riches en plaisirs et en rire qu'ils avaient pu partager ensemble.

— Je te prie de m'excuser de mon comportement, ma sœur, alors que tu essayais de réconforter l'homme en peine qui est devant toi.

Dewel se fendit d'un sourire à fendre le cœur d'un baobab lorsqu'elle entendit Yennendi la gratifier du titre de sœur. Elle se leva et alla chercher une calebasse de lait dans laquelle avait été mélangé un gâteau de cire d'abeille qui donnait un goût absolument délicieux au breuvage. Elle tendit la calebasse pleine à Yennendi qui la remercia en silence avec un signe de tête poli. Puis elle s'assit en face de lui, les jambes repliées en amazone. Levant les yeux de sa calebasse, Yennendi, s'arrêta un instant pour admirer la beauté qui se trouvait devant lui. C'était réellement un bijou pensa-t-il. Son visage était lisse, les traits fins et les yeux en amande. Elle avait une longue chevelure qu'elle avait pris soin de coiffer en cimier, à la manière des fulfuldes. Son torse était nu et ses seins clairs prenaient une forme de plus en plus remplie par la grossesse que personne ne connaissait encore, mis à part Alija et lui et à présent Penda, Kadidjatou et sûrement son père. Sous le pagne qui épousait les formes de ses hanches, Yennendi pouvait deviner des jambes fines, longues et galbées. Ses petits pieds étaient exquis et avaient l'air lisse au toucher. Yennendi était perdu dans les pensées coupables qui l'assaillaient devant le corps de Dewel. Il fut ramené à la réalité par la voix douce et feutrée de son hôtesse.

— Maintenant, raconte-moi Aliou, Khoyze ! Raconte-moi sa vie. Dis-moi comment il était, comment vous étiez tous les deux. Mais aussi, dis-moi comment est mort mon bien-aimé, mon seigneur !

Yennendi prit une longue inspiration. Il fixa Dewel droit dans les yeux, la couvrant d'un regard doux. Puis, après un long moment de silence, il entreprit la narration de l'histoire de son voyage à Tillabéry, de la vie, des exploits et de la mort d'Aliou.

La bataille de Tillabéry

Les éléments envoyés en éclaireur par Yennendi, sous le commandement d'Issifou, étaient arrivées une demi-journée plus tôt à Tillabéry après avoir reconnu la route qui menait à la ville. Les pistes qui couraient plus ou moins en parallèle de la route avaient été aussi reconnues et avaient été jugées fiables par Issifou. Avisé, celui-ci avait également laissé deux petits groupes de quatre éléments armés chacun, chargés d'attendre la caravane à des points précis du parcours. Idrissa Djibo, qui avait été envoyé par Harben pour superviser le dispositif militaire, se félicita de la sage décision de celui-ci. La caravane pouvait donc avancer en toute sécurité jusqu'à Tillabéry sans craindre des attaques éventuelles de brigands des grands chemins ou même celle de rezzous avancés de Tamasheqs qui avaient pris l'habitude de piller les caravanes et de capturer hommes, femmes et enfants pour les vendre dans les royaumes chérifien, fatimide ou dans les oasis des tribus du désert du Fezzan. Saliou Bakary était rassuré par la présence d'Issifou qui lui garantissait l'arrivée sans encombre de la caravane. Demain, le grand marché de Tillabéry, regorgerait d'activités mercantiles et les échanges promettaient d'être fructueux. Il se frotta les mains. Son grand projet prenait enfin forme. Si tout se déroule bien, si Yennendi accepte de voir sa fille, Maïmouna, il deviendrait l'allié et le parent d'une des familles historiques la plus glorieuse du Zarmaganda. Sa renommée retomberait jusqu'en pays sonrhaï dans le royaume de Gao et qui sait jusqu'à Ségou et même au-delà. Cependant, une petite inquiétude venait perturber ses pensées. Dans son rapport, Issifou lui avait révélé des traces de groupes armés, montés sur dromadaire et extrêmement mobiles. Ceux-ci avaient essayé de camoufler maladroitement leurs traces. Quelques jours plus tôt des Colporteurs avaient affirmé avoir aperçu des Tamasheqs dans la région, qui se cachaient le jour et marchaient la nuit.

D'étranges rumeurs évoquaient des attaques à l'aube de villages plus au nord par des hommes enturbannés qui pillaient, tuaient, saccageaient et emmenaient les survivants sur leurs montures. Mais le Kwarakoyes en charge de la ville et du district de Tillabéry n'avait pas jugé utile d'envoyer des soldats vérifier les rumeurs. Mais très vite, il chassa rapidement ses noires pensées de sa tête. Il invita Issifou et ses hommes, arrivés en précurseur, à se restaurer et à se reposer dans une partie de sa grande concession réservée à ses invités. Une armada de serviteurs apportèrent multitudes de plats et de boissons, tandis que les garçons d'écurie prirent possession des montures afin de soigner, panser et nourrir chevaux et dromadaires dans un concert de cris et de bruits de toute sorte.

Des cornes de gazelles, dans lesquelles soufflaient des guetteurs postés à l'entrée de la ville, annoncèrent l'arrivée de la caravane aux abords de la ville. Une effervescence s'empara de la concession comme de la ville. Les habitants s'excitaient et couraient ici et là avec force de voix. Même les ânes, les chiens, les moutons et les chèvres, donnaient dans leurs langages respectifs à qui mieux-mieux. Tout n'était plus que cris, rires, mouvements, hennissements, bêlements et aboiements, dans un mélange de bruits assourdissant de pagaille organisée. Dans l'immense windi de Saliou Bakary, l'effervescence était à son comble. Les femmes essayaient d'organiser un semblant d'ordre en balayant et rangeant à toute vitesse, les hommes couraient revêtir leurs plus beaux habits. Les enfants, quant à eux, s'étaient aménagés des caches pour ne rien rater du spectacle à venir. Mais c'étaient les jeunes wandiyés et les wayboros qui étaient les plus excitées. Toutes se maquillaient depuis des heures, dévêtaient ou revêtaient plusieurs fois leurs beaux taafés, défaisaient ou refaisaient leurs plus belles coiffes, déchaussaient ou rechaussaient pour l'énième fois leurs sandales. Maïmouna, la promise de Yennendi n'était pas en reste. Elle s'assurait à tout moment que le taafé, le voile qu'elle avait choisi pour couvrir sa chevelure aux nattes épaisses et finement tressées était celui qui allait avec le teint de sa peau, et le noir de ses beaux yeux. C'est au moment où elle entendit les cors de gazelles annoncées l'imminence de l'arrivée de son futur époux, qu'elle décida brusquement de remplacer le beau taafé bleu et blanc, serré autour de sa taille par un grand boubou en soie orange, dont le col était brodé de motifs cousus main en or et argent. Elle releva les manches pour laisser apparaître ses bras nus, recouvertes au niveau des épaules d'un petit bustier de même couleur qui donnait à sa peau noire une teinte satinée avec une impression de délicatesse et de douceur mélangée. L'onguent, dont elle s'était enduite tout le corps, avait imprégné ses habits. Il se dégageait de sa peau une légère odeur agréable de senteurs concentrées d'extraits de fleurs diverses. Les servantes préposées à son service ne tarissaient pas d'éloges sur son élégance et sa beauté et toutes ne doutaient pas un seul instant que son futur mari serait sous son charme.

— N'est-ce pas le but, ajouta Maïmouna d'un air enjoué ? J'espère qu'il est au fait de la chose et qu'il saura me faire hurler de plaisir, comme toi, Aminata, lorsque je t'entends quelquefois lorsque je passe près de ta case certaines nuits.

La wayboro concernée baissa la tête dans un sourire gêné, légèrement honteuse de se sentir découverte, tandis que les autres partaient dans un éclat de rire général.

— D'ailleurs, qui est-ce, le bel alboro qui te fait tant de bien lorsqu'il te fait la chose ? Un homme de mon père ? Un chevalier de l'Askia ? À moins que ça ne soit un des génies de la savane, tu sais ceux qui sont tout petits avec des yeux globuleux comme des oranges et qui sont surtout dotés d'un organe démesuré comme celui des chevaux de mon père ?

Les rires partirent de plus belle et donnaient à l'assemblée des jeunes femmes autour de Maïmouna, une atmosphère de détente et de gaieté. Pourtant, au fond d'elle, Maïmouna n'était pas aussi rassurée qu'elle voulait le faire croire. Mille questions assaillaient ses pensées sur l'apparence de son futur époux. Comment était-il ? Beau ? En tout cas les marchandes qui avaient déjà effectué le voyage jusqu'à Dosso avaient confirmé, pour celles qui avaient eu la chance de l'apercevoir que Seyni Djermakoye Sonni était un bel alboro, grand et bien fait de sa personne au visage agréable et doux. Et puis, elles lui avaient vendu aussi, paraît-il un des sourires les plus ravageur du royaume. Mais était-il doux avec les femmes ? Avait-il du respect ? L'associerait-il à ses affaires ? Serait-elle à la hauteur de ses désirs ? Pourrait-elle très vite lui donner des enfants beaux et vigoureux ? Et Kadidjatou dans tout cela. Ne serait-elle pas trop envahissante ? Et elle-même, sera-t-elle à la hauteur ? Hauteur vis-à-vis de son mari, hauteur vis-à-vis de sa belle-famille ? Maïmouna était toute à ses interrogations lorsqu'elle vit à travers les persiennes en terre cuite de la fenêtre de sa case, l'avant-garde de la caravane pénétrer dans le windi de son père avec quelques dromadaires chargés de marchandises, sûrement des cadeaux, tandis que le reste de la caravane continuait son chemin vers la grande place du marché de la ville. Là, s'installeraient les hommes et les femmes venus de Dosso et de sa région environnante, pour vendre ou échanger tous les produits possibles. L'avant-garde n'était composée que de quelques hommes. Elle essayait d'apercevoir qui serait son futur époux parmi ces hommes. Elle distinguait bien trois ou quatre hommes de haute taille, dont un à la peau claire. Les autres ressemblaient plus à des soudards de l'Askia. À leur manière de parler et de gesticuler, Maïmouna se dit que ce n'était pas possible que ça soit l'un d'entre eux. Son cœur se serra de dépit et un voile triste commença à couvrir ses yeux, lorsqu'elle aperçut un autre cavalier entré dans la cour. Il était vêtu d'une tunique noire barrée à la poitrine par deux larges ceintures de cuir croisées sur lesquelles étaient accrochées deux sacoches en cuir également. Sa tête était protégée par un turban de couleur bleu ciel dont l'un des rabats venait couvrir son visage jusqu'au nez à la façon des hommes bleus du désert. Il portait aussi un pantalon bouffant de couleur sombre qui se terminait au niveau des chevilles par une paire de sandales à la semelle épaisse. Sur son dos, dans une gaine, un large sabre recourbé y était accroché. L'homme était grand. Elle le vit ôter le rabat de son chèche. Et là, en l'apercevant, elle sut immédiatement que l'homme qui venait d'arriver était Yennendi. Toutes les jeunes servantes excitées qui accompagnaient Maïmouna poussèrent des gloussements admiratifs. Maïmouna porta ses mains à sa bouche. Les bonnes femmes n'avaient pas menti. Il était vraiment bel homme. Ses yeux traversés un instant par un voile de tristesse se plissèrent de plaisir. Son cœur se serra à nouveau avant de déclencher dans sa poitrine une somme d'émotions qui la serrait jusqu'au ventre. Yennendi était descendu de son bel étalon à la robe noire de jais. Il secoua la poussière du voyage qui maculait ses vêtements. Il défit les pans de son chèche qui protégeait son visage du sable de la route et de la latérite des pistes qui menaient jusqu'à Tillabéry. Il tourna son regard vers l'une des cases du windi de son hôte. La fenêtre qu'il fixa était décorée de persiennes en motifs sahéliens. Sans la voir, il devina que sa promise l'observait à travers ces persiennes. Maïmouna put apercevoir son regard. Elle tomba sous le charme du bel alboro. Le coup de foudre avait frappé. Maïmouna Bakary était conquise, définitivement amoureuse.

La fête donnée en l'honneur de Yennendi battait son plein. Il y avait là nombre de conteurs et de conteuses qui rivalisaient de savoir sur l'épopée du peuple sonrhaï depuis la défaite de Tondibi et d'éloges sur les grandes familles qui s'étaient installées dans toutes les différentes provinces des royaumes zarmas. En particulier, celle des Sonni. Mais les honneurs allaient aussi à la fortune de Saliou Bakary, à la beauté de sa fille, Maïmouna et à son futur époux. Yennendi était assis à côté de Saliou son parent dorénavant. Les serviteurs évoluaient continuellement auprès des convives afin que leur appétit et leur soif soient toujours satisfaits. Issifou, assis de l'autre côté de l'assemblée, face à Yennendi, était saisi de stupeur par la qualité des aliments qui lui étaient offert et se prononçait pour un goût avancé sur la bière de mil. Il écoutait émerveillé les chansons de geste des griots, et laissait ses yeux se balader comme s'ils ne faisaient pas partis de son être sur toutes les beautés aux courbes et aux décolletées plongeants des servantes, plus belles les unes que les autres. Il ne pouvait s'empêcher de porter discrètement des mains quelque peu baladeuses sur des croupes, parfois discrètement ou ostensiblement offertes. Quant à Harben et ses deux compères, Idrissa et Mamane, ils avaient préféré rester auprès des soldats afin que la fête soit assurée avec un maximum de sécurité. Les bruits qui concernaient les incursions de troupes nomades à la recherche de captifs se faisaient de plus en plus pressants.

Le son des tam-tams s'éleva de plus en plus fort, annonçant un moment important de la soirée. Saliou Bakary se leva et se tourna vers son jeune invité. Tous les musiciens turent instantanément leurs instruments. Les percussionnistes cessèrent de faire parler tam-tams et tambourins. Les voix des convives, hommes d'un côté et femmes de l'autre baissèrent peu à peu et l'armée de domestiques en service cessèrent leur allers et venues parmi les invités. Yennendi se leva à son tour et sur un signe discret de sa main, une file de personnels de la caravane apportèrent les cadeaux que Zaago avait préparés pour l'occasion. Ces hommes et ses femmes, fort richement vêtus déposèrent devant les tâgars outaris confectionnés par les mains habiles des tchakay de la ville, différents objets aux pieds des deux hommes. Il y avait là, des marmites en fontes métallisées par des forgerons réputés du royaume du Yatenga, des ballots de taafés de toute couleur achetée en pays hawsa et particulièrement des tissus en Kanté de couleur orange, jaune, vert, noir et blanc de Kumasi dans le royaume Akanté. Des bijoux en or, bracelets, colliers et chaînettes de cheville et de hanches finement décorées par les orfèvres experts du lointain pays du Bourré étaient présentés. Des fèves noires d'une conque parfumée du pays des Bétés situé près du royaume Baoulé et des queues grillées des anacardiers du pays de Mah Djinné et des fruits rouges venus de la lointaine province de Kaffa faisaient partis des cadeaux offerts par Zaago. Il y avait aussi des portes-amulettes en cuir noir, marron ou rouge afin d'abriter les parchemins et les écrits du Coran ou des gris-gris destinés à la protection des êtres et à la fortune. Mais un objet attirait particulièrement l'attention de toutes les femmes présentes dans l'assemblée. Tous se levèrent lorsque Yennendi en personne vint placer l'objet en question devant Saliou Bakary. C'était un objet grand, de forme ovale, à peu près de la taille d'un homme debout, cerné par une armature en bois de teck de la chefferie de Notsé, dans le grand sud près du royaume d'Abomey, verni, muni au bas de deux bras terminés par un plateau de stabilité. Un espacement de maniabilité permettait à la forme ovale de pivoter d'avant en arrière et vice-versa. À la vue de cet objet curieux, hommes et femmes se pressaient les uns contre les autres afin de mieux pouvoir apercevoir l'image claire de leur personne entière renvoyée par l'objet. Des expressions de toutes sortes étaient poussées par celui ou celle qui avait pu voir son image, les sourcils levés, la bouche formant le rond parfait de la surprise. Jamais n'avait-on vu pareil ustensile dans la ville de Tillabéry et certainement dans tout le royaume. Ou, s'il en existait une, alors il doit être probablement dans le palais de l'Askia.

C'est le moment que choisirent Maïmouna et sa mère pour apparaître. Elles étaient suivies d'une horde de domestique qui donnait à la fête un caractère presque royale. Il y avait un cérémonial prononcé comme on ne pouvait en voir qu'à la cour du grand Askia. Les deux femmes avançaient ensemble du même pas léger, presque aérien. Les voiles légères recouvraient leur tête et retombaient jusqu'au sol en planant comme les plumes duveteuses d'une autruche. Yennendi semblait pétrifié par l'aspect solennel de la cérémonie. Il prenait brusquement conscience de la situation et de l'enjeu de l'alliance que Saliou Bakary et son père avaient nouée. Un drôle de sentiment se manifestait et serrait d'une étreinte particulièrement forte sa poitrine. Un nœud lui tordait l'estomac et sa pomme d'Adam faisait des allers-retours rapides de façon répétée dans sa gorge. Il se força à ne pas laisser transparaître le trouble qui figeait son corps, faisait trembloter ses jambes et animait ses mains de petits gestes nerveux et secs. Que lui arrivait-il, lui qui avait toujours gardé calme et sérieux en toute situation ? Il se sentait nerveux. C'était la première fois que Yennendi ressentait une impression inconfortable et éprouvait comme une envie de fuir les lieux. Il y songea une infime seconde lorsque son regard croisa celui d'Harben qui devinait toute la gamme des émotions qui passait dans la tête de son jeune maître. Un léger signe de tête d'Harben, exprimant le négatif de ses intentions le ramena à la réalité. Les murmures et les paroles admiratives qui lui semblaient devenus brutalement lointain, tant étaient fortes les pensées de Yennendi, revinrent aussitôt presque de manière amplifiée. Ses yeux qui avaient cessé de regarder de manière normale les deux femmes qui avançaient dans une image suggérée au ralenti par ses émotions, lui renvoyèrent la réalité de ce qui se déroulait devant lui. Il nota que Maïmouna était plus grande que sa mère. Cette dernière avait gardé le charme des femmes matures. Belles hanches remplies, seins lourds et gonflés qui s'agitaient comme des outres souples de lait en peau de chèvre au rythme de sa démarche élégante. Des maîtresses-femmes comme celles dont Issifou et lui s'étaient abrutis de plaisirs dans les faubourgs interdits de Dosso. D'ailleurs, la fougue de sa jeunesse choisit de s'exprimer une fois de plus, en se manifestant par des soubresauts violents et répétés. Heureusement que le riche boubou, dont il était vêtu, ample, cachait la protubérance énorme qu'il ressentait dans son sarouel. Ce manque de maîtrise pourrait être très mal interprété en la circonstance, avec toutes les conséquences pour offense et comportement honteux envers son hôte sans compter l'affront qui serait fait à sa famille. Il se focalisa sur Maïmouna qui s'avançait également, avec une élégance racée vers les deux hommes qui se tenaient devant elles. L'un était l'homme important de leur vie. L'autre allait devenir l'homme de la vie de la jeune wayboro. Elle était vêtue d'un large boubou vert, léger et dont les pans qui descendaient vers le sol semblaient soulevés par un vent léger, issue de sa propre démarche alerte qui donnait à ses hanches un balancement de reine. Yennendi nota un sourire ravissant, marqué par de belles dents très blanches, bien alignées sous des lèvres au dessin sensuel, prolongés à chaque extrémité par des fossettes qui lui donnaient un air exquis et enjoué. Un léger voile de soie transparent couvrait la partie haute de son visage jusqu'aux narines. Yennendi sentit son cœur se serrer, lui aussi en regardant la belle plante qui lui était destiné. Il prononça des pensées de remerciement à l'intention de sa mère. Les deux femmes vinrent saluer tour à tour les deux hommes devant elles dans un signe de soumission par une révérence solennelle, tête baissée. La mère de Maïmouna saisit la main de sa fille et l'offrit à son mari, qui regardait subjugué, sa femme comme si, lui aussi, la voyait pour la première fois. Le ton sensuel de sa voix excitait le membre rebelle de Yennendi, tendu comme la peau d'un tam-tam dans son sarouel. Il baissa sa tête à son tour avec un léger sourire, sans oser regarder la mère de Maïmouna dans les yeux, de peur que celle-ci ne puisse découvrir le trouble qui l'animait. Puis, Saliou Bakary prit la main de Yennendi et en mettant la main de sa fille dans celle de Yennendi, il prononça un discours :

— Que l'union de cet alboro et de cette jeune wayboro puisse apporter joie, bonheur et prospérité pour nos deux familles. Yennendi, je te vois et je te reconnais. Tu es désormais mon fils et c'est avec honneur et plaisir que j'accepte de te donner ma fille, Maïmouna, comme épouse. Puisse-t-elle te donner une nombreuse descendance et te faire honneur. Ton mariage sera prononcé lors d'une cérémonie que nous célébrerons tous dans ta ville natale, en présence de tes parents, j'ai nommé le Khoyze Dramane Djermakoye Sonni et son épouse Kadidjatou.

Yennendi, se tournant vers son désormais parent, le remercia avec l'élégance et l'assurance d'un diplomate averti. Saliou Bakary observait Yennendi et était surpris de la maturité de son gendre pour ses dix-huit pluies à peine. Il donna son approbation à Yennendi pour soulever le voile de Maïmouna et contempler enfin le visage de sa promise. Ce qu'il vit des yeux enfin révélés de sa fiancée fut de merveilleuses perles. Les battements de son cœur s'emballèrent. Son torse se soulevait comme pour aspirer plus d'air et un voile léger d'une ondée humidifia ses yeux. Elle était assurément la plus belle fille qui lui était présentée. Il oublia instantanément les émotions soulevées à la vue de la mère de sa fiancée. Son membre durci, si tendu jusqu'à présent, dépité, se replia sur lui-même. Mais il ne tarda pas à renouveler sa vigueur à la découverte suggérée du corps de Maïmouna, malgré le boubou dont elle était vêtue et dont il devinait courbes et formes harmonieuses de son corps. Sa peau noire, lisse et satinée lui révélait des nuits de douceurs qu'il allait passer en sa compagnie. Son regard, débarrassé de toutes gênes, malgré la présence de la foule autour d'eux se fixa un instant sur ses seins dont il apprécia mentalement la forme et pesa le calibre. Il aperçut de manière furtive le bout de ses tétons qui se dressaient fièrement sous le léger boubou vert en soie. Il leva à nouveau son regard vers le visage épanoui de Maïmouna et prononça les mots rituels d'une voix ferme et claire sans bafouiller une seule fois, en regardant Saliou Bakary et sa femme, droit dans les yeux.

— Moi, Seyni Djermakoye Sonni, fils de Dramane Djermakoye Sonni et de Kadidjatou Maïga, j'accepte avec joie l'honneur de recevoir et de prendre la main de ta fille, Maïmouna. Accepte de ma part et de celle de mon père tous les cadeaux exposés devant toi, en dédommagement de ta fille.

Une salve d'applaudissements et de youyous vint saluer les mots de Yennendi. Une femme-griot lança d'une voix stridente une ode en l'honneur des fiancés qui bientôt engendraient une nombreuse et noble descendance dont ils perpétueraient le nom des Sonni et des Bakary à travers les siècles. Les tam-tams et les tambourins, accompagnés des Kuntijis reprirent leurs échanges passionnés dans des rythmes endiablés qui invitaient tous les convives présents à danser. Mais juste avant l'envoi de la reprise des festivités, Harben, tout aussi ému, malgré le visage fermé qu'il affichait frappa dans ses mains. La grande porte de la concession de Saliou Bakary s'ouvrit et quatre belles vaches, dont les robes étaient respectivement pour chacune, blanche, noire, ocre et jaune pâle, entrèrent, tenu chacune par un jeune berger. Leurs naseaux étaient ornés d'une bague en cuivre rouge. Juste derrière suivait un jeune pâge qui tenait par la bride une jeune pouliche à la robe et à la crinière blonde. Des sifflements d'admiration fusèrent de l'assemblée et des hochements de tête approuvaient le choix des cadeaux offerts à la famille Bakary. Les femmes reprirent le battement de mains rythmées sous le commandement de la mère de Maïmouna, l'honorable maîtresse, Nanfy Bakary. Les voix des femmes-griots se firent encore plus élevées et les odes à la gloire des deux familles alliées reprirent de plus belle. La plupart des hommes se réunissait en petit comité pour discuter. De temps en temps, l'un d'eux sortait de la discussion animée, fendait le cercle des femmes en train de danser et venait se désarticuler par une danse courte, faite de gestes brusques et saccadés avant de gagner à nouveau le groupe des hommes sous les applaudissements, les cris et les rires moqueurs des femmes. Maïmouna et Yennendi, se tenaient légèrement à l'écart des convives, l'un à côté de l'autre. Ils s'étaient assis sur de petits tabourets en bois richement décorés des scènes de vie de la société zarma, sur lesquels avaient été disposés des coussins confortables. Ils regardaient ensemble l'assemblée réunie sous leurs yeux. La timidité d'abord les empêchait de s'exprimer et de se regarder. Mais rapidement, l'ambiance aidant, les deux jeunes gens commencèrent à se détendre et à échanger des mots puis ensuite des rires tout en prenant garde de respecter les standards des us et coutumes en vigueur des zarmas. Mais sans s'en apercevoir, leurs mains s'étaient rapprochées. Maïmouna releva lentement son voile de soie transparent et tourna son regard vers son futur mari. Puis, laissant tomber tout protocole, elle prit tout doucement la main de Yennendi dans la sienne. Yennendi était intimidé, mais ressera lui aussi la douce main de sa belle dans la sienne. Puis il tourna lui aussi son visage pour regarder sa fiancée. Comme elle était belle, se dit-il. Bakary se tenait, lui aussi, assis au côté de sa femme, la belle Nanfy. Il était souriant et appréciait d'un hochement de tête, ce qui se déroulait devant lui sous ses yeux. Il se dit un instant qu'il regrettait que son ami Zaago ne soit présent. Il était sûr que le mariage des deux jeunes gens prévus dans une lune à Dosso serait une très belle fête. Nanfy, la mère de Maïmouna était elle aussi, aux anges. Son rêve de voir sa fille unique faire un mariage princier se réalisait. C'est ce qu'elle avait de tout temps espéré pour sa fille. Aujourd'hui, par la grâce d'Allah, son vœu était exaucé. Elle n'avait pas pu donner à son époux d'autres enfants, car après la naissance de sa fille, sa source de production de vie s'était tarie. Elle avait accepté avec humilité et par amour pour son mari, que Saliou puisse avoir d'autres femmes, afin qu'il puisse laisser une descendance mâle et que le nom des Bakary puisse traverser la postérité et le temps. Allah l'avait entendu. Mais Nanfy était restée la favorite de Saliou. Et à ce titre, elle dirigeait la maison de Saliou Bakary, avec justice, équité et bonté. Elle était toute à ses pensées lorsqu'elle vit un serviteur s'approcher de l'oreille de son mari et lui parler avant de repartir, aussi discrètement qu'il était venu. Un voile passa devant les yeux de Saliou et assombrit son regard. Son visage se durcit brusquement. Il se leva, rassura sa femme d'un geste tendre en lui prenant la main et s'éloigna vers la sortie de son windi à grands pas. Yennendi, qui s'était lui aussi aperçu de la scène, se leva en adressant un sourire à sa jeune fiancée avant de suivre Saliou vers la sortie. Au passage, il fit signe à Issifou qui le suivit, avec dans ses pas, ceux d'Harben, suivi de loin par ses comparses, Idrissa et Mamane. En approchant du portail d'entrée, une clameur, venue de la rue, se fit entendre. Une effervescence régnait au-dehors. Les cris enflammés des hommes, les pleurs des femmes et les gémissements d'enfants apeurés donnaient une dimension tragique, qui tranchait avec la fête joyeuse dans la concession de la famille Bakary. Certains hommes portaient des armes et vociféraient des injures et des paroles de vengeance. Saliou et Yennendi essayaient de calmer la foule qui se massait de plus en plus nombreuse devant la maison de Saliou Bakary. Harben et Issifou tentaient de se faire entendre afin de comprendre ce qui se passait lorsqu'un cavalier, qui faisait partie de la garde de la caravane arriva au galop. Il stoppa net sa monture devant Harben qui avait levé les bras comme pour protéger Yennendi et son hôte d'une ruade éventuelle du cheval. C'était Aliou Kanandja, le pâge de Zaago. Le cavalier sauta promptement à terre et parla à l'oreille d'Harben. Celui-ci cria un ordre de branle-bas de combat à Idrissa et Mamane qui, à leur tour, mit en alerte le reste de la troupe. Puis Aliou et Harben se dirigèrent vers Saliou et Yennendi, dans le but de leur donner l'explication de toute cette agitation.

— Khoyze, dit Aliou, il y a une heure environ. Une troupe de cavaliers à dromadaires a fait irruption dans un village proche de Tillabéry. Ils ont tué beaucoup de gens et capturé nombre de jeunes zankas et alboros, des wandiyés et quelques wayboros. Les hommes surpris dans leur sommeil ont été tués. Ils ont mis le feu partout, Khoyze, dit Aliou essoufflé.

— Qui sont ces bandits demanda Yennendi ?

— Des tamasheqs. Il paraîtrait que le chef de ces bandits se nomme Moussa Ag-Wali. Les rumeurs disaient qu'il avait envoyé des espions dans la région ajouta Saliou.

— J'avais envoyé Aliou avec deux cavaliers en reconnaissance dans la région pour vérifier les rumeurs ajouta Harben. A priori, elles sont avérées.

Un groupe de cavaliers à dos de dromadaire passa au galop devant Saliou, Yennendi, Harben et devant la foule rassemblée près de la demeure de Saliou Bakary. C'était Issifou, qui à la tête de son groupe d'éclaireur partait tout armé, après avoir troqué ses habits de fête pour une tenue de combat plus adéquate. Dans la concession toutes festivités avaient cessé. Les gémissements, les plaintes et les pleurs, avaient fait place à la joie, aux rires et à la bonne humeur. Les invités se précipitaient dans un désordre indescriptible vers la sortie, comme si la mort venait directement leur demander des comptes chez Saliou Bakary. Il fallut toute l'autorité de Nanfy et sa fille Maïmouna pour ramener le calme dans la concession. C'est avec un regard entendu entre les deux fiancés que Maïmouna accorda sa bénédiction à Yennendi afin qu'il puisse s'équiper et donner la chasse aux tamasheqs. Déjà, dans la cour, Aliou Kanandja, déjà monté sur son destrier tenait les rênes des montures d'Harben et Yennendi qu'il était parti chercher entre-temps. Tandis que, au-dehors, Idrissa, Mamane et les cavaliers de Dosso soutenus par ceux de l'Askia se tenaient armés de leur lance et de leur sabre prêt à partir sur ordre. Saliou, dans un discours sage, avait calmé les esprits et avait convaincu la population de laisser faire les soldats de Yennendi. Enfin prêt, juché sur son étalon noir comme la nuit, Yennendi fit ses adieux à Maïmouna. Ils n'avaient pas besoin de parler. Il effleura délicatement la main de sa promise et lui adressa un sourire. Elle se tenait bien droite, fière, le regard clair, sans émotion apparente.

— Rattrape-les, tue-les s'il le faut, mais ramène tout le monde, lui dit-elle d'une voix douce et franche !

Yennendi répondit par un signe de tête. Il fit pivoter sa monture vers la sortie du windi et une fois au dehors, lança sa monture au galop, suivi de ses compagnons, Harben, Aliou, Idrissa et Mamane en tête. Ils traversèrent la place du marché de Tillabéry sous les acclamations de la population et prirent la direction du nord en direction du village attaqué à quelques lieues de là. Des signaux presque invisibles aux yeux des profanes avaient été laissés par Issifou et ses hommes, comme appris lors de leur initiation commune, pour indiquer la direction à prendre. Yennendi et ses hommes savaient qu'il devait faire vite s'ils voulaient rattraper les assaillants qui étaient déjà loin. Il comptait sur les talents de pisteur, de chasseur et de poursuiveur d'Issifou, qui possédait un instinct quasi animal. N'était-il pas membre à part entière de la confrérie des Gaw ? L'un de leur membre le plus doué et le plus talentueux ? Il comptait sur Issifou et ses hommes pour remonter la piste des Tamasheqs et ramener sains et sauf les captifs. Pour la troisième fois de sa vie et en quelques jours, Yennendi prenait de plus en plus conscience du poids de la responsabilité qu'il avait sur le dos. Il n'avait pas le choix. Il lui fallait réussir, quitte à y laisser la vie. Curieusement, la situation l'amena à penser à Yala. Yala, qu'était-il devenu ? Où était-il ? Ah, si la vie lui avait permis de rester à Dosso, il galoperait aujourd'hui à ses côtés. Comme son aide lui aurait été précieuse. Au loin, les cavaliers menés par Yennendi voyaient déjà les fumées, annonce du drame qui s'était joué là-bas quelques heures plus tôt. Un homme leur fit signe. Il était juché sur son haut dromadaire aux pattes interminables, les sens aux aguets. C'était un des éclaireurs d'Issifou. Il les guida jusqu'au village, où régnaient encore les dernières fumerolles des cases détruites. Des cadavres gisaient çà et là de tous côtés. Les hommes vieux avaient été égorgés. Tous ceux qui n'étaient pas aptes à marcher avaient été passé par le fil de l'épée. Femmes enceintes et enfants à bas âges avaient été, eux aussi égorgés. Les chiens avaient également été tués ou empoisonnés probablement pour ne pas donner l'alerte. Une odeur de pourri et de brûlé, tenace, montait immédiatement aux narines et s'accrochait aux êtres vivants. Les corps commençaient déjà leur processus de décomposition, mais les âmes n'étaient pas prêtes à quitter leurs proches, refusant toute idée de la nouvelle réalité de leur condition immatérielle. Yennendi, sentit comme deux gros rochers lui tomber dans les poumons et des larmes inondèrent ses yeux, sans cependant sortir du périmètre de ses cils. Quelques survivants apparurent comme des fantômes sortis de nulle part. Ils étaient nus, désemparés et leurs yeux, hagards témoignaient de la terreur qu'ils avaient vécue. Ils ne pleuraient pas, ne gémissaient pas, ne disaient rien. Certains ne s'évanouirent que, lorsque les nerfs de leurs membres blessés se réveillèrent après l'anesthésie du traumatisme lié au drame. Harben désigna trois hommes pour rester avec les survivants. Ils s'exécutèrent, sans mot dire et commencèrent à soigner, réconforter et rassurer. Yennendi, revenait doucement du choc qu'il venait de subir. Avec un cri de rage, il enfourcha sa monture et partit au galop, suivi du reste de la troupe sous la direction de l'éclaireur chargé de les guider jusqu'à Issifou. Animé par la haine qui venait brutalement de monter à sa tête, Yennendi n'avait qu'un désir, chercher, trouver et tuer. Les barbares qui avaient mutilé, assassiné vieillards, femmes et enfants n'auraient pas sa clémence. Aucun d'entre eux ne retournerait dans leur pays vivant. Il n'accorderait aucune sépulture à leur cadavre, qu'il laissera aux hyènes et chacals de la brousse. Yennendi, éperonnait son cheval du talon de ses bottes. Il fallait les retrouver avant les portes du grand désert. S'il échouait, la honte rejaillirait sur sa tête et sur sa famille. Par son action, il devait absolument ramener les captifs aux mains de ces chasseurs d'êtres humains.

Des nuages, nombreux et lourds, couvraient la lune. C'est tard dans la soirée que Yennendi et ses hommes firent leur jonction avec Issifou. Les étoiles étaient à peine visibles et la nuit était d'un sombre profond. Seuls les félins pouvaient voir dans ce noir d'encre. Et Issifou était de ces fauves. Il avait trouvé la piste des tamasheqs. Ils n'étaient plus trop loin, ralentis par la longue file des captifs qui étaient attachés les uns aux autres par une branche fourchue à ses extrémités qui entourait le cou de celui qui était placé devant l'autre. Les femmes étaient également entravées et devaient porter en plus sur leur tête des ballots et des fagots de bois pour le feu. D'autres portaient le produit de leurs rapines dans des sacs en cuir dont les lanières qui barraient leur poitrine en s'incrustant dans les chairs, occasionnant d'horribles plaies. Les chasseurs d'esclaves avaient allumé des feux, qui se voyaient de loin, persuadés que les habitants du pays ne pouvaient pas entamer des poursuites. Leurs captifs soumis à une cadence infernale avaient pratiquement couru sous les coups de fouet répétés malgré leurs entraves. Certains avaient été égorgés sur place pour des raisons que Yennendi devinait aisément. Ils retardaient leur course du fait de leur handicap, ou parce qu'ils étaient malades, à en juger les cadavres qui parsemaient l'itinéraire des ravisseurs. Yennendi n'avait pas le temps de les faire enterrer. Mais c'est avec désolation et colère qu'il se voyait obligé de laisser leur corps aux hyènes et aux chacals qui suivaient la piste, reniflant les promesses de cadavres exquis et dodus. Quant aux vautours, l'aube les verra se mettre à fondre sur les carcasses de ces pauvres hommes, femmes ou enfants, dans une nuée compacte, en rang serré de convives rendus fous par l'heureuse trouvaille. Issifou, Yennendi, Harben, Aliou, Idrissa et Mamane, firent le point de la situation. Il était clair qu'il fallait passer à l'action, le plus rapidement possible avant le lever du jour. Une journée de plus à attendre et combien de cadavres en plus jalonneront la piste des Tamasheqs. Sans compter la possibilité d'accéder au désert plus vite que prévu. Et là on pourrait dire adieu aux captifs. Une autre raison poussait Yennendi à agir vite, et surtout Harben. Ce dernier avait été captif dans sa prime enfance de ces hommes habitués à sillonner le désert. Il se rappelait combien était douloureuse l'horreur de la situation qui attendrait les hommes et les enfants en particulier. La castration. Harben avait raconté dans le passé la manière dont se prenaient les hommes du désert pour castrer les enfants et les hommes. Le procédé était particulièrement barbare et laissait très peu de chances de survie à ceux qui avaient le malheur de connaître pareille abomination. Yennendi, Issifou et Aliou en étaient terrifiés. Dès qu'ils se sentiront en sécurité, les hommes du désert mettraient en pratique leur torture infâme. Il fallait faire vite. Ils décidèrent de passer à l'action peu avant l'aube, au moment où ils s'y attendraient le moins, croyant leur sécurité assurée et à l'heure où le sommeil de l'homme est le plus lourd. Il fut décidé de séparer la troupe en quatre groupes sous le commandement de chacun d'eux, et de tenter une approche par les quatre points cardinaux du lieu. À Yennendi et Aliou l'axe de pénétration sud-nord, tandis qu'Harben et Issifou, pénétreront le dispositif ennemi par le nord. Idrissa et Mamane se partageant l'est et l'ouest. Une fois la décision prise, ils se levèrent pour distribuer les consignes d'approche et d'attaque à leurs hommes respectifs. Harben et Issifou, devant effectuer un large cercle d'enfermement partirent en premier. Un petit détachement restera à l'arrière de la position nord pour protéger autant leur tactique préventive d'une arrivée hypothétique d'éléments tamasheqs que de recueillir les captifs égarés ou couper toutes possibilités de fuite et de retraite aux ennemis en fuite. L'approche des positions ennemies allait être longue. Les cavaliers entourèrent de chiffons les sabots de leurs chevaux ou de leurs dromadaires afin d'atténuer les bruits que la nuit amplifiait. Les gueules des dromadaires furent également neutralisés pour éviter leurs longs et lugubres râlements plaintifs. C'est en colonne, à pied, tenant leurs montures respectives par les brides, prenant soin de faire le moins de bruit possible et les armes noircies à la suie des cendres du village brûlé, pour ne pas briller dans la nuit, que les hommes entamèrent leur marche. Au fur et à mesure de leur approche, la prudence s'était renforcée. La concentration et la peur s'étaient emparées de chacun d'entre eux, car mis à part Harben, Idrissa et Mamane, personne n'avait l'expérience du combat. Yennendi sentait le poids de ses décisions sur ses épaules. Il n'avait pas encore dix-huit pluies mais portait déjà toute la responsabilité d'un homme alors que n'importe quel alboro de son âge s'essayait encore à séduire les filles, ou passer du temps ensemble, à discuter ou à refaire le monde. Il se demandait, quelle mouche l'avait piqué pour se jeter de la sorte dans pareille aventure. Tout d'abord, le voilà bientôt marié, donc avec la responsabilité d'une femme et qui sait, rapidement un enfant à assumer. Puis la responsabilité de centaines d'hommes, de femmes, de leurs bêtes et de leurs marchandises. Et maintenant, cette mission de guerre pour laquelle il se trouvait insuffisamment formé à son goût, malgré les heures d'entraînement passées sous la férule d'Harben et ses lieutenants. Il avait peur et se rendait compte qu'au fur et mesure de son avancée vers son destin que ses jambes tremblaient à chaque arrêt. Quant à Aliou, un étrange sentiment l'habitait. Il avait peur. Mais il avait une boule particulièrement forte à l'estomac qui nouait ses entrailles. Il ne savait si c'était de la peur ou la sensation aiguë qu'il rencontrerait lui aussi son destin. Les jours précédents son arrivée à Tillabéry avec la caravane, un chien, toujours proche de lui sans qu'il puisse le voir hurlait la nuit un long et plaintif hurlement qui s'élevait vers le ciel. Ce chien ou un autre avait recommencé quelques heures plus tôt, au moment où il était en patrouille à la périphérie de la ville à la recherche des rumeurs signalant la présence de Tamasheqs à la recherche de captifs dans la région. Ce même hurlement l'avait accompagné durant sa poursuite avec Yennendi. Maintenant, il ne l'entendait plus, mais quelque chose de plus lourd pesait sur sa conscience, l'anesthésiant en partie, figeant ses membres et le privant de ses forces au moment où il en aurait le plus besoin. Et puis, il voyait sans cesse dans ses rêves des nuits précédentes le visage de Dewel, sa fiancée, en pleurs épanchés sur le corps d'un être étendu sur une natte dont il n'arrivait pas à voir le visage. Il se réveillait chaque fois en sueur, le corps tremblant avec une angoisse terrible qui lui tordait l'estomac. Cela l'avait rendu sombre, mais il ne s'en était pas ouvert à son maître, Harben à qui il confiait beaucoup de choses. D'ailleurs si Harben avait su, il l'aurait écarté de l'expédition. Plus âgé que Yennendi qu'il considérait comme son petit frère, il ne se sentait pas en partage de ses appréhensions ou de ses pensées intimes avec lui. Quelque chose, comme un instinct de survie lui conseillait de prendre ses jambes à son cou et de s'enfuir. Dewel, c'est à elle qu'il pensait. La veille de son départ, Zaago l'avait fait quérir par un serviteur pour lui signifier qu'il donnait son accord à son union avec elle. Il avait couru comme un fou vers le windi de Penda, la deuxième femme de son maître, chez qui Dewel vivait. Il avait passé la nuit avec elle, dans la petite case qu'elle occupait. Ils avaient fait l'amour intensément et passionnément comme à chaque fois où il passait la voir. Elle lui avait appris la nouvelle de sa grossesse. Lui Aliou Kanandja allait être père. Il esquissa un sourire à l'évocation de cette nouvelle que Dewel et lui voulait garder secret, pour l'instant. Il le regarda, les yeux écarquillés. C'était lui ! Son regard croisa celui de Yennendi à ce moment, et il resta figé. Celui dont il n'arrivait pas à voir le visage. Allah, ô grand dieu, pensa-t-il ! Non pas Yennendi. Ce n'était pas possible. Il eut la certitude, à partir de cet instant qu'il avait la mission sacrée de protéger le jeune Khoyze. Il se rapprocha de lui et le regarda dans les yeux. Il ne faillira pas à cette mission !

Le tamasheq en faction du côté nord de l'enclos ceint par une clôture d'épineux avait laissé sa tête, lourde de sommeil s'affaler doucement sur ses deux bras qui tenaient sa lance. Les captifs dormaient tous, le sommeil agité de soubresauts des cauchemars de leur traumatisme ou des sanglots de leurs regrets. Un doux ronflement berçait ses rêves de retour parmi les siens, qui devaient l'attendre impatiemment pour célébrer le rezzou qui apporterait des captifs et des marchandises, objets de leurs rapines. Il ne dut se rendre compte de rien lorsque la main d'Harben se referma sur sa bouche pour l'empêcher de crier. La douleur intense qu'il ressentit à la base de son cou jusqu'au cœur pétrifia tout son corps et vitrifia ses yeux dilatés de surprise dans la noirceur de la nuit sans lune et sans étoiles. L'autre garde qui s'était éloigné de son camarade pour satisfaire un besoin lourd et naturel n'eut pas le temps de se relever. Le sabre qu'Issifou abattit sur son crâne de toutes ses forces lui fendit la tête jusqu'à la base du cou. Aucun cri ne put sortir des gros bouillons qui avaient transformé sa cervelle en charpie. Son corps s'affaissa lourdement sur les excréments qu'il venait de lâcher, afin de donner du labeur aux bousiers et, accessoirement fertiliser le sol. Celui qui gardait la partie sud du dispositif ne vit Yennendi qu'au dernier moment, surgit brusquement du néant de la nuit devant lui comme un fantôme. Le faible gémissement qu'il poussa était l'expression déjà pétrifiée d'une peur sans nom sortie du fond de ses entrailles. Il regarda, incrédule, ses intestins se répandre devant lui. Il n'eut pas le temps d'exprimer la douleur terrible qu'il ressentit au ventre. Dans l'infime seconde qui suivit, ses yeux, écarquillés, fixèrent pour l'éternité, de sa tête tranchée par le sabre de Yennendi, son corps à genou dans une position de supplication, ses mains essayant de retenir vainement ses boyaux indisciplinés. Idrissa et Mamane, suivis de leurs hommes, en silence allaient vers les corps endormis profondément à même le sol et un à un, les égorgeaient dans leur sommeil. Dongo serait content de voir son royaume approvisionné en chair fraîche d'hommes qui ne comprenaient pas comment et pourquoi ils se réveilleraient dans un monde qu'ils ne reconnaissaient pas. Les captifs réveillés par les cris de terreur provenant d'hommes surpris essayaient de comprendre les raisons de ce tumulte en écarquillant les yeux dans le noir. Certains, comprenant la situation, tiraient de toutes leurs forces sur les lanières de cuir qui entravaient leurs membres. Déjà, quelques-uns, parmi eux, libérés, franchissaient l'étroite haie d'épineux pour prêter main-forte aux assaillants. Le désir de vengeance, la haine éprouvée, des cris et des hurlements vociférés avec rage, des larmes de colère dans les yeux, ils se jetaient avec une force décuplée sur leurs geôliers. Ils frappaient avec tout ce qui leur tombait sous la main. Bâtons, cailloux, des pouces s'enfonçant dans les yeux de leur adversaire, dents déchirants des lambeaux de chairs d'une oreille ou d'un nez. Un baiser de mort arrachait un morceau d'une lèvre ou des mains étranglaient avec puissance un cou ou brisaient une nuque. Les quelques tamasheqs qui avaient survécu au premier assaut commençaient à s'organiser pour résister. D'autres dans leur panique commençaient une fuite éperdue dans la nuit d'un noir d'encre, paniqués, dans n'importe quelle direction. Ils étaient capturés par les éléments en recueil laissés en arrière par Yennendi. Ceux qui avaient réussi à passer à travers les mailles du filet se voyaient pris en chasse par des meutes de lycaons ou d'hyènes, déjà présentes dans les parages depuis des heures. Délaissant les carcasses éparses qui jalonnaient le chemin des tamasheqs, ils étaient venus à proximité du lieu des combats, en attente, attirés par la clameur du champ de bataille qui allait leur garantir l'assurance de repas en chairs fraîches et tendres.

Yennendi et Aliou se battaient comme un seul homme, côte à côte. Ils essayaient, par acte réflexe, d'appliquer l'un et l'autre les enseignements de Zaago, d'Harben et des autres maîtres d'armes. Un instinct, fort, conservateur, presque primitif prenait le dessus au fur et à mesure des hommes qu'ils envoyaient chez Dongo. Le bruit mat des chairs déchirées, des os brisés par la force des coups qu'ils assenaient à des adversaires surpris par la jeunesse, l'habileté, et la rage des deux jeunes hommes, les désorientaient complètement, surtout qu'ils voyaient une bonne part de leurs camarades de rapines étalées de plus en plus nombreux sur le sol. Les génies de la brousse, excités par le sang qui coulait en abondance, réclamaient encore plus de vie. Yennendi et ses hommes minaient petit à petit la résistance de ceux qui avaient le courage de résister. Déjà, certains jetaient leur épée à terre et à genoux, les mains levées, réclamaient la clémence des vainqueurs. La plupart des jeunes soldats de l'Askia, qui avaient accompagné Yennendi dans sa mission, la vision des horreurs encore dans leurs yeux, n'avaient aucune pitié pour les vaincus et laissaient leur haine s'exprimer. Ils les décapitèrent ou enfoncèrent leur lance dans leur poitrine, non sans leur avoir arraché auparavant les talismans aux écritures saintes du Coran qui tapissaient leur poitrine sous leurs grandes tuniques noires et bleues. Les captifs, complètement libérés des liens qui les destinaient à l'esclavage en terre mauresque ou almoravide, dans le Hedjaz ou dans les contrées lointaines de l'empire ottoman, se jetèrent sur eux et leur ôtaient la vie avec une fureur où se mêlaient leurs cris de haine, celles de femmes en particulier, et le hurlement des hommes assaillis de toute part, par des centaines de bras, de griffes, de coups, qui se voyaient déchirer et écarteler par une curie en folie. Le combat avait baissé en intensité et commençait à prendre fin. Les vainqueurs se congratulaient et les youyous des femmes libérées commençaient à retentir dans la nuit, saluant la victoire de Yennendi et ses hommes. La lune s'était levée, éclairant ainsi de sa lumière blanche la scène de combat où gisaient des dizaines de corps sans vie. Certains soldats de l'Askia y avaient également laissé la leur. D'autres, qui n'avaient pas la force de célébrer la victoire, étaient assis, les yeux dans le vide ou pleuraient tout doucement. Quelques enfants erraient çà et là, les yeux hagards ou se réfugient dans les bras de femmes aux mains ensanglantées. On entendait au loin, les cris de terreur et d'épouvante de ceux qui, ayant fui les combats, étaient poursuivis par les lycaons ou tombaient sous les crocs d'hyènes qui broyaient leurs os à grands claquements de gueules dans de sinistres ricanements. Yennendi, regardait le champ de bataille.

Il avait l'impression de voir défiler sous yeux des fragments de scène, comme si la vie se déroulait au ralenti. Les hommes et les femmes libérés, des soldats qui soustrayaient du corps de tamasheqs inertes des trophées, qu'ils brandissaient avec des cris de bêtes sauvages. Leurs hurlements de victoire semblaient parvenir de manière sourde à ses oreilles. Aliou, lui aussi, hébété, marchait presque sans but, comptant les victimes tout en essayant de reprendre ses esprits. C'est alors, qu'il vit, un tamasheq, qui semblait mort, se leva derrière Yennendi, une lance à la main. Il essaya de crier, mais aucun son ne sortait de sa gorge. La fureur des combats et des cris poussés l'avaient rendu aphone. C'est dans un élan presque désespéré qu'il se projeta vers l'avant alors que le bras du tamasheq propulsait la lance avec force. Yennendi, percevant d'instinct un danger dans son dos se retourna et fixa la lance qui se dirigeait vers lui, sans pouvoir ni avoir le temps de l'esquiver. Les hommes présents semblaient figés d'horreur, par la scène qui se déroulait devant eux. Il ferma les yeux, attendant l'impact violent du projectile dans sa poitrine. L'arrivée de la mort semblait prendre une éternité. Un cri de douleur vint le sortir de sa torpeur et de sa résignation. Il fut presque étonné de ne pas entendre sa propre voix. Le bruit mat d'une chair pénétrée et déchirée, d'os brisés par l'impact de la lance qui devait sceller son destin, n'était pas celle de sa poitrine. Il porta instinctivement ses mains à son torse et ouvrit les yeux. Pas de douleur. Pas de blessure. Pas de lance figée dans son cœur. Rien. Pas de sang qui giclait de sa poitrine. Yennendi n'en revenait pas d'être toujours vivant. Il fixa à nouveau sa poitrine et releva sa tête vers ses camarades d'armes. Aliou était juste devant lui et le regardait d'un air étrange. Il lui souriait. Mais son sourire se transforma en rictus de douleur. Ses sourcils levés exprimaient la surprise, mais son regard marquait le début d'un départ, signe d'une âme qui commençait à faire ses adieux au monde des vivants. Il ouvrit la bouche pour prononcer quelque chose à son ami. Mais c'est le goût acide et salé du sang qui s'exprima dans sa bouche. Yennendi vit une giclée de sang sortir de la bouche de son ami. Il le rattrapa de justesse avant que son corps, raidi, ne percute le sol. C'est là qu'il aperçut la lance plantée dans le dos de son ami. Le tamasheq n'eut pas le temps de savourer son triomphe. Issifou, sorti de sa stupeur, abattit son sabre de toutes ses forces sur le sommet du crâne de celui-ci. La lame, aiguisée, fendit les os, pénétra la matière molle de ce qui était, il y a un instant une cervelle. Puis il le décapita d'un seul coup de sabre.

Yennendi tenait Aliou dans ses bras. Son regard était à présent apaisé. Son visage exprimait une sorte de paix intérieure, même si son corps était encore agité de temps en temps de spasmes, comme s'il refusait le sort qui venait d'être rendu par les dieux. Sa bouche s'ouvrait comme celle d'un poisson privé d'air. Yennendi lui parlait, lui demandant de tenir.

— Tiens bon Aliou. Tiens bon mon ami ! Tu verras, les plus grands guérisseurs te remettront sur pied rapidement. Et on pourra à nouveau chevaucher la savane du Dallol !
— Khoyze, répondit Aliou d'une voix de plus en plus faible ! Khoyze, Dewel, Dewel …

La voix d'Aliou devenait inaudible. Ses lèvres balbutiaient des paroles que Yennendi ne pouvait plus entendre. Il approcha une oreille de la bouche de son ami. Yennendi hocha la tête en lui caressant délicatement le visage. Il avait compris ce qu'Aliou lui disait. Un voile passa devant les yeux d'Aliou et son regard se fixa sur les premiers rayons du soleil dans l'aube naissante du jour. Sa tête bascula tout doucement sur le côté et son corps se raidit à nouveau. Ses bras retombèrent mollement sur le sol. Issifou, regardait atterré le corps sans vie de son frère d'arme. Yennendi pleurait doucement, sa tête enfouie dans le cou de son ami. Idrissa, qui avait fini de faire le tour du campement, arriva juste pour voir son élève rejoindre le char de Dongo, venu cueillir son âme. Harben, maître, ami et confident essayait de retenir ses larmes. Quant à Mamane, il s'éloigna. Il ne voulait pas montrer son chagrin. Yennendi leva les yeux au ciel et poussa un grand cri. Son cri était d'une telle intensité, exprimait une telle douleur, que tous les soldats présents sentirent leurs membres se raidir et se laissèrent gagner par la peine de leur jeune chef. Les captifs libérés commençant à réaliser la dimension de leur nouvelle situation prenaient la mesure du drame qui venait de se dérouler devant eux. Reconnaissant, chacun sortait de sa torpeur ou de sa prostration. Un à un, hommes, femmes et enfants, vinrent entourer Yennendi. Tous se pressaient autour de lui. Chacun essayait de toucher celui qui les avait sauvés de la captivité et arrachés à une vie misérable faite de souffrances et de mort. Ainsi, chacun exprimait ses remerciements en s'associant à sa peine. Tous essayaient de saisir une parcelle de sa peine afin de le soulager de son immense fardeau. Yennendi pleurait comme un enfant qui au fond demeurait encore en lui. Ses sanglots étaient déchirants. Sa tête, posée sur la poitrine de son ami, essayait de sentir la plus petite étincelle de vie. Il saisissait les bras inertes d'Aliou pour les poser sur sa tête. Las, les bras sans vie de celui-ci retombaient chaque fois, sans force, sur le sol brûlé de la savane en soulevant un petit nuage de poussière ocre ou des brindilles noires, séchées par le soleil ardent de la saison sèche. Yennendi défit le turban enroulé autour de sa tête et se jeta de la poussière sur le crâne, afin de marquer le deuil. Puis, bientôt, dans un même élan, captifs libérés et combattants se mirent à genoux sur le sol poussiéreux et imitèrent leur jeune chef. Leurs gémissements s'élevaient dans leur ciel où Dongo et Allah réunis ne pouvaient rester de marbre devant l'injustice du drame que chacun ressentait en sa chair et en son cœur. De lourds nuages assombrirent l'horizon. Un éclair immense traversa le ciel devenu subitement noir de haut en bas. Il semblait qu'Allah et Dongo punissaient les génies malfaisants de la savane qui étanchaient leur soif, avides du sang d'Aliou sans s'être aperçu que c'était la source de vie d'un alboro droit, honnête et courageux, la source de vie d'un héros aimé de Dongo. Un énorme coup de tonnerre fit sursauter l'assemblée des pleureurs. Des gouttes commencèrent à tomber. Fines, éparses puis de plus en plus grosses, de plus en plus fortes, de plus en plus compactes. Une pluie forte tombait. Une pluie qui venait laver les corps et les âmes de tous ceux, témoins et acteurs du théâtre du champ de bataille. Même les quelques prisonniers tamasheqs, rescapés du combat rentrèrent leur tête dans les épaules afin de ne pas se faire reconnaître d'Allah et subir son courroux. On dit que ce jour-là, Allah et Dongo pleurèrent ensemble la mort d'Aliou. Ils accueillirent son âme avec bienveillance dans leur paradis. Le corps d'Aliou fut chargé sur un dromadaire ainsi que les corps des soldats de l'Askia qui avaient perdu leur vie dans cette expédition. Puis doucement, la colonne s'ébranla doucement, au trot des chevaux et des dromadaires en direction de Tillabéry. Issifou, avec sa troupe d'éclaireur était déjà repartit en répandant devant eux la nouvelle du retour de Yennendi et des captifs libérés. Déjà, conteurs, griots, et les nombreux musiciens du royaume s'emparaient de l'histoire et faisait naître la légende de Yennendi. Les cavaliers, et les libérés, oubliant leur peur et leur peine se congratulaient à tour de rôle, heureux d'avoir survécu. Ils tiraient derrière eux des tamasheqs, devenus captifs à leur tour, entravés les uns aux autres, ayant perdu toute la superbe de leur vanité et de leur arrogance. Ils étaient devenus misérables à voir, craintifs, effrayés à l'idée de croupir dans les geôles de l'Askia. Des trous creusés à même le sol, clos par une grille de fer hérissée de pointes où ils ne pourraient espérer ni clémence ni espoir tout comme les hommes et femmes asservis et vendus par eux. Un cavalier revenait vers eux au grand galop. C'était Harben qui s'était occupé du chef de l'expédition tamasheq. Celui-ci avait honteusement pris la fuite en abandonnant ses hommes. En rejoignant la colonne des soldats, il fit un signe à Yennendi. Il comprit le sort qu'Harben lui avait fait subir.

— Comment est mort ce barbare, demanda Dewel ?

— Est-ce vraiment utile, Dewel, répondit Yennendi ? L'important est que la mort de ton mari ait été vengée.

— Je veux le savoir. Aussi bien pour moi que pour l'enfant que j'attends. Je dois lui raconter un jour que son père était un héros.

Yennendi hocha de la tête et marqua un temps de pause avant de continuer son récit. Il but une gorgée d'eau que lui tendait Dewel pour étancher sa soif, humidifier ses lèvres et sa langue asséchée d'avoir autant parlé. La jeune wayboro, le visage serré, regardait Yennendi droit dans les yeux.

— La suite, je le tiens d'Harben. C'est lui qui a vengé la mort d'Aliou, ajouta Yennendi avant de continuer son récit.

Le combat faisait rage et certains parmi les soldats de l'Askia, moins expérimentés, succombaient aux coups rendus par les tamasheqs. Mais ceux-ci avaient perdu trop d'hommes dès les premières minutes du combat. Leur chef, un homme de haute taille, maigre, la figure émaciée, aux yeux cruels, et dont le visage presque complètement caché par un turban qui enrubannait sa tête, se défendait en poussant ses hommes dans la mêlée. Il refusait tout corps à corps et n'hésitait pas à s'abriter derrière un de ses guerriers chaque fois où sa vie était mise en danger. Mais dès que l'occasion lui était donnée, il plantait son épée entre les omoplates des hommes qui lui tournaient le dos. Harben avait remarqué son jeu et en déduit que celui-ci devait être leur chef. S'extirpant de la mêlée, Harben se dirigea vers lui. Ce dernier regardait avec effroi le guerrier Habashy venir en traçant des sillons sanglants dans les abdomens des hommes que le félon jetait contre lui, d'un seul coup de sabre. C'est alors que le fourbe prit la fuite en hurlant dans les hautes herbes toutes proches. Harben happa au passage un cheval et une sagaie et s'élança à sa poursuite. Il avait remarqué à quelques encablures de là, une meute d'hyènes affamées qui se repaissaient des cadavres des captifs trop lents ou trop malades pour suivre la caravane des tamasheqs. Le jour commençait à se lever. La pénombre de la nuit étendait encore son sombre manteau sur toute la savane. Parfois, la lune renvoyait les éclairs furtifs des yeux des hyènes qui avaient pris en chasse le fuyard. Harben, maintenait à distance de sa sagaie la meute affamée, constituée de jeunes qui n'avaient pas eu l'occasion de partager le repas des anciens. Il avait tranquillement rattrapé le lâche et se contentait de la pointe de sa sagaie de l'orienter dans une direction précise. Dans sa peur, l'homme bleu du désert ne s'aperçut pas qu'il se dirigeait, tout droit vers la meute en embuscade près d'une clairière sans herbes, et dont le sol argileux renvoyait vers le soleil naissant les reflets ocre de la latérite. Les cris d'effroi du lâche apeuré couvraient les remerciements des hyènes qui se réjouissaient par leurs ricanements du repas offert par Harben. Il s'arrêta un instant, les bras tendus dans une supplication misérable, implorant Harben de sa clémence, au nom d'Allah. Harben s'était arrêté à sa hauteur et toisa l'homme avec mépris. Un coup de tête du cheval l'envoya au sol. C'est à quatre pattes, puis en rampant dans des cris de terreur que celui-ci alla rencontrer son destin. Les jeunes hyènes observaient, cachées dans les hautes herbes, la scène. Las d'attendre un repas qui tardait trop à venir à leur goût, ils sortirent, les babines retroussées, de leur cachette. C'est avec des grognements sinistres que les bêtes sauvages se jetèrent sur lui. Le Tamasheq, figé au sol par l'horreur, poussa un cri d'épouvante avant de sentir dans une douleur insupportable les puissantes canines des hyènes se refermer sur lui. Ils le déchirèrent et le dépecèrent comme s'il s'était un épouvantail de chiffon. Voici comment fut vengée la mort d'Aliou… Après un long moment de silence, Dewel, poussa un profond soupir et prit la parole.

— Je te remercie, Khoyze. Maintenant, je sais qu'il n'est pas mort en vain. Il t'a sauvé la vie. Que les dieux en soient remerciés.

— Dewel, dit Yennendi. Que veux-tu faire ? Veux-tu rester parmi nous ? Tu es une burkine et ta place est parmi nous. Tu peux rester, si tu veux. Tu es libre de partir, si tu le décides.

Dewel resta silencieuse un long moment. Ses beaux yeux en amande étaient mi-clos et son joli visage au teint rouge avait une expression d'apaisement. Ses lèvres sensuelles étaient marquées par une petite ride fine d'amertume sur leurs commissures. Yennendi l'observait et se demandait s'il ne devrait pas lui demander de devenir sa concubine. Après tout, il avait bien droit. Il était Khoyze et avait les moyens d'entretenir, si son père le permettait autant de femmes qu'il voudrait. Et cette fille ne lui avait jamais été indifférente. D'ailleurs, il a souvent envié Aliou d'avoir une aussi jolie fiancée. Il avait de la chance de pouvoir profiter des multiples plaisirs que pouvaient procurer le corps d'une telle beauté. Dewel ouvrit les yeux et sortit de sa méditation.

— Je suis un fulfuldé du Macina. Chez moi, on dit foulbé. — J'aimerais tant regagner mon village. Mais, las, il a été détruit, il y a bien longtemps. Mes parents sont morts. Mes frères et mes sœurs ont été vendus, je ne sais où et le reste de ma famille dispersée. Plus personne ne m'attend maintenant. Ma maîtresse vit ici et elle est la femme de ton père. Et je suis une burkine, tu l'as dit. Qui pourra cependant subvenir à mes besoins ? Qui pourra s'occuper de moi ? Aliou est mort et je n'ai plus personne.

— Dewel, dit Yennendi. Je ne te laisserai pas sans ressources. Et moi, Yennendi, je pourvoirai à tous tes besoins. Je l'ai promis à Aliou. Sans rien te demander en échange. Tu es libre de vivre parmi nous et de prendre mari. Aliou le veut ! Je tiens ces paroles de sa bouche. Trouve-toi un nouveau mari, fais des enfants. Tu n'es plus un fulfuldé, tu es zarma à présent !

Dewel ne prononçait plus un mot. Un sourire illuminait son visage. Instinctivement elle passa la main sur le ventre qui abritait la vie. Une vie qu'elle tenait d'Aliou, l'homme qu'elle avait aimé. Tout doucement, elle se laissa aller et commença à pleurer. Yennendi la prit dans ses bras et dans un murmure sortit du fond de son cœur et de sa poitrine lui chanta une berceuse. Des larmes montèrent à son visage. Tous les deux pleuraient l'ami et le frère, l'amant et le fiancé. L'émotion de Dewel fut ramassée par les bonnes femmes-génies du sommeil. Un souffle léger soulevait sa poitrine. Son corps se détendit et un sourire discret vint illuminer son visage. Elle était au pays des songes. Un étrange frisson parcourut l'échine de Yennendi. Il comprit, sans aucun doute qu'Aliou était dans la pièce. Il reposa, avec mille précautions Dewel sur la natte et recouvrit son corps d'une grande étoffe de pagne. Il jeta un dernier regard à la pièce. Il adressa un sourire à l'homme invisible venu voir sa femme dans son sommeil. Il s'inclina dans un geste de salut princier, prononça le nom de son ami et doucement, en reculant, quitta la case de Dewel. Une bouffée d'air frais vint revigorer tout son être. Il regarda le ciel étoilé qui scintillait de mille et un éclats de lumière argentée. Le visage d'Aliou sortit du néant sidéral et vint affleurer de son sourire celui de Yennendi dans une reconnaissance éternelle avant de disparaître comme il était venu. Yennendi leva sa main dans un geste d'adieu. Puis il reprit sa marche, apaisé vers le windi de son père.

Lapwent-a-Pita

Deux gardes ouvrirent avec peine la lourde porte de la cellule de Yennendi. Ils étaient armés chacun d'une longue épée et d'une hallebarde. Yennendi émergea du rêve qui l'avait ramené une fois de plus dans son pays. Un troisième homme armé d'un mousquet vint se placer juste en face du prisonnier prêt à tirer au moindre geste. La vue du canon du mousquet sur son visage finit par le faire sortit entièrement de sa torpeur. Les gardes savaient tous les trois que le grand nègre était dangereux et qu'il saisirait la première occasion pour les occire. Il y avait dans leur regard un mélange de peur et de haine. Nombre de leurs camarades avaient succombé sous les coups de ce maudit nègre et ils n'appréciaient sûrement pas leur séjour définitif dans l'enfer du royaume des morts où il les avait envoyés. Yennendi avait compris la situation d'un seul coup d'œil. Il n'opposa aucune résistance lorsqu'un quatrième homme, grand et costaud, le visage rond mangé par une barbe non entretenue, sans uniforme et muni d'un trousseau de lourdes clés vint défaire les chaînes qui le retenaient aux murs de sa cellule. L'odeur de l'homme arracha au visage de Yennendi, une grimace de répulsion. Il détourna sa tête par dégoût. Le seul geste de sa tête suffit à paniquer les soldats déjà gagnés par la peur. Les gardes armés le redressèrent sans ménagement et en profitèrent au passage pour lui porter quelques coups. Yennendi ne poussa aucun cri, mais la douleur sur ses blessures récentes lui arracha un puissant souffle qu'il projeta sur le garde le plus proche. Celui-ci détourna son visage en grimaçant, visiblement tout aussi dégoûté par l'odeur du nègre qui croupissait depuis plusieurs mois sans hygiène dans la cellule sombre et humide. Le garde-chiourme muni de clés vint entraver à nouveau les pieds de Yennendi avec d'autres lourdes chaînes et lui passa des menottes. Yennendi avait du mal à se déplacer. C'est, porter par les soldats, qu'il gravit péniblement les escaliers de sa cellule jusqu'à la salle de garde. Les rayons du soleil qui passaient à travers les barreaux de la pièce lui réchauffèrent le visage. Il huma une grande bouffée d'air en se redressant de toute sa taille pour étirer ses membres et son corps engourdis, restés sans exercices depuis très longtemps. Les soldats présents prirent peur et plusieurs, croyant à une nouvelle révolte du rebelle portèrent leurs mains à leurs armes. Celui qui semblait être le chef du groupe cria un ordre brusque qui stoppa l'élan des soldats. La grande taille et le regard de Yennendi impressionnaient les soldats, surtout les plus jeunes d'entre eux ou ceux arrivés récemment dans la colonie. Ils évitaient de regarder son visage pour ne pas se laisser hypnotiser par son regard. La rumeur disait que c'était ce regard qui avait paralysé tous ceux qui étaient morts de ses mains. On racontait même qu'il avait des dons de sorcellerie et qu'il pactisait sans aucun doute avec le diable afin de lui fournir des âmes. Celles des colons de préférence. Une clameur s'élevait du dehors et parvenait aux oreilles blessées de Yennendi. Visiblement un comité élargi d'habitants l'attendait. Du dehors lui parvenait la clameur de cris qu'il perçut comme hostiles. Les soldats constituèrent une escorte autour de lui et le garde-chiourme tira si brutalement sur la chaîne jointe à ses menottes que Yennendi désarçonné manqua de tomber au sol. Il fut rattrapé de justesse par un jeune garde. Yennendi l'écarta d'un coup d'épaule rageur. Le jeune soldat, surpris, tomba au sol. Les autres gardes n'attendaient que cette occasion pour lui tomber dessus. Ils lui assénèrent nombre de coups de crosses et de coups de pied. Quant au garde-chiourme, croyant à une nouvelle révolte de l'esclave, il sortit son fouet enroulé autour de sa ceinture et demanda aux soldats de s'écarter. La lanière de cuir claqua comme un bruit de tonnerre dans la salle avant de s'abattre plusieurs fois sur le dos de Yennendi, avec un sifflement sinistre. La lanière de cuir lui déchira la peau, ouvrant à nouveau ses plaies qui cicatrisaient difficilement. Le sang commença à couler sur son dos nu. Il se remit péniblement debout, frappé de toutes parts par les derniers coups de pied portés en cascade sur ses côtes, ses fesses et ses jambes. Un dernier claquement dans l'air et la morsure du fouet fendit la joue de son visage. Du sang perla, en gouttes fines de l'oreille à la bouche. Dans un dernier geste de défi, en regardant chacun des hommes qui l'entouraient et avec un sourire, il essuya de sa langue la commissure de ses lèvres, léchant le sang qui coulait sur le coin de ses lèvres. Il recracha le molard teinté de rouge juste devant les pieds du garde-chiourme. Ce dernier lui décocha un coup de poing en pleine face qui l'envoya à nouveau au sol, sonné. Puis, l'œil mauvais, la brute tira une nouvelle fois brutalement sur la chaîne, l'obligeant à se redresser, tandis que les gardes le poussèrent sans ménagement vers la sortie. Yennendi se trouva propulser à l'extérieur de la tour. Les rayons du soleil, violents, vinrent frapper son visage. Privé depuis longtemps de liberté, dans une cellule sombre, il avait du mal à supporter les attaques des rayons du soleil qui étaient comme des milliers de piqûres de mouche-à-feux sur son visage et son corps. Ses yeux ne supportaient plus la lumière. Il essaya de lever ses bras devant son visage pour se protéger, las. Le poids des entraves l'en empêchait. Clignant des yeux, Yennendi devina plus qu'il ne la vit la foule massée devant lui. L'assemblée des badauds venus assister à la sortie du grand nègre vociférait injures et promesses de mort. Les enfants présents poussaient des cris de singes et les femmes lui jetaient sous les huées, œufs pourris et nombre de fruits ou de légumes avariés. D'autres lui crachaient au visage. La tête rentrée dans les épaules, Yennendi avança vers une charrette qui l'attendait. La foule se déchaînait sur lui, chacun essayant de placer un coup de poing, un coup de pied, un coup de bâton ou une gifle. Le visage ruisselant de sueur, et dégoulinant du jus nauséabond de tous les projectiles reçus, les lourdes chaînes handicapant sa marche, il claudiqua jusqu'à l'arrière de la charrette. Il fut poussé violemment dans une cage posée sur la charrette, accompagné au passage par les brutalités des soldats préposés à sa garde. Un vieil esclave, noir comme la suie, se tenait assis à l'avant, tenant dans ses mains maigres comme des morceaux de brindilles, les courroies reliées à une paire de bœufs à la robe rousse. Un collier de barbe blanche épousait le contour de son visage osseux, d'où sortait de part et d'autre de sa face creusée par la misère, des pommettes pointues taillées à la serpe. Des cheveux courts, secs, prématurément blanchis, qui n'avaient sans doute jamais connus ou peu le peigne ou la brosse, formaient un casque frisé, compact et sale. Ses yeux noirs, rougis par la maladie ou plus sûrement par la faim, son air triste, détaché et résigné lui donnait l'allure d'un zombie. Sous l'espèce de chiffon sale et déchiré qui lui servait de chemise, on pouvait constater son corps maigre si ce n'est décharné, parcouru par les sillons innombrables, labourés dans sa chair par les coups de fouet reçus à chaque instant de sa vie d'esclave. De ses flancs, on pouvait apercevoir les côtes saillantes recouvertes par une membrane qui tenait plus du vieux cuir que de la peau. Sa poitrine s'était enfoncée dans son thorax, là où un coup fut porté jadis avec une violence inouïe. Son abdomen fripé comme une vieille poupée de chiffon semblait presque séché par tant de privations. Un vieux pantalon en toile de jute, déchiré de toutes parts, jauni par le temps et la poussière lui recouvrait une partie des fesses et des genoux. Le reste était laissé au vent, aux épines et aux cailloux. Ses jambes nues, couvertes de cicatrices dues aux feuilles acérées et coupantes des plants de canne ou aux agressions sauvages des épines, avaient l'air à peine plus grosses que ses bras. Quant à ses pieds, nus eux aussi, ils étaient usés, rongés par la terre durcit du sol en latérite, la crasse et la vermine qui n'avait pas manqué durant des années de se nourrir de ses peaux déchirées, de son sang et de ses squames à chaque foulée sur le sol caillouteux et épineux de la savane en friche. Comme s'il ne voulait rien savoir du grand nègre que l'on poussait sans ménagement dans la cage, il ne se retourna même pas pour le regarder. Il était juste le cabrouettier réquisitionné pour l'occasion d'une des plantations situées à quelques encablures du fort. Yennendi s'accroupit dans la cage afin d'y faire tenir sa haute taille. Il n'entendait plus les insultes malgré les cris de haine jetés par la foule et les barreaux de sa cage le protégeaient des coups et des projectiles. Un zombie songea Yennendi, en regardant l'homme assis à même la charrette. Yennendi l'interpella dans un mauvais créole qui laissait encore paraître le bossale qu'il demeurait.

— Oh, negwo ! Ga'dé mwen ! Ga'dé mwen biyen ! Sé lan penn' ou ti ni kon sa ou biyen sé kouwaj ou pa ti ni pou ga'dé mwen ? Yennendi ki nonm an mwen. E ou, ki nonm a'w ? Sé ou yo prann'd pou méné mwen léchafo ? Mi fiewté an mwen ! O ta'w ? (Oh, Négro ! regardes-moi ! regardes-moi bien. As-tu tant de peine ou alors tu n'as pas le courage de me regarder en face ? Moi c'est Yennendi ! Quel est ton nom ? C'est toi qu'on a choisi pour me mener à la mort ? Voici ma fierté. Et toi, où est la tienne ?

L'homme se retourna vers Yennendi. Des larmes qui ne pouvaient plus sortir de leur abri oculaire mouillèrent un instant légèrement son regard rougi. Était-ce dû à la honte ? Ou à la peur ? Il ne prononça aucun mot, aucune parole. Il fixa Yennendi avec intensité. Seul, son regard parlait pour lui. Un frisson parcourut l'échine de Yennendi de haut en bas. Il se mordit les lèvres d'avoir provoqué le courroux du vieil homme, lui qui avait toujours été respectueux des anciens, même dans les situations les plus atroces de la servitude. Il entendit comme une voix dans sa tête. Il leva les yeux vers le vieil esclave. Il ne connaissait qu'une seule personne capable de s'adresser directement à l'esprit des gens, c'était Alija. Voici que ce vieillard avait des pouvoirs aussi forts qu'elle. Yennendi fronça les sourcils en fermant les yeux. Sa tête lui faisait mal. Les coups bien sûr, mais aussi la puissance mentale du vieil esclave. Il avait l'impression que son crâne allait exploser. Il appuya sa tête de toutes ses forces contre les barreaux de la cage.

— On m'appelle Démétrius. Mais mon nom, c'est Babacar Sané du royaume du Cayor dans la Téranga. Moi aussi je suis un bossale, tout comme toi. Tout comme toi, j'étais un homme fort et respecté dans mon village. J'ai été élevé dans la caste des forgerons et je connais le pouvoir du feu. J'ai siégé parmi les sages avant d'arriver sur cette terre de misère, tout comme toi. Tout comme toi, j'ai porté la révolte en moi et dans le cœur des autres nègres. Il y a bien longtemps de cela. Tout comme toi, j'ai souvent gagné la savane et la montagne. Tout comme toi, j'ai subi tortures et tourments. Qui es-tu pour me condamner plus que je ne l'ai été par le destin ? Que connais-tu de moi avant de me juger ? Oui tu vas mourir, mon frère ! Peut-être, si tu as cette chance. J'envie ta chance de mourir. Sinon, tu resteras un zombie, comme nous autres, comme moi, sans vie, sans espoir, sans descendance, sans rien. Alors, prie Allah qui t'accorde une mort rapide et quitte cette terre !

Yennendi baissa les yeux. En silence, il demanda pardon au vieil homme que sa vanité avait blessé. Celui-ci lui répondit par un signe de tête à peine perceptible. Un soldat, en chemise blanche à large manche, veste bleue jusqu'à mi-cuisse, chaussé de hautes bottes noires et couvert par un tricorne bleu à plume fit un signe de la main. Le vieil homme actionna les lanières sur le dos des bovins qui se mirent en marche tout doucement. Les lourdes portes du fort s'ouvrirent, mues à la force des bras d'esclaves qui poussaient laborieusement sous les claquements de fouet de leur geôlier. Elles s'ouvraient sur une large place où Yennendi reconnut le lieu de sa dernière révolte. Il se rappela sans peine l'endroit précis où il avait embroché comme un poulet, le capitaine des gardes. De bas en haut. Une foule innombrable d'habitants constituait une haie de curieux excités le long de la route qu'empruntait la charrette dans la ville. Les hommes blancs de toute condition, du plus riche au plus miséreux, levaient le poing, le visage déformé par la haine. Les femmes étaient tout aussi agressives et laissaient leur progéniture exprimer leur dégoût en les laissant jeter des détritus de toutes sortes sur la cage dans laquelle il se trouvait. Quant aux femmes esclaves, dames de compagnie, cuisinières des maisons en train de faire les courses, servantes munies d'une lettre de circulation ou plus simplement affranchies, elles baissaient la tête ou feignaient l'indifférence. À y regarder de plus près, certaines pleuraient doucement sous leurs larges chapeaux de paille ou essuyaient leurs larmes à l'aide des pans de leurs madras. Plus loin, au milieu de la place, des esclaves s'affairaient à monter une grande estrade en bois à grands coups de marteaux. Sur cette estrade, d'autres hommes s'employaient à graisser et à faire tourner une grande roue en position horizontale. Il croisa sur le chemin qui le menait, il ne sait où, un groupe d'une centaine de captifs. Ils allaient complètement nus, tristes, harassés et affligés ; Hommes, femmes et enfants, reliés les uns aux autres par de lourdes chaînes aux pieds et aux mains. Le groupe s'arrêta comme un seul homme au passage de la charrette, malgré les protestations venimeuses des gardes qui l'escortaient. Tous levèrent la tête en même temps pour regarder Yennendi. Des larmes montèrent sans sortir de leur périmètre oculaire. Il reconnut une cargaison qui venait de débarquer et qu'on poussait vers l'enclos de mise en quarantaine. Certains avaient des scarifications sur le visage ou sur le corps. À les regarder, il ne reconnut pas de gens de son peuple ou des régions périphériques de son royaume. Les coups de fouet se remirent à pleuvoir de plus belle sur le dos des captifs avec des miaulements sinistres qui déchiraient les chairs. Malgré lui, Yennendi tressaillait à chaque fois aux cris déchirants des enfants qui hurlaient de douleur sous les assauts incessants du fouet. Ses mains serraient de rage et d'impuissance les barreaux en fer de sa cage. Il ferma les yeux et se mit à psalmodier une prière silencieuse. Petit à petit, il se coupa du brouhaha des insultes qui lui étaient adressées. Un sourire à peine perceptible vint illuminer doucement son visage. Yennendi, une fois de plus échappait à sa condition. Son esprit prenait un nouvel envol vers sa terre natale. Le vieux cabrouettier se retourna. Il plissa ses yeux fatigués qui dessinaient un simple trait sur son visage émacié. Il pressentit que Yennendi entreprenait un voyage intérieur.

— Voles, petit, voles ! Vas chez toi parmi les tiens. Vas chercher des forces, tu en auras besoin. Vas ! Et lorsque tu reviendras, tu seras prêt à affronter ton destin.

La charrette, tirée par les bœufs, puissants mais lents, traversa la petite ville de Petit-Bourg, escortée par une petite troupe de soldats d'une douzaine d'hommes armés et commandés par un officier à cheval. Son bel uniforme bleu, son teint pâle, son mouchoir d'un blanc immaculé porté devant sa bouche, une manière toute aristocratique de se tenir à cheval, son parler, tout indiquait le noble cadet d'une famille arrivé récemment dans la colonie. Peut-être, et si Dieu lui prête vie, s'il ne meurt pas de fièvres putrides ou pire, tué par un nègre-marron, il pourrait contracter un mariage avantageux dans l'une des plus grandes familles de " béké " de la colonie. Il possédera alors à son tour, terres et esclaves et qui sait, être à la tête d'une grosse fortune. Il pourra aussi repartir au royaume de France où il pourra briller à la cour du roi. D'ailleurs, la plupart des grandes plantations étaient gérées par un régisseur qui rendait des comptes à leur maître resté au royaume et se chargeait de faire parvenir les deniers nécessaires à leur grand train de vie. À l'arrière de la charrette suivait à pied, une autre douzaine d'hommes dont les tenues éparses, chemises blanches délavées ou jaunies par la poussière et la transpiration, le teint plus mat ou rougeaud, un chapeau de feutre noir ou marron pour les plus riches d'entre eux, de paille à large bord de couleur jaune pour les autres, un pantalon serré à mi- mollet, allant pieds-nus ou à sabots, indiquaient les volontaires qui appartenait à la milice de la ville. C'était des " vieux-habitants " ou " blanc-pays "anciennement engagés ou créoles de la colonie.

Ces engagés, leur contrat de trente-six mois terminés, étaient restés dans la colonie. Quelques-uns parmi eux, mais très peu, possédaient un lopin de terre et un ou deux esclaves qu'ils crevaient jusqu'à la mort dans les champs de tabac, à grands coups de fouet et de misère. La plupart d'entre eux vivaient aussi misérablement que les noirs et ne possédaient ni terre ni esclaves. Sans éducations, illettrés, leur passe-temps favori était la chasse aux nègres. Enfin, un peu plus loin derrière, suant à grosses gouttes, deux esclaves, grands, le visage marqué par l'effort, les muscles noueux, le torse nu, l'échine arquée vers l'avant, à peine vêtu d'un cache-sexe, tiraient à bout de bras une lourde charrette chargée de vivres et de ballots, sous les vociférations d'un milicien au visage rouge comme une écrevisse et au bide ventripotent. C'étaient des bossales arrivés récemment. Les scarifications le long de leur visage, trois grandes marques allant de la tempe au bas de leurs joues de chaque côté trahissaient leur provenance quelque part entre Mopti et Ségou. Le petit cortège avait quitté la ville et se dirigeait vers la ville de Pointe-à-Pitre qui n'avait été rebaptisé que récemment après avoir été reprise aux hollandais une décennie auparavant. Les quelques voyageurs qui croisaient l'étrange charrette avec la cage dans laquelle se trouvait Yennendi secouaient la tête soit de dépit ou plutôt dans l'approbation du sort qui lui était réservé. Certains osaient s'aventurer tout près de Yennendi et après l'avoir dévisagé, lui crachaient dessus. Puis repartaient sans mots dire tout en lançant au passage un coup de pied dans les côtes des deux autres esclaves qui s'échinaient sur l'autre charrette déclenchant les rires moqueurs des miliciens. Quant aux soldats, ils faisaient mine de ne rien voir. Assis dans sa cage, Yennendi n'avait cure des insultes et des crachats. Il essuya son visage du revers de son bras en soulevant les lourdes chaînes qu'il portait aux poignets et se réfugia dans l'intérieur de ses pensées. Il ferma à nouveau ses yeux, sans jeter un dernier regard sur les pauvres nègres qui subissaient insultes et coups de la part de leur gardien au visage déformé par le dégoût et la haine. Il souhaita du plus profond de son âme la mort de cet homme. Dans une pensée profonde, il maudit tous les hommes qui constituaient son escorte et voua leurs âmes à la vengeance de tous ceux qui étaient morts sous leur joug. Fatigué, assis dans sa cage, la tête dans les genoux, les yeux fermés, il se laissait ballotter par le balancement de la charrette sur le chemin défoncé, cahoteux et poussiéreux. La chaleur était écrasante et les rayons du soleil réchauffaient ses os perclus de douleurs. Le soleil lui faisait du bien et semblait redonner à sa peau une couleur plus normale. Les coups, son séjour prolongé dans une cellule sale, nauséabonde, rongée par l'humidité et privée de toute lumière avaient affecté sa peau qui commençait à prendre une teinte presque grisâtre. Au lieu-dit la Lézarde, longeant la rivière du même nom, des hautes herbes, le long du cours d'eau, comme pour leur souhaiter la bienvenue, une nuée de maringouins et de mouches-à-feu s'abattirent sur les visages, le cou, les bras des soldats ou sur toute partie laissée nue sans protection vestimentaire. Rendus fous par l'assaut des insectes, écrasés de chaleur, les hommes se mettaient de grandes claques sur la figure ou sur les bras en poussant des jurons afin d'écraser les insectes, qui collés sur la peau par la sueur continuaient à piquer et à mordre. L'officier commandant le détachement s'était débarrassé de sa lourde vareuse devenue en quelques heures sale et poisseuse. Il agitait son couvre-chef couvert de poussière de latérite comme éventail. Ouvrant un œil, Yennendi regarda avec un tchiiip de dégoût les hommes blancs éparpillés sur le chemin avec forces gesticulations. Ils semblaient tous pris de la danse de saint Guy. Leur visage avait pris une teinte rougeaude voire cramoisie pour certains. D'autres saignaient, ce qui excitait l'appétit carnivore et féroce des maringouins et attirait toujours plus d'insectes vampires, avides du sang frais des nouveaux venus au pays pour leur souhaiter la bienvenue. La scène avait l'air surréaliste et risible sous le soleil des tropiques, avec des hommes s'agitant en tous sens, désarticulés par des manœuvres insolites de leurs bras afin d'atteindre des mains les endroits explorés par l'audace insolente des maringouins et des mouches-à-feu. Les miliciens et les esclaves préposés au support ne semblaient aucunement affectés par les insectes, du moins en apparence. Sans doute, avaient-ils eu le temps ou étaient-ils déjà par nature, habitués aux rigueurs du climat et de ses infimes habitants malfaisants. Avant de se détacher de la scène, Yennendi ne put s'empêcher de penser avec satisfaction, qu'une partie d'entre eux attrapera dans quelque temps la fièvre des marais qui les conduiront directement en enfer. Il ferma à nouveau les yeux et plongea dans un sommeil imagé, où l'attendait une fois de plus le char de Dongo pour le ramener vers sa terre natale du Dallol Bosso, au royaume du Zarmaganda. Le dieu de la pluie le déposa devant le windi de son père. Il retrouvait sa case avec bonheur.

La prédiction d'Alija

Yennendi fut réveillé par le bruit de claquement de mains. Il ouvrit les yeux avec peine. Une silhouette se tenait debout dans l'embrasure de l'entrée de sa case. Les lueurs, précurseurs de l'aube, pénétrèrent à l'intérieur de sa case, illuminant toute la pièce, soigneusement rangée et propre. Assurément, les domestiques préposés à son service effectuaient du bon travail. Depuis son retour en héros de Tillabéry, il était l'objet de toutes les attentions de leur part, chacun s'enquérant de sa santé et de ses besoins. Une agréable odeur d'encens régnait dans la pièce et des touffes d'herbes de citronnelle placées çà et là à l'intérieur de la case ajoutaient non seulement une fraîcheur citronnée à la pièce, mais tenaient également les moustiques éloignés pour ne pas le perturber dans son repos par le bruit lancinant de leurs ailes et par leur piqûre douloureuse, porteuse de malaria. La silhouette demanda la permission de rentrer. Sans attendre la réponse, elle s'engouffra à l'intérieur. Il était inconvenant de déranger quelqu'un dans son sommeil et de surcroît pénétrer chez lui à une heure aussi matinale. Mais la silhouette entra furtivement comme si elle ne voulait pas être reconnue. Question de réputation sans doute. Et puis que dirait-on alors que Yennendi était fiancé et que les préparatifs de son mariage allaient bon train à Dosso.

— Khoyze, dit la voix ! Il faut que je te parle.

Dans la semi-pénombre de sa case, la voix de l'intrus apparut plus que familière aux oreilles de Yennendi.

— Que veux-tu, à cette heure aussi matinale, Alija, dit-il d'une voix lasse ? Ne vois-tu pas que je ne suis pas en état de te recevoir ? Personne ne t'a vu entrer ?

— Non Khoyze, assura Alija d'une voix douce. Rassure-toi, je partirai aussi discrètement que je suis venue. Il faut que je te parle Khoyze !

— Ça ne pouvait pas attendre, répondit sèchement Yennendi d'une voix, agacé ?

Alija s'approcha de la natte de Yennendi et s'assit sur un petit tabouret face à lui. Yennendi était troublé par la situation. L'affection ambiguë qu'il ressentait pour Alija refaisait surface. Et son corps l'exprima sans tarder. Elle était vêtue d'un léger taafé multicolore, presque transparent dont les rabats de maintien étaient noués juste au-dessus des seins. Sa respiration soulevait sa poitrine avec une forme de légèreté qui faisait ressortir toute sa sensualité. Le doux parfum de son corps vint caresser les narines de Yennendi qui eut l'espace d'un infime instant, l'image agréable d'une étreinte dans laquelle il se laisserait bien entraîné. Gêné à la pensée coupable qui lui était montée à la tête et connaissant les dons divinatoires d'Alija, Yennendi détourna son regard afin d'éviter le regard désapprobateur d'Alija. Il fit semblant de chercher une tunique, mais ne trouva rien. Il tira brusquement la triple épaisseur d'un long tissu qui lui servait de couverture pour se protéger des nuits froides de la saison, en cette époque de l'harmattan. À vrai dire, c'était surtout pour cacher la protubérance honteuse qui était survenue aussi rapidement que ses pensées. Alija arrêta un instant son regard sur le trait tendu qui s'était dessiné au niveau du bas-ventre de Yennendi. La question presque agressive de Yennendi la fit sursauter.

— Ça ne pouvait pas attendre ? Qu'est-ce que tu veux ? demanda-t-il à nouveau ?

— Khoyze, j'ai fait un rêve.

— Un rêve ? C'est pour ça que tu viens me déranger chez moi, dans ma case ? Alija ! dit-il avec un ton autoritaire qui la fit sursauter une fois de plus.

Alija fixa Yennendi avec une intensité qui troubla le jeune homme. Il lui rendit le même regard. Alija s'écarta et se retourna. Yennendi se redressa et saisit de sa main droite un sarouel noir qu'il enfila rapidement. Puis il revêtit par-dessus une tunique légère de même couleur qui dégageait ses bras aux muscles fins, longs et noueux, forgés par des mois d'entraînement au combat. Alija ne put s'empêcher de penser au beau jeune homme qu'il était devenu. Cela faisait résonner quelque chose en elle dont les sensations savoureuses se manifestaient aussi bien sur le bout de ses seins qu'au niveau de son bas-ventre depuis plusieurs lunes. Machinalement, sans s'apercevoir de son geste, elle posa ses mains sur son bas-ventre, ses doigts croisés à la hauteur de son pubis. Elle eut honte de ce qu'elle ressentit à ce moment. Ça ne lui ressemblait pas. Même si ça lui arrivait parfois dans l'intimité de sa case, elle ne se laissait jamais aller. Pourtant, comme bien des wandiyés, elle aurait tant aimé sentir les délices procurés par le va et vient du membre durci d'un bel alboro entre ses cuisses. Elle n'eut pas le loisir de poursuivre ses pensées. Le ton autoritaire de Yennendi la tira de ses vagabondages érotiques.

— Je t'écoute maintenant ! Parle, lui dit Yennendi.

La manière dont Alija la regarda lui fit regretter le ton qu'il venait de prendre avec elle. Il se sentait incapable de la vexer par une attitude désobligeante de sa part. Au visage devenu plus avenant de Yennendi, elle n'eut pas besoin de lui rappeler qu'il n'était pour elle encore qu'un gosse. Et Yennendi ne voulait pas perdre l'estime de celle qui l'avait vu grandir. Elle prit son temps avant de commencer la narration de son rêve. Puis elle se leva brusquement, nerveuse.

— Khoyze, commença-t-elle ! J'ai vu cette nuit dans mon sommeil le cavalier du malheur. Il arrive ici à Dosso. Le vieux Karamoko est venu m'avertir.

Yennendi regardait, perplexe Alija, qui se tenait debout devant lui. Il lui fit signe de s'asseoir sur le petit tabouret qui se tenait au pied de sa natte, tandis que lui, se mit en position du lotus sur sa natte.

— Que veux-tu dire par cavalier du malheur, demanda Yennendi, qui est-ce ? D'où vient-il et pourquoi ?

Le regard d'Alija se fit plus sérieux et ses mains s'agitèrent sous la nervosité qui commençait à monter en elle, malgré le calme matinal. Yennendi essayait de ne pas se laisser gagner par l'inquiétude. Il savait depuis toujours que les prémonitions d'Alija étaient à prendre au sérieux.

— Parle-moi de ce que tu as vu, Alija. Je veux savoir. Mon père et moi prendrons les mesures qui s'imposent en anticipant les évènements.

Alija secoua négativement la tête. Elle lui expliqua qu'il ne pouvait rien contre lui, car c'était quelqu'un de connu et qu'il venait reprendre sa place. Yennendi réfléchissait à toute vitesse, se demandant qui pouvait être celui qui revient au pays. Tout d'un coup son visage s'illumina. Il se redressa promptement et s'écria :

— Yala ! C'est Yala, n'est-ce-pas ? C'est lui. Je suis sûr que c'est lui !

Il se mit à rire, avec dans la gorge l'émotion d'un jeune adolescent à qui on offrait le plus beau des cadeaux. Alija le regardait, mi-amusée, mi-sérieuse, mais son regard trahissait son inquiétude. Elle essaya plusieurs fois de calmer le jeune alboro, mais elle n'arrivait pas à arrêter Yennendi qui faisait les cent pas dans sa case tout en parlant haut et fort avec des éclats de rire qui entrecoupaient sa réflexion.

— Tu t'imagines, Alija, Yala mon ami d'enfance revient au pays après une si longue absence. Que vais-je lui offrir ? Il faudra qu'on organise une fête en son honneur. Il me faudra avertir Issifou. Et il faut que je lui notifie d'assister à mon mariage.

— Il n'est plus celui que tu imagines, lui lança, glaciale, Alija.

Yennendi stoppa net sa réflexion et ses manifestations de joie. Il la regarda, avec un air tout aussi glacial qu'avait été le ton d'Alija.

— Que veux-tu dire ? Comment ? C'est Yala ou pas ? Tu parles de mon ami. J'attends son retour depuis des lunes. Et je crois que même deux pluies sont passées depuis son départ de Dosso.

— Khoyze, dit Alija avec une voix d'où pointait une sorte de supplication. Oui c'est lui, mais il n'est plus ton ami. Il n'est plus l'ami de personne. Mais ce que je sais, c'est qu'il apportera le malheur dans ta maison. Il vient avec le cœur rempli de colère. Et tout ce que tu as fait pour lui et en prévision de son retour ne comptera pas à ses yeux. Il va te trahir, Yennendi. Il vient pour te trahir.

Yennendi sursauta en entendant Alija l'appeler par son surnom. Il s'était habitué à ce qu'elle lui donne le titre qu'il ne possédait pas encore. Tout comme ceux qui avaient de l'estime pour lui. Il se remémora toutes les actions entreprises pour lui. Les obsèques de son père. Le rachat de l'atelier de son père et le maintien des apprentis sur le métier de tissage. Il avait financé le rachat des pièces vieillissantes, maintenu l'activité et permis à sa mère d'élever avec ce qu'il lui donnait l'éducation de ses frères et négocier avec l'aide de son père de bons mariages pour ses sœurs. Bien sûr, il prélevait une partie sur ce que rapportait le windi de son père. Mais n'était-ce pas normal ? N'avait-il pas droit de commencer à bâtir sa propre fortune avec la vente de produits tissés de l'atelier ? Il se contentait à peine du tiers des revenus et donnait tout le reste à sa mère et aux autres femmes de son père. Que pouvait-on lui reprocher de plus ?

— Oui Yennendi, tu as fait beaucoup pour lui et sa famille. Les génies savent ce que tu as accompli pour sa famille, et crois-moi, il ne se passe pas un jour où sa mère ne chante tes louanges. Mais son cœur et sa tête sont malades. Il viendra tout détruire. Et toi, si tu ne fais pas attention, c'est ta vie qu'il prendra. Je suis venu t'avertir, parce que je ne pourrais jamais me résoudre à te perdre. Jamais ! S'il faut, je le tuerai avant qu'il fasse du quartier une aire où les charognards viendront se nourrir de ta chair et de Dosso, un cimetière.

Ce disant, elle se laissa submerger par une vague d'émotion qui lui monta jusqu'aux yeux. Avant que Yennendi ne puisse prononcer un mot de plus et faire un geste, elle s'enfuit de la case comme une ombre, furtive, silencieuse et sans que personne n'ait le temps de la voir sortir. Il se demanda s'il n'avait pas rêvé, lui aussi. Il prit une écuelle en bois et la plongea dans une grande jarre d'eau fraîche. Puis il but une longue rasade. Il s'assit sur le tabouret qui, un instant plus tôt, était occupé par Alija. Deux doigts de sa main gauche jointe sur sa bouche, il réfléchissait. Que devait-il faire ? Devait-il en parler à son père ou sa mère ? Devait-il pour une fois, ne pas accorder de crédit à Alija ? C'est en proie au doute qu'il se leva et se dirigea à l'extérieur pour aller faire ses ablutions. L'aube pointait déjà ses premiers rayons de soleil vers la terre et le fleuve comme des flèches d'argent et d'or qui faisait briller les myriades de gouttelettes d'eau laissées là par la rosée de la nuit. Il entendit l'appel du muezzin qui d'une voix puissante appelait les premiers fidèles à la prière. Il enfila un simple boubou blanc par-dessus son court sarouel et chaussa des babouches en peau de chèvre de même couleur. Puis, sans bruit, et avant le lever des premiers domestiques, sortit de la concession paternelle. Il prit le chemin de la mosquée, croisant en chemin les premiers fidèles qui se dépêchaient d'aller à la mosquée. Chacun s'arrêtait un instant pour le gratifier d'un salut respectueux ou s'enquérir de sa santé et de celle de ses proches. D'autres l'accompagnaient d'un pas aussi tranquille vers le lieu de culte. Yennendi se dit que dans la prière il pourrait trouver par la voix d'Allah, la solution au problème qui ne tarderait pas à se présenter à lui. L'aube avait commencé à céder du terrain devant les rayons perçants et chauds du bouclier de Dongo, disque d'or qui depuis la nuit des temps berçait la vie du Zarmaganda et du Dallol Bosso. Plus particulièrement à Dosso où il dispensait depuis l'arrivée des Sonni un regard bienfaisant et rassurant. Les premiers chants des oiseaux dans un joyeux concert de sifflets succédaient aux premiers cocoricos et aux caquètements des poules appelant leurs poussins. Yennendi pointa son regard vers l'horizon. Ses yeux suivaient la route principale qui traversait sa petite ville d'est en ouest. On entendait les premières domestiques qui s'affairaient à balayer les cours de chaque windi, bousculer les marmites en fonte dans lesquelles seraient cuits les premiers plats cuisinés et les retombées des cascades d'eau des premières douches de la journée. Des ménagères acariâtres houspillaient déjà les jeunes filles, toujours paresseusement étalées sur leur natte. Elles les incendiaient de gros mots et s'épanchaient sur la sempiternelle paresse des wandiyés. Il sourit en entendant ces mots et ces bruits familiers à ses oreilles. Il se sentait serein et en paix. Sans en prendre conscience, ses yeux fixaient au loin une silhouette noire, juchée sur une monture qui semblait être un cheval. Les pans de boubou de l'homme qui arrivait par l'ouest dans la petite ville flottaient sous la brise légère du matin. La poussière soulevée par les sabots de sa monture et déposée sur les basses herbes qui bordaient la route auréolait comme une couverture aux couleurs ocre le cavalier solitaire. L'ombre noire de la cavalière sortie des brumes matinales de L'harmattan avançait au trot. Le jeu de l'ombre et de la lumière dans l'aube naissante donnait à sa silhouette un aspect irréel. C'était un fantôme tout de noir vêtu sorti du monde souterrain des génies malfaisants de la savane. Il ressemblait à un oiseau de mauvais augure, pensa Yennendi. Il détourna son regard de la piste, laissant l'image austère qui avait retenu un instant son attention à la piste et se dirigea vers la mosquée qui se tenait devant lui. Elle était majestueuse de grandeur dans son architecture en terre battue. Traversée de poutres en bois, bien alignées et percées de trouées décorées de motifs de l'art sonrhaï, elle ressemblait à la célèbre mosquée de Djenné. Yennendi ôta ses babouches. Il aspira une grande bouffée d'air frais et s'apprêta à entrer dans le lieu du culte avec deux ou trois hommes qui venaient d'arriver. Les prophéties d'Alija se rappelèrent curieusement à son souvenir. Il se demanda pourquoi elles venaient à ce moment précis. Il se retourna, machinalement et il eut un déclic. C'est alors qu'il prit conscience de cela. Alija avait vu juste. Le cavalier dépassa un groupe d'hommes sans leur accorder un seul regard alors que ceux-ci le saluaient d'un " Salam malékoum " de bienvenue. Il ne salua pas plus selon les usages de politesse un autre petit groupe d'hommes qui arrivait à la mosquée. Yennendi reconnut la silhouette. C'était lui. Il était arrivé comme Alija l'avait prédit. Il ne l'attendait pas de sitôt. Mais il était là. C'était Yala. Yennendi s'apprêtait à lever sa main pour l'interpeller. Mais curieusement, il retint son geste et aucun son ne sortit de sa bouche. Quelque chose le retenait. Mais quoi et pourquoi ? Il regarda la haute silhouette de Yala s'éloigner. Ses longues jambes dépassaient les flancs de la monture qu'il éperonnait dans le vide. Yennendi se dit que sa monture ressemblait plus à un âne qu'un cheval. Ça devait être sa grande taille qui donnait cette impression. C'est avec une forte inquiétude qu'il entra dans la mosquée. La salle était à peine pénétrée des rayons du soleil, ce qui donnait à la grande salle des prières un aspect intimiste ou chaque croyant pouvait être directement en relation avec Allah. La voix de celui qui dirigeait la première prière était grave, profonde et solennelle, amplifié par la hauteur sous voûte et la disposition des murs. Yennendi, debout, les mains levées à hauteur de sa poitrine, paume vers le ciel absorba les paroles du maître de prière qui psalmodiait en chantant les sourates du Coran. Il fut parcouru le long de l'échine par un grand frisson, qui accentua le pressentiment qu'il ressentait comme un coup de poing dans l'estomac. Puis, comme une chorégraphie parfaite et maintes fois répétée, il s'agenouilla avec ses congénères de prière.

— Al lahou akbar' Al lahou akbar 'Acha hadou an lâ ilaha illal—lahou. Ach 'hadou ana Muhammad rasûlu llâhi. Dieu est le plus grand ; J'atteste qu'il n'y a d'autres divinités qui méritent l'adoration d'Allah et que Muhammad est son prophète.

Puis il demanda à Allah de lui apporter conseil, sagesse, force et courage. Il en aurait besoin pour faire face à son ami Yala. Les visions d'Alija se sont toujours révélées justes. Mais cette fois-ci comment faire ? Et si Alija s'était trompée ? Peut-être qu'elle avait mal interprété son rêve. Ça ne pouvait pas être lui qui le trahirait. Ce n'était tout simplement pas possible. Yennendi commençait à se sentir perdu. Même la prière ne le confortait plus. Le nom de Yala et mot de trahison ne cessaient de tourner dans sa tête alors qu'il luttait pour les enfouir au plus profond de son ventre. Yala ! Trahison ! Quelle trahison ? Tout cela se retournait, se mélangeait, s'entremêlait, se tordait dans ses pensées. Mécaniquement il suivait les gestes et les paroles que lui imposait la pratique du culte. Il récitait les versets comme s'il s'agissait de restituer par cœur un poème, passait ses mains sur son visage et s'agenouillait ou s'asseyait en écoutant sans entendre le prêche de l'imam. Yennendi laissait divaguer son esprit sur ses retrouvailles avec son ami de toujours. Il décida, dès la sortie de la mosquée, de rendre visite à Yala. Il avait hâte que le prêche de l'imam se termine. Il imaginait déjà les retrouvailles qui se célébreraient dans la joie du retour du fils prodigue. Avec Issifou, il se voyait déjà réuni autour d'une bonne et fraîche calebasse de bière de mil, avec, étalées à leurs pieds, des calebasses de pâte de maïs ou de mil accompagnées de sauces aux gombos, d'aubergines dans lesquels tremperaient poissons ou viandes de pintades sauvages marinés aux oignons et aux piments. Il en salivait d'avance. Ils se raconteraient leurs blagues d'enfants turbulents, les souvenirs de leur initiation, leurs premiers émois amoureux et surtout leurs premières expériences sexuelles et les exploits qui vont avec. Et puis, il avait hâte de savoir ce que Yala avait accompli pendant le temps de son errance. Il avait hâte d'entendre son ami raconter ses aventures. Ensuite, peut-être, ils iraient faire un tour au quartier chaud de Dosso, où ils iraient s'enivrer des plaisirs charnels des maîtresses-femmes expérimentées. Pourtant, quelque chose n'allait pas en son for intérieur. Yennendi avait en tête, malgré tout, les visions et les paroles d'Alija. Et ce qu'il venait d'apercevoir du comportement de Yala le laissait perplexe et le tourmentait. Pour une fois, il en voulut à Alija. Il aurait préféré qu'elle s'abstienne de sa démarche. Ses prédictions de sorcière gâchaient son plaisir. Tout à ses pensées, il n'entendit même pas la fin du prêche. Les fidèles se levaient déjà et se dirigeaient vers la sortie, en commentant et en interprétant bruyamment les paroles de l'imam. Il les regarda s'éloigner d'un œil distrait, avant de se mettre debout lui aussi. Un faux mouvement sur l'une des marches de la mosquée faillit le faire tomber.

La révolte du morne Vernou

La charrette était passée dans une ornière remplie d'eau, creusée sur la piste rouge par les dernières pluies, qui cette année-là étaient tombées en abondance. La brusque embardée qui s'ensuivit arracha Yennendi à ses rêves. Ses mains agrippèrent machinalement les barreaux de la cage dans laquelle il se trouvait pour ne pas se laisser déséquilibrer. Il ouvrit les yeux. Dongo avait une manière bien à lui de le ramener à la réalité, pensant sans doute qu'il s'était suffisamment ressourcé auprès des siens. Il faisait chaud. Le soleil était haut, pas encore tout à fait à son zénith. De fins filets de nuages, hauts dans le ciel, naviguaient, légers vers des contrées inconnues. La saison de la coupe de la canne commençait. Comme le rebelle aguerri qu'il restait, il observa le paysage autour de lui. Ils étaient sortis de la zone marécageuse infestée de maringouins depuis peu. Le convoi avançait très lentement. Les bœufs tiraient la langue, la piste était défoncée et le soleil tapait sur la tête des soldats fraîchement arrivés comme un marteau sur une enclume. Leur visage était rougi par les piqûres incessantes des insectes et la forte chaleur qui sévissait. Les rayons venus du disque d'or du soleil semblaient rebondir du sol vers leur visage. Ils ressemblaient à des ouassous assoiffés. Ils ne pipaient mots. La langue pendante hors de leur bouche pour aspirer le moindre vent frais, ils étaient concentrés. Leur regard portait sur les hautes herbes de la savane d'où pouvait sortir à tout moment, une horde de sauvages noirs déchaînés venus des montagnes. Les " Zabitans "de la milice, toujours aussi décontractés suivaient la charrette avec des remarques et des rires moqueurs vis-à-vis, des nègres qui tiraient à grand-peine l'autre charrette et des soldats, ainsi que leur officier à cheval qui semblait vraiment souffrir des affres du climat. Ce dernier d'ailleurs, ne se tenait plus droit sur sa monture. Les épaules voûtées, la tête presque déposée sur la poitrine, il semblait assoupi, assommé par la torpeur due à l'humidité chaude du pays. Certains d'entre eux, frappés par un coup de chaleur, s'étaient déjà évanouis. Il avait fallu s'arrêter plusieurs fois pour les ranimer à grande eau avant de repartir. Le cabrouettier, le vieil esclave maigre qui dirigeait la charrette donnait de petits coups de bâton léger sur les flancs des bœufs en les encourageant par des grognements ou des claquements brefs de sa langue contre le palais de sa mâchoire pour les encourager à gravir la côte qu'ils entamaient. Le morne à franchir avait une pente assez raide. La charrette parvint au sommet, après un temps interminable durant lequel, les bœufs avaient dû redoubler de force et d'effort pour tirer. Quant à la seconde charrette, miliciens et soldats prêtaient main-forte aux deux esclaves dans un concert de cris et de jurons mêlés. À certains endroits, les dernières pluies avaient laissé çà et là la piste des mares d'eau croupie et rendaient le morne presque impraticable. La piste, devenue boueuse, glissante comme une peau de banane, les renvoyait au bas du morne. Le regard de Yennendi embrassa toute la plaine qui s'étalait devant lui. À perte de vue et ce jusqu'à la mer, ce n'était que champ de canne-à-sucre dont les grandes feuilles ondulaient sous la caresse d'Éole, comme le mouvement gracieux d'une danseuse d'opérette. On pouvait noter une multitude d'esclaves se mouvoir dans l'ordre parfait d'une chorégraphie bien orchestrée. Une file interminable de nègres et de négresses remontait les pistes vers les champs. On avait l'impression de voir une armada de fourmis aller et venir sur un petit chemin. D'autres, comme un seul homme, munis de leur machette, levaient les bras en même temps et les laissaient retomber aux pieds des plants de cannes dans un geste répété à l'infini. Et encore d'autres, qui ressemblaient plus à des enfants qu'à des adultes, portaient de lourdes charges sur leur tête et les déposaient dans des charrettes qui repartaient, chargées, vers les moulins broyeurs de cannes et de bras d'esclaves somnolents, ivres de fatigue. Il regardait aussi, les yeux emplis de haine les hommes à cheval, agitant à rythmes réguliers leur long fouet, qu'ils laissaient retomber cruellement sur le dos des nègres à l'échine courbée vers le sol. Les vents menaient jusqu'à ses oreilles le sifflement sinistre des lanières en cuir qui battait l'air avant de venir arracher le peu de chiffons qui servaient de chemise et mordre les chairs mises à nu, ouvrant à nouveau des cicatrices à peine refermées. Ces hommes à cheval étaient les commandeurs de la plantation. Ils avaient à charge de la gestion des esclaves, quitte à les tuer à la tâche. Et aujourd'hui, en ce début de la saison de la coupe, certains nègres rejoindraient leurs ancêtres, délivrés à tout jamais. Les chants tristes des esclaves portés par les vents de la mer montaient de la plaine et parvenaient jusqu'à Yennendi. Les soldats étaient pétrifiés par la beauté du paysage et par la scène barbare qui se découvraient devant eux. Un peu plus loin, sur la piste, juste devant eux, un petit contingent d'esclaves, surveillés par une demi-douzaine de gardes armés, s'acharnait à réparer la piste que de récentes pluies avaient endommagée. Leur cou, leurs mains, étaient recouvertes par de lourds bracelets de fer faits de chaînes épaisses et rouillées. Le bracelet qui entourait leur cou était doté de tiges métalliques dont les bouts étaient recourbés. Cela empêchait les esclaves de marronner en s'accrochant aux herbes, lianes et branchages de la savane. Munis de lourdes masses, ils concassaient des caillasses grosses comme des giraumons. Ils levaient et rabaissaient sans cesse le lourd outil dont l'onde de choc se répercutait de manière douloureuse sur des bras dont la chair et les muscles avaient complètement fondu, aspirés par l'état de famine permanente, la misère et la maladie. Ils semblaient tous sucés par des vers qui devaient se nourrir de leur sang et de tout ce qu'ils pouvaient avaler lorsque c'était possible. Aiguillés par les piques des épées ou des hallebardes de leurs gardiens, titillés par les insultes et les cris de leurs bourreaux chargés de les surveiller, ils avaient l'air anesthésié et étaient réduits à l'état de mort-vivant. Lorsque l'un d'entre eux tombait ou s'arrêtait, repu de fatigue, vidé de toutes forces, alors pleuvaient coups de pied, poing et fouet jusqu'à ce qu'il se relève ou jusqu'à ce qu'il meure. Le cadavre de l'un d'eux était couché sur le bord de la piste, la tête dans une flaque d'eau saumâtre. Son corps commençait déjà à gonfler et sa peau ridée par la faim commençait déjà à se dessécher sous un soleil implacable et prenait une teinte grisâtre. Le vieux cocher fit avancer lentement sa charge, sans accorder un seul regard à l'homme étendu sur la piste en latérite. Mais ses mains tremblaient en serrant le manche de son long bâton. En passant devant eux, Yennendi put observer combien étaient maigres ces hommes dont toutes traces d'espoir et de vie avaient disparu de leur visage. C'est de véritables zombies, songea-t-il. Les esclaves s'arrêtèrent tous en voyant la charrette passée devant eux, au grand dam des gardes qui redoublèrent de coups et de jurons. Malgré cela, pas un seul nègre ne reprenait sa tâche. Leurs yeux sans vie semblèrent s'animer d'une étincelle en regardant l'homme qui défilait devant eux dans sa cage. Certains levaient leur bras, pour faire un salut à l'homme encagé. Yennendi, les deux mains rivées aux barreaux de sa cage les fixaient. Ses yeux remplis de larmes exprimaient une peine immense. Il les avait reconnus. Ces esclaves étaient le reste de ses compagnons de liberté, survivants, des nègres marrons avec lesquels il avait vécu un temps libre dans les profondeurs de la forêt vierge, sur les hautes montagnes de l'île ou dans les gorges profondes de vallées cachées et inaccessibles de la Guadeloupe. Avec eux, il avait survécu aux raids des chiens nourris à la chair de nègre et aux chasseurs de noirs de la milice. Avec eux, il avait vécu libre dans des Quilombos où certains de leurs enfants étaient nés libres. Qu'étaient devenus ces enfants ? Yennendi était rempli d'amertume en voyant ses compagnons de chaînes. Il leur avait promis la liberté. Il n'avait pas tenu sa parole. Ils n'ont même pas eu la chance de mourir, songea-t-il. Les esclaves reconnurent le chef qui les avait fait rêver. Les plus valides avaient relevé les plus faibles et tous se tenaient debout. Tous voulaient rendre hommage à cet homme qui avait su leur rendre leur dignité. Ils se redressèrent de toute leur taille et trouvaient la force de soulever leur bras lourdement enchaîné. Le grand cri d'un Kabyè de grande taille, originaire d'une province située entre le royaume Akanté et le royaume d'Abomey, près du fleuve Kara, accueillit le passage de la cage de Yennendi devant eux.

— Alafiya Yennendi ! Alafiya, ô toi notre grand chef, notre prince ! Alafiya Yennendi. Restes fort. Les dieux te ramènent chez toi. Alafiya !

Tous les esclaves, bossales, nés libres et ceux, nés sur cette terre, accompagnèrent l'hommage du grand Kabyè en secouant leurs chaînes et leurs outils dans un tintamarre métallique et dans la multitude des langues de leur pays. On entendait aussi les hommages en créole de ceux nés dans la servitude perpétuelle due à la malédiction de Cham. Les soldats et les miliciens, étonnés, regardaient sans réagir les esclaves qui semblaient gagnés par une agitation de plus en plus incontrôlable. Le bruit des chaînes devenait de plus en plus insupportable aux oreilles rougies et mangées par des maringouins voraces revenus en nombre dès que le vent baissa d'intensité. Énervés, perdant leur sang-froid, ils commencèrent à cogner sur les esclaves affaiblis et sous-alimentés. Mais rien ne semblait pouvoir les calmer. Les esclaves refusaient de reprendre leur tâche ingrate. Le passage de Yennendi déclenchait en eux un sursaut de dignité qu'ils entendaient reconquérir. Il ne leur restait plus qu'à mourir. Le grand Kabyè, soulevant à nouveau sa lourde masse au bout de ses bras entravés, donna le signe de la révolte en poussant un cri effroyable. Comme un seul homme, les esclaves, malgré les lourdes chaînes qui gênaient leurs mouvements, se jetèrent sur les gardes armés le visage déformé par la haine. Le convoi avait stoppé sa marche. L'escorte de soldats et de miliciens vint prêter main-forte aux gardiens complètement paralysés par l'assaut sauvage d'hommes désespérés. Yennendi dans sa cage regardait impuissant le drame qui se déroulait devant lui. Ses mains secouaient désespérément les barreaux de sa cage. Le cabrouettier se retourna vers Yennendi avec un étrange sourire aux lèvres. Comme s'il avait retrouvé les jambes de ses vingt ans, il sauta à terre. Un premier coup de feu, sorti de l'un des mousquets d'un soldat, parti. Un des esclaves en révolte tomba au sol avec un grand éclat de rire, avant de partir pour toujours, la poitrine transpercée. Délaissant leur charrette, les deux grands nègres se précipitèrent sur la cage de Yennendi. Avec l'aide du cocher, ils essayaient à grand coups de cailloux de casser l'énorme cadenas de la porte en fer de sa prison portée. De l'autre côté de la piste, les soldats et miliciens s'étaient organisés et s'apprêtaient à faire rouler un déluge de feu sur la masse servile qui venait vers eux en hurlant. Le regard de Yennendi, affolé, allait des soldats aux trois pauvres hères qui essayaient de le sauver. L'officier à cheval donnait ses ordres de tirs, lorsqu'il vit le cocher et ses sbires sur la cage de Yennendi. Tout en donnant l'ordre d'ouvrir le feu, il prit sa pétoire, visa et tira sur le vieux cocher. L'impact dans le dos précipita le vieil homme contre la porte de la cage. Babacar Sané de son vrai nom mourut le sourire aux lèvres. Son regard avait retrouvé l'étincelle de la vie pendant un instant, ses yeux plongés d'une reconnaissance infinie dans ceux de Yennendi. La salve qui s'abattit sur les insurgés était comme un mur puissant sur lequel ils vinrent tous mourir. Seul restait, encore debout, le grand Kabyè, dont le corps traversé de multiples impacts refusait de quitter cette terre sans en avoir emporté quelques-uns avec lui. Dans un cri terrible, qui glaça le sang des soldats les moins expérimentés, il fit un bond gigantesque sur la troupe en abattant sa lourde masse sur les hommes, qui encore à genoux cherchaient désespérément à recharger leur mousquet. Les têtes de deux soldats partirent en bouillie lorsque la masse écrasa leur visage dans un bruit étouffé d'os éclatés. Le regard dilaté par des yeux exorbités, haineux, il se précipita sur l'officier qui, figé par l'épouvante suscitée à la vue de ce géant noir, ne réussit à pousser qu'un petit cri de chien apeuré. Ce dernier lui saisit le cou de ses mains ensanglantées et commença à serrer. Yennendi regardait, impuissant le géant en train de se faire occire par des gardes armés d'épée. Les forces du géant en train de mourir déclinaient. L'officier affichait déjà, lui aussi le masque cireux de la mort sur son visage. Les gardes s'acharnaient à coups d'épée répétés sur le nègre qui refusait de partir dans l'au-delà sans emmener l'officier avec lui. Yennendi intima l'ordre de s'enfuir, sur un ton sans appel aux deux esclaves qui essayaient vainement de casser le cadenas.

— Pwann'd lan sanvann ! Zô pé ké ni tan ! Kassé kow' an zot' an montann-la ! Allez, prenez la savane ! Foutez le camp ! Vous n'avez plus de temps maintenant ! Cassez-vous dans la montagne !

Les deux compères, pratiquement nus, jetèrent un dernier regard à Yennendi, firent un signe de tête et disparurent dans les hautes herbes qui bordaient la piste, avant que les soldats ne les ajustent. Ils s'étaient pratiquement évanouis dans la nature lorsqu'une dernière salve vint briser le sommet des hautes herbes et des joncs sans les toucher. Le géant noir n'en finissait pas de mourir. Dans un dernier effort surhumain, au moment où le blanc de ses yeux laissa deviner son départ imminent pour l'au-delà, et sous le regard horrifié des hommes armés, il saisit le cou de l'officier à pleines dents et lui déchira la gorge avant de le lâcher. Celui-ci vit ses rêves de plantocrates disparaître dans les giclées de sang qui jaillirent à plusieurs mètres de distance, éclaboussant au passage plusieurs soldats et miliciens. Les deux hommes tombèrent au sol en même temps, l'officier, se vidant de son sang, secoué par des convulsions violentes. Le Kabyè, lui regagnait la terre de ses ancêtres, le sourire aux lèvres, satisfait d'avoir tenu parole. Ce soir il boira du Tchoukoutou et mangera du Djinkoumé avec ses ancêtres. Un soldat, agité, visiblement secoué par le combat sanglant qui venait de se dérouler se dirigea vers la cage de Yennendi et le mit en joue avec son mousquet. Yennendi le fixa de son regard perçant. Le soldat semblait hésiter. Peut-être intimidé par le nègre, il baissa son arme. Puis il s'approcha de Yennendi. Il poussa un juron, dans le jargon du patois de sa région natale, quelque part en France et lui asséna un coup de cross terrible à travers les barreaux. Tout devint noir dans la tête de Yennendi. Assommé par la force du coup de cross, il bascula en arrière. Les images de la révolte se mêlaient à ses souvenirs. Il percevait comme un lointain brouhaha, le bruit des armes et les cris des soldats, des miliciens et des gardes qui s'interpellaient. Tout d'un coup, le visage bienveillant de Dongo lui apparut. Il souriait. Il se sentit tellement léger lorsque Dongo le souleva pour le déposer et le faire voyager une nouvelle fois vers sa terre natale. Il ne sut pas pourquoi le visage de Yala qui se trouvait bien loin dans le flot d'images qui passait à toute vitesse dans sa tête, vint prendre la place principale, au milieu de toutes celles qui représentaient ses joies et ses douleurs. Les images de son enfance où s'entremêlaient les scènes de fou rire avec Issifou et Yala, les mimiques exagérées du jasare à l'école coranique, la panthère qui avait failli tuer Issifou, la cérémonie de sa circoncision lors de son initiation, le visage des femmes qu'il avait connu, Kadidjatou, Alija, Maïmouna, et les maîtresses-femmes du quartier chaud de Dosso, Saliou Bakary, son père, le combat contre les tamasheqs, Harben et tous les autres. Toutes ces images faisaient de plus en plus place au visage de Yala. Celui-ci grandissait, s'amplifiait au fur et à mesure, jusqu'à venir prendre une place centrale dans le flot des souvenirs qui jaillissaient d'un horizon inconnu comme des vagues furieuses de la mer à l'assaut des coques des bateaux négriers chargés de leurs cargaisons de bois d'ébène. Et c'est assis, le visage enfoui dans ses mains, des larmes aux yeux, rempli d'amertume, que Dongo le déposa devant sa case qui se trouvait encore dans le windi de son père. Alija était là, elle aussi le regard noyé de larmes qui ne finissaient plus de tomber comme les cascades des chutes du Carbet dans un gouffre sans fond. À travers son regard, Yennendi voyait son visage plein de reproches.

— Pourquoi, Yennendi, répétait-elle ? Qu'as-tu fait Yennendi ? Pourquoi ne m'as-tu pas écouté ? Pourquoi, pourquoi, pourquoi ?

Il regardait le visage de Maïmouna, rempli par le chagrin, le visage inondé de larmes qui lui demandait :

— Pourquoi Yennendi, mon bien-aimé ? Pourquoi m'as-tu abandonné ?

Le regard de sa mère plein d'interrogations scrutait son visage sans mot dire. Quant à son père, il secouait la tête, comme déçu par un comportement qui ne ressemblait pas à son fils. Yennendi ne comprenait pas les reproches. Comment avait-il pu abandonner ses proches ? Il se revoyait debout à présent devant son père, les mains levées en signe de pardon :

— Baaba, c'est…

Au moment où il allait parler, un rire sarcastique, méchant, venu d'outre-rêve, dans un cauchemar qui se répétait sans cesse dans sa tête, vint interrompre ses explications. C'était le rire moqueur de son ami, de son frère. Le rire du responsable de tous ses malheurs. Celui de son ami de toujours, Yala. Mais Dongo bienveillant lui envoya une autre image. Une image suggérée pour adoucir son amertume et sa tristesse. Yennendi sentit un sentiment d'allégresse prendre le dessus et revigorer son cœur et son âme blessés. Il laissa les souvenirs de Yala. Dongo se chargera lui-même de son sort. Avec un sourire de joie revenue, il se précipita dans sa case où était accroché sur un tapis mural en peau de buffle noir orné de trophées de chasse, qui lui avait été offert par son ami, Issifou, son plus beau boubou. On préparait son mariage avec Maïmouna qui aurait lieu dans quelques jours. Mais aujourd'hui, ce jour était particulier. Il allait accompagner son ami, Issifou et l'introduire auprès de son père. Escorté de l'un de ses oncles, ce dernier venait demander la main de la belle captive, possession de Zaago. La main de la sœur d'Harben, dont il était amoureux depuis des lunes, la belle Ikrame, devenue Mariama depuis sa Shahâda.

LIVRE III

Le retour de Yala

Issifou était nerveux et faisait les cent pas devant le grand baobab séculier qui trônait sur la place, devant le windi du père de Yennendi. Son oncle mettait du temps à ressortir de la case principale dans laquelle logeait Dramane Djermakoye Sonni dit Zaago. Il redoutait une décision négative de la part du père de Yennendi. Pourtant, ce dernier à qui il avait fait part de sa décision l'avait rassuré sur le sort de sa demande. Yennendi avait accepté d'intercéder auprès de son père afin de porter à sa doléance la demande d'Issifou. Depuis plusieurs semaines, Issifou avait préparé des peaux de panthère, de buffles et de zèbres. Il les avait nettoyées, préparées et tannées. Il les avait parfumées dans des concoctions d'herbes une à une, au fur et à mesure de ses parties de chasse avec les chasseurs de sa confrérie, celle des Gaw, dont il était depuis bientôt deux pluies membre de droit. Il avait économisé patiemment les cauris, acheté des meubles en bois sculptés et des tâgars outaris décorés chez les woogos dans la province de Sassalé. Il avait fait luire les lames des épées droites des tamasheqs qu'il avait reçus en trophée après la bataille de Tillabéry contre les hommes bleus du désert, chasseurs d'esclaves. Il y adjoignit deux petites bourses de quelques pépites d'or. Il les avait acquises en échange de peaux précieuses d'animaux rares auprès de colporteurs Dioulas et Hawsas venus du royaume akanté et des riches cités de Sokoto, Kano, Zaria ou des cités-états Yorubas d'Ife, Ibadan ou Oyo. Toutes ces offrandes constituaient les cadeaux qu'il entendait offrir à Zaago en échange de Mariama. Malgré tout cela, Issifou, avait peur de se voir signifier un refus de la part du père de Yennendi. Peut-être que le prix qui serait exigé pour sa requête ne serait pas suffisant. Comment, lui, un simple chasseur appartenant à une confrérie, certes prestigieuse, mais pauvre de naissance pouvait-il prétendre à une telle convoitise ? Qui était-il vraiment pour aspirer à s'élever et sortir de sa caste ne serait-ce qu'en louchant un court instant sur la captive d'un noble, d'ascendance princière de surcroît ? Il était tout à ses réflexions, priant Allah de toutes ses forces en faisant les cent pas devant l'arbre des sages cent fois séculier lorsqu'il vit sortir Yennendi, seul, sans son oncle. À la mine de son ami, visage sérieux, front plissé et lèvres pincées, il sentit que son cœur s'arrêtait de battre. Non, ce n'était pas possible ! Zaago ne pouvait pas lui faire cela ! Lui le compagnon, ami, frère d'armes et lieutenant de son fils depuis toujours. Il guettait sur le visage de son ami le moindre signe qui signifierait le contraire de ce que Yennendi lui montrait. Une sorte de désespoir le saisit aux tripes. Il se dit un instant qu'il ferait tout pour convaincre Zaago lui-même du bien-fondé de sa demande et de sa sincérité. Si Yennendi et son oncle n'avaient pas su convaincre le Khoyze, il irait lui-même faire sa demande en se passant d'intermédiaires comme l'exigeait la tradition. Il se précipita vers Yennendi et de ses longs bras de grands singes, secoua son ami comme s'il était un sac de mil.

— Hé, arrêtes de me secouer comme ça. Tu me fais mal, lui dit Yennendi.
— Alors, alors, c'est quoi ? Où est mon oncle ? Est-ce que le Khoyze accepte mes cadeaux ? Ho, je te parle ! C'est foutu, hein, n'est-ce pas ? Par Allah, ma figure est parterre et l'Haawi est sur moi. Jamais je ne pourrai regarder Mariama en face et lui avouer que je n'étais pas assez riche pour elle.

Yennendi regardait le visage décomposé de son ami sans rien dire, avec un étrange sourire sur le côté. Mais Issifou, tout à sa peine ne remarquait rien. Il s'était assis, au pied du vieux baobab, maudissant les dieux sur la fortune de sa naissance, la tête entre les mains.

— Yennendi, mon frère, dit-il brusquement ! Tant pis. Si ton père ne veut pas de moi pour sa servante, alors je l'enlèverai et je m'enfuirai loin de Dosso avec elle. Personne, je te dis bien, personne ne pourra s'opposer à notre union. Je la veux et elle me veut. Je l'aurai !

Yennendi regardait son ami, silencieux, affichant toujours son étrange sourire. Puis il s'accroupit devant son ami, cherchant son regard.

— Quoi s'écria Issifou, remarquant son étrange sourire. C'est quoi cette grimace, s'écria-t-il énervé en relevant la tête. Pourquoi me regardes-tu ainsi ? Toi aussi, va et laisse-moi là !

Ne pouvant se retenir plus en regardant la mine déconfite d'Issifou, Yennendi, se laissa aller à un grand éclat de rire. Issifou ne comprenait plus rien et secouait la tête, incrédule, les bras ballants, désarmé par l'hilarité de Yennendi. Chaque fois que Yennendi levait son regard vers son ami, c'était pour repartir de plus belle dans un rire fort et sonore, comme si toutes les percussions de Dosso s'étaient donné rendez-vous dans sa poitrine. Issifou regardait sans comprendre. Puis une lueur se fit jour dans son esprit. Un large sourire s'esquissa sur sa large face plate

— Non ! Tu t'amusais avec moi. Ton père a donné son accord, n'est-ce-pas ?

— Mais oui, mon frère, tu l'as ta Mariama. Et elle aussi est d'accord pour te prendre comme époux, espèce de vieux bouc. Après une longue palabre, ton oncle est en train de déposer tes présents aux pieds de Zaago.

— Mais dans ce cas, pourquoi n'assistes-²tu pas à la fin de la palabre demanda Issifou, qui laissait déjà, léger transparaître, sa joie à travers un large sourire.

— Je ne fais pas partie entièrement du conseil des anciens répliqua Yennendi, en lui rendant largement son sourire. Les vieux comme mon père et ton oncle doivent considérer que je n'ai pas toute l'expérience nécessaire, n'est-ce pas ?

— Après tout, on a tout notre temps pour siéger au conseil. Quant à moi, tu m'excuseras, mais je cours au windi de mon père lui annoncer la nouvelle. Après je vais voir Mariama et je lui fais des enfants dès ce soir ajouta Issifou.

Sur ce fait, bravant les interdits de la société zarma, au risque de ternir sa réputation de grand chasseur, oubliant toutes réserves, il souleva son ami de ses bras puissants et appliqua sur ses deux joues, un smack retentissant et sonore qui laissa Yennendi éberlué, les oreilles sifflantes. Puis Issifou planta son ami de toujours sur place et détala en hurlant de joie, sautillant comme un chevreau, chantant à tue-tête et étreignant ou embrassant quiconque rencontré sur son chemin. Il fila comme un petit alboro de dix pluies annoncer la nouvelle à son père. Yennendi, heureux pour lui le regardait s'éloigner en secouant la tête, comme un ancien. Il songea un instant à parler à son père pour lui soumettre l'idée d'un double mariage à Dosso. Associer Issifou et sa fiancée Mariama à son mariage avec Maïmouna. Après tout, il le méritait bien ! Il imaginait déjà la tête de son ami éperdu de bonheur et de reconnaissance. Quel cadeau ! Ils seraient tous les deux les mariés les plus célèbres dont la renommée s'étendrait depuis la petite ville de Gaya faisant presque frontière avec les chefferies Sombas et Baribas à la limite sud du royaume jusqu'à Tillabéry dont leurs exploits contre les Tamasheqs faisaient encore le sujet de toutes les conversations dans les chaumières de la ville. Les mariages d'une pluie et celles à venir, se dit Yennendi avec un grognement de satisfaction. Sans savoir pourquoi, et comment, il pensa à son ami Yala dont les rencontres et les visites depuis son retour s'espaçaient de plus en plus. Une petite voix quelque part dans sa tête lui rappelait sans cesse les propos d'Alija. Était-ce vraiment prophétique ? Ce n'était pas possible. Alija devait sûrement mal interpréter le message que lui avaient envoyé les génies. Il se remémora leur première rencontre le lendemain du retour de Yala dans Dosso. Toute la nuit, Yennendi n'avait cessé de tourner en rond dans sa case. Il repassait sans cesse dans sa tête les images de ce cavalier froid et distant, qui n'avait même pas eu la politesse de répondre aux salutations, aux marques de sympathie ainsi qu'aux témoignages de bienvenue de ceux qui l'avaient reconnu. Et si leurs retrouvailles le lendemain avaient été certes amicales et émouvantes, elles étaient restées assez froides et distantes. Yala avait énormément grandi. Il était devenu un géant, en tout cas pour la plupart des gens de Dosso qui étaient en majorité de taille moyenne. Sa musculature s'était développée au point qu'il pouvait facilement soutenir la comparaison avec les lieutenants d'Harben, Idrissa Djibo et Mamane Oumarou. Mais du fait de sa jeunesse, il restait néanmoins plus fin qu'eux. Bien entraîné et bien formé, il deviendrait assurément un guerrier redoutable. D'ailleurs, se dit Yennendi, son père serait ravi de l'accueillir dans son école d'armes. On pourrait comparer son niveau au maniement du sabre et puis, pourquoi pas, ils pourraient se mesurer l'un et l'autre. Mais quelque chose avait changé dans l'attitude de Yala. Il y avait comme une certaine distance. C'est au cours de la nuit suivante, où seul, dans sa case, il refaisait les comptes que lui rapportaient ses affaires et ses activités commerciales qu'il comprit tout à coup ce qui l'avait marqué chez son ami d'enfance. Son rire ! Un rire froid, qui donnait à sa bouche le dessin amer d'un croissant de lune inversée. Ses lèvres retroussées laissaient apparaître une rangée de dents bien serrées et bien plantées qui lui donnait l'air d'un carnassier. Puis il y avait ce regard. Un regard froid, les yeux fixes, sans mouvements dès lors qu'ils captivaient l'attention de ce qui pouvait l'intéresser. Le regard d'un prédateur. Yennendi se rappela le mémorable épisode contre la panthère lors de leur initiation. S'il avait pu apparaître saisit de peur, sans pouvoir aider ses amis sur le moment, il comprit que ce n'était pas par lâcheté mais que c'était la bête qui avait pénétré son âme à travers les yeux de son ami avant de mourir. Ce n'était pas le refus de l'affrontement qui l'avait pétrifié, mais la puissance de la force occulte de cette panthère qui s'était emparée de son être en le pénétrant et l'avait paralysé. Cette puissance si écrasante, que ses tripes n'avaient pas pu en supporter la pression. Cette panthère s'était réincarnée dans le corps de son ami et lui avait transmis son instinct meurtrier et sa cruauté. Les moqueries de ses camarades d'initiation n'avaient fait que renforcer cet instinct de tueur qui attendait son heure. Yennendi comprenait à présent la peur des marabouts et des instructeurs qui avaient croisé son regard dès le lendemain de cette scène de chasse. Il comprenait maintenant les raisons de l'étrange malaise que ressentaient tous zankas qui tombaient sous les coups de ses poings assénés avec force. Il comprenait ce qui avait conduit Yala à affronter son père en refusant de manière arrogante l'héritage qu'il voulait lui léguer. Yennendi comprit alors que Yala était parti faire ses griffes et ses crocs dans d'autres contrées avant de venir se reposer dans sa tanière et revendiquer ce qui lui était dû. La prophétie d'Alija commençait à prendre du sens. Une légère brise souleva doucement les pans élargis aux épaules de son boubou blanc, laissant pénétrer l'air frais sous ses aisselles, ses côtes et sa poitrine. Il leva la tête et regarda le ciel qui à l'horizon commençait à s'assombrir. Le vent commençait à se renforcer, soulevant de petits tourbillons de poussière rouge. Au loin, d'épais nuages noirs s'étaient rassemblés, lugubres, comme une horde sauvage de génies malfaisants affamés, prêts à fondre sur Dosso, dans un déferlement infernal d'éclairs et de bruits de tonnerre. Cette fois-ci, ce n'était pas la venue bienfaitrice de Dongo sur son char annonciateur de bonnes récoltes qui arrivaient. Un frisson parcourut l'échine de Yennendi. Ses bras se couvrirent de chair de poule. Il crut voir parmi les nuages roulants comme les vagues de l'Issa Beri en crue, le visage du vieux Karamoko qui le regardait fixement. Il perçut le son de la voix du vieil homme dans sa tête. Il recula, presque apeuré par la vision qui se déroulait devant ses yeux et tomba au sol, les fesses et les mains dans la poussière.

— Alija a dit vrai, Yennendi ! Si tu ne te débarrasses pas de Yala, il sera la cause de ta perte et on te pleurera.

— Mais comment, Baaba ? Que dois-je faire ? Je ne peux pas le tuer ! Je ne peux pas le faire bannir ! Que puis-je faire ?

— Fais ce que tu as à faire, Yennendi ! Si tu ne fais rien, le malheur sera sur Dosso, dit la voix caverneuse de Karamoko, avant de se fondre et disparaître dans les nuages.

Un petit groupe d'enfants turbulents passa en criant devant lui et le tira de sa vision. Yennendi, secoua sa tête, abasourdi, tremblant de tous ses membres. Il regardait de tous côtés pour voir si personne ne le regardait. Il s'étonna de se retrouver, après le passage de la vision de Karamoko sur les genoux, ses mains en position de supplique, paumes tournées vers le ciel. Il avait l'air d'un pèlerin en pénitence, habité par la folie, le regard perdu sur l'horizon. Il se remit debout prestement, secoua la poussière de son boubou dont la couleur blanche n'était plus qu'un souvenir enfoui sous l'aspect ocre de la poussière. L'odeur brute de la latérite mouillée par les premières gouttes de pluie qui commençaient à percuter le sol lui montait aux narines. Au lieu de se diriger vers le windi de son père comme il avait prévu, il parcourut à grands pas la distance qui le séparait de la concession de sa mère. Il devait voir Alija à tout prix. Il prendrait prétexte de venir saluer sa mère. Il devait lui parler de ses impressions et de ses pressentiments. Les enfants accueillaient les premières pluies de la saison avec une débauche de rire et de bonheur. Ils ôtaient leur petite tunique. C'est nu comme des vers que les premières grosses gouttes les débarrassèrent de la saleté poussiéreuse de la saison sèche avec son lot de parasites qui donnait à leur peau un aspect grisâtre. Ils se laissaient purifier par l'ondée tant attendue. Les hommes humaient l'air et venaient s'imprégner de la fraîcheur qui était la bienvenue après tant de lunes passées dans une chaleur étouffante et sans eau. L'Issa Beri était à son plus bas niveau depuis que la sécheresse qui sévissait et qui avait envoyé chez les ancêtres nombre de personnes les plus âgées du pays. Les Wodaabes, ces pasteurs Fulfuldes, étaient venus se réfugier en nombre à Dosso, après la perte de la plupart de leur cheptel décimé par la famine. Mais pour Yennendi, l'orage qui s'annonçait au loin et qui venait droit sur Dosso, n'était pas synonyme de bonheur. Ces pluies apportaient le malheur. Dans quelques jours, Inch'Allah, Issifou et lui fêteraient leur double mariage avec Mariama et Maïmouna, leurs fiancées. Il avait convié son ami Yala qui avait accepté de venir. Mais aujourd'hui un pressentiment lui nouait l'estomac. Yennendi n'était plus certain de vouloir son ami à son mariage. Pour sa propre tranquillité d'esprit mais aussi celles des autres, tous ceux qui consciemment ou inconsciemment redoutaient l'alboro inquiétant qu'il fût devenu, à commencer par Alija. Il souhaitait d'une manière ou d'une autre le départ de son ami. Yennendi réfléchissait. Il se disait qu'un jour, il serait amené à prendre la succession de son père. Parmi toutes les tâches qu'il aurait alors à accomplir, la sécurité et le bien-être de son peuple devraient être assurée. Et si un élément indésirable menaçait la paix dans la ville, alors son devoir serait de l'en chasser, fut-il son meilleur ami. Le bonheur de son peuple était à ce prix. Secrètement, il nourrissait l'espoir que les prédictions d'Alija et les révélations de Karamoko ne se réalisent jamais. Il ne comprenait rien aux desseins funestes des mauvais génies de la savane. L'amitié, n'était-il pas plus fort que tout le reste ? Le bien n'était-il pas plus fort que le mal ? Devrait-il parler à son ami de ses pensées à propos de l'esprit de la panthère ? Yala, son ami de toujours ne pouvait lui faire du mal. Son père lui avait toujours dit que le dialogue et la diplomatie étaient préférables à la guerre et que cette dernière ne pouvait qu'être le dernier recours obligé. Pourtant, depuis quelques jours, au fil de ses réflexions, le doute s'insinuait dans son esprit comme un ver dans le bois. Il préféra s'en remettre à Allah et Dongo directement au lieu d'écouter les croyances stupides d'une sorcière et d'un ancêtre qui lui apparaissait en songe, tout en demandant pardon à l'une et l'autre pour cette mauvaise pensée. Il les balaya toutes par un long tchiiip. Il ralentit instinctivement sa course vers le windi de sa mère. Il ne pouvait parler à Alija dans le propre windi de sa mère sans devoir donner lui donner des explications. Lui parler discrètement attirerait indubitablement les interrogations de sa mère sur Alija. Dongo avait à présent son destin entre ses mains.

Yala était assis sur une natte, sous un simple abri dont le dessus était constitué d'un simple toit en feuilles de palmier tressés. La pluie, puissante tombait à grosses gouttes mais glissait sur les larges feuilles et se déversaient comme une cascade dans les récipients posés au sol. Yala regarda les jarres en terre cuite se remplir d'eau. Une fois remplie, l'un des apprentis tchakay de la concession qui faisait occasionnellement office de domestique viendrait fermer la jarre et l'emmènerai dans une case où elle sera enterrée. Ainsi, l'eau restera toujours fraîche en toute occasion. Il aspira à petites gorgées à l'aide d'une paille de la bière de mil dans une fine et courte jarre dont le goulot ressemblait à un cou de girafe. Le tonnerre craquait et grondait à intervalles réguliers, précédé à chaque fois d'un éclair vif, ciselé qui fendait le ciel comme la lame d'une épée déchirant un simple tissu de pagne. La lumière des éclairs se reflétait dans ses yeux d'un noir profond, anormalement fixes, figés au fond de leurs orbites et dont la pupille semblait s'être dilatée comme pour percer la pénombre qui déjà s'étendait sur Dosso. La panthère était à nouveau là, tapie, prête à bondir. Il ne voyait même pas, ni n'entendait le petit groupe d'enfants, issu de la semence fertile de feu son père et de la matrice de ses quatre épouses, s'ébattre en criant, riant, se savonnant et en se rinçant sous les trombes d'eau chaudes qui formaient déjà, dans de nombreux quartiers de la ville, de grandes flaques. Elles allaient s'étendre peu à peu, se rejoindre pour constituer de larges mares, un peu partout. L'irruption d'un des enfants dans l'abri provoqua une réaction brutale de sa part comme une proie qui venait de se jeter dans le piège de la bête. La poigne qui saisit l'enfant à la gorge coupa net l'élan jovial qui était sienne un instant à peine. Surpris, le jeune arwasu n'eut même pas le temps de pousser un cri. Ses bras devenus presque subitement inertes, le regard déjà presque dans l'autre monde, il semblait déjà glissé dans le monde des ancêtres, ses yeux aspirés par ceux de Yala. Le cri strident d'une des femmes du windi le fit sursauter et lâcher sa proie. Toutes sortirent précipitamment des différentes cases, les apprentis en train de travailler laissèrent tomber leurs métiers à tisser, saisit d'effroi à la scène à laquelle ils venaient d'assister. Yala se redressa d'un coup comme un ressort en regardant le petit en train de tousser sur le sol en terre battue en se pliant de douleur. La mère de Yala et l'une des coépouses arrivèrent en même temps pour ramasser l'enfant, qui commença à pleurer. Tandis que sa mère emmenait son enfant vers sa propre case, Yala et sa mère s'affrontèrent dans un regard d'une forte intensité, sans prononcer un seul mot. Puis, sans s'excuser, comme s'il ne s'était rien passé ou sans avoir conscience du drame qui aurait pu se jouer, Yala ramassa sa jarre et sortit. C'est sur ces entrefaites qu'arrivèrent Yennendi et Issifou. Binti Raïssa Diori, mère de Yala ne répondit pas aux salutations des deux alboros, qui la regardèrent s'éloigner. Puis elle s'arrêta, se retourna et leur cria :

— Vous trouverez votre ami dans sa case, avant de reprendre sa route vers les cuisines d'où elle était sortie.

— Oui Nya, répondirent les deux jeunes hommes.

— Yennendi, fils de Seyni Djermakoye Sonni et toi Issa Mahamadou Khane fils du chasseur Mokthari Djibo Khane ! Je veux que vous le sachiez. Le retour de mon fils devrait me réjouir. L'Haawi, la honte est sur moi et toute notre famille. Ma figure est parterre. Ce n'est pas mon fils qui est revenu. Je ne connais pas cet alboro, ajouta-t-elle laissant les deux jeunes hommes incrédules, avant d'houspiller sans raisons, de jeunes wayboros aux seins nus qui devisaient probablement sur ce qui venait de se passer.

Yennendi et Issifou comprirent qu'un grave problème venait de survenir dans le windi de Binti Diori. Ils entrèrent dans la case de Yala, après s'être annoncés comme le veut l'usage. C'était l'ancienne case de Moussa Sana Diori, son défunt père. Les ornements en tissu qui ornaient les murs étaient toujours présents. Mais Yala y avait ajouté des trophées glanés lors de ses aventures en terre étrangères. On y trouvait également des fétiches faits de queues de lions ou de girafes, attachés à divers objets occultes dont les prêtes d'un culte du royaume d'Abomey usaient. À la vue des gris-gris sur les murs, Yennendi et Issifou comprirent, sans que Yala ne leur ait jamais conté, que leur ami avait été loin et avait sûrement servi un temps dans les armées du roi d'Abomey comme mercenaire. La pièce était à peine éclairée par une faible torche qui se consumait doucement en libérant des effluves odorants pour éloigner les moustiques, nombreux en cette saison des pluies. Un silence de mort régnait dans la pièce. Les deux amis étaient mal à l'aise. Une voix derrière leur dos les fit sursauter. Un rire sournois et dur à la fois accueillit les deux amis.

— On dirait des gazelles apeurées, dit la voix moqueuse derrière eux. Oui, nous étions de nombreux mercenaires zarmas au service du roi Tégblessou d'Abomey. Il y en avait de Sassalé, Gaya, Tillabéry et de bien d'autres villes. C'est là-bas que j'ai fait mes armes.

Madi Sanga Diori, dit Yala, se tenait accroupi, ses longs bras posés sur les genoux, derrière eux, dans la partie la plus sombre de la pièce. La pénombre du coin dans lequel il s'était réfugié faisait ressortir le blanc de ses yeux. La panthère songea Yennendi.

— Yala, dit Issifou ! Pourquoi ne viendrais-tu pas avec nous boire de la bière pour fêter ton retour ?
— C'est vrai, ajouta Yennendi ! Nous n'avions pas eu le temps de fêter ton retour. Nous voici tous les trois, ensemble depuis bien des lustres, comme au bon vieux temps.
— Ça sera l'occasion de nous raconter tes aventures dit Issifou en donnant une grande tape amicale dans le dos de Yala accompagné d'un éclat de rire sonore.

Malgré la force d'Issifou, Yala ne broncha pas d'un pouce en recevant la marque de sympathie de son ami. Sa tête tourna lentement, vers le bras qui était encore collé sur son dos avant de monter vers les yeux d'Issifou, avec un regard noir d'une telle intensité qu'Issifou en fut glacé. Il balbutia des excuses, bégayant, gêné, avec un vague sentiment d'humiliation. Yennendi avait senti le froid qui glaçait la pièce. Il intervint immédiatement en saisissant ses deux amis par les épaules et les entraîna hors de la case dans un faux éclat de rire. Un sentiment de décompression accompagna la fraîcheur de l'air du soir qui vint caresser leurs visages. Issifou avait du mal à revenir après cet épisode. Le sourire qu'affichait Yala sonnait faux. Un mauvais pressentiment vint lui serrer l'estomac. Yennendi, qui connaissait Issifou, accentua un peu plus la pression de sa poigne sur l'épaule de son ami. Celui-ci perçut instinctivement qu'il avait compris son trouble et lui adressa un sourire de complicité revenue. Mais celui qu'il adressa à Yala était plus figé. C'est sous le regard de Binti Raïssa Diori que les trois amis franchirent le portail de son windi.

— Qu'Allah vous garde de Yala, tous les deux, dit-elle à voix basse, avant d'éclater en sanglot.

Le disque d'or du bouclier de Dongo avait viré au rouge. Était-ce le coucher du soleil ou était-ce la colère et la désapprobation de Dongo ? L'ombre de la nuit étendait ses larges ailes de corbeau sur les trois amis qui s'acheminaient vers les échoppes de la ville.

Descente aux enfers

Le soleil couchant étendait sa large cape rouge sur la ville de Pointe-à-Pitre. Le convoi, qui approchait vers le fort en bois et en pierre de taille près du carénage, à côté du port, avait l'air d'un convoi funèbre. Un milicien, les yeux dans le vide, avait remplacé le vieux cabrouettier, dont le corps décharné gisait quelque part sur la route de la Lézarde entre Petit-Bourg et Pointe-à-Pitre. Tout comme ceux des révoltés laissés à l'abandon sur la piste, aux vautours, aux crabes et aux mouches. Il essayait d'haranguer une paire de bœufs, tout aussi traumatisés que lui. Derrière suivait le reste d'une petite troupe de soldats et de miliciens en piteux état. Les blessés clopinaient comme ils le pouvaient, soutenus par les plus valides d'entre eux. Quant à ceux qui avaient perdu la vie dans le combat bref, mais intense, leurs corps s'entassaient pêle-mêle sur la charrette dont celui de l'officier au cou déchiré, le corps vide de sang, devenu presque translucide comme un zandoli albinos. La cage dans laquelle était Yennendi quelques heures plutôt avait été jeté aux haziers dans la savane. La deuxième charrette avait été abandonnée sur les lieux du combat avec les effets et les vivres. À cette heure, les nègres marrons, qui, assurément, étaient descendus des montagnes, attirés par les clameurs du combat, avaient certainement récupéré les précieux présents pour améliorer leur ordinaire rustique. Yennendi, suivait également à l'arrière, à pied, un lourd joug de bœuf jeté à travers les épaules, dont le poids cassait sa haute silhouette. Un des soldats ou miliciens encore vaillant le tirait par une chaîne enroulée autour de son cou. Le moindre signe de résistance et l'étranglement étaient garantis. Le disque cuivré du soleil décochait ses dernières flèches aurifères qui laissaient des traces furtives et luminescentes sur la surface de la mer que l'on pouvait apercevoir à une coudée du fort. L'impression de mi-jour, mi-nuit projetait leurs ombres vers le sol et les faisaient ressembler à une meute de bossus claudiquant. Surtout celle de Yennendi. Des badauds regardaient silencieux et stupéfaits, le convoi. La rumeur avait déjà couru qu'une horde de nègres sauvages avait surpris en traite, une soldatesque bien gaillarde et avait commis sur eux des actes d'une barbarie inouïe. Les poings levés, des cris de haine, des injures et des crachats commençaient à tomber sur Yennendi comme des nuées de maringouins, une fois la stupeur passée. Les lourdes portes du fort s'ouvrirent, faisant entrer la troupe de bras cassés. Un à un, exténué, les soldats et les miliciens se laissèrent tomber sur le sol, ivres de fatigue. Des blessures s'étaient rouvertes et déjà quelques-uns voyaient l'ombre noire de la grande faucheuse approcher vers eux. L'officier en charge du fort donna des ordres afin de faire soigner les blessés et de s'occuper des mourants. Un sergent, de forte corpulence, dont le visage était barré par une grosse moustache, s'approcha de Yennendi. Il lui décocha dans le ventre un coup de pied qui le plia en deux comme une branche cassée, dans une déferlante de quintes de toux. Puis, il souleva la figure du prisonnier, serrant la mâchoire de Yennendi d'une poigne ferme avant de lui cracher en pleine face. Yennendi, les yeux mis-clos se mit à rire, avant de lui renvoyer avec force la même livrée en pleine face. Les hommes encore présents dans la cour restèrent figés de stupeur. Mais qui était donc ce bossale indomptable ? Ils regardèrent sans réagir le sergent humilié passer sa rage sur le corps de Yennendi jusqu'à ce que celui-ci couché sur le sol dans la position d'un crucifié, le joug au contact du sol, s'évanouisse. Un officier dut intimer l'ordre au soudard d'arrêter avant de le renvoyer vers le poste de garde. Puis il héla un maréchal-ferrant pour réanimer le corps boursouflé de Yennendi et de lui ôter le joug. Une grande giclée d'eau de mer le ramena à la réalité. Son visage était tuméfié et il distinguait à peine l'homme en train de le soulager de sa lourde charge. Ses côtes lui faisaient mal et devaient être probablement fêlées si ce n'est cassées. Une fois soulagé de son joug, il fut remis debout, brutalement et sans ménagement. Cinq gardes le poussèrent du bout de leurs piques vers une vieille tour en pierre. L'un d'eux poussa une lourde porte après avoir alerté de leur venue les hommes en faction à l'intérieur. Après un échange de consignes, le prisonnier fut confié aux sentinelles de la tour qui le poussèrent sauvagement vers une grosse porte recouverte de mucus et de champignons dont la couleur d'origine avait disparu. Yennendi ne doutait pas du lieu de sa détention. Il savait que celui-ci serait le pire des cachots qu'il ait pu connaître jusque-là. Il ne se trompait pas. Accompagné des gardes armés, précédé par une espèce de garde-chiourme, muni d'une torche, ils s'enfoncèrent dans l'antre de la tour. Ils descendirent un escalier lugubre, suintant d'humidité, puant l'urine et la pourriture. Une odeur de chair en putréfaction vint saisir les narines de Yennendi. L'air vicié qui montait l'indisposa. Ne pouvant tenir plus longtemps et pris d'étourdissements, Yennendi s'appuya sur le mur saumâtre d'écoulement d'eaux sales et se mit à vomir déclenchant contre lui une avalanche de coups. Il se remit debout, tant bien que mal, alourdie qu'il était par les lourdes chaînes qui serraient ses pieds et ses mains. Ils débouchèrent sur une vaste salle, à peine éclairée par des filets de lumière sortis de nulle part. Des corps à demi en vie croupissaient sur un sol en terre, parsemé de larges flaques d'eaux usées et de déjections de toutes sortes, d'hommes ou de chauves-souris. Des gémissements et des plaintes larmoyantes, entrecoupés de temps en temps par des cris horribles d'hommes devenus fous, provenaient d'esclaves horriblement mutilés, fixés sur des crocs de boucher par les côtes, la poitrine ou les pieds. Des hommes blancs, fanges de la société, escrocs, voleurs, assassins, en rupture de ban avec la colonie, mis au carcan, faisaient partie des prisonniers encagés. Ces derniers étaient soi en attente de jugement ou déjà condamnés aux galères si ce n'étaient à mort. Yennendi se dit qu'il était arrivé à la porte du monde des morts. Les battements de son cœur s'accéléraient dans sa poitrine, et ses jambes se mirent à trembler. La peur commençait à s'insinuer dans chaque pore de sa peau. La sueur qui recouvrait à grosses gouttes son visage et ses mains devenait froide en coulant dans son dos et sous ses aisselles. Il essayait de se maîtriser pour ne pas crier. Ils s'engagèrent dans un couloir dont les murs étaient creusés par des sortes d'alcôves grillagées. Elles étaient très basses et seul un homme accroupi pouvait tenir dedans. Une odeur épouvantable s'échappait de ces enclaves. Les gardes portèrent leur coude ou un morceau d'étoffe lorsqu'ils en avaient, devant la bouche en passant devant ces cages. Le garde-chiourme leva sa torche pour mieux distinguer son chemin. Il avait l'air immunisé contre les odeurs les plus putrides. Ce que vit Yennendi le cloua d'effroi. Il s'arrêta, devant l'une de ces cages, interdit, hypnotisé par la vue d'un homme, dont il ne saurait dire s'il était noir ou blanc, déformé, couvert de pustules et dont l'extrémité des membres était réduite un à un simple moignon. Leur visage, difforme, n'avait plus de lèvres, ni nez, ni oreilles. La lèpre ! Yennendi était horrifié. Il n'avait jamais vu malades semblables. Il eut un mouvement de recul, puis pris de violentes secousses dans la poitrine, il se remit à vomir. Une cascade de coups de poing et de pied tomba sur lui. Il se poussa des cris, de toutes ses forces en essayant de protéger son visage et sa tête des coups qui lui étaient assénés de plus en plus fort. Arrivé au fond du couloir, le garde-chiourme, dont on ne savait s'il était un humain tellement qu'il était laid, souleva une lourde grille fixée au sol après l'avoir décadenassée. Les gardes cessèrent de frapper Yennendi et le remirent debout. L'hideux gardien défit les chaînes des pieds du prisonnier mais laissa celles de mains. Puis, soulevé et poussé par les gardes armés, ils jetèrent Yennendi dans un trou avant de re-cadenasser la lourde grille au-dessus de sa tête. Yennendi n'avait pas eu le temps de pousser un cri. Il atterrit au fond du trou dans un cloaque infâme et nauséabond. Son premier réflexe fut de regarder vers le haut ou une très légère lumière du jour lui parvenait à travers les interstices des pierres de la muraille. Il avait du mal à calmer ses sens. Il explora avec ses mains afin de reconnaître l'environnement de sa cellule. Il se rendit compte qu'elle n'était pas plus large qu'un silo à grains des villages du Dallol Bosso. L'eau croupie lui arrivait presque aux mollets. Des matières molles flottaient à la surface et venaient effleurer doucement ses jambes. Il constata avec horreur que c'était de la matière fécale. Il ne pourrait ni s'asseoir, ni se coucher. Il tâtonna de ses pieds le fond de sa cellule et toucha un gros objet dur, qui lui sembla presque rond. Son gros orteil rentrait dans un trou quelque part au milieu de cet objet. Il le souleva et en se baissant et prit l'objet dans ses mains. Dans la semi-pénombre, il scruta l'objet de ses mains, dégagea au mieux ce qu'il put des salissures qui le recouvraient. Ses yeux s'écarquillèrent lorsqu'il réalisa que ce qu'il tenait dans sa main était le crâne d'un homme. Là où son gros orteil était entré, s'avérait être l'orbite d'un de ses yeux. Avec un cri d'épouvante, il rejeta le crâne violemment contre la paroi de sa cellule ronde, qui finit par exploser et dont les morceaux se dispersèrent dans l'eau pourrie du puits dans lequel il était. Yennendi sentit alors le désespoir s'emparer de son être. Il réalisa qu'il n'avait plus d'échappatoire possible. Des larmes commençaient à monter de ses entrailles vers son visage. Il tendit ses mains enchaînées vers le haut sans parvenir à atteindre la grille. Alors, les mains écartées l'une de l'autre, en éventail, dans une supplique adressée à Allah, il poussa un long cri, désespéré, sorti de ses tripes, avec force. Les sanglots jusque-là retenus jaillirent de ses yeux et coulèrent en torrent ininterrompu sur son visage, son cou, sa poitrine. Sa dignité l'abandonna à son tour. Il s'écroula dans l'eau saumâtre, où surnageaient d'innombrables immondices, pleurant amèrement. Sa douleur était tellement aiguë, tellement forte, que même Dongo ne put supporter d'entendre les cris et les pleurs de celui à qui il avait donné un nom. Il lui brouilla l'esprit afin qu'il ne se rendît plus compte de l'horreur dans lequel il baignait. Yennendi tomba dans une torpeur, s'abandonnant complètement aux suggestions animées et imagées de Dongo. Juste ce qu'il fallait pour ne pas tomber dans la folie, comme l'un de ces nombreux misérables qui finissait par pourrir dans l'inanition, le désespoir et l'indignité. Dongo ne pouvait que lui promettre de mourir dans la dignité. Les yeux dans le vide, sans vie, le regard fixe, vitreux, Dongo lui apparut en pleine lumière pour lui permettre de revoir les siens une dernière fois. Il se laissa glisser le long du mur suintant, s'assit dans l'eau croupie jusqu'au torse et sombra dans un profond sommeil, faisant abstraction des immondices qui avaient fait mouvement vers lui, nageant doucement, après les éclats de sa colère et de son désespoir. C'était le calme de la mer après la tempête, lorsque les lames, calmes, charriaient vague après vague les déchets de cocotiers arrachés des côtes ou les restes de navires brisés sous les assauts répétés de vagues qui avaient la force d'un marteau s'abattant sur une enclume. Les murmures bienveillants des femmes-génies envoyées par Dongo calmaient l'âme de Yennendi. Il s'abandonna à leurs bras protecteurs, cherchant comme un enfant leur sein nourricier pour s'abreuver de leur force et de leur énergie. Puis s'enfonçant par le sommeil dans leur ventre chaud, il retrouvait dans la position d'un être en devenir avant sa naissance le confort et le bien-être nécessaire à sa régénérescence. Des lumières apparurent comme des éclats miroitants et argentés des eaux oscillantes sous les rayons nocturnes de la lune. Des voix familières se faisaient entendre, de plus en plus rapprochées. Elles étaient suivies de rires cristallins de jeunes enfants qui traduisaient le bonheur et la joie de vivre auprès de parents attentionnés, couverts par les yeux adoucis de leurs mères. Plus Yennendi entendait ces voix plus, il s'abandonnait dans la matrice chaude des femmes-génies de Dongo. Il ne sentait plus les matières grasses qui s'agglutinaient autour de lui comme pour profiter elles aussi des ondes bienfaisantes et chaudes des génies-femmes. Les émanations pestilentielles de sa cellule ne parvenaient plus à remonter dans les interstices des muqueuses de ses narines. Les images, les voix, les rires qui résonnaient dans sa tête le faisaient voyager à nouveau, traverser la grande étendue bleue-acier agitée par le souffle éolien de dieux qui s'étaient complus à bouleverser le destin de millions d'êtres comme lui. D'ailleurs, en survolant cette eau si sombre, aux vagues hautes comme des maisons, il entrevit des dizaines et des dizaines de négriers, chargés de leur cargaison de bois d'ébène. Puis il entra violemment dans un tunnel baigné d'une lumière blanche éblouissante. Et ce fut Dosso. Il ne put dissimuler sa joie de voir les windis des êtres qui lui étaient si chers. Ses bras et ses jambes remuèrent de manière saccadée. Les matières fécales et les immondices qui s'étaient approchés de lui furent brusquement dispersées à nouveau. Dongo ne voulait pas qu'ils souillent son protégé.

Les nuages sont sombres sur Dosso

Zaago était venu rendre visite à Kadidjatou à son windi. Depuis que son ventre s'arrondissait à nouveau, elle avait retrouvé sa bonne humeur. La visite de son mari n'était-il pas la preuve qu'elle restait la favorite de Zaago ? Ses domestiques étaient aux petits soins pour elle. En retour, elle ne manquait pas de les gratifier d'un compliment, de s'enquérir de leur santé, pour eux et les leurs, voire de glisser un cauris dans le creux de leur main. Alija était particulièrement choyée depuis que ses prédictions sur sa grossesse s'étaient révélées vraies lors des présentations de Yennendi à Maïmouna chez Saliou Bakary. Elle avait gagné réellement son titre de dame de compagnie principale depuis ce jour. Zaago, prévenant ne semblait avoir d'yeux que pour elle. Kadidjatou déployait tout son charme pour retenir son mari le plus longtemps possible près d'elle. Son but, étant d'éviter à tout prix que Zaago puisse rendre visite à sa rivale, la belle Penda Sow et passer du temps avec elle. Même si elle savait aussi que Zaago allait lui rendre visite et que même parfois restait dormir chez Penda. Mais elle exigeait néanmoins que son mari puisse la prévenir préalablement. C'était son droit de première femme et favorite. En fait, elle avait peur que cette dernière ne puisse tomber enceinte elle aussi et surtout lui donner un autre garçon. D'ailleurs, elle se disait qu'elle demanderait à l'occasion à Alija de lui faire une imposition des mains sur son ventre bien arrondi pour savoir si elle attendait un garçon ou une fille. Kadidjatou et Penda avaient peu d'occasions de se croiser. D'ailleurs, Penda était très occupée depuis la naissance du petit alboro de sa dame de compagnie, Dewel. Cette dernière, depuis la mort d'Aliou, avait du mal à remonter la pente et cultivait le souvenir de son défunt fiancé. Penda n'avait jamais pensé qu'elle ait été réellement amoureuse d'Aliou Kanandja. Pour elle ce n'était que le moyen qu'avait trouvé Dewel pour devenir une Burkine. Elle était néanmoins, agréablement surprise de la manière dont Dewel entretenait auprès de son fils, le souvenir et le culte de son père. Elle en avait gagné le respect des habitants de Dosso, qui trouvait admirable son dévouement pour le fils d'Aliou Kanandja, qui pour eux était devenu le véritable héros de la bataille de Tillabéry. On aimait à le raconter aux jeunes alboros, autour du feu, le soir dans les windis ou dans les camps d'initiation en pleine savane. Elle avait appelé son fils du même prénom que son père. Mais tout le monde l'appelait Aliousy. Dewel était fière de ce surnom qui rappelait aussi son nom de famille. Sy était un nom de noble lignée Pulaar du Macina ou du Fouladougou dont elle était originaire. Penda et Dewel regardaient avec admiration Adama, fils de Penda s'occuper de celui qui était pour lui un petit frère. Mais ce qui ravissait le plus les deux femmes, c'était lorsque Fanti, la fille de Kadidjatou passait voir son demi-frère qu'elle adorait et qu'elle jouait avec le petit Aliousy. Elles riaient de bon cœur, lorsqu'elle s'initiait à la cuisine ou à la couture avec ses airs de garçon manqué. Les affinités de sa propre fille avec celle qu'elle nommait les étrangères ne manquaient pas d'irriter Kadidjatou, surtout lorsque cette dernière filait vers le windi de Penda sans autorisation. Quant à Alija, elle était partagée entre ses affinités avec Penda et Dewel et son affection pour Kadidjatou. Elle savait que les deux femmes, malgré les airs de cordialité qu'elles pouvaient afficher en public, se détestaient et qu'elles ne manquaient jamais d'attiser leur rivalité en coulisses par des mots assassins. Penda avait l'avantage maintenant de maîtriser la langue de sa rivale. Kadidjatou en revanche ne comprenait un traite mot de ce que Penda pouvait lui dire en langue Pulaar, ce qui la mettait hors d'elle à son retour dans son windi. Un jour, Alija avait relevé une remarque désobligeante faite à Kadidjatou en sa présence.

— Dewel est ma dame de compagnie, mais elle est une burkine. Et toi que fais-tu d'Alija ? Elle demeure toujours ta captive, lui lança-t-elle tranquillement en pleine face.

Plusieurs fois, Kadidjatou avait tenu Zaago des propos de sa concubine ou des altercations qu'elle avait eues avec elle, exigeant sa répudiation. À chaque fois, Zaago avait repoussé gentiment ses suggestions. Aujourd'hui, Kadidjatou se sentait sereine, d'humeur joyeuse. Son ventre s'arrondissait à vue d'œil. Cette grossesse se déroulait bien. Les quelques nausées du début n'étaient plus qu'un mauvais souvenir. Mais elle n'était plus tombée malade comme la fois où elle était enceinte de son deuxième enfant. Elle affichait à présent une grossesse heureuse. Et puis, leur conversation portait sur le mariage prochain de leur fils Yennendi avec la fille de Saliou Bakary. Elle avait avancé l'idée que le mariage de son fils se fêterait avec à Dosso. C'est aussi elle, qui avait usé de toute son influence auprès de Zaago pour lui faire admettre la justesse de cette alliance avec la famille de Saliou Bakary, riche commerçant de Tillabéry, qui avait l'oreille de l'Askia. C'est elle aussi qui avait déniché pour leur fils, la perle qu'était Maïmouna, parmi les innombrables filles de Saliou Bakary. Et aujourd'hui, un coureur missionné par Saliou Bakary lui-même avait apporté à Zaago une missive annonçant son arrivée à Dosso, accompagné d'une grande caravane. Il serait ici dans trois jours. Kadidjatou ne pouvait donc pas être plus heureuse jusqu'à ce que son mari lui annonce qu'il avait décidé que ses deux femmes seraient présentes à ses côtés à la réception qu'il entendait offrir à son invité. Son visage s'était aussitôt fermé. Elle hésitait à savoir si finalement elle ne se déciderait pas à détester finalement son mari. Elle avait envie de le gifler. Elle allait ouvrir la bouche pour riposter, lorsqu'un de ses domestiques vint informer Zaago d'un message dans l'oreille, sans qu'elle puisse entendre la nature de l'information. Le visage de Zaago avait affiché un air sévère et préoccupé. Il se leva, et prit poliment congé de sa femme. Accompagné d'un de ses propres domestiques, Zaago se dirigea à grands pas vers la sortie, sous le regard courroucé de Kadidjatou.

Zaago était arrivé dans son windi. Il traversa la cour de la concession à grandes enjambées et entra dans sa grande case personnelle. Une servante entra sans bruit derrière lui, à petits pas feutrés portant dans ses mains une grande calebasse d'eau. Zaago la remercia, et révérencieuse, en marche arrière, elle sortit de la case. Zaago plongea ses mains dans la calebasse et fit une toilette avec un tissu chaud et parfumé. Puis un de ses fidèles domestiques apporta un beau boubou couleur ciel, brodé de fil aux couleurs d'or, impeccablement lissé par des plaques en fer chauffé et plié aux coudées piles. Puis vêtu de son boubou sans manche, enfilé par-dessus une tunique fine de même couleur bleue, dont les coutures étaient faites de fils blancs, il sortit de la case. Immédiatement, Oumarou Mamane et Idrissa Djibo prirent le pas derrière lui. Il traversa à nouveau la cour et entra dans une somptueuse case, aussi grande que la sienne, richement décorée. Elle était composée d'une seule grande pièce, ronde, dont le sol décrivait un cercle parfait. Le plafond était très haut. Il n'y avait aucune autre ouverture que l'entrée dont la porte était en bois taillé dans un vieux baobab plus que millénaire et dont les anciens avaient autorisé et béni la métamorphose. Les tâgars outaris, fabriqués à partir de peaux de girafe constituaient les tapis de sol. Aux murs étaient accrochés des peaux de panthères et de lions dont les derniers lui avaient été offerts par Issifou pour sa demande en mariage. Des masques en bois d'acajou et d'ébène finement sculptés étaient également accrochés à intervalles réguliers. D'énormes talismans en cuir rouge pendaient entre chaque masque. Les armes et les boucliers des ennemis du royaume qu'il avait personnellement vaincus figuraient en trophée pour lui rappeler ses faits d'armes. Des torches parfumées brûlaient jour et nuit. Leur lumière feutrée et le parfum qu'elles diffusaient, donnait à l'endroit un aspect solennelle et irréel comme hors du temps, isolé des bruits extérieurs. Rien ne pouvait filtrer de ce lieu vers l'extérieur. Zaago aimait venir s'y recueillir et y méditer chaque fois qu'il devait prendre une importante décision. C'est également là qu'il aimait venir lire le Coran et déchiffrer la collection de manuscrits qu'il détenait, dont certains paraît-il, venaient des universités de Tombouctou et d'autres villes saintes. Et c'est aussi ici, après qu'il eut parlé avec Kadidjatou, qu'il était venu faire ses libations afin que les ancêtres bénissent le mariage de son fils. Peu de monde pouvait se vanter d'avoir été reçu dans cette grande case. Aujourd'hui, l'information qu'il venait de recevoir justifiait cette occasion. Il embrassa de son regard la dimension de la pièce et huma un instant en fermant les yeux, l'air frais qui venait de persiennes astucieusement percées dans le plafond recouvert de couches de pailles épaisses. Pendant un moment, il resta là debout, comme s'il craignait d'indisposer ses ancêtres, invités vu l'importance de la nouvelle. Mamane et Idrissa s'inclinèrent avant de faire un pas en arrière et laisser le khoyze pénétrer seul. Zaago se retourna et leur fit signe, les invitant à entrer, eux aussi dans le temple. Idrissa Djibo et Mamane Oumarou crurent qu'il s'adressait à quelqu'un d'autre. Ils n'en croyaient pas leurs yeux. Ils se regardèrent tous les deux avant d'entendre la voix de Zaago annoncer :

— Entrez tous les deux avec moi !

Puis Zaago fit un signe de tête à Harben, l'invitant à son tour à entrer avec le lourd chargement qu'il surveillait de près. C'était un épais tapis sombre et terne, presque usé aux charnières, posé de travers entre la bosse et le cou sans fin d'un camélidé. Ceux, qui le matin l'avait croisé dans les rues de Dosso en revenant de la mosquée n'auraient jamais deviné que se trouvait dissimulé à l'intérieur, un homme bâillonné. Deux domestiques, costauds, vinrent aider Harben à descendre et porter son lourd chargement. Leurs regards ne s'attardèrent même pas à essayer de comprendre la raison de ce poids. Ils déposèrent le lourd paquet aux pieds de Zaago. Idrissa et Oumarou roulèrent le tapis comme s'il s'était agi d'un tronc d'arbre, sans ménagement. Harben pénétra à l'intérieur du grand édifice et ne put d'empêcher de pousser un sifflement d'admiration. Zaago referma la porte épaisse richement décorée et resta un instant les oreilles collées à la porte. Puis s'étant rassuré, il adressa un ordre sec à ses deux gardes de corps. Ils défirent les cordelettes qui serraient les extrémités de part et d'autre du tapis qui finit par s'ouvrir, laissant découvrir, un homme complètement nu, la bouche remplie de chiffons, bâillonné par une lanière de cuir qui entrait dans la commissure des lèvres, lui donnant un air de poisson-chat. Ses mains et ses pieds étaient eux aussi entravés. Ses yeux rougis par la pénombre confinée du tapis, hagard, roulaient comme des billes de bois dans un trou d'awalé. Un pansement sommaire fait d'un morceau de tissus taché de sang avait été posé au niveau de sa cuisse droite. Une attelle faite de quatre morceaux de bois répartis de part et d'autre de sa cuisse indiquait que le fémur de sa cuisse avait été cassé. L'homme, jeune, tout au moins vingt pluies, transpirait à grosses gouttes. Plus par la chaleur provoquée par la surchauffe du tapis dans lequel il était enfermé que par les rayons ardents du soleil, qui cognait aussi fort qu'un marteau sur une enclume, malgré le fait que c'était la saison des pluies. À moins que ça ne soit, la peur pensa Idrissa Djibo ! Sa peau avait pris la teinte grise du tissu. La poussière, qui s'était déposée en passant à travers les infimes mailles du tapis, lui donnait un aspect sale. À moins qu'il ne soit, la maladie songea Mamane Oumarou avec un sourire non dissimulé ! Sa sueur mêlée à l'odeur renfermée du vieux tapis monta directement aux naseaux d'Harben, donnant l'impression que la vessie du captif s'était relâchée, pendant son transport. Harben en déduit que ce dernier n'avait certainement pas pu se retenir. Le balancement du chameau devait y être pour quelque chose, à moins que ça ne soit, la peur constata Harben, avec un air de dégoût ! L'homme, couché à leurs pieds, tremblait de tous ses membres. Il ressemblait à un misérable ver palmiste, dans ses entraves. Sauf qu'il en n'avait pas la couleur. Ce dernier les regardait avec terreur, s'attendant à être piétiné d'un instant à l'autre par les géants qui le fixaient sans aucune émotion apparente dans leur regard.

— Harben. Et si tu nous présentais ton nouvel ami, s'écria Zaago avec un petit sourire en coin.

Idrissa et Mamane émirent en même temps un petit rire sarcastique, tandis qu'Harben s'accroupit et fixa de son air le plus sévère le prisonnier étalé à ses pieds. Puis il défit les liens qui l'entravaient. Lorsque Harben enleva le bâillon et retira les morceaux de chiffon de sa bouche, le jeune homme se mit debout avant de pousser un grand cri. Une gifle magistrale administrée par Idrissa Djibo l'envoya valser au sol à plusieurs mètres de distance. Avant qu'il n'ait pu reprendre ses esprits, d'un bond de félin, Harben était déjà sur lui son poignard posé sur sa gorge. La main gauche immense de Mamane Oumarou s'empara de son cou et le souleva comme s'il n'était qu'une brindille insignifiante. Ses pieds balayaient le vent. Le prisonnier sentit sous l'étreinte de la poigne de Mamane Oumarou que ses yeux commençaient à sortir de sa tête. Sur un signe discret de Zaago, ce dernier ouvrit sa main. L'homme retomba lourdement au sol sur sa jambe blessée avec un cri de douleur. Des larmes perlaient aux coins de ses yeux. C'est sous le regard du prisonnier, complètement affolé qu'Harben entreprit de narrer la capture de son prisonnier.

Depuis quelques jours, des chasseurs et des cultivateurs, qui le matin très tôt se rendaient dans leurs champs, avaient rapporté à Issifou d'étranges faits. Des traces de bivouac avaient été trouvées à plusieurs endroits de la savane. Des commerçants itinérants, qui séjournaient à Dosso, avaient signalé la présence de plusieurs hommes inconnus groupés dans la région. Issifou s'en était ouvert à Harben. Ce dernier en vint à craindre la présence éventuelle de chasseurs d'esclaves. Afin de vérifier ce qui commençait à devenir une rumeur dans la ville, ils décidèrent de mener de discrètes patrouilles de reconnaissance dans une zone large de plusieurs lieues autour de Dosso, avec quelques hommes de la confrérie des Gaw. Ils patrouillaient depuis plusieurs jours sans avoir rien trouvé, lorsque le nez aguerri d'un des hommes d'Issifou détecta une odeur de cendre sous un amas de terre, visiblement recouvert à la hâte. Des traces de pas et de montures, toutes fraîches marquaient le sol. Issifou, descendu de son cheval avait posé les mains sur la terre chaude des cendres qui continuaient à se consumer sous le sable.

— Les hommes qui étaient là se sont dispersés dans trois directions opposées, annonça-t-il à Harben. Mais ils ne doivent pas être loin.

— Qui sont-ils, demanda Harben ? Des soldats ? Des voleurs ?

Issifou garda le silence un instant, observant le détail des traces au sol. Il fixa son attention particulièrement sur l'une d'elles. Il la suivit sur quelques mètres avant de se retourner vers Harben et de lui livrer le fruit de ses réflexions.

— Seigneur, dit Issifou ! À mon avis ce sont sûrement des soldats. L'un d'eux à l'air moins expérimenté que les autres. Ses traces sont plus enfoncées dans la terre. C'est lui qu'on devra suivre. On pourra très vite le rattraper, Inch'Allah !

Le titre qu'Issifou avait donné à Harben le fit sourire. Il ressentit un sentiment de satisfaction à se sentir nommer ainsi. Lui qui, il y a quelques années était encore un soldat esclave au service du royaume chérifien. Issifou avait remarqué son petit air satisfait. Il regardait Harben avec un mélange d'admiration et de respect. Puis devant le regard d'Harben, qui avait repris son air inquisiteur, il ajouta que ce titre courait déjà depuis plusieurs semaines dans Dosso et que ce n'était que justice, avant de lancer sa monture au galop dans un grand cri de bête de chasse, suivi par le reste des cavaliers. Puis Harben s'élança à son tour. Ils n'avaient pas parcouru plus d'une lieue, lorsque l'un des Gaw d'Issifou poussa un grand cri de joie carnassier. Il venait de débusquer un homme, qui essayait tant bien que mal de se dissimuler dans les hautes herbes de la savane. Le cavalier brandit sa sagaie au-dessus de sa tête et la lança avec une force inouïe vers l'homme qui avait commencé à courir comme un fou dans la savane en bondissant de temps en temps, avec une certaine souplesse cependant, comme un lièvre aux abois. La sagaie fusa à quelques centimètres de ses côtes. Le fuyard beugla sa peur sachant qu'il était passé à deux doigts de la mort. Il s'arrêta un instant face au cavalier pour reprendre son souffle, qui pour une raison inconnue avait stoppé sa poursuite. Le fuyard reprit sa immédiatement sa course. C'est plus par instinct que par la vue qu'il sentit qu'un autre cavalier avait repris le relais. Il se retourna et ce qu'il vit le saisi d'effroi. L'autre cavalier qui arrivait vers lui devait être un redoutable guerrier. Il pouvait le ressentir rien qu'à son allure et à sa manière de se tenir sur son cheval. Et puis cette façon de brandir sa sagaie n'avait rien à voir avec le précédent. Il sentit que celui-ci ne le raterait pas. Sa respiration devint d'un seul coup plus difficile. Il ne put s'expliquer les raisons de la raideur de ses bras et de la lourdeur de ses jambes qui d'un coup pesaient des tonnes. Il reprit sa fuite, mais il avait l'impression d'avancer aussi vite qu'une tortue de brousse. Son souffle devenait de plus en plus court et bruyant. Sa respiration s'était transformée en celui du râle d'un souffreteux asthmatique. De temps en temps les gémissements qui sortaient de sa gorge indiquaient que ce dernier commençait à regretter d'avoir dû quitter un jour le confort du foyer de sa mère pour vivre une aventure qu'il comprenait à présent, pas faite pour lui. Harben arrêta sa monture juste le temps de mieux jauger sa proie. En un clin d'œil, il avait noté que l'homme qui fuyait devant lui n'était plus au stade du repli tactique. Il possédait encore les restes d'actes réflexes d'un soldat qui n'avait pas tout à fait fini ses classes. La peur dictait de plus en plus des interprétations désordonnées à son corps et altérait son comportement. Il sourit au spectacle que l'homme apeuré lui offrait. Puis il relança son cheval à sa poursuite, mais sans hâte. L'homme courait dans la savane, à perdre haleine. Il avait l'air jeune. Sa course était désordonnée. Les gémissements, qui sortaient de temps en temps de sa bouche, le souffle court, bruyant, sa transpiration abondante, indiquaient qu'il respirait la peur. De temps en temps il se retournait et regardait en arrière, avant de reprendre sa course, toujours plus effrayé par la silhouette qui même encore loin se rapprochait de plus en plus. Les herbes de la savane, revigorée par les pluies abondantes tombées ces derniers jours, avaient retrouvé toute leur vigueur. Certaines longues feuilles munies d'épines protectrices infligeaient à l'intrus qui les foulait de ses pieds, de fines coupures brûlantes le long des jambes. La silhouette qui le suivait était montée sur un cheval lancé au trot. Juchée sur sa monture, celui qui fuyait ne pouvait ni se cacher ni lui échapper. Harben, avait saisi sa sagaie dans sa main droite pointe à l'avant. Il éperonna son cheval qui accéléra la cadence. L'homme se retourna une nouvelle fois et poussa un cri d'épouvante lorsqu'il vit Harben lever son bras et propulser sa sagaie avec une adresse et une force prodigieuse dans sa direction. Il essaya de reprendre sa course, lorsqu'un sifflement dans l'air lui indiqua l'arrivée d'un projectile lancé à grande vitesse. Il ressentit à hauteur de sa jambe droite une douleur fulgurante, qui stoppa net sa course. Il tomba sur le côté la sagaie d'Harben figé dans sa cuisse, qui au passage avait brisé son fémur et dont un bout ressortait en plaie ouverte sur le devant. L'homme hurlait de douleur en essayant de comprimer le sang qui giclait de sa plaie. Harben arriva à sa hauteur et descendit tranquillement de cheval. Il tira le sabre de son fourreau situé derrière son dos et s'approcha, le regard sévère, sa poigne serrant fermement la garde de son sabre. Le jeune complètement terrorisé se retourna sur lui-même et se mit à ramper dans la poussière encore jaune des herbes brûlées de la dernière sécheresse avec toujours ses gémissements de chien apeuré. Harben le suivait sans hâte, lui laissant croire qu'il savourait le moment. Un gros caillou dissimulé entre terres et herbes accrocha la jambe du blessé qui poussa un cri de douleur. Harben était arrivé à sa hauteur. Le jeune homme s'assit se rendant compte que sa dernière heure était arrivée. Harben se posta derrière lui et appliqua le tranchant de son sabre sur le cou de celui-ci, juste au-dessus d'une pomme d'Adam qui faisait une série d'allers retours rapides.

— Tu es bien loin de tes bases, dit-il au jeune homme qui avait du mal à respirer. Que vient faire un soldat du roi Tégblessou dans la région ? Es-tu un espion à la solde du royaume d'Abomey ? Parle, lui ordonna Harben ! Sinon, je te saigne comme un phacochère.

Le jeune homme sentit un léger filet de sang coulé le long de son cou. Terrorisé, ses yeux ressemblaient à des billes d'albâtre qui tournaient en rond dans une gourde ne demandant qu'à fuir leurs orbites. Harben descendit alors la pointe de son sabre vers le bas, traçant au passage un fin sillon à peine visible sur la poitrine et l'abdomen avant d'atteindre bas-ventre de l'individu. À la vue de gouttelettes de sang qui perlaient après le passage du sabre et à la pression de la pointe du sabre sur son sexe, le jeune homme poussa un cri de terreur.

— Je vais parler, je vais parler, dit-il !

Issifou et ses hommes arrivèrent au même moment. Issifou regarda un instant le jeune homme qui se tenait devant lui, l'air sévère. Il scruta attentivement son visage. Puis il reconnut un de ses camarades d'initiation.

— Je crois que je te connais, toi. Tu as fait ton Djanbanguyan en même temps que moi ! Tu es de la même classe que la mienne. Quel est ton nom, dit-il d'une voix autoritaire ?
— Je suis Hamidou Tana, fils d'Ibrahima Tana de la ville de Sassalé.

Harben intervint une nouvelle fois en posant la pointe de son sabre sur la gorge du jeune homme, qui avait toutes les difficultés à se tenir debout. Sa blessure saignait abondamment et il souffrait d'une fracture ouverte. Malgré la douleur, il ne se fit pas prier pour raconter son histoire, inspiré par la peur qu'il avait de cet étrange zarma aux yeux marrons. Il raconta comment, après son initiation, il avait quitté son village pour devenir un soldat chez l'Askia et éviter de prendre la succession des champs de son père en tant qu'aîné.

— Je ne voulais pas cultiver la terre. Ça ne me plaisait pas, dit-il.

Puis il raconta qu'ayant aucune lettre de recommandation, il n'avait pas été admis dans le corps des troupes de l'Askia. C'est ainsi qu'il rencontra un jour un groupe de jeunes arus auquel il se joignit. Tous se dirigeaient vers le sud, au pays du roi Tégblessou, dans le royaume d'Abomey. Il ajouta qu'il y avait parmi eux un jeune, de grande taille dont le regard ressemblait à celui d'une panthère et qu'il était très fort. Les mercenaires zarmas avaient bonne réputation et ils n'auraient aucun mal à se faire recruter. C'est ce qui se passa, ajouta-t-il, surtout pour le grand Aru.

— Il a appris plus vite que nous tous et il est même devenu notre chef de groupe.

— Qui est, cet homme demanda Harben et où est-il ?

Le jeune homme fit comme s'il n'avait pas entendu la question. Il ajouta qu'il avait la confiance des chefs et jouissait d'une bonne réputation dans l'armée du roi Tégblessou.

— Il est très fort, mais très cruel aussi. Il se déplace comme un félin de la brousse et ne laisse jamais quelqu'un vivant après son passage. Au combat, il est agile et féroce comme le léopard.

— Qui est, cet homme hurla Issifou ?

Le jeune guerrier était visiblement affolé à l'idée de prononcer le nom de cet homme. Ses yeux roulèrent à nouveau dans leurs orbites. Sa bouche balbutia sans pouvoir laisser échapper un son. Mais avant qu'il ne puisse répondre, il perdit connaissance. Sur un signe d'Harben, un des chasseurs prodigua au blessé les premiers soins, tandis qu'un autre, sur signe d'Issifou, enfourcha son cheval et partit en messager prévenir le khoyze Zaago de la capture du mercenaire.

Les bras d'Alija

Aujourd'hui, était un jour particulier qui annonçait une nouvelle ère pour le jeune alboro qu'il était. Dans quelques jours, Inch'Allah, et avec l'aide de Dongo et de ses hordes de génies des savanes, il deviendrait par son mariage, un des hommes les plus en vue de Dosso, du Dallol Bosso et même du Zarmaganda. Ce matin, il devait accueillir Saliou Bakary, qui arrivait de Tillabéry pour célébrer l'union de sa fille Maïmouna avec lui, fils de Zaago. La veille, un messager était venu annoncer l'arrivée prochaine de Saliou Bakary, de sa femme Nanfy et de leurs invités accompagnés par une caravane composée de plus de mille dromadaires portant chacun nombre de marchandises de valeur. Toute la ville était en effervescence. Les commerçants, revêtus de leurs plus beaux habits, viendraient négocier sur d'interminables palabres le prix des marchandises. Les notables de la ville de Dosso, les kwarakoyes, chefs de districts et les windikoyes, chefs de clan des grandes familles de la ville, avaient eux aussi rendez-vous chez Zaago, afin de présenter leur respect et formuler leurs vœux de bienvenue aux parents des futurs mariés. Yennendi, avait, lui aussi, par la même occasion, toutes les raisons de se réjouir de ce jour. Il allait annoncer à son ami d'enfance, Issifou, que son père, le khoyze Zaago consentait qu'un double mariage soit dignement fêté dans la ville. L'union d'Issifou et de la belle captive, Mariama, sœur d'Harben, ravissait Yennendi. Dans quelques pluies, il serait l'un des plus fidèles bras droits de Yennendi. Celui qui faisait office d'ores et déjà de lieutenant à Yennendi. Mais juste avant de se rendre chez Issifou pour lui annoncer la bonne nouvelle, il devait se rendre chez son ami, Yala, pour discuter affaires avec lui. Il avait décidé, de lui céder toutes ses parts dans le métier à tisser dont il gérait les profits, afin que son ami puisse se constituer une économie. Qui sait ! Il aurait lui aussi de quoi payer les cadeaux nécessaires pour un mariage avec l'une des belles filles de la ville. À vrai dire, Yennendi pensait surtout à empêcher son ami de repartir pour, il ne sait qu'elle aventure. Il voulait le persuader qu'il pouvait avoir un avenir, ici et avec lui à ses côtés. Une sombre pensée se fit jour à son esprit. Les prédictions d'Alija lui revenaient. Et ce n'était pas la première fois, depuis qu'elle l'avait mise en garde. Il se souvint subitement du rêve qu'il avait fait la veille, rêve dans lequel il avait vu le vieux Karamoko, venir lui parler dans une langue qu'il ne comprenait pas. Celui-ci, devant l'incompréhension qu'il affichait lui, montra une énorme pirogue, dont la proue était la gueule d'un immense serpent. Ce serpent regardait fixement Yennendi et le désignait nommément comme repas. Il se sentait paralysé, hypnotisé. Tout à coup, le serpent l'avait happé et avalé, tandis qu'un rire, fort, puissant, montait de plus en plus fort des entrailles de la pirogue. Puis un bras, puissant, la main ouverte, se tendait vers lui, comme pour le tirer de ce cauchemar. Il s'agrippait à ce membre salvateur qui le sortait de l'antre de la bête. Puis au dernier moment, la main de son sauveur s'ouvrait à nouveau, le précipitant à nouveau dans l'abysse sans fond de la pirogue. Il avait aperçu un visage mais était incapable de le distinguer. Il s'était alors réveillé en sursaut, suant à grosses gouttes comme si la fièvre de la malaria s'était emparée de son corps. Une impression désagréable lui montait à la tête. Le nom de Yala lui revenait sans même qu'il ait besoin de se le suggérer. Parcourant de ses yeux l'intérieur de sa case pour se rassurer, il avisa une petite calebasse évasée dans laquelle se trouvait une bougie odorante. Il s'en empara et souleva la calebasse. Il avait l'impression que quelqu'un l'observait. Sa main explorait le moindre coin de sa case. Ses yeux complétaient l'observation. C'est à ce moment qu'une forme immobile, dissimulée dans un recoin sombre de la pièce et qu'il n'avait pas pu distinguer tant qu'elle s'était fondue dans le décor comme un caméléon, bougea. Le cœur de Yennendi suspendit un instant ses battements rythmés. Puis dans un immense effort pour sortir de la paralysie qui figeait ses membres et son regard, il se précipita vers un poignard placé à côté de sa natte.

— Khoyze, doucement. C'est moi Alija ! Doucement répéta-t-elle, un doigt sur la bouche comme une mère essayant de calmer les pleurs de son enfant.

Un ouf de soulagement sorti en soufflant de la bouche de Yennendi. Son bras armé retomba le long de son corps

— Que fais-tu là Alija ? J'ai failli te tuer.

Yennendi se tenait devant elle, debout, le poignard encore dans sa main. Il la dominait de toute sa taille. Il ne s'était même pas aperçu de sa nudité. Alija fixait, hypnotisée, le corps de celui qu'elle avait vu grandir. Ses yeux s'attardèrent sur le dessin parfait de ses pectoraux, puis descendaient le long de son corps dont le galbe de ses abdominaux était marqué par six plaques à la forme parfaite. Les hanches étaient fines et laissaient deviner une cambrure idéale des fesses dans le prolongement de ses reins. Elle ne put s'empêcher de laisser courir ses beaux yeux en amande sur le pubis à peine recouvert de poils de Yennendi. Un membre fort, vigoureux, conquérant, qui ne demandait qu'à satisfaire une femme coulante de désir, y était greffé. Elle eut furtivement une pensée pour Maïmouna, celle qui allait devenir une femme comblée par ce membre aussi vigoureux. Réalisant l'impudique de la situation, elle se retourna brusquement, ses deux mains devant sa bouche pour étouffer le petit cri qui sortait du fond de sa poitrine dont les bouts se dressaient durs comme les graines de riz. Un mélange de jalousie et de honte s'entrechoquait dans sa tête et sa gorge.

— Que veux-tu Alija, dit-il nerveusement, tout en nouant un pagne autour de sa taille ?

— Je suis venu te parler à la demande de mon père, Karamoko.

L'évocation du nom ramena Yennendi au rêve qu'il venait de faire. Était-ce vraiment un rêve ? Comment Alija pouvait-elle être avertie par le vieux Karamoko ?

— Il m'a dit que tu n'arrivais pas à le comprendre. Il parlait sa propre langue, le Bambara. Tu sais, il est devenu un esprit puissant dans le royaume de Dongo. Il va et vient comme il veut. Il me rend souvent visite.

— Et que te dit-il, Alija ? Que me veut-il ?

— Tu refuses de regarder la vérité, lui répondit Alija. Yala n'est plus ton ami. Il n'est l'ami de personne. Yala n'est plus Yala. Sa mère te l'a dit. Elle ne le reconnaît plus. Il est cruel et la seule chose qu'il vénère, c'est le sabre et l'esprit de la mort qui l'accompagne partout où il va et l'odeur du sang.

Yennendi était horrifié des propos d'Alija. Il ne pouvait concevoir ce qu'elle racontait de Yala. Il n'avait pas de force pour rejeter pourtant ce qu'elle lui disait.

— Écoutes, Khoyze ! Il est venu non seulement prendre ce qu'il considère que tu lui as volé, mais il va faire de toi un mort-vivant. Ce que j'ai vu était terrible. Il est venu te trahir, hurla-t-elle, des larmes dans les yeux.

Alija se laissa tomber sur le tabouret en sanglotant amèrement. Yennendi se baissa, touché par la détresse de celle qui l'avait toujours protégé. Il la prit dans ses bras et se mit à la bercer doucement avec une petite chanson. Alija se calma, et se commença à rigoler de la situation. Elle lui rappela comment c'était elle qui lui chantait ce chant lorsqu'il était petit. Elle reprit son sérieux. Elle essuya ses larmes et toujours dans les bras de Yennendi dans lesquels elle se sentait étrangement en sécurité, elle commença à lui narrer ses révélations. Elle s'abstint cependant à lui révéler les sombres fonds de sa destinée.

— Tout ce que les marabouts ont pu révéler à tes parents est faux. Ils ne possèdent aucun pouvoir divinatoire et ne savent pas lire dans les yeux la destinée des gens. Moi, je sais, dit-elle d'une voix émue. Voici les raisons, pour lesquelles Yala ne peut-être à présent que ton ennemi. Il est le prisonnier de l'esprit meurtrier du léopard. Sa destinée est le meurtre et il sera la cause du voyage que tu devras accomplir, là où Allah n'est plus un Dieu et où Dongo n'est plus qu'un simple messager des rêves.

Les révélations d'Alija ébranlèrent Yennendi. Il restait silencieux, Alija s'étant à nouveau blottie dans ses bras. Une forme de désarroi étreignait sa gorge. Il ne comprenait pourtant pas tout de l'histoire que lui avait narrée Alija. Ce n'était pas ce qu'avait prévu Allah pour lui. Lui, il était destiné à succéder à son père, conquérir des terres au nom de l'Askia et du peuple Zarma et régner sur des terres qui lui seraient octroyées et qu'il ferait prospérer dans la justice et l'équité. Bien sûr qu'il avait le désir de voyager. De découvrir des terres nouvelles, voir, comprendre et apprendre des peuples nouveaux. Il irait même faire le pèlerinage de La Mecque, Inch'Allah, pensa-t-il. Les yeux dans le vague, fixés sur une ligne d'horizon invisible de la pénombre de sa chambre, Yennendi continuait à bercer doucement Alija. Sa tête levée vers son visage, elle le regardait. Yennendi baissa son regard vers elle. Ils se fixèrent pendant un temps qui sembla être une éternité. Sans vraiment comprendre ce qui leur arrivait, soulevés par l'émotion des révélations, les battements de leurs cœurs se répondant l'un à l'autre, l'atmosphère de la situation et au contact de leurs corps qui s'étaient collés l'un contre l'autre, ils se retrouvèrent tous les deux allongés sur les épaisses nattes confortables qui tapissaient le sol de la case. Ils ne purent lutter contre le feu du désir qui couvait en eux depuis très longtemps et qui montait dans leur corps comme la lave d'un volcan en fusion. Ils s'abandonnèrent l'un et l'autre à leur désir brûlant, à l'appel des sens qui gonflaient la poitrine généreuse d'Alija, les tétons tendus à l'extrême prêt à se livrer aux lèvres brûlantes de l'homme qu'était devenu Yennendi et qu'elle découvrait. Leur envie humidifiait le fruit intime situé entre ses cuisses et enflait de manière démesurée le membre de Yennendi. Tout doucement, Yennendi découvrait le corps superbe d'Alija dont il avait au fond toujours rêvé et convoité les formes depuis qu'il devenait un homme. Les cuisses offertes, Yennendi, pénétra Alija. Presque timidement. Puis sous l'emprise d'un plaisir exquis tel jamais ressenti auparavant, l'un et l'autre se mirent à jouir de leur corps-à-corps comme la danse de serpents entrelacés sur les bords de l'Issa Beri à la saison des amours. Pour la première fois de sa vie de femme, Alija connut l'amour et découvrit le plaisir de celui qu'elle avait aimé d'abord comme un frère, et qu'elle aimait depuis comme un homme. Elle lui offrit son cœur, son âme, son corps, généreuse, entière, jusqu'à ce que leur jouissance intense les rejette sur la natte, suant, haletant, vidé, tempes battantes pour Yennendi, cuisses et bassin tremblants de plaisirs pour Alija. Puis ils se regardèrent intensément sans prononcer un seul mot. Un fort sentiment de honte serrait leur gorge. Mais Yennendi et Alija se possédèrent encore plusieurs fois avant de s'endormirent enfin, repus, dans un sommeil profond et agité. Des larmes coulaient sur leur joue. Leurs rêves s'entremêlaient, allaient de l'un à l'autre, dans un échange permanent de faits passés, présents et à venir. Les images s'entrechoquaient, pénibles, tordant les corps chaque fois que les scènes paraissaient être insoutenables. Ils tournèrent et se retournèrent sur eux-mêmes cherchant à échapper à l'emprise du cauchemar qui les tenait dans ses serres. Alija s'accrocha à Yennendi lorsque leurs corps se touchèrent une nouvelle fois. Ils ouvrirent les yeux en même temps. Ceux d'Alija étaient remplis de larmes tandis que le visage de Yennendi semblait avoir encore mûri de quelques pluies. Ils se regardèrent pendant un long moment dans un silence absolu où nul bruit ne parvenait à troubler la communion qui les avait unis depuis toujours. Ce qu'ils surent cette nuit-là s'inscrit jusqu'au fond de leur âme. Yennendi sut que jamais Alija ne l'abandonnerait. Alija sut qu'elle irait le chercher jusque dans le royaume des morts si nécessaire. Sans rien dire, Alija donna sa bénédiction à son mariage avec Maïmouna. Alors, dans un dernier élan de tendresse, de trouble et de larmes, ils s'unirent une dernière fois dans des ébats passionnés pour sceller à jamais dans une union secrète la fusion totale de leurs esprits, sous les regards bienveillants de Dongo et de Karamoko devenu esprit. L'aube pointait et les premiers chants des coqs se faisaient entendre. Yennendi finit par plonger dans un sommeil apaisé, ses bras entourant le corps d'Alija dans une délicate protection. Alija se leva sans bruit. Elle ajusta son pagne qu'elle serra jusqu'à la taille, laissant ses seins nus. Elle regardait Yennendi dormir, le souffle tranquille, malgré quelques soubresauts de ses jambes. Elle sourit tendrement à l'homme qui ne serait désormais plus que l'amour de ses tendres pensées. Elle se pencha une dernière fois sur lui et lui murmura des mots à l'oreille que seuls les esprits entendaient. Puis furtivement, redevenue ombre, elle glissa, invisible hors de la case de son amant d'une nuit de toujours. Lorsque Yennendi ouvrit les yeux, le soleil se levait déjà. Un vague parfum agréable flottait dans l'air de sa case et taquinait ses narines. Cette odeur, il la connaissait. Il se demanda si son imagination ne s'était pas laissé à un vagabondage dont son esprit s'était déjà nourri. Il se remémora son escapade avec Issifou dans les bas quartiers de Dosso auprès des maîtresses qui avaient fait de lui un homme. Il se rappela cette jeune femme qui l'avait accueilli entre ses cuisses où il avait découvert les plaisirs exquis de l'amour et le premier nom qui lui venait à l'esprit dans les délices de la jouissance. Une drôle de sensation l'envahit. Une sensation exquise, qui avait pour nom, Alija ! Comment cela avait-il pu se produire, elle qui avait pratiquement été sa tatie ? Elle qui l'avait vu faire ses premiers pas, celle qui l'avait vu grandir jour après jour et qui lui avait un jour sauvé la vie et celle de sa mère face à une hyène. Les images de sa vie défilèrent. Son initiation, sa circoncision, l'école d'arme de son père, son voyage et son combat à Tillabéry, les regards d'Alija, sa rencontre avec Maïmouna. Un grand sentiment de honte lorsque ses pensées le ramenèrent à Alija. Des mots doux prononcés dans son sommeil remontaient à son souvenir. Une deuxième fois, une femme plus âgée, faisait de lui un homme. L'homme dont Maïmouna, amoureuse, offrirait la beauté de son corps et ouvrirait les cuisses pour recueillir sa semence dans son intimité veloutée et chaude. Pourtant, il ne se sentait pas coupable de trahison. Les dieux en avaient décidé ainsi. Il sursauta lorsque son esprit lui fit entendre le feulement d'un léopard. Il devait se préparer, car aujourd'hui était un jour particulier. Il se dirigea sans hâte vers une bassine d'eau fraîche. Son visage se reflétait dans l'ondée calme. Puis l'eau se troubla de minuscules vagues qui laissèrent apparaître une autre face. Celle d'un léopard aux yeux jaunes et à l'iris fendu. Maintenant, il savait !

Les fiançailles

Une très légère brise s'était levée, apportant un peu d'air frais dans la chaleur moite de la journée qui s'annonçait. On avait beau être en saison d'hivernage, les pluies commençaient à être de moins en moins abondantes. Une grande assemblée d'hommes et de femmes se tenait debout, sur la grande place devant le windi de Zaago. L'immense baobab séculier étendait son ombre de ses larges et grandes branches garnies de milliers de feuilles rendues bien vertes par les dernières pluies tombées en trombe les jours précédents. Yennendi avait revêtu un beau boubou d'un blanc immaculé avec des broderies de mêmes couleurs entourant le col et descendant jusqu'à sa poitrine. Les dessins représentaient une savante mosaïque de lignes qui se coupaient ou se fondaient selon qu'on était placé dans la lumière du soleil ou à l'ombre. Les luminosités sur les coutures donnaient du relief à la broderie imaginée par l'un des Tchakay de la concession du père de Yala, dans laquelle ce dernier vivait depuis son retour à Dosso. Le khoyze Zaago se tenait au côté de son fils. Lui aussi vêtu d'un boubou blanc. Le père est le fils étaient semblable. Même taille, même prestance. N'importe qui, de loin, aurait pu en déduire que c'étaient des jumeaux. À la droite de Yennendi se tenait son demi-frère, Adama, le fils de Penda. L'adolescent qu'il devenait était élancé et avait la taille mince des fulfuldes qu'il tenait de sa mère. Son teint plus clair tranchait de celui de Yennendi nettement plus foncé. À côté de lui se tenait Issifou, tout sourire depuis l'annonce par son ami, du consentement de Zaago à son mariage avec la belle Mariama. Il n'arrêtait pas de gesticuler de temps en temps, comme un singe. Il portait pour l'occasion un superbe boubou vert-eau richement décoré de broderies aux motifs tout aussi compliqués que celui de son ami. Peu habitué à ce genre de tissu et d'habit, il se grattait de temps en temps et se tortillait comme un ver de terre sous des assauts agressifs de fourmis rouges pour atteindre le plus discrètement possible des lieux que la moral zarma réprouvait en public. Il aurait préféré porter de loin, une simple tunique sans manche et un large sarouel dont l'entrecuisse serait descendu presque jusqu'au sol. Il se tenait légèrement à l'arrière du prince Zaago et de son fils. Il jetait de temps en temps un œil vers l'assemblée des femmes qui se tenait à la gauche de celle des hommes et où il pouvait distinguer, à ses yeux, la plus belle des créatures de la terre. Cette assemblée féminine était constituée des femmes des notables invités et de leurs dames de compagnie, préposés à l'accueil de Saliou Bakary et de sa femme. Il y avait là, Kadidjatou, toujours aussi belle et élégante, malgré son ventre qui s'était considérablement arrondie, laissant deviner l'arrivée prochaine d'une naissance. À côté d'elle se tenait Maïmouna resplendissante. Tout aussi belle que sa future belle-mère, elle ne pouvait s'empêcher d'adresser à son fiancé des sourires à réveiller le plus mort des marabouts. Sourires auxquels Yennendi répondait par un léger signe de tête tout en faisant semblant de ne pas la voir. Pourtant, Maïmouna qui commençait à bien connaître son fiancé, nota une certaine ombre sur son visage. À quoi pouvait-il bien penser, nota-t-elle ? Elle se promit de creuser la question avec lui dès que l'occasion lui serait donnée, pendant la fête de bienvenue. Alija était aussi présente. Elle était vêtue de ses plus beaux atouts, ce qui rehaussait la beauté de ses traits et de ses formes. Elle tenait la petite Fanti, par la main et faisait son possible pour éviter le regard de Yennendi. Issifou nota que la petite sœur de Yennendi avait bien grandi et qu'elle ressemblait de plus en plus à sa mère. Pour l'occasion, elle portait le même boubou que sa mère. Ses cheveux finement tressés mettaient en valeur la délicatesse de ses traits. Malgré ses airs farouches et son allure de garçon manqué, elle était remarquablement belle.

Bientôt, Zaago et Kadidjatou verraient les prétendants venir se présenter à eux. Zaago avait tenu à ce que sa concubine, Penda, soit également présente. Le beau fulfuldé s'était fait faire une coiffure en cimier et avait rehaussé de khôl le contour de ses yeux en amande. Sa taille était marquée par un bustier de couleur orange richement brodé et un pagne de même couleur. À ses oreilles dont les lobes étaient distendus, y étaient insérés des disques en cuivre. Un murmure admiratif avait salué sa venue lorsqu'elle était apparue pour prendre place dans l'assemblée des femmes. Kadidjatou, lui avait adressé un regard noir. Mais surmontant sa jalousie, elle l'avait salué poliment selon les usages en vigueur, pour ne pas froisser Zaago. Ce faisant, elle ne lui adressa plus la parole. Penda était accompagnée de Dewel qui portait elle-même son fils, qu'elle avait prénommé Aliou en souvenir de son défunt fiancé. Bien qu'elle n'ait pas été mariée, elle se considérait, ainsi que tout le monde à Dosso, comme étant la veuve d'Aliou Kanandja, héros de la bataille de Tillabéry. Son veuvage se terminait. Déjà de nombreux prétendants se pressaient devant son windi. Malgré les innombrables cadeaux étalés à ses pieds, elle éconduisait avec douceur ou sans ménagement, selon ses humeurs, les amoureux transits. Les montagnes de promesses plus grandes les unes que les autres n'y faisaient rien. Personne ne trouvait grâce à ses yeux depuis la mort d'Aliou. C'était du jamais vu à Dosso depuis le mariage de Zaago et de Kadidjatou. Elle faisait le chou gras des conversations des chaumières du tout Dosso dont certaines femmes, jalouses de tels égards diffusaient des rumeurs plus fausses les unes que les autres. Issifou cherchait du regard celle qui avait ravi son cœur. Cette dernière, qui accompagnait Alija et Kadidjatou, avait été affranchie par Zaago, quelques jours plutôt et proclamée burkine, femme libre. Elle était entrée au service de Kadidjatou comme dame de compagnie. Nombreuses étaient les jeunes wayboros qui attendaient de rentrer au service de femmes de la noblesse comme Kadidjatou. Mais il y avait peu d'élues. Sa soudaine ascension dans la sphère nobiliaire déclenchait certaines inimitiés. Qu'avaient les Sonni à faire de leurs captives des courtisanes ? Mariama pour n'avait cure du que dira-t-on derrière son dos. Tout à la joie d'être conviée à la fête et à la pensée de son mariage prochain, elle se tordait le cou pour apercevoir Issifou. Elle feignait une fausse timidité, tout en se fendant d'un sourire éclatant à chaque fois que ses yeux se posaient sur les grimaces de son bien-aimé. Issifou était aux anges, tandis que Yennendi semblait sombre. Les percussionnistes battaient avec frénésie sur les tam-tams des airs de joie en secouant la tête et en roulant leurs yeux. Les souffleurs d'instruments avaient les joues distendues pour sortir les sons les plus mélodieux de l'art musical zarma. Pourtant tout ce tintamarre n'arrivait pas à sortir Yennendi de ses pensées. Sa nuit avec Alija, ses révélations le plongeaient dans un abîme de pensées dont il n'arrivait pas à se défaire. Yala, son ami n'était pas présent parmi les convives, malgré la promesse qu'il lui avait faite de venir, quelques jours plus tôt. D'ailleurs, devait-il toujours le considérer comme tel ? Il s'en voulut de ne pas avoir eu le temps de lui rendre visite comme il se l'était promis. Il aurait pu crever l'abcès et se convaincre que tout cela n'était que pure imagination et peur non fondées. Il avait perdu beaucoup de temps chez Issifou. Ce dernier n'avait cessé de manifester sa reconnaissance et sa joie à la nouvelle qu'il lui avait apportée. Quelques calebasses de bière de mil chez son ami l'avaient retardé dans ses projets et il avait fallu se préparer pour recevoir ses beaux-parents. Yennendi se promit de trouver le temps pour passer chez Yala au cas où il ne viendrait pas.

Les femmes poussaient des youyous stridents qui redoublèrent en décibels à l'apparition des premiers dromadaires de la caravane. Sous les yeux observateurs d'Harben et de ses acolytes, Idrissa Djibo, Mamane Oumarou et des soldats de l'Askia préposés à la protection de la ville, les caravaniers entraient au pas dans la ville de Dosso et au fur et à mesure s'avançaient vers la place où Zaago, Yennendi et tous les notables de la ville, attendaient leurs invités d'honneur. Puis les salutations d'usage destinées au maître des lieux, les commerçants se dirigeaient vers la grande place du marché de Dosso, sous les cris des enfants qui escortaient la caravane en sautillant ou en quémandant l'aumône au nom d'Allah et des maîtres d'école coranique. C'est à ce moment qu'arriva Yala, vêtu d'une belle tunique longue de couleur bleue que lui avait confectionnée l'un des tchakay de son père. Il se glissa discrètement parmi les hommes et prit place à deux pas de Yennendi. Celui-ci se retourna avec un regard de joie dans ses yeux. Yala le regarda sans même lui adresser un signe de politesse. Bien au contraire, Yennendi se trouva face à un regard dur, figé, avec une expression sur son visage qu'il ne lui connaissait pas ou du moins plus depuis leur initiation. Les paroles de son rêve résonnèrent à nouveau dans sa tête. Puis les avertissements d'Alija au ton nettement plus tranché, aux paroles sèches et dures à l'encontre de son ami lui revinrent également en mémoire. Il en oublia presque de sourire lorsque Saliou Bakary et sa femme Nanfy apparurent. Une tape sur l'épaule de son ami Issifou le ramena à la réalité. Il s'avança avec son père à la rencontre de leurs hôtes. Sous l'injonction de la baguette du cocher, le dromadaire qui les portait dans une nacelle aménagée plia ses pattes avant, en meuglant et râlant comme tout camélidé qui se respecte. Nanfy était resplendissante dans un boubou blanc, superposé de couche de tissus en flanelle et brodé de fils de couleur or et émeraude entremêlés. Un sourire éclatant, aux dents bien blanches, illuminait son doux visage noir à la peau fine. Une coiffe en tissu blanc savamment noué sur ses cheveux allongeait son visage et la rajeunissait. Sa démarche toujours aussi aérienne était accompagnée par le balancement de haut en bas d'une paire de seins que l'on devinait encore bien fermes et qui mettaient Yennendi dans tous ses états sous son grand boubou. Comme elle est belle se dit Yennendi sous le charme. Fille et mère se ressemblaient comme deux gouttes d'eau. Bien aisé, qui pourrait distinguer la fille de la mère. Maïmouna, tout sourire vint accueillir ses parents. Elle sera dans le même moule au même âge, s'ajouta-t-il. Il pensa furtivement aux nuits futures sans fin qui s'annonçaient avec sa fiancée dotée d'un tel corps. Même, à l'article de la mort, il l'honorerait jusqu'à son dernier souffle se dit-il. Les youyous des griottes qui improvisaient sur place des chants à la gloire des invités le ramenèrent à la réalité. Saliou Bakary avait de l'allure dans son boubou de couleur ciel. Les bordures étaient brodées de fil blanc, ce qui donnait à son vêtement une impression aérienne à chaque fois que le vent soufflait. Il avait changé physiquement. Autant Nanfy restait jeune, autant Saliou Bakary accusait le poids des âges. Ses cheveux étaient devenus complètement blancs et il portait un collier de barbe plus sel que poivre. Les rides de son visage avaient creusé ses joues et il avait énormément maigri. Zaago en le voyant, eu un choc. Comment avait-il pu vieillir en si peu de temps ? Il devina à sa démarche plus pénible qu'avant, que celui-ci était probablement malade. Cela n'avait pas non plus échappé aux yeux de Yennendi et de Maïmouna qui s'étaient rapprochés de lui. Maïmouna faisant fi sciemment des règles en usage embrassa son père. Puis elle saisit la main de son bien-aimé et le dévisagea avec un sourire rempli d'amour. Yennendi, bien que surpris au départ, ne la repoussa pas. Au contraire, il la serra bien fort dans la sienne. Puis, tous, Zaago, Yennendi, Kadidjatou, Penda et tous les membres conviés entrèrent dans le windi où attendaient musiciens, percussionnistes, griots et hordes de domestiques chargés de satisfaire le moindre désir de chacun. La fête débuta par la traditionnelle offrande et échanges des cadeaux. Tissus, tous plus beaux les uns que les autres, peaux d'animaux, cuirs bouillis de toutes couleurs, bracelets et colliers, talismans chargés d'apporter protections et bienveillance et armes faisaient partie du lot des offrandes. Puis Zaago fit un signe discret à Harben. Celui-ci ouvrit largement les portes d'un enclos situé derrière la concession. Il en sortit dix belles vaches, à la robe ocre, blanche et noire, emmenées chacune par un lad qui tirait une chaîne reliée à un anneau de faux or coincé dans leurs museaux. Les yeux de Saliou Bakary brillaient de satisfaction. Ces vaches iraient enrichir et accroître le nombre déjà conséquent de son cheptel. Il remercia Zaago par un long discours émouvant, dans lequel il souligna sa fierté d'unir les familles Sonni et Bakary à travers le mariage de leurs enfants respectifs. Il souhaita que Yennendi et Maïmouna aient une nombreuse descendance et avec un sourire fendu jusqu'aux oreilles, mima quelques coups de reins à l'adresse de Yennendi, ce qui déclencha l'hilarité des invités. Yennendi, choqué se fendait d'un sourire timide. Il tenait toujours Maïmouna par la main sans qu'aucun convive ou marabout à cheval sur les traditions ne s'offusque. À cela Maïmouna se hissa sur la pointe des pieds pour murmurer quelque chose à l'oreille de Yennendi. Personne ne put entendre les propos de Maïmouna, mais à la tête que fit Yennendi, les rires repartirent de plus belles. Le signal du commencement de la fête fut donné par Zaago et Kadidjatou par un battement de mains. Aussitôt les percussionnistes et les musiciens se déchaînèrent. Les griots et les chanteuses rivalisaient de talent et de prestance. Les odes à la gloire des futurs époux et de leurs parents ne cessaient de pleuvoir. Les domestiques allaient et repassaient afin de proposer des mets de choix aussi bons les uns que les autres. Tandis que les invités se trémoussaient en tous sens, discutaient et riaient de toutes leurs dents. Zaago et Saliou, assis chacun sur un fauteuil richement garni et sculpté devisaient à voix basse. Leur discussion était ponctuée par les hochements de tête de Zaago en permanence. Les plis du front de Zaago s'accentuèrent lorsque Saliou Bakary se pencha à l'oreille de son hôte et lui prononça quelques mots. Yennendi et Maïmouna s'aperçurent en même temps de l'inquiétude de Zaago lorsqu'il redressa sa tête sans plus rien dire. Mais ils n'osèrent pas se déplacer pour aller aux nouvelles. Cela aurait été inconvenant. La fête battait son plein. Nanfy faisait la navette entre Kadidjatou et Penda sans se départir un seul instant de son sourire et de sa bonne humeur afin de recoller une certaine ambiance entre les deux femmes qui selon elle pourrait briser l'harmonie d'un des plus beaux foyers de la ville. Les domestiques circulaient parmi les convives proposant toutes sortes de plats odorants ou de boissons fraîches. Les musiciens n'étaient pas en reste et une fois la pause arrivée, ils se jetèrent avec voracité sur les merveilles culinaires qui leur étaient réservées. Yennendi et Maïmouna circulaient ensemble parmi les invités, s'enquérant de la santé des uns et des autres, demandant des nouvelles des familles, encourageant les plus jeunes et venant présenter leurs respects aux vieux vénérables. Les félicitations pleuvaient et une griotte entama un chant à leur gloire. Maïmouna glissait dans sa main des pièces de cauris et promettait une chèvre ou un mouton livrés dans leur windi. Yennendi cherchait des yeux ses deux amis. Il l'avait vu Issifou se retirer discrètement avec Mariama sans qu'il sût où ils étaient allés. Quant à Yala, dans un coin de la cour, taciturne et seul, il sirotait tout doucement une boisson sûrement alcoolisée. Sa froideur, son air distant et hautain, dissuadaient quiconque voulait l'approcher. Maïmouna avait rejoint sa mère. Yennendi se décida à aller rejoindre son ami, lorsque leurs regards se croisèrent. Il lui fit un signe amical d'un geste de la main. Yala ne répondit même pas au salut de son ami. L'air glacial, son visage interdisait, même à lui son ami d'enfance, de dépasser la ligne de démarcation imaginaire qu'il avait tracée autour de lui. Puis, sans attention pour quiconque, hôtes de la concession ou invités, il prit la direction de la sortie en jetant parterre le récipient dans lequel il avait bu. Maïmouna, qui avait vu le geste irrespectueux de Yala, l'interpella pour lui manifester son indignation. Ce dernier se retourna avec l'agilité du fauve qu'il était et fixa Maïmouna d'un air meurtrier. Cette dernière fut frappée par l'intensité des yeux enfoncés dans leurs orbites de cet homme qui lui était inconnu. Elle y vit l'instinct meurtrier du léopard. Elle recula brusquement et faillit tomber à terre lorsque les bras de Yennendi la rattrapèrent de justesse. Alija, témoin de la scène vint promptement s'interposer entre eux et affronta Yala du regard sans broncher sous les yeux désapprobateurs des invités qui formaient déjà un cercle d'indignation autour des deux protagonistes. Les musiciens et les percussionnistes avaient suspendu leurs airs et leurs rythmes enjoués. Yennendi fit signe à ces derniers afin que la fête reprenne et invita les convives à reprendre leurs conversations là où ils les avaient laissées. Tous se retournèrent à la fête, tandis que Maïmouna, Alija, Yennendi et Issifou qui entre-temps était revenu de son escapade avec Mariama s'était précipité, prêt à secourir son ami. Ils restaient là, tous cinq à se fixer comme des coqs qui se jaugent. Yennendi se rendait vraiment compte que quelque chose n'allait plus entre eux deux. Avant qu'il n'ait pu ouvrir la bouche pour parler, Yala pointa son doigt vers lui sans prononcer une seule parole. Issifou indigné voulut intervenir, mais les mains de Maïmouna, fermes, le retinrent. Yala pointa une nouvelle fois son doigt vers Issifou, toujours en silence.

— Yala, dit Alija. Tu ne me fais pas peur. Et je connais les desseins funestes qui t'ont ramené à Dosso. Saches que si tu viens en ennemi, tu seras reçu comme, tu le mérites.

Kadidjatou qui avait assisté à toute la scène, sans intervenir, fit un signe à Zaago qui lui répondit par un signe de tête. Elle s'approcha de Yala.

— Madi Sanga Diori, seul le respect que je dois à ton défunt père m'empêche de t'administrer la gifle que tu mérites pour avoir manqué de respect dans la demeure de mon mari. Quitte ce windi immédiatement. Nous ne souhaitons plus te recevoir désormais. Tu viens de jeter l'Haawi sur le nom de ta famille et ce, aux yeux de tous.

Yala reçut les paroles de Kadidjatou comme une gifle en pleine face. Pendant un instant, ces lèvres bougèrent et bien des gens autour d'eux crurent qu'il allait présenter des excuses. Mais il ne sortit aucune parole apaisante de sa bouche. Un rictus tiré vers le bas déformait la commissure de ses lèvres. Il fixa Yennendi une nouvelle fois et lui dit :

— Yennendi, toi et moi avons un compte à régler. Tu devras me rendre de tout ce que ta famille et toi avez volé à ma mère depuis la mort de mon père. Je porte les anciens à témoin du forfait que vous avez commis à l'encontre de ma famille.

Issifou bondit à l'insulte. Il ne fut retenu que de justesse par Yennendi. Zaago avait lui aussi bondi, indigné d'une telle insulte prononcée contre son honneur en son windi. Les voix des invités murmuraient sans comprendre les fondements de la rancœur de cet alboro.

— Yala, tu n'es plus toi-même. Je ne te reconnais plus. Que t'est-il arrivé au royaume d'Abomey ? J'avais l'intention de te donner les comptes des affaires de ton père. Allah m'est témoin que ta mère, tes sœurs et tes frères n'ont manqué de rien. Mais il se trouve aujourd'hui que dans la maison de mon père et devant ma femme, tu es venu m'insulter. Oui, convoquons le conseil des anciens dès demain. Expose tes griefs. Et si tu t'estimes léser, tu auras réparation. Dans le cas contraire, je te demanderai réparation. Maintenant, sors de ce windi !

Yala, le regard noir sortit sous les huées des invités indignés par tant d'irrespect. Il se dirigeait à grands pas vers le portail, lorsqu'il croisa Harben, Idrissa et Mamane, qui accouraient, alertés par les clameurs des voix qui leur étaient parvenus jusque dans la rue. La bousculade qui s'ensuivit tourna au désavantage de Yala. Il se retrouva le cul parterre lorsqu'il vint heurter la montagne de chair et de muscles qu'était Idrissa Djibo. Mais vif comme un félin, il se remit aussitôt sur ses pieds avant que les spectateurs encore présents puissent rajouter à son affront. Une dague dissimulée dans les replis de sa tunique apparut comme par magie au bout de sa main droite. Mais avant qu'il n'ait pu la pointer dans la direction d'Idrissa, la lame d'un sabre courbe et tranchant comme une lame de rasoir vint se plaquer contre sa gorge. Sur une légère pression de son avant-bras, Harben le força à renoncer à son projet.

— Je ne te le dis qu'une seule fois. Tu as beau être devenu un guerrier que tous redoutent, moi, tu ne me fais pas peur, lui dit Harben. La prochaine fois que tu croiseras ma route, je te tuerai !

Yala ne baissa pas les yeux. Mais il sentit que ce guerrier devait être encore plus redoutable. Une fine ligne de sang dégoulinait de son cou sur lequel Harben avait laissé glisser la lame de son sabre. Il recula doucement accompagné par le sabre d'Harben dont le bout de son arme était toujours pointé sur sa pomme d'Adam. Puis il disparut dans la pénombre du soir qui était tombée sur Dosso subitement, comme pour couvrir l'opprobre d'un enfant du Zarmaganda commis à la face des dieux. La rumeur l'avait devancé lorsqu'il arriva devant le windi de sa mère. Binti Raïssa Diori se tenait droite, les mains sur les hanches. Son pagne n'arrivait pas à dissimuler ses longues jambes écartées fermement campées sur le sol. Elle affichait un visage farouche où se concentraient toute sa colère, son désarroi, sa peine et sa honte. Elle l'interpella sèchement :

— Madi Sanga Diori, mon fils ! Comment as-tu pu me faire ça ? Tu as jeté l'Haawi sur notre nom. As-tu un seul instant pensé à nous ? Sais-tu que si Yennendi n'avait pas été là, loué soit son nom, nous serions des bannis aujourd'hui. Regarde, Yala, regardes ce qu'il a fait de l'œuvre de ton père ! Une belle école de tchakay ! Oui tout cela grâce à Yennendi ! Et toi qu'as-tu accompli ? Qu'as-tu réalisé, si ce n'est meurtres, viols et pillages ?

Yala fixa sa mère comme un léopard qui s'apprête à foncer sur sa proie. Il n'avait aucun argument à avancer. Il dépassa sa mère sans même lui accorder un seul regard.

— Ne me tourne pas le dos lorsque je te parle Madi. Tu es une menace pour la paix de cette ville. Je veux, que dès demain matin, tu prennes tes affaires et que tu t'en ailles d'ici. Tu n'es pas mon fils. Je ne reconnais plus le doux arwasu que tu étais. Va-t'en d'ici !

Yala continua sa route jusqu'à sa case sans prononcer un seul mot, les poings fermés. Il y entra et se précipita vers le coin le plus sombre de la pièce, les yeux encore plus enfoncés dans le crâne, le souffle court, les narines palpitantes. Ses bras croisés sur les genoux, Yala, ruminait l'humiliation publique qu'il ressentait et qu'il avait lui-même provoquée. Ses mains le démangeaient. Il ne cessait de serrer et desserrer ses poings. Les veines de ses tempes battaient. Les muscles de ses bras se contractaient et se décontractaient comme des ressorts et les cils de ses yeux s'agitaient comme les pattes de sauterelles sur un parterre de cendres. Un animal tout entier prenait place en lui et déformait son corps. Sa puissance envahissait son âme et le transformait en bête. La panthère était revenue ! Les mots d'Alija, de Kadidjatou, de Yennendi martelaient son cerveau. Ceux de sa mère résonnaient dans son crâne. Le son du marteau d'un forgeron qui battait le fer sur une enclume emplissait toute sa tête. Les images de l'altercation avec son père qu'il avait enfoui remontèrent à la surface. Il revoyait le visage de son père qui reflétait la même indignation à son refus annoncé de reprendre l'entreprise familiale. Le visage et l'incompréhension méprisant de son père exprimaient le même rejet. Il n'était plus son fils puisqu'il ne voulait devenir tchakay. Yala pensait que personne ne pouvait le comprendre. Le rictus réapparut sur la commissure de ses lèvres, laissant entrevoir une denture carnassière. Des mots terribles cognaient contre les parois de son crâne, en particulier ceux de sa mère. Puis, d'un seul coup, se tenant la tête des deux mains, les poings fermés, il poussa un long cri terrible d'une voix profondément caverneuse. Les habitants de la concession furent saisis d'effroi. Les petits se blottirent dans les bras de leur mère. Un animal sauvage songea sa mère réfugiée dans sa case ! Yala se calma. Ses poings se desserrèrent et il se leva. Il alluma une torche qui éclaira la pièce parsemée de talismans et de trophées. Il les rassembla tous et les fourra l'un après l'autre dans un gros sac en toile. Il saisit un gong métallique de couleur noire qu'il garda dans la main. Il défit sa tunique qu'il jeta au fond de la pièce. Puis, nu, dans la lumière blafarde de sa case, accompagné du tintement de son gong, il se mit à danser à la manière des Bokônô possédés du culte vaudou du royaume de Tégblessou à Abomey. Ses lèvres proféraient des incantations aux Adelas à Tchango, dieu du tonnerre afin qu'ils emportent dans leur sombre royaume la famille des Sonni !

Lisette

Le son d'une cloche qui tintait se faisait entendre. Un son agréable, cristallin et pur qui semblait venir de très loin. C'était la cloche de l'église pourtant proche qui appelait les fidèles à la prière du dimanche matin. Mais pour Yennendi, cette cloche n'était que le son agréable des gongs métalliques des percussionnistes qui animaient la fête donnée en l'honneur de Saliou Bakary et de sa femme, venus à Dosso pour son mariage. Petit à petit la réalité faisait jour dans son esprit. Yennendi mit plusieurs minutes à émerger du songe, qui au départ, doux et ouaté était passé au cauchemardesque avec la crise de Yala. Les images des uns et des autres s'estompaient au fur et à mesure que son esprit faisait place à un visage malade grimaçant de haine, enflé de rancunes. Le visage de Yala s'était manifesté une fois de plus avant de disparaître dans le néant. Il ouvrit les yeux pour échapper à l'emprise paralysante du cauchemar qui hantait ses nuits depuis bien des pluies. Toutes les saisons qu'il avait traversées dans ce pays de malheur, il les lui devait. Il essayait d'émerger de sa torpeur. Ses yeux, lourds, parcoururent la surface de la pièce dans laquelle il se trouvait. Il ne reconnaissait pas la cellule sordide et nauséabonde, emplie d'immondices, de vers et bien d'autres choses immondes dans lesquelles il croupissait. Ses narines humèrent l'atmosphère des lieux où il reprenait connaissance. Plus d'odeur infecte qui lui collait à la peau. Il scruta le plafond recherchant du regard la grille qui se trouvait au-dessus de sa tête et par laquelle il recevait en guise de repas les horreurs abjectes de nourritures avariées, qui tombaient sans cesse dans le cloaque dans laquelle il baignait jusqu'à mi-cuisses. Il cherchait des yeux cette grille qui s'ouvrirait à un certain moment de la journée sans pouvoir déterminer si c'était le matin ou le soir. Cette grille située sur le sommet de son crâne d'où arrivaient les urées malodorantes de ses geôliers en guise de douche quotidienne. Il se demandait comment il avait pu atterrir ici. Depuis combien de temps était-il dans ce lieu ?

— Je suis sûrement dans le royaume des morts !

Son esprit fiévreux fonctionnait avec une superposition d'images et de sons mémorisés. Les questions arrivaient les unes après les autres en vagues successives rapprochées. Ce mélange orchestré comme le chaos à l'origine des mondes s'emparait de son esprit, le perturbait et le rendait fou. La panique commençait à le gagner. Il essaya de se redresser. Des bruits de chaînes lui comprendre qu'il était paralysé, dans l'impossibilité de faire un seul geste. Ses mains et ses pieds liés, il retrouvait à la merci des esprits mangeurs de chairs humaines. Est-ce, à nouveau l'esprit malfaisant de Yala qui l'avait fixé dans ce monde ? D'ailleurs comment se retrouvait-il attaché sur une planche de bois garnie de larges feuilles de bananier ? Combien de temps avait-il croupi dans ce trou pourri sans pouvoir s'étaler une seule fois pour ne pas mourir noyé dans la fange pestilentielle de son cachot ? Yennendi tirait désespérément sur ses chaînes. Après plusieurs minutes d'efforts, Il se sentit tout à coup gagné par une faiblesse immense. Il perdait ses forces et sa vue se brouilla. Son corps retomba sur la planche comme une chiffe molle et il sombra dans une sorte de délire où se mêlaient fièvres, larmes et regrets. Sa tête emplie de chaleur renvoyait de la vapeur, ses dents s'entrechoquaient les unes contre les autres et son corps était agité de tremblements. Sa tête balançait de gauche à droite dans un rythme métronomique, laissant l'impression que son cerveau réduit par la douleur venait frapper les parois internes de sa tête. Dans les embruns du délire qui montait, il eut l'impression que le visage d'une femme le regardait, sans parvenir à en distinguer les contours. Il devinait ce visage, beau, noir et lisse comme celui des femmes de sa vie. Trésors perdus depuis si longtemps.

— Maïmouna, Maïmouna, c'est toi ? Mon amour est-ce toi ?
Alija, Alija femme de cœur, est-ce toi ? Nya, Nya es-tu
venu me chercher ?

Dans les gémissements, émis tout droit des fièvres qui le
dévoraient, il revoyait les visages de tous les morts qui venaient
le chercher. Ceux qu'il avait tués depuis sa capture et ceux qu'il
avait vu mourir, par sa faute, entraînés avec lui, combattant ou
fuyant par les chemins escarpés, jonchés de ronces et de
caillasses dont les pointes acérées déchiraient les chairs. Les
dogues avides de chairs de nègres, babines retroussées, tous
crocs dehors, venaient à présent se repaître de ses entrailles
après avoir dévoré celle des pauvres hères qui n'avaient pas eu
le temps de se jeter dans les gorges profondes des ravines. Sa
peau le démangeait et le brûlait. Son corps se tortillait dans tous
les sens, sans pouvoir calmer les morsures de milliers de petites
bêtes qui suçaient sa chair, buvaient son sang et aspiraient son
âme. Une épée chauffée à blanc, brandie par un être rougeaud
au visage écarlate haineux et aux dents jaunes, le transperçait
de part en part, en le traitant de noms d'animaux démoniaques.
La douleur aiguë arc-boutait son corps comme un zandoli au
bout d'une pique. Était-ce cela la mort destinée aux gens de la
nation nègre ? Est-ce la façon d'entrer dans le royaume des
morts pour avoir voulu être libre ? Des larmes, sorties du fond
de son inconscience, descendaient sur ses joues, amères,
porteuse d'une peine immense dont son âme ne supportait plus
le poids. La chaleur intérieure brûlante commençait à
s'estomper. Les tremblements cessaient peu à peu. Est-ce
comme cela que l'on meurt songea-t-il ? Il demanda pardon à
tous ces nègres qu'il avait sacrifiés sur l'autel de son orgueil,
avant de plonger dans un sommeil profond. Trou noir dans une
nuit sombre où n'existe ni soleil, ni lune, ni images, ni sons.
Une chute vertigineuse, uniquement guidée par le souffle
puissant venu de sa poitrine. Le souffle de la vie. Dongo

soufflait sur son visage un air léger qui s'insinuait dans toutes les aspérités de sa peau boursouflée et parsemée de pustules, pénétrait et gonflait ses poumons, liquéfiait le sang de ses veines devenu pierre pour se remettre à couler et à s'insinuer dans chaque particule de ses organes. Il fit battre son cœur dont le rythme et le son soulevaient sa poitrine pour finir par rendre vie à ce corps qu'il ne voulait plus sentir. Il fit défiler dans son esprit les images qui composaient la somme des mémoires des hommes qu'il avait côtoyés et celles de l'homme qu'il était devenu. Puis il propagea dans tout son être la chaleur de son souffle qui pénétra le moindre interstice de sa peau afin de ne pas faire de celui né le jour de la fête de la moisson, un zombie aux yeux vitreux révulsés et à l'âme possédée par d'autres hommes qu'Allah ne pouvait pas avoir engendré. Il ouvrit les yeux. Une femme noire était penchée sur lui à l'écoute de la vie qui avait reconquis son corps. Elle épongeait délicatement la sueur qui perlait encore en fines gouttes sur son front, à l'aide d'un tissu spongieux qui sentait bon. Elle se déplaça vers une étagère pour prendre une boîte en fer-blanc dans laquelle devait se trouver probablement une composition médicale de son cru. Elle n'était pas très grande, mais elle était mince et bien faite de sa personne. Une coiffe blanche enserrait des cheveux lisses d'un noir de jais. Les traits de son visage étaient fins, un nez légèrement aquilin, épaté à la base. Des lèvres bien dessinées, pas trop épaisses. La couleur de sa peau se situait entre le cuivre et le noir. Elle portait une longue robe grise de toile vulgaire serrée à la taille dont les manches s'arrêtaient aux coudes. Un tablier blanc recouvrait sa robe qui arrivait jusqu'aux chevilles. Ses pieds, nus, étaient fins et délicats. Yennendi regardait la femme qui prenait soin de lui. Il la trouvait très jolie et malgré sa faiblesse, il n'avait pas de mal à en deviner les formes sous sa robe qui n'arrivait pas à la faire ressembler à un quart de rhum. Elle s'approcha de lui avec un sourire tendre, presque maternel. Elle avait de belles dents très blanches. La petite écuelle qu'elle avait dans sa main plongea dans la boîte qu'elle avait posée sur le bord du lit dur en bois de Yennendi. Avec énormément de délicatesse, elle appliqua l'onguent contenu dans l'écuelle sur les plaies encore purulentes de son torse. Yennendi se redressa légèrement pour regarder. Il constata avec horreur que son corps et ses jambes étaient recouvert de milliers de furoncles. Certains étaient en voie de guérison. Mais pour la plupart, il restait encore beaucoup de soins à prodiguer. À commencer par faire sortir le liquide purulent qu'elle entreprenait d'extirper en appuyant de manière nécessiteuse jusqu'à ce que le sang paraisse, rouge, débarrassé de ces impuretés. Yennendi serrait les dents pour ne pas crier. La douleur intense lui coupait parfois le souffle. Les eaux putrides de son cachot l'avaient abîmé et avaient empoisonné son organisme. Ses chevilles étaient enflées à force d'avoir dormi debout. Il se demanda s'il possédait encore son sexe. Il se palpa pour savoir si la pourriture ne l'avait pas emporté et dilué dans la fange infâme de sa cellule. Son geste n'échappa pas aux yeux de celle qui était en charge de ses soins. Elle eut un large sourire qui fit monter une bouffée d'air chaud au visage de Yennendi.

— Awa, I pa foukan. Kok a'w toujou anplas ! Mais non, il ne s'est pas envolé. Ton organe est toujours là, dit-elle, découvrant à nouveau ses belles dents blanches.

Yennendi eut un léger sourire timide. Comme elle était belle ! Elle ressemble un peu à Alija en plus rouge, se dit-il en la regardant. Il fit un signe de tête pour la remercier. Elle le gratifia une fois de plus de son beau sourire. Le cœur de Yennendi fit un bond dans sa poitrine. Depuis combien de temps n'avait-il pas serré une femme contre lui ? Il ne savait le dire. Tout ce, qui l'avait guidé jusqu'à présent, avait été la lutte pour refuser de toutes ses forces le statut qu'Allah avait façonné pour lui. Dans quel but ? Peu lui importait maintenant de savoir. Ce qu'il savait, c'est qu'il ne voulait pas de ce cadeau empoisonné offert par Allah, qui lui avait fait perdre sa famille, son pays, son statut, sa vie. Ses yeux fixaient le plafond de la pièce. Il voulait dire quelque chose mais il se rendait compte que le temps passé au fond d'un trou, seul, dans la pénombre, sans voir et sans adresser la parole à quiconque l'avait complètement renfermé sur lui-même.

— Dongo, lui demanda-t-il, combien de temps suis-je resté enfermé dans ce trou à rat ?

Pour toute réponse, Dongo lui raviva la mémoire à travers son Hanji. Les allées et venues de sa nurse, la grâce de son déhanché, sa démarche légère, les mouvements de ses seins, la courbure de ses reins, le satiné de sa peau, ses yeux noirs pétillants et son sourire, remplirent d'une vigueur nouvelle son membre si longtemps privé d'affection charnelle. Ses mains attachées essayèrent de trouver une étoffe pour recouvrir le sentiment de honte qui l'envahissait. Il constata avec horreur qu'il était entièrement nu. Yennendi essayait de lutter contre le désir puissant qui gonflait et remplissait d'envie un organe qui semblait avoir oublié l'amour. L'inconfort de sa situation augmentait son sentiment de culpabilité face à son manque de contrôle. Il avait l'impression d'avoir perdu la face. La vue de la belle esclave faisait remonter à la surface les souvenirs de doux moments de délices passés en compagnie de femmes qu'il ne connaissait plus depuis tellement de temps. Les images de ses ébats avec les maîtresses-femmes de Dosso, Alija, Maïmouna. Une ondée claire jaillit de ses yeux pour venir rouler en perles délicates le long de son visage. La belle femme le fixait avec un regard intense et doux à la fois, plein de compassion. L'expression de son sourire adoucissait le tourment de Yennendi. Elle s'approcha doucement de lui dans sa démarche tellement légère qu'il lui sembla qu'elle flottait dans l'air. Elle plongea l'une de ses mains dans la poche de son tablier blanc et en retira un beau mouchoir en dentelle de même couleur. Yennendi n'osait pas la regarder de peur de raviver encore plus sa douce torture. Elle lui essuya les yeux et épongea délicatement chaque perle de ses larmes sur son visage en prononçant des mots étranges issus d'une langue qu'il ne comprenait pas. Il ferma les yeux. Les assauts des souvenirs d'Alija et de Maïmouna venaient s'échouer sur les parois internes de ses paupières comme les vagues successives de la mer qui viennent mourir sur le rivage. Une somme d'émotions submergeait entièrement Yennendi et faisait battre ses cils admirablement dessinés. L'odeur agréable du parfum de sa nurse qui émergeait de sa peau, sa beauté irréelle, le velouté de ses doigts et la douceur de ses gestes augmentaient les battements de son cœur. Un sentiment qu'il avait enfoui en lui depuis des saisons renaissait dans sa poitrine. La fille prononçait toujours d'une voix douce et sensuelle ces mots inconnus qui avaient le don de l'apaiser.

— Ki non a'w lui demanda-t-il dans son mauvais créole, comment t'appelles-tu ?

L'esclave pencha sa tête de côté pour mieux découvrir le visage de celui qu'elle soignait. L'expression de ses yeux semblait diffuser une question qu'il n'arrivait pas à saisir, avec toujours un indéfinissable sourire aux coins des lèvres. Elle l'observait. À quoi pense-t-elle, se demandait Yennendi ?

— Pour l'instant, tu dois te reposer, seigneur ! Tes furoncles ne sont pas encore guéris et tu es toujours très faible.

Seigneur ! Ce mot fit presque sursauter Yennendi. Savait-elle quelque chose à propos de ses origines ? Avait-elle aussi tout comme Alija le don des doubles-yeux ? Les mots prononcés tout à l'heure étaient-ils des paroles magiques ? Peut-être était-elle aussi une Vaudoussi ?

— Qui es-tu ? Comment t'appelles-tu, demanda-t-il, presque suppliant ? Me connais-tu ? Que sais-tu de moi ?

Les lèvres de la belle remuèrent pour laisser sortir le chant de son nom lorsque des bruits de pas se manifestèrent derrière la porte du local. La grosse porte de bois s'ouvrit brutalement et deux hommes armés apparurent dans l'embrasement. À leur tenue et à leurs armes, ces hommes n'appartenaient visiblement pas à la milice. La belle esclave s'écarta de Yennendi et se redressa prestement, la tête baissée. L'expression de son visage si doux s'effaça pour faire place à un autre visage, dur et fermé. Yennendi tourna la tête vers les deux soldats d'un air las. Ces derniers s'écartèrent pour faire place à un petit homme rond, le teint rougeaud probablement dus aux morsures du soleil sur sa figure. Son visage était aussi rond que son ventre et était surmonté d'une sorte de touffe hirsute blonde et grasse. Il suait à grosses gouttes et ne cessait d'éponger son visage à l'aide d'un mouchoir qui avait déjà pris la couleur délavée due à une utilisation intensive. Il portait une grande chemise blanche aux manches bouffantes, déboutonnée jusqu'à la poitrine, sûrement pour s'aérer des bouffées d'air chaud en cette saison. Les larges auréoles presque brunes sous les bras attestaient d'une inhabitude aux chaleurs du pays. Un chapeau à large bord en paille était coincé sous l'une de ses aisselles. Ce n'est pas un vieux zabitan pensa Yennendi. Il portait un pantalon court serré au niveau des mollets sur lesquels une paire de bas blanc entrait dans des chaussures noires, munis de talons. Il tenait dans une main une mallette en cuir beige. Ses petits yeux vifs parcoururent la pièce dans une série de mouvements circulaires rapides. Il sembla en apprécier la propreté. L'air satisfait, un sourire boniment éclaira son visage d'une lueur nouvelle.

— Merci Lisette. Je vois que tu as fait du bon travail. La pièce est propre et bien entretenue. Quant à notre malade, je constate que tu lui as redonné vie à en juger son air béat. Voyons voir, comment se porte ce malade !

Il sortit de sa valisette une série d'instruments. Il les posa méticuleusement, un par un sur une petite tablette qu'avait apportée Lisette. Yennendi, toujours nu, était l'objet des moqueries des deux soldats qui montaient la garde. On ne sait jamais. Ce nègre était dangereux. Le médecin se retourna l'air sévère et leur donna l'ordre de monter la garde au-dehors. Ils s'exécutèrent, sans trop se presser, maugréant. Puis le médecin se saisit d'un instrument, bizarre aux yeux de Yennendi. C'était une sorte de tube, évasé aux extrémités dont il appliqua l'un de ses bouts sur la poitrine de Yennendi, tandis qu'il posait son oreille à l'autre bout. Puis il se redressa et examina un à un, en les tâtant, les membres et le corps du nègre malade. Yennendi se laissait faire, ayant compris que cet homme blanc ne lui voulait pas de mal. Lisette, debout à côté, le rassurait par son sourire et ses signes de tête. Elle tenait dans ses mains un bocal dans lequel se trouvait une pâte jaunâtre. Le médecin prit le bocal et se mit à observer les furoncles de Yennendi qui parcouraient son corps par centaines. Il secouait négativement sa tête chaque fois qu'il faisait jaillir un pus épais et jaune d'un des boutons encore infectés.

— Comment peut-on faire subir cela à un être humain, lança-t-il, dépité ?

Les yeux de Yennendi roulaient vers Lisette lui demandant dans une question muette de lui traduire les propos du médecin. Instinctivement, il sentait que cet homme était bon et qu'il lui voulait du bien. Était-il bien disposé envers les gens de sa race ? Il avait vu tant de gens comme lui, qui semblaient bons au départ et qui s'avéraient par la suite d'être de la pire espèce. Ils se drapaient dans les oripeaux de leurs sentiments détenus de droit divin et octroyés par un dieu bien disposé à leur égard. Lisette, toujours attentive, fit à nouveau un signe de tête apaisant. Elle tendit au médecin un instrument en fer qu'elle avait pris sur la tablette. C'était un fin instrument qui ressemblait à un petit couteau mais tranchant comme une lame de rasoir. Avec beaucoup d'attention, il entreprit d'inciser certaines plaies récalcitrantes à la pression des doigts pour en extirper encore du pus. Yennendi ne put s'empêcher de laisser sortir quelques gémissements à défaut d'hurlement. Ensuite, après cette opération désagréable, le médecin nettoya chaque plaie avec une compresse imbibée d'un liquide transparent qui piquait énormément. Yennendi se retenait pour ne pas crier. Une fois cela accompli, il s'adressa à Lisette avec un large sourire.

— Continues à lui appliquer tes onguents de sorcière. Ils lui font du bien. Ton protégé se rétablira très vite. D'ailleurs, il faudra que tu m'inities à tes herbes. Il faut que je puisse observer et noter ce que je peux faire avec dans ce pays qui ne semble pas connaître la fraîcheur !

— Oui missié mett', dit-elle en souriant.

— T'es une brave petite négresse ! Et je ne veux pas que tu m'appelles maître, je te l'ai déjà dit une dizaine de fois
— Oui missié mett' !

Ce faisant, il héla les deux soldats qui montaient la garde à l'entrée du local. Il leur ordonna d'une voix sèche de défaire les liens du prisonnier. Les protestations des soldats furent inutiles.

— Où voulez-vous qu'il aille ? Avec vous deux à la porte, il ne risque pas de s'échapper. Le gouverneur a demandé qu'il soit en bonne santé pour son procès. Voulez-vous être responsables de sa dégradation ?

Les deux soldats s'exécutèrent, sans hâte et toujours maugréant. Ce diable de nègre était dangereux et ils ne voulaient pas comme tant d'autres voir leurs yeux arrachés ou regarder d'en bas leur corps sans tête. La réputation de Yennendi le précédait, semant nervosités, troubles et révoltes partout où il passait. Tout en défaisant ses liens, ils lui firent comprendre qu'ils n'hésiteraient pas à le tuer s'il bougeait de son lit avant de sortir et de fermer la grosse porte à triple tour.

— Qui es-tu demanda Yennendi en se retournant vers Lisette dès les deux soudards partis ?
— Mon père l'était africain, comme toi ! Ma mère l'était une indienne caraïbe. C'est elle qui m'a appris les herbes.
— C'est quoi africain demanda-t-il ? Moi je ne suis pas africain, je suis zarma, je suis Seyni Djermakoye Sonni, fils de Dramane Djermakoye Zaago Sonni et de Kadidjatou Maïga. Et je suis un khoyze de Dosso dans le royaume de Zarmaganda !

Lisette sursauta à l'évocation du nom Sonni. Elle lui demanda encore une fois de répéter son nom et celui de son peuple. Ce que répéta Yennendi qui ressentait, la fierté de prononcer son nom.

— Les esprits m'ont bien dit que tu étais un seigneur ou quelque chose comme ça. Je l'ai su dès que je t'ai vu ! Mon père m'a beaucoup parlé des Sonni. J't'ai dit qui l'était africain comme toi. Et lui aussi l'était un guerrier zarma, comme toi.

Une charge émotionnelle montait aux yeux de Yennendi en écoutant le début du récit de Lisette. Il dut faire un effort pour s'asseoir au bord du lit, ankylosé par une immobilité forcée. Il ouvrait grand les yeux et écouta Lisette lui raconter son histoire.

— Il m'a dit qu'il était Zarma. Je crois qu'il était de Sassa ou Salé quelque chose comme ça !
— Sassalé, rectifia Yennendi ! C'est à côté de chez moi !

Le sourire redonnait vie au visage sérieux de Yennendi. Il était agité comme un enfant et ses larmes se remirent à couler. Lisette aussi pleurait. Elle lui raconta que son père avait été capturé après un combat dans le pays des Akantés. Vendu à des blancs, un gros bateau l'a emmené jusqu'à Saint Vincent.

— Là il a travaillé dans une plantation durant une saison de carême et d'hivernage avant de marronner ! Ce sont des indiens caraïbes qui l'ont recueilli. Il a vécu avec eux !

Elle poursuivit son récit en lui narrant la rencontre de son père et de sa mère dans les montagnes de Saint Vincent.

— C'est là que je suis née, libre dit-elle en haussant le ton ! Jusqu'à ce que les blancs arrivent avec leurs bâtons qui crachent le feu et leurs chiens féroces. J'ai été vendue trois fois. J'ai eu un enfant que j'ai dû abandonner lorsque j'ai fui encore, jusqu'à ce que les chasseurs de nègres me capturent et me revendent sur cette île. Je ne sais pas ce qu'est devenu mon enfant.

Yennendi écoutait, bouleversé le récit de Lisette. Elle lui raconta comment son père l'avait prénommée d'un nom de son pays. Elle lui raconta aussi les légendes de son pays. Il lui enseigna aussi les mots de sa propre langue. C'est comme ça que j'ai su aussi qui tu étais sans en être vraiment sûr. Tu délirais dans tes fièvres et tu prononçais des mots qui m'étaient familiers et que je croyais avoir oublié

— Assia ! lui dit-elle. Assia ! C'est comme ça que mon père m'appelait. Il me disait que je lui faisais penser à sa sœur. C'est de ma mère que je tiens la connaissance des herbes. C'était, une femme-médecine de la tribu !

— Dok'tè la, sé mett' a'w ? Le docteur est-il ton maître ?

— Awa, non répondit-elle. Mon maître est le sieur Ruart à Sainte-Marie. C'est lui qui m'a nommé Lisette. I pwété-mwen ba dok'tè-la, missié Awman pou konesans a zèb an ti ni ! Il m'a loué au docteur monsieur Armand pour mes connaissances des herbes. Sé zanmi a'y ! C'est son ami !

Yennendi se rendit compte que c'était pratiquement la première fois qu'il ressentait une forme de paix intérieure depuis son arrivée sur cette terre de Karukéra que les blancs appelaient Guadeloupe. Il écouta Lisette lui raconter son arrivée dans la petite infirmerie que tenait le docteur Armand. Il venait de France.

— Il n'était pas comme les autres blancs, lui dit-elle. Il soigne tout le monde, nègres et blancs ! Mais il apprécie aussi les négresses ajouta-t-elle en riant.

Le rire de Lisette lui faisait du bien. Depuis longtemps il se sentit un peu moins sauvage et pour la première fois depuis très longtemps, il se permit de baisser la garde. Une immense fatigue s'empara de son corps. Lisette l'aida à s'étendre. Yennendi leva sa main et caressa le visage de la belle femme. Elle lui décocha un sourire qui fit battre son cœur à nouveau vers un doux sentiment qu'il sentait revivre en lui. Il se dit qu'il ne savait plus comment aimer. Lisette déposa un doux baiser sur son front. Il ferma les yeux, gagné par une paix intérieure. Il plongea rapidement dans un profond sommeil où les démons qui avaient tenté maintes fois de le dévorer se manifestèrent à nouveau. L'un d'eux s'appelait, Yala ! Il fut transporté dans un tourbillon de paroles et de voix. Il se retrouvait dans une salle où des anciens semblaient le juger en vociférant des accusations qu'il ne comprenait pas. Il se retourna pour désigner celui qu'il considérait comme étant le responsable de tous ses malheurs. Mais il n'était plus à sa place, à côté de lui. Un grand éclat de rire se fit entendre. Yala était assis parmi les anciens en le désignant du doigt, dans un grand éclat de rire interminable. Yennendi revivait pour l'énième fois un cauchemar.

La trahison de Yala

Le conseil des anciens s'était réuni en cette matinée de la saison des pluies. Quelques faibles précipitations étaient bien tombées la veille encore. Mais le peu de précipitations tombées laissait augurer des difficultés à venir. Les récoltes prochaines risquaient d'être maigres. Toutes les conversations tournaient justement autour de ces inquiétudes. Peut-être, une nouvelle fois, comme l'année dernière, il faudrait sacrifier des zébus, des moutons et des chèvres pour nourrir les familles. Une des principales préoccupations portait sur les questions de l'accueil des pasteurs wodaabes qui fuiraient une nouvelle fois la famine pour venir se réfugier à Dosso et dans toutes les villes et villages du Zarmaganda. Un vaste hapatame de forme circulaire, ouvert de tous côtés, au toit de feuilles de palmier séché, aussi vieux que le baobab sur lequel il prenait appui, servait à abriter les palabres des anciens. Zaago, administrateur de la ville et de sa région environnante au nom de l'Askia, écoutait les plaintes et les doléances des uns et des autres quant à l'avenir d'une saison que tous craignaient. Mais le vrai ordre du jour était ailleurs. Il leva le bras et le silence se fit dans l'assemblée. Une légère brise traversa l'hapatame qui vint apporter un peu d'air frais. Les rares feuilles du grand baobab, vieux de plusieurs siècles frémirent de plaisir, tandis que les tuniques et les boubous se soulevaient légèrement pour aérer les corps des hommes déjà en sudation. Tous attendaient, suspendus aux lèvres de Zaago, le début de la palabre. La rumeur de la demande de Yala avait couru dans Dosso et les discussions étaient animées et passionnées. Les uns s'offusquaient d'une telle attitude alors que les Sonni avaient sauvé et fait prospérer la concession de tchakay. D'autres ruminaient une certaine rancœur envers celui qu'ils jugeaient responsable de la mort d'un père par un comportement outrageant. Les plus sages essayaient d'avoir plus de recul par rapport à la situation qui ne laissait personne indifférent. Mais tous s'accordaient sur le fait de trouver à Yala un culot monstre alors qu'il s'était mal conduit envers leur Khoyze. Pour la plupart, il était évident que Yennendi aurait dû demander la réunion des anciens au vu de l'offense fait à sa mère, à Maïmouna et à lui-même. Zaago prit la parole et annonça l'ordre du jour, à savoir, la convocation des anciens pour trancher d'un litige entre Yennendi et Yala. Ce dernier accusant le premier d'avoir détourné et volé à son profit l'héritage de son père. Une levée de cris d'indignation s'éleva au motif de l'énoncé du jour. Zaago fit taire les manifestations de mécontentements. Ensuite, il annonça qu'en raison de la gravité de l'accusation lancée contre son fils et lui-même, la loi ne lui permettait pas de siéger parmi les anciens. Il ne pouvait être juge et accusé. Pour cette raison, il avait décidé de faire venir un docteur en droit du palais de l'Askia. Une fois de plus, des cris et des manifestations d'humeur accueillirent sa décision. Les plus anciens approuvaient de la tête la décision de Zaago. L'honorable Djibo Kaya Moumouni, le vénérable le plus ancien et le plus respecté de Dosso se leva à son tour. La foule se calma et les commentaires se turent peu à peu. De sa voix faible et tremblotante, il rendit hommage à la sagesse de Zaago et loua ses qualités de khoyze avisé. Chaque phrase de Djibo Kaya Moumouni était accueillie par un fond de gorge approbatif et bien rythmée à la fin de chaque ponctuation. Puis il demanda à un homme assis parmi les anciens de se lever et le présenta.

— Voici l'honorable Gaba Hamidou Tandja. Il est le garant du droit coranique et maître de tradition auprès de notre Askia. À la demande Dramane Djermakoye Sonni, il aura la charge de mener les palabres dans les règles du droit et des intérêts des deux jeunes alboros ici présents, j'ai nommé Madi Sanga Diori dit Yala et Seyni Djermakoye Sonni, dit Yennendi.

À l'appel de leurs noms respectifs, Yala et Yennendi, chacun assis parterre aux côtés opposés de l'assemblée se levèrent. Tous deux avaient le regard fier, la tête haute, et étaient sûrs de leur bon droit. Le regard de Yala semblait défier l'assemblée. Un regard sombre, ténébreux, les yeux enfoncés profondément dans leurs orbites. Il ressemblait à un animal terré au fond de sa tanière, prêt à détendre ses griffes et planter ses crocs dans le cou d'une proie. L'esprit de la panthère venait prendre possession de son être. Ses mâchoires étaient serrées et ses poings fermés. Ses tempes gonflaient laissant apparaître les circuits de ses veines. Ses yeux emplis de haine décochaient des éclairs mortels envers celui qui était encore, il y a deux trois à peine, son meilleur ami. Yennendi, soutenait le regard de Yala. Son visage était fermé. Mille questions foisonnaient dans sa tête. Pourquoi ? Comment ? Que s'est-il passé depuis le départ de Yala vers l'inconnu ? Que lui était-il arrivé ? Il était enclin à pardonner à son ami, s'il pouvait expliquer au conseil les raisons qui faisaient de Yala, l'homme qu'il était devenu, aujourd'hui. Tout le monde pouvait comprendre cela dans le Zarmaganda. Les esprits, bons ou mauvais, ne s'emparaient-ils pas des âmes et des corps d'hommes et de femmes ? Tout le monde pouvait témoigner de faits semblables arrivés dans telle famille ou tel clan. Tel homme ou telle femme aurait vu, une nuit, quelqu'un transformé en hiboux ou en chauve-souris ou d'autres en hyène ou en léopard pour voyager plus vite. Certains affirmaient avoir reconnu un tel ou une telle sous l'aspect d'un chien ou d'un crocodile. Toutes ses pensées allaient et venaient, se bousculaient et tourbillonnaient en lui comme le vent qui élève vers les cieux des siphons de poussières. Son calme, sa sérénité, le sérieux et le flegme de son visage ne laissaient rien transparaître de ses interrogations. Il n'accorda même pas un regard à Yala, qui déjà, avait commencé à avancer ses accusations à l'invitation de Gaba Hamidou Tandja, reprochant à Yennendi et sa famille de s'être emparer de son héritage. Les femmes n'étant pas invitées à l'assemblée des anciens, certaines avaient dépêché un jeune alboro de leur windi à leur place. Un jeune suivait avec beaucoup d'attention l'évolution des débats. Il s'agissait d'un jeune tchakay de la concession où habitait Yala. Il était mandaté par Binti Raïssa Diori, la mère de Yala. Lorsque Yala eut fini sa déposition, Yennendi se leva, invité à son tour à s'exprimer. Après un long moment de silence, il commença par demander l'indulgence du conseil à l'égard de Yala. Un bruit de fond parcourut le public présent.

— Explique-toi plus clairement, demanda le doyen du conseil !

Yennendi narra l'épisode de l'attaque du félin durant la période de son initiation. Il émit l'idée que l'esprit de la bête était si forte que Yala s'est trouvé investi d'une charge trop lourde pour lui.

— Nous n'étions encore que des jeunes arwasu, expliqua-t-il. Comment voulez-vous qu'un jeune enfant, comme nous l'étions puisse supporter l'esprit prédateur d'un tel animal, craint de tous, même des Gaw ?

Des hochements de tête approuvaient les allégations de Yennendi. Chacun savait que les esprits pouvaient pénétrer quiconque se trouvant sous son regard. Ce fut le cas de Yala lors de la fameuse scène de chasse. Yennendi continua sur le fait que chaque burkine, chaque homme, quelle que soit son rang et son appartenance à un clan, pouvait choisir librement son chemin. Une salve d'applaudissements se manifesta de la part d'une partie du public tandis que l'autre partie manifestait avec force sa désapprobation.

— C'est ainsi que Yala, préférant tenir tête à son père, a choisi une autre voix, continua-t-il !

Le conseil écoutait attentivement sans rien dire, tandis que le jeune tchakay qui suivait attentivement le débat depuis le début s'éclipsa. Pour finir, Yennendi expliqua, qu'après le décès de Moussa Sana Diori, le père de Yala et le départ de celui-ci, il s'est occupé de sa famille.

— Ce qu'aurait dû faire Yala au lieu de partir lança-t-il, direct. Mais étant alors son meilleur ami, j'ai pris la responsabilité de le faire et de lui remettre ce qui lui revenait à son retour.

Yala se leva d'un bond de panthère, les bras le long du corps, mâchoires et poings fermés. Il sentait que la partie était en train de tourner en la faveur de Yennendi. Il coupa la parole nette à Yennendi en avançant le fait qu'il n'avait rien demandé de tel.

— De quel droit t'arroges-tu le fait de devoir t'occuper de ma famille ? Tes affaires n'ont fait que prospérer sur le dos de ma mère !

— Faux, hurla une voix forte, sortie du fond du public ! C'est absolument faux !

Tout le monde tourna la tête vers l'endroit d'où était sortie la forte voix. Yala se retourna. Il avait reconnu cette voix. Dans un silence impressionnant, la haute silhouette de Binti Raïssa Diori s'avança au milieu de l'assemblée. Les anciens se regardaient les uns les autres cherchant à savoir comment une femme avait été admise ici, parmi les hommes. Un autre interrogeait le vénérable invité pour savoir s'il existait une disposition du droit autorisant une femme à intervenir dans pareille assemblée. Le bruit assourdissant des murmures et raclures des fonds de gorge reprirent. Yennendi, salua d'un signe de tête l'entrée remarquée de Binti Raïssa Diori. De mémoire d'homme, on n'avait jamais vu cela à Dosso. Yala sorti de son rang et vint s'interposer entre le banc du conseil et sa mère avec un regard venimeux.

— Nya, lui lança-t-il. De quel droit te permets-tu d'interrompre la palabre des hommes ?

Binti s'arrêta à la hauteur de son fils. Elle le dévisageait, tandis que Yala se gonflait d'indignation. Il réitéra sa question. Il eut pour toute réponse, une gifle magistrale assénée avec force par sa mère. Yala ne broncha pas d'un pouce. C'est à peine si son visage tourna sous l'impact d'une telle gifle. Des ricanements moqueurs se firent entendre. Tout doucement, Yala s'écarta de sa mère pour la laisser passer. Ses yeux rentrèrent à nouveau dans leur grotte. L'instinct de la bête refaisait surface. Ses poings, déjà serrés, se refermèrent avec plus de force. Une respiration rapide mais imperceptible gonflait ses veines de sang. Il balaya d'un regard meurtrier le public. Sa froideur fut ressentie de manière extrêmement désagréable par le public qui se figea presque d'horreur.

— Binti Raïssa Diori, qui te permet d'interrompre aussi bruyamment cette assemblée, demanda l'un des anciens ?

— Je viens porter témoignage de ce que le fils de notre Khoyze a fait pour moi, le windi et le métier à tisser de feu mon mari, répondit-elle.

Binti Diori raconta le respect, la délicatesse et l'attention portée à sa famille. Elle raconta comment les idées et les initiatives de Yennendi avait sauvé et transformé la petite affaire de son mari en entreprise prospère. Enfin, elle loua la générosité du fils de Zaago qui ne lui demandait presque rien sauf l'autorisation de mettre de côté ce qui légitimement lui revenait pour Yala.

— Yennendi voulait qu'à son retour, Yala puisse disposer d'un pécule pour prendre femme, ajouta-t-elle !

Elle demanda pardon au conseil des anciens de son irruption. Elle présenta ses excuses à Zaago en s'agenouillant parterre en jetant de la poussière sur sa tête. Zaago, jusque-là silencieux, se leva et vint relever Binti, en lui disant qu'il n'était pas l'Askia pour mériter de tels égards. Elle se tourna vers Yennendi avec un grand sourire.

— Cet homme, dit-elle en le désignant du doigt, n'a rien à faire dans ce jugement. Qu'Allah m'en soit témoin ! C'est un futur grand khoyze qui œuvre comme son père pour la prospérité du peuple de Dosso.

Elle se retourna vers son fils, ses yeux fixés dans celui de son fils. Des larmes roulaient sur ses joues noires en suivant les rigoles de ses rides autour des yeux et celle de l'amertume des deux côtés de sa bouche. Son visage marqué par les épreuves avait pris dix pluies et ses cheveux avaient entièrement blanchi en une seule nuit, le soir où elle avait interpellé son fils pour sa mauvaise conduite. Elle pointa son doigt vers Yala, son visage redevenu subitement dur.

— L'homme qui est devant vous est mon fils. C'est mon premier fils né des œuvres de l'homme qu'était mon mari, feu vénérable Moussa Sana Diori. Allah peut porter témoignage de l'amour que je porte à mon fils. Mais aussi qu'il me pardonne ! Depuis son retour de l'étranger, je ne le reconnais plus. L'haawi est sur ma tête ! Son attitude m'a salie et celle de ma famille avec. Mais je vous en conjure de l'épargner. Il peut redevenir un homme de bien, Inch'Allah !

Elle termina sa plaidoirie sans avouer aux anciens qu'elle avait chassé son fils de son windi. Ses larmes coulaient à nouveau à serrer le cœur des plus endurcis de Dosso. Yennendi n'avait plus besoin de plaider pour sa cause. Binti Raïssa Diori l'avait fait pour lui. Il se rassit à même le sol. Les anciens se levèrent et décidèrent de suspendre la palabre afin de prendre une décision. Mais en attendant et afin que les deux protagonistes puissent rester jusqu'à la sentence, deux gardes soient désignés parmi les spectateurs pour les garder. Yennendi acquiesça de la tête avec un sourire à son père. Yala, enfermé dans un autre monde, fait de rage, de fureur et de rugissement semblait ne plus entendre. À l'extérieur de l'hapatame, les hommes par petits groupes d'affinité discutaient avec animation. La mère de Yala, aidée du jeune apprenti s'en était retournée à ses préoccupations domestiques dans son windi. Elle ne désirait pas entendre le verdict qu'elle savait extrêmement sévère chez les zarmas. Les lois ne permettaient aucun recours quant à l'atteinte à l'honneur. Un homme insulté pouvait demander réparations par la saisie ou le bannissement à hauteur du préjudice ressenti, si le conseil des anciens, dans leur sagesse, accédait à la requête du plaignant. La peine de mort restait cependant exceptionnelle. Au bout d'une heure, les anciens étaient de retour. Les hommes se reformèrent en masse compacte autour de l'hapatame pour entendre leur verdict dans un silence absolu. On pouvait entendre la douce chanson du vent traverser la bâtisse. Les oiseaux, qui avaient repris leurs sifflements et leur chant durant la pause de délibération des anciens, se turent à nouveau. On n'entendait même plus le son des pilons dans les mortiers, qui un instant plutôt battait en rythme la transformation du mil en farine. Les cris des enfants s'étaient éloignés vers l'intérieur des cours des windis où ils finissaient par se diluer dans le silence du temps suspendu. Yennendi et Yala étaient tous les deux debout. L'atmosphère était lourde. Le jeune apprenti tchakay était revenu à la demande de Binti Diori, la mère de Yala. Yennendi savait que les anciens ne le blâmeraient pas. Le regard de son père exprimait la fierté d'un père en son fils. Binti avait été sa meilleure défense. Mais il appelait de tous ses vœux la clémence des anciens pour son ami. Si jamais les esprits chassaient le démon qui était en lui, Yala retrouverait toute sa place parmi les siens à Dosso. Mais, comme pour contredire les pensées bienveillantes à son égard, Yala tourna son visage vers Yennendi. En l'espace d'un instant, il y vit quelque chose de terrible qui le glaça et qui le fit frissonner de haut en bas. Ses yeux exprimaient plus que le mépris. C'était une haine venue du royaume des morts. Issifou, qui était présent dans l'assemblée des badauds perçut le regard de Yala. Ses muscles se tétanisèrent. Il sentit lui aussi un frisson descendre le long de son dos. Pour lui, Yala n'était plus un ami, mais un ennemi. Son instinct ne le trompait pas. Dans un message muet adressé à Yennendi, il secoua la tête négativement. Zaago avait lui aussi senti la haine de l'ancien ami de son fils. Il y vit le meurtre dans son regard. Il fit un signe discret à Harben, qui n'attendait que cela pour agir. Ce dernier se dégagea de la foule et partit à grande enjambée vers le domaine familial de son maître. Les anciens commencèrent chacun un discours avant de rendre le verdict définitif. Le membre le plus ancien, l'honorable Djibo Kaya Moumouni demanda aux deux jeunes alboros s'ils avaient quelque chose à ajouter. Yennendi prit la parole. Il remercia avant tout les anciens pour leur sagesse. Il remercia la foule pour son soutien. Il remercia Binti Diori pour son témoignage en sa faveur. Il prit enfin une grande respiration avant de demander la grâce de Yala selon le vœu de sa mère. Il se tourna vers Yala et s'adressa à lui.

— Yala, je veux oublier tout ce qui s'est passé. Je veux que nous nous retrouvions et jouissions de notre amitié, dans le partage et la sincérité. Je reste persuadé que tu te reprendras et que tout reviendra comme avant. Et si je t'ai offensé, alors je te demande de me pardonner car ce n'était nullement mes intentions.

Yala fixait Yennendi d'un étrange regard, la tête légèrement penchée sur le côté. La foule et les juges étaient étrangement silencieux comme privés de paroles et de mouvements. Un étranger, sûrement de passage, cavalier juché sur un cheval, tenant en laisse un autre cheval noir déboucha sur la petite place. Son apparence vestimentaire signalait qu'il n'était pas de la région. Une sorte de chechia couleur sable sur la tête, une tunique courte, rayée de couleur bleue et blanc, enserrée à la taille par une large ceinture de cuir, un pantalon noir bouffant resserré aux chevilles, des sandales dont la semelle était épaisse indiquaient un cavalier Mossi. Il semblait égaré. Pourtant, personne ne fit attention à lui. Yala continuait à regarder Yennendi sans prononcer un seul mot. Puis il partit dans un énorme éclat de rire. Les anciens, y compris Zaago, la foule, furent surpris par cette réaction somme toute illogique en pareille circonstance. Harben arrivait lui aussi, accompagné d'Issifou, poussant devant lui, un homme pieds et mains liés devant lui. Ils entrèrent dans l'hapatame sur un signe de Zaago. Le bruit sourd qu'émet une foule murmurante reprit, comme un vol de guêpes-maçonnes en déplacement. Qui était cet homme ? Que venait-il faire, attaché comme un vulgaire prisonnier au milieu du conseil ? Le regard des anciens se tournait vers Zaago.

— Seuls les faibles s'excusent ! Et toi Yennendi, tu mendies mon amitié comme une femme qui pleure ! Je n'ai pas besoin de ta pitié. Je crache sur l'alboro que tu es, s'écria Yala.

Et, avant que quiconque n'ait le temps de s'offusquer et de répondre, Yala sortit un poignard de la manche de sa tunique. Il s'empara d'un jeune arwasu qui avait sans doute à peine terminé son initiation et pointa son poignard à sa gorge. La panique s'était emparée de l'assistance. Les cris fusaient dans tous les sens ce qui ajouta à la confusion. Harben tenta bien quelque chose, mais avant qu'il ne fasse un seul geste, Zaago lui donna l'ordre de ne pas bouger.

— Le premier qui approche, j'égorge ce porc !

Il passa près d'Harben et de son prisonnier. Dans un geste rapide comme l'éclair, il passa son poignard sur la gorge de ce dernier. Les griffes du léopard avaient frappé ! Le prisonnier s'effondra sur le sol, étonné du fait qu'il ne pouvait émettre aucun son. Sa voix prise dans un gargouillis de sang laissait sa vie s'échapper rapidement à gros bouillons. Harben et Issifou dégainèrent leur sabre. Trop tard ! Yala, tel un félin, d'un bond gigantesque, était déjà sur le cheval que tenait le Mossi. Il éperonna furieusement le cheval qui partit comme une flèche au galop, suivit de son complice. Personne sur le coup ne vit que le jeune arwasu s'était écroulé, lui aussi. Une large flaque de sang s'écoulait comme une cascade de sa gorge. C'était l'horreur ! Les femmes avaient quitté leurs foyers, laissant tomber leurs occupations domestiques pour se précipiter vers le lieu du crime, attirées comme des vautours par les cris. Déjà les premières pleureuses ajoutaient leurs larmes au grand désarroi des gens sur place. Binti Diori était présente. Son regard était tourné vers la route d'où elle apercevait son fils s'échapper au galop. Yala stoppa net la course de son destrier. Il se retourna et regarda sa mère. La distance les empêchait d'exprimer l'émotion intense qui montait en eux. Tandis que ses lèvres murmurèrent des paroles muettes, il vit sa mère porter ses mains à sa poitrine et s'écrouler sur la route. Les yeux sur le corps de sa mère tombée au sol, Yala essaya de revenir en arrière. La main du cavalier mossi agrippa les brides de son cheval. Le signe de tête qu'il adressa à Yala lui fit comprendre que ce n'était plus la peine. Des cavaliers entraînés par Harben et ses lieutenants arrivaient vers eux. Craignant surtout les talents de pisteurs d'Issifou. Yala poussa un hurlement de bête féroce avant de reprendre leur galop effréné vers la savane et disparaître.

Quelques heures plus tard, Harben et sa troupe rentrèrent dans Dosso, bredouille. Ils trouvèrent une population en désarroi, qui pleurait soit le jeune arwasu, soit Binti Diori. Il fit un compte-rendu à Zaago. Yennendi était consterné. Il cherchait à comprendre comment tout cela avait pu arriver. Il s'en voulait. Harben sauta à terre. Il prit le jeune Khoyze par les épaules et s'éloigna avec lui. Zaago approuva ce geste. Il les regarda s'éloigner. Il savait d'instinct là où Harben l'entraînerait afin d'essayer d'oublier le drame.

— Où est Issifou demanda-t-il, reprenant toute sa tête ?
— Khoyze, je l'ai laissé avec quelques hommes. Il tenait à tout prix à retrouver la piste de Yala. Tu le connais, Khoyze. Il est comme un chien renifleur. Il ne lâchera pas avant d'avoir retrouvé sa piste. Dès qu'il le tiendra, un éclaireur viendra nous prévenir.
— Qu'Allah l'aide ! En attendant, au lieu de vouloir m'emmener vers les lieux malfamés de Dosso, vient plutôt avec moi rendre visite aux parents du jeune arwasu.
— Oui Khoyze !

On entendait déjà, à l'approche du windi de la mère du jeune adolescent mort, les pleurs des femmes et les chants des griots. Des hommes nettoyaient le corps du pauvre jeune et essayaient de recoudre le cou tranché afin de lui donner une allure respectable lorsqu'il se présenterait au paradis d'Allah. Les tam-tams appelaient le tout-Dosso à venir rejoindre sa famille pour l'honorer comme le veut la tradition. C'est sur les lieux qu'il retrouva avec plaisir, les femmes de sa vie, Maïmouna, sa mère et Alija. Il ferma les yeux en les serrant toutes trois dans ses grands bras. Ils assistèrent ensemble, rejoint peu après par Zaago à la veillée donnée par la famille et les habitants de Dosso. L'ombre de Yala planait comme un vautour sur la concession de Binti Raïssa Diori. Les frères et sœurs de Yala étaient à présent orphelins. Qui allait s'occuper d'eux ? Qui dans la famille pour reprendre les affaires qu'avaient fait prospérer Binti Diori et Yennendi ? Les pleureuses payées pour regretter les morts pleurèrent réellement ce jour-là. Une petite pluie fine s'était mise à tomber, ajoutant malgré la fraîcheur bienvenue, une tristesse immense aux événements tragiques qui s'étaient déroulés le matin. Zaago, ainsi que les anciens dédièrent un discours à la mémoire de la mère de Yala. Puis Yennendi se leva et prit la parole. Il remercia Binti Diori pour le courage dont elle avait fait preuve le matin en portant témoignage en sa faveur. Chaque phrase était ponctuée du murmure approbateur de l'assistance. Puis il parla de Yala. Non pas du Yala que tous avaient pu voir ce matin. Mais du Yala, son ami d'enfance, celui qui l'avait toujours protégé mais aussi houspillé. Celui qui par sa présence le forçait à se dépasser en lançant des défis et qui avait fait en partie l'alboro qu'il était devenu aujourd'hui. Il assura aux deux autres femmes de Moussa Sana Diori, qu'il prendrait soin de leurs enfants, frères et sœurs de Yala. Enfin, il termina son discours en appelant sur Yala, la protection d'Allah et à prier pour la guérison de sa folie. Toute l'assistance applaudit Yennendi sous le regard fier de Zaago et de Kadidjatou. Une seule personne n'avait pas applaudi. Alija, le regard fermé, abritée sous le voile dont elle s'était recouverte la tête pour se protéger de la pluie, fixait Yennendi avec intensité. Celui-ci tourna la tête vers elle sentant dans sa tête la puissance de la voix d'Alija.

— Je te l'avais bien dit Yennendi ! Je t'avais averti ! Maintenant, constate par toi-même l'œuvre destructrice de ton ami !

Yennendi détourna son regard des yeux d'Alija et feignant de ne pas la voir se rassit dans l'assemblée, qui à présent chantait les louanges de Binti Raïssa Diori qui s'apprêtait à rejoindre son mari. Alija sentait sa présence. Il était venu la chercher.

Yennendi ressenti un frisson le long de son dos. À nouveau la voix d'Alija se fit entende à lui.

— Binti te fait dire qu'elle est fière de toi et que tu ne dois pas t'en faire pour son fils ! Mais fais attention à toi ! La bête n'est pas partie loin. La panthère rôde !

Elle se cacha de lui révéler que son fils et lui n'étaient que deux jeunes hommes en sursis. Le temps des pleurs allait bientôt arriver.

Docteur Armand

Yennendi ouvrit les yeux. Le silence absolu qui régnait dans le local d'infirmerie lui fit peur. Aucun bruit ne filtrait de l'extérieur. Les volets fermés, protégés par des barreaux de fer aussi larges que la paume d'une main, ne laissaient qu'à peine passer la lumière du soleil. Il faisait noir dans la pièce. Encore tout à son rêve, Yennendi se demandait s'il avait quitté son monde ou s'il était de retour dans l'horrible réalité de sa captivité. Il se demanda combien de temps, il avait dormi. Deux jours ? Deux lunes ? Ou plus ? Il avait perdu toutes notions du temps écoulé. La réponse n'allait pas tarder à venir. Une lourde clé tournait dans la serrure renforcée de l'épaisse porte. Ne sachant qui de Lisette ou des gardes se présenteraient, il fit semblant de dormir. La porte s'ouvrit largement. La fine silhouette de Lisette se dessina dans la lumière enfin revenue. Elle traversa la pièce de sa démarche gracieuse, terriblement sensuelle et se dirigea vers la fenêtre. Elle ouvrit les volets, laissant largement pénétrer la lumière du soleil dans la pièce. Les soldats préposés à sa garde refermèrent la lourde porte à triple tour. Yennendi ouvrit les yeux pour s'apercevoir que la belle zambo la regardait avec insistance sans se départir de son sourire renversant. La profondeur de son regard fit bondir son cœur dans sa poitrine. Les émois de sa présence se manifestèrent une fois de plus dans le bas de son corps. Il était toujours nu. Il exprima des paroles de confusion en bégayant dans un mauvais créole. Lisette partit dans un éclat de rire, ce qui accentua encore plus son gène. Elle tenait dans ses bras un paquet de linge qu'elle lui tendit. Yennendi s'en empara en la remerciant. Il y avait une chemise en grossier coton blanc et un pantacourt de même nature, couleur beige, évasé au niveau des mollets. Une fois enfilé, se sentant moins nu, il remercia une fois de plus la belle sang-mêlé pour sa gentillesse. Yennendi se sentait revivre auprès d'elle. Ils devisèrent longuement, plaisantant parfois et se racontèrent leurs vies respectives. Puis elle vérifia l'état de son corps. Les furoncles qui couvraient son corps étaient en voie de guérison. Certains avaient même disparu laissant parfois des petites cicatrices circulaires. Ils en restaient encore au niveau des jambes. Elle y déposa sur chaque bouton son empâte naturel. Elle saisit une petite jarre avec un long cou, posée à ses pieds, dans laquelle se trouvait une essence huileuse au parfum agréable de citron

— Woté chimiz a'w, an kay massé kow a'w ! Retire ta chemise pour que je puisse te masser le corps !

Yennendi s'exécuta et se coucha, le ventre au contact de son lit en bois dur. Lisette étala son huile sur tout son dos avant d'entreprendre un massage minutieux, lent, doux et sensuel. Elle massait délicatement de ses doigts fins les boursouflures de son marquage au fer rouge sur son omoplate gauche. Les innombrables cicatrices de son dos dessinaient des myriades de ramifications comme les racines courantes d'un arbre. Elle ne put empêcher ses larmes de venir baigner le bord de ses yeux, en regardant le spectacle d'un dos aussi ravagé. Combien de fois a-t-il été fouetté se demanda-t-elle. Elle fut presque surprise lorsque Yennendi apporta une réponse à ses interrogations intérieures.

— Je ne compte plus le nombre de fois, ma chère ! Ce fut effroyable. J'ai senti la chair de mon dos se déchirer et cuire sous la morsure du fouet. Trop de fois fouettée !

Lisette ne dit pas un mot. Elle se pencha et posa sa tête sur le dos de Yennendi. Il pouvait sentir ses larmes couler de son visage et venir mourir sur lui. Une étrange sensation venait de son corps. Les battements de leur cœur étaient unis dans un seul et même rythme. Leurs corps étaient unis par une somme d'émotions mêlées, mariées et accouplées. Les lèvres douces de Lisette effleuraient les cicatrices de son dos, apportant de la chaleur dans un corps qui en avait tant besoin. Elle s'étala complètement sur Yennendi mettant en contact le bout de ses seins aux pointes durcies aux aspérités de sa peau. Il sentait sur ses fesses, les mouvements lents du bassin de Lisette, tandis que les mains de cette dernière massaient dans un mouvement rotatif les hanches de Yennendi, tout doucement, avec légèreté et sensualité. Tout à coup, elle cessa ses caresses et se redressa prestement. Yennendi se demanda ce qui lui arrivait. Des pas se pressaient devant la lourde porte. Des clés tournèrent à triple tour dans la serrure presque rouillée. Les gardes, suivit d'un homme, austère, habillé en noir, dont la tête était protégée par un chapeau en feutre aux larges bords entrèrent dans la pièce. Son visage sévère, marqué par un long nez aquilin et une bouche pincée, sans lèvres du moins réduites à la simple expression d'un trait de plume, ses manières qui se voulaient presque aristocratiques et son ton autoritaire indiquaient un homme de loi. Le soleil n'avait pas encore donné des couleurs au teint encore bien blanc de l'individu. Ce qui indiquait qu'il était depuis peu à Karukéra. À moins que ce teint bistre était signe de maladie. Lisette avait ramassé sa fiole. Son visage avait repris son air dur et sans expressions et afficha faussement, la pose d'une esclave docile. Après avoir salué l'homme d'une légère génuflexion, elle sortit de l'infirmerie après avec un sourire imperceptible à Yennendi. Les gardes la regardèrent passer avec des sourires vicieux à la bouche. L'un d'eux lui fit un geste obscène, ce qui eut le don d'agacer l'homme en noir qui leur décocha un regard sombre et méprisant. Yennendi s'était mis debout, les poings fermés. L'homme en noir se rapprocha et tourna autour de lui en l'observant de haut en bas. La haute taille du nègre semblait le gêner. Yennendi, sans se défaire regardait fixement le bonhomme qui ressemblait à un corbeau. L'homme de loi déclina son identité.

— Nous, Sieur Jacques Doignon, procureur du roi au tribunal de la ville Basse-Terre, colonie de la Guadeloupe, par ordre du gouverneur de ladite " isle ", assignons le dénommé Jason, nègre de houe sur l'habitation Duval de la Linière, à Sainte-Marie, inscrit dans ladite habitation sous le numéro matricule 405, à comparaître devant le dit tribunal, pour marronnages, récidives, incitation de la population nègre à la révolte, trouble de l'ordre publique, meurtres, vols, viols et rapines. Ladite comparution sera effective dans trois mois à compter de ce jour.

Yennendi ne broncha pas d'un cil à l'énoncé de l'homme en tenue de corbeau. Il en avait très bien saisi la teneur et comprit qu'il allait être jugé et sans aucun doute, condamné à mort. Il se fendit d'un sourire frondeur, rehaussa ses épaules, bomba son torse, redressa sa tête et le regarda de toute sa noblesse, les yeux perçants. Le sieur Doignon prit peur et intimidé sûrement par la taille de Yennendi, recula devant ce nègre majestueux et présomptueux. Les gardes, nerveux pointèrent leurs hallebardes vers Yennendi craignant qu'il ne se saisisse du frêle bonhomme et n'en fasse qu'une pâtée pour chiens. Mais Yennendi ne bougea pas. Il éclata d'un rire sonore, tandis que ces derniers refoulaient à toute vitesse vers la porte, apeurés, visiblement bien informés de sa réputation. Lisette attendait, prête à reprendre ses soins. Ils la laissèrent passer avant de refermer la porte à triple tour, tandis que le procureur était déjà loin, juché sur une chaise à porteurs, maintenus par les bras puissants de quatre nègres, pieds nus, vêtus pour tout habit d'une grosse culotte faite dans une vulgaire bure de curé et d'une redingote bleue rapiécée. Lisette et Yennendi riaient de bon cœur devant la fuite du procureur et se laissèrent aller à la plaisanterie. Puis Lisette se tut. Sans dire un mot, elle saisit la main de Yennendi et les porta à sa poitrine en le fixant intensément de ses yeux de braise. Yennendi pouvait sentir les battements de son cœur cognés aussi fort qu'un tambour de Gwo-Ka. Elle porta sa main à ses lèvres qu'elle embrassa timidement avec infiniment de douceur. Yennendi avait du mal à maîtriser son émotion. Les réactions vigoureuses de son sexe parvenaient en ondes répétées au ventre de Lisette qui laissait exprimer toute sa sensualité. Les mouvements de son bassin répondaient aux appels du membre durci de Yennendi. Elle défit d'un geste habile l'agrafe qui retenait sa tunique, qu'elle laissa glisser à ses pieds, révélant toute la beauté de son corps. Yennendi était fasciné. Il laissa parcourir ses mains sur les seins lourds, fermes et droits de la belle, explorer la courbure de ses reins, caresser le dessin de son ventre et le soyeux de ses poils pubiens. Lisette, les yeux mi-clos, transportée par la volupté de son plaisir, l'entrecuisse inondé par les fluides de son désir, poussait de légers gémissements et se laissa aller en douceur sur la couche. Nus, tous les deux, ils s'explorèrent avec force et passion. Yennendi la pénétra tout doucement de va-et-vient puissants et profonds. Il la couvrait de baisers ardents, ne cessant de se rassasier du goût de ses seins magnifiques et de l'odeur de son corps. Leur fusion était entière, passionnée et totale. Au paroxysme de leur plaisir, Yennendi ne put se retenir. Sa semence trop longtemps contenue jaillit avec force. Lisette sentit en elle les ondées se répandre en une succession de vagues puissantes dans sa matrice chaude, onctueuse et profonde. Dans un long gémissement étouffé qu'elle ne put retenir, elle laissa son corps exprimé sa jouissance par une longue série de tremblements, du bassin, des fesses et des cuisses. L'étreinte avait été ardente, et leurs corps étaient couverts de sueur. Il leur fallut un long moment pour retrouver le calme des battements de leurs cœurs et une respiration apaisée. Ils restèrent là à écouter les bruits extérieurs. Mais rien. Les gardes n'avaient rien entendu. Ils restèrent tous les deux étendus, dans la semi-pénombre de la cellule, pénétrée par de fins rayons de soleils qui ressemblaient à des flèches de lumières dont certaines venaient frapper leur corps. Main dans la main, ils étaient silencieux. Aucun des deux n'osait exprimer ce qu'il ressentait à ce moment précis. Ils savaient tous les deux que leurs jours étaient comptés. L'un pour le temps qu'il lui restait à vivre, l'autre pour le temps qui lui restait pour aimer. Leurs regards se croisèrent. Leurs yeux parlaient pour eux. Leurs lèvres s'unirent une fois de plus, lançant à nouveau le désir des corps et des cœurs. Lisette s'adonna à toutes les positions possibles pour profiter des étreintes de son amant, le sentir le plus profondément en elle et jouir de la vigueur de son membre qui semblait ne jamais vouloir mourir. Mourir ! Profiter du temps qui reste avant de mourir pensait Yennendi. Profiter du temps qui reste pour pendre la semence d'un homme qu'elle avait aimé au premier regard. Profiter du temps de l'amour qui leur était interdit d'exprimer dans l'enfer de cette île paradisiaque. Les gardes frappaient à la porte. Lisette se leva tout doucement, agrafa sa tunique et réajusta sa belle chevelure noire ondulée. Yennendi, toujours nu, la regardait sans rien dire. Puis il enfila le pantacourt qu'elle lui avait apporté, mais resta torse-nu, la poitrine soulevée par une respiration puissante qui mettait en valeur la beauté de ses abdominaux. Elle frappa à la porte et les lourdes clés firent leur office d'un triple tour dans la serrure rouillée. Son visage redevenu fermé, elle sortit sans se retourner, sans répondre aux blagues salaces des deux soudards. Yennendi s'assit sur le bord de son lit. Le sentiment de solitude qu'il ressentait se mélangeait aux sentiments d'allégresse qui cognaient dans sa poitrine. Il revoyait une fois de plus les événements qui l'avaient amené dans cette cellule pour comprendre, ce que Dongo ou Allah faisait pour lui. Cette zambo était simplement là pour adoucir ses dernières lunes de vie. Il se tourna vers l'est et remercia Allah pour sa sollicitude. Ensuite, il ramassa un peu de poussière sur le sol en terre battue de sa cellule, prononça des mots rituels et la souffla vers l'est afin qu'elle apporte à sa famille au Zarmaganda, la nouvelle de son retour prochain parmi eux. Un léger courant d'air, sorti de nulle part, s'éleva à l'intérieur de sa cellule et vint caresser son visage. Le nom d'Alija se murmura avec douceur à son esprit. Il sourit. Elle l'avait retrouvé. Il entendit distinctement dans sa tête le son de sa voix.

Lisette revenait presque tous les jours finir son œuvre de guérison avec ses empâtes mystérieuses. Parfois le docteur Armand l'accompagnait pour vérifier la progression des soins de Lisette. Il ne manquait pas de la féliciter pour son travail remarquable au fur et à mesure du rétablissement de Yennendi.

— M'est avis que ce jeune homme ne bénéficie pas seulement de plantes médicinales, lui dit-il en lui adressant un clin d'œil.
— An ki jen'w ou ka ozé di mwen sa, Dok'tè Awman ?
Comment, osez-vous me dire cela, docteur Armand ?

Le soleil se levait et se couchait. Chaque jour, le cycle du soleil s'accomplissait. Il y avait l'aube, puis la journée et ensuite le coucher. Tel l'avait défini Allah. Deux lunes et une moitié de lune étaient passées. Le temps était poussé par les douces brises des alizés pour s'évanouir loin de là, vers l'est là où se trouvait sa terre natale. Assia, comme il tenait à appeler Lisette, lui rendait visite presque chaque jour. Elle lui apportait ses repas, examinait sa peau pour constater s'il était remis entièrement de ses furoncles, massait son corps, soignait son âme. Il faisait l'amour aussi souvent que possible, fusionnaient leurs êtres aux cœurs meurtris pour jouir intensément de leurs étreintes. Essoufflés, haletants, emballés, les veines tendues à rompre, ils restaient étendus de longues minutes, leurs mains unies avant de recommencer un corps-à-corps passionnel, plantés l'un dans l'autre, attachés l'un à l'autre. Les derniers jours s'écoulaient comme un ruisseau qui filait à travers les méandres tortueux des montagnes et des plaines. Yennendi était prêt. Certes, il avait peur. Mais il acceptait son sort. Il savait que le procès qui l'attendait n'était qu'une formalité. L'ombre de la mort ne l'impressionnait plus. Et elle ne tenait pas à lui faire peur comme à tant d'autres, blancs ou nègres, qu'elle fauchait aussi bien dans les chaumières que dans les plantations de canne ou de café, dans les ravines ou sur les hauts, dans les chambres ou dans la savane. Personne ne lui échappait, peu importe la manière dont elle venait prélever les âmes, solitaire ou à foison comme lors de l'époque des moissons. Lisette adorait vivre les derniers instants où Yennendi l'appelait par le prénom que son père lui avait donné. Assia ! La prononciation zarma de son nom sonnait comme un doux miel dans ses oreilles pour aller se nicher au creux de son cœur. Elle lui disait que sa terre s'appelait l'Afrique. Yennendi contestait ce nom qu'il n'avait jamais entendu dans son pays. Il lui racontait les royaumes puissants qui avaient existé ou qui étaient encore. Assia adorait l'entendre parler de l'empire du Wagadu ou Ghana et de son terrible souverain, Soumahoro Kanté. Elle adorait écouter les exploits de Djata Mari Coulibaly dit Soundiata Keita fils de Sogolon la femme-buffle, fondateur de l'empire du Mali. Elle écoutait sans se lasser Yennendi lui raconter l'histoire de son ancêtre Sonni Ali Ber, fondateur de l'empire Sonrhaï. Mais ce qu'elle aimait pardessus tout, c'était l'énumération des familles de sa ville natale. Il ne lui parlait jamais de la trahison de Yala, de sa capture, de sa vie de nègre de champs ou celle de sa vie de nègre-marron. Tout cela, elle connaissait. Ses exploits étaient chuchotés, la nuit dans les cases des quartiers nègres des habitations dans les plantations ou dans les caves misérables des villes. Il se disait qu'une négresse, femme-doubout', était arrivée de Saint-Domingue. Beaucoup disaient qu'aucuns blancs n'avaient réussi à la soumettre et qu'elle n'avait jamais été esclave. On lui prêtait des pouvoirs surnaturels et qu'elle avait le don de parler aux gens dans leur tête directement rien qu'en les regardant et sans n'émettre aucun son de sa bouche. Le temps s'était écoulé et le jour était venu. Yennendi avait révélé la veille à Assia qu'il connaissait cette femme. Elle s'appelait Alija et qu'elle était venue pour lui. Elle venait le chercher.

Le lendemain, une compagnie de près d'une centaine de soldats et de miliciens confondus vinrent chercher Yennendi. Ils entrèrent dans l'infirmerie brutalement et se postèrent dans tous les coins, en particulier la fenêtre et la porte. Ils se précipitèrent sur lui sans manquer de bousculer au passage Lisette qui ne s'était pas écartée à temps. Yennendi bondit lorsqu'il vit la belle sang-mêlé tombée au sol. Mais une avalanche de coup se mit à pleuvoir sur lui. Lisette se releva et lui fit signe de ne pas résister. Les soldats se jetèrent à nouveau sur lui et lui passèrent des entraves aux pieds et aux poignées. Ils lui arrachèrent sa chemise et on le barda de chaînes en fer à travers sa poitrine. Ses bras furent immobilisés le long de son corps par une autre travée de chaînes qu'ils relièrent à un gros cadenas derrière son dos. Puis ils le coiffèrent d'une cagoule de fer qui enfermait son visage entièrement, ne laissant que des quelques petits trous au niveau du nez et des yeux. On y ajouta au niveau de son cou, un énorme collier de fer muni de branches qui partaient dans toutes les directions dont le bout se terminait par des crochets. Des larmes coulaient le long du visage de Lisette. À travers les trous au niveau des yeux, Yennendi regardait Assia avec intensité. Le carcan de fer sur son visage l'empêchait de parler. Mais Assia perçut toute sa reconnaissance pour les instants de bonheur qu'elle lui avait permis de vivre. Les mains jointes devant sa bouche comme une prière adressée à la vierge, elle regardait l'homme qui l'avait comblé de son amour, sans pouvoir prononcer un seul mot. Ses yeux parlaient pour elle, une fois de plus. Et là, comme un miracle ou un signe que seul l'amour peut inspirer à une femme, elle lui donna pour la dernière fois, le plus beau de ses sourires. Du plat de sa main, elle souffla de sa bouche un baiser d'adieu vers le seul homme qu'elle n'ait jamais aimé dans cette " isle française d'Amérique ". Elle l'appela une dernière fois par son nom qu'elle prononça trois fois, comme, lorsqu'on donne un prénom à un nouveau-né chez lui.

— Yennendi, Yennendi, Yennendi !

Il se retourna une dernière fois pour la regarder. Une brusque tirade le fit tomber au sol. Entravé comme il l'était, il ne pouvait se relever seul. Il fut tiré alors, sans ménagement vers l'extérieur sous le regard éploré de Lisette et du docteur Armand qui était arrivé essoufflé entre-temps. Une charrette, surmontée d'une énorme cage en fer, entièrement close, sans fenêtres, mais avec de tout petits trous au niveau de la portière, attendait le nègre enchaîné. Tout autour, une douzaine de soldats et de miliciens, aux aguets, inquiets, munis de mousquets montaient la garde, prêts à déclencher le feu sans sommations envers tout nègre qui s'approcherait. Ils le jetèrent à l'intérieur de la cage. Tirée par deux grands mulets, sous la claque d'une cravache, la charrette se s'ébranla dans la complainte grinçante de toute sa ferraille. Puis, lentement, escortée de la compagnie de ses cent hommes en arme, elle prit la direction de la sortie du fort dans lequel il venait de passer plus de six lunes.

Assia, les yeux noyés dans un torrent de larmes silencieuses regarda disparaître Yennendi. Ses mains étaient posées sur la protubérance qui commencerait à l'arrondir jour après jour. Elle se caressa tout doucement son ventre. Une vie était en train de grainer, de naître en elle. Elle se promit de lui parler de son père. Elle lui raconterait, comment ils s'étaient rencontrés et aimés. Elle lui parlerait de sa lignée. Elle lui narrerait l'histoire de l'homme qui avait su redresser nombre d'entre eux parmi les nègres et négresses de Karukéra. Elle se promit de lui parler du pays qu'il appelait le Zarmaganda, ce royaume qui est de l'autre côté du grand lac et dont on appelait les rois, Askia. Peut-être qu'il pourra effectuer le voyage retour vers ce qui est son vrai pays. Elle se promit d'aller voir les nègres Hawsas dont on disait que certains parmi eux étaient des imams ou des muezzins, gardien de la religion des mahométans. Ils l'initieraient, elle et son enfant à la foi musulmane, tel l'était celui qu'elle n'eut droit d'aimer que quelques lunes. Elle l'élèverait dans la foi d'Allah.

— Le vrai Dieu lui dit-elle en posant sa main sur son ventre ! Pas celui qui t'enseigne qu'être nègre c'est être né esclave !

Elle lui donnerait un vrai nom. Un nom de son peuple, un nom africain. Un nom dont elle aimait tant entendre les sonorités et significations, comme lui racontait Yennendi. Yennendi ! Elle aimait ce nom. Il était beau, comme son nom. Elle pourrait l'appeler Adama, comme son oncle, ou Dramane, comme son grand-père. Ou encore Sonni, pour que le nom des Sonni ne s'éteigne jamais, mais au contraire, soit transporté jusqu'ici. Elle pourrait lui donner le nom de Kadi, comme sa grand-mère ou Maïmouna. Pourquoi pas Binti, Alija ou Dewel et même Penda, comme les noms des femmes qui avaient croisé et vécu dans la vie de son amour. Assia, comme l'avait prénommée son père, décida de rejeter à partir de maintenant son nom chrétien. Lisette ! Elle ne voulait plus de ce nom. Désormais elle sera Assia ! Assia, la Zarma. Fût-ce au prix de sa vie. Même si les blancs continueraient à l'appeler Lisette, elle se devait désormais de vivre pour son enfant et pour chanter l'épopée de celui qui avait été un héros pour eux tous, les nègres. Et si ce nom qu'elle rejetait désormais serait prononcé, alors elle défierait du regard la personne pour lui signifier que ce nom n'est pas sien. Elle s'agenouilla sur le sol comme elle avait vu

Yennendi faire pour prier. Elle refit les mêmes gestes et s'adressa à Allah en récitant la première des sourates :

— Al lahou akbar' Al lahou akbar 'Acha hadou an lâ ilaha illal-lahou. Ach' hadou ana Muhammad... J'atteste que Dieu est le plus grand; J'atteste qu'il n'y a d'autres divinités qui méritent l'adoration qu'Allah et que Muhammad est son prophète.

Comme Yennendi lui avait appris.

Maïmouna

Kadidjatou se réveilla en sursaut. Des gouttes de sueur perlaient sur le haut de son visage. Elle porta sa main sur son front. Malgré les vagues de chaleur qui parcouraient son corps jusqu'à la tête, elle n'était pas fiévreuse. Elle toucha son ventre. Les coups de pied que donnait le bébé à l'intérieur la rassurèrent sur sa vigueur. Un léger sourire fendit son visage. Elle se leva et alla se servir de l'eau contenue dans une grande calebasse enterrée dans le sol. L'eau était fraîche ! Elle s'humecta le visage pour se rafraîchir. Tout allait bien. Son bébé était toujours là et rien n'avait bougé dans sa case. Alors pourquoi cette angoisse se demanda-t-elle ? Un pressentiment serrait ses entrailles depuis plusieurs jours. Cela avait commencé le soir à son retour des funérailles de Binti Raïssa Diori et du jeune alboros qu'avait égorgé Yala. Elle avait fait un horrible cauchemar où elle avait vu des hommes aux visages invisibles lui arracher son bébé après l'avoir éventré. Ses cris avaient précipité la venue en urgence d'Alija, qui avait craint un instant la voir perdre les eaux. Les mots doux et rassurants d'Alija avaient fini par calmer ses frayeurs. Mais, depuis, persistait une vague impression d'angoisse qui serrait son cœur. Elle sentait de manière confuse qu'un malheur frapperait sa famille. Pour faire face à ses angoisses, Kadidjatou avait exigé et obtenu que son mari puisse venir passer la plupart de ses nuits chez elle. En attendant, la présence dévouée d'Alija lui permettait d'apaiser ses angoisses. Alija sentait que sa maîtresse avait des questions à lui poser. Elle avait au fond deviné les raisons de ses interrogations. Sa vision se précisait. Ce soir, elle irait au bord du fleuve pour interroger les esprits.

Zaago réfléchissait. Il ne pouvait laisser sa femme sans protection. Il avait décidé d'accéder à la demande de sa femme.

Et puis il devait décider des mesures de sécurité à prendre pour protéger sa ville et les villages alentour qui dépendaient de Dosso. Depuis la fuite de Yala, il se sentait quelque peu neveux. Des informations de plus en plus insistantes lui parvenaient sur la présence d'étrangers à la périphérie du Zarmaganda. On racontait que parfois des hommes, des femmes et des enfants, étaient enlevés par ses hommes venus du sud. Des colporteurs Dioulas affirmaient de leurs propres yeux que de plus en plus de villages étaient la proie des flammes et l'on ne trouvait que des vieux parmi les cadavres et les ruines. Zaago avait pris la décision de faire exécuter des patrouilles de nuit autour de la ville et des villages environnants. Harben, Idrissa Djibo et Mamane Oumarou lançaient des éclaireurs et lui rendaient compte chaque jour des rumeurs en provenance des régions sud du royaume ou de la province, où l'on signalait parfois la présence d'hommes étranges à la couleur indéfinissable qui ne ressemblait pas à celle des peuples de la région. Certains de ces hommes auraient des yeux de la couleur du ciel ou de l'acier. Une chose était sûre cependant, d'après les Dioulas, ce n'étaient pas les blancs qui étaient sur la grande rive. Quelques rescapés, très peu, étaient parvenus à se réfugier dans les villages du sud de la province du Dallol Bosso. Eux aussi, disaient avoir vu aussi des hommes dont la couleur de peau n'était plus noire, mais plutôt jaunâtre ou marron clair. Et ces hommes étaient parfois les chefs de groupe qui incendiaient, tuaient et emportaient les habitants de village entier.

Yennendi était seul dans sa case, dans la concession de son père. Malgré les circonstances malheureuses de l'avant-veille, il avait été heureux de revoir sa mère, Alija et surtout Maïmouna. La veille, après les obsèques de la mère de Yala, il avait demandé à sa fiancée de venir. Il avait fait nettoyer sa case, rangé ses affaires et installer des torches aux odeurs parfumées. Il avait supervisé lui-même les plats que les cuisinières avaient préparés. Il tenait à faire honneur à celle qui dans moins d'une lune sera sa femme. Son père était passé au milieu du jour pour lui annoncer sa décision de dormir désormais au windi de sa femme, jusqu'à la naissance de son petit frère. Yennendi avait souri. Un petit frère ! Comment son père savait-il cela ? Zaago qui avait noté le sourire interrogateur de son fils anticipa sa réponse en lui confiant sa certitude absolue. Cela tombait bien que son père aille s'installer quelque temps chez sa Kadidjatou pensa-t-il. Comme cela, il serait seul avec Maïmouna et peut-être concédera-t-elle sa requête à rester un peu plus longtemps avec lui. Il voulait lui parler de choses et de projets notamment de sa décision d'aller rendre visite à ses parents, tous les deux, ensemble, de manière officielle et innovante. Il tenait à leur témoigner ainsi le sérieux de ses engagements. L'initiative serait nouvelle à Dosso, puisque les fiancés n'étaient pas tenus de se rencontrer pendant la période précédant leur union. Mais il entendait par cette démonstration donner une marque à la manière dont il entrevoyait les choses et discuter avec ses parents sa vision de l'exercice du pouvoir en y association sa femme. Son cœur débordait d'allégresse à l'idée de revoir Maïmouna. Il l'apercevait chaque fois qu'il venait rendre visite à sa mère. Celle-ci lui accordait un sourire de grâce, mais évitait de l'approcher pour ne pas vexer Kadidjatou, très à cheval sur les traditions. Yennendi notait que sa future femme faisait de son mieux pour contenter sa mère, ce qui le ravissait. Ses enquêtes discrètes auprès des domestiques de sa mère confirmaient combien Maïmouna était une femme abordable, simple et prévenante, qui suivait avec le plus grand intérêt les leçons de maintien de Kadidjatou. Une légère frappe de mains annonça la nouvelle de la venue de Maïmouna. Le soleil s'était couché et tout à ses pensées, ne s'en était pas aperçu. Il n'avait même pas entendu l'appel du muezzin pour la prière du soir. Il se leva et écarta sur le côté la grande natte en bois et feuilles tressées qui servait de porte.

Maïmouna était là, belle comme de l'or dans sa tenue longue de soie couleur émeraude qui tombait jusqu'à ses pieds. Un foulard en soie de même couleur couvrait ses nattes épaisses et longues, lissé avec de l'huile de graine de kapokier et parfumé dans un mélange de fleurs. Elle dégageait une telle grâce que Yennendi resta bouche bée devant une telle beauté. Il huma presque instinctivement l'odeur de sa peau parfumée très légèrement dans laquelle il avait du mal à distinguer les essences de fleurs mélangées au beurre de karité. Son visage était illuminé d'un sourire qui laissait entrevoir ses belles dents d'un blanc éblouissant. Yennendi ne savait que dire. Toutes les belles paroles qu'il avait passées la journée à répéter dans un poème consacré à sa fiancée s'envolèrent de sa mémoire. Il ne put que bégayer des paroles simples de bienvenue. Maïmouna baissa ses yeux et fit une révérence à son fiancé, ce qui eut pour résultat de finir de le désarçonner. Sans pouvoir dire un mot, il la pria gentiment d'entrer en la tenant par le bras, pour la relever.

— Maïmouna, prononça-t-il, entre ! Bienvenue dans mon palais !

Le sourire de Maïmouna s'éclaira encore plus. Elle jeta un œil sur tout ce qui ornait et tapissait les murs de sa case. Sans énoncer un seul mot, elle laissa ses yeux se promener dans le moindre recoin, inspectant dans une démarche princière le moindre objet, vérifiant au passage d'un doigt baladeur, discret, la propreté des lieux. Sur un signe à peine perceptible de Yennendi, deux jeunes domestiques apportèrent une succession de plats divers qu'elles déposèrent gracieusement sur petite table en bois dont les pieds étaient décorés de motifs de l'art zarma. Yennendi se trouvait un peu bête. Il ne parvenait pas à articuler un seul son. D'un geste de sa main, il l'invita à s'asseoir sur l'un tâgars outaris et lui offrit une coupelle de lait de chèvre. Maïmouna s'exécuta, sans se départir de son sourire, sans quitter des yeux Yennendi, toujours aussi perturbé. Elle aussi, à vrai dire, était perturbée. La maladresse de Yennendi ajoutait à son charme pensait-elle. Elle remerciait ses parents pour lui avoir trouvé pareil homme. Il était grand, fin et musclé à la fois. Un homme comme elle en rêvait lorsqu'elle partageait ses fantasmes avec ses amies. Quelque chose se passait en elle et grandissait dans son ventre. Un désir qui, comme tant de fois, venait mouiller son vagin et déborder sur ses cuisses, certains soirs, dans sa petite case. Elle sentait la pointe de ses seins gonfler. Elle déposa l'écuelle de lait. Elle le regarda droit dans les yeux, puis se leva avec grâce.

— Ce soir je reste chez toi, lui annonça-t-elle sans complexe !
— Mais tu ne peux. Ma mère n'acceptera pas...
— Yennendi, lui dit-elle, je ne peux plus me contenter de te regarder. J'ai envie de te toucher et de te sentir en moi. J'en deviens folle toutes les nuits tellement que j'en ai envie. Aux yeux d'Allah, tu es déjà mon mari. Le temps des hommes arrive. Moi, je veux le temps d'Allah !

Yennendi, regardait presque affolé, sa fiancée. Le souvenir d'une conversation avec sa mère se rappela à son souvenir. Les paroles de sa mère sonnèrent à la porte de ses pensées ; " À mon avis, elle aimera ça à chaque fois que tu la chevaucheras ". À ces mots, il sentit son désir se matérialiser sous son ample boubou. Elle fit tomber son foulard de soie dont elle avait recouvert ses épaules et glisser une partie de son boubou émeraude libérant la naissance d'un sein dont le téton était déjà gonflé par le désir. Les yeux de Yennendi lui sortaient de la tête et son hanji ne cessait de monter et de descendre dans son boubou. Il devait la repousser mais il resta complètement pétrifié lorsque Maïmouna se défit entièrement de son vêtement, se révélant nue à ses yeux. Yennendi était fasciné par la beauté d'un tel corps. Ses seins, son ventre, la courbure de ses reins, la douceur de sa peau, le soyeux de son duvet, l'odeur de son corps, sa sensualité à fleur de peau réveillait en lui de la manière la plus ardente toute la force de son désir. Jamais depuis qu'il avait découvert la vie intime d'homme, il n'avait ressenti une émotion aussi vive. Le souvenir du corps d'Alija se matérialisa un instant sous ses yeux. Mais bien vite, cette image fut chassée de sa pensée lorsqu'elle s'approcha de lui et posa son doigt sur ses lèvres pour l'empêcher de parler. Yennendi ne s'aperçut même pas, comment il se retrouva nu lui aussi. Il voyait avec un mélange de peur et de ravissement son membre presque à la verticale, tendu comme la corde d'un arc. Elle se colla contre lui et leurs respirations s'unirent à leur désir. Il entoura timidement de ses bras le buste de sa fiancée, puis remonta par une douce caresse jusqu'à ses seins qu'il saisit à pleine main. Les lèvres de Maïmouna parcouraient son torse et s'attardaient sur ses pectoraux avant de descendre sans retenue vers ses abdominaux admirablement dessinés. Yennendi était complètement conquis et fou de désir.

— Où as-tu appris, bégayait-il entre deux gémissements que lui arrachait le plaisir ?

Maïmouna arrêta un instant son œuvre amoureuse et le regarda avec un sourire qui lui accéléra les battements de son cœur.

— Secret de filles ! Pas questions que tu saches, avant de reprendre ses baisers et ses caresses.

Yennendi était au bord de l'explosion ou de l'apoplexie ou quelque chose comme ça. Il essayait de retenir ses gémissements, de peur de se faire surprendre. Mais le plaisir que lui procurait sa fiancée lui arracha un cri qui ressembla à celle d'un lion en rut. Il retourna Maïmouna et se mit lui aussi à la couvrir de baisers et de caresses qui arrachait à chaque partie de son corps touché par la fièvre de sa passion des râles de plaisir. Il constata qu'elle était complètement mouillée et que son bassin se tordait en tous sens avant de se tendre vers lui comme une jument en chaleur, la vulve gonflée.

— Yennendi, dit-elle, Yennendi, va doucement. Je suis encore vierge !

Yennendi n'en croyait pas ses oreilles. Comment une vierge pouvait-elle avoir autant d'expérience ? Il prit son temps, l'amenant au plus fort de sa jouissance avant de la pénétrer avec d'infinies précautions. Il venait de faire de Maïmouna, une femme à part entière.

Alija s'était glissée hors du windi de Kadidjatou. Il faisait nuit et une lune ronde, blanche et belle s'était dessinée dans le ciel. Elle était si grosse qu'elle donnait l'impression de pouvoir être touchée du doigt. Elle était entourée de plusieurs myriades d'étoiles donnantes, en cette nuit de nouvelle lune une beauté au ciel que l'on pouvait admirer dans le vaste monde comme étant la plus belle œuvre d'Allah. Kadidjatou dormait profondément. Alija lui avait concocté une infusion d'herbes connues d'elle seule et qui avait plongé Kadidjatou dans un sommeil profond. Son bébé se portait bien et en accoucheuse expérimentée qu'elle était devenue, elle savait que ça serait pour bientôt. Elle portait un sac contenant divers objets dont elle aurait besoin pour interroger les génies. Depuis le départ de Yala, loin du soulagement qu'elle aurait dû ressentir, ses angoisses n'avaient fait que s'accentuer. De vagues pressentiments lui tordaient le ventre. La veille, des cauchemars avaient agité son sommeil. Elle voyait des cavaliers approcher de Dosso et mettre le feu à la ville. Elle s'était réveillée en sursaut, tout en sueur. Pourtant habituée à garder son calme, Alija ne cessait de penser à Yennendi. Elle redoutait le pire et son rêve était le lien. Les prédilections qui lui avaient été révélées depuis son enfance arrivaient. Yennendi était au centre. Mais elle ne parvenait pas à définir le sort qui lui était destiné. « Là où il ira, il ne sera plus un homme, ni un vivant, ni même un mort. Mais la mort sera préférable ». Plusieurs fois depuis quelques lunes, Karamoko lui avait signifié que l'heure approchait. Mais avant qu'elle ne puisse l'interroger, il s'évanouissait dans le néant nébuleux des songes. Elle s'arrêta en chemin une fois hors de la ville pour vérifier le contenu de son sac. Elle n'avait rien oublié. Elle regarda le poulet blanc dont les yeux étaient recouverts d'un petit voile en tissu blanc et le bec entravé par du fil de raphia. Puis elle se dirigea vers le fleuve, dans un endroit inconnu des habitants de la ville. Elle s'enfonça dans les hautes herbes et sortit de sa cache une petite pirogue qu'elle dirigeait d'une main de maître à travers les roseaux et le courant de l'Issa Beri, jusqu'à un petit îlot situé au milieu du fleuve. L'îlot était recouvert de joncs, de roseaux et d'arbres et des fétiches étaient disséminés un peu partout. Tout le monde connaissait cette petite terre, mais personne n'avait jamais osé s'en approcher. Seuls de puissants sorciers pouvaient accoster. La légende disait que quiconque non autorisé s'en approchait était immédiatement avalé par les esprits du fleuve dont les plus fidèles gardiens étaient d'énormes crocodiles. Alija se souvenait, qu'enfant, on racontait que les plus belles filles du pays leur étaient offertes en échange de la protection des dieux. C'était bien avant l'arrivée de l'islam dans la région. Cependant, elle ne pouvait s'empêcher de frissonner chaque fois qu'elle abordait cet îlot pour fuir parfois la compagnie des hommes ou venir chercher les raisons de sa présence dans ce pays qui n'était pas le sien, même si elle y était née. Elle accosta, amarra sa pirogue à un tronc d'arbre près de la rive et fila à toute vitesse vers l'intérieur, son sac sur la tête. Arrivée sur le lieu de ses libations, elle sortit ses affaires composées d'herbes séchées. Elle se dévêtit. Un halo de lumière blanche enveloppait son corps, révélant ainsi, sa nudité au regard des esprits. Elle entreprit de se purifier en s'aspergeant d'une décoction de plantes sacrées en se tapotant le corps avec un bouquet d'herbes sacrées. Elle se saisit ensuite d'un couteau dont elle passa la lame tranchante sur la paume de ses mains. En serrant les poings, elle laissa quelques gouttes de son sang tomber dans une petite calebasse qu'elle avait apportée. Les génies happèrent rapidement son sang avant de commencer à répondre dans une langue secrète à ses questions. Elle retira le poulet de son sac. Elle lui dépluma le cou et après quelques prières dans la langue des initiés, maintenant fermement le volatile entre ses pieds, elle l'égorgea. Elle resta un bon moment à regarder le sang disparaître dans la terre, aspirée goulûment par les esprits. Les gestes saccadés du poulet avaient cessé. Puis à genoux, elle leva les bras vers le ciel, la tête renversée à l'arrière.

— Montrez-moi le secret de l'avenir demanda-t-elle ! Aidez-moi à comprendre les desseins des dieux pour mon protégé, l'homme que j'aime sur cette terre ! Montrez-moi sa destinée que je sais terrible.

Elle retira de la sacoche une touffe d'herbes séchées à l'odeur particulièrement âcre. Elle alluma un petit feu de bois à l'aide de deux cailloux cristallins. Elle posa le bouquet d'herbes séchées dans le feu et se laissa pénétrer de leurs émanations. Elle sombra rapidement dans un sommeil profond où au fur et à mesure de sa plongée vers le monde des esprits, elle entrevoyait la fureur des hommes, des cris et des larmes. Ses yeux cherchaient Yennendi qu'elle finit par apercevoir parmi d'autres hommes, malheureux, enchaînés et dont la couleur de peau de ceux qui les surveillaient était blanche comme les os des morts. Le royaume des morts ! Ces hommes à la couleur de la mort se nourrissaient de la détresse d'hommes, de femmes et d'enfants de tous les royaumes alentour. Les yeux des gens de son peuple étaient éteints à jamais et leur dos était sillonné de zébrures. Leurs membres étaient arrachés et jetés dans le feu de l'enfer. Elle voyait Yennendi lutté pour ne pas être avalé par les démons blancs. Elle se sentait impuissante. Puis elle aperçut des morts qui venaient lui parler, demander des nouvelles de leurs proches. Un de ces morts attirait particulièrement son attention. Elle le reconnaissait mais n'arrivait pas à mettre un nom jusqu'à ce qu'il se retourne vers elle, le visage grimaçant de douleur, la poitrine ouverte où ne battait plus de cœur. Issifou hurla-t-elle ! Issifou ! Elle sortit brutalement de son songe, le corps rejeté avec force par des bras invisibles à quelques pas du foyer allumé. Elle était en transe et ses membres étaient désarticulés en tous sens. Ses yeux étaient révulsés et de la bave coulait de sa bouche. Les morts essayaient de la retenir avec eux. Elle luttait de toutes ses forces pour ne pas se laisser entraîner vers eux. Ses paupières s'ouvrirent d'un seul coup, faisant resurgir la couleur de ses pupilles qui avaient l'heure précédente complètement disparues pour faire place au blanc vitreux de ses yeux. Le calme revint peu à peu dans son esprit et dans son corps qui reprenait ses formes. Puis, la tête entre les mains, elle poussa un long et terrible cri vers le ciel avant de se mettre à pleurer, amère, de toutes les larmes de son corps. L'onde de son cri, portée par une brise légère venue du fleuve s'éleva et fit frémir les feuilles des arbres dans un bruit presque métallique, reflété par les scintillements argentés des étoiles qui se miraient dans l'eau. Puis la brise porta le cri de douleur d'Alija jusqu'au windi de Kadidjatou avant de se diriger vers la case de Yennendi. Kadidjatou qui dormait près de son mari ouvrit les yeux, mais ne bougea pas. Yennendi fit un bond sur sa natte et Maïmouna qui dormait dans ses bras fut bousculée. Elle se réveilla et lui demanda ce qu'il avait.

— Issifou répéta-t-il ! C'est Issifou !

Il se leva comme un fou, mû par un pressentiment atroce qui lui tordait le ventre. Comme un fou, encore nu, il se précipita dehors et alla vomir à l'arrière de sa demeure. Maïmouna craignait qu'il ne soit malade ou subitement devenu fou. Elle passa juste un taafé autour de ses reins et sortit pour voir ce qui se passait. C'est à ce moment qu'elle fut surprise par l'arrivée de Kadidjatou, qui elle aussi s'était précipitée au-dehors en courant vers la case de Yennendi, animés tous les deux par le même cri, porté par le vent jusque dans leur songe. Les deux femmes se regardèrent toutes les deux, Kadidjatou avec un regard plus que désapprobateur, Maïmouna ne sachant que dire. Elle salua sa belle-mère respectueusement, avant de se mettre à genoux et lui demander pardon.

— Tu as enfreint une règle chère à la tradition, Maïmouna ! Ce n'était pas bien indiqué à quelques soleils de ton mariage
— Je sais Nya ! Mais mon mari hantait mes rêves et mon désir pour lui a été plus fort que ma volonté.

Un sourire vint illuminer le visage de Kadidjatou. Elle se souvenait qu'elle-même avait été voir Zaago une nuit, quelque jour avant son union, elle aussi mouillée de désir. C'est comme cela qu'ils avaient conçu Yennendi. Elle la releva délicatement, en la rassurant sur son pardon.

— C'est comme cela que les enfants de l'amour sont conçus. Va vite te revêtir avant que quelqu'un d'autre ne t'aperçoive ainsi devant la case de mon fils.

Yennendi débula au même moment et sursauta à la vue de sa mère. Kadidjatou toisa son fils avec un faux air de mépris affiché devant la nudité de son fils révélé depuis bien longtemps. Elle détourna son regard, tandis que Yennendi filait comme une flèche se vêtir d'une tunique. Kadidjatou temporisa un instant devant la porte de la case de son fils, puis entra à son tour.

— Nya, dit Yennendi, je sais pourquoi tu es venue. Tu as fait le même rêve, n'est-ce pas ?

Kadidjatou acquiesça en hochant la tête. Yennendi était déjà complètement habillé. Il héla d'une voix forte un horso de son père afin de se faire affréter un cheval.

— L'aube se lève, mon fils. Tu devrais attendre que ton père et ses hommes se lèvent, avant de te précipiter seul.

— Pas le temps, Nya ! Issifou est en danger et je me dois de le sauver. J'ai peur d'arriver trop tard ! Qu'Allah me vienne en aide.

L'horso était déjà prêt et tenait le fougueux cheval noir de Yennendi, piaffant d'impatience de galoper. Maïmouna et Kadidjatou sortirent de la concession, lorsqu'elles croisèrent Alija qui courait comme une folle vers elle. Essoufflée, elle avait couru sans s'arrêter depuis le fleuve distant de quelques lieux. Elle s'écroula sur le sol. Maïmouna et Kadidjatou la retenait s'affolant l'une et l'autre de son état presque au bord de la démence.

— Maîtresse, empêchez Yennendi d'aller à la rencontre d'Issifou. C'est trop tard, il est déjà mort. C'est un piège. Yala l'attend pour le faire disparaître quelque part où il n'y a pas de dieux. Là où Allah ne pourra rien pour lui.

Puis elle se commença à crier et à se retourner dans tous les sens, comme une folle en répétant le nom de Yennendi. C'était trop tard. Avant que les deux femmes n'aient eu le temps de se retourner et de se lever, le bruit d'un cheval au galop les avertissait du départ en trombe de Yennendi. Il n'entendait pas les appels désespérés des trois femmes. Alija se jeta à la poursuite de Yennendi, avant que les deux autres n'aient pu faire un geste. Subitement, Kadidjatou se figea et regarda le liquide qui était en train de couler sur son pagne jusqu'aux samaras lacés jusqu'à ses chevilles. Elle venait de perdre les eaux. Les contractions apparurent presque aussitôt.

— Allah a eu raison de t'envoyer voir mon fils. Aide-moi à marcher jusqu'au windi, ma fille. Je redoute le pire.

— Oui Nya, moi aussi je redoute le pire ! Fasse Allah puisse le ramener sain et sauf !

Elles regardèrent la silhouette de Yennendi, suivie de celle d'Alija disparaître à l'horizon. Puis Kadidjatou poussa un grand cri de douleur.

Fort Houël

Yennendi ressentit une vive douleur à l'épaule gauche lorsque la charrette qui le transportait fit une brutale embardée en passant sur un gros caillou à demi enterré. Il se releva péniblement, gêné par les chaînes qui entravaient tout son corps. Tant bien que mal, il y parvint et se traîna comme il le pouvait vers la porte de la cage pour essayer de regarder au-dehors. Le masque de fer qui couvrait entièrement son visage percé uniquement de quelques trous au niveau des yeux l'empêchait de pouvoir regarder dehors. D'autant plus que la porte de la cage n'était elle aussi percé que de petits trous, plus pour permettre au prisonnier de bénéficier d'un peu d'air pour respirer que pour voir à l'extérieur. Malgré tous ses efforts, Yennendi ne parvenait pas à distinguer quoi que ce soit. Le carcan de fer autour de son cou avec ses branches crochues l'empêchait d'accéder à la porte de sa cage. Les sons et les bruits arrivaient très bien à ses oreilles. C'est ainsi qu'il comprit que les gens s'étaient assemblés sur le parcours de la charrette, ameutés par la rumeur qui couvrait depuis un certain temps de son transfèrement depuis la " Lapwent Pita " jusqu'au bourg de Basse-Terre. Durant tout le trajet, il fut salué par les esclaves qui travaillaient le long de l'itinéraire dans les champs de canne ou houspillé d'injures par les colons. La troupe qui escortait le mâle nèg' était nerveuse. Le convoi évitait au maximum de traverser les bourgs et les villages afin de ne pas énerver la population servile ou même les affranchis. Les villes de Petit-Bourg, les bourgs Sante Marie et Saint Christophe furent passées sans problèmes. Ils durent contourner la ville de Capesterre où une importante population d'esclaves peinait dans les champs de canne, de café et d'indigo situé à flanc de montagne. Les nègres marrons n'hésitaient souvent pas à descendre des montagnes toutes proches pour piller ou tuer les zabitans des plantations ou dévaster la ville. Les soldats redoublèrent de vigilance, le doigt sur la queue de détente de leur mousquet, l'épée ou le pique pointé en direction des hautes herbes d'où pouvaient surgir à chaque instant une bande de nègres, ivres de rage et de fureur. La montée vers les hauteurs de Bananier, Trou-au-Chien et Trois-Rivières fut un calvaire en raison de la nature montagneuse du terrain. Le convoi marqua la halte plusieurs fois pour permettre à la piétaille exténuée de souffler ou faire descendre la tension nerveuse extrême qui s'emparait de la troupe. Tous accusaient ce nègre de malheur de leur énervement ou des coups de chaleur dont ils étaient victimes, surtout ceux arrivés récemment de France. À chaque halte, les miliciens accompagnés de dogues chasseurs et mangeurs de nègres se déployaient afin de fouiller bosquets, raziers et les hautes herbes de la savane jusqu'aux abords des mornes. Leurs crocs terrifiants et leurs aboiements lugubres dissuadaient les nègres des champs ou itinérants de s'approcher. Leur réputation de dévoreur de nègres y faisait pour beaucoup. À la nuit tombée, ils entrèrent dans le bourg de Trois-Rivières où ils furent accueillis par une milice déjà sur le qui-vive. Les rumeurs de l'arrivée dans leur ville d'un nègre encagé avaient couru jusqu'à eux. La réputation de Yennendi était grande parmi les esclaves des plantations alentour. Nombre de nègres l'avaient rejoint pendant la grande révolte qu'il avait initiée. Les miliciens et les Zabitans du bourg savaient que des centaines d'yeux, dans les montagnes environnantes, les observaient en attendant la moindre faille pour foncer vers eux dont l'objectif était de délivrer celui qui avait été un chef de guerre puissant pour eux. Dans les quartiers des esclaves, les adultes racontaient aux enfants la légende de celui qui avait fait naître certains d'entre eux libre dans la forêt profonde des montagnes du morne Louis, près des chutes du Carbet ou d'Acomat, dans les camps retranchés et invisibles des ravines profondes de la Traversée ou de la rivière aux écrevisses. Ils racontaient aussi combien d'hommes, de femmes et d'enfants avaient rejoint la terre de leurs ancêtres, libres et heureux désormais, quelque part là-bas, à partir de ces endroits mythiques, vers ce que les blancs appelaient l'Afrique. La nuit, dans leurs chaumières éteintes ou enfoncées au cœur de la brousse dans un lieu secret connus d'eux seuls, les esclaves bâtissaient la légende de celui qu'ils appelaient le Prince. La légende de celui qui avait défié la colonie des blancs était en marche.

— Zot', ti-nèg ! Kouté biyen sa mwen ka di zot' ! Missié té on gwan Pwins-menm ! Owa péyi a'y kon koté sit' adan menm owa nou, moun Lafwik. Vous, les négrillons, ouvrez larges vos deux oreilles. Celui qui est là dans le fort aujourd'hui était un grand prince dans son royaume, comme ici parmi nous les nègres d'Afrique.

Le lendemain, alors que le soleil n'avait pas encore atteint son zénith, une compagnie supplémentaire en provenance de la ville de Basse-Terre arriva. Les hommes en armes étaient accompagnés d'une seconde charrette sur laquelle avait été monté un canon de marine avec une cinquantaine de boulets. Il y avait également des chiens supplémentaires qui aboyaient derrière tous nègre qui pointait le bout de son nez. En tout, il y avait à présent deux compagnies de cent hommes chacune pour escorter Yennendi, toujours engoncé dans les chaînes, son masque de fer et son carcan à crochets autour du cou. Le convoi se mit en branle en direction de la capitale de la colonie. Yennendi était couché au fond de sa prison mobile. Il s'enferma en lui-même pour ne pas entendre son nom crié par une multitude d'esclaves de champ qui bravait une nouvelle fois les appels des contremaîtres et des géreurs d'habitation pour se rassembler et lui rendre hommage. Cependant, il entendit distinctement un des appels parmi la foison de cris qui parvenaient malgré lui à ses oreilles. Un esclave au pied amputé, qui avait été sûrement un de ses compagnons de lutte, survivant oublié, de la répression féroce qui s'était abattue sur les nègres repris, claudicant à côté de la charrette scanda son nom, malgré la pluie de coup de crosse qui s'abattait sur lui.

— Yennendi ! Yennendi ! Ou sé rwa an nou ! Yennendi, Yennendi, tu es notre roi !

La masse de nègre de houe reprit à son compte le slogan du nègre boiteux. Yennendi, Yennendi ! Un coup de feu, un seul coup de feu, fut tiré par un soldat plus nerveux que les autres. Celui, qui avait interpellé Yennendi ; par son nom, tomba au sol, la poitrine percée. Son âme s'envola à tire-d'aile pour le pays de ses ancêtres. Sous les coups de fouet, petit à petit, les esclaves repartirent vers leur labeur de forçat de la canne. Yennendi avait entendu le coup de feu. Il ne lui fut pas difficile de comprendre ce qui venait d'arriver. Assis, tout au fond de sa cage hermétique, il adressa une prière à Allah afin qu'il accueille dans son paradis, l'âme de ce nègre, mort pour avoir scandé son nom. Il lui demanda également de lui donner suffisamment de sérénité et de courage pour affronter l'épreuve ultime qui l'attendait. Puis il se laissa aller à ses rêves, cette fois-ci, tout éveillé. Il se laissa bercer par les balancements de la charrette. De toute façon, yeux ouverts ou yeux fermés, il faisait noir aussi bien dans son masque que dans sa cage. Il n'eut pas de mal à retrouver le chemin qui l'emmenait peut-être pour la dernière fois vers son pays natal. Il n'avait nul besoin de Dongo et de son char pour l'aider à traverser, cette fois-ci le grand fleuve aux vagues déchaînées qui était devenu un chemin pavé des cadavres de tant de frères et sœurs, arrachés au continent noir. Il avait l'impression de les voir au fond de l'océan en une longue procession fantomatique qui faisait leur marche retour vers l'est, là où se trouvait leur terre natale. Les hommes en tête, suivis de femmes tenant pour certaines, leur bébé attaché par un pagne blanc à leur dos. Les jeunes enfants trottinant gaiement à côté de leur mère. Yennendi était léger et volait comme un aigle au-dessus de la procession. Un léger sourire dessinait sur ses lèvres une ligne sinueuse. Il apercevait à présent la savane. Il annoncerait le retour de ceux de ses compagnons qui avaient refusé d'atteindre la terre des Gakwaray et s'en revenaient dans leur village. Ses pensées se tournèrent vers le souvenir de ses amis. Issifou, Aliou, Harben, Oumarou et Idrissa. Issifou revenait sans cesse hanter ses souvenirs. Issifou dont il n'avait pas eu le temps de célébrer les funérailles. Yala se plaça amèrement parmi ses souvenirs. Qu'était devenu celui que son cœur avait tant aimé parmi tous ses amis ? Le souvenir de sa trahison lui faisait mal. De toute son âme, il souhaita sa mort. Qu'était-il devenu, se demanda-t-il ? Dongo vint tout de même lui apporter la réponse.

Le duel

Le cheval qui traversait au galop ce matin la savane tirait la langue. Ses flancs étaient marqués par des coups violents que lui assénait le cavalier juché sur son dos. Sa croupe recevait sans cesse les coups de cravache en cuir qui laissaient sur sa couenne des traces sanglantes. Le cheval commençait à donner de sérieux signes d'épuisement. Sa foulée diminuait et l'écume commençait à se concentrer en couches blanches superposées sur l'un des coins de sa gueule. Ses yeux ronds affolés roulaient dans leurs orbites. Celui qui le montait était tout aussi affolé. Il ne cessait de se retourner pour voir à quelle distance se trouvaient les poursuivants, qui visiblement cultivaient nettement mieux que lui l'art de l'équitation. Il l'avait l'impression que ses hommes avaient des montures infatigables. Les veines du cheval apparaissaient, gonflées le long de son encolure. Celles du cavalier battaient sous ses tempes. Ses poursuivants étaient comme des fantômes, disparaissant et apparaissant ici ou là, par intermittence mais se rapprochant inexorablement à chaque foulée de leur monture. Une flèche, fusante de vitesse, et de force siffla à ses oreilles et frôla son épaule droite avant de se figer avec un bruit de ressort en bois dans le tronc d'arbre qui se trouvait juste devant lui. Il ressentit une vive douleur à l'endroit où elle l'avait frôlé. Il n'eut pas le temps de remarquer les fines gouttelettes de sang qui tapissaient l'égratignure mais il en ressentit la brûlure. Tout à coup son cheval s'écroula en plein galop s'affaissant sur le côté dans un nuage de poussière. L'homme fut projeté violemment sur le sol. Il se releva, souple comme un félin. La panthère allait faire face. Il tira son grand sabre de son fourreau situé derrière son dos. Les arcades sourcilières froncées, ses yeux cherchaient en mouvements rapides l'endroit d'où pouvait apparaître le danger. Soudainement, surgi comme un esprit sortit tout droit des enfers, un cavalier passa à toute vitesse devant lui sans qu'il n'ait eu le temps d'agiter son sabre. Au même moment il ressentit à nouveau une douleur intense à la fesse droite qui fit jaillir du fond de sa gorge un cri de bête enragée. Une flèche venait juste de le frôler. Assez prêt pour lui occasionner une belle estafilade au fessier droit déchirant au passage un lambeau de son sarouel. Il se retourna juste à temps pour voir une ombre disparaître dans les hautes herbes de la savane. Il passa, d'un geste rageur, sa main sur sa blessure. Du sang coulait.

— Même pas de quoi m'empêcher de bouger hurla-t-il, levant un poing rageur.

Avant même qu'il ne lève la tête, la forte charge d'un autre cheval au galop l'envoya au sol. Seule son agilité lui évita le déboîtement d'une épaule. Il entendit le sifflement caractéristique d'une seconde flèche qui fusa si près de son visage, qu'il en sentit le souffle. Il se remit prestement debout avant qu'un autre esprit se manifeste devant ou derrière lui. Ses yeux lançaient des éclairs et son bras muni de son sabre pourfendait l'air chaque fois qu'il pressentait un mouvement. Yala commençait à perdre son sang-froid. Il se pensa un court instant que c'étaient sûrement des esprits venus le punir, à en juger les hurlements qu'ils lançaient chaque fois qu'ils traversaient les hautes herbes, invisibles. Il poussa un cri de peur, lorsqu'il fut surpris par un cheval à la robe noir de jais qui jaillit devant lui. Le cheval se cabra juste devant lui en poussant un hennissement qui le glaça, apparaissant comme un fantôme surgit de nulle part. Il recula vivement afin de ne pas prendre un coup de sabot. Le cavalier qui montait ce cheval noir comme la nuit tenait son arc à la main gauche.

— J'aurais pu te tuer mille fois si je l'avais voulu, cria Zaago en sautant parterre ! Qu'as-tu fait du corps de mon fils ?

Les lèvres de Yala se fendirent d'un rictus à travers lequel il laissa fuser le son de sa voix avec un ton moqueur.

— Que veux-tu que je te dise, vieil homme ? Il doit se balader quelque part dans la savane !

En se moquant de Zaago, Il leva son sabre et fonça sur lui pour frapper lorsqu'un deuxième cavalier apparu derrière lui le bousculant à nouveau. Il tomba dans la poussière. Harben bondit à terre, planta sa longue lance dans le sol et dégaina à son tour un large et long cimeterre qui datait du temps de son passage comme soldat eunuque dans les armées chérifiennes. Le son du vent que fit l'arme d'Harben, fendant l'air comme un sifflet, inquiéta Yala. Il constata qu'il avait en face de lui deux redoutables guerriers.

— Ça fait deux fois que le soleil se couche. Et nous avons retrouvé ta trace. Je t'avais bien dit que la prochaine fois où tu croiseras ma route, ça sera pour te tuer.

— Seriez-vous lâche à ce point ? Deux pour m'affronter ? Quel honneur vous me faites !

Ce faisant, Yala leva son bras et fonça comme un buffle vers Harben qui n'eut aucun mal à esquiver la charge dans le bruit métallique de leurs armes qui se croisent. Les sandales lacées de la panthère roulèrent sur les cailloux qui le firent tomber une nouvelle fois. Une fois de plus, Yala se releva aussi rapidement qu'il était tombé. Mais une voix de stentor stoppa net son élan alors qu'il allait se jeter sur Harben.

— Non Harben, ce chacal m'appartient lança Zaago. Nous n'allons pas être deux à te combattre. Mais vient m'affronter, moi, le vieux comme tu m'appelles.

Zaago jeta son arc et se débarrassa de son carquois. Il sortit son sabre de son fourreau. Les deux protagonistes se dévisageaient. La langue de Yala vint caresser les alentours de ses lèvres, comme un enfant gourmand devant de la cire d'abeille. Il ricana comme une hyène qui venait découvrir sa proie.

— Après le fils, je vais avoir l'occasion de rayer définitivement le nom des Sonni de la surface de cette terre.

Pour toute réponse, Zaago, se mit en garde, les jambes solidement campé au sol, son sabre tenu des deux mains, à la hauteur de son visage, la pointe en avant. Il cracha un jet de salive qui jaillit d'entre ses dents comme un filet d'eau et vint frapper le sol juste devant les pieds de Yala. Ce dernier poussa un cri terrible destiné à paralyser ses ennemies avant de se jeter comme un lion affamé sur Zaago. Celui-ci évita sa patte sans problème dans le son d'acier et d'étincelles de sabres entrecroisés.

— Je répète ma question, arwasu. Qu'as-tu fait de mon fils ?

Yala fut piqué au vif par le qualificatif de Zaago. Il lui rétorqua qu'il y avait bien longtemps qu'il ne traînait plus dans les jambes de sa mère.

— Tu as beau savoir esquiver les coups, vieil homme. Ce soir tu dormiras aux côtés de tes ancêtres avant de s'élancer vers Zaago, une nouvelle fois.

Les deux sabres s'entrechoquèrent. Leurs bruits métalliques faisaient jaillir des étincelles, véritable signature des marques des forges dans lesquelles elles avaient été fondues. Les coups de Yala assénés avec force glissaient sur les esquives de Zaago qui réglait son combat comme une chorégraphie de danseurs. Harben ne pouvait s'empêcher d'admirer la classe du maître d'armes qu'était Zaago. Chaque coup de Yala était paré. À sa façon de combattre, Zaago avait l'air de vouloir épargner son adversaire, nota Harben. Normalement, il n'en ferait déjà qu'une bouffée, pensa-t-il. Les deux belligérants se jaugeaient. Les épées sonnaient à chaque fois qu'elles se percutaient, laissant échapper les notes musicales du métal hurlant. Zaago percevait les premiers signes d'essoufflement chez Yala. Pourtant, ce dernier n'allait pas s'avouer vaincu d'avance. Il continuait à le défier, tirant sa langue, grimaçant, crachant un flot d'injures afin de déstabiliser le maître d'armes. Sûrement pensait-il qu'il avait la jeunesse pour lui et que tout expérimenté que puisse être Zaago, il ne résisterait pas longtemps à la force de ses assauts.

— Une fois de plus, arwasu, je te demande où est mon fils ? Dis-moi où tu as caché son corps et je t'épargnerai. Dans le cas contraire, je te tuerai et j'enfermerais ton cadavre dans une peau de porc, sans sépulture.

Zaago observait les tics qu'avait Yala lorsqu'il l'affublait du sobriquet de jeunot. Il pouvait sentir sa colère monter en lui. Yala partit dans un nouveau ricanement pour ajouter à la douleur d'un père. Zaago ne laissait pas transparaître sa souffrance. Avec un air de mépris, Yala cracha parterre et lui signifia qu'il ne lui dirait rien. Puis il engagea une nouvelle joute, son sabre levé, l'autre main en balancier afin de maintenir son équilibre.

— Dans ce cas, tu ne me laisse pas le choix ! Ce soir, c'est toi qui dormiras en enfer.

Le ton de la voix de Zaago était profond. Une série de mouvements de ses poignées porta des chocs répétés sur le sabre de Yala, qui sentit leurs ondes se répercuter jusque dans ses bras, rendant son arme de plus en plus lourde. Les passes de Zaago succédaient aux parades de plus en plus laborieuses de Yala pour contenir le maître d'armes. Malgré les quelques coups qu'il pouvait placer, lorsqu'il en avait le temps, il se laissait de plus en plus surprendre par les ripostes avant et arrière de Zaago. Yala devenait fébrile. Ses gestes étaient désordonnés. Sur une courte pause pour reprendre son souffle, il sentit que Zaago avait décidé de passer à la vitesse supérieure. Yala pressentit que le temps était compté pour lui sur cette terre. Il recula de plusieurs pieds et dans un dernier défi, lança à la face de Zaago et d'Harben, un chant funèbre. Zaago le laissa chanter plusieurs couplets. Puis il lui signifia que c'était suffisant et qu'il devait se préparer à mourir. Yala poussa un grand cri de bête. Harben regarda Yala se métamorphoser en panthère, pour la dernière fois. Puis comme s'il était nourri de la puissance de l'animal qui avait pris possession de son corps, il se jeta comme le fauve qu'il était en hurlant sur Zaago. Son sabre ne rencontra que le vide. Dans un mouvement d'esquive et de rotation de tout son corps, où les armes laissèrent jaillir l'âme de l'acier par des étincelles qui semblaient vouloir monter jusqu'au ciel, Zaago se retrouva derrière son adversaire. Un étrange bruit de déchirure parcourut son dos de haut en bas. Yala se cabra en hurlant à la sensation de brûlure qu'il ressentit dans son dos. Une profonde entaillure apparut à l'endroit où Zaago avait frappé, de l'omoplate jusqu'au niveau des reins. Yala comprit en lâchant un long tchiiip entre ses dents, que la fin de la récréation allait bientôt sonner. Tout en titubant, son sabre baissé, il ricana une fois de plus en se moquant de son vieil adversaire. Il se retourna pour faire face. Il chargea une nouvelle fois, son arme levée qui ne percuta que du vent et de la poussière, lorsqu'il l'abattit sur ce qu'il pensait être Zaago. Aussitôt, deux fortes brûlures vinrent à nouveau se manifester à la poitrine et à l'abdomen de Yala. Son corps penché vers l'avant, son sabre à peine tenu de ses deux mains, Yala regardaient, effaré, le sang qui sortait des profondes estafilades sur sa poitrine, en fines gouttes qui s'épaississaient de plus en plus pour finir par couler sans trop de hâte comme la lave d'un volcan. Il leva la tête pour s'apercevoir que Zaago n'était plus devant lui. Mais le slash qu'il entendit derrière lui indiqua que les tendons de ses jarrets venaient d'être rompus. Il tomba à genoux avec un cri de douleur atroce, essayant de rassembler le peu de force qui commençait à déserter ses bras. C'est à ce moment que son abdomen fendu précédemment s'ouvrit et laissa échapper en cascade ses intestins. Effaré, consterné, il essaya de les retenir avec une main. Il entendit distinctement dans son oreille, la voix de Zaago, lui rappeler que le soleil avait cessé de briller pour lui. Les yeux de Yala fixaient la ligne de l'horizon, limitée à quelques pas devant lui par les herbes jaunies de la savane. Il ferma les yeux pour ne pas regarder en face le visage hideux de la mort qui tendait ses bras décharnés pour s'emparer de son âme. Calmement, Zaago vint se planter derrière lui et plongea son sabre entre les omoplates de Yala. L'atroce douleur qu'il ressentit entre ses épaules lui arracha un feulement de panthère. L'esprit de cette dernière s'envolait de son corps vaincu. Les portes du royaume des morts s'ouvraient devant lui. Yala rouvrit ses yeux que la douleur avait fermé un instant pour voir la pointe de l'arme de Zaago apparaître juste au milieu de sa poitrine. Il semblait étonné que cela puisse lui arriver, à lui. Lui, la panthère, qui durant sa courte vie de guerrier, avait semé la terreur et pourfendu tant de gens. Le pied en appui sur son dos, Zaago retira avec force la lame qui, au passage ramena des lambeaux de ses poumons. Du sang coulait aux coins de la bouche de Yala. Une quinte de toux lui fit cracher des morceaux de chair. Dans un dernier effort de volonté avant de sombrer dans les abysses infernaux des enfers, Yala trouva la force de vouloir accroître la souffrance de Zaago, dans ses derniers instants. D'une voix crispée de douleur, il prononça dans toute sa haine ses dernières paroles.

— Vieil homme ! Là où j'ai envoyé ton fils, c'est pire que la mort. Les Gakwaray feront de lui un mort-vivant avant de le manger.

Son corps sembla osciller de gauche à droite avant de s'écrouler face à l'avant écrasant au passage ses organes internes répandus sur le sol. Sa tête posée sur son profil exprimait dans un dernier rictus toute la haine qui avait grandi en lui depuis tant de pluie. Ses yeux ouverts, vitreux essayaient de fixer Zaago sans pouvoir le voir. Yala émit un dernier souffle qui souleva un minuscule nuage de poussière rouge avant de rejoindre les enfers. Harben maudit son nom et cracha sur son cadavre.

— Ne devrait-on pas le laisser avec ce qu'il est, parmi les siens, les chacals et les hyènes, dit-il !

Zaago ne répondit pas. Il s'assit près du cadavre de celui qui avait causé tant de malheur dans sa ville. Il laissa monter en lui le fil des événements de ces derniers jours. Les images lui arrivaient en mémoire, toutes fraîches, trop fraîches. La douleur vint les accompagner presque automatiquement. Harben avait beau lui parler, aucun son ne parvenait à ses oreilles. Les yeux dans le vague, il laissa tomber son sabre au sol.

— Harben, dit-il. J'ai pris la vie d'un arwasu ! Il était à peine plus âgé que mon fils !

— Il le fallait Khoyze répondit Harben. C'était un monstre ! Il était rongé par la haine et il aurait détruit tout Dosso s'il avait pu.

Il marmonna un chant funèbre dédié à son fils qu'il pressentait brutalement arraché à jamais à son affection. Qu'allait-il dire à Kadidjatou ? Les flashs de ses souvenirs lui arrachaient des gémissements qu'il essayait de contenir. Il ne parvint qu'à prononcer le nom de son cher fils. Pas de corps à ramener à sa mère. S'il était mort, comment allait-on organiser les funérailles de Yennendi ? Qui allait réciter les odes de la vie de son fils et chanter ses faits et gestes ? Comment faire le deuil de celui dont on ne retrouvait pas le corps ? Il se leva impuissant. Certes il avait bien vu le corps mutilé d'Issifou qui gisait sur le sol. Il y avait les corps de ses deux compagnons de la confrérie des Gaw, qui eux aussi avaient trouvé le sommeil éternel dans d'atroces souffrances. Il y avait les cadavres d'hommes inconnus couchés à jamais sur la terre du Zarmaganda qui attestaient de la résistance héroïque d'Issifou ou de Yennendi. Mais il n'y avait plus le corps de son fils. Zaago et Harben, avaient cherché et trouvé les pistes brouillées que des hommes avaient essayé de dissimuler tant bien que mal après leur forfait. Ils avaient suivi et remonté les traces jusqu'à surprendre Yala et ses hommes en train de fêter l'embuscade dans laquelle Issifou et Yennendi étaient tombés. Il revoyait les images des hommes transpercés par les flèches et les lances, qui se réveillèrent assurément dans un pays sombre peuplé d'âmes mortes. Il revoyait aussi les images de la poursuite engagée contre Yala, avant qu'il ne le rattrape et le tue de ses mains. Mais ce diable de bandit ne lui avait pas révélé ce qu'il avait fait de son fils avant de mourir. Des larmes coulaient de ses yeux sans qu'il ne s'en aperçoive. Harben, touché par tant de douleur pleurait lui aussi. Jamais dans sa vie qui a comporté tant de malheurs, il n'avait rencontré pareil homme tel que Zaago et son fils. Il comprenait ce que Zaago pouvait endurer, car lui aussi a été arraché à l'affection de ses parents, sans jamais les avoir revus. Un chant venu du plus lointain de ses souvenirs remonta à la surface. Il se mit à chanter dans une langue qu'il croyait avoir oubliée pour toujours. C'était de l'abyssin, sa langue maternelle, la langue de sa prime enfance. Zaago tourna la tête vers lui. Dans son silence, ses yeux exprimaient toute sa reconnaissance d'avoir un tel homme à ses côtés. Il adressa un signe de remerciement à celui qui chantait dans sa propre langue un hommage à son fils disparu. Zaago et Harben recherchèrent durant plusieurs jours le corps de Yennendi, persuadés de sa mort. Partout où ils rencontrèrent des paysans, des commerçants ou des voyageurs, ils furent avertis de la présence de groupes d'hommes armés qui étaient suivi d'un Gakwaray ou d'un étrange homme à peau claire. D'autres racontaient avoir croisé un convoi d'hommes et de femmes attachés, nus, relié les uns aux autres par une fourche. Ces hommes ne laissaient après passage que désolation et mort. Ils galopèrent vers le sud, la direction indiquée par ces derniers. Dans sa course éperdue pour retrouver son fils, Zaago, ne cessait d'imaginer ce qui lui était arrivé et craignait le pire. La seule personne qui pouvait l'aider à retrouver son fils était Alija. Il lui demanderait de consulter les ancêtres pour savoir. Après de vaines recherches dans le sud de la province, Zaago et Harben reprirent le chemin retour.

Alija était seule dans sa petite case sise dans le windi de Kadidjatou. Elle regardait, l'air triste, les objets qu'elle avait amassés depuis plus de vingt pluies et qui lui appartenaient. Pas grand-chose. Des tuniques, des taafés, deux boubous richement décorés pour les beaux jours, deux ou trois nattes décorées et tressées, une marmite en acier gris que lui avait offert Zaago à un retour d'expédition. Sur le mur, une belle peau de zèbre que lui avait offert Issifou et divers sacs contenant herbes, médecines sous forme d'empâte, crèmes et cauris servant aussi bien de pièces de monnaie que d'aide à la pratique divinatoire. Elle pensa à Issifou en regardant la peau de zèbre. Sur ces indications, Mamane Oumarou et Idrissa Djibo, aidés de plusieurs hommes, avaient ramené les corps profanés et mutilés d'Issifou et ses deux compagnons. Elle se rappelait les circonstances de son cadeau pour l'aider à conquérir le cœur de la sœur d'Harben, la belle Mariama.

— Pauvre alboro, tu n'auras même pas eu le temps de pouvoir laisser une descendance !

Zaago et Harben étaient arrivés le matin, tôt. Leur entrée dans Dosso était accompagnée d'une fine pluie qui ajoutait un désarroi supplémentaire aux faits intervenus dans la ville. Elle revoyait encore et encore les cris de Mariama ivre de chagrin à la vue du corps de son fiancé que les hommes avaient pris soin d'envelopper dans un grand pagne afin qu'elle ne puisse voir l'horreur. Elle revoyait le regard interrogateur de Kadidjatou et le geste d'impuissance de son mari. Elle revoyait les appels désespérés de sa maîtresse qui hurlaient le nom de son fils dans toute la concession. Elle revoyait les yeux sans éclats de Zaago qui après avoir regardé son nouveau fils qu'il redéposa dans les bras d'une domestique. Elle entendait les pleurs des mères, sœurs et filles de ceux qui avaient perdu la vie aux côtés d'Issifou. Elle entendait les prières des marabouts afin que Zaago et Kadidjatou garde l'espoir. Mais elle, Alija savait que Yennendi avait disparu à jamais. Elle se laissa aller au chagrin. Épuisée, elle s'écroula sur sa natte en pleurant. Ses sanglots secouaient son corps comme atteint de la fièvre brûlante des marais. Elle s'en voulait de ne pas avoir su convaincre Yennendi de s'éloigner de Yala. Si seulement elle avait pu. Ses larmes se déversaient en torrents ininterrompus sur son visage, ses bras et tombaient sur le sol en suivant les méandres des tresses de sa natte.

— O Yennendi, mon bien aimé. Toi pour lequel mon cœur t'est attaché pour toujours. Toi qui m'as donné la joie de connaître le plaisir et la jouissance pour la première fois. Tu as planté les graines de la vie dans le ventre de Maïmouna. Je l'ai vu ! Je te jure que j'irai te chercher et je te ramènerai chez toi.

Elle prononça ensuite des mots terribles envers celui responsable de tant de malheur à Dosso. Elle le voua aux pires malédictions et souhaita que sa descendance puisse souffrir des mêmes affres dont il avait si souvent condamné des hommes, des femmes et des enfants. Elle sentit la présence de Karamoko dans sa petite case. Elle releva la tête et elle le vit, là, au milieu de la pièce. Karamoko était auréolé d'une lumière blanche dans un grand boubou immaculé. Ses cheveux et sa barbe étaient blancs comme du coton lissé. Il lui projeta les circonstances de la disparition de Yennendi en ajoutant que celui n'était pas mort. Mais il n'ajouta pas plus quant au sort qu'il l'attendait. Le songe la fit sortir de son propre corps. Elle flottait au-dessus d'elle-même. Elle assistait aux événements des derniers jours. Alija se revit marchant dans la rue principale de Dosso, sa tunique déchirée, sale, les pieds ensanglantés d'avoir couru sur les épineux et les cailloux de la savane. Elle se dirigeait vers le windi de sa maîtresse où elle savait que cette dernière était en train de mettre un enfant au monde. Elle avait couru presque une journée entière pour rattraper Yennendi qui était parti au galop à la recherche de son ami dès l'aube naissante. Elle avait trouvé le corps sans vie d'Issifou et de ses deux compagnons, la poitrine ouverte et le cœur arraché. Elle avait croisé Zaago et Harben, lancés au grand galop pour essayer de rattraper Yennendi et leur indiqua l'endroit où reposaient les trois corps. Elle revenait à Dosso pour annoncer la triste nouvelle. Elle se revit en présence de Kadidjatou, Zaago et tous les fidèles, interroger les esprits dans la cour du windi de Zaago. Elle avait lu dans les entrailles du mouton encore chaud le sort de Yennendi, au grand dam des marabouts qui prédisaient à Zaago que son fils serait de retour dans trois couchers de soleil. Elle avait défié l'autorité des marabouts et des anciens en révélant à Zaago devant sa femme que Yennendi n'était pas mort, mais qu'il ne reviendrait plus. Mais elle était incapable d'expliquer ou ne voulut pas expliquer ce qui attendait Yennendi dans un autre monde. La vérité aurait été trop insupportable pour Zaago et surtout Kadidjatou. Tout était embrouillé dans sa tête. Elle n'arrivait pas à ordonner et à replacer les images qui venaient percuter l'intérieur de sa tête avec violence. Alors, le vieux Karamoko lui montra.

La mort d'Issifou

Le cheval noir de Yennendi galopait à bride abattue. L'aube avait fait place au soleil, qui ce jour semblait avoir fait un bond dans le ciel afin d'avancer le temps. Les dieux avaient leurs raisons. Il suivait les traces de son ami, comme il le lui avait appris. Yennendi éperonna sa monture pour l'encourager à aller plus vite. Le vif pressentiment ressenti depuis que le cri d'Alija avait retenti et la présence de sa mère chez lui en fin de nuit dernière, ne le quittait plus. Au contraire, il semblait se renforcer davantage à chaque lieue parcourue. Des appels parvenaient dans sa tête, lancés par Alija qui lui demandait s'arrêter et de l'attendre pour la prendre en croupe sur son cheval. Mais il ne pouvait attendre. Il sentait que la vie d'Issifou en dépendait. Son cheval commençait à donner des signes de fatigue et en bon cavalier qu'il était, il laissa sa monture ralentir afin qu'elle reprenne son souffle. Cela lui permettait d'observer les traces que ce dernier ne manquait pas de laisser à chaque fois pour se signaler. Il le connaissait par cœur depuis leur initiation. Ils chassaient souvent ensemble. Il faisait de même lorsqu'il partait en éclaireur comme lors de l'expédition contre les Tamasheqs à Tillabéry. Le soleil décochait ses flèches en or de plus en plus fort. Il en profita pour boire à l'outre que le domestique n'avait pas omis d'accrocher à la selle de son fidèle destrier. Puis il s'entoura sa tête de son long chèche et rabaissa les manches de sa tunique sur ses bras, afin de se protéger des morsures ardentes du soleil. Il ne pensait pas qu'Issifou avait parcouru autant de distance. Les heures passaient et Yennendi s'enfonçait toujours plus loin dans la savane, s'éloignant inexorablement de Dosso, sans escorte. C'est à ce moment qu'il se rendit compte qu'il était parti sans armes. Un infime instant de panique se manifesta en lui. Sans armes, il ne résisterait pas longtemps s'il tombait dans une embuscade. Mais il se reprit rapidement, aiguillonné par l'idée qu'Issifou était en danger et qu'il avait besoin d'aide. Il caressa le col et la crinière de son cheval et lui parla doucement à l'oreille. Comme s'il avait été sensible à la détresse et aux arguments de son maître, le cheval s'élança dans un galop rapide. Ils avalèrent plusieurs lieues d'une traite à la vitesse d'un éclair. Yennendi tira les rênes pour stopper son cheval lorsqu'il aperçut une nuée de vautours planés à quelques centaines de coudées de là. Une énorme angoisse étreint sa gorge et accéléra les battements de son cœur. Son cheval crachait de l'écume à la bouche et ses naseaux soufflaient de la fumée comme s'il avait avalé de la vapeur. Des tressaillements parcouraient le long de sa robe noire comme la nuit et se transmettaient à son maître une onde d'angoisse continue et diffuse. Son instinct lui dit qu'à cet endroit avait eu lieu un terrible combat. L'odeur pestilentielle de la mort vint frapper ses narines indiquant des corps en phase de décomposition. Dans un cri sauvage, Yennendi relança son cheval jusqu'au lieu où les vautours se disputaient les morceaux qu'ils arrachaient à chaque coup de leur bec acéré et pointu. Le long cou déplumé de l'un d'eux disparaissait complètement à l'intérieur du ventre d'un cadavre. Il ramassa une grosse branche et chassa les charognards qui de leur lourd vol pesant, sans trop s'affoler, se posèrent sur les branches des arbres ou les rares rochers environnants, l'œil désapprobateur. Affolé, Yennendi regardait partout, ne sachant que faire. Plusieurs cadavres étaient éparpillés sur la terre desséchée de la savane. Il en compta une dizaine, couchés à jamais dans l'herbe jaunie par la sécheresse qui commençait à sévir comme l'avaient annoncé les anciens dans leurs palabres de la veille. Il nota à leurs habits qu'ils étaient tous étrangers. Il appela Issifou à chaque foulée ou chaque fois qu'il constatait que le mort retourné n'était pas son ami. Un peu plus loin, à l'endroit où les herbes étaient aussi hautes que deux hommes, il découvrit les corps sans vie des deux compagnons d'Issifou. Il fut horrifié de la vision qui s'offrait à lui. Leur poitrine avait été ouverte et leur cœur n'était plus. Leurs viscères avaient été arrachés de leur ventre et éparpillés aux alentours. Secoué de haut de cœurs, Yennendi se pencha vers le sol pour vomir. Quel monstre avait pu commettre pareille abomination ? Seul un animal comme une panthère pouvait occasionner cela. Haletant, essayant de recouvrer ses esprits, Yennendi leva la tête. C'est là qu'il le vit. Il poussa un hurlement qui s'entendit à plusieurs lieux de là. Il se précipita comme un fou vers le corps de son ami, qui avait été empalé, nu, le long d'un pique en bois. Sa tête penchait sur le côté, les yeux révulsés. L'horreur serra la poitrine de Yennendi qui cria comme un dément dans une douleur atroce le nom de son ami. C'était un cauchemar. Ils allaient se réveiller et sortir ensemble de cet endroit abominable. Mais ce n'était pas un cauchemar. C'était pire. Les bras levés vers le ciel, il s'adressa à Allah avec d'énormes sanglots.

— Allah, pourquoi cela ? Pourquoi pareille barbarie ? Quel homme sans foi peut commettre pareil crime ?

De grosses gouttes de sang frappèrent son visage. Elles tombaient de la blessure béante de son ami comme une cascade sans jamais atteindre le sol et faire boire ainsi les esprits assoiffés. Les bouillons qui s'en échappaient venaient sécher sur place en s'agglutinant sur la couche précédente que le soleil figeait au fur et à mesure. La folie s'emparait de Yennendi. Le spectacle du corps de son ami empalé et mutilé était insupportable. Les larmes inondaient son visage. Il poussa de toutes ses forces pour faire tomber la longue pique. Mais il constata que l'empalement n'était rien à côté de ce qu'il découvrait. Le cœur de son ami avait été arraché. Le nom de Yala sonna à ses oreilles. Ça ne pouvait être que lui le responsable. Le doute n'était plus permis. Un long cri de rage, d'impuissance, de haine, monta de ses tripes et jaillit de sa poitrine avec force et désespoir. Il maudit le fils de Moussa Sana Diori, le tchakay de Dosso. Vidé émotivement, il s'affaissa sur le corps de son ami d'enfance et le pleura amèrement pendant ce qui lui sembla une éternité. Il ne fit pas attention aux bruits de feuillages qui s'agitaient derrière lui. Pourtant, une voix sortit de très loin faisait écho à ses oreilles. Il était attaqué et il devait se lever immédiatement pour se défendre. Les herbes avaient bougé mais il n'y avait pas de vent ! Le bruit d'un pas qui écrase une branche morte le ramena à la réalité de l'endroit où il se trouvait. Il se redressa comme un fauve. Les bras tendus et écartés, arc bouté solidement sur ses jambes. Ses mains balayaient le sol à la recherche de n'importe quoi pour lui servir d'arme, tandis que ses yeux observaient la dizaine d'homme qui apparaissait tout autour de lui, armé de gourdins et de machettes. Il aperçut le sabre d'Issifou posé à côté de son cadavre. Dans une roulade rapide, il s'en empara et leur fit face, l'arme pointée, prête à frapper. Yennendi réfléchissait à toute vitesse pour détecter la faille dans leur dispositif. Il passa à l'attaque le premier en effectuant une nouvelle roulade qui l'amena devant deux hommes. Les gestes tant de fois répétés dans l'école d'arme de son père étaient restés en mémoire. Dans un mouvement aussi furtif que rapide, il déchira dans un même élan les abdomens de ses deux premiers adversaires. Ces derniers, consternés de partir ainsi, s'affaissèrent en répandant leurs boyaux sur le sol. Dans un bond de Gazelle, il retomba sur un autre en lui fendant le crâne de son sabre. Avec une pirouette admirablement exécutée, il évita la machette d'un de ses assaillants et d'un geste vif et précis, il lui déchira la colonne vertébrale avec un cri presque bestiale. L'homme fut secoué de tremblements violents avant de tomber face contre terre. Le suivant qui s'approcha de lui en levant son gourdin vit son bras s'envoler vers le ciel. Amputé au niveau de l'épaule, il regardait son propre sang qui s'échappait de sa blessure béante en cascade à plusieurs pas de distance. Il essaya de fuir, mais il ne fit que quelques pas, vidé en peu de temps de la sève de vie. D'autres hommes sortirent de leur cachette face à lui. Yennendi reculait en espérant pouvoir les contenir, sauté sur son cheval et fuir. Il sentit quelque chose voler au-dessus de sa tête. Il n'eut le temps que d'entrevoir un large filet de pêche lesté de pierres à tous ses bouts lui tomber dessus. Ses bras s'agitèrent en tous sens pour déchirer ce lourd grillage en corde de liane. Ce fut le moment que ses assaillants choisirent pour foncer ensemble sur lui. À travers les mailles, il eut le temps d'embrocher un, puis deux autres adversaires qui rejoignirent leurs ancêtres en hurlant. Les attaquants commencèrent à lâcher prise à nouveau, se demandant comment un être aussi jeune pouvait se battre avec autant de fureur. Yala apparut dans le champ restreint de vision de Yennendi. Il hurlait sur les hommes qui renonçaient à combattre pareil lion. Il vit Yala saisir le bras de l'un d'eux pour le rejeter au combat. Ce dernier refusait de repartir. Yala s'empara de son sabre et lui fendit le crâne. Yennendi était effaré par tant de cruauté. Les assaillants stoppèrent leur fuite un instant, puis repartirent à l'assaut. Ils lui tombèrent dessus en même temps, le bourrant de coups de gourdin. Yennendi se défendait tant bien que mal, mais ses forces déclinaient petit à petit. Il avait perdu son sabre dans la mêlée. Un coup énorme sur la tête le fit sombrer dans un profond abîme. Yala arrêta d'un ordre bref le désir de vengeance de ses hommes sur celui qui avait envoyé plusieurs d'entre eux en jugement à Dongo. Mais il permit qu'ils se servent de tout ce qu'il pourrait trouver sur lui. Très rapidement, profitant du fait qu'il était évanoui, comme des charognards, ils le dépouillèrent de ses habits, de ses samaras lacés, de ses bracelets et de ses amulettes. Puis Yala s'accroupit à côté de Yennendi et attendit que ce dernier revienne à lui. Yennendi ouvrit les yeux. Le filet avait été ôté. Mais ses mains et ses pieds étaient entravés. Une grosse bosse pointait ses rondeurs sur son front tandis que ses bras, son corps, ses jambes étaient couvertes d'ecchymoses. Son œil droit tuméfié ne s'ouvrait pas. Il constata qu'il était entièrement nu et que les hommes de Yala paradaient avec ses affaires. L'un de ses hommes s'approcha de lui et vint le menacer avec sa machette sous le nez en lui parlant dans une langue qu'il identifia comme étant un dialecte mamprusi ou mossi. Yennendi pensa que cet homme comme toute la bande qui entourait Yala étaient des soldats déserteurs. Devenus bandits, ils vivaient de vols, de rapines et de trafics. Vols, viols et vandalismes, voilà à quoi se résumait leur vie, se dit Yennendi. Malgré ses pieds liés, Yennendi lança ses jambes en avant qui atteignirent l'homme qui continuait à l'invectiver. Avec un cri étouffé par la douleur, celui-ci mit ses mains au niveau de ses organes génitaux avant de tomber à genoux, le buste penché en avant vers le sol, dans une posture de prière à Allah. Il se releva péniblement et leva son arme sur Yennendi. Yala l'arrêta d'un ordre sec. En maugréant, le visage congestionné, l'homme de main obéit et s'éloigna en traînant la patte. Yala observait Yennendi avec un sourire non dissimulé. Yennendi lui rendait son regard avec tout le mépris que son rang affichait pour un mécréant comme lui. Il lut dans les pensées de Yennendi. Il se leva brusquement et le doigt accusateur sur Yennendi lui adressa la parole.

— Ici, tu n'es plus rien maintenant. J'ai ta vie entre mes mains. Je ferai de toi mon esclave. Je te ferai manger mes excréments. Tu n'es plus rien. Tu entends, tu n'es plus rien !

— Yala, s'écria Yennendi, que t'es-tu arrivé ? N'étions-nous pas des amis depuis notre enfance ? Ressaisis-toi. Tu ne peux avoir oublié tout ce que nous avions été. Nous avons grandi ensemble, toi et moi. Regarde-toi ! Est-ce cela le fils de Moussa Sana Diori et de Binti Raïssa ?

Les noms prononcés par Yennendi firent sortir Yala de ses gonds. Il se précipita sur lui et lui saisit la gorge d'une poigne de fer. Il prit une profonde inspiration. Il savourait cet instant où enfin, il voyait celui qui avait été son ami d'enfance tout au plus comme une mouche qu'il voulait écraser.

— Tu veux savoir pourquoi je devenu cet autre Yala aujourd'hui ? Je vais te le dire ! Parce que tu as toujours tout eu. La naissance, les honneurs à l'école, les hommages lors de notre initiation, la considération des petites gens de Dosso et d'ailleurs. L'argent et des terres, des femmes qui te désiraient avant même que tu t'en aperçoives. Tu avais droit à tout Yennendi. Et moi, je n'étais que le fils d'un obscure tchakay qui voulait que je reste à ma place. Ton père voulait que je reste à ma place. Mon père voulait que je reste à ma place. Ta mère, qui ne m'a jamais regardé que comme un objet d'amusement pour son fils voulait que je reste à ma place.

Yennendi écoutait, consterné, Yala faire l'énumération de la mauvaise fortune de sa naissance et de sa jalousie. La haine avait envahi tout son être au cours de son errance à force de ruminer ses tribulations. Yala, dans une colère qu'il ne maîtrisait plus cracha son venin sur tous les faits qui l'avaient marqué. L'humiliation devant la gloire d'Issifou et de Yennendi. Il raconta qu'il s'était vengé à coups de poing sur tous ceux qui l'avaient méprisé pour avoir fait sur lui. Il en voulait à l'Askia de ne pas l'avoir accepté dans ses troupes.

— Que veux-tu Yala ? Que veux-tu faire de ta vie ?
— Ce que je veux ? Je veux ce que tu as. Je veux le pouvoir, je veux des terres, je veux des femmes, je veux la richesse. Je veux me venger de tous ceux qui m'ont rejeté. Je veux ta mort et je prendrai ta femme, ta sœur et même ta mère pour

en faire une captive et ton père pour en faire mon tchakay. Comme cela, l'ordre sera rétabli comme il se devait d'être. Yala était vraiment devenu fou, pensa Yennendi. Il comprit qu'il était un homme malade de jalousie et de haine. Il était son ami, mais maintenant il prenait mesure de l'homme ombrageux qu'il avait toujours été. Il se rappela les petites phrases empoisonnées qu'il lui lançait et qu'il feignait de ne pas entendre au nom de l'amitié qu'il lui portait. Son mépris pour ce qu'il était devenu devait se voir, car Yala dégaina son sabre et le pointa sur Yennendi.

— Je devrais te tuer, ici, maintenant et laisser ton cadavre aux hyènes !

— Qu'attends-tu pour le faire, prononça Yennendi la voix étranglée par la poigne de Yala ?

— Je te réserve un sort pire que la mort, dit-il en ricanant.

— Je n'ai pas peur de toi. Je n'ai pas peur de mourir. Mais ce que je sais, ce que tu ne finiras pas cette journée vivant, lorsque mon père te rattrapera. Et si ce n'est aujourd'hui, alors ça sera le jour suivant ou après.

— Ton père ne trouvera jamais ton corps. Je vais te livrer au Gakwaray contre des bâtons qui crachent le feu. Je pourrai alors revenir à Dosso et soumettre la ville et le Dallol Bosso à ma seule volonté.

Yala lui confia que la terre des Gakwaray était maudite et qu'ils se nourrissaient de chair humaine. Il lui raconta qu'il les avait vus à l'œuvre au royaume d'Abomey au bord du grand lac.

— Ils viennent chercher des milliers d'entre nous et les font partir dans d'immenses pirogues vers leur terre. Aucun n'est jamais revenu.

Il se versa une grande rasade de bière de mil, avant d'ordonner à la bande de lever le camp et d'abandonner les corps. Les hommes s'empressèrent de rassembler armes et bagages. Puis

Yala tua d'un grand coup de sabre le cheval à la belle robe noir de jais de Yennendi, avant de revenir vers lui avec un rire moqueur. Le cheval ne poussa aucun hennissement, n'émit aucun gémissement. Yennendi poussa un cri de colère et de désespoir en regardant son fidèle cheval mourir devant lui. Ses grands yeux fixés à jamais dans ceux de Yennendi, il se laissa pénétrer par l'esprit de son fougueux animal. Il sentit et entendit les derniers battements de son cœur et recueillit dans sa poitrine son dernier souffle qu'il s'appropriât. Il comprit que son cheval lui offrait sa force. Peut-être que lui aussi avait entrevu ce que serait la vie de Yennendi dans le futur. Les yeux pleins de rage, il se retourna vers Yala et lui cracha au visage.

— Chien, que l'haawi s'abatte sur toi. Tu as trahi ton peuple. Tu as trompé et tué ta mère et ton père, tu n'es plus qu'une bête enragée. Tu es devenu une hyène malfaisante, tu es un mort en sursis, lui lança Yennendi, prophétique.

Pour toute réponse, un énorme coup de gourdin porté de nouveau à la tête plongea Yennendi dans les ténèbres. Il était temps de partir. Un éclaireur arriva jusqu'au camp pour annoncer qu'une femme arrivait en courant vers eux. À la description que fit celui-ci de la femme qu'il avait vue, Yala reconnut Alija. Ils posèrent Yennendi au travers de la selle de la monture de Yala puis les quelques survivants de sa troupe, montés sur leurs chevaux s'enfuirent en s'enfonçant dans la savane vers l'ouest. Il devait rejoindre le village de Falmay où il était impératif qu'il y soit avant la tombée du jour. C'est là qu'il pensait pouvoir revendre Yennendi à des trafiquants d'êtres humains. Yala et ses hommes n'avaient pas parcouru plus que trois lieues lorsqu'ils tombèrent sur un groupe qui charriait devant eux une quinzaine de captifs. Des hommes, des femmes et des enfants, tous entièrement nus, attachés par une corde autour du cou qui les reliait les uns aux autres. Leurs mains étaient liées derrière leur dos. Les femmes portaient de lourds ballots sur leur tête et les hommes étaient lestés de lourdes charges de bois en équilibre, également sur leur tête. D'après les scarifications à leur visage, ils semblaient venir de très loin. Les trafiquants qui escortaient ces hommes étaient des Fulfuldes. Certains étaient armés de ces fameux bâtons qui crachaient le feu dans un épouvantable bruit de tonnerre. Les captifs étaient marqués par la fatigue et leur visage respirait la terreur. Ils devaient marcher depuis au moins la moitié d'une lune. Un sourire illumina le visage de Yala. Un homme de couleur claire, plutôt jaune, dont les traits étaient ambigus, était là. Ses lèvres n'étaient pas tout à fait épaisses. Son nez était à peine épaté. Ses cheveux n'étaient ni frisés, ni plats. Il ressemblait aux Gakwaray que Yala avait déjà vus à Ouidah, lorsqu'il était soldat d'Abomey. Pourtant, il ressemblait en même temps aux gens du peuple Fon, Ewé ou Mina. Son visage était également marqué par la fatigue et la chaleur donnait des reflets cuivrés à sa figure. Le large chapeau qu'il portait n'arrivait pas à dissimuler des yeux d'une couleur marrons très clairs, presque jaunes, qui semblaient fascinés tous les hommes qui l'approchaient. Yala n'avait jamais vu un homme de ce type s'aventurer aussi loin des côtes, à l'intérieur des terres. Un sang mêlé pensa-t-il ! Il avait déjà entendu que les Gakwaray pouvaient féconder des femmes de sa race lorsqu'ils s'accouplaient avec. Et elles donnaient des enfants bizarres. Il descendit de sa monture et jeta le paquet qu'était Yennendi au sol sans ménagement. Il se dirigea vers la troupe des trafiquants en levant la main en signe de salut. Le sang mêlé lui rendit son salut. Ils s'assirent, tous les deux à l'ombre d'un grand manguier sauvage et Yala indiqua qu'il avait une pièce de choix. Par l'intermédiaire d'un interprète qui parlait sonrhaï, le zarma étant proche, le trafiquant à la peau claire, lui signifia, par geste, qu'il voulait voir sa pièce. La langue qu'il parlait n'était pas celle des Gakwaray qu'il avait vus à Ouidah ou celle des Fons ou des Ewés. Ce n'était pas la langue des portugais ou des français dont il connaissait plus ou moins les sonorités. Peu importe, ce qu'il voulait, c'est vendre Yennendi contre des armes.

Yennendi émergea difficilement du sommeil dans lequel il s'était réfugié. Il reconnut des Pulaars que son peuple appelait fulfuldes dans les hommes qui s'approchaient de lui. Il vit que certains portaient une étrange arme. Sûrement les fameux bâtons dont parlait Yala. Les hommes le levèrent brutalement et le poussèrent vers le manguier où se tenaient Yala et le trafiquant. Ce dernier se leva et le toisa en levant la tête pour apprécier la taille de Yennendi. Il lui tâta les membres pour estimer sa musculature, et soupesa ses organes génitaux. Yennendi s'écarta vivement. Mais les trafiquants le maintinrent fermement. Ce dernier serra sa mâchoire pour l'obliger à ouvrir la bouche. Il fallut un coup de poing de Yala en personne, dans l'estomac pour qu'il puisse ouvrir la bouche et libérer son souffle coupé. L'homme introduisit ses doigts et vérifia sa dentition. Le sang mêlé poussa un grognement de satisfaction. Il tendit un petit sac à Yala dans lequel des pièces en cuivres s'entrechoquaient. Yala regarda les pièces qui n'avaient pour lui aucune valeur. Il désigna du doigt l'arme que portait l'un des trafiquants sur son épaule. Le commerçant lui fit signe que non. Yala fit mine de reprendre son prisonnier et de partir voir ailleurs. Finalement, le commerçant consentit à lui céder cinq vieilles pétoires et deux sacs. Un rempli de poudre et l'autre de petite bille en acier gris. Satisfait, sans même avoir essayé ces acquisitions, Yala et ses hommes prirent le chemin de Dosso, vers l'est.

Il ne put réaliser ses funestes desseins. Il tomba sur Zaago et Harben qui avaient trouvé et remonter sa piste. Sa bande fut éparpillée. Il ne survécut pas à la confrontation. Ses yeux se fermèrent définitivement sur ses rêves.

Alija avait vu ce que Karamoko lui avait montré. Elle eut la certitude absolue que Yennendi ne reviendrait plus. Il n'était pas mort, mais son corps cheminait, humilié, frappé, traîné, enchaîné comme une bête vers des contrées inconnues, à travers des terres vides d'Habitants. Elle voyait des villages incendiés, des morts innombrables, immobiles sur le sol, parmi les ruines. Elle voyait distinctement les colonnes de plus en plus fournies d'hommes, de femmes, et d'enfants, dont certains encore à la mamelle, qui descendaient vers le sud ou l'ouest en d'innombrables convois. Ces malheureux étaient conduits vers des lieux lugubres, dans de grandes cases en pierre ou en bois au bord d'un lac sans fin. Elle voyait d'énormes pirogues avalées ces hommes et femmes puis disparaître à jamais, derrière la ligne d'horizon, privés à jamais de l'affection et de l'amour des leurs. Elle entendait leurs cris de douleur sous la tige de feu qu'on appliquait sur leur chair. Elle entendait les cris de terreur de ces gens qui étaient projetés dans l'antre noir de ces grandes pirogues. Elle entendait les chants de désespoirs de milliers d'êtres humains qui partaient pour toujours. Et parmi eux, Yennendi. Personne, ni esprit, ni ancêtre ne pouvaient faire quelque chose pour le sauver. Karamoko était maintenant reparti. Alija eut la sensation qu'elle ne le verrait plus avant longtemps. Une pensée, de plus en plus étrange prenait forme dans son esprit. Elle rassembla quelques effets personnels. Elle se revêtit d'un simple pagne qu'elle agrafa juste au-dessus de sa poitrine. Elle prit un sac dans lequel elle enfourna des herbes-médecines, des cauris et des amulettes. Puis, dans la nuit, une grand-voile de soie orange sur la tête, elle se glissa hors de sa case discrètement et quitta le windi de Kadidjatou par une nuit sans lune. Elle se dirigea d'abord vers le village de Falmay à l'ouest, lieu où Yennendi avait été vendu aux trafiquants venus de la côte à travers le royaume akanté et le royaume Mossi. Des Dioulas signalèrent sa présence à Tamale, petite ville, en pays Dagamba et Mamprusi, centre de transit de caravanes d'esclaves en provenance des pays au nord du royaume Mossi. À partir de là on perd sa trace. Plus personne ne devait la revoir à Dosso.

Zaago et ses hommes parcoururent la savane du Zarmaganda durant plusieurs lunes. Chaque soir, un de ses messagers revenait à Dosso pour informer Kadidjatou et Maïmouna de l'échec de leurs recherches. Yennendi restait introuvable, au grand désespoir des deux femmes et de leurs proches. Yennendi laissait derrière lui un petit frère qu'il ne connaîtrait jamais et une femme, enceinte, veuve avant d'avoir été mariée. Mariama ne survécut pas à la mort d'Issifou. Adama, fils de Penda, la concubine de Zaago, la retrouva un soir, pendue dans la case de son fiancé. Les anciens lui refusèrent des obsèques décentes car son suicide était contraire aux préceptes de l'islam et ne lui permettait pas de rejoindre le paradis d'Allah. Mais des mains anonymes, une nuit, vinrent déposer son corps près de l'homme qu'elle avait aimé, unis dans l'amour comme dans la mort. Les sacrifices offerts à Dongo restèrent impuissants. Les prières destinées à Allah restèrent sans réponses. Allah avait un autre projet pour Yennendi. Seules les prédictions d'Alija trouvèrent un écho à la demande de sa famille. Elles confirmèrent que Yennendi ne devait plus jamais revenir sous une enveloppe faite de chair et de sang.

Les derniers temps

Yennendi secoua sa tête pour reprendre ses esprits. Il avait l'impression d'avoir fait un rêve tout éveillé. Il comprit comme il avait espéré, que Dongo était venu le visiter et lui apporter des réponses toutes faites à ses interrogations quant à la vie de Yala. Il avait pu voir dans ce rêve tout éveillé ce qui lui était arrivé. Mais il avait vu également Alija, Mariama et tous ceux qu'il aimait. Il savait que ses parents étaient encore vivants. Il venait d'apprendre qu'il avait un petit frère. Il sourit à la pensée de ce frère inconnu. À qui ressemblait-il ? Était-il un jeune zanka honnête et droit ? Comme il aurait aimé le voir grandir. Il aurait été son guide, voire son mentor. Il l'aurait préparé à son initiation et qui sait, il aurait lui aussi ramené une peau de léopard. Qu'était devenue sa sœur, Fanti ? Peut-être avait-elle renoncé à ses rêves de guerrière pour épouser un bel alboro de bonne famille. Il fut gagné par une mélancolie profonde lorsque ses yeux lui projetèrent l'image de Maïmouna. Elle aurait dû être son épouse. Dongo lui avait révélé qu'elle portait son enfant au moment de sa disparition. Les larmes montèrent. Il était sûr qu'il aurait fait un bon père. Peut-être qu'il serait père de plusieurs enfants, au regarde de la manière dont elle aimait faire l'amour. Des larmes tombaient sur ses joues lorsqu'il réalisa qu'ils n'avaient été, tous deux, sur la couche qu'une seule fois. Puis l'image d'Alija se matérialisa de manière irréelle sous ses yeux. Il tendit la main. Il pouvait presque la toucher. Il ressentait sa présence dans sa cage. Il sentait son odeur. Quelle injustice ! Elle aurait pu être une Burkine, elle qui était née captive dans le windi de sa mère. Restée fidèle toute sa vie à sa famille et à celui qu'elle chérissait enfant comme son petit frère pour finir par l'aimer comme un homme. Il réalisa qu'il l'avait aimé comme une sœur pour finir par l'aimer comme une femme. Parmi les souvenirs des moments intimes passés avec une femme, ceux d'Alija lui revenaient à l'esprit de manière plus prononcés et plus forts que ceux avec Maïmouna. Elle aussi n'avait été l'amour que d'une seule nuit. Mais c'est dans l'intimité d'Alija qu'il avait éprouvé le plus de sensations, de plaisirs et de jouissance. Ils s'étaient aimés cette nuit-là, avec force. Elle devait l'aimer d'un immense amour pour prendre ainsi tous les risques afin de venir le chercher jusque dans l'enfer de ce pays aux eaux si belles et aux fleurs magnifiques. Karukéra ! Les arawaks et les Kalinas l'avaient si bien nommée. Les blancs en avaient fait un enfer pour lui et tous ceux de sa race, au point qu'il n'avait qu'une hâte à présent. Mourir pour rejoindre son pays natal et se tenir loin de ce peuple malfaisant, adorateur de la souffrance, et de la mort. Ce peuple se prétendant d'une charité et d'une loi divine dont ils n'avaient que retourné le sens pour asservir et tuer. Le temps du départ n'était plus trop loin. Il se cala dans l'un des coins de sa cage et se laissa aller au sommeil.

L'arrivée dans la ville de Basse-Terre se fit sous les jurons des colons, des zabitans et des quelques engagés restants des plantations des environs. Les esclaves et les affranchis présents lors de son passage se taisaient le silence. Mais ils ôtèrent tous leur coiffe, leur foulard ou leur chapeau lorsque la charrette transportant Yennendi passa devant eux. Les cris de haine et les jurons étaient sublimés par le silence et la dignité des bossales et des créoles asservis. Yennendi, debout, essayait de regarder chaque fois qu'il le pouvait ceux des frères et sœurs de race qui lui rendaient hommage. La nouvelle de son arrivée avait couru de morne en morne à travers les plantations, relayée par le son du Ka des tams-tams des nègres marrons encore libres. Le son du Ka avait quitté les grands fonds de la Grande-Terre pour se répandre à travers la mangrove et arriver jusqu'aux côtes abruptes des montagnes de la Basse-terre. Il se faufilait à travers les sentiers et les pistes des Caraïbes dans la forêt vierge que les marrons avaient fait leurs. Il descendait les pentes abruptes des ravines profondes remplies des fougères arborescentes où se cachaient les Quilombos de ceux qui n'avaient jamais été repris, fiers, misérables, mais libres. De là il montait à nouveau vers les hauteurs des sommets vertigineux de la soufrière pour finir dans les oreilles, le corps et les jambes de tous les nègres enchaînés, torturés, cassés, coupés, fouettés, encagés, enfermés dans des masques en fer, courbés dans les champs de canne ou de café pour leur apporter à travers Yennendi un message de force, de dignité et de courage. Les colons, les capitaines de milices ou de dragons, levaient la tête, inquiets des sons endiablés qui sortaient des montagnes pour descendre jusque dans le bourg de la capitale. Le son du Ka, disait à ceux qui en avait la force et la volonté, hommes, femmes et jeunes, de quitter les plantations, les habitations, les maisons, les moulins, les ateliers, les quartiers, les grands fonds et les montagnes, pour accompagner jusqu'à la fin celui qui était un prince devenu esclave et qui repartait de cette terre, la Guadeloupe, pour regagner l'Afrique en prince. Les tams-tams ne devraient plus s'arrêter de battre jusqu'au dernier jour.

Yennendi fut enfermé dans une cellule épaisse et sombre de fort Houël. Son collier de fer à crochets lui fut retiré. On dévissa le masque de fer. Le port continu des carcans avait créé une marque rouge autour de son cou qui lui faisait mal chaque fois qu'il essayait de manger la bouillie infâme avec un croûton de pain rassis qu'un garde-chiourme lui amenait une fois par jour. L'eau qu'on lui donnait dans un récipient sale avait un goût de beurre rance. Son seul lien avec l'extérieur était une minuscule lucarne, aussi large que la paume d'une main pour laisser passer un fin rayon de lumière du soleil. Une infime quantité de paille sèche, cramoisie, plus tirée vers la couleur verte-pourrie que jaune lui servait de lit. Le soir, il pouvait entendre les couinements des souris qui se disputaient le peu de reste qu'il laissait et sentir sur ses pieds ou son visage leurs museaux froids et humides. Parfois c'étaient leurs petites incisives sur ses jambes pour vérifier s'il était encore une viande fraîche ou morte. Il marquait le temps par les prières, qu'il adressait à Allah cinq fois par jour en récitant sourates et hadiths qu'aucun régisseur, maîtres ou curés n'avaient réussi à lui faire oublier, même sous les morsures du fouet. Un ricanement sorti de sa gorge à l'évocation de cette pensée. Il ne se savait pas aussi têtu et aussi résistant que cela. Tous les jours, il entendait des éclats de voix d'esclaves qui s'exprimaient en créole suivi de coups de marteau qui enfonçaient des clous sur des planches de bois que l'on assemblait. Il ne lui était pas difficile de comprendre que ses coups de marteau étaient les sonnettes avant-gardes de son exécution annoncée. Quelquefois, il entendait des hommes qui venaient assez près de sa cellule pour les entendre parler en français. Il savait que des officiels de l'administration venaient voir le sauvage indomptable. D'ailleurs, la lucarne de la lourde porte de bois s'ouvrait et il pouvait apercevoir le visage blême de ceux qui se laissaient aller à la curiosité d'un pareil individu. Parfois c'était le visage de femme, un mouchoir blanc devant le nez, qui apparaissait dans l'embrasure de la lucarne. Il les entendait glousser comme des pintades. Il avait l'impression d'être un animal qu'on venait voir dans sa cage en bambou, comme, lorsque les Gaw du Dallol Bosso exhibaient leurs prises, des babouins de la savane, des hyènes immenses venus du pays hawsa et même une fois, un singe, aussi grand qu'un jeune alboro, au poil noir, qui se comportait presque comme des hommes, et qui avait été arraché à la forêt profonde de contrées lointaines de ce qu'il savait maintenant être l'Afrique. À d'autres moments, il se postait du côté de la porte, juste sous la lucarne, et se montrait par surprise en poussant des cris effrayants, ce qui avait pour effet de faire fuir ces messieurs et de faire s'évanouir ces dames. Il passait alors un bon moment à rire à gorge déployée toute une partie de la journée. Les jours défilaient. Les semaines défilaient. Yennendi était incapable de savoir depuis combien de temps, il croupissait dans cette cellule humide. Mais, au moins deux lunes étaient passées. Un matin, les clefs tournèrent fébrilement dans la serrure. La lourde porte s'ouvrit en grinçant et raclant le sol, lui arrachant des éclats de pierre. Un homme rond, au ventre proéminent, avec un visage aussi rond que le reste, jovial, apparut dans l'auréole de lumière qui entourait la porte ouverte. Yennendi se demanda si ce n'était pas le dieu des blancs qui se manifestait, comme l'indiquaient les livres des curés qui essayaient en vain de lui faire oublier sa religion. Un sourire se manifesta sur ses lèvres. Le docteur Armand était devant lui, sa petite valisette de cuir à la main. Yennendi déplia sa haute taille. Le docteur avait l'air d'un nain devant lui. Il le salua presque timidement en lui adressant un signe de tête.

— Jason, espèce d'âne bâté ! Heureux de te revoir encore vivant, lui dit-il, tout sourire en lui ouvrant les bras.

Ce faisant, il serra Yennendi dans ses bras. Il n'avait jamais reçu de telles marques d'affection de la part d'un homme blanc. Bien au contraire, c'était plutôt le fouet qui marquait leur affection pour les gens de sa race. Mais son cœur se souleva de joie à la venue du docteur. Yennendi ne maîtrisait pas encore tout à fait le français pour comprendre ce qu'il lui disait. Et ce dernier ne parlait pas encore le créole pour mieux se faire comprendre. Dans le flot de paroles que celui-ci faisait sortir de sa bouche comme s'il versait des récipients de rhum dans un quart, Yennendi parvenait tout de même à reconstituer le puzzle des mots pour finir par comprendre ce qu'il racontait. C'est ainsi qu'il comprit que la Fwans et Langletew étaient à nouveau en guerre, que la Fwans avait perdu une colonie appelée Kannada, et que les nègres s'agitaient à Ayiti. Il lui révéla que les nègres s'agitaient également ici à la Gwadloup, à cause de lui. Yennendi sourit à la nouvelle. Mais le docteur refroidit ses espoirs de grande révolte. Le gouverneur avait décrété un couvre-feu pour tous les nègres dès la fin de journée. Interdiction de rassemblement de plus de deux nègres ainsi que l'interdiction de jouer du tam-tam. Malgré cela, Yennendi entendait tous les soirs le langage du Gwo Ka venu des montagnes. Mais ce qu'il voulait surtout avoir, c'était des nouvelles d'Assia. Il lui demanda de lui parler d'elle.

— Lisette, rectifia le docteur, va bien !

Puis il stoppa la conversation avec un large sourire aux lèvres. Yennendi y était suspendu et se demandait ce qu'il attendait pour lui donner la suite.

— Je l'ai racheté à son maître. !

Yennendi afficha un grand sourire. Il se demanda comment ce diable de docteur avait pu racheter Assia à son maître. En tout cas, il pensa qu'elle serait mieux avec lui qu'avec n'importe quel blanc. Même s'il savait que ce docteur appréciait les croupes des négresses. Le docteur ouvrit sa valisette et en sortit tout un attirail de ses étranges instruments. Notamment, une espèce de tuyau creux à deux bouts. Il posa l'un des bouts munis d'un disque en fer sur la poitrine de Yennendi et de l'autre bout, il écouta l'intérieur de son thorax.

— Bon, tout va bien dit-il.

Il vérifia la tonicité de ses membres et inspecta les quelques cicatrices restantes de sa furonculose, avant de hocher la tête et lui annoncer dans un grand sourire qu'il était guéri. Il héla le gardien qui mit un temps fou à se manifester et lui demanda une bassine d'eau chaude. Devant l'air incrédule de ce dernier, il lui hurla dessus. Plusieurs minutes plus tard, il réapparut avec une bassine remplie d'eau chaude. Le médecin retira de sa valisette une paire de ciseaux, un miroir, une brosse à poils doux et de la mousse à raser. Il tendit le miroir à Yennendi. Celui-ci le prit délicatement et scruta son visage, avec un mouvement de recul lorsqu'il vit l'état de la peau de sa figure. Ses cheveux avaient considérablement poussé et lui donnaient un aspect hirsute. Il avait l'impression d'avoir une crinière de babouin. Il passa ses mains sur son visage en tâtonnant chaque partie de sa peau. Un crissement se fit sentir lorsqu'il se caressa les joues. La naissance d'une barbe, lui qui avait toujours été imberbe, nota-t-il. Il se trouva étrangement gris, alors que son visage était très noir. Il se trouva laid. Et il nota combien il était sale. Le docteur Armand éclata de rire aux mimiques de Yennendi devant le miroir. Puis doucement, comme s'il soignait un enfant, délicatement, il commença à lui couper les cheveux qui tombaient par terre en touffe épaisse. Yennendi nota combien ses cheveux étaient remplis de crasse. Une fois cela accompli, il frotta longuement un rasoir sur une ceinture de cuir afin d'aiguiser finement la lame. Ensuite, avec la brosse qu'il battit comme des œufs dans son bol de mousse, il badigeonna le dessus de sa tête avant de lui raser entièrement le crâne. Il fit de même avec son visage et lui rasa les joues envahies d'une barbe vieille de plusieurs semaines qui n'avait poussé qu'au ras de la peau. Lorsqu'il eut fini, il retendit le miroir à Yennendi dont le visage s'illumina d'un beau sourire. Yennendi ne disait rien, mais ses yeux affichaient une réelle reconnaissance. Il regarda la bassine qui était maintenant remplie d'une eau crasseuse avant de la rejeter par l'étroite lucarne de sa cellule. Le cri d'un soldat éclaboussé retentit au bas de la tour. Les deux hommes éclatèrent de rire. Le médecin fouilla à nouveau dans sa valisette et en ressortit un rouleau de papier cacheté qu'il tendit à Yennendi. Il prit le papier sans comprendre les caractères qui y étaient inscrits. Dans un sourire, Il ajouta.

— Lisette attend un petit. N'y serais-tu pas pour quelque chose, par hasard ?

— Ki biten? On ti-moun? Ta a ki less ? Quoi ? Un enfant ? Celui de qui ?

— De qui veux-tu qu'il soit, pardi, ce n'est sûrement pas moi. Même si ce n'était pas l'envie qui me manquait, par respect pour toi je ne l'ai jamais touché.

Yennendi regardait le docteur avec des yeux écarquillés. Depuis quand un blanc se gênait-il pour ne pas prendre une négresse, fut-elle enceinte ou appartenant à un autre nègre ? Le médecin le regardait droit dans les yeux et répéta la même phrase. Yennendi n'en revenait pas. Un blanc ayant du respect pour un nègre ? Il en n'avait jamais vu. Pourtant, son cœur lui disait que cet homme-là ne mentait pas. Il se retourna et alla à la lucarne. Il regarda le ciel qui virait vers une couleur rosée dans le soleil couchant. Il entendait encore les mouettes qui piquaient pour la dernière fois de la journée vers la mer et qui en remontant tenaient parfois dans leur bec un poisson argenté. Il entendait le docteur lui dire que le document qu'il avait touché était l'acte d'affranchissement de Lisette.

— Et oui, je l'ai affranchi, immédiatement après l'avoir racheté. Je ne peux supporter l'idée que les hommes ou des femmes soient asservies.

Yennendi se retourna vers lui, avec un sourire, sans mot dire. Le docteur Armand nota combien cet homme était beau et avait de la prestance, une forme de dignité royale.

— Ne dis pas trop fort que je n'aime pas cela, lui dit-il. Sinon, on va me bannir de la colonie, lui dit-il en riant.

Yennendi serra le docteur dans ses bras. Il ne savait que lui dire sauf le remercier mille fois pour l'attention que cet homme blanc avait pour lui. Il réalisait que la femme qui l'avait aimé sur les derniers instants qu'il lui restait à vivre attendait un enfant qui naîtrait libre. Ses rires et sa joie laissèrent la place d'un seul coup à une rivière de larmes. Il se rendait compte que cet homme lui apportait le calme, la sérénité avant de mourir, et qu'il était venu pour cela. Le docteur le regardait comme s'il retrouvait un ami perdu de vue depuis très longtemps. Lui aussi pleurait.

— Espèce de diable, lui dit-il, tu te serais tenu tranquille, j'aurai fini par te racheter toi aussi pour t'affranchir. Et qui sait, peut-être te retourner chez toi, là-bas en Afrique avec les singes !

Yennendi et le docteur Armand pleurèrent ensemble pendant de longues minutes. Les mots de ce dernier lui faisaient du bien. Il s'imagina un instant avoir été un esclave docile qui disait, " Oui mait', oui missié ". Un nègre de case, grand, beau et bien fait de sa personne, selon l'expression consacrée d'ici. Il aurait pu devenir un cocher, un valet, un géreur d'habitation, comme certains nègres qu'il avait vus. Mais au lieu de cela, il avait préféré se révolter. Il avait préféré maronner pour ne pas être soumis à quiconque. N'était-ce pas cela que son père lui avait appris ? Ne dépendre de quiconque, n'être l'esclave de personne, fut-il que cela soit au prix de sa vie. Le docteur Armand venait de lui faire comprendre ce qu'Allah attendait de lui. L'espoir ! Oui, c'était cela. Il était devenu esclave pour donner de l'espoir aux nègres et aux négresses arrachés comme lui à leur village, leur famille pour leur redonner de la dignité. Ne suscitait-il pas révolte et fierté partout là où il allait ? Libre ou enchaîné ? Combien d'âmes de nègres et de négresses ont regagné la terre de leurs ancêtres après avoir trouvé la mort dans la liberté ? Seuls les souvenirs et sa légende raconteraient la légende de ce prince venu ici, sur cette terre de Karukéra en esclave pour venir faire d'eux tous, des princes de leur vie. C'est ce que le son du Gwo ka lui disait du haut des montagnes. Les nègres qui étaient encore libres là-haut ou dans les fonds escarpés des montagnes de l'île lui disaient tout simplement, merci. Les esclaves, qui le soir quittaient un moment l'enfer de la plantation pour se retrouver dans les coins inconnus des grands fonds Saint-Anne ou grands-fonds du Moule, le remerciaient en battant du Gwo ka. Allah envoyait périodiquement des hommes comme lui et il en enverra encore, pour porter le même message, celui de l'espoir et du courage.

Yennendi et le docteur Armand se séparèrent. Ce dernier semblait avoir hissé sur son dos le fardeau que Yennendi portait de longue date sur ses épaules, depuis que le destin ou les desseins des dieux et de Dieu l'avait amené ici. Le docteur Armand assista au jugement et à l'exécution de Yennendi. Bouleversé, banni, il s'en retournera en France et rejoignit la compagnie d'hommes, qui commencèrent à porter dans le royaume de France, la voix des damnés qui pliaient l'échine dans les champs de canne, de café et d'indigo. Vingt ans plus tard, Il intégrera le club restreint des abolitionnistes. Il mènera une lutte acharnée pour pouvoir éliminer, ce qu'il qualifiait d'abomination et indigne de l'humanité.

Le procès du nèg' marron

Seyni Djermakoye Sonni faisait face à ses cinq juges. Ils avaient l'air âgé. Leurs visages saupoudrés de blanc leur donnaient un aspect maladif. Yennendi trouva la perruque dont ils étaient affublés ridicule. Ils portaient tous une longue robe rouge avec des manches vides de bras. Leurs figures grimaçaient de dégoût à la vue de ce nègre, trop fier. Certains agitaient leur mouchoir devant leur nez. Est-ce l'odeur du nègre qui les indisposait ? À moins que ça ne soit celle de la foule rassemblée dans la salle. Yennendi comprit à leur regard méprisant et aux commentaires adressés à basse voix entre eux, en le dévisageant, qu'il n'avait aucune compassion à attendre de leur part. Il s'y était préparé. Les dernières heures dans sa cellule, il les avait passées en prière afin qu'Allah l'aide à supporter dignement l'ultime épreuve qui l'attendait. Deux soldats armés chacun d'un mousquet avec baïonnette et d'une épée droite dans son fourreau se tenaient de part et d'autre du prisonnier dans leur uniforme bleu-roi à bordure jaune. Un troisième soldat, le fusil à la main se tenait prêt à tuer Yennendi au moindre geste ou mouvement de foule. Tout enchaîné, il se redressa de toute sa haute taille. Ses gardes avaient l'air intimidé par celui dont ils sentaient toute la personnalité les écraser. Il parcourut des yeux, la salle immense dans laquelle il se trouvait. Sur les côtés, de part et d'autre, se tenaient assis au premier rang, les békés les plus fortunés. Ils avaient revêtu pour l'occasion, leurs plus beaux habits. Les curés des paroisses environnantes, dans leurs longues robes noires au col blanc et à la cravate de même couleur, se tenaient assis aux côtés des riches plantocrates, le regard méprisant. Les autres colons, commerçants, notaires et fonctionnaires se tenaient debout. Yennendi entendait leurs jurons et leurs cris de haine. Il leur lança un regard sombre empli de mépris. Il ferma les yeux un moment.

Quelques heures plus tôt, il avait été extirpé de sa cellule de fort Houël, couvert de chaînes et on lui remit son masque de fer. Les longs couloirs du fort, la descente des escaliers lui étaient pénibles à parcourir, du fait du poids de ses chaînes aux pieds. Lorsqu'il sortit à la lumière du jour, il essaya de se protéger les yeux, aveuglé par la lumière intense du soleil. Mais il ne put. Les chaînes entravées à ses bras empêchaient tout mouvement. Poussé sans ménagement par des gardes en armes, il fut hissé sur une charrette tirée par une paire de bœufs. C'est lentement, escorté de soldats à pied et d'un officier à cheval devant la charrette qu'il sortit du fort. Comme la précédente fois sur le chemin qui le menait à Basse-Terre, une foule immense s'était amassée le long du chemin emprunté par le convoi. Ceux qu'on appelait " ti-blanc ", les petits propriétaires d'un ou deux esclaves au mieux, les tout derniers engagés de la colonie, les marins et soldats démobilisés qui tentaient de vivre tant bien que mal, les tenanciers de bars ou de maisons closes, bref, le bas peuple, tous hurlaient, crachaient, lançaient des pierres à l'adresse du prisonnier. Les affranchis, mulâtres ou nègres, les esclaves présents dans la ville, employés comme docker à la capitainerie du port, nègres à talent qui exerçaient les professions de forgerons, charpentiers, maçons ou blanchisseuses et couturières pour les femmes, les prostituées et même les miliciens de couleur ôtaient leur couvre-chef ou le regardaient passer. Des larmes coulaient le long des joues de certains. Parfois, devant l'attitude digne des nègres sur le chemin, des ti-blanc, jaloux d'un comportement plus honorable que le leur, se mettaient à les injurier ou à les frapper. La foule devenait de plus en plus dense, au fur et à mesure de l'approche vers la place où la bâtisse en pierre réquisitionnée pour abriter le tribunal exceptionnel se trouvait. Les soldats furent obligés de porter Yennendi pour le soustraire aux bandes de haineux qui voulaient le pendre sur le champ sans autre forme de procès.

L'officier en charge du mandat d'amener de Yennendi dut se frayer un chemin à travers la foule serrée menaçant de son épée quiconque attenterait à la vie du prisonnier avant son jugement. C'est sous une multitude de coups de poing, de crachats, de coup de trique que Yennendi parvint dans la vaste salle où l'attendaient ses juges.

Il rouvrit les yeux, lorsque l'un des juges, muni d'une sorte de petit marteau tapa comme un enfant énervé sur la bille de bois qui se trouvait sur la simple table en demandant à l'assemblée de faire silence. Puis l'air inquisiteur, un homme de petite taille, qui contrairement aux autres n'était pas vêtu d'une robe rouge, mais était tout de noir vêtu, déroula un long parchemin dans lequel il lut les petits caractères qui signifiaient à Yennendi des accusations. Rébellion, assassinats, incitation de la population nègre à la révolte, entente avec une puissance étrangère, incendies, destructions publiques, troubles de l'ordre public, pillages, rapines, marronnage. Yennendi reconnut en l'homme qui avait lu les accusations portées contre lui, celui qui trois mois plus tôt était venu lui signifier les mêmes paroles dans l'infirmerie du fort de Pointe-à-Pitre près du carénage du port. Bien qu'il ne comprenne mot de ce que l'homme en noir toujours aussi cireux et malingre avait lu, il savait que les accusations étaient un enchaînement de mots qui le condamnait à mort. Un tonnerre d'applaudissements accueillit chaque parole du procureur. Ce dernier, le sieur Doignon, jubilait devant pareille ovation. Les grands planteurs présents dans la salle acquiesçaient, le sourire aux lèvres. Les autres, le doigt accusateur à l'adresse du nègre enchaîné, hurlaient leur demande de mise à mort. Le juge principal essayait d'imposer le silence dans une cacophonie de cris où se mélangeaient le parler créole et le parler français. Puis dès le silence revenu, le procureur du roi, venu exprès de France, où le nom du nègre indomptable avait fait le voyage jusqu'aux oreilles du ministre de la marine, fit un réquisitoire rempli de mépris. Il s'évertua à démontrer les piètres qualités d'un être que l'église, les savants et les philosophes décrivaient comme étant un animal. Il rappela les préceptes de l'église, affirmés dans la Bible qui justifiait la malédiction de Cham par la mise en esclavage des nègres d'Afrique, ceux-ci étant ses descendants. Il invoqua la bulle du pape Nicolas V, celle du 8 janvier 1454 qui justifiait leur mise en servitude. Il reprit les recherches à son compte des propos de quelques savants qui classifiaient les nègres dans la catégorie des grands singes. Et pour finir, il rappela à la foule que les nègres étaient dénués de raison. Mais que la peine de mort était nécessaire lorsque l'un de ces nègres qu'on avait arraché à la barbarie cannibale de l'Afrique défiait l'ordre de Dieu, de l'église et du roi. La peine de mort était nécessaire afin que les nègres restent à leur place, c'est-à-dire, lorsqu'ils menaçaient l'ordre naturel dans lequel Dieu les avait classés. En bas de l'échelle de la nature, juste avant le singe. Et cet ordre était immuable. Les curés se signaient en approuvant. Enfin, il rappela la faute originelle du nègre, ces fils de Cham, celui qui s'était moqué de son père ivre dans sa nudité. Il finit son discours par la citation de la malédiction éternelle qui obligeait tout nègre à servir le blanc pour pouvoir racheter ses fautes ici-bas. Il ne manqua pas de souligner en conséquence, l'obligation qu'avait cet animal, l'obéissance absolue à son maître s'il ne voulait pas être précipité dans la damnation éternelle. La foule était en délire après une telle démonstration. Yennendi regardait cette populace en silence. Il ferma les yeux. À quoi bon raisonner pareille foule, pétrie de certitudes absurdes. Quelle idiotie, pensa-t-il ! Il invoqua Dongo qui ne se fit pas prier pour l'emmener une fois de plus vers ses derniers souvenirs. Il se remémora la longue marche qui l'avait emmené jusqu'en Guadeloupe au lieu de la Jamaïque. Il refaisait mentalement tout le chemin, qui l'avait conduit depuis le Zarmaganda jusqu'ici, en passant par les pays Mamprusi et Akanté. Les haltes dans les chefferies Fanti, Mina et Gwasi où la caravane de captifs se nourrissait de l'apport de nouveaux prisonniers. Puis l'arrivée au lieu appelé Axim, dans un fortin entouré d'une haute palissade où étaient entassé un bon millier de captifs avant d'entreprendre la traversée du grand fleuve. Il revoyait toutes les étapes de ses souffrances endurées pour arriver jusque-là. L'humiliation de se retrouver nu, parmi les autres captifs, nus eux aussi. Il se rappelait la pudeur des femmes captives et la manière dont il détournait la tête, chaque fois qu'il croisait leur regard apeuré, suppliantes de leur redonner un peu de dignité à travers d'un morceau de pagne. Il sursautait à chaque fois qu'un bâton à feu tonnait, comme cette femme qui s'était précipité toutes griffes dehors sur un gardien, dans un moment d'inattention. Celui-ci n'avait pas hésité à lui tirer à bout portant, déchirant et trouant sa poitrine. Elle s'était écroulée, lentement, les yeux rivés sur celui de son meurtrier en prononçant des paroles rituelles dans sa langue. Quelques jours plus tard, la mort vint à la rencontre de son meurtrier pour lui demander des comptes. Elle l'emporta à travers la gueule d'un crocodile dans le courant d'une rivière sombre et pourtant peu profonde.

Une voix le tira de ses rêves. Il reconnaissait cette voix, assez forte, presque joyeuse qui l'appelait par son nom africain.

— Yennendi ! Seyni Djermakoye Sonni !

Il se tourna vers la voix qui l'avait appelé de son vrai nom, et non pas de ce nom ridicule dont il s'était trouvé affublé. Il sourit en apercevant le docteur Armand, protégeant de ses bras la petite femme, belle qui se trouvait à côté de lui. Il adressa un signe de tête éperdu de reconnaissance à celui, dont il avait compris le message en l'appelant par son nom. Sa tête reprit un port altier et il redressa son dos, qui s'était voûté sans qu'il s'en aperçoive.

— Yennendi, prononça la jeune femme à côté de lui.

Yennendi sourit à Assia. Comme elle est belle, pensa-t-il. Il la regarda droit dans les yeux. Des larmes affleuraient ses beaux yeux noirs, sans en sortir. Elle ne cessait de répéter son nom. L'un de ses plus beaux sourires toucha et déchira le cœur de Yennendi. Il remit en doute à ce moment, toute la signification de ses révoltes, tous les actes, qu'il avait accomplis depuis son arrivée à Karukéra. Pourquoi autant de souffrance pour rencontrer pareille femme et s'en aller pour l'au-delà ? Il se dit qu'il aurait pu être quand même heureux avec elle, la chérir et lui faire des enfants, malgré la sauvagerie de ces hommes. Il aurait pu se contenter d'être un esclave modèle, un nègre de case ou de talent, rien que pour vivre et profiter chaque nuit des douceurs et des délices de son corps. Il aurait pu vivre en esclave rien que pour un tel sourire. Il faillit maudire Allah de l'avoir entraîné dans pareil merdier. Mais très vite, il refoula ses pensées. Le brouhaha d'une foule d'hommes et de femmes en délire qui s'était suspendu, le temps de ses errances pensives, parvenait à nouveau à ses oreilles. Il eut l'impression que la bulle de rêve qui s'était matérialisée au-dessus de sa tête éclatait comme si une flèche l'avait percée. Le juge principal de la cour frappait la table de son petit marteau comme un forcené pour imposer le silence. Les yeux de Yennendi plongés dans ceux d'Assia se laissaient noyer de larmes. Subitement, sans prêter, gare aux chaînes qui entravaient ses mains et ses pieds, il quitta son emplacement et se dirigea droit vers Assia. Les gardes n'eurent pas le temps de réagir. Avant qu'ils ne pointent leurs armes vers lui et que l'assistance des békés et des zabitans, surpris par son déplacement félin ne se reprennent, il était déjà sur elle, tendant ses mains vers le ventre de celle qui est son dernier amour. Il se mit à genoux devant elle sous le regard consterné des badauds venus réclamer sa mise à mort. Ainsi, ceux qui n'avaient jamais pu lui faire plier un seul genou, ne serait-ce une seule fois, ceux qui ne l'avaient jamais vu plier un seul genou à terre, assistaient, troublés et consternés à une scène qui leur paraissait presque irréelle. Yennendi avait posé sa tête sur le ventre de la belle zambo. L'image était d'une telle solennité que personne n'osa l'interrompre. Elle lui caressait doucement la tête de ses doigts graciles. Sa voix était submergée par des sanglots.

— Sé ti-moun a'w, lanmou an-mwen ! Sé ti-moun a'w ! C'est ton enfant, mon amour, c'est ton enfant.

D'un geste délicat et gracieux, lentement, elle ôta le long châle en tissu de madras aux couleurs chatoyantes dont elle avait ceint ses épaules. Discrètement, en écartant tout doucement le chemisier de couleur orange et vert qu'elle portait, son ventre apparut. Un ventre bien rond, qui prenait forme. Sa peau, douce, luisait d'une huile de massage arrachée aux plantes, dont elle savait tirer les secrets les plus profonds. Ainsi, ce diable de marabout d'Armand n'avait pas menti, songea Yennendi. Il regardait, fasciné ce ventre à la belle couleur cuivrée, dont une ligne verticale brune ressemblait à la trace de nègres marrons dans la savane. Un voile de tristesse passa devant ses yeux. À son tour, il eut la sensation que des larmes venaient mouiller ses yeux. Toute une gamme d'émotion passait à travers son être et serrait ses entrailles. Il ne savait comment exprimer les sentiments qui se manifestaient en lui. Il prononça à voix basse dans sa langue maternelle, une longue phrase dont Assia capta quelques mots. Ces mots parlaient d'amour et d'enfant. De naissance et de mort. De joie et de tristesse. De servitude et de liberté. Assia retint surtout la joie qu'il avait de savoir que cet enfant naîtrait libre. Elle lui répondit par un sourire tellement illuminé, tellement fort, que Yennendi eut la certitude qu'elle avait compris. Assia venait de lui rendre toute sa force. Le docteur Armand, troublé, regardait la scène avec tendresse, un sourire bienveillant sur ses lèvres. Il stoppa d'un geste impératif de la main, deux des gardes armés de la cour, venus se saisir du nègre enchaîné. Il redressa lui-même Yennendi, tout doucement, le regard toujours bienveillant et le ramena au centre de la salle. Les gardes armés entourèrent Yennendi, décidés à ne plus se laisser surprendre une nouvelle fois. Peu à peu, le calme retomba sur l'assistance et les juges purent reprendre leur conciliabule entre eux. Puis ils levèrent la tête pour reprendre le débat, lorsque l'un d'entre eux aperçut le docteur Armand qui se tenait debout, près de Yennendi. Il s'adressa à lui.

— Qui êtes-vous, lui demanda-t-il ?

Le docteur Armand déclina son identité, sa profession, et sa qualité de gentilhomme. Puis il ajouta que selon le droit de la justice royale, que tout homme cité à comparaître devait être assisté d'un homme de loi.

— Votre honneur ! J'ai remarqué durant toute la séance que ce nègre, qui comparaît devant vous pour être jugé, n'avait pas d'avocat. Pas même un commis d'office.

Il continua son discours par une remarque à la cour qu'un nègre n'ayant pas le droit de s'adresser à un tribunal doit pouvoir être défendu par deux habitants de l'île désignés par le juge.

— C'est mentionné dans le code noir. Or, je ne vois personne désigné par le juge. Je me porte donc volontaire pour apporter assistance à ce nègre dans la justice royale.

La foule manifesta son indignation par des cris de haine à l'encontre du nègre et de celui qui se faisait son avocat. Le juge en charge de la cour frappait de son martelet pour imposer le silence d'une voix devenue enrouée à force de cris. Celui qui avait adressé la parole au docteur se leva le doigt pointé vers lui et l'accusa d'outrage à la cour. Yennendi, regardait mi-amusé, mi-moqueur les hommes blancs qui se disputaient pour lui. Il se rappela les débats passionnés des anciens dans son pays et la manière dont les paroles passionnées perturbaient l'assistance. Mais il comprenait très bien les faits qui se déroulaient sous ses yeux. Il voulait voir ces hommes se déchirer avant de partir, car il était conscient de la sentence qui tombera inéluctablement. Il encouragea son ami à continuer par un signe de tête. Le docteur prit une longue inspiration puis se lança dans la bataille. Il plaça le tribunal devant les contradictions de la loi. Le fait que l'on ne jugeât pas un homme, mais un bien meuble selon le code noir, défini par le roi lui-même, Louis de Bourbon, le quatorzième ou l'un de ses commis d'administration, en l'occurrence, le sieur Colbert. Dans ce cas, il ne comprenait pas pourquoi un bien meuble peut être assigné en justice comme si on devrait juger une table, une chaise ou un bahut.

— Mais dans le cas où vous jugez un homme, interrogez-vous sur le droit que vous avez à le tenir en servitude, de toutes privations et de le torturer afin de vous prémunir de la peur qu'il évoque en vous, en le condamnant à mort.

Puis il se lança dans une théorie somme toute humaniste dans laquelle il rappelait les conditions dans lesquelles tout nègre est capturé, déporté, vendu et réduit à l'esclavage dans la souffrance et le désespoir. Il rappela les préceptes religieux dont se paraient les hommes blancs en détournant les écrits de la Bible et de la pratique religieuse. Une onde d'indignation parcourut l'assemblée face au blasphème religieux. Les religieux, dans leur longue robe aux couleurs mortuaires, se levèrent en vociférant et en se signant, remplis d'indignation. Enfin, il rappela combien il était normal pour tout homme réduit à de telles extrémités, de se révolter et de chercher à gagner sa liberté. La foule vociférante du tribunal était folle de rage en entendant de tels propos et commençait à réclamer la tête de l'homme qui osait remettre en cause l'ordre de la plantocratie dans la colonie. Les juges eurent du mal à rétablir l'ordre dans le tribunal. Un immense désordre, fait de cris étranglés par l'indignation, de gesticulations et de provocations régnait dans la grande salle. Il fallut l'intervention de la soldatesque pour que la discipline soit rétablie. Lorsque les juges obtinrent enfin le silence, le plus ancien prit la parole en s'adressant tout d'abord à celui qui s'était fait l'avocat de Yennendi. Il lui fit remarquer qu'il connaissait parfaitement le droit. Et puisqu'il avait osé remettre en cause sa connaissance du droit et sous-entendu sa connivence avec le parti des planteurs et des colons, il l'impliquait d'outrage à la cour dont la sentence sera prononcée à l'issue de celle du nègre. Les colons et les planteurs applaudirent la plaidoirie du juge. Par la suite, il rappela à l'assistance que le nommé Jason, propriété du sieur De La Linière ne peut être considéré comme un bien meuble ordinaire au regard des faits graves dont il s'est rendu coupable et que considérant l'extrême gravité des accusations portées contre lui, la colonie entière ayant souffert de sa rébellion dans son ensemble où tous les colons ont été touchés, il ne serait être question d'un quelconque remboursement à son propriétaire. Les békés approuvèrent la justesse de la décision du juge.

— Quant à vous, Monsieur Armand, du fait de vos positions insolentes envers la cour et la colonie, nous vous condamnons à être amendé de la somme totale nécessaire payée à l'exécution de la peine, soit soixante livres pour le rouage du condamné plus dix livres pour amende honorable. Par ailleurs, nous vous condamnons au bannissement définitif de l'île de Guadeloupe, sans possibilités de retour.

Tout le monde applaudit à tout rompre la sentence du juge envers le docteur. Puis l'un des juges signifia à Yennendi sa condamnation à mort dans la souffrance des os rompus, la décapitation et la dispersion de ses membres aux quatre coins de la colonie. La mise au supplice devra être exécutée le lendemain de la sentence, le temps finalement de déplacer l'échafaud monté dans le fort Houël vers la place centrale du bourg de Basse-Terre, afin que l'exécution soit publique et puisse servir d'exemple à toute tentative future de soulèvement. L'assistance laissa éclater sa joie et tous se congratulaient à grandes claques de mains dans le dos. Le docteur Armand, était consterné. Désolé, il se retourna vers Yennendi en secouant sa tête en signe de dépit. Yennendi, même s'il n'avait pas saisi tous les mots, avait très bien compris ce qui s'était prononcé dans la salle du tribunal. Il eut juste le temps de lever ses mains enchaînées et faire un geste de remerciement au docteur Armand. Celui-ci lui répondit par un signe de tête. Leurs yeux se croisèrent un instant avec une forte intensité. Yennendi sourit à l'homme qui avait tant fait pour lui dans les derniers mois de sa vie. Le docteur leva sa main en geste d'adieu, juste avant que les gardes armés n'entraînent le nègre sans ménagement sous les huées, les invectives et les crachats des colons. Assia regardait Yennendi disparaître dans les vagues de mains et de poings ondulants comme des lames de fond venues de la mer. C'était à qui voulait toucher ou frapper l'homme qu'elle avait aimé le temps de concevoir le fruit d'un amour intense. Ses lèvres remuaient dans une supplique muette que nul ne désirait entendre. Elle porta ses mains à son ventre. Pour la première fois, elle ressentit des mouvements saccadés qui venaient déformer un court instant un côté ou l'autre de son ventre. Son enfant faisait ses adieux à son père. Des larmes roulèrent sur ses belles joues rendues mi-ambre, mi-cuivre sous le jeu des rayons du soleil qui pénétraient dans la salle du tribunal. Dehors un bruit sourd parvenait aux oreilles de ceux qui s'étaient attardés pour discuter des dernières nouvelles du royaume lointain de France, commenter le fil des événements graves portés au crédit de ce nègre insoumis ou féliciter les juges qui avaient mené l'affaire du nègre Jason. Ils suspendirent les ondulations des accents de leur parler pour les ravaler aussitôt lorsqu'ils reconnurent le son assourdissant de centaines de tam-tam. La curée des insultes, de cris de haine, d'appels au meurtre, de rires, était couvert par le son du Ka venu des montagnes. Les badauds, qui, l'instant d'avant, fêtaient d'avance la mort du nègre le plus redouté de la colonie, levèrent des yeux inquiets vers les sommets qui entouraient le bourg de Basse-Terre. Yennendi embrassa d'un large regard toute la majesté du volcan de la soufrière qui commençait à laisser sortir du fond des forges incandescentes de ses entrailles, des bruits sourds de tonnerre souterrain. Des colonnes de fumerolles blanches, menaçantes s'élevaient droites vers le ciel. Yennendi comprit le message des dieux infernaux adressé au peuple avide des colons de l'île. Un large sourire vint illuminer son beau visage. Demain, il ne sera pas seul à comparaître devant Allah.

EPILOGUE

Dans la cour d'une habitation de Terre-de-Bas, à l'île des Saintes, un groupe de jeunes enfants s'étaient rassemblés autour d'une vieille femme. Un foulard en tissu de pagne multicolore à dominante orange et jaune sur la tête cachait ses cheveux argentés. Son visage lisse était à peine ridé. Ces lèvres étaient à peine marquées par la souffrance et l'amertume comme on pouvait le constater sur tant de négresses à un âge fort avancé. Son visage était à peine ridé, délicat et ferme à la fois, ses traits fins laissaient entrevoir la beauté qu'elle avait été dans sa jeunesse. Ses yeux en amande, qui se voulaient doux, ne pouvaient empêcher de cacher un regard sévère qui vous pénétrait jusqu'au fond des entrailles et vous arrachait des frissons qui pouvaient faire trembler tous les os du corps. On pouvait sentir la puissance de ce regard dans des yeux plus tout à fait noirs, mais plutôt marrons dont les contours étaient cerclés de bleu. Sa peau à peine burinée par les morsures du soleil, intenses en cette saison, était encore ferme et à peine parcheminée. On ne savait pas trop bien quel était son âge. D'ailleurs, on ne lui donnait plus d'âge. Mais certains avançaient l'âge très vénérable de près de cent ans. D'autres affirmaient qu'elle ne pouvait pas mourir. Les rumeurs qui couraient à son sujet disaient que c'était une quimboiseuse, très forte dans l'art de jeter des sorts terrifiants ou de guérir les gens rien qu'en les touchant. D'autres racontaient qu'on pouvait l'entendre parler directement dans la tête des gens sans que l'on puisse voir ses lèvres remuer. Ce qui était certain, c'est qu'un jour, il y a très longtemps, elle avait débarqué aux Saintes, et qu'elle s'y était installée. Aucun béké n'étaient venus la réclamer. Aucun chasseur de nègres n'était venu jusqu'ici pour la ramener vers une plantation. Aucune marque de fers autour des poignées, des chevilles ou du cou comme tant d'esclaves. Aucune trace de fouet sur le dos, les bras ou les jambes. On disait qu'elle était venue directement d'Afrique en chevauchant sur le dos de Mamy Wata et qu'elle n'avait jamais été esclave. Les vieux nègres, trop âgés pour travailler dans les champs de canne, laissés à l'abandon en attendant que leurs os se mêlent à la terre, les nègres épaves, trop mutilés pour servir à quelque chose ou les vieilles négresses tout juste bonnes à garder les enfants, lorsqu'elles en avaient la force, tous ceux qui avaient encore leur bouche pour parler, disaient qu'elle était venue chercher son mari, ici aux Saintes, après avoir parcouru la Jamaïque, Saint Domingue, Antigua et la Guadeloupe. Mais elle ne l'avait pas trouvé, car il s'était transformé en Pipiri ou en aigle des mers. D'autres affirmaient qu'il s'était muée en dauphin et qu'elle avait entrepris son voyage retour vers l'Afrique. Mais certains affirmaient qu'elle avait décidé de rester vivre aux Saintes. Les rayons du soleil percutaient les roches calcaires et chauffaient les cristaux des granits, plantées depuis l'aube des temps. La réverbération du soleil sur les cailloux rebondissait directement à la tête des esclaves qui s'échinaient quotidiennement dans les plantations de coton, de café, les rendant fous de fièvre. C'était la saison du "pété-tête". Cette saison sèche, particulièrement plus chaude aux Saintes que sur le continent guadeloupéen. Les esclaves, dont les maîtres pingres laissaient sans vêtements, sans chapeau ou foulard tombaient raide mort, le crâne éclaté par la puissance brûlante du soleil. C'était aussi la saison où les indigoteries tournaient sans discontinuer. L'odeur du mélange des essences empestait l'atmosphère depuis les mornes entourant l'Anse des Mûriers jusqu'à l'Anse-à-dos en passant par le village de Petite-Anse de l'autre côté de l'île. Une dizaine de gamins se tenaient autour d'elle, assis à même le sol sous un abri couvert de paille, de larges feuilles de bananier et de joncs séchés. La vieille bicoque servait de nurserie pour les enfants des esclaves de l'habitation Néret au lieu-dit Grand'Bay. La vieille femme se mit debout pour regarder et compter les négrillons dont elle avait l'habitude de caresser les cheveux en distribuant des sucs 'à-coco à chacun. Son regard embrassa l'ensemble de l'habitation. La concession était assez grande, et jouxtait une plantation de café juchée à flanc de morne, côté sous le vent. La bâtisse principale était en pierre de taille et était recouverte de tuiles taillées dans de la roche noire volcanique. Elle rappelait les maisons en pierre du pays breton dans le royaume de France. C'était une maison assez large, sans étage mais surélevée sur un large promontoire également en pierre de taille, dont le débordement servait d'allée à une terrasse tenue par des colonnes en bois. Elle n'était pas aussi grande que celles qu'on pouvait apercevoir à quelques tire-d'aile d'oiseau, là-bas sur les grandes plantations de la Guadeloupe ou sur l'île voisine de Marie-Galante, dissimulées parmi les champs de canne et les grands arbres de la Basse-Terre à quelques milles marins de l'île des Saintes. L'herbe autour de la bâtisse était coupée à ras de sol par un esclave agenouillé, muni d'une machette et qui répétait sans fin le même geste latéral. Il était aidé dans cette tâche par un mouton qui semblait ne jamais être rassasié de l'herbe grasse qui poussait presque naturellement de ce côté de l'île. Plus haut, sur le morne, une vingtaine d'esclaves se cassaient le dos à porter de lourdes charges dans leur panier en osier après avoir passé la matinée à cueillir les fruits rouges des caféiers qu'ils venaient déposer, dans une procession fantomatique de zombies sur de large plaques en tôle. Là, quatre autres nègres étalaient de leur longue perche les graines rouges avec habileté afin de les faire sécher sous un soleil implacable. La vieille femme observait le va et vient incessant de ces hommes et de ces femmes, pliés en deux qui lui rappelaient une colonne interminable de fourmis magnans à la recherche d'un nouveau royaume à investir pour leur reine. Une petite voix cristalline l'arracha à ses pensées vagabondes.

— Man Lija, Ban nou on ti kont' si ouplè ! Man Lija, raconte-nous une histoire s'il te plait !

— Ah, sé ti-moun-la ! Man Lija biyen lass jod-la. Mé si zô saj, an kay konté ba' zô on bel listwè. Pou' sa, fok zô fè silans. Mes enfants, je suis bien lasse aujourd'hui. Mais si vous restez sage, je vais vous raconter une belle histoire, alors, silence !

Puis elle appela une petite fille, silencieuse qui se tenait éloignée du reste du groupe d'enfants. Elle était à peine âgée d'une dizaine de pluies. Alija l'invita à venir s'asseoir près d'elle dans une langue que les gamins entendirent pour la première fois. La petite Céleste vint s'accroupir au pied de man Lija. La petite fille regarda man Lija pendant un long moment avant de laisser sortir les rares paroles en mauvais créole qu'elle pouvait prononcer.

— Non an-mwen pa Sélest'. Mwen pa ka sonjé non an, dépi lè an sisé anbô piwog asi gwan flèv-la ! Dlo aye tè nwè. Vilaj-an-mwen sé Gaya ! Je ne m'appelle pas Céleste. Ce n'est pas mon nom. Je ne me rappelle plus de mon nom depuis la longue traversée assise dans la pirogue sur le grand fleuve aux eaux noires. J'ai oublié. Je viens du village de Gaya et je ne parle pas la langue des gens d'ici.

— Sa ké vinn' Gaya ! Ça viendra, dit man Lija, ça viendra Gaya !

Puis, elle posa son index devant la bouche et les enfants se turent. Le soleil avait entamé sa descente vers la mer et son disque d'or prenait des teintes cuivrées et argentées avant de virer à la même livrée que les flamants roses qui planaient au-dessus des quelques lagunes aux eaux vertes foncées de l'île, à la recherche de crustacés. Les enfants, assis sagement en arc de cercle autour de la conteuse, attendaient que la vieille femme commence. Pendant un temps qui était une éternité pour les gamins impatients, Alija, les yeux levés vers le ciel semblait fouiller et rassembler dans sa mémoire, pourtant intacte, les bribes de tous ses souvenirs. Puis elle porta une grande pipe en bois d'acajou à sa bouche, sans l'allumer. Elle poussa une grande inspiration et ferma les yeux un instant. Des images, par centaines, venaient se bousculer dans la pénombre de sa mémoire, occasionnée par le mi-clos de ses yeux. Puis, un large sourire vint illuminer comme un diamant son beau visage.

— Je vais vous raconter l'histoire d'un grand-homme, dit-elle ! Un grand prince. Il s'appelait Yennendi ! C'était un héros, un vrai bossale, un grand africain, un nègre marron, fort et fier comme un lion.

À suivre...

GLOSSAIRE LIVRE I
Par ordre alphabétique

Alborotaray, Bande, Hanji : Sexe, Pénis

Aru : Mâle

Arwasu : enfant

Askia : roi

Beena : Ciel, paradis

Béké : Mot d'origine Igbo qui signifie homme blanc

Bonkoyni : gouverneur ou selon les cas chef de district

Bossale : africain fraîchement débarqué

Burkine : caste d'homme libre dans la société zarma

Cauris : Coquillage servant de monnaie d'échange

Cayor, Diourbel ou Djourbel, Wolof : Royaumes de la Téranga dans le Sénégal actuel

Chamite : Issu de Cham, l'un des fils de Noé, qui selon la bible a donné la race noire

Chérifien : dynastie marocaine

Dallol Bosso : principauté dont la capitale est Dosso

Djanbanguyan : La circoncision

Djoliba : Fleuve Niger

El Andalous : pays du nord en arabe, Andalousie, Espagne

Fulfulde : Dénomination des Pulaars dans la partie Est de l'Afrique de l'ouest

Fulfulde : Nom donné aux Pulaars ou peulhs dans la partie orientale de l'Afrique de l'Ouest. Pulaar du Sénégal au Mali, Fulfulde du Niger au Cameroun et Tchad

Gaw : chasseur

Haal Pulaar : pulaarophone. Ethnies assimilées par les Pulaars et qui parle le Pulaar

Haawi : Honte

Habashy : Terme arabe désignant le royaume d'Abyssinie, province de l'Ethiopie actuelle

Hiijay : Mariage

Horso : captif, domestique, serviteur

Igbos : ou Ibos, l'une des ethnies principales du Nigéria

Jaariyaajo : Epouse d'origine servile en langue Pulaar

Jawdar ou Djoder ou Djodar selon les cas : Espagnol, eunuque et converti à l'islam qui commandait les troupes du sultan Moulay Ismaël

Kalaba : Il s'agit de la ville de Calabar à l'embouchure du fleuve Niger dans le Nigéria actuel

Kemmou : Égypte ancienne

Khoyze : prince

Kuntiji : Guitare zarma

Laabo : Sable, sol, parterre.

Mandika ou Malinké ou encore Mandingue

Moolo : Chant de gestes zarma

Palmier Doum : Palmier dont les feuilles servent à la vannerie. Les fruits qu'il donne sont succulents

Plakali : Pâte de maïs

Plantocrate : Caste des grands planteurs

Shahâda : conversion à l'islam

Tchakay : tisserand

Tondibi : Célèbre bataille qui eut lieu en 1591, au cours de laquelle, les marocains défirent les troupes de l'Askia Ishaq II

Une lieue : quatre kilomètres environs

Wodaabe ou Bororos : sous-groupe du peuple Pulaar animiste

Yovo : homme blanc en langue du groupe Guin (éwé, mina et fon)

Zandj : nom donné par les arabes à Zanzibar

GLOSSAIRE LIVRE II

Aboubakary II : Monarque désigné de l'empire du Mali. Grand explorateur, il aurait traversé l'océan atlantique et découvert l'Amérique en 1319. Il n'est jamais revenu de cette traversée. Son frère Kankan Moussa le remplaça sur le trône

Djenné : ville située dans le Mali actuel

Djinkoumé : Pâte de mil du nord Togo

Femmes-Coloquintes : Terme créole pour désigner les prostituées

Kabyè : Ethnie de l'actuel nord Togo

Kaffa : Province du royaume d'Ethiopie

Kamite : issue de Cham ou Kam : en égyptien ancien, veut dire noir. Kemmou, était le nom que les anciens égyptiens donnaient à leur pays, ce qui veut dire pays des hommes noirs

Le Kara : fleuve du nord Togo en pays Kabyè

Mah Djinné : Nom médiéval des guinées Bissau et Conakry actuel

Maringouin : Moustique

Morgho-Naba : Roi du peuple Mossi royaume du Yatenga situé dans l'actuel Burkina Faso

Nègre marron : de l'espagnol "Cimarron", qui signifie "vivant sur les cimes", lui-même emprunté à la langue des indiens Arawak qui désignait les animaux domestiques retournés à l'état sauvage

Notsé : Petite ville de l'actuel Togo

Ouassous : Grosses écrevisses rouges

Tchoukoutou : boisson alcoolisée à base de mil du Togo

Téranga : Terre d'accueil en langue Wolof, Sénégal

GLOSSAIRE LIVRE III

Adela : génie-nain chasseur de la mythologie vaudou

Apatame ou Hapatame : Paillote

Awalé : Jeu de stratégie qui consiste à placer dans une conque faite d'un certain nombre de trou des billes

Bokônô : Prêtres du culte vaudou du Bénin

Dragons : Corps de cavalerie de l'armée

Fort Houël : ancien nom de Fort Saint-Charles qui sera débaptisé en 1989 pour devenir Fort Delgrès

Gakwaray : homme blanc

Galibis : Tribu indienne venue de Guyane, que les espagnols ont désignée sous le nom de Caraïbe

Hazier ou razier : Terme créole désignant les hautes herbes de la savane

Lapwent Pita : Point-à-Pitre : Piter déformation hollandaise de Peter, pêcheur hollandais à l'origine de la création de la ville de Pointe-à-Pitre

Mamprusi : Ethnie du nord Ghana.

Mossi : Ethnie principale du Burkina Faso

Nègres itinérants : Esclave porteur d'une lettre de course pour leur maître ou affranchis porteur de son acte d'affranchissement qu'il devait posséder en permanence lors de ses déplacements

Puissance étrangère : référence à l'occupation anglaise de l'île de 1759 à 1763

Quart : Tonneau de rhum

Royaume chérifien : Royaume du Maroc

Tchango : Dieu du tonnerre dans la mythologie vaudou

Vaudoussi : Prêtresse ou adepte du culte vaudou dans le Togo et le Bénin actuels

Zambo : métis issu de l'union entre noir et amérindien

Zandoli : petit margouillat des Antilles

GLOSSAIRE EPILOGUE

Continent : Nom par lequel les saintois désignent la Guadeloupe

Mamy Wata : Déesse du panthéon Vaudou, déesse des mers et des eaux. Rebaptisée sous le terme créole de Maman Dlo aux Antilles françaises

Pipiri : Colibri.

Quimboiseur (se) : sorcier ou sorcière

Remerciements

Comment remercier tous ceux et celles qui, par leurs conseils, leurs encouragements et leurs aides, m'ont poussé à terminer le premier volume de ce roman ?

Comment trouver les mots pour marquer ma reconnaissance infinie à tous pour leur disponibilité, leur spontanéité et la foi qu'ils ont placés en moi ?

Lorsque j'ai entamé l'écriture de ce livre, je n'avais aucune idée de la manière dont je voulais entreprendre cette œuvre. Au départ, ce livre n'aurait dû être qu'un bouquin d'une histoire généalogique destinée à la diffusion restreinte du cercle de ma famille maternelle. Cette histoire commençait à partir de la trace laissée par mon ancêtre, Gaya dite Céleste, matricule esclave n°465 les Saintes, Terre-de-Bas. Cette jeune femme, âgée peut-être d'une dizaine d'année au moment de sa présence aux Saintes, est probablement née en Afrique. Elle a été capturée et déportée dans l'ile française d'Amérique de la Guadeloupe entre 1790 et 1796 et vendue à Grand'Bay, iles des Saintes, pour devenir esclave dans une plantation de café. Elle était Zarma, ethnie du Niger. Je ne suis pas sûr que Gaya ait été son véritablement prénom. Son nom de famille véritable nous reste inconnu à ce jour. Mais peut-être voulait-elle indiquer le lieu précis de son origine. Le village de Gaya, dans le Zarmaganda, aujourd'hui petite ville dans le sud de la république du Niger, pas loin de l'état du Bénin d'aujourd'hui, à l'époque royaume d'Abomey. Ou peut-être, considérant la tradition du surnom dans la société zarma, ce n'était qu'une ruse afin de ne pas voir son véritable nom terni par l'infâme salissure de la servitude ?

Les recherches généalogiques de mon cousin Richard Vincent, mais surtout ceux de ma sœur Josette ont permis par recoupement, de déterminer l'origine africaine de mon ancêtre grâce aux indications nominales de ses enfants, Djerma et Assia dite Acce. Elle nous a aiguillés sur l'ethnie Zarma que la déformation auditive en français désigne sur le nom de Djerma. Mes rencontres avec des Zarmas et en particulier avec mon amie, Rahmatou Keita, cinéaste nigérienne nous a confortées dans cette direction. Il serait trop long ici de faire le récit de la certitude et des péripéties de ces recherches. Le reste de l'histoire familiale, depuis la capture de celle appelée Gaya s'inscrit dans la ligne droite de la longue servitude des esclaves des Antilles françaises jusqu'à l'abolition de l'esclavage en 1848. Les actes d'affranchissement de mon arrière-arrière-grand-père, Djerma en 1842, fils de Gaya, né en 1812, rebaptisé dans son prénom et par la volonté fantaisiste ou l'imagination d'un officier d'état civil sous le nom de Germa Germain. Celle de sa sœur en 1838 et l'acte de déclaration, par lequel Gaya reconnait son fils en 1848 (les esclaves n'ont eu le droit de reconnaitre leurs enfants qu'à partir de 1848), ne sont que les jalons de cette histoire, fascinante à tout point de vue. Dans toutes ces recherches, je me suis rendu-compte que mon grand-père Emmanuel Germain, dit Mano, né en 1877, avait connu et côtoyé son arrière-grand-mère jusqu'à sa mort vers la fin du XIXe siècle, le 23 avril 1886. Elle avait vécu près de cent ans. Mes propres recherches, alliées à ceux de mon cousin, Richard, à ma sœur Josette, les souvenirs recueillis par ma sœur Françoise auprès de notre mère et de notre père, toutes les bribes glanées à gauche et à droite auprès de la multitude de cousins, ont constitué pour moi une forte valeur ajoutée lors de la longue reconstitution du puzzle de la saga familiale. Cette histoire, une fois entièrement reconstituée, sera réservée à ma famille et s'inscrira tous simplement, parmi l'histoire des familles saintoises depuis le XVIe siècle jusqu'à nos jours. Peut-être, plus tard, en écrirai-je les pages.

C'est à partir de cet instant que l'idée d'écrire une histoire romancée a germé dans mon esprit. Bien sûr, je voulais écrire l'histoire de Gaya. Du moins au départ. Mais je me suis rendu compte que je n'avais aucuns éléments précis pour m'aider à écrire la vie en Afrique de mon ancêtre. Au fond, qui était-elle vraiment ? Qui étaient ses parents ? À quelle famille appartenait-elle, sachant à présent l'importance du nom, du prénom et du surnom, dans la société Zarma ? Je n'en savais rien. Alors j'ai inventé. J'ai inventé un roman, qui mêlerait les drames et les traumatismes de la capture, du transfert et de la mise en servitude, de la souffrance à travers la vie d'un homme, Yennendi. Ça aurait pu être une femme. Mais je crois que je dominais plus en moi les réelles complexités et contradictions d'un homme. Donc j'ai choisi d'écrire l'histoire d'un homme. Ce n'est pas parce que je lui ai choisi un noble statut que je suis habité par un quelconque complexe nobiliaire. Mais j'ai voulu marquer par un statut l'histoire d'un jeune homme qui était à l'image de beaucoup d'entre eux, fier et pétri de qualités humaines. J'ai mêlé dans ce roman les faits historiques et la fiction. J'ai voulu faire interpénétrer dans ce roman, l'Afrique et les Antilles, le Zarma et le Créole, l'ancien et le nouveau peuple. J'ai voulu transférer ma propre souffrance qui comme tant d'afrodescendants a imprégné mes gènes, affecté mes comportements et déterminé ma vie. Né sous X. L'impression d'être né sous X, parce que privé de mon histoire. J'ai volontairement distendu les évènements historiques pour mieux les caler à la trame de la fiction du roman. Les personnages qui jalonnent les faits de ce roman sont empruntés aux hommes, femmes, parents, amis et inconnus qui ont croisé ma route à divers moments de ma vie, en Afrique, aux Antilles et en France. Je me suis inspiré des souvenirs de ma vie d'enfant et d'adolescent sur les trois continents. Mais c'est ma vie en Afrique, la rencontre avec son histoire, ses peuples, les croisements divers d'individus différents à la mentalité complexe, la beauté des lieux, les richesses culturelles, la savane, le désert, la forêt qui m'ont donné les plus fortes charges émotionnelles. Elles se sont si profondément inscrites en moi et ont tant marqué mon âme, que c'est en puisant dans ce réservoir d'émotions que j'ai pu écrire l'histoire de Yennendi.

Je remercie mes oncles, tonton Clébert, tonton Georges, Tonton Eloi, mes tantes, Flavie, Alice, Béatrice, Flora, ma mère Eléonore tous fils et filles de Mano, descendants de Gaya et disparus aujourd'hui. Ce sont leurs récits sur l'histoire familiale qui ont creusé les fondations qui allaient m'amener à écrire ce roman.

Je tiens à remercier mon cousin Richard VINCENT pour son aide et ses indications, ma sœur Josette SOUDAIN pour son éclairage sur la société Pulaar et ma sœur Françoise ABDOU-FALEME dont la précision des souvenirs et son aide dans mes recherches ont été fort utiles pour situer les caractères familiaux que j'ai pu recadrer dans mon roman.

Je remercie mes parents, et mon père Maurice FALEME en particulier, époux d'Eléonore. Son regard critique mais avisé, sa connaissance du genre humain et son humour créole, fin et caustique à la fois, nous ont permis de vivre une aventure somme toute extraordinaire. Sans la décision qu'ils ont eu un jour de tout quitter pour aller s'installer en Afrique, je ne serai pas celui que je suis aujourd'hui.

Je tiens également à remercier particulièrement mon amie et collègue de bureau, Rocio MONTES-GROBA, spécialiste en littérature comparée du monde hispanique et critique littéraire avisée dont les indications m'ont permis de trouver et d'affiner mon propre style d'écriture. C'est grâce à ses conseils que ce roman a du cœur, de la consistance et du volume. Mon amie Maria ROSILLETTE, mon assistante dont les conseils et l'aide m'ont été précieux dans la rédaction de mon roman.

Je remercie également tous ceux et celles qui par leur lecture de morceaux choisis m'ont encouragé à poursuivre la rédaction de ce livre qui a duré quatre années.

Enfin je tiens à remercier mes enfants qui ont eu la patience de m'attendre alors qu'ils auraient été en droit d'exiger plus de moi.

Merci, merci à vous tous, ma famille, mes amis.

www.ingramcontent.com/pod-product-compliance
Lightning Source LLC
Chambersburg PA
CBHW052348020726
47503CB00001B/160